W0283971

TOUS LES INVISIBLES

DU MÊME AUTEUR

Buck & moi, Buchet/Chastel, 2022

MATEO ASKARIPOUR

TOUS LES INVISIBLES

Traduit de l'anglais (États-Unis)
par Anne-Sylvie Homassel

BUCHET • CHASTEL

Titre original : *This Great Hemisphere*
Éditeur original : Dutton, Penguin Random House
© Mateo & Friends Inc., 2024
Publié en accord avec Dutton, une marque de Penguin Publishing Group,
une division de Penguin Random House LLC.

Et pour la traduction française :
© Libella, Paris, 2025

ISBN : 978-2-283-04023-2

À ceux que l'on a toujours jugés différents :
vous êtes nos sauveurs.

« Je suis invisible, comprenez bien, simplement parce que les gens refusent de me voir. [...] Quand ils s'approchent de moi, les gens ne voient que mon environnement, eux-mêmes, ou des fantasmes de leur imagination – en fait, tout et n'importe quoi, sauf moi. »

Ralph ELLISON

« Invisible pour qui ? »

Toni MORRISON

2028

New York,
État de New York,
États-Unis d'Amérique

Prologue

« Messieurs-dames, bonjour ! Désolée pour le dérangement. Je vous le promets, ça ne durera pas trop longtemps. Comme vous pouvez le constater et vu mon état, je ne fais pas la quête pour mon équipe de basket. »

Makeda scruta la rame, à la recherche d'un regard attentif. Elle agrippa la barre centrale d'une main et posa l'autre sur son énorme ventre. La blague avait fait rire les passagers, étudiants en route pour les cours, ouvriers du bâtiment épuisés, sur le chemin du retour, trentenaires rejoignant leurs mirifiques start-up. Douze mois plus tôt, elle ne se serait pas abaissée à tabler sur les clichés. Ah, la jeune Noire enceinte qui fait la manche. Le choix était désormais un luxe.

« Je ne vais pas vous raconter mon histoire pour vous tirer des larmes et des dollars. Simplement, voilà : je suis une femme dans le pétrin (à ces mots, elle resserra sa prise sur la barre) et si vous pouviez m'aider avec quelques pièces ou un peu de nourriture, ce serait vraiment bien. Ni plus, ni moins. Je vous remercie d'avance. »

Makeda lâcha la barre et scruta les visages. Qui dans la rame avait été ému par cette sincère supplique ? Et, comme répondant à ce regard, un homme noir, barbu, plongea la main dans la poche de son jean de chantier et lui tendit un billet de cinq dollars tout fripé. Une jeune femme blanche ouvrit son sac à main Louis Vuitton et offrit quelques vieilles pièces de monnaie. Makeda se dirigea vers elle et la femme les déposa dans sa paume.

« Merci de votre contribution, dit Makeda.

– Avec plaisir », dit la femme, avec un grand sourire.

Au vu du sac, des lunettes de soleil surdimensionnées et tout ce qui allait avec, elle s'en tirait à bon compte, celle-là, convaincue d'avoir apaisé les maux de la terre entière avec trente-sept cents.

Cinq ou six autres passagers se manifestèrent, parmi lesquels un garçonnet rondouillard au teint olivâtre qui secouait comme une oriflamme le billet d'un dollar tout neuf que son père lui avait donné. Peu importait le montant : Makeda remercia tous les donateurs en remontant l'allée centrale.

Leur générosité ne la surprenait pas. Cela faisait plus de dix ans qu'elle avait rompu avec la bonne société, la respectabilité. Et ce n'était pas un petit accès de culpabilité à peu de frais qui émouvait les gens, en tout cas pas ces voyageurs. Ceux-là, qui déjeunaient d'une part de pizza pliée en deux, le « Va te faire foutre » au bord des lèvres, le cerveau farci d'éternelles récriminations (les transports qui augmentent tout le temps, les odeurs poisseuses de pisse et de clope, les proprios sans cœur), ceux-là exigeaient une certaine brutalité et se repaissaient de vérités toutes nues.

D'autres mains se tendirent. Avant de fourrer billets et pièces dans son sac, elle effectua un bref calcul mental. Un don, chez elle, lui avait-*il* dit. Ce dont elle n'était pas certaine. Elle avait toujours été forte en calcul, un point c'est tout. Total : 21,75 dollars. Le record n'était pas battu, mais elle pouvait quand même s'accorder une pause bienvenue, vu son état. Elle sortit du métro à Union Square.

Préférant l'escalier au fétide ascenseur, elle s'arrêtait toutes les quatre ou cinq marches pour reprendre son souffle.

« Qu'est-ce que tu es lourd », dit-elle en se caressant le ventre.

Retrouvant enfin l'air libre et le soleil de l'après-midi, elle infligea une aimable taloche à la statue équestre de Washington, comme d'habitude, et s'installa sur un banc dans le parc, côté ouest : c'était son coin préféré. En tournant la tête, elle voyait successivement Barnes & Noble, Whole Foods et Mount Sinai. *Le printemps à New York, il n'y a rien de mieux.* Elle ferma les yeux, sentit la chaleur du soleil sur sa peau, respira profondément, en espérant que le bébé, qu'elle avait pris l'habitude d'appeler simplement « Bébé », puisse sentir tout cela aussi, les odeurs, la tiédeur de l'air.

« Excusez-moi. »

Makeda rouvrit aussitôt les yeux. La femme qui se tenait devant elle l'étudia longuement avant d'étirer sa bouche recouverte d'une épaisse couche de rouge en un sourire pincé qui fit converger ses rides vers le coin de ses lèvres. Elle était blanche, la soixantaine. Sa bouche carmin, son sourire sinistre et sa peau blême et fripée lui donnaient l'air d'un vampire. Ils ne sortent que la nuit, pourtant ? songea Makeda, qui se demandait si le pantalon noir de la femme était aussi raide et inconfortable qu'il en avait l'air.

« Oui ?

– Puis-je m'asseoir ? »

Et sans attendre la réponse, la femme poussa le grand cabas de Makeda à l'autre bout du banc et prit place auprès d'elle. Elle contempla le ventre énorme pendant d'interminables secondes avant d'y poser une main glaciale.

« Ne faites pas ça, s'il vous plaît. »

Makeda s'écarta. Et merde à ces femmes blanches qui ne pouvaient jamais s'empêcher de la tripoter, elle, son ventre, ses cheveux, ses bras, ses cuisses, sans lui demander son avis. Inutile de se mettre en rogne pour si peu, avait-elle décidé depuis longtemps. Ces bonnes femmes ne retenaient jamais la leçon. Au lieu de méditer les raisons de sa colère, elles fronçaient immédiatement les sourcils, considérant sans doute que Makeda les privait d'un droit divin. Et qui était-elle pour leur interdire quoi que ce soit ?

« Oh. »

La main de la femme réintégra sans tarder la poche de sa veste rouge, manifestement aussi rigide que le pantalon noir.

« Désolée. J'étais dans le métro, moi aussi, mais je n'ai pas réagi assez vite. Voici donc. »

Elle tendit un billet vert et orange pâle, vingt dollars. L'aubaine.

Le visage de Makeda s'illumina. Le regard de la femme s'abaissa immédiatement vers sa bouche, comme un télescope branlant sur son socle, et zooma sur ses dents. Le sourire de Makeda se fit plus franc encore. La femme blanche, elle le savait, regardait ses deux incisives supérieures, lesquelles s'écartaient l'une de l'autre avec l'opiniâtreté de deux aimants de même charge. Makeda avait deux trous dans sa denture du bas : lui manquait ce que le dentiste de la clinique de rue appelait les canines, les dents pointues. Makeda s'en fichait. Ses dents ne la gênaient pas : elles étaient parfaites, puisque c'étaient les siennes. C'était également grâce à *lui* qu'elle pouvait se dire ce genre de choses.

« C'est vraiment très gentil. Il ne fallait pas vous donner tant de mal, cela dit.

– Ça me fait plaisir. Je m'appelle Kathy », dit la femme en tendant une main toujours aussi froide.

Makeda la serra et Bébé lui flanqua un coup de pied.

« Aïe. »

Elle se plia en deux, dut attendre une ou deux secondes avant de se redresser. Après quasiment huit mois, elle connaissait le sens de ces manifestations. « J'ai faim. » « Si tu pouvais te coucher sur l'autre côté ? » « Tu peux mettre Alicia Keys ? » Celui-là voulait dire : « Fichons le camp, maman. Vite. »

La femme passa la main sur les fins cheveux qui s'échappaient, rebelles, des tresses de Makeda.

« Vous devriez vous détendre un peu. Le stress, ça n'est pas bon pour les bébés. Et puis, poursuivit-elle, s'entêtant à voir en Makeda la version grandeur nature de Christie, l'amie noire de Barbie, je ne crois pas avoir saisi votre nom ?

– Makeda », répondit cette dernière en commençant son compte à rebours.

Trente, vingt-neuf, vingt-huit… Elle décamperait à zéro.

Kathy regarda Makeda droit dans les yeux avec un de ses sourires pincés.

« J'adore vos noms. Ils sont si mélodieux. Ça n'est pas comme Kathy, tellement vieillot et terne », reprit-elle avec un petit gloussement.

Une douce brise caressa les joues de Makeda, avant d'aller faire trembler les jeunes feuilles des chênes de Central Park et frémir les pare-soleil des poussettes design, sous lesquels reposaient de petits enfants blancs promenés par leurs baby-sitters de couleur. Puis elle fit s'élever vers le ciel, comme autant de méduses, des sacs en plastique de toutes les tailles et toutes les teintes. Des hommes en veston sur mesure et des femmes en tailleur-pantalon riaient, exhibant leurs dentures d'un blanc javellisé aux passants comme dans une publicité. Cette scène à la *Truman Show* rappela à Makeda qu'il était inutile de gâcher une journée jusqu'ici parfaite.

Cinq. Quatre. Trois.

Elle sourit.

« Ravie d'avoir fait votre connaissance, Kathy. Maintenant, il faut que j'y aille.

– Vous savez, il y a un foyer pour les sans-abri, pas loin. »

Quelle vieille salope.

« Qu'est-ce qui vous fait dire que je suis sans abri ?

– Oh, excusez-moi ! Je voulais juste…

– Non, c'est moi qui suis désolée, l'interrompit Makeda en levant la main. Je sais bien que vous faites de votre mieux. C'est vrai, je suis sans abri. Mais je préfère vivre dehors que dans un foyer surpeuplé avec des inconnus capables du pire. Surtout quand il fait beau comme aujourd'hui. »

Elle prit soin de ponctuer cette déclaration d'un petit rire. Rien n'est plus gratifiant pour les Blancs qu'un rire de Noir. De plus, elle ne pensait pas être dans l'obligation de mentionner *celui* qu'elle avait croisé au foyer d'urgence, un an plus tôt, ni ce qui avait suivi. Le coup de foudre, *lui* qui les abandonne, elle et Bébé, à sept mois de grossesse, osant même laisser à Makeda, en lieu et place de ses économies, une serviette en papier Starbucks avec des taches de café et cette déclaration au stylo-bille : *Si tu peux t'en tirer ici, chérie, tu peux t'en tirer n'importe où.*

Kathy plissa le nez, comme sur le passage d'une benne à ordures.

« Eh bien je ne pense pas que ce soit le bon choix pour votre bébé, Mah-kah-dah. Le métier de mère est le plus beau que puisse exercer une femme et vraiment je suis navrée, mais j'en ai assez de vous voir toutes fabriquer des bébés à la chaîne sans jamais penser aux conséquences. »

Makeda se força à inspirer par le nez puis à expirer par la bouche, une fois, deux fois, comme *il* le faisait chaque fois que les choses ne se passaient pas comme il le souhaitait, ce qui n'était pas rare.

« Je vous souhaite une bonne journée. »

Elle prit son temps pour se lever, ignorant la main que lui tendait Kathy, et s'éloigna dans l'allée.

Longeant les touristes naïfs embobinés par les escrocs de rue, les tables d'échecs où se jouaient des parties-minute et les artistes vendant leurs croûtes à des prix délirants, Makeda se laissa transporter de l'autre côté de la rue par la foule avançant au rythme du djembé et recracher devant son point d'arrivée, Whole Foods, le saint des saints en matière de supermarché.

C'était le summum du bonheur pour Makeda. Elle n'y venait pas pour le pain sans gluten ni les œufs de poules élevées en plein air mais pour les couleurs hypnotiques des produits que vendait cette grande chaîne déguisée en épicerie de quartier. Elle contourna une tour en boîtes de pop-corn zéro pour cent de matières grasses pour admirer les boissons fraîches en canettes vert citron, bleu électrique ou orange fluo, ruisselantes sur leurs étagères réfrigérées. *Je reviens tout à l'heure.*

Bien qu'elle n'ait aucune intention d'acheter des fruits, elle descendit par l'escalator au niveau moins un et s'extasia devant les bananes d'un jaune canari éclatant, les myrtilles d'un bleu de cire et les fraises d'un rouge satanique, importées de régions subtropicales du pays qu'elle n'avait jamais visitées, même si elle aurait tant voulu les voir au moins une fois dans sa vie.

Bébé lui flanqua un coup de pied.

« Compris », dit-elle en frappant très doucement sur son ventre, comme sur une porte.

Bébé avait faim. Elle remonta au rez-de-chaussée, souleva un volet de plastique pour s'emparer d'un scone à la crème de fraise, accompagné d'une eau de coco qu'elle n'avait jamais goûtée, conquise par son beau rose lumineux.

Avant de choisir une caisse, elle médita sur les panneaux qui matérialisaient les files d'attente : flèches blanches, sur fond rouge, bleu, vert, jaune, violet ou orange.

« Quelle impression nous trotte aujourd'hui dans la tête, mon amour ? »

Le petit être à venir n'ayant pas répondu, elle ferma les yeux, se représenta une forêt immense, pleine de cabanes en bois, où la lumière passait entre des feuilles vert poire. *C'est le vert.* Elle sourit au caissier en lui tendant un bon gros billet de dix dollars, heureuse de la tournure que prenait la journée en dépit de l'intrusion sans conséquence de cette femme blanche.

Plutôt que de remonter par l'escalier, haut et vertigineux comme une tour de Babel, elle emprunta l'escalator et trouva une table à l'étage.

Tout en déjeunant, elle contempla le parc par les grandes fenêtres du Whole Foods et s'imagina que les gens qu'elle voyait s'égailler dans les allées n'existaient que pour le plaisir de ses seuls yeux, pensée qui la fit rire, car elle y avait vraiment cru pendant quelques secondes.

Ce fut alors qu'elle remarqua que Kathy n'avait pas quitté le banc. Le cœur de Makeda rata un battement et son estomac se noua, comme si quelque mécanisme de son fonctionnement interne venait de se dérégler. Pourtant, se dit-elle, cette bonne femme blanche ne pouvait plus lui nuire. Vue de haut, son pantalon noir et sa veste rouge lui donnaient l'air d'une coccinelle plutôt que d'un terrifiant vampire. Tout le monde sait que les coccinelles sont inoffensives. Makeda avait trouvé quelques jours plus tôt un livre au Strand intitulé *La Symbolique des insectes* qui expliquait entre autres que dans de nombreuses civilisations, la coccinelle, que l'on appelait aussi bête à bon Dieu, portait chance et qu'il fallait faire un vœu dès qu'on en voyait une.

La vie lui avait appris à se méfier des Blancs : Kathy pourtant, toute menace écartée, était le signe d'un futur souriant. Makeda ferma les yeux, lèvres nappées de crème à la fraise : une drôle de petite moustache rose. *J'espère que tu deviendras quelqu'un plus tard, Bébé. Bien plus que moi, en tout cas, avec une vraie maison, une vraie famille et une vie qui t'appartient vraiment.*

« Amen », conclut-elle, paupières toujours closes, sans trop savoir pourquoi. Une prière et un souhait, ça n'était pas la même chose, non ? Si ?

Lorsqu'elle rouvrit les yeux, Kathy n'était plus là. Makeda s'essuya les lèvres, jeta le papier du scone et la canette à la poubelle et descendit l'escalier en prenant son temps, se cramponnant toutes les trois secondes à la rampe pour reprendre son souffle et regarder les files d'attente. Elle se sentait singulièrement proche des clients qui avaient, comme elle un peu plus tôt, choisi la verte.

« Alors, tu as trouvé un nom pour Bébé ? »

La voix de son vigile préféré, une basse à la Barry White, apaisait toujours Makeda, comme s'il lui chantait la sérénade.

« Nan. Je pense que je vais attendre sa sortie et l'appeler du nom qui me viendra dans la tête. Je ne sais pas, moi, peut-être Whole Foods, Manhattan, Subway…

– Slim. »

Slim la gratifia d'un sourire assez vaste pour qu'elle puisse constater qu'il avait toutes ses dents. Makeda lui sourit en retour en se demandant pour la première fois s'il avait des enfants, une femme. Il lui parlait toujours avec une attention particulière, de cela elle s'était rendu compte ; elle le considérait comme un père.

« Maintenant que tu le dis, oui, ça pourrait être Slim. Ça sonne bien. Slim. SlimFast. Slim Jim. Slim Jeans. »

Il éclata de rire, oubliant de garder l'œil sur la sortie et permettant peut-être à quelques voleurs de filer les poches lestées de lait d'amande et de burgers vegan.

« Ou Slim tout court. Tout simplement.

– Je garde ça à l'esprit, mais je ne te promets rien.

– Oh, ça n'est pas ce que je te demande », répondit-il en la saluant tandis qu'elle franchissait la deuxième porte automatique.

« Slim, murmura Makeda à Bébé, le rire aux lèvres. Ça te plaît ?

– Il faut que vous passiez la nuit dans un foyer. »

Makeda leva les yeux et sursauta. La coccinelle. Sous son nez.

« Fichez-moi la paix. »

Elle avait la bouche horriblement sèche. Elle contourna la femme vers la gauche et se dirigeait vers University Place lorsqu'une main l'agrippa par le bras.

« À vous, oui, je ficherai la paix. Mais pas à votre bébé. Vous êtes à la rue depuis trop longtemps pour savoir ce dont vous avez vraiment besoin », gronda Kathy en renforçant son étreinte.

Le geste troublait Makeda autant que la force déployée par la femme, mue par un pouvoir qui semblait surnaturel.

« Vous me faites mal.

– Et vous, vous faites mal au bébé. Je vous emmène à l'hôpital, faire des examens pour être certaine qu'il va bien. Venez. »

Le regard de Kathy était froid. Makeda connaissait cette expression. Cette femme ne lui laissait pas le choix.

« Si vous ne me lâchez pas immédiatement, je hurle », dit-elle, ne sachant pas s'il valait mieux gifler Kathy ou appeler à l'aide.

Deux options qui pouvaient lui valoir plus d'ennuis qu'à cette « pauvre vieille dame blanche ».

« Allez-y, la défia Kathy. Hurlez donc. Si ça fait venir qui que ce soit, je leur dirai que vous mettez votre bébé en danger.

– Lâchez-moi, espèce de vieille cinglée ! »

Elle parvint à échapper à la poigne de Kathy, qui la rattrapa aussitôt par la capuche de son sweater avec une violence qui manqua la faire tomber.

« Au secours ! À l'aide ! » hurla Makeda.

Dans New York, personne ne vous entend crier. Même si quelques passants ralentirent pour voir ce qui se passait, les joueurs d'échecs, les escrocs et leurs victimes continuèrent comme si de rien n'était et le djembé s'emballa, sans que quiconque vienne en aide à Makeda. En une seconde, *New York la dure* était devenue *New York, trop dur.*

« Vous allez me suivre, gronda Kathy qui poussa Makeda vers le trottoir en hélant un taxi de sa main libre.

– Au secours ! hurlait Makeda. Je suis enceinte ! Cette femme est en train de me kidnapper ! Je vous en supplie ! »

La capuche toujours prisonnière de la poigne de Kathy, Makeda se mit à quatre pattes, le ventre frôlant le trottoir. Les voitures filaient à quelques dizaines de centimètres de là, trémulation sourde qui se communiquait à son propre corps. *Un coup de pied.*

Un taxi s'arrêta à leur hauteur.

« Montez, lui ordonna Kathy.

– Je vous en supplie », gémit Makeda, les joues ruisselantes de larmes.

Et ce fut alors que lui vint la sensation : un petit *plop* de bulle qui éclate, un liquide chaud entre les cuisses. Une tache sombre qui s'étend sur le tissu gris de son pantalon de survêtement.

« Lâchez-la », s'écria un homme en écartant Kathy d'une poussée ferme.

Makeda releva la tête : c'était Slim. Plus seulement un vigile, non : un ange gardien, yeux écarquillés, mâchoire serrée et poing levé, promettant sans nul doute un impact dévastateur.

Une foule à présent s'était formée autour d'eux, essaim bruissant d'une colère toute dirigée contre cet homme qui menaçait une femme. Enfin soyons francs : contre cet homme *noir* qui menaçait une femme *blanche*. Kathy, visiblement attentive à la rumeur, dévisagea Slim puis Makeda, se demandant sans doute si sa blanchitude lui donnait assez de pouvoir pour les maîtriser tous les deux. La réponse était oui.

« Madame, s'impatienta le chauffeur de taxi, en penchant la tête à la vitre baissée. Vous montez ou quoi ? »

Se rendant certainement compte qu'elle aurait de nombreuses autres occasions de tirer des griffes de sa Mère Noire Irresponsable® un Pauvre Petit Enfant Noir®, Kathy secoua la tête et monta dans le taxi sans quitter des yeux le ventre de Makeda, jusqu'à ce que la 14e Rue l'engloutisse.

« Ça va aller, dit Slim en aidant la jeune femme à se relever. On va te trouver de l'aide. »

Il arrêta un autre taxi et s'installa près d'elle, sur la banquette arrière.

« Au Langone Hospital, s'il vous plaît. C'est le plus proche, dit-elle, dents serrées tant elle avait mal.

– Tout va bien se passer, la rassura Slim en caressant d'une main la tête de Makeda, blottie contre son épaule, tandis qu'elle malaxait consciencieusement l'autre. Ne t'en fais pas. »

Les contractions lui faisaient plisser les yeux.

« Et ton boulot ?

– Tu veux dire vigile à Whole Foods ? répondit Slim avec un claquement de langue. C'est juste un job d'appoint. J'en ai des millions. »

Elle sourit. Certes, les souffrances qu'elle avait endurées au cours de son existence étaient maintenant inscrites dans ses gènes, au point qu'elle les sentait constamment vivre et grouiller sous sa peau, mais avec le temps, et avec *son* aide, elle avait appris à faire pénétrer l'espoir jusque dans ses chromosomes. Raison pour laquelle elle aurait voulu parler, remercier Slim de son aide, de sa présence. Elle n'était capable que de lui broyer la main en souhaitant de tout cœur qu'il sache à quel point elle lui était reconnaissante.

Le taxi s'arrêta devant l'hôpital. Slim s'y précipita et revint sans tarder avec un fauteuil roulant et plusieurs soignants qui bombardèrent Makeda de questions. *Comment s'appelait-elle, à quel stade de la grossesse se trouvait-elle, fallait-il appeler le père.*

Makeda Solomon. Trente-six semaines. Non.

Le Dr Kim l'accueillit dans la salle de naissance avec un enthousiasme déconcertant.

« Makeda, c'est le grand jour, déclara-t-il, comme si elle était sur le point d'accoucher d'un discours crucial et non pas d'un bébé en chair, os et caca. Au travail ! »

Six heures plus tard, Makeda, visage ruisselant de sueur, se tourna vers Slim, qui ne lui avait pas lâché la main une seule seconde.

« Slim. Je me fiche de savoir si c'est une fille ou un garçon. Je l'appellerai Slim, c'est tout. »

Le visage du vigile se fendit d'un sourire ; on aurait dit qu'il venait de remporter une médaille d'or aux JO, à la lutte ou au lancer de poids ; c'était une armoire à glace, Slim.

« Allez, dit le Dr Kim. Continuez, Makeda. Vous êtes sur la bonne voie. »

Elle avait l'impression qu'une colossale statue lui écrasait le ventre, sensation qui se renforça avec l'accélération des contractions. Ses doigts s'enfoncèrent dans la rugueuse paume de Slim.

« Makeda, reprit le Dr Kim en la regardant droit dans les yeux. Poussez. »

Elle poussa. Elle poussa, poussa, poussa. Le tambourinement de son cœur affolé rendait inaudibles tous les sons alentour.

« Makeda », répéta le Dr Kim d'une voix plus forte.

Elle poussa, poussa une dernière fois, de toutes les forces qui lui restaient, et comprit que son bébé était venu au monde. Épuisée, elle leva les yeux, tout sourire, vers Slim, qui n'avait pas lâché sa main et qui regardait le Dr Kim les sourcils froncés, comme si quelque chose n'allait pas.

« Qu'est-ce qui se passe ? demanda Makeda, le cœur battant à nouveau la chamade. S'il vous plaît… vous pouvez me montrer mon bébé ? »

Le Dr Kim se leva sans rien dire. Il n'y avait rien à montrer, cependant. Hormis le creux en forme de nouveau-né dans la blouse bleue du médecin, juste au-dessus de ses bras.

Puis : le cri poussé par cet enfant qu'on ne voyait pas.

2529

Région des forêts,
Hémisphère Nordouest

Chapitre 1

Cette fois-ci, le résultat serait parfait. Sweetmint s'agenouilla pour inspecter de plus près l'entrelacs de ficelles qui planait au-dessus de sa cuisinière. Puis elle le testa du bout de l'index avant de joindre les mains.

« Saintpère, dit-elle en relevant la tête, les yeux clos. Faites que ça fonctionne. »

Les biogaz étaient allumés, les ustensiles à leur place. Elle prit un couteau sur la table de la cuisine, recula de deux pas vers la porte en baissant la tête pour éviter d'autres entrelacs puis, d'un geste vif, coupa le bout de ficelle qui joignait la poignée de la porte au dispositif de la cuisinière.

Un broc d'eau soleillée s'inclina, déversant son contenu dans la bouilloire posée sur l'un des feux. Puis un maillet en bois grossièrement taillé se mit en branle et frappa le bouton rouge de la cuisinière, ce qui déclencha une émission de biogaz. Le balancement de sa lourde tête mit en mouvement d'autres ficelles : une cuiller au manche percé d'un trou se renversa, une pincée de finaiguille fut précipitée dans une passoire métallique insérée dans un herbol lequel, muni de deux ficelles plus épaisses, s'envola vers la cuisinière pour s'immobiliser à quelques centimètres de la bouilloire, qui y déversa la quantité adéquate d'eau frémissante.

Sweetmint n'avait déjà plus d'ongles à force de les ronger, ce qui ne l'empêcha pas de récidiver, jusqu'à la lunule. Elle éteignit le biogaz et compta soixante secondes à haute voix. L'herbol à la main, elle coupa les deux ficelles qui le maintenaient devant la cuisinière, ôta la passoire et goûta le breuvage.

« NIVEAU PERFECTION ATTEINT ! » s'écria-t-elle en brandissant un poing victorieux.

Il l'était en tous points : volume d'eau, nombre de feuilles, capacité de l'herbol, longueur des ficelles. Elle but une autre gorgée et se précipita vers le fond de la cabane en prenant soin d'éviter les planches, bouts de métal tordus et autres inventions en gestation pour aller taper sur le coffre d'acier installé entre les deux matelas : le sien, en désordre, et l'autre, immaculé.

Sweetmint se déhancha en rythme un moment. Puis la vue de ce matelas trop bien bordé eut raison de sa joie, comme toujours. Elle s'affala sur le canapé, le soleil qui entrait à flots par la fenêtre réchauffant sa peau déjà brûlante.

« Ça a marché, ça a marché, ça a marché, marmonna-t-elle, sans guère plus d'entrain.

– Qu'est-ce qui a marché ? s'enquit une voix, à travers la porte.

– Bonjour, Rusty. Entre donc.

– Sawukhoob, Sweetmint. »

La porte s'ouvrit. Et la hutte s'emplit de sa persodeur, mélange de fer rouillé et de quelque chose de plus doux qui ressemblait au parfum de la patate douce que l'on fait rôtir jusqu'à ce que la peau explose et que les sucs giclent. Sweetmint sentait l'odeur de Rusty, entendait marcher Rusty et percevait sa rumoya – c'est-à-dire l'esprit de ses cellules, la force vitale qui irriguait tous les Invisibles, propre à chacun d'entre eux et déterminant pour partie leurs pensées, leurs sentiments, leurs gestes. Et cependant, elle ne le voyait pas. Ce qu'elle distingua sans mal, en revanche, ce fut la petite boîte emmaillotée dans un bout de grossier tissu brun qui flottait devant lui.

« Qu'est-ce que c'est ? » lui demanda-t-elle.

Les vieux coussins s'affaissèrent sous son poids lorsqu'il s'assit près de son hôtesse en sifflant tout bas. Il n'était pas grand, mais solidement bâti. Elle entendit ses dreadlocks frôler la cloison derrière eux et regarda la boîte se poser sur le coffre de métal.

« Chunjani, Rusty ?

– Oh, c'est mambonga de demander, Sweetmint. Tout va bien. Freshpine et les enfants se portent bien, de corps et d'esprit. Gloire, gloire ! »

Elle enlaça les épaules nues de Rusty, déposa un baiser sur sa joue.

« Je suis désolée. Seulement je… Tu sais.

– Je sais. Ta rumoya est inquiète. Mais namruz est un grand jour. Peut-être le plus grand jour de ta vie.

– Exactement.

– Je t'ai entendue dire quelque chose avant d'entrer ? Si ces ficelles et cet herbol d'herbefine ne me trompent pas, j'en déduis que tu as pu mettre au point ta dernière expérience du moment ?

– Ce n'est pas une *expérience*, c'est…

– Une invention. »

Suivirent quelques éclats de rire qui ressemblaient furieusement à une quinte de toux.

« Je sais, Sweetmint, je te taquine. Il t'a fallu combien d'essais ? »

Elle fit saillir sa lèvre inférieure du bout de la langue et réfléchit quelques secondes.

« Vingt-sept. Si j'avais fait un croquis préparatoire, ça n'aurait pas été si long. Je voulais savoir si ça pouvait marcher en me basant sur une construction purement mentale.

– Et comment fonctionnent-elles, ces constructions mentales, quand tu crées quelque chose ?

– Sans mentir, répondit-elle, en levant les yeux vers le plafond, c'est difficile à expliquer. C'est comme si je m'enfonçais dans une terre inconnue, encore plus éloignée que d'habitude, et que je me mettais à flotter. Tous les problèmes que je rencontre, je peux les visualiser sous forme de puzzle. Je les démonte entièrement et j'essaie de les reconstituer.

– Eh bien, dit-il (et sans doute devait-il sourire, à en juger par son ton), le Saintpère t'a vraiment accordé un don. Gloire, gloire.

– Veux-tu dire par là que je peux faire l'essai chez vous, également ?

– Pas du tout. Tu le sais, Freshpine exerce le contrôle le plus absolu sur notre khanaya. Et les enfants commenceraient à tripoter les ficelles avant même que tu puisses dire "Chef de l'exécutif Rhitel".

– Mais si je…

– Non, non, Sweetmint, pas cette fois-ci, dit Rusty en lui tapotant le genou. En revanche (et la boîte fut soulevée et offerte à Sweetmint), ça, c'est pour toi. »

Elle la prit des deux mains et déplia lentement la toile brune pour en extraire la boîte, laquelle contenait un nid de paille hirsute.

« Rusty, ça n'est pas une mauvaise blague, au moins ? Ça n'est pas vraiment le bon jour, tu sais. J'ai si peu de temps. »

Il ne répondit pas, attendant tout sourire, elle le sentait.

En fouillant dans la paille, elle trouva un objet rond et chaud, d'un métal couleur de blé, qui paraissait minuscule dans sa large paume. Un bouton auquel était fixé un anneau saillait sur le rebord de l'objet. Elle la pressa : le couvercle se souleva, révélant l'écran d'une boussole. Rares étaient les Invisibles qui en possédaient une, ou savaient s'en servir.

« Mambonga khulu, Rusty, dit-elle d'une voix qu'elle espéra plus reconnaissante que perplexe.

– Ah, tu te demandes pourquoi je t'offre une boussole, alors que le moindre de nos pas est surveillé. C'est pour le symbole, tu comprends ? »

Avec un léger rire, il avait tapoté le verre protecteur, faisant frémir l'aiguille.

« J'avais une course à faire en ville et j'ai croisé un artisan qui les personnalise. Je lui ai raconté que je travaillais pour un poddie collectionneur et je lui ai demandé de la régler sur la Forêt vingt-six. Où que tu ailles, maintenant, tu n'oublieras jamais d'où tu viens.

– Je ne sais pas ce qui fait le plus de peine, Rusty. Le fait que tu mentes sur ton travail ou celui que tu puisses imaginer qu'après avoir vécu la plupart de mes vingt-quatre années ici, je puisse un jour oublier d'où je viens. »

Et d'ajouter, après lui avoir donné un gentil coup d'épaule :

« Quoi qu'il en soit, merci.

– Khawamu. »

Il se leva, lui caressa les cheveux.

« J'y vais, je te laisse te préparer à la Prière du jour. Je t'aime, Sweetmint. »

Les mots quittèrent ses lèvres pour effleurer les tympans de Sweetmint, qui ne fut pas certaine d'avoir bien compris.

« Pardon ?

– J'ai dit "Je t'aime". »

Elle regarda la boussole et frotta doucement le verre ; le lien s'était déjà établi.

« C'est la première fois que tu me dis ça.

– Mais tu l'as toujours su, je crois ? »

Elle referma la boussole avec un petit clic et leva les yeux.

« C'est curieux tout de même d'avoir choisi pour me dire ça le jour où je suis, eh bien, une source de réjouissance pour la Forêt. Cela dit, ne t'inquiète pas, Rusty. Je ne t'oublierai pas, même quand je serai la première Invisible à être recrutée comme inventeuse par l'administration du Nordouest.

– Tu sais, dit Rusty, qui s'était retourné sur le seuil, avant de quitter la cabane. Il serait fier de toi. »

Oh, ces quelques mots. Le *il* en question était parti depuis trois ans déjà. Il ne reviendrait pas. Rusty n'avait pas cherché à la blesser : mais dans ce cas, pourquoi aborder un sujet si délicat ?

« J'en doute, chuchota-t-elle. Ce n'est pas vraiment ce qu'il avait prévu pour moi, travailler avec des poddies. Et puis je n'ai toujours pas confirmation de mon apprentissage.

– Ce dont il rêvait pour toi, Sweetmint, c'était le monde, pas moins.

– Tiens donc ? Alors pourquoi m'en tenir à l'écart, dans ce cas-là ?

– Tu sais, l'amour prend parfois des formes singulières. »

Il referma la porte, laissant Sweetmint perplexe. Le temps lui manquait cependant pour analyser ses émotions. Elle vida l'herbol ; la finaiguille lui dévala la gorge et se répandit dans ses veines avant de transformer son cœur en l'un de ces tambours zaya dont les hommes de sa forêt jouaient. *Boum… boum… boum.* Puis l'effet se dissipa.

Elle se rendit à peine compte qu'elle avait pris le chemin de Donsee, jusqu'à la grande place, un trajet rectiligne qui empruntait Softstone Path pour traverser la dense forêt. Ses pensées l'absorbaient à un tel point qu'elle n'entendit même pas les enfants de Rusty la héler. Ni ne vit les habitants des cabanes de Nearsee, moins solitaires que la sienne, la dévisageant du bord du chemin, corps et visages peints de cent couleurs.

Elle traversa la grande place, longea le quai de la gare, les hommes assis sur leurs charrettes à deux roues, les femmes faisant griller des légumes, échangeant rires et ragots, les enfants qui jouaient ou la suivaient en chuchotant. Deux ou trois gardes de l'hémisphère aux visages juvéniles passèrent dans la petite foule, en grande discussion : pour Sweetmint, ils faisaient simplement partie du décor. Elle ne s'arrêta qu'une fois parvenue à l'église. L'affluence étant modeste, elle s'installa à mi-distance de l'autel.

Elle les entendait tous, à présent, les murmures qui convergeaient dans sa direction. Les Forestains étaient tout aussi étonnés qu'elle, sans doute, de l'occasion unique qui se présentait à elle. Elle, qui avait toujours préféré étudier à pratiquer un sport, ou rejoindre des amies chez une autre fille pour admirer l'écran. Elle, qui dépassait tous ses voisins d'au moins une tête, et qui avait décidé de ne porter aucune peinture. Elle, qu'ils aimaient à parer des noms les plus variés, leur sobriquet préféré étant « ghihambi », ce qui en nordouestais se traduit littéralement par « visiteur » mais qui signifie « étranger ». C'était ainsi qu'ils désignaient les missionnaires PoDo envoyés en forêt pour y évaluer les conditions de vie et le degré de compréhension de la parole du Saintpère. Sweetmint, ce jour-là, cependant, perçut dans ce brouhaha une nuance nouvelle, celle de l'admiration.

Les bancs furent bientôt tous occupés et les portes de l'église se refermèrent avec un claquement cérémonieux. Deux enfants – une fillette à gauche, un garçon à droite – se chamaillèrent par-dessus ses genoux jusqu'à ce que leurs mères respectives leur administrent un châtiment qu'elle ne put voir, pinçon sur la cuisse ou torsion de l'oreille. Elle aurait bien aimé connaître ces tourments. En une vingtaine d'années sans famille, elle avait appris que les douleurs physiques, éphémères, sont bien moins dévastatrices que les blessures de l'âme.

Le révérend Achte pénétra dans l'église par une porte qui donnait sur l'autel et traîna lentement sa vieille carcasse vers le lutrin de bois, sa longue tunique blanche à rayures rouges se balançant au rythme de ses pas. Les reflets de la fine étoffe étaient aussi purs, aussi doux que l'âme du révérend. Parvenu au but, il fit taire ses ouailles d'un geste de la main avant d'émettre un sonore et chaleureux « Gloire ! Gloire !

– Gloire ! Gloire ! » répondit l'assistance.

Sweetmint ferma les yeux, pour se pénétrer de la joie collective de la Prière du jour. Et dans sa rumoya, un calme divin succéda bientôt à l'inquiétude.

« Bienvenue, mes enfants. Et qu'il est glorieux en vérité, ce jour ! » déclara le révérend, rayonnant d'une chaleur qui ne manquait jamais d'inspirer la bienveillance à Sweetmint et à tous les Forestains.

Depuis plus de soixante-dix ans, le révérend Achte était le messager officiant de la bonne parole du Saintpère dans la Forêt vingt-six. Du haut de ses quatre-vingt-dix ans, c'était la personne la plus âgée que connaissaient la plupart de ses ouailles, qu'il guidait, chérissait et protégeait de tragédies auxquelles il faisait parfois vaguement allusion – catastrophes ravageant d'autres régions plus ou moins lointaines de l'Hémisphère Nordouest.

« Mais avant d'aborder la raison qui rend cette journée si glorieuse, je vous demande de bien vouloir ouvrir vos bibles du Chef de l'exécutif Rhitel, poursuivit-il en brandissant sa propre tablette en verre. Déroulez jusqu'aux Proverbes 16:3. »

Et tous s'emparèrent des tablettes déposées au bas des bancs de l'église, allumèrent leurs bibles et firent défiler le texte jusqu'aux Proverbes.

« Lisons ensemble. Un, deux, trois : "Confiez au Saintpère toutes vos décisions, et il vous indiquera la marche à suivre." C'est un ordre des plus simples, n'est-ce pas ? Abandonnez-vous à la volonté du Saintpère en tout moment de l'existence, et il vous apportera le succès. Gloire, gloire !

– Gloire, gloire, répéta la congrégation.

– Si je partage ce verset avec vous aujourd'hui, c'est que l'une d'entre nous s'est donnée pleinement au Saintpère, bien qu'ayant jusqu'ici vécu une vie marquée par les obstacles, le chagrin et l'abandon. Et c'est grâce à ce dévouement que le Saintpère l'a conduite sur un sentier que seuls de rares élus peuvent fouler. Candace, je t'en prie, lève-toi. »

Ce ne fut que lorsqu'il prononça son nom officiel que Sweetmint comprit que le révérend parlait d'elle. Les Forestains qui s'étaient installés à sa gauche durent se regrouper dans l'allée pour la laisser passer. Tout en se dirigeant vers l'autel, elle garda les yeux baissés à terre, son cœur battant de nouveau comme un tambour.

Lorsqu'elle fut arrivée à sa hauteur, le révérend tendit les mains devant le lutrin pour la repérer. Une fois le contact établi, il palpa ses bras et ses épaules avant de poser les deux mains sur sa nuque.

« Lève la tête, mon enfant. »

Elle renversa la tête pour croiser son regard. Certes Sweetmint était grande, pour une Invisible : mais le révérend était immense, même pour un PoDo.

« Et maintenant, retourne-toi vers l'assistance. »

Elle s'exécuta. À présent, elle avait devant elle les cinq cents et quelques habitants de sa forêt. La plupart portaient des lentilles colorées ; leurs corps étaient intégralement peints de couleurs accordées à leur humeur, à la mode du jour ou au désir d'être ce qu'ils n'étaient pas. D'autres cependant, à l'instar de Sweetmint, préféraient rester parfaitement transparents. Au sein de l'assistance, leurs rumoyas vibraient sur les bancs apparemment vacants, semblables aux trous que laissent les dents de lait tombant d'une bouche d'enfant PoDo.

« Je suis certain que vous savez tous que d'ici quelques minutes, Candace va nous quitter pour se rendre au château Tenmase, la demeure de Mr Croger Tenmase. Pour les plus jeunes d'entre vous, ajouta le révérend en embrassant du regard les enfants aux corps bariolés, Mr Croger Tenmase, dont le titre officiel est Directeur du progrès, a de nombreux surnoms, tels que l'"Architecte en chef", ou le "Grand ingénieur". C'est à lui, en effet, de même qu'au Chef de l'exécutif Rhitel, que le Saintpère bénisse son âme, que nous devons le Nordouest tel que nous le connaissons : d'un monde en proie au chaos, il a, par maintes révolutions, su créer ce bel hémisphère. Et si Candace part aujourd'hui pour le château Tenmase, c'est qu'elle a été choisie parmi des centaines de candidats, tous nouvellement diplômés du Forestaeum Minor, afin de postuler à un apprentissage particulièrement prestigieux, lequel vient tout juste, je le précise, d'être créé. En vue d'étudier auprès de Mr Croger Tenmase, de mieux comprendre les inventions qui ont métamorphosé notre partie du monde et de devenir une Invisible exemplaire pour tous : gens de la Forêt vingt-six, bien sûr, mais aussi de la région des forêts et de l'hémisphère dans son ensemble. Devenir un modèle, une inspiration. »

Oh Saintpère, qu'on en voie la fin. Vite, vite, vite, songeait-elle en fermant les yeux avec tant de force qu'elle en eut mal au crâne. Elle ne savait plus où se mettre. Quand les Forestains s'intéressaient à elle, c'était en général pour de mauvaises raisons, ou parce qu'elle avait, une fois de plus, fait la démonstration qu'elle était aussi bien intégrée à la communauté que ces Invisibles insensés qui pensaient que porter des vêtements, des vrais, leur vaudrait le respect, et non, comme de bien entendu, des océans d'humiliation.

Sweetmint se risqua enfin à rouvrir les yeux. Et manqua tomber les quatre fers en l'air. Ce qu'elle pouvait lire dans les visages rendus visibles par les peintures faciales, les lentilles et les couvre-dents, c'était... de l'orgueil. Et peut-être aussi (mais il fallait raison garder, tout de même, à ce sujet), une sorte d'acceptation. Il n'était pas impossible que pour la première fois, ils ne la considéraient plus comme une ghihambi mais comme une bukoneh, un miroir.

« De sorte que je voudrais que nous priions tous pour Candace, ou "Sweetmint", comme vous pouvez également la nommer, ajouta le révérend Achte. Inclinons-nous et répétez après moi cette prière. Saintpère (et les croyants lui firent dûment écho), nous vous sommes reconnaissants d'avoir permis à notre Candace de parvenir à ce stade. »

Il s'interrompit quelques secondes pour laisser le temps à ses centaines d'ouailles de tout répéter.

« Et nous savons non seulement ce que cela signifie pour elle, mais également pour la Forêt vingt-six et pour tous les Invisibles de l'Hémisphère Nordouest. Accordez-lui la réussite en ce jour, mais seulement si Vous l'en pensez digne, si elle le mérite à Vos yeux. Quoi qu'il en soit, nous resterons Vos débiteurs, pour la lumière dont Vous nous inondez, en chacune des secondes de nos jours. Gloire, gloire.

– Gloire, gloire », répondit la congrégation.

Les portes s'ouvrirent ; si d'ordinaire tous se pressaient d'aller travailler, de retourner à l'école ou de se diriger vers la Route vingt-six, la plupart des ouailles restèrent dans l'église, petite foule encombrant l'allée que Sweetmint s'efforçait de remonter. Ils la prenaient par les bras, lui hurlaient souhaits de réussite et demandes pressantes, tandis que les enfants se cramponnaient à ses jambes, tels de solides lichens.

« Sweetmint, on a toujours cru en toi ! »

« Tu pourrais dire à Mr Tenmase qu'on aimerait bien avoir des sphoreilles ? »

« Si Mr Tenmase a besoin de personnel de maison, on est prêtes, mes sœurs et moi ! »

« Ce monsieur, là, il habite un grand château, non ? Ça ne me déplairait pas d'entretenir ses maçonneries, Sweetmint. Tu peux lui transmettre le message ? Mambonga. »

Elle distribua sourires et hochements de tête à l'assistance, à laquelle elle laissa le soin de la conduire de l'église à la grande place, puis au quai où son train l'attendait déjà.

« Sweetmint ! s'écria une voix en contrebas.

– Darksap ! répondit-elle en baissant la tête.

– Bonne chance !

– Mambonga ! »

Échappant enfin à ses accompagnateurs, elle monta dans le train. La porte antibruit se referma derrière elle. C'était la première fois qu'elle entrait dans un train privé. Aussi étrange que cela puisse paraître, elle fut frappée avant toute chose par la propreté de la moquette beige. Pas de saleté collant aux parois, ni de revêtements grossiers, ni de liquides renversés cherchant d'instinct la fréquentation de ses pieds nus.

Et puis, l'éclairage. Pour l'heure, rien n'était encore allumé, puisque le soleil entrait à flots par les grandes vitres : mais, contrairement aux trains publics qu'elle prenait toujours, les filaments étaient vierges de toute crasse brunâtre. Elle avait pensé jusqu'ici que les trains se devaient toujours de menacer ruine, sièges fendus en bois rouge et blanc, vitres étoilées qui gémissaient comme des nourrissons tandis que la rame bringuebalait vers sa destination. Ah, mais les PoDo étaient connus pour leur attachement obsessionnel à la propreté et à la pureté. *Et ce train, alors ? Était-ce une exception, ou tous les poddies fortunés en usaient-ils de semblables ?* L'air qu'on y respirait semblait même… différent. Plus frais, ce qui rappela à Sweetmint les professeurs PoDo de Forestaeum Minor, qui se plaignaient tout le temps de la chaleur et de l'absence d'air conditionné. *Ils doivent être habitués à ce genre de traitement.*

Quand on montait dans les trains publics, on se retrouvait directement dans le compartiment. Ce n'était pas le cas ici. Sweetmint se trouvait dans une sorte d'antichambre munie de quatre portes : celle en métal qu'elle avait franchie, et dont elle avait le pendant en verre sous les yeux. Puis, à droite et à gauche, deux portes d'un bois poli avec une telle perfection qu'elle n'aurait su identifier son essence. Peut-être était-ce une mise à l'épreuve ? Le train appartenait à Croger Tenmase, un homme qu'on savait capable de tout. Devait-elle rester dans ce sas ? Le trajet ne durait pas plus de vingt minutes. Le paysage qui défilait de l'autre côté des battants de verre n'était pas déplaisant : ciel bleu, arbres immenses aux vertes frondaisons, des mains levées par centaines, la saluant dans un flou croissant.

À la perdition, la prudence !

Elle se retourna vers la porte de gauche, laquelle coulissa automatiquement. *Saintpère.* Les cloisons étaient tendues de velours rouge capitonné. D'un côté du compartiment, des tableaux de maître ; de l'autre, une immense fenêtre. Une sorte de lustre, cascade de larmes scintillant de mille feux, pendait au plafond, reflétant la lumière du soleil qui filtrait par le toit de verre violet. Le plus stupéfiant cependant était la longue table en bois précieux qui s'étirait sur toute la longueur de l'habitacle, dûment encerclée par son armée de fauteuils de velours, de teintes assorties aux parois. Sur la table, un festin : biscuits et gâteaux de toutes les couleurs empilés en tours bigarrées ; plateaux offrant des mets aux nuances singulières dont se dégageait une épaisse vapeur : carottes rôties violettes, soupe de potiron rose vif, maïs vert ; herbières et brocs ornés de volutes dorées.

Sweetmint s'aventura d'un pas prudent vers la table. Un message apparut dans la vitre : *Bienvenue, Candace. Tout ceci est à votre disposition. Faites-moi confiance, rien n'est empoisonné... à moins que ? CT.*

Rien de surprenant là-dedans : l'excentricité de son hôte était connue de tous, y compris des Invisibles. À contempler le banquet, elle sentait son estomac se nouer. Il faut dire que depuis le matin elle n'avait rien avalé de plus qu'une simple décoction de finaiguille. *Bon, si vous le dites...* Elle détacha un petit gâteau du sommet de la tour, y planta les dents et poussa un gémissement. *Courge et oignons.* Et tellement frais ! Elle avait l'habitude des biscuits secs, qui s'émiettent partout. Elle empoigna un pichet de jus de carotte, s'en servit un plein verre et le vida cul sec comme si elle n'avait rien bu depuis des années.

Et maintenant, une herbefine pour faire passer le tout. Mais lorsqu'elle se pencha sur l'herbière, le reflet qu'elle aperçut dans ses entrelacs noir et or lui donna envie de vomir sur-le-champ le gâteau et le jus de carotte. Non. Non, non, non, non. Elle porta les mains à son cou, consciente déjà de ce qui lui manquait. Le collier d'acier que ceux qui ne se peignaient pas portaient afin d'être vus et identifiés plus facilement par les gardes de l'hémisphère et les hommes et femmes de la Population dominante. Sans doute l'avait-elle oublié dans sa cabane.

Elle se laissa tomber dans un fauteuil des plus moelleux et se frappa le front des deux poings. *Espèce d'idiote. Comment as-tu pu oublier ça ?* L'absence de collier ne lui barrait-elle pas automatiquement l'accès à l'apprentissage ? Aurait-elle même la possibilité d'obtenir un entretien ? C'était sans nul doute le signe qu'elle était incapable de s'astreindre à un règlement. Les Invisibles qui ne se peignaient pas devaient porter leur collier en permanence : c'était comme ça, et pas autrement. Elle avait pourtant préparé une liste des choses à faire avant de partir de chez elle, c'était sa manière habituelle d'organiser ses pensées. Et puis la matinée lui avait retourné les esprits.

Des gouttes de sueur apparurent sur ses paumes et sur les plantes de ses pieds de géante.

« Saintpère, aie pitié de moi. Cet apprentissage, il me le faut absolument », dit-elle, en respirant avec une lenteur calculée.

La supplique n'eut aucun effet.

Elle songea à tous ceux qui avaient prié pour elle. Ces gens qui n'avaient aucune idée des efforts qu'elle avait dû accomplir pour cette sélection, qui ne savaient pas à quel point il était difficile de travailler avec Croger Tenmase, mais qui pensaient tout de même qu'elle serait en mesure de les élever, tous, par le seul contact avec une telle personnalité. La veille au soir, ils s'étaient rassemblés autour du feu pour la nourrir : tourtes aux patates douces, légumes rôtis et des litres de jus maison, citrouille, carotte et betterave. Elle n'avait qu'une vision en tête, celle de leur complète désillusion, qu'une phrase en tête, celle que Rusty avait prononcée le matin même. « Il serait tellement fier de toi. » Il n'y avait franchement pas de quoi. Le grand espoir de la Forêt vingt-six, cet « étrange génie », comme certains la qualifiaient, n'avait même pas été foutue de penser à son collier.

« Miss Candace, l'arrivée est prévue dans deux minutes », prononça une voix nonchalante, immatérielle, provenant d'un haut-parleur invisible. Tiens, encore une différence avec les trains publics. Les PoDo, sans doute, ne rataient jamais leur arrêt : cette pensée l'occupa pendant quelques secondes. Puis le train ralentit en silence : elle était arrivée.

Allez, debout. Elle se dirigea vers la porte en métal, tout en s'efforçant de ralentir les battements de son cœur. Avant même qu'elle puisse embrasser du regard ce qu'elle avait sous les yeux, la voix sans corps prononça « Bienvenue au château Tenmase, miss Candace ». Et la porte s'ouvrit.

Sitôt descendue, elle sentit sous ses plantes calleuses le béton du quai, curieusement frais en dépit de la chaleur torride. La surface grise était ornée de carreaux portant les lettres C et T. Soudain Sweetmint n'eut plus qu'une envie, retrouver l'humus moelleux, les grands arbres de la Forêt vingt-six, revenir chez elle. Elle se retourna : la porte du train s'était déjà refermée. Son corps fut transpercé par un flux de panique. *Arrête. Si tu veux t'en sortir, il faut aller jusqu'au bout.* Et elle se força à descendre les marches du quai, au bas duquel un comité d'accueil avait fait son apparition.

Vêtus de leur uniforme vert mousse, deux gardes de l'hémisphère, que les Forestains appelaient les chibes, se tenaient devant un portail de fonte noire, à quelques mètres devant elle. Tous deux portaient la casquette à fond plat et à visière rigide des chibes de rang inférieur. C'étaient les pires, parce qu'il leur fallait toujours se rassurer sur leur statut.

Lorsqu'elle fut parvenue à leur hauteur, le plus grand des deux, teint rose pâle, yeux trop verts, tendit la main pour arrêter sa progression.

« Charles, on est quel jour, déjà ? demanda-t-il à son collègue chibe.

– Lundi, Braithwaite », dit le plus petit des deux.

Il avait le teint plus rouge, résultat sans doute d'une exposition prolongée au soleil. Cela faisait des mois qu'elle n'avait pas vu de PoDo de près, hormis le révérend Achte. Comme leurs peaux blanc-rose étaient délicates ! Les pauvres, songea-t-elle. Et cette peau visible n'était pas seulement fragile. La rumoya ne pouvant la franchir et flotter à travers eux, ils n'étaient que corps sans esprit.

« C'est ce que je me disais, reprit Braithwaite en levant les yeux au ciel. Penses-tu qu'il y ait un nouveau règlement qui permet aux vizos de se balader sans collier les lundis ?

– Baisse les yeux, toi, siffla le dénommé Charles, ayant surpris sur lui le regard de Sweetmint. Ma parole, ce grand machin ne manque pas de toupet. Eh bien, pour ce nouveau règlement, non, je n'en avais pas connaissance. Tu crois qu'elle se croit plus maligne que nous ? »

Première pensée venant à l'esprit de Sweetmint : *les yeux des jeunes PoDo sont tous pourvus de didantilles dès la naissance, afin qu'ils puissent nous distinguer, même vaguement. La température de nos corps, qui se traduit par une pulsation des couleurs du spectre. Et je sais que les colliers font partie du règlement, mais si vous pouviez faire preuve d'indulgence...*

Deuxième pensée : *ils veulent la bagarre. Ou la soumission. Et comme les Invisibles ne se battent pas avec les poddies...*

Troisième pensée : *Soumission.*

Les yeux fixés sur leurs bottes de cuir végétal, si lustré qu'il semblait humide, elle murmura :

« Je suis navrée. Je ne sais pas si...

– Ne parle pas tant qu'on ne t'en donne pas l'autorisation », dit Braithwaite, dont l'ombre s'allongeait sur le sol tandis qu'il s'approchait de Sweetmint.

Elle leva la tête. S'il tenait à la frapper, au moins aurait-elle le temps de voir le coup venir. Le chibe se contenta de devenir rouge comme une betterave.

« Tu sais quoi ? poursuivit-il. On va lui donner une leçon, Charles. On va la peindre en rouge, noir et blanc en l'honneur de notre bel hémisphère que, de toute évidence (il tendit le bras vers elle avant de le laisser retomber) cette vizo ne respecte pas. »

Le chibe trop cuit, à ces mots, se faufila derrière Sweetmint et la prit par les bras.

« Bouge pas, lui souffla-t-il à l'oreille, haletant. On ne ratera pas un centimètre… Y compris ta zone interdite. »

Le chibe pâle disparut quelques secondes dans une guérite de béton accolée au portail et réapparut, un seau et un pinceau à la main. Il la regarda droit dans les yeux et plongea le pinceau dans le seau.

« Je me suis toujours demandé ce qui se passerait si on leur peignait l'intérieur, dit-il. Est-ce que ça change de couleur ? Est-ce que la peinture devient transparente ? Est-ce qu'on peut voir le pinceau dans leur *klunt* ?

– Il n'y a qu'une façon de le savoir, répondit l'autre, la braguette tendue par une érection massive, tout en se frottant contre Sweetmint.

– Non ! » hurla cette dernière.

Elle essaya de se défaire de l'étreinte du chibe, qui lui faisait mal aux bras. Il lâcha soudain prise.

« Braithwaite, on arrête.

– Pourquoi ? ricana l'autre, le pinceau dégoulinant de peinture rouge. Tiens-la bien, Charles. D'accord, elle est grande, mais elle ne m'a pas l'air spécialement baraquée. »

Charles esquissa un geste du menton en direction du portail. Braithwaite écarquilla les yeux et se précipita dans la guérite. Près de la grille un jeune PoDo les regardait, debout dans l'ombre d'un arbre aux épaisses feuilles jaunes immense et hirsute. Sweetmint crut comprendre, de ce qu'elle voyait de l'homme à cette distance, que c'était un autre chibe, leur supérieur, peut-être, raison pour laquelle Braithwaite émergea de la guérite sans pinceau ni peinture.

Les deux gaillards se rapprochèrent l'un de l'autre, épaules droites, et tirèrent sur le bas de leur veste.

« Toi, la vizo, t'as intérêt à la fermer », gronda Braithwaite.

Le jeune homme s'approcha lentement du trio, son odeur de plus en plus perceptible. Contrairement aux deux chibes, qui dégageaient un fumet de citrouille aigre et de pommes de terre pourries, le nouveau venu sentait le sucré-salé, comme s'il venait de s'extraire de l'océan, couvert de sirop. Il portait une chemise de maille blanche, impeccablement repassée, col ouvert, manches remontées ; son pantalon de maille brun foncé était parfaitement coupé. Signe immanquable de richesse et de nonchalance, il était chaussé de sandales faites main.

Il était de grande taille, même pour un PoDo. Ses cheveux blonds et courts, sa mâchoire ciselée lui donnaient l'air d'être sorti tout droit d'une de ces émissions dont les Forestains étaient fous, ce qui donnait à son apparition une aura d'irréalité ; Sweetmint se trouvait soudain transportée en esprit dans une dimension où les règles n'existaient plus, où tout devenait possible. Comment s'appelait cette émission, déjà ? Peu importait. Ce qui comptait, c'était la progression vers eux du jeune homme, la tranquillité de sa démarche contredite par l'expression inquiète – oui, inquiète – de son regard.

« Ça va ? » lui demanda-t-il.

Question qui la pétrifia. Les yeux vairons du jeune homme l'intriguaient. Un bleu, un vert. Il avait l'air d'avoir le même âge qu'elle. Elle hocha la tête.

Il se mit à rire, montrant une denture parfaite, elle aussi, suivant les standards PoDo. Dans la forêt de Sweetmint, cette caractéristique était considérée comme un signe de faiblesse. Y était associé un terme dégradant dont les élèves affublaient leurs professeurs PoDo en secret : « dandile », celui ou celle dont les dents sont bien rangées. Cependant : ici, loin de la Forêt vingt-six, la denture du jeune homme était conforme en tout point à ce qu'elle devait être. Un acteur, c'était sûr et certain.

« Parfait, dit le jeune homme. Vous êtes Candace, je pense.

– Mr Tenmase », dit le plus petit des chibes, tirant Sweetmint de son rêve éveillé.

Il ôta sa casquette, se lissa les cheveux. Son compère s'épongea le front, où perlait la transpiration.

« Elle n'avait ni collier ni peinture et donc…

– C'est bon, Charles, dit le jeune PoDo. Je comprends. »

Les chibes, leurs quatre poumons interconnectés, soupirèrent de soulagement.

« Je comprends que vous n'avez aucune considération pour les hôtes de mon oncle, ni pour les femmes, surtout lorsqu'elles sont aussi belles que Candace. »

Pardon ? Que dit-il ? Même pour elle, qui pouvait tracer sur la page de son esprit les schémas de ses inventions, il se passait bien trop de choses devant le portail. Non seulement ce PoDo l'avait complimentée sur sa beauté, mais il prenait sa défense. Et pourquoi donc ? Son regard se posa sur l'acteur. Puis sur les chibes. Puis de nouveau sur l'acteur, attendant qu'ils éclatent tous de rire et lui fassent subir les pires traitements.

« Vous êtes tous les deux mis à pied.

– Mais, monsieur ! »

Le chibe aux yeux verts qui, cinq minutes plus tôt, s'apprêtait à enfoncer un pinceau dans les parties intimes de Sweetmint se mit à taper du pied.

« Vous n'avez pas le droit. Nous sommes nommés par l'État. Le directeur Curts, qui supervise l'ensemble des gardes de l'hémisphère, nous a en personne affectés à la surveillance du château de votre oncle. »

L'acteur se retourna vers le chibe, ce qui fit sursauter ce dernier.

« Eh bien, je ferai en sorte qu'il soit informé de mes intentions. En attendant, vous allez tous les deux remonter le quai, prendre ce train et retourner dans le cloaque d'où vous êtes sortis, en priant le Saintpère lui-même que votre prochain poste ne se situe pas dans un bureau souterrain de la région du traitement des eaux, là où, dit-on, les émanations suffisent à elles seules à vous faire pourrir les dents.

– Allez, viens », dit Charles à son compagnon, qu'il avait pris par la manche.

Et ils montèrent sur le quai, comme le leur avait ordonné le jeune homme. Ce dernier s'approcha de la guérite dont il tapota la cloison extérieure à plusieurs reprises. Les portes du train s'ouvrirent et se refermèrent derrière les deux chibes. Puis la rame poursuivit son chemin dans la direction opposée à celle de la Forêt vingt-six.

Le jeune homme tendit le coude à Sweetmint.

« Venez, Candace. Mon oncle vous attend. »

Encore interdite, elle lui empoigna le bras non sans hésitation, elle qui n'avait que très rarement, en vingt-quatre ans d'existence, touché volontairement de PoDo. Puis ils franchirent le portail. Elle était écartelée entre la certitude qu'il allait bientôt cesser de lui jouer la comédie, et le désir de s'abandonner à jouer un rôle dans cette courte pièce, quelle qu'elle soit.

Le dallage en béton fit bientôt place à une pelouse qui s'étendait devant elle et à sa droite ; l'herbe était drue, vert sapin. Elle se tourna vers la gauche, pour éviter le regard vairon du jeune homme : une forêt s'élevait loin devant elle, à plus de cinq cents mètres. Ce n'était pas la sienne, bien sûr, mais la vue des arbres blottis les uns contre les autres lui rappela ce fait rassurant : quoi qu'il advienne, elle serait de retour chez elle le soir même, dans sa cabane.

« Et bien sûr, vous ne me demandez pas comment je m'appelle.

– Je vous demande pardon… Vous disiez ?

– Oh, rien, une blague, dit-il, le visage fendu par un large sourire, les dents si blanches miroitant à la lumière du jour. Mon nom est Sanford. »

Elle hocha la tête, détourna de nouveau le regard. Ils poursuivirent leur chemin vers le château, du moins l'espérait-elle, n'ayant sous les yeux que pelouse et bosquets. Il vint à Sweetmint des visions où le jeune homme tombait le masque et lui faisait subir des ignominies bien pires que celles des chibes : elle les chassa de son esprit.

« Et je suis le neveu de Croger Tenmase. Enfin, si on peut dire. »

Il se tut, attendant qu'elle réagisse, ce qu'elle ne fit pas. Avec les PoDo, s'en tenir aux communications essentielles. Autre leçon qu'enseignait l'expérience.

« Je viens de la région des forêts, bien plus au nord. Je suis allé à l'université, comme vous, mais à Rhitelville. Forestaeum Major. Oncle Croger cherchait un apprenti. J'ai présenté ma candidature.

Et je suis devenu un membre de la famille, d'une certaine manière. Vous êtes orpheline, si j'ai bien compris ? »

Fait qu'elle n'avait pas mentionné dans sa lettre de motivation, mais Mr Tenmase, sans nul doute, avait enquêté sur son passé. Difficile de faire autrement. Elle hocha la tête, le regard fixé droit devant elle.

« Moi aussi. Ç'a été... pénible, quand j'étais enfant. Beaucoup de gamins en colère et d'adultes qui l'étaient encore plus. Mais j'avais ce quelque chose qui n'était qu'à moi. »

Nouveau silence, coupelle qu'il lui tendait pour qu'elle y dépose une anecdote, une affirmation ou même simplement une question. La coupelle resta vide. Alors il sourit, sans doute plus pour lui-même que pour elle.

« C'était une enluminure que je gardais au-dessus de mon lit, et qui représentait Croger Tenmase. Nuit et jour, elle restait allumée, même s'il fallait se battre avec les autres qui voulaient que je m'en débarrasse, parce que la lumière les gênait. La dernière chose que je voyais le soir avant de m'endormir, la première chose que je voyais le matin en me réveillant, c'était son visage. Qui m'a donné la force de m'enfuir, de devenir quelqu'un d'autre, de reprendre le contrôle de mon existence, de l'améliorer. Sauf que... On ne se débarrasse jamais de ce sentiment d'avoir été abandonné, je crois ? »

À écouter les mots qui débordaient de ses lèvres comme une cascade qu'elle devait, elle aussi, contenir, elle s'adoucit. Songer que cet homme, PoDo qui plus était, comprenait, d'une certaine manière, le vide qui creusait son cœur ? Ce fut alors qu'elle sut avec certitude qu'il ne feignait pas. Non, il se confiait à elle, lui ouvrait les portes de son âme pour l'inciter à en faire autant, même s'ils venaient juste de faire connaissance. Malgré tout, elle ne fut capable que de marmonner : « Oui, en effet. »

Et lorsqu'il baissa les épaules, elle sentit la tension qu'y avait imprimée l'espoir d'une réponse abandonner le corps du jeune homme.

« Quand j'ai fini mon apprentissage, l'an dernier, poursuivit-il alors, oncle Croger m'a offert son nom de famille. Sanford Sharpe est devenu un second Mr Tenmase. Cela dit, s'il vous plaît, ne me donnez pas ce nom-là. Vous pouvez m'appeler Sanford, Sandy, ou même koos si vous y tenez, mais pas Mr Tenmase. »

Un grand éclat de rire jaillit soudain des lèvres de Sweetmint. Elle porta immédiatement la main à sa bouche, gênée.

« Oh, désolée, Mr… Euh, Sanford.

– Qu'est-ce qui vous amuse à ce point ?

– Koos… Vous vouliez dire khoost ?

– Oui, c'est cela. "Celui qui a une peau". C'est bien ainsi que vous nous surnommez, en vilongo ? Je préfère ça à PoDo, pour tout vous dire. Ou à Population dominante. Mais ce qui m'échappe, c'est cette référence à la peau. Vous aussi, vous en avez une. Simplement, les vôtres sont transparentes et les nôtres blanc-rose. »

La réponse de Sweetmint tardant à venir, il se mordit les lèvres.

« J'ai dit quelque chose qu'il ne fallait pas dire ?

– Non, non. Je suis impressionnée, c'est tout.

– Ah… »

Il lui offrit de nouveau le bras.

« Vous et moi, nous nous réservons de nombreuses surprises, j'en suis certain. »

Des surprises ? Non, pitié. Ce que je veux, c'est de la stabilité.

« Sanford, s'aventura-t-elle enfin à demander. Qu'est-ce que vous faites dans la vie ?

– Je fais en sorte que les choses se produisent. »

Cette réponse vague, après tant de franchise, prit Sweetmint au dépourvu.

« Vous faites en sorte que les choses se produisent. Bon. Et quel effet ça fait de travailler avec lui ? »

La question fit sourire Sanford.

« Celui de pouvoir traverser les murs. »

La pente soudain se fit plus abrupte et les mollets de Sweetmint se raidissaient à chaque pas. Elle avait lâché le bras de Sanford à mi-chemin de la colline mais avant même qu'ils en atteignent le sommet, il lui décocha un clin d'œil en lui tendant de nouveau la main. L'ignorant, elle grimpa jusqu'à la crête, et sa tête soudain lui sembla s'être détachée de son corps, errante.

« C'est un mirage, ou bien…

– C'est on ne peut plus vrai », lui répondit-il en revenant à sa hauteur.

Ils avaient sous les yeux une étroite vallée noyée sous la verdure, à l'exception du château qui s'y dressait telle une petite montagne en briques aussi rouges que le sang des PoDo. Quatre étages, vastes, inimaginables, pourvus de dizaines de fenêtres ouvertes ou fermées comme autant de paupières battantes. Le château était flanqué de deux tours rondes, chacune coiffée de son petit toit pointu et dûment pourvue de panneaux solaires, de même que le reste de la toiture : c'étaient les CaTiO3 qu'utilisaient aussi Sweetmint et les autres Forestains. Au vent claquait le drapeau de l'Hémisphère Nordouest, représentant un exemplaire imprimé de la bible du Chef de l'exécutif Rhitel, blanc dans un cercle rouge sur fond noir.

Ce ne fut pas avant de se trouver dans les bras de Sanford qu'elle comprit ceci : elle avait perdu l'équilibre et manqué rouler tout au bas de la pente ; le jeune homme, fort heureusement, l'en avait empêchée.

« Ça ne rate jamais », dit-il, tandis qu'elle contemplait son visage rose pâle.

Et sans doute, grâce à ses didantilles, percevait-il la chaleur montée subitement aux joues de Sweetmint, d'un écarlate trop éloquent.

Il l'aida à se redresser, attentionné.

« Ça va aller ? »

Elle hocha la tête et le jeune homme à ses côtés parvint à poser un pied devant l'autre. À chaque enjambée le château semblait croître en taille. Elle percevait l'odeur d'argile, de sable et de fer de ses briques. Lorsqu'ils se trouvèrent au pied du grand perron, elle fit halte.

« Nous y sommes presque », dit Sanford.

Elle était pétrifiée. Les immenses portes à double battant du château, en bois de graineride, dégageaient une odeur si intense, si épicée qu'elle l'avait presque sous la langue, et cette odeur soudain l'avait ramenée à la Forêt vingt-six. La porte de sa cabane était de ce même bois : récolté, taillé et poli par celui qu'elle s'efforçait sans aucun succès d'oublier, jour après jour.

« Et voilà le travail, Petite Moi. Qu'en dis-tu ? lui avait-il demandé, tout sourire, le jour de l'installation.

– Il n'y en a pas de plus belle au monde », avait-elle répondu.

Phrase qu'elle chuchota dans la vallée.

« Pardon ? s'enquit Sanford, l'arrachant à ses souvenirs. Ah, je comprends. Il faut un moment pour se faire à cet endroit. »

Il la prit par la main. Elle se laissa reconduire dans ce rêve, que parachevait la présence du château.

« Voyons, Candace, je sais que ça peut paraître très envahissant, tout ça. Mais sachez qu'ici, vous pouvez compter sur moi. »

Avant qu'elle puisse répondre, une fenêtre s'était ouverte au premier étage.

« Oh non, il ne va pas recommencer, articula Sanford, les yeux au ciel.

– Recomm…

– J'arrive ! » prononça une voix, tandis que l'extrémité d'une épaisse corde jaillissait de la fenêtre.

Un PoDo apparut ensuite, de dos. Accroupi sur le rebord de la fenêtre, la corde bien en main, il descendit précautionneusement le long du mur de brique. Puis, à un mètre environ du sol, il s'écarta de la paroi et lâcha la corde pour atterrir juste devant Sweetmint.

Il la salua d'une révérence et lorsqu'il se redressa, elle comprit immédiatement qu'elle avait à faire à Mr Tenmase, le seul, l'unique. Il n'était pas de ceux qui courtisent l'écran, si bien qu'elle n'avait jamais vu que d'anciennes enluminures de son visage : mèches filandreuses et noires qu'il s'efforçait à l'instant de chasser de son front, lunettes à monture métallique perchées sur son nez maigre, jetant une ombre pâle sur ses pommettes saillantes. Ce que les enluminures échouaient à montrer, c'était la fossette presque imperceptible de son menton, la sveltesse de ses membres, en contradiction avec les biceps qui saillaient cependant sous le pull de maille noir. Le plus étonnant était malgré tout qu'elle le dépasse d'une tête.

« Sanford, quelle note ?

– Sept sur dix, mon oncle. Atterrissage correct, mais le vol m'a semblé hésitant par moments.

– Sept sur dix ! protesta Tenmase, les bras au ciel. Bah, qu'est-ce que tu y connais ! »

Il se mit à explorer l'air devant lui, comme à tâtons. Lorsque Sweetmint comprit qu'il la cherchait, elle tendit la main dans sa direction, jusqu'à ce qu'il puisse l'attraper.

« Ah, vous voilà. Je n'ai pas de didantilles. Et vous, vous ne portez ni peinture ni collier. C'est pourtant dans ce but que je les ai inventés ! »

Le cœur de Sweetmint se serra dans sa poitrine.

« Je suis navrée, Mr Tenmase. Je me peindrai demain, je peux même m'y mettre tout de…

– Inutile, dit-il en lui tapotant le bras. Il est peu probable que vous surviviez à la journée, alors ne nous égarons pas en conjectures. »

Un goût de terre vint à la bouche de Sweetmint. Elle opina éperdument du chef puis, se souvenant qu'il ne pouvait la voir, retrouva la parole.

« Oui, Mr Tenmase.

– Très bien. Sanford, mon garçon, si tu allais vaquer à tes occupations ? Quant à vous, ma chère (sans lui lâcher le bras, il tendit le cou et lui souffla sous le nez), on le commence, cet entretien ? »

Chapitre 2

« Vous savez, dit Mr Tenmase en se dirigeant vers la tour gauche de son château, je n'ai pas toujours habité ici. Il est vrai que la plupart des PoDo préfèrent les villes : moi, j'aime mieux la solitude, sans parler du grand air. Un inventeur, ça a besoin d'air. Je me dis que… »

Il fit halte, les bras tendus, et pivota sur lui-même.

« Oh, vous êtes où ? »

Elle se précipita à ses côtés.

« Ici, Mr Tenmase. Désolée, je ne savais pas si je devais vous suivre.

– Candace, cet entretien, vous croyez que je vais l'avoir avec moi-même ?

– Non, bien sûr.

– Alors ne vous laissez pas distancer. On se perd facilement, ici. »

Ils contournèrent la tour et le paysage de l'autre côté du château se déploya comme l'une de ces pages enluminées que Candace lisait à l'école. Ils cheminaient le long d'un clair torrent qui, sectionnant en deux la pelouse, les séparait du reste de la propriété. Elle ne distinguait que quelques bâtiments gris ou blancs, se souvint cependant de ce qu'elle avait vu du sommet de la colline avant de s'évanouir : il y avait entre le château et la falaise, puis la mer, quantité de merveilleux jardins géométriques et autres étincelantes serres. En esprit, elle dressa la liste de toutes ces splendeurs, concevant une carte en trois dimensions qu'elle pourrait explorer seule, en temps et en heure. Ce fut alors qu'ils s'engagèrent sur une passerelle en bois.

« Vous n'êtes pas causante, vous.

– Désolée, Mr Tenmase.

– Je peux vous donner un avis de vieux ? Ne vous excusez jamais. Ça vous décrédibilise. Mais si vous me disiez d'où vous vient cette discrétion ? D'après vos professeurs, la timidité ne vous empêchait guère de donner les bonnes réponses en classe.

– C'est simplement que… J'ai peur de raconter des bêtises.

– Parfois, il vaut mieux en dire que de se taire. On va commencer par quelque chose de simple : que savez-vous de moi ? »

Une liste se matérialisa dans l'esprit de Sweetmint, ponctuée de tirets, de sous-tirets et de bébés tirets en sus. Les inventions de Mr Tenmase. Les rues, les parcs, les bâtiments qui portaient son nom. Une biographie des origines qui le liait à la Renaissance de l'hémisphère, le couronnant héros de l'État et l'ensevelissant sous une avalanche de titres. Par où commencer, maintenant qu'elle avait sous les yeux l'homme de chair et d'os, et non plus le mythe ?

« J'ai beau être responsable de la plupart de ce qui constitue notre hémisphère, Candace, dit-il, encore planté devant la passerelle, je n'ai pas encore inventé de machine à recycler le temps perdu.

– Vous… Vous avez environ soixante-quinze ans. En compagnie du Chef de l'exécutif Rhitel, que le Saintpère bénisse son âme, vous avez sauvé notre hémisphère d'une catastrophe certaine en inventant des centaines de techniques qui nous garantissent l'autonomie. C'est grâce à vous que personne ne meurt plus de faim dans l'Hémisphère Nordouest. »

Il joignit les mains, le bout de ses doigts effleurant ses lèvres.

« Je suis déçu. »

Elle était en nage, visage, bras et jambes. Elle baissa les yeux vers le torrent, dévorée par l'envie d'y plonger la tête.

« Ça, même l'enfant le plus stupide de l'hémisphère peut le rabâcher, Candace. Ce que je veux entendre, c'est ce qu'on dit de moi et qu'à votre sens je ne devrais pas savoir. Les choses qui vous font peur. »

La rumoya de Sweetmint était entrée en conflit avec son cerveau. Elle avait avalé depuis toujours tant de recommandations quant au comportement à adopter face aux Mr Tenmase de l'hémisphère. Comment leur parler, comment leur apparaître, comment s'effacer.

Et voilà qu'elle avait devant elle quelqu'un pour qui la nervosité était une tare biologique.

« Vous êtes à moitié fou. Vous ne quittez jamais le château. Sans mentir, la plupart des Forestains vous croient même mort : ils ne vous ont pas vu à l'écran depuis plus de dix ans. La rumeur dit même que vous avez mis au point un appareil qui attire les enfants Invisibles au château ; quand ils arrivent, vous les dépecez et jetez leurs corps dans la mer. D'ailleurs, on vous appelle "paklanzi", le dépeceur. »

Elle referma la bouche avec un bruit sec.

Il leva lentement la tête, la repérant assez bien dans l'espace pour parvenir à la regarder dans les yeux. Le soleil s'élevait au-dessus du château, rayonnant de chaleur, mais Sweetmint avait froid. La crainte des conséquences lui tenaillait les côtes. Elle était convaincue qu'allait suivre un retour immédiat à la Forêt vingt-six.

Il opina du chef, sans plus. Puis monta sur la passerelle.

Merci, Saintpère. Plus ils s'éloignaient du château, plus le paysage se précisait. Une tour isolée, murs de pierrefaille et coupole blanche, se dressait sur la pelouse comme un index. Un prisme rectangulaire tout en verre abritait des plantes dont elle pouvait sentir, même de loin, l'odeur de chlorophylle et de terre humide. D'autres bâtiments ponctuaient cette idyllique campagne – pour Mr Tenmase, le paradis sur terre. Et qu'était Mr Tenmase, si ceci était son éden ?

Les mains sur les hanches, il inhala profondément.

« L'endroit vous inspire des questions, Candace ?

– Un million !

– Posez-moi la première.

– Ce prisme de verre… Qu'est-ce que c'est ?

– Une serre, sous laquelle on peut faire pousser des plantes. J'ai voulu y cultiver des fleurs, mais elles meurent si vite. »

Il s'interrompit, accablé par le chagrin.

« Vous en aviez déjà vu, Candace ?

– Seulement en enluminure. Et pas si souvent que ça. Elles ne servaient à rien, et ce qui ne sert à rien…

– … est inutile. Je connais la chanson. Il y a cinq siècles, l'hémisphère en était recouvert, y compris cette zone. De toutes les couleurs, rouges, vertes, bleues, violettes, jaunes, ce que vous voulez.

“Une fleur sortit de terre et le ciel bleu plongea pour l’embrasser. Un enfant la cueillit sans ses feuilles et voulut la manger.” Vous connaissez ce texte ?

– Non, Mr Tenmase, je ne connaissais pas.

– Chanter Krold, un poète du XXIIe siècle. C’est une déploration sur la disparition des fleurs. Imaginez un monde plein de couleurs, Candace. De couleurs naturelles, pas de teintures alimentaires. »

Il se tourna vers elle.

« Dans mon monde idéal, il y a des fleurs partout où l’œil est susceptible de les voir. Pensez-vous que le monde soit parfait ? »

Elle aurait dû s’attendre à cette question abrupte : son esprit cependant était trop absorbé par la crainte du faux pas.

« Candace ?

– Il n’est pas affreux, mais il peut encore s’améliorer.

– De quelle manière ?

– Eh bien… Il n’est pas inexact de dire que personne ne meurt plus de faim dans l’hémisphère. Et dans ma forêt, nous avons l’amour, le sport, la famille, le sens de la communauté. Nos besoins matériels sont satisfaits, et même ceux de nos âmes.

– Mais…

– Mais – et je comprends bien que tout le monde ne soit pas de mon avis – nous autres Invisibles, nous pouvons apporter davantage à l’hémisphère. Nous sommes pour la plupart des ouvriers et rares sont ceux parmi nous qui parviennent aux professions du spectacle ou de l’enseignement. Bien sûr, il y a des professeurs et des révérends adjoints, mais c’est si peu comparé à ce que pourrait être notre contribution. Si peu, vraiment ! »

Le visage de Mr Tenmase n’était plus qu’un masque de pierre pourvu d’une paire d’yeux immobiles dont le regard la transperçait. Les secondes passaient avec une lenteur qui lui semblait aller croissant et cela lui laissa le temps de formuler en esprit ses excuses à Rusty et à tous les autres pour cet échec retentissant.

Puis le masque tomba.

« Je suis de votre avis. Regarder autour de soi, se faire une idée claire de l’état présent de l’humanité, ce n’est pas difficile. Notre avenir en revanche est plus incertain, depuis l’aube des temps. Les plus courageux d’entre nous pataugent dans la bouillasse sans savoir ce qu'ils vont y trouver. Lorsque nous baisserons la tête, sera-ce pour plonger le regard dans les yeux de notre reflet ? Ou pour y contempler un vide sans fin ? »

La pensée qu'elle puisse être encore là semblait à Sweetmint presque insupportable. Et enivrante, cette capacité de son hôte à mêler poésie et philosophie. Au fond, elle n'avait aucune envie de travailler *pour* Mr Tenmase. Elle en était déjà consciente, dès ce premier jour : ce qu'elle voulait, c'était *être* Mr Tenmase.

« Quoi qu'il en soit, poursuivit-il. C'est à la fin du XXIe siècle que le climat est devenu trop chaud et trop destructeur pour les plantes et pour les animaux. Seules les espèces les plus résistantes de la flore ont continué à prospérer, soit quelques arbres et arbustes et autres plantes comestibles. Sécheresses, inondations, épidémies… Le monde s'est consumé pendant des années et l'humanité a failli disparaître. Et puis… nous avons su évoluer sur certains points, et garder la vie sauve.

– Je ne savais pas. Enfin, je ne pensais pas que ça s'était passé comme vous le dites.

– C'est fait exprès. Mais inutile de vous inquiéter, Candace. »

Il désigna la serre d'un mouvement du menton.

« J'aurais aimé vous la montrer d'ici quelques jours, mais je ne sais pas encore que penser de vous. En fait… »

Il s'approcha de Sweetmint, et d'un regard ferme lui insuffla la peur.

« … Je ne sais guère que ce que j'ai lu dans votre dossier, et ce que disent vos professeurs. Brillante. Résolue. La fierté de sa race. En dehors de cela…

– Que voulez-vous que je vous dise d'autre, Mr Tenmase ?

– Comblez les lacunes. »

Il détourna la tête pendant quelques secondes. Lorsqu'il revint à elle, ses lèves s'étaient fendues en un sourire d'autosatisfaction.

« Le jeu de mots n'était pas volontaire.

– J'habite dans une cabane. Une petite cabane. Sans personne. »

Il tordit le cou vers la droite, comme s'il cherchait quelque chose.

« Bon, ça, oui, bien sûr. Pour qui me prenez-vous ? Pour l'un de ces PoDo qui ne connaissent rien à votre mode de vie ? N'oubliez pas que c'est moi qui ai conçu ce monde. Une fois de plus.

– J'ai toujours voulu être inventeuse. Aussi loin que mes souvenirs remontent. C'est mon seul désir, en dehors de celui d'avoir une famille.

– Pourquoi ?

– Parce que c'est quand je crée quelque chose que je me sens la plus libre, quand je me faufile dans les recoins de mon esprit et que je sens que je…

– On y arrive enfin ! Continuez sur votre lancée.

– … que je flotte. Quand je suis là-dedans, le monde s'apaise. La douleur n'existe plus, je me sens en sécurité. J'ai l'impression que tout est possible. Ce sont les seuls moments de ma vie dont j'ai la maîtrise. Le seul endroit où personne ne peut m'abandonner.

– Qui vous a abandonnée ? »

Les jambes de Sweetmint menacèrent de se dérober sous elle.

« Candace, dit-il en posant la main sur son épaule raidie. Qui vous a abandonnée ?

– Mon frère, chuchota-t-elle. Ça fait trois ans.

– Et ?

– Et je ne sais pas où il se trouve. Ni même s'il est en vie. C'est peut-être idiot, mais parfois je me dis que si je deviens une grande inventeuse, une première pour nous autres Invisibles, mes parents voudront bien de moi, où qu'ils soient. Et mon frère reviendra, où qu'il soit.

– Où est son collier ? Vous savez pourtant que l'État les utilise pour vous suivre à la trace, j'imagine ? Ce n'est pas uniquement pour distinguer… ceux qui ne se peignent pas. »

Cette réflexion s'accompagna d'un geste de la main

« Je sais, oui. Il l'a laissé chez nous, dans la cabane. Quand les gardes de l'hémisphère sont venus le chercher, ils m'ont interrogée pendant des heures. Et ils sont repartis avec le collier.

– C'est donc de famille, ces oublis de collier, commenta Tenmase avec un clin d'œil. Mais je vous remercie de m'avoir appris quelque chose que je ne savais pas. »

Jamais elle ne s'était confiée avec tant de franchise à un étranger, sans parler d'un PoDo. Elle se sentait mise à nu, plaie ouverte à tous les vents.

« Voilà », annonça Mr Tenmase.

Après lui avoir fait traverser un jardin de statues, il la conduisait à présent vers un bosquet de grands arbres échevelés. Il plongea la main entre deux troncs. Après quelques bruissements de feuilles retentit un sourd cliquetis.

« Allez-y.

– Mais où ? »

Elle avait eu l'impression, en entendant ce bruit, qu'une porte s'ouvrait. La muraille verte n'avait cependant pas changé d'aspect. Elle imprima une légère pression aux deux arbres qui se dressaient devant elle. Ils s'écartèrent aussitôt, révélant un étroit sentier qui se poursuivait jusqu'à la muraille suivante.

« C'est un labyrinthe, dit Tenmase, derrière elle.

– Mais pourquoi ? »

Il la poussa sur le chemin. La porte se referma immédiatement.

« Vous avez cinq minutes pour en trouver le centre. »

Le sang lui monta furieusement à la tête, la faisant chanceler de vertige. Elle regarda à gauche, puis à droite. Rien ne différenciait les deux chemins. Les faîtes des arbres encadraient un fragment de ciel bleu. Elle dut lutter contre la terrible sensation de perdre connaissance.

« Quatre minutes et trente secondes, Candace. Si j'étais vous, je ferais mon choix, maintenant. Qui peut être de ne pas choisir, bien sûr. »

Elle fila vers la droite, prit un virage. À gauche, un chemin qui la mènerait peut-être en diagonale au centre du labyrinthe. Cela lui semblant trop facile, elle poursuivit vers la droite. Mais après une série de zigzags plus affolants les uns que les autres, elle dut s'avouer complètement perdue.

« Combien de temps reste-t-il ? » hurla-t-elle.

Seule, elle était seule, au cœur du labyrinthe, dans la propriété de Mr Tenmase, à plus de deux cent cinquante kilomètres de la Forêt vingt-six. Les secondes lui filaient entre les doigts. Elle rebroussa chemin. L'air fuyait ses poumons et son cœur battait de plus en plus vite. *Je n'y arriverai pas. Je n'y arriverai pas. Je n'y arriverai pas.* Elle s'écroula sur le sentier, dos nu contre la terre tiède.

À LA PERDITION, CE MERDIER !

Contemplant le ciel au-dessus des arbres, elle songea à ses concitoyens de la forêt. Jamais ils n'auraient dû lui faire confiance : cette faiblesse les rendait détestables. Certes leurs vies n'étaient guère faciles : et cependant, bûcherons, terrassiers, domestiques, agents d'entretien, ils avaient tous des occupations définies. Des instructions claires. Ce qu'elle vivait… Ça, c'était autre chose. Ils ne comprenaient pas. Ils ne pouvaient pas comprendre.

Le soleil poursuivait sa route, lui vrillant ses rayons droit dans les yeux. Elle se retourna, joue contre terre. Puis lui vint une odeur nouvelle. La terre du chemin était sèche, et revêtait l'apparence de tous les chemins qu'elle avait pu parcourir. Sous elle, cependant, gisait à un mètre sans doute, une humidité presque indiscernable, mais bien réelle.

Et pourquoi est-ce humide ?

Elle se redressa, puis posa le nez contre la terre, avec tant de vigueur qu'elle en inhala quelques fragments et se mit à tousser jusqu'à ce que ses larmes humectent le sol. *Qu'est-ce que c'est ?* Elle ferma les yeux, se détendit les bras et les jambes, se laissa couler dans les ténèbres, vers le fond, jusqu'à se retrouver en suspension, flottante. *La terre est humide parce qu'on vient juste d'arroser les arbres. Non, ça sèche tout de suite. La terre est humide parce qu'elle est humide. Non, jamais en profondeur.* Bien que n'ayant pas trouvé la bonne réponse à sa question, elle décida de suivre l'odeur à la trace, confiant les rênes à sa curiosité.

Elle se releva, dos courbé cependant, les mains sur les genoux. Elle prit à gauche, puis à gauche encore et, après avoir franchi un dernier virage du sentier, elle aperçut Mr Tenmase assis dans une chaise longue blanche, au bord de la première piscine qu'elle ait jamais vue de sa vie. Visage offert au ciel, il baignait dans l'intensité du soleil.

Sans réfléchir, elle se précipita vers le bassin carrelé de blanc et de bleu, s'agenouilla et, joignant les paumes, les plongea dans l'eau fraîche avant de porter à ses lèvres de quoi se désaltérer. Un délicieux frisson lui parcourut le dos. Elle contempla la piscine : avec quelle grâce les rayons du soleil y dansaient, y tissant un tapis de joyaux. Puis elle but une deuxième gorgée, une troisième, et s'apprêtait à récidiver quand Mr Tenmase lui posa doucement la main sur l'épaule.

« Il suffit. Vous allez vous rendre malade.

– Oh, dés… »

Elle ravala aussitôt ses excuses.

« Je suis arrivée dans les temps ? »

Mr Tenmase éclata de rire. Ses pommettes remontèrent jusqu'à ses yeux couleur de schiste.

« Oui. À deux secondes près, c'était une autre histoire et un futur tout autre, pour moi comme pour vous. Comment vous en êtes-vous sortie ?

– En suivant l'odeur de l'humidité.

– Ah, bien sûr. Ce sont les tuyaux de rafraîchissement de la piscine. Ils passent en effet sous le labyrinthe. »

Il avait beau se trouver devant elle, sa voix semblait incroyablement lointaine.

« Je peux m'asseoir ici un moment ? demanda-t-elle. J'ai l'impression que ma tête va se fendre comme une courge.

– Vous savez, Candace, on ne fait pas de soupe à la courge sans en fendre quelques-unes. Cela dit, non, non, pas le temps de faire une pause. Ma chère, vous avez encore une épreuve à franchir. »

Encore une épreuve ? Quoique éreintée, elle se leva et, d'un pas incertain, suivit Mr Tenmase derrière le château. Ils gravirent un escalier qui les conduisit sur un balcon qui dominait tout l'arrière de la propriété, et dont le béton gris s'effritait légèrement sous l'effet de l'humidité. De là, ils entrèrent au premier étage du château. Un air frais caressa le visage de Sweetmint : c'était la première fois qu'elle entrait dans une maison à température régulée. La frontière était mince entre la nature et l'artifice, se disait-elle ; et si l'on gagnait quelque chose à ces petits conforts, on y perdait aussi.

Sans jamais s'inquiéter de savoir si son invitée la suivait, Mr Tenmase continua son chemin le long de couloirs ténébreux. L'épaisse moquette caressait les pieds de Sweetmint et la fraîcheur ambiante lui facilitait la respiration. Elle était parvenue à entrer dans le château. Le plus dur était derrière elle. *Plus qu'une épreuve et j'y suis.*

Mr Tenmase ouvrit la porte d'une pièce inondée de soleil. Les yeux baissés, elle lui emboîta le pas. Lorsqu'elle les releva, elle n'eut même pas le temps d'appréhender ni d'analyser l'énormité de ce qu'elle avait sous les yeux. Se tenait en effet au milieu de la vaste salle une personne qu'elle pensait ne jamais revoir.

« Abe, tu peux poser ça là », ordonna Mr Tenmase à l'Invisible qui tenait sur un plateau d'or une herbière et deux herbols. L'homme, dont le petit corps potelé était entièrement peint en blanc, baissait la tête. Lorsqu'il la releva et qu'il aperçut Sweetmint venant vers lui, elle vit passer sur son visage toutes les expressions de la reconnaissance. Les sourcils se fronçant lorsqu'il identifia, perplexe, la persodeur de la jeune femme, les yeux s'écarquillant, incrédules, le sourire illuminant brièvement son visage, et la déglutition finale, le masque impassible de la servitude reprenant sa place.

Si elle n'avait pas été aussi troublée par les événements de la matinée, elle aurait certainement perçu dès le couloir la persodeur d'Abe, métallique, âcre. Cinq ans, c'est long dans une relation amicale : et cependant, elle n'avait jamais pu oublier son odeur, bien qu'elle ne lui ait pas paru alors aussi incommodante. Et sa rumoya, jadis ardente, n'avait jamais semblé aussi soumise, aussi plate, aussi grise. Comme si quelqu'un l'avait attaquée à coups de masse pour lui donner une forme nouvelle.

« Madame Candace », susurra Abe avec déférence

Abe, dont le tracenom était Irony, avait fait sien l'accent cultivé des PoDo de la région des forêts, celui de Mr Tenmase. Oh, ce n'était plus l'homme qui pouvait rire pendant des heures devant le feu commun, celui qui s'assurait toujours que Sweetmint soit assise à l'endroit le plus chaud – mais pas trop, tout de même –, celui qui lui offrait des verres de jus mélangés, des bols de légumes fraîchement grillés, parfois même une friandise à l'insu des gamins qui la trouvaient ridicule.

« Abe. »

Il avait les yeux fixés sur les poings terreux de la jeune fille. Elle les desserra, avala sa salive pour redonner de la souplesse à sa gorge.

« On te croyait en ville.

– En ville ? répéta Mr Tenmase en soulevant le couvercle de l'herbière pour en inspecter le contenu. Non, ma dernière domestique en date, une femme merveilleuse du nom d'Ilara, a dû, malheureusement, rentrer chez vous, dans la forêt, pour je ne sais quelle raison. Elle m'a recommandé Abe, qui est donc à mon service depuis cinq ans. Avec un peu de chance, je le garderai jusqu'au jour de ma mort. »

Ilara ? Je ne connais personne de ce nom.

Abe baissa la tête.

« C'est moi, monsieur, qui en remercierai le sort. »

Oh, oh. Plus elle y pensait, plus elle était certaine que le marteau de cette cruelle métamorphose n'avait été manié que par le seul Abe. Et quel était le pire destin ? Écraser, ou être écrasé ? Elle aurait aimé le gifler à pleine main, le tirer de cette transe délétère. Chose impossible : il faudrait donc se contenter de faire sentir à Abe la colère dont sa rumoya débordait. Elle ne pouvait faire mieux, pour l'heure.

« Ce sera tout pour le moment, Abe. Merci. »

Lorsque l'Invisible se fut retiré, Mr Tenmase tapota la place vacante du canapé dans lequel il s'était installé. Devant lui, une table basse d'aspect vénérable, en bois de coupe large, et un fauteuil tout aussi usagé.

Sweetmint s'assit et son regard se posa sur un des tableaux qui ornaient les murs. Un homme de haute taille, bottes noires, uniforme beige, tenait un gobelet doré dans lequel se déversait un liquide rouge, provenant d'une bouteille de toute évidence tenue par un Invisible non peint. Avant même qu'elle puisse analyser la souffrance que lui procurait cette existence réduite à une bouteille inclinée, Mr Tenmase lui tendit un herbol.

« Bien, dit-il en l'emplissant d'un liquide brûlant, bleu nuit et inodore. Avant que vous ne buviez ceci, je dois vous avouer que je ne suis pas homme à me fier à la seule science. Je suis aussi croyant, et c'est sur cette foi que notre monde de demain sera érigé. Foi en notre Saintpère, bien sûr, mais également foi en nous tous, et en vous et moi. Me comprenez-vous ? »

Aucunement, ce qui n'empêcha pas Sweetmint d'opiner.

« Ceci est votre dernière épreuve, ajouta Mr Tenmase en effleurant le rebord de l'herbol.

– Certes, répondit-elle après avoir contemplé le liquide bleu, puis croisé le regard attentif de son hôte. Qu'est-ce qu'il y a là-dedans ?

– Oh, poursuivit-il avec un geste vague de la main, inutile de tourner autour du pot. C'est un breuvage de mon invention, que nous utilisions au moment de la Renaissance… à destination des récalcitrants, pour ainsi dire. Il s'agit de détecter les impuretés du sang Invisible. Si elles sont de nature à favoriser la trahison, la rébellion, la potion est mortelle. Dans les trois quarts des cas. Allez, buvez. Quand l'opium du peuple est récolté…

– L'opium du peuple ?

– Les gens d'autrefois en fumaient des pipes entières, bien que ce soit un terrible poison.

– Ah bon. »

Tout cela lui paraissait absurde. À quoi bon cette mise à l'épreuve de sa loyauté, alors qu'elle s'attendait à ce que soient testées ses capacités d'invention, de raisonnement ? Mr Tenmase pensait-il vraiment pouvoir la traiter comme une Invisible sans substance, qui n'avait rien à perdre ? Ne représentait-elle pas à ses yeux davantage que l'absent du tableau, simple accessoire que l'on pouvait manipuler à sa guise ? Non, sa vie avait un sens, une valeur, en dépit des apparences. Sa vie, et son être même.

« Je suis navrée, Mr Tenmase, mais je ne boirai pas. »

D'une main tremblante, elle posa l'herbol et sa minuscule soucoupe sur la table basse.

« Vous avez foi en notre Saintpère, je pense ? Si vous souhaitez vraiment être mon apprentie et si vos intentions sont pures, il vous protégera. Et s'il y a quelques miasmes de révolte dans votre sang, Candace, vous avez tout de même une chance sur quatre de survivre. Le risque n'est pas bien grand, si je puis me permettre. C'est mieux qu'une chance sur cent, non ? Ou deux. Ou cinq.

– Pourtant, répondit-elle d'une voix tremblante, prenant conscience que l'avenir qu'elle avait cru certain lui échappait de nouveau, ma vie n'est pas un jeu de hasard. »

Il se pencha vers elle, jambe ployée sur l'assise du canapé, genou pressant sur la cuisse de Sweetmint.

« Et cependant, Candace, quelle est votre situation actuelle ? Vous habitez seule dans la forêt, attendant un frère qui ne reviendra pas. »

Le genou s'enfonça dans ses chairs, ô douleur.

« Vous attendez autre chose de la vie. C'est la raison de votre présence ici. Ce que vous cherchez implique le risque. La sécurité, voilà l'ennemie. Vous n'avez plus le temps de réfléchir : il faut passer à l'action. Oser ! Le chemin de l'avenir est pavé par ceux qui osent, Candace. »

Ses mots si nombreux ne lui laissaient aucun répit. Des milliers de pensées s'élancèrent sur les sentiers de son esprit, le vent souffla dans les feuillages bruissants de son cœur. C'était vrai, elle ne voulait pas prendre de risque. Et cela déjà l'avait poussée autrefois à toujours écouter son frère : à quoi bon, puisqu'il n'était plus là ? Cela l'avait aussi incitée à ne jamais manquer une minute de la Prière du jour, des cours à l'école ou à l'université. À ne jamais réagir à ce que disaient ou pensaient d'elle les Forestains. À subir, encore et toujours, en serrant les dents, car subir était le sens de la vie des Invisibles, et seuls les idiots rêvent d'un sort meilleur. Rêver, c'était pour elle comme pour les siens un suicide pur et simple : ils survivaient si rarement à ces aspirations. Et donc : elle avait toujours fait ce qu'il fallait. Pour quel résultat ? Un cœur brisé, un matelas vide ? Et pourquoi se trouvait-elle sous le toit du Grand ingénieur, si elle n'était pas prête à prendre des risques, à tout remettre en jeu pour de bon ?

Elle resta immobile un long moment. Ne rompait le silence que le bruit lointain du ressac. Puis elle se pencha sur son sac, y plongea le bras et caressa la boussole de Rusty. *Saintpère, faites que je puisse rentrer ce soir à la maison. Saine et sauve.*

De mains qui ne tremblaient plus, elle prit l'herbol. Elle ferma les yeux, avala le liquide encore chaud et laissa tomber le récipient qui se brisa à terre, tandis qu'elle se balançait d'avant en arrière, pétrie d'angoisse. Une sensation des plus étranges lui vint alors. Nouvelle, inouïe. Sweetmint n'avait pas peur. Bien au contraire : elle se sentait plus vivante que jamais.

Il ne s'était rien passé hormis cela. Elle ouvrit un œil, constata que le visage de Mr Tenmase s'empourprait. Soudain, n'y tenant plus, il laissa échapper un rire plaintif et strident, leva les genoux et se laissa retomber sur le dossier du canapé. Reprenant ses esprits, il se redressa et s'essuya les yeux, son hilarité s'éteignant en un soupir ultime.

« Ma chère, hoqueta-t-il, pas tout à fait remis, ce n'était que de l'eau chaude colorée en bleu.

– Pourquoi ? souffla-t-elle, pétrifiée. Pourquoi me faire subir cela ? »

Il se cala de nouveau dans son siège, les mains croisées sur le ventre.

« Parce qu'il me fallait savoir jusqu'où vous iriez. Et vous avez magnifiquement réagi. La seule autre personne qui ait osé boire, c'est Sanford. »

La porte s'ouvrit sur l'intéressé qui fit son entrée comme au théâtre, rayonnant.

« Elle a bu ?

– Elle a bu ! » s'écria l'oncle en joignant les mains.

Sanford se précipita vers la jeune femme et lui serra la main à la lui briser.

« Félicitations, Candace ! Et bienvenue. »

Mais que s'était-il donc passé dans l'hémisphère du Saintpère ? Était-ce bien réel, était-ce un cauchemar dont elle se réveillerait bientôt ? Si cette visite au château n'était pas une illusion, il semblait donc qu'elle ait franchi les épreuves et soit bel et bien devenue l'apprentie de Croger Tenmase, l'Architecte en chef, un des héros de l'hémisphère. Et cette réalité s'imposant dans son esprit, elle eut la seule réaction dont elle était capable. Elle éclata de rire.

Chapitre 3

C'était le Peinturage annuel, le jour où tous les Invisibles de l'hémisphère avaient l'obligation de se peindre le corps et d'attendre la saisie, afin que l'administration puisse mettre leurs données à jour : autant dire que cela interdisait toute autre activité. Sweetmint était réveillée depuis des heures. D'abord, étendue sur le matelas, puis se touchant, puis, faute d'autre distraction, contemplant le matelas vide séparé du sien par la malle. Son aspect n'avait pas changé : il était toujours aussi informe sous son drap de toile qu'elle lavait une fois par semaine, *au cas où.*

Des autres habitations filtraient les effluves du porridge de maïs au sirop : elle n'avait donc plus qu'un quart d'heure pour se préparer avant de prendre son train. Elle resta couchée, cependant, sous le poids du souvenir associé à l'odeur : vingt ans plus tôt, ses jambes d'enfant endolories par une longue marche, trente ou quarante kilomètres.

« Où on va ? avait-elle demandé, les plantes de ses pieds gonflées d'ampoules.

– À la maison », avait répondu son frère, en serrant plus fort la main de la petite.

Jamais elle n'était restée si longtemps dehors, jamais elle n'avait marché dans une si profonde obscurité. Elle avait l'impression de ne pas avancer. Les enfants n'avaient pas le droit de sortir après la tombée de la nuit, même si la cour de l'orphelinat était ceinte d'un long mur, avec une seule entrée et une seule sortie. Et les rares fois où elle avait pu mettre son nez à la fenêtre du dortoir pour voir à quoi ressemblait le monde quand le soleil n'y était plus, les filaments blanc-bleu qui éclairaient les quatre bâtiments étaient si lumineux qu'elle se serait crue en plein jour – un jour dont le ciel était absent. Sans doute était-ce la raison pour laquelle ses cauchemars étaient toujours nimbés de bleu. En cette nuit de marche, il n'y avait que ténèbres, cependant, et ce sentier de terre qu'ils arpentaient depuis des heures, parfois dur, parfois tendre aux pieds, et les feuilles mortes qui craquaient sous leurs pas, tandis que son frère la conduisait nulle part.

« Mais, protesta-t-elle. On a quitté Mains jointes. C'était notre maison. »

Il fit halte. Elle ne le voyait pas, mais il posa les mains sur ses bras et elle comprit qu'il s'était agenouillé devant elle. Ses mains, si douces, deviendraient calleuses d'ici quelques semaines. À huit ans, soit quatre fois douze mois de plus qu'elle, il était déjà si grand qu'il lui fallait s'agenouiller pour lui parler.

« Ça n'était pas notre maison, Candace. Tous ces gens, Mrs Clutchen, Mr Waxsmith, miss Hollyfield, ce n'était pas notre famille.

– Mais…

– Il n'y a pas de mais, Petite Moi. On ne doit jamais se fier aux PoDo. Et on ne rentrera pas à Mains jointes. Compris ?

– Et si… Et si on essayait de retrouver nos parents ?

– On n'a pas de parents. »

Elle se mit à sangloter, lèvres laissant passer un souffle accablé, corps tremblant sous les mains du garçon.

« Arrête de pleurer, intima-t-il. Tu me fais confiance ?

– Oui, dit-elle en essuyant ses larmes, bras et jambes aussi immobiles que possible.

– Parce que ce n'est pas la peine de pleurer. Tu n'entends pas les gens ?

– Quels gens ? »

Il posa la main en cornet contre l'oreille de sa sœur, lui recommanda le plus grand silence. Pendant quelques minutes, rien ne vint : ni le vent soufflant dans le champ désert qu'ils traversaient, ni les cliquètements des couverts contre les assiettes d'un blanc aveuglant à la cantine de l'orphelinat, ni enfants chantant les hymnes du coucher. Mais lorsqu'elle eut fermé les yeux et relâché les traits de son visage, elle entendit des voix, au loin.

« Qui est-ce ?

– Eh bien, dit-il en se redressant et tirant la fillette par la main, c'est ce qu'on va voir. S'ils sont gentils, on restera chez eux. Ce sera notre nouvelle maison : mais il faut que tu sois d'accord. »

Ils traversèrent le champ d'un pas chancelant. Bientôt, un grand feu leur apparut, autour duquel des centaines de personnes étaient installées. Bavardant, chantant, faisant circuler des plats. Elle voulut se précipiter vers eux : pas si vite, recommanda son frère. Lorsqu'ils eurent rejoint le feu de camp, il y eut un silence. Puis un homme qui sentait la rouille de fer vint à eux. Son premier geste fut d'offrir à chacun un bol de légumes grillés et un verre d'eau. Puis il les pria, s'ils le souhaitaient, de se joindre au groupe. Un autre homme héla Candace :

« Je m'appelle Irony. Et voici Rusty, mon frère. »

L'homme tapota le tronc d'arbre sur lequel il était assis ; la poussière dansa au-dessus du feu. Candace et son frère ne répondirent pas, trop occupés à se gaver de légumes accompagnés d'un peu d'eau pour les avaler sans s'étrangler. Ce qui n'empêcha pas Irony de reprendre ses joyeuses occupations – chanter, rire et plaisanter.

Ce soir-là, Rusty (dont le nom officiel était Kandolo) et sa femme Freshpine (nom officiel, Martha) installèrent les enfants dans leur salon ; le lendemain matin, promirent-ils, ils trouveraient une autre solution.

« Grand Frère ? chuchota Candace, une fois qu'ils furent couchés tous deux, face à face, sur leur lit de coussins fourrés de paille.

– Oui, Petite Moi ?

– Tu crois que c'est chez nous, ici ? »

Il ne répondit pas tout de suite. Dormait-il déjà ? Puis :

« Oui, je crois bien », dit-il.

Une semaine plus tard, ils étaient tous les quatre à table, riant aux récits de Rusty tandis que Freshpine remplissait les bols en bois de porridge de maïs au sirop. C'était le jour du Peinturage. Au lieu de devoir se mettre en rang devant Mrs Clutchen, qui peignait le premier de la file en rouge, le deuxième en blanc, le troisième en noir et ainsi de suite, aux couleurs du drapeau de l'hémisphère, Rusty et Freshpine demandèrent aux enfants ce dont ils avaient envie. Candace choisit un orange avec des pois violets, son frère préféra le noir absolu. Ce fut alors que Rusty leur donna leurs tracenoms, s'inspirant de leur persodeur : Sweetmint pour elle, Sweetsmoke pour lui. Mrs Clutchen ne croyait ni à la persodeur, une caractéristique selon elle imaginaire, ni à la rumoya, le sixième sens des Invisibles. Lors de ce Peinturage, les chibes se contentèrent de noter que les deux petits n'étaient plus à l'orphelinat et lorsque Rusty confirma qu'il prendrait désormais soin d'eux, le chibe en chef haussa les épaules avant de mettre leurs données à jour.

« Ça fera deux lits disponibles à Mains jointes. »

Le poids du souvenir donnait à Sweetmint une sensation de vide et l'envie de rester couchée ici et dans cette position jusqu'à la fin de ses jours. Puis le mois extraordinaire qu'elle venait de passer en compagnie de Mr Tenmase lui revint. Elle se leva, s'étira : mains au plafond, mains sur les pieds, une minute d'immobilité.

Six longues enjambées la conduisirent dans la cuisine. Elle se pencha, ouvrit le placard sous l'évier, fouilla. Trouva ce qu'elle cherchait, une petite canette en métal qu'elle posa sur la table. Bruit sourd. Dans la canette, un liquide épais, figé. Elle l'ouvrit à l'aide d'un couteau. L'odeur âcre et brûlante de la peinture lui sauta au visage. Elle se palpa les sourcils, de peur de les avoir abîmés. Il n'en était heureusement rien.

Le pinceau fut plus dur à trouver. Elle finit par en dénicher un coincé entre le siège des w.-c. et la cloison en bois. Elle le fit tournoyer dans le pot de peinture pour que la teinte passe du vert pénombre au vert-jaune plus clair que le soleil donne aux feuilles traversées par ses rayons. Sweetmint posa un pied sur la chaise de la cuisine et appliqua le pigment d'un trait épais, de son pied à son genou, en prenant soin de bien recouvrir la peau. Lorsqu'elle eut fini les jambes, devant, derrière, elle se peignit le ventre, puis la poitrine, puis le visage et fit de son mieux pour ne pas fondre en sanglots quand il fallut recouvrir le dos : il l'avait toujours aidée dans cet exercice délicat.

À son grand soulagement, quelqu'un frappa à la porte, et l'odeur âcre de la peinture se maria à la persodeur sucrée et savoureuse de Darksap (nom officiel, Cinque).

« Entre », dit-elle en se barbouillant hâtivement les fesses.

Darksap ouvrit la porte et resta sur le seuil, regard aux lentilles blanches ébahi, cherchant celui de Sweetmint.

« Quoi ?

– C'est curieux, dit Darksap.
– Quoi donc ? »
Il finit par entrer et referma la porte.
« Avec ou sans peinture, tu es la perfection.
– Merci, ami. »
À ce mot interdit, les traits de son visage peint en violet s'affaissèrent avant qu'il puisse retrouver sa contenance.
« Tu as raté la partie de fukhaba, hier soir. J'ai marqué trois buts juste pour toi, reprit-il avec une jovialité forcée.
– Ah, dit-elle en opinant du chef, tu voudrais que je regarde ça du bord du terrain et que je t'applaudisse, comme une bonne zanifa. Et peut-être aussi que je te prépare un bon repas quand tu rentres du travail, c'est ça ?
– Bûcheron, c'est un rude métier, dit-il avec un grand sourire, avant de s'avancer vers elle et de chasser d'un geste tendre une mèche qui cachait le visage de Sweetmint.
– Je t'avais dit de tenter l'université.
– Ils ne m'auraient jamais pris. C'est plus les jambes que la tête, chez moi, soupira-t-il, embrassant de la paume la joue de la jeune femme. Et puis je tenais surtout à ce que les miens aient une vie plus agréable. Uma, Uba, mes jeunes frères et sœurs…
– Je sais », dit-elle.
Elle trouvait admirable cette maturité, ce sens des responsabilités.
« Pour revenir à ce que tu disais tout à l'heure, sur le bon repas et la zanifa dans la cuisine, ce n'est pas du tout ce que je veux, Swint. C'est ton bonheur à toi qui m'importe. Et je sais que tu te fiches des traditions. Nous…
– Il est un peu criard à mon goût, ce violet, Dapp », louvoya-t-elle en chassant gentiment la main du jeune homme.
Il tournoya sur lui-même tandis qu'elle jetait un œil sur sa musculature nouvelle, saillant sous la peinture ; ses cheveux embroussaillés formaient une parfaite sphère. Il n'était plus tout à fait le même, possédait désormais, diffusée dans toute sa rumoya, une séduisante assurance. Que lui était-il arrivé ?
« Je n'arrive pas à comprendre comment les gens font pour se peindre tous les jours, dit-il. D'accord, une fois de temps en temps, pour l'effet, pourquoi pas. Mais c'est de plus en plus répandu.

– Les temps changent, dit-elle en sortant de sa rêverie. Si tu n'as pas ton sac en silicone, ta couche de peinture bien appliquée et si tu n'es pas capable de discuter de ce qui s'est passé hier soir à l'écran, tu n'existes pas.

– Pourtant, dit-il en levant les yeux vers elle, tu es la personne la plus réelle que je connaisse.

– Le temps presse », dit-elle en se dirigeant vers la porte.

Et lui, clignant alternativement des yeux, s'écria :

« Euh, tu n'oublies rien ? »

Perdition ! Elle se précipita dans la salle de bains, en revint pourvue de son étui à lentilles. Lorsqu'elle voulut enfiler la première, le petit disque orange tomba sur la table.

« Attends. »

Il plongea la lentille dans le sérum et la plaça sur le bout de son index.

« Je n'y arrive jamais toute seule », murmura-t-elle en inspirant le doux parfum de Darksap, qui déposa doucement la lentille sur sa cornée.

Elle le constatait de plus en plus clairement : tout en lui était plus net. Au cours des semaines passées, il avait grandi.

« C'est une question de patience, dit-il en s'emparant de la seconde lentille. Quand tu sais que quelque chose te va (son index remonta vers l'œil de Sweetmint) et que tu es prête à l'essayer (le disque atterrit avec aisance sur l'iris), c'est incroyable comme ça peut améliorer l'existence. »

Elle était restée assise, regard plongé dans celui blanchi par les lentilles de Darksap, les mains du garçon sur ses épaules. Il y avait dans ces yeux blancs un désir, un souhait peut-être de mêler tout son être à celui de Sweetmint, pénétration réciproque. Cette « chose qui va » qu'il venait juste d'évoquer était ici confectionnée d'une main qui ne pouvait être que celle de la nature. Elle sentait la faim du jeune homme palpiter dans sa rumoya ; lui, de son côté, distingua peut-être, dans celle de Sweetmint, une curiosité nouvelle, vibrante.

« Pourquoi me dévisages-tu ainsi, Dapp ? chuchota-t-elle.

– Parce que je sais ce que je veux, et je n'ai plus peur que ça se sache. »

Elle lança un regard par la fenêtre avant de revenir à lui.

« On y va. »

Il lui ouvrit la porte. Ils prirent Softstone Path pour aller à la gare. Les portes livraient passage à des dizaines d'habitants, les gens discutaient sur la grande place, des enfants hurlaient ; entre eux, cependant, ce n'était que profond silence.

« Je ne comprends toujours pas pourquoi tu habites Donsee, surtout depuis que tu as décroché cet apprentissage de luxe, le rompit Darksap.

– C'est-à-dire ? »

Elle ferma les yeux. La chaleur du soleil traversait les feuillages au-dessus de leurs têtes, lui caressait les joues.

« Eh bien, répondit-il avec un geste de ses grandes mains. Tu vis si loin dans la forêt, avec juste deux ou trois voisins. Dois-je vraiment te rappeler que le nom de Donsee vient du fait que de la grande place, on ne "voit pas" ceux qui vivent chez vous ? Tu dois te sentir seule, non ? »

Bien sûr. Et je ne connais rien d'autre.

« J'aime avoir de l'espace. Du silence. Ça m'aide à réfléchir. Et puis… (elle lui donna un petit coup à l'épaule) ça ne t'a jamais empêché de toquer à ma porte quand l'envie t'en prend.

– Swint, répondit-il en haussant les épaules, ces visites sont les meilleurs moments de mes journées. »

Plus ils s'approchaient de la gare, plus les cabanes étaient petites, surpeuplées. Contrairement à la sienne, ces maisonnettes du quartier nommé Nearsee étaient soit bariolées, toits jaunes fluorescents, fenêtres rehaussées de bleu, portes roses, soit recouvertes d'une toile imperméable qui leur donnait l'aspect de ces maisons de verre que les PoDo habitaient dans le centre de Rhitelville. C'étaient ces gens-là qui se peignaient tous les jours, qui fréquentaient Route vingt-six pour y dépenser leurs rhitellings si durement gagnés et rêvaient, dans les tréfonds de leur sommeil, de se réveiller un jour avec une peau non transparente.

Un air de fête flottait sur la grande place. Les femmes, qui s'étaient levées avant le soleil, se tenaient derrière des grils, éventant leurs légumes, maïs, courges, courgettes et pommes de terre. D'autres, portant des tabliers de jute, tachés par les corvées du matin, proposaient à la vente des bouteilles de jus de légumes. Les enfants, peints de toutes les couleurs, jouaient à cache-cache, tandis que les adolescents, s'efforçant de n'avoir rien de commun avec leurs cadets, flirtaient, loin des regards de leurs parents. Les hommes de la forêt se retrouvaient en petits groupes, certains encore assis sur leurs charrettes à deux roues, tandis que d'autres, debout, discutaient de choses importantes ou bien échangeaient des plaisanteries graveleuses. Tous se bourraient de graines de citrouille qu'ils mâchaient avant de les recracher, transformant la grande place en champ grêlé où rien ne pousserait jamais.

Une douzaine de chibes se tenaient immobiles sur le quai, devant le train aux portes closes. Leurs uniformes de maille vert mousse étaient impeccablement repassés ; ils étaient armés de fouets et de toute la puissance de l'hémisphère. L'expression de leurs visages ne faisait aucun mystère de ce que tous les gens de la Forêt vingt-six ne percevaient que trop : la haine, le dégoût, l'irritation. Reste qu'ils ne faisaient que leur devoir et que certains, parmi eux, n'avaient pas l'âme si mauvaise. Qui sait quel chaos se serait emparé du village sans les chibes ?

Le petit frère et la petite sœur de Darksap le séparèrent inopinément de Sweetmint, qu'il ne quitta cependant pas du regard. Elle aperçut Freshpine, de l'autre côté de la place, chercha du regard Rusty, son habituel compagnon de Peinturage, celui qui lui tenait la main dans les moments les plus difficiles. Introuvable ! Elle fut prise de panique. *Il ne va pas tarder. C'est sûr et certain.* Tandis qu'elle attendait, des gens continuaient de venir à sa rencontre, la soumettant à leurs exigences quotidiennes. Qu'elle puisse trouver tel travail à telle personne. Payer ceci pour un autre. Transmettre à Mr Tenmase une « idée de génie, unique et profitable ». Elle décida de monter sur le quai, s'arrêtant au milieu de l'escalier, cependant, pour ne pas s'approcher trop des chibes.

« Elle est où, ton ombre ? » ricana-t-on dans son dos.

Éclat de rire collectif. Elle n'eut pas besoin de se retourner pour savoir qui lui parlait.

« Sûrement en train de se masser le cou, à force de vouloir croiser le regard de Sourmint. »

L'aigre sobriquet fit grimacer la jeune femme.

« Ou bien elle lui a marché dessus, avec ces pavés qu'elle appelle ses pieds.

– Il paraît que si elle est si grande, c'est qu'elle a du sang doppie. Il n'y a qu'à voir ses cheveux : qu'est-ce qu'ils sont raides !

– Et cette peinture, ô perdition ! »

Propos soulignés d'une succion des dents.

« Même le soleil hésite à briller sur le laid. On ne voit pas la lumière sur les endroits qu'elle n'a pas peints ! »

Sweetmint recula d'un bond, l'une des filles Arc-en-Ciel l'ayant empoignée par les cheveux. Elle pivota, bras replié sur la poitrine, prête à frapper, mais avant qu'elle puisse identifier son agresseuse parmi les sept filles de la bande, Darksap s'était déjà interposé.

« Fiche le camp, gronda-t-elle entre ses dents.

– Ne fais pas attention à elles, répondit-il en lui prenant le poignet, pour lui faire baisser le bras. Elles sont jalouses, c'est tout.

– Jalouses ? rétorqua Red, ses yeux aux lentilles brunes levés au ciel. Ne nous fais pas rire, Darksap. Ou plutôt, ne nous fais pas vomir. »

Les portes du train s'ouvrirent et le chaos de la grande place laissa place à une parfaite discipline. Hommes, femmes et enfants constituèrent trois files d'attente devant l'escalier de la gare. D'un signe de la tête, les chibes les faisaient monter un à un. Sweetmint se rappela l'époque où tous se bousculaient pour s'assurer une place assise. Lui revint aussi le souvenir du jour où l'un des chibes avait tué un homme à mains nues, ce dernier l'ayant malencontreusement fait tomber, au passage, dans l'escalier. C'était il y a dix ans. Depuis lors : files d'attente rectilignes, têtes baissées et silence de plomb.

Elle parcourut le wagon d'un regard anxieux, toujours à la recherche de Rusty : en vain. Elle et Darksap se trouvèrent alors deux sièges à mi-chemin des portes : sans aucun rembourrage, à vous casser le dos. Quelle différence avec ceux dont elle avait désormais l'habitude. Du reste, ils les cédèrent rapidement à des retardataires âgés.

« Ça n'a aucune importance, dit Darksap. Cinq minutes de trajet, ce n'est rien. »

Elle hocha la tête, ruminant encore la scène du quai, la légère douleur du cou tourné trop vite se propageant dans tout le reste de son corps. Elle aurait voulu riposter, tout en s'en sentant incapable. Elle savait ce dont les filles Arc-en-Ciel étaient capables : faire de leurs poings des matraques et de leurs coudes des couteaux, comme si elles s'étaient entraînées à la lutte. Ce devait être une obligation, vu leur métier : et de cela, elle, Sweetmint, ne voulait pas.

« Tu sais, il ne faut pas faire attention à elles, Swint.

– Qui ça ?

– Red et les autres. »

Elle lui répondit d'un sourire pincé avant de lui tourner le dos, dans l'espoir de se perdre dans la contemplation du paysage défilant, flou, de l'autre côté des vitres crasseuses. La main tiède de Darksap se faufila dans la sienne. Elle s'en débarrassa sur-le-champ.

« Qu'est-ce qui ne va pas, Swint ?

– Ça, soupira-t-elle en se retournant lentement vers lui, tête penchée pour lui parler à l'oreille. Il ne faut pas.

– Je ne comprends pas. Ça fait trois ans qu'il est parti. Et il n'est plus dans les parages pour chasser les garçons. Tu es libre maintenant de mener la vie que tu veux. De partager la mienne. »

La faim avait fait son retour dans sa rumoya, le désir dans son regard.

« Jamais je n'essaierai de te faire changer, de te demander de devenir ce que tu n'es pas. Ce serait si simple, si on se donnait cette chance. »

Petite Moi, les distractions tuent l'action. Elles tuent l'action. Cet adage, son frère l'avait gravé en elle. Ce n'était pas le seul obstacle. Sa rumoya, la force vitale qui dirigeait toutes les facettes de son être, cœur compris, ne supportait aucun contrôle. Elle ne palpitait pas pour Darksap. Le garçon était trop doux, trop timoré, trop gentil. Qu'elle consente à lui faire une place, et il se complairait dans cette nature molle, alors qu'elle avait d'autres désirs. Ou plutôt, d'autres besoins. Il lui fallait quelqu'un qui puisse la surprendre non par les mots, mais par les actions.

« Je t'aime beaucoup, Dapp, dit-elle en lui posant la main sur l'épaule. Tu es l'un des hommes les plus doux, les plus incroyables que je connaisse mais, très franchement, je ne te vois pas dans ce rôle. Et puis, avec tout le travail que j'ai, je n'ai pas de temps à consacrer à l'amour. »

Le front de Darksap s'étoila de gouttes violettes. Elle se demanda s'il allait enfin renoncer à son aplomb de surface et craquer, les larmes montant sous les lentilles blanches. Il se contenta d'expirer avec force avant de lui sourire.

« Je comprends. Tu as raison, je suis un doux. Un doux qui sait se battre, pourtant, quand l'occasion s'en présente, pour ce qu'il aime. Pour ceux qu'il aime. »

Avant qu'elle puisse répondre, le train s'arrêta et les portes s'ouvrirent.

« Tout le monde descend ! » hurla un chibe.

Chapitre 4

Survivre au Peinturage était un art véritable. Dompté par une crainte collective, on sortait du train aussi sagement qu'on y était entré. On ne traînait pas sur l'escalier du quai, en raison notamment de la marée de PoDo qui bordait la voie bétonnée conduisant du train à un immense entrepôt surnommé La Grange. Bien sûr, les chibes avaient le plus grand mal à empêcher cette foule de vous arracher jusqu'au dernier de vos cheveux, mais cela n'avait rien de surprenant. Il fallait rester calme. Et si quelque projectile se dirigeait droit vers vous, tel le flacon noir qui menaçait à présent le visage de Sweetmint, eh bien mieux valait apprendre à se mouvoir à la Mandla. Et surtout, ne jamais s'arrêter. Sous aucun prétexte.

« Regarde le géant, là, hurla un enfant PoDo en montrant Sweetmint du doigt.

– Non, ne le regarde pas, lui ordonna une femme d'un certain âge, mêmes yeux bleu clair, même chevelure blond paille que l'enfant. Un monstre comme on en voit peu », ajouta-t-elle en baptisant d'un jet de salive Sweetmint, Darksap et les petits qui les entouraient.

Les parents s'efforçaient de protéger au mieux leurs enfants des projectiles et autres liquides fleurant mauvais l'urine, comme Rusty l'avait fait en son temps avec Sweetmint, à de si nombreuses reprises. Qui, pourtant, pour leur épargner le souvenir de leur premier Peinturage ? Un triste rite de passage qui resterait à jamais gravé dans leurs cœurs. Son frère avait réagi à cela en entretenant le feu de sa haine envers les PoDo, le monde alentour et tous ceux qui l'avaient trahi. Sweetmint n'en était pas capable. Ça ne marchait pas, chez elle. Elle ne pensait pas que les Dominants puissent être tous mauvais. Le problème, c'était le petit pourcentage de vrais salopards, l'essentiel pour elle restant que leur haine ne l'incite pas à se haïr elle-même.

« Les années passent, la Grange reste », dit Darksap tandis qu'ils approchaient de cet immense cube de béton dépourvu de fenêtres.

Elle leva la tête : le toit de la Grange était si haut qu'elle n'en distinguait pas le sommet. Les grands piliers de béton gris n'avaient pas bougé. De même que les statues en bronze représentant des PoDo mâles et nus, brandissant des torches, des bibles du Chef de l'exécutif Rhitel et des glaives. De grands drapeaux rouges et noirs, tombant du ciel, ornaient les façades de la Grange. Et le Chef de l'exécutif au long visage, aux yeux ternes et bruns, à l'éternelle moue, dévisageait tous les Invisibles qui franchissaient le seuil. Oui, la Grange restait. Sauf que Rusty n'était pas là, Rusty toujours prêt à la détendre avec une de ses plaisanteries. Sans lui, le processus se trouvait empreint d'un malaise qui faisait traîner la jambe à Sweetmint.

Les chibes les poussaient vers les grandes portes de la Grange, au-delà desquelles ils pénétraient dans des tunnels mal éclairés. Des gradés en uniforme noir et casquette blanche montaient la garde dans ce dédale, mains gantées de blanc serrant la poignée de leurs fouets dévoreurs de peau.

« Vous connaissez les règles, déclara un chibe derrière eux, sa voix se réverbérant dans tout le passage. Restez alignés, tout ira en paix. Sortez du rang, on vous fera boire votre sang. »

« Tu t'es déjà demandé qui avait écrit ces vers ? souffla Darksap, hilare.

– Chut ! Et si on se contentait d'aller jusqu'au bout sans problème ? »

Le couloir les recracha dans un espace inondé d'une lumière blanche, aveuglante. Ils avaient beau pratiquer le Peinturage depuis des années, ils ne manquaient jamais de plisser les paupières.

« C'est à eux qu'il faut dire ça », marmonna Darksap, en désignant du menton les milliers de PoDo assis derrière des panneaux de verre dans des gradins qui s'élevaient de chaque côté de la salle. Certains se passaient des casse-croûte, d'autres dirigeaient vers la salle des rectangles de plakit, un matériau spécial qui permettait d'effectuer des saisies et des enluminures mouvantes. Ainsi pouvaient-ils partager le spectacle avec des amis qui n'avaient pu venir, ou l'enregistrer pour la postérité, donnant à ces si bons souvenirs des titres du type « Peinturage millésime 29 ». Des enfants couraient dans les allées et embrumaient les vitres de leur souffle, avant d'y dessiner des visages souriants qui s'effaçaient en quelques secondes.

« Tu as déjà porté des vêtements ? demanda Darksap. J'ai l'impression que le corps ne peut plus respirer, sous toutes ces couches de toile. Même si les mailles sont larges, même s'il y a des orifices. Tu sais… »

Elle lui prit la main. Il inspira vivement et se tut. Deux cents et quelques tabourets de bois rouge et noir étaient répartis dans la salle, devant les grands panneaux de verre. Un chibe se tenait près de chaque siège, s'assurant que les Invisibles puissent approcher sans encombre du lieu d'enregistrement, s'asseyent pour la saisie, puis rejoignent la file de départ qui convenait, danse solennelle constituée de pas avant, de pliés du genou, de jambes tendues et, pour finir, d'autres pas avant.

Certaines personnes affirmaient qu'on pouvait, dans la Grange, repérer des parents perdus de vue depuis longtemps par le biais de persodeurs flottant dans les airs, trop reconnaissables pour être étrangères. Mais sous le regard alerte des chibes, et au vu des consignes concernant les files d'attente, impossible de s'approcher de qui que ce soit pour lui demander : « Ne sommes-nous pas de la même famille ? Nos rumoyas n'ont-elles pas un ancêtre commun ? » Si proches, et pourtant si lointains. La douleur d'histoires impossibles à partager jamais plus forte pour certains. Pour Sweetmint jamais, cependant.

Au bout d'une heure, ils approchèrent enfin du moment de la saisie. La jeune fille qui les précédait, rayée de noir et de blanc de son crâne rasé à ses pieds délicats, s'assit tremblante face au mur. Une bande de jeunes PoDo des deux sexes la montra du doigt en riant. Une enluminure apparut dans la vitre, accompagnée de quelques informations : nom, âge, profession, adresse. Hangbe, dix-sept ans, coiffeuse, Forêt onze. Rien d'étonnant à ce que ses paumes noires semblent si lisses. Douces mains, pour de doux clients. Sweetmint imagina cette jeune femme, qu'elle ne connaissait pas, travaillant dans un salon du centre de Rhitelville. Un patron PoDo lui donnait deux ou trois rhitellings par coupe et empochait les cinquante restants. C'était la vie. Et cela valait mieux qu'un emploi de domestique ou d'équipier chez Rhitel Burger.

« Souris, la vizo, lui ordonna un garçon aux joues trop rouges.

– Allez, sale *yazine* », ajouta un autre, choisissant un terme tout aussi répugnant pour qualifier les Invisibles, issu celui-là du vikench, la langue historique de l'hémisphère.

Hangbe tremblait de tous ses membres. Elle implora du regard le chibe posté près de son tabouret.

« Tu as entendu, pourtant, ricana le garde, plutôt petit pour un PoDo. Souris pour la saisie, la vizo. »

La peinture de son visage commença à couler. Elle se força cependant à sourire, révélant des couvre-dents vert fluorescent. Ce ne fut qu'à cet instant que le chibe consentit à presser l'icône au bord de la vitre. Des chiffres apparurent. *Trois... Deux... Un.* Puis l'éclair de la saisie. Et le supplice de la jeune coiffeuse prit fin. Elle se leva pour rejoindre la file d'attente qui conduisait vers les souterrains d'évacuation.

Darksap ne lâcha la main de Sweetmint qu'à la toute dernière seconde, juste avant de se diriger vers le tabouret, sur lequel il prit place. Les gamins le montrèrent du doigt en ricanant. Il garda son calme, visage violet figé dans une impassibilité longuement exercée. Où flottaient ses pensées ? se demanda Sweetmint. Bien qu'ils n'en aient jamais discuté, Darksap s'était ménagé, comme tous les Invisible, un refuge secret au fond de son esprit. Simple question de survie.

Le garçon qui avait exigé que Hangbe sourie frappa le panneau de verre. Martèlements sourds, qui se dissipaient dans les airs. Darksap ne broncha pas. Le garçon frappa plus fort, à plusieurs reprises, un rictus féroce déformant son visage. Les autres gamins en firent autant ; bientôt d'autres PoDos, plus âgés, se mirent à fusiller Darksap du regard : il était là pour leur procurer du plaisir. N'en était-il donc pas conscient ?

Ses coordonnées apparurent dans la vitre. Cinque, vingt-quatre ans, bûcheron, Forêt vingt-six.

Après les avoir consultées, le chibe se pencha sur Darksap, nez contre nez.

« Qu'est-ce qui ne va pas, *Tchin-Koué* ? Tu n'aimes pas les enfants ? »

Darksap resta de marbre. Même lorsque l'autre lui enfonça l'index dans le gras du bras, avant de se retourner vers les jeunes spectateurs, désabusé :

« Désolé, les mômes, marmonna-t-il en appuyant sur l'icône de saisie. Celui-ci est sûrement trop bête pour comprendre notre langue. Leurs cerveaux sont deux fois plus petits que les nôtres, vous savez. »

Après l'éclair, Darksap se releva et alla rejoindre la file d'attente de la sortie, non sans avoir effleuré la main de Sweetmint.

Le garçon aux joues rouges s'était éclipsé depuis de longues minutes, sans doute vaincu par l'ennui. Sweetmint avait désormais sous les yeux une troupe de fillettes aux yeux écarquillés et aux bouches béantes. Visages à demi masqués par des boucles brunes, rousses ou blondes, telles des volutes de fumée attirées par le sol ; leurs petites mains sur l'immense vitre, elles bavardaient à voix basse.

« Elle est drôlement grande, disait l'une.

– Regarde ses cheveux. On dirait ceux de maman.

– Et ses pieds de géante ! Oh là là ! »

Constatant, au vu de son reflet, que le chibe avait l'esprit ailleurs, elle dévisagea hardiment les fillettes et leur tira la langue. Une langue non peinte, certes, mais les petites portaient certainement des didantilles. Intuition confirmée par l'une d'entre elles, qui se mit à brailler :

« MAMAN ! MAMAN ! MAMAN ! »

Le silence se fit. La mère, une frêle créature au teint si pâle qu'on voyait courir sous sa peau tout un réseau de veines bleues, descendit en hâte les gradins pour étreindre sa fille en pleurs.

« Que se passe-t-il ? » demanda-t-elle en examinant sa progéniture sous tous les angles.

Le chibe se retourna, concentré à présent sur la mère et l'enfant.

« Que se passe-t-il ?

– La chose, là… sanglota la petite fille en montrant la vitre. Elle m'a tiré la langue ! »

Le chibe empoigna Sweetmint par le bras, bientôt rejoint par plusieurs collègues, fouets à la main. L'un d'eux, prêt à frapper, fut brusquement écarté. Darksap venait de s'interposer entre les gardes et Sweetmint, retenant de sa puissante poigne la main armée du chibe.

« Khathazeki nakon », souffla-t-il, sans quitter son adversaire des yeux.

Il était pourtant difficile à Sweetmint de ne pas s'inquiéter.

« Ce vizo parle le vilongo ! » hurla un autre chibe, avant que deux de ses congénères ne plaquent Darksap au sol, face contre terre, pieds et mains sous les bottes des gardes, un genou sur la nuque.

« Il ne peut pas respirer », protesta Sweetmint.

Un fouet siffla, joyeux, dans les airs, avant de s'abattre sur le dos du jeune homme, peau se déchirant aussi facilement qu'une feuille morte, peinture du torse exposée par la plaie, sol verni dans l'instant par un sang teinté de violet.

Les PoDo se précipitaient devant la grande vitre. Certains applaudissaient à chaque coup de fouet, mains sur les épaules de leurs enfants pour les forcer à regarder. D'autres cependant détournèrent la tête.

À la minute où le premier détachement de chibes s'en prenait à Darksap, un second groupe s'était emparé de Sweetmint pour l'empêcher de se défendre par les poings, les pieds ou les dents. Rusty, le seul autre Forestain qui se serait interposé pour la défendre, ne s'était toujours pas manifesté. Si les chibes parvenaient à tuer Darksap, rien ne se passerait, rien ne changerait, ni pour eux ni pour l'hémisphère. Pour elle, en revanche…

« Arrêtez ! » hurla-t-elle de nouveau.

Ils ne la gratifièrent même pas d'un regard. Bien que Darksap soit à présent inerte, ils continuaient à le fouetter, chacun à leur tour, comme si son dos servait de tambour à leur musique assassine. Ils étaient cinq sur le jeune bûcheron, et quatre au moins à maîtriser Sweetmint. Elle hurla, hurla pendant de longues minutes, sans aucun effet sur ces musiciens monstrueux. D'ailleurs sa voix était peut-être à leurs oreilles l'accompagnement rêvé de leur symphonie obstinée, consonante. Elle voulut flotter en esprit, cartographier les solutions : chose impossible ici. Puis lui vint cette pensée : au château Tenmase, elle n'était pas Sweetmint, Invisible docile et molle que ces hommes n'avaient aucun mal à dompter, mais Candace. Soit l'inverse de l'impuissance.

Elle cessa de se débattre et se redressa de toute sa taille.

« Si vous n'arrêtez pas tout de suite, je vais devoir vous signaler à Mr Croger Tenmase. Mon patron. »

Ils ne furent guère impressionnés. L'un, cependant, leur chef, peut-être, se retourna, hilare.

« Tu connais Croger Tenmase, toi ? Ça m'étonnerait.

– Et pourtant, c'est le cas, dit-elle. Personne ne vous a parlé de son apprentie Invisible ? C'est moi. Je ne suis ni sa domestique, ni sa jardinière, ni sa cuisinière. Je suis son apprentie. Et si vous n'ordonnez pas immédiatement à ces hommes d'arrêter, par le Saintpère, je lui demanderai de signaler ce qui vient de se passer ici au directeur des gardes de l'hémisphère Curts, ce qui devrait avoir des conséquences regrettables pour les personnes impliquées. »

Le chibe en chef soutint un moment son regard, pesant sans doute en esprit les implications de cette dénonciation sur les plans professionnel et personnel. Il suffisait qu'un des petits « si » qu'elle avait planté dans son crâne germe : alors tout deviendrait possible.

« Il suffit, messieurs, déclara-t-il enfin à ses hommes. Nous n'avons pas de temps à perdre avec ces vizos. Enfin, pas aujourd'hui. »

Les uns après les autres, les chibes, en nage, rassasiés, replièrent leur fouet et les glissèrent sous leur ceinture avant de disperser la foule, redonnant ordre au chaos.

Le meilleur ami de Sweetmint gisait sur le sol, la joue dans une mare de sang, dos mutilé comme les arbres qu'il abattait dans la forêt. Avant qu'elle puisse maudire jusqu'à la dixième génération les auteurs de ce massacre, Darksap souleva ses paupières contusionnées et, les yeux dans ceux de Sweetmint, lui souffla ceci avec un sourire sanguinolent :

« Tu vois que je sais me battre. »

Chapitre 5

Candace sortit du train d'un pas résolu. Avant que ses pieds ne touchent le quai de béton, Karl, l'un des chibes nouvellement recrutés par Sanford, lui tendit la main pour l'aider à descendre les marches.

« Bonjour, madame Candace.

– Bonjour, Karl, dit-elle en se dégageant poliment de son étreinte. Merci bien.

– Bonjour, madame Candace », répéta en écho Lionel, l'autre chibe de substitution, en portant deux doigts à sa casquette.

Ils la considérèrent plus longuement que d'habitude, surpris sans doute de la voir peinte des pieds à la tête.

« Tout s'est bien passé lors de votre Peinturage ? » s'enquit Lionel.

Le cœur battant, elle revit palpiter dans son esprit les scènes de la matinée et fit la grimace. Le dos à vif de Darksap. Les gens de la forêt qui l'avaient tous aidé à remonter dans le train. Ses parents qui, dès l'arrivée au village, l'avaient soutenu jusqu'à leur cabane, pour le panser. L'homme, un certain Burningwood (nom officiel, Cetewayo) qui, dans le train, avait accusé Sweetmint d'avoir risqué la vie de tous les Forestains par sa réaction puérile. L'absence toujours aussi déconcertante et décevante de Rusty : se trouvait-il dans une autre file d'attente, dans un autre wagon du train ? S'étaient-ils tout simplement ratés ? Mais c'était la première fois que cela lui arrivait. Évitait-il Sweetmint à dessein ?

« Oui, répondit-elle au chibe en s'extrayant du souvenir. Rien d'intéressant à raconter.

– Vous savez, dit Karl. Avant d'être nommé ici, je travaillais pour les Peinturages. En général, il y avait toujours quelque chose qui déraillait, et…

– Désolée, Karl, l'interrompit-elle en désignant le portail fermé d'un geste du menton. Le fait est que je suis déjà en retard. »

Karl toussota, avant de lancer un regard à son collègue, puis à Candace.

« On ne transige pas avec les ordres, madame, vous le savez bien. Une petite minute ou deux à attendre. »

La première fois que l'un de ces nouveaux chibes l'avait appelé « madame », elle avait cru à une plaisanterie de mauvais goût. C'était son premier jour d'apprentissage officiel et, en arrivant au château, elle avait constaté que les deux répugnants chibes de la veille n'étaient plus en poste. Appréciait-elle le changement ? lui avait demandé Sanford. Il avait accueilli l'expression de son contentement d'un simple hochement de tête. Elle était touchée par cette sollicitude. Et à présent légèrement irritée de son retard et des brûlants dégâts du soleil de l'après-midi sur son crâne vert.

« Le voilà, madame Candace », annonça Lionel en désignant le portail.

Sanford était apparu au sommet de la colline, beau comme un ange. Il prit son temps pour les rejoindre, mouvant avec une aisance qu'on aurait dite innée, ses bras ballants, sa tête haute, ses jambes souples. Depuis le début de l'apprentissage, tous les matins, il la conduisait du portail au château, ayant expliqué aux chibes qu'il avait pour mission de lui ouvrir la voie. Elle ne s'en était toujours pas lassée, de cette peine qu'il prenait de faire débuter ses journées au château Tenmase par cette délicate attention, ce moment intime réservé à eux seuls.

« Salut », lui lança-t-il, comme s'ils ne s'étaient jamais rencontrés.

Bien sûr, il était beau, selon les critères des PoDo, mais ce qui charmait principalement Candace était la manière dont il la regardait et cette tranquille assurance.

« Tu vas finir par me laisser entrer, Sanford ? »

Il ouvrit le portail et lui tendit une main qu'elle ignora, pour passer devant lui.

« Tu es verte, dit-il en la rattrapant.

– Je me suis toujours demandé ce qu'on vous apprenait, dans les lycées chics pour PoDo. Effectivement, dit-elle en levant le bras, c'est ce qu'on appelle du vert.

– Aïe, Candy, balbutia-t-il, la main sur le cœur, la foulée rapide, hésitante. C'est simplement que je n'ai pas l'habitude. Et puis… »

Il ralentit le pas.

« C'est un peu excitant.

– Excitant ? C'est-à-dire ? reprit-elle en restant à sa hauteur.

– À l'orphelinat, il y avait cette Mrs Burnstock qui aimait bien faire du pain et le teindre en vert. De la même nuance que celui que tu portes.

– Ça donne envie, dit Candace en secouant la tête.

– Oui, hein ? Et quand on avait fait une bêtise, elle retirait le pain de son moule en métal, lequel était encore brûlant, et vous plaquait le coin sur le ventre. Ça faisait des cloques sur la peau et flottait dans les airs cette curieuse odeur de pain encore chaud et de chair brûlée. »

Il respira profondément, eut un frisson.

« J'ai l'impression de l'avoir encore dans les narines.

– Oh », souffla-t-elle en imaginant l'enfant caché dans les recoins de l'âme de Sanford et la douleur qu'il portait, si semblable à la sienne.

Elle souleva sans réfléchir la chemise de Sanford, aperçut les cicatrices pâles, anguleuses, qu'elle effleura du bout de l'index.

« C'est affreux, Sanford. »

Il lui prit la main, la retint quelques instants contre sa peau, dont la chaleur se mêla à celle de ses doigts puis à celle des doigts de Sweetmint. Puis il rabattit sa chemise et se mit à rire.

Ils marchèrent en silence. Quand ils atteignirent le sommet de la colline, avec sous les yeux le monde immense et autarcique du château, Sanford prit Sweetmint par le bras.

« Ça va ? »

D'instinct, elle se dégagea aussi brusquement que s'il avait été un des chibes qui l'avaient assaillie à la Grange. Elle porta la main à ses lèvres, se força à respirer lentement, à faire la part des choses. Ces gardes qui avaient supplicié Darksap n'avaient rien à voir avec Sanford, et réciproquement. Vraiment rien à voir.

« Je suis navré, dit-il, les bras au ciel.

– Non, ça va… C'est simplement que le Peinturage fait toujours remonter des foules de souvenirs. Et que les absences se font sentir plus cruellement.

– Tu parles de ton… »

Elle ne voulait plus en dire un mot. Pas de place au château Tenmase pour Sweetmint et ses chagrins. Candace n'était pas prisonnière de ce passé. C'était une femme libre, qui se mit à dévaler la colline du pas volontaire de ses grandes jambes, forçant Sanford à lui courir après.

« Hé, dit-il en la rejoignant, en nage, la chemise transparente, qu'est-ce que tu marches vite !

– Peut-être bien, mais elle est quand même en retard ! »

Sweetmint leva les yeux vers la fenêtre, où venait d'apparaître la tête de Mr Tenmase, yeux écarquillés, narines frémissantes. Elle franchit le perron en hâte, poussa la lourde porte à double battant, monta le grand escalier deux à deux, prit le couloir de droite, puis celui de gauche, à droite encore et se retrouva devant une porte fermée – celle du salon-bureau de son employeur.

« Inutile d'attendre que je vous prie d'entrer, vous seriez fort déçue ! »

Ladite porte s'ouvrit sur un chaos inhabituel. Mr Tenmase, comme tous les PoDo, était un champion de l'ordre et de la propreté.

« Ce qui n'est pas bien rangé relève du plus haut péché », disaient toujours les maîtresses, à l'école.

Et quelle ruine de la vertu sur la table de travail de Mr Tenmase ! De la paperasse jaunie (du papier ! cette vieillerie ?), des moitiés de géodes exposant leurs entrailles de cristaux violets, des crayons, des règles et autres ustensiles anciens dont elle ignorait les noms.

Des cartons volaient en tous sens. Mr Tenmase ouvrait les uns après les autres des coffres de métal qu'il écartait ensuite d'un coup de pied, les catapultant contre les murs avec une violence vibratoire.

« Et pourquoi ce retard ? » s'enquit-il sans suspendre sa quête désespérée.

Elle se faufila dans la vaste pièce, prenant soin de ne pas trébucher sur une caisse, et s'installa sur le canapé inconfortable qui trônait en son milieu. C'était là qu'elle avait bu le liquide bleu, et c'était désormais son perchoir favori.

« À cause du Peinturage, Mr Tenmase. Je vous l'ai rappelé la semaine dernière. C'est le même jour, tous les ans et...

– J'ai la berlue, ou vous allez me donner un cours sur le Peinturage, Candace ? dit-il en levant les yeux de son carton du moment, paupières plissées. Par qui croyez-vous que la chose a été conçue ? L'idée même, la Grange, les gradins, le moindre détail ?

– C'est donc à vous que l'on doit le fait que les gardes ont écorché vif mon ami, ce matin ?

– Ça, non, je ne suis pas au courant. Ah, ce sont des choses qui arrivent. C'est le spectacle joué en public qui, plus que tout, sauve la société de ses propres travers. Puis-je vous rappeler ceci, Candace ? Vous n'êtes pas venue pour faire joujou avec des bricoles et des gadgets. Ici, nous bâtissons des mondes. Vous êtes priée de laisser vos petits soucis au vestiaire avant de franchir ce seuil. »

Ah, ce sont des choses qui arrivent. Il était manifeste, lorsqu'ils avaient des échanges de ce genre, que son célèbre mentor était un PoDo. Mais si elle voulait atteindre son but, il lui fallait comprendre (et non pas accepter, et non pas approuver) le fait que le châtiment de Darksap était la conséquence collatérale d'une organisation sociale plus vaste, dont Mr Tenmase lui révélait lentement les tenants et les aboutissants.

« Que fait-on aujourd'hui, Mr Tenmase ?

– La même chose qu'hier et que demain, Pinky. On essaie de conquérir le monde.

– Qui, on ?

– Un autre jour. Vous vous souvenez de ce dont nous avons parlé le mois dernier, non ?

– Il y avait tant de choses.

– Le but principal de nos recherches, ma chère élève. L'invention du siècle. »

Oui, bien sûr. Le Grand recommencement. Au premier jour de son apprentissage officiel, Mr Tenmase l'avait priée de s'installer dans le canapé pour passer en revue avec elle les termes de son contrat. Il s'était installé dans le fauteuil, recouvert, lui avait-il appris, de cuir naturel provenant d'un animal disparu depuis longtemps. Les cuirs qu'elle connaissait étaient désormais végétaux.

« Et c'est pour cela que celui-ci pèle », avait ajouté Tenmase en faisant pleuvoir sur le sol des petits fragments brun-noir.

Candace sortit sa tablette, alluma l'écran et commençait à prendre des notes lorsque Mr Tenmase lui immobilisa la main d'un geste ferme et doux.

« Règle numéro un, ne jamais rien écrire. Tout retenir là-haut. »

Et, de sa main libre, il se tapota le front.

« Pas de problème.

– Très bien. Règle numéro deux : rien ne sort de ces murs. Je ne veux pas que vous alliez répandre auprès de vos amis de la forêt des rumeurs sur le château et sur les travaux que nous menons. »

Je n'ai que peu d'amis, Mr Tenmase. La règle numéro deux sera facile à respecter.

Elle se contenta d'opiner.

« Règle numéro trois, très importante : n'entretenez pas de rapports trop amicaux avec mon neveu. C'est un gentil garçon, mais il a une propension excessive au désordre, ce qui cause souvent des soucis. Des soucis que vous ne pourrez pas assumer. »

Elle hocha la tête derechef.

Une fois ces règles exposées, il lui expliqua qu'elle serait payée mille rhitellings par mois (« Et ne songez pas une seconde à négocier »), ce qui parut invraisemblable à Candace, jusqu'à ce qu'il s'approche du mur, le caresse de la paume et compose un code : l'argent, lui annonça-t-il, venait d'être transféré dans son Fonds discrétionnaire pour Invisibles (FDPI) géré par la Banque Invisible de l'Hémisphère Nordouest (BIHN). Ce soir-là, en rentrant chez elle, elle fit, du même geste, apparaître d'une main tremblante son compte sur le mur : l'argent y avait été effectivement déposé, faisant d'elle l'une des Invisibles les plus riches de la Forêt vingt-six.

Ce que l'on attendait d'elle pour ce salaire, et l'enseignement prodigué par le bâtisseur de l'hémisphère : dès la fin de la Prière du jour, elle devait se rendre cinq jours sur sept au château Tenmase et s'y livrer à toutes les tâches réclamées par son patron comme mélanger des liquides de différentes couleurs, astiquer des instruments en cuivre dont elle ne connaissait pas le nom, ramasser des plantes dans la propriété attenante au château, ou prendre la température de la piscine. Il lui promit qu'il l'initierait lentement, mais sûrement, à des technologies dont les Invisibles n'avaient qu'une connaissance détournée, et qu'elle aurait tôt ou tard la possibilité de l'aider à inventer. L'apprentissage durait un an ; elle pouvait ensuite choisir de rester ou de suivre son propre chemin, et ses propres buts. Elle savait déjà qu'elle ne partirait jamais.

« Vous comprenez, Candace, je travaille sur l'invention du siècle. Et j'aurai besoin de vos services. Je vous en dirai plus le temps voulu.

– Vous pouvez au moins me donner un indice ?

– Je l'appelle le Grand recommencement. C'est le plus merveilleux cadeau qu'on puisse faire à l'hémisphère, qui en a bien besoin, même s'il ne le sait pas encore. Mais nous, dit-il en se touchant de nouveau le front, nous, les Grands savants, les Premiers ingénieurs, les Protecteurs du progrès, on est au courant. Compris ?

– Pour être franche, non, pas réellement. Mais j'apprendrai vite.

– Ne me décevez pas, Candace », dit-il en lui tendant la main. Qu'elle prit.

« Il n'en est pas question, Mr Tenmase. »

Retour au grand désordre du présent. Candace se dirigea vers le bureau pour examiner la chose de près. Après quelques explorations de surface, elle dénicha une sphoreille qu'elle s'inséra dans le pavillon. Un écran miniature qu'elle était la seule à voir se matérialisa devant ses yeux, avec ses multiples icônes virtuelles.

« Vous êtes sûre que vous ne préférez pas lire un vrai livre ? s'enquit Tenmase. S'ils ne sont pas accessibles à tous, ce n'est pas par plaisir. Mais ici, vous pouvez vous plonger dans tous ceux que vous voulez et absorber leur incroyable savoir.

– Non, merci. »

La sphoreille, avec ses mille connexions inaccessibles aux Invisibles, était un portail bien plus attractif que ces vieilles paperasses poussiéreuses. Elle n'avait d'ailleurs jamais vu de vrai livre avant d'entrer au château et les jugeait, eux et leur contenu, plutôt rassis.

« Un autre jour, je ne dis pas. »

Son regard se posa une demi-seconde sur une icône constituée des lettres NHN en noir et rouge. Un écran apparut dans l'écran, lui donnant accès à la chaîne d'information de l'État, les Nouvelles de l'Hémisphère Nordouest. Y défilaient des scènes du Peinturage provenant de toutes les régions. Elle cligna des yeux : à présent, deux hommes de forte corpulence s'affrontaient sur un ring, en shorts et bottines lacées, l'un en rouge et blanc, l'autre en rouge et noir, pour le plus grand bonheur d'une foule sanguinaire qui rugissait en arrière-plan. À la fin du round, un Invisible non peint, en collier, se hissait sur le ring, serpillière à la main, et épongeait du mieux qu'il le pouvait le sang et la sueur déversés sur la toile, avant que le match ne reprenne.

Lassée par tant de violence, elle passa à la publicité. Dram Jams Ivy, le chanteur Invisible que tous adoraient, ici peint en blanc des pieds à la tête et vêtu d'un costume également blanc, tournoyait en tous sens en chantant les louanges d'un produit nettoyant. « Si vous avez une petite amie, faites-lui tester Tachanti ! » Clin d'œil, au suivant ! Même si elle avait honte de l'avouer, elle aussi adorait Dram Jams Ivy, que son frère pourtant appelait « l'arme de destruction massive la plus efficace jamais inventée par les poddies ».

Suivait une autre pub avec le chanteur, cette fois-ci pour Rhitel Burger. Elle vit flotter sous son nez des petits pains roses, des frites vertes, des shakes au sirop orange et des smoothies bleus ; son estomac se mit à gargouiller. Elle avait eu droit au festin habituel dans le train du château, dont le menu était renouvelé tous les jours, mais les événements du Peinturage lui avaient volé son appétit. Jusqu'à présent, du moins.

« Mr Tenmase ? demanda-t-elle en regardant Dram Jams Ivy avaler une bouchée de hamburger.

– Oui ? » répondit-il, de l'autre bout de la pièce.

Tête renversée, il était occupé à fouiller à tâtons dans des corbeilles rondes, comme si des yeux étaient plantés au bout de ses doigts.

« Y a-t-il un Rhitel Burger à proximité ? J'ai très faim. »

Il s'immobilisa, sans se redresser toutefois, prêt à reprendre sa tâche mécanique.

« Can-dace, articula-t-il, en détachant les deux syllabes de son nom. Je vous en prie, ne me dites pas que vous affectionnez les Rhitel Burgers.

– Euh… Mais si. »

Il se leva très lentement, comme pour ravaler quelque étrange colère, et se dirigea vers elle en ôtant ses lunettes, pour qu'elle puisse plonger les yeux dans son regard couleur de schiste, pierre que l'on trouvait en abondance dans la Forêt vingt-six.

Elle s'adossa au bureau, acculée.

« Qu'est-ce qui ne va pas, Mr Tenmase ?

– Écoutez-moi bien. Le Rhitel Burger est une nourriture industrielle néfaste, fabriquée dans la région santé. Jurez-moi de ne jamais plus en consommer.

– Mais non, vous plaisantez, dit-elle en riant. Les publicités nous disent toujours à quel point c'est nourrissant. D'ailleurs… Même le Chef de l'exécutif Rhitel en mange, que le Saintpère bénisse son âme.

– Quelle est l'espérance de vie moyenne des Invisibles ?

– Autour de quatre-vingts ans.

– Et celle des PoDo ?

– Cent vingt, à peu près.

– Et quelle est la cause de cette différence, à votre avis ?

– Je ne sais pas… »

Incroyable, tout de même, que ce fait ne lui ait jamais sauté au visage.

« Ça n'a rien d'étonnant. Tout est fait pour que vous ne sachiez pas. Candace, il faut toujours s'attacher aux questions qui découlent des autres questions. Vous n'avez jamais remarqué à quel point les gens de votre forêt sont fatigués, après avoir mangé des Rhitel Burgers ? »

Elle se rappela les gens de Nearsee, dans le quartier de la Grande place, qui consommaient ces frites si coûteuses avec une délectation sans égale. Pourtant, ça n'avait rien d'extraordinaire, cette fatigue d'après repas. Il y avait même un mot pour ça : « burguérifié ». Oui, elle aussi s'était sentie burguérifiée après en avoir consommé, ce qui lui était arrivé plus souvent ce dernier mois que durant ses vingt-quatre ans d'existence avant l'apprentissage.

« Le fait que les Rhitel Burgers n'existent que dans vos villes et villages, comme les PatchMarts, d'ailleurs, n'est pas anodin. Il n'y en a pas chez nous, chez les PoDo. Ils sont aussi dangereux qu'appétissants, et je puis vous assurer que le Chef de l'exécutif Rhitel n'en a jamais avalé une bouchée de sa vie.

– Comment savez-vous qu'ils sont appétissants, si vous n'en avez jamais mangé ? »

Il lui décocha un clin d'œil et la tension qui s'était emparée de Candace la quitta peu à peu.

« Vous savez pourquoi. C'est moi qui en suis l'inventeur. »

Quand elle pensait commencer à comprendre cet étrange individu, elle en découvrait une facette qui remettait tout en cause. Elle ne parvenait pas à le cartographier. Faute de cela, et pour donner une logique à l'informe, elle avait dressé une liste de faits concernant son mentor. Peinturage – *pas bien.* Rhitel Burger – *pas bien.* Trains – *bien.* Sphoreilles – *bien.* Tablettes – *bien.* Manière dont il traitait Candace – *bien.*

Il reprit la parole :

« Vérité ou mensonge : j'ai trop d'affection pour vous laisser vous empoisonner.

– Vérité.

– Donc, plus de Rhitel Burger ?

– D'accord, Mr Tenmase. Plus de Rhitel Burger.

– Merci, dit-il en esquissant une révérence. Bon, êtes-vous prête à examiner ma trouvaille ? »

Il repartit d'un pas dansant dans la pièce, claquant des mains, jusqu'à un carton éventré dont il tira un objet blanc et oblong, agrémenté d'une tige noire. Il s'installa sur le canapé, fit signe à Candace de le rejoindre et posa la chose sur la table basse.

« Qu'est-ce que c'est ? s'enquit-elle, tête penchée.

– Un téléphone cellulaire. Pour être plus précis, un Motorola DynaTAC 8000X.

– Un téléphone cellulaire », gloussa-t-elle, en écho.

Les noms que Mr Tenmase inventait pour ces antiquités lui donnaient toujours l'impression d'avoir un carillon dans la bouche. Et leurs usages n'étaient pas moins comiques. *Roomba. Snuggie. Shake Weight. K-cup. Swiffer. Gruyère.* Ce dernier lui donnait encore des accès d'hilarité. Comment avoir envie une seconde d'acheter quelque chose avec des trous ? Qui plus est, des trous qui augmentaient la valeur de l'objet ? À sa connaissance, il n'y avait qu'une exception d'ordre pratique : les tissus en maille perforés et aérés dont se revêtaient les PoDo. Contrairement aux Invisibles, la chaleur ne leur réussissait pas.

« Allez-y, reprit Mr Tenmase. Prenez-le en main. »

Elle s'empara du gros appareil, le soupesa.

« On dirait une brique de votre château. »

Elle effleura les touches lustrées, le trou ovale qui perçait sa base, les perforations sous la tige.

« À quoi cela servait ?

– À votre avis ?

– C'était une arme ?

– La réponse n'est pas entièrement fausse. Une arme, oui, mais pas comme celle que vous connaissez. C'était un outil de communication, le premier du genre jamais commercialisé. Il date de 1983, figurez-vous.

– Par le Saintpère ! C'est si vieux que ça ? s'exclama-t-elle en caressant la coque blanche qui gainait le dos de l'appareil. En quoi est-ce ?

– En plastique. Un matériau artificiel, extrêmement adaptable et pratiquement indestructible utilisé pendant des siècles à toutes sortes d'usages. Et une catastrophe pour l'environnement. Vous avez entendu parler des guerres du plastique de 2100, Candace ?

– Non, bafouilla-t-elle, honteuse.

– Elles ne sont pas le produit...

– ... du hasard ? compléta-t-elle, en levant les yeux vers son maître d'apprentissage.

– Vous commencez à vous y faire. Les guerres du plastique font partie d'un conflit bien plus vaste, qui opposait les Écologistes aux Modernistes. Les Écologistes refusaient l'usage du plastique, contrairement aux Modernistes. Le combat a été long, plus d'un demi-siècle, et meurtrier ; les Invisibles ont été utilisés des deux côtés. En fin de compte, il a été remporté par les Écologistes, qui ont consenti à des concessions pour le caoutchouc et le silicone. Trop tard, hélas.

– Comment cela, trop tard ?

– Vous en constatez déjà les effets. Ces grandes pompes d'acier plantées dans les océans ? Elles brassent l'eau à longueur de temps pour en faire baisser le niveau, la purifient et la redistribuent dans l'hémisphère pour l'usage agricole et le traitement des déchets ; elles alimentent les sources d'eau potable… et même ma jolie piscine devant le château. Ce bout de plastique que vous avez entre les mains est interdit par la loi. Pratiquement tous les objets fabriqués à l'aide de ce matériau ont été expédiés dans l'espace. Ce n'est plus notre problème.

– Quelle solution… mature.

– Pour ne pas vous mentir, les contemporains de cet artefact pensaient que la société à venir serait beaucoup plus avancée qu'elle n'a réussi à le devenir. Selon eux, nous devrions connaître la téléportation, les villes sous-marines, l'immortalité… Les guerres et les famines ont contraint le monde à renaître plusieurs fois de ses cendres. Nous autres, poursuivit-il en prenant la main de Candace, nous allons mener la prochaine renaissance. Nous allons l'inventer ensemble. Nous allons reprogrammer la manière dont les gens vivent, pensent et aiment. »

Elle reposa le téléphone et se massa les tempes, l'esprit encore plus encombré que le tortillard qu'elle prenait pour se rendre à l'université. Impossible de bouger, de respirer, d'exister dans si peu d'espace. À en croire Mr Tenmase, ils allaient combler des siècles de retard. Elle se sentait écartelée entre l'optimisme de la puissance retrouvée et l'impuissance du désespoir. Trop d'information, trop vite ingurgitée : cela pouvait finir par lui nuire.

« Bon, reprit Mr Tenmase, index pointé sur la relique. Nous nous sommes déjà suffisamment penchés sur les techniques modernes – et j'y inclus ma leçon improvisée du jour sur la nutrition. Pour construire le futur, pour faire renaître le monde avec des méthodes et des façons de penser nouvelles, il nous faut reconstruire le passé. Ce qui permet aussi de mieux comprendre pourquoi nous en sommes là. Vous me suivez ?

– Oui, je crois.

– Très bien. Alors, au travail. »

Mr Tenmase disposa sur la table un marteau, une scie et un tournevis, puis demanda à son apprentie de choisir celui qu'elle estimait le mieux adapté à l'ouverture du téléphone cellulaire. Après avoir longuement réfléchi, elle se fia à son intuition et opta, à raison, pour le tournevis. Elle procéda ensuite au démontage de l'artefact, mettant à nu tout un monde de microcircuits verts, jaunes et argentés. Il lui fallut quelques heures pour achever la dissection de ces entrailles et identifier un par un toutes ses composantes : puces, cartes et autres, dont les rôles désormais lui paraissaient clairs. Primitifs, les ancêtres ? Certes, mais fort ingénieux, parfois, en ce qu'ils faisaient sans cesse reculer les limites du possible. Le téléphone en était un parfait exemple.

« Comment vous sentez-vous ? » s'enquit Mr Tenmase.

Penchée sur cette table depuis ce qui lui semblait une éternité, elle avait mal au dos. Les lentilles, portées depuis le matin, lui irritaient les yeux. Elle se redressa, se carra, plus détendue, au fond du canapé et, les mains croisées sur le ventre, tourna la tête pour admirer le coucher du soleil par une des fenêtres de l'autre bout de la pièce. Le ciel ressemblait à un milk-shake rose, violet et orange.

« Exténuée, mais pleinement satisfaite. Comme si je venais de faire l'un des meilleurs repas de mon existence.

– Ce n'est pourtant qu'un apéritif, ma chère, dit-il en se frappant le genou de la paume. Et vous l'avez dégusté avec élégance. Rien ne vous arrête, Candace. Rien n'est hors de votre portée, pour peu que vous ne vous perdiez pas dans les détails.

– Je ferai de mon mieux, Mr Tenmase. Ça vous ennuie si j'ôte mes lentilles et toute cette peinture ?

– C'est votre corps, ma chère. Vous n'allez pas tarder à prendre le train, et ni Karl ni Lionel ne vous feront la moindre remarque sur votre collier. »

Elle se leva, fit bouger ses épaules de gauche à droite et se pencha, les bras ballants, pour se toucher le bout des pieds. Avant qu'elle puisse se redresser, la porte du bureau s'ouvrit avec fracas, livrant le passage à un Abe à la poitrine pantelante sous sa peinture blanche, comme s'il avait quelque ennemi à ses trousses.

« Abe ? s'étonna Mr Tenmase. Que se passe-t-il donc de si grave ?

– Le… haleta Abe, après une longue inspiration. L'écran, monsieur ! »

Mr Tenmase trancha l'air de sa main. Les NHN éclaboussèrent le mur dans une explosion de couleurs.

Anna Franklin, la journaliste des régions, se tenait devant le Domaine de l'exécutif. Elle souleva une mèche de sa courte chevelure brune, exhibant sa sphoreille, et hocha la tête. Elle était si frêle ! On aurait dit un squelette que moulait étroitement une peau blanc rosé. Elle regardait droit devant elle d'yeux si perçants, cependant, que Candace fit un pas en avant.

Anna Franklin s'essuya les yeux.

« Pour ceux qui nous rejoignent à l'instant, sachez que la tragédie vient de nous frapper. Elle ne se limite pas à notre splendide hémisphère. C'est le monde entier qui pleure. J'ai le regret de vous annoncer que le Chef de l'exécutif Rhitel, que le Saintpère bénisse son âme jusqu'à la fin des temps, notre grand libérateur, le guide de ce sublime hémisphère… vient d'être assassiné. »

Candace se retourna vers Abe, qui fixait les épaules immobiles de Mr Tenmase. Elle y posa doucement la main, afin que tous deux, de concert, retrouvent leur calme.

« Mr Tenmase… Est-ce vrai ? »

Elle le sentit inspirer et retenir l'air dans ses poumons pendant de longues secondes avant de le laisser échapper. Il répéta cet exercice pendant quelques minutes puis se laissa lentement retomber au fond du canapé.

« Sans doute, murmura-t-il.

– Toutes mes condoléances, dit-elle. Je sais à quel point vous étiez proches.

– Autrefois, oui, répondit-il, en se prenant la tête à deux mains.

– Mais comment cela a-t-il pu se produire ? Comment peut-on entrer dans le Domaine de l'exécutif et tuer quelqu'un ?

– Je n'en ai pas la moindre idée. Toutes les précautions avaient été prises, je pense, contre cette sorte d'attentat.

– Que puis-je faire pour vous, monsieur ? s'enquit Abe, planté derrière le canapé. Voulez-vous que je vous appelle quelqu'un par sphoreille ? »

Mr Tenmase tourna la tête avant de tapoter le bras de son domestique.

« Non, pas maintenant. Voyons ce que vont nous apprendre les NHN. »

Sur l'écran, des chibes, brandissant des armes dorées que Candace n'avait jamais vues, passaient derrière Anna Franklin. Des politiciens en costume moulant venaient en sens inverse. Des anciens révérés, aux longues tuniques en maille flottante, pressaient sur leur cœur des tablettes de verre ouvertes à la page de la bible du Chef de l'exécutif Rhitel et, constatant qu'ils apparaissaient sur l'écran, s'éclipsaient aussitôt. La journaliste, ayant quelque peu recouvré sa contenance, porta la main à sa sphoreille et hocha la tête.

« Une nouvelle information vient de nous parvenir, dit-elle en regardant le plakit. Selon les autorités, un suspect aurait été identifié. Il s'agit d'un Invisible du nom de Shanu. Le cliché que vous allez voir date de trois ans. Il aurait donc aujourd'hui vingt-huit ans. »

L'Invisible apparut aux yeux de Candace, la peau couverte d'un rouge si sombre qu'il semblait avoir baigné dans du sang de PoDo. Une détermination des plus extrêmes brûlait dans ses lentilles jaunes, avec l'intensité d'un soleil qui ne se couche jamais. Elle ne comprit pas ce qu'elle voyait. La mâchoire sculptée dans le plus dur des bois se devinait sous la barbe. Les lèvres étaient charnues, pincées. La chevelure était coupée ras : un casque de sable.

« Sweetsmoke ? »

Abe se précipita vers elle tandis que le monde se mettait à tournoyer. Pas assez vite : seule la moquette put atténuer la chute.

« Candace ?

– Sweetmint, réveille-toi. »

En dépit du vertige, elle se força à ouvrir les yeux et fit de son mieux pour distinguer les deux hommes penchés sur elle.

« Ah, vous êtes de nouveau parmi nous », dit Mr Tenmase.

Elle comprit, à sentir sous elle des coussins informes et durs, qu'elle se trouvait sur le canapé.

« Combien de temps suis-je restée sans connaissance ?

– Environ un quart d'heure, répondit Abe.

– Pas bien longtemps, s'interposa Mr Tenmase, mais assez pour qu'Abe m'explique. Shanu, l'Invisible… C'est votre frère, c'est cela ? Celui qui est porté disparu, me disiez-vous ? »

L'esprit de Candace était encore envahi par la brume. Elle ferma les yeux, se mordit la lèvre.

« Candace, il vaut mieux que vous retourniez dans la forêt. Je suis certain qu'un représentant de l'administration vous y rendra visite, et je ne puis que vous conseiller de ne rien leur cacher. Vous n'avez pas vu votre frère depuis des années et ne savez pas où il se trouve. »

En fond sonore, Anna Franklin, toujours à l'écran :

« Les chefs des Hémisphères Nordest, Sudest et même Sudouest ont fait part de leur émotion. Le directeur Curts, responsable des gardes de l'hémisphère, devrait intervenir hémisphériquement dans une demi-heure. Il nous a d'ores et déjà assuré que l'Invisible sera arrêté avant la fin de la période de deuil, soit avant cinq jours et la tenue des élections. Nous restons à l'antenne pour vous tenir informés, et que le Saintpère bénisse l'Hémisphère Nordouest.

– En ce jour et jusqu'à la fin des temps », murmura Abe.

Le visage de Sweetsmoke fit sa réapparition sur l'écran, agrémenté d'un texte qui défilait en boucle et en lettres blanches : Le suspect numéro un dans l'assassinat du Chef de l'exécutif Rhitel. Candace se baissa soudain pour vomir un aigre liquide sur les chaussures et le pantalon de Mr Tenmase. Au lieu de faire un bond de côté ou de pousser des cris d'horreur, il se pencha sur elle et lui tira gentiment la tête vers l'arrière.

« Il faut que ça sorte, ma chère. Allez-y tout votre soûl.

– Je rapporte ce qu'il faut pour nettoyer, monsieur, déclara Abe en se précipitant vers la porte.

– Je suis désolée », gémit Candace en s'essuyant les lèvres, ce qui rendit la tâche plus difficile à Mr Tenmase lorsqu'il voulut lui faire boire un peu d'eau – sans peinture, plus de bouche visible.

Il y parvint cependant et elle put vider le verre avant de le reposer.

« Mr Tenmase, il n'y est pour rien, balbutia-t-elle en essayant de se lever, ce dont son patron l'empêcha. Je sais que ce n'est pas lui. Shanu n'a rien d'un assassin.

– Candace, cela fait trois ans qu'il est parti. J'ai vécu assez longtemps pour me rendre compte qu'on ne sait jamais de quoi les gens sont capables jusqu'au moment où l'opportunité se présente à eux.

– Non, protesta-t-elle en se redressant. Je sais très bien de quoi il est capable. Le temps qui passe n'y change rien. Il a toujours été assez radical, c'est sûr, mais de là à tuer quelqu'un… Non. Et il faut que vous m'aidiez à le faire comprendre au monde. »

Abe fit sa réapparition, armé d'une serviette, d'un spray nettoyant et d'un seau d'eau.

« Abe, laissez-nous seuls un moment, s'il vous plaît.

– Bien, monsieur. »

Candace dévisagea Mr Tenmase. Qui la dévisageait.

« Je crains, dit-il, de ne pas disposer des pouvoirs dont vous me croyez paré. Quand il se produit un drame de ce genre… (Il leva les yeux au ciel)… Il est vrai que la chose est inédite. Ce que j'essaie de vous expliquer, ma chère, c'est que la machine est déjà en marche. Et qu'elle ne s'arrêtera pas avant d'avoir été alimentée.

– Mr Tenmase, cette machine, c'est vous qui l'avez conçue, rétorqua-t-elle en soulignant ses propos d'un index rageur. Il vous suffit de joindre le directeur Curts par sphoreille et de lui demander de suspendre ses recherches. Dites-lui qu'il y a forcément une autre piste. Que nous allons y travailler ensemble. »

Les fines mains de l'inventeur se crispèrent sur le verre. Il se mit à en contempler le fond, comme si la solution à la crise s'y trouvait.

Une terreur indicible envahissait l'esprit de Candace comme la brume au petit matin.

« Il va être traqué. Il va être pourchassé, même s'il est innocent, et il subira des tortures indescriptibles rediffusées en direct dans tout l'hémisphère. Comme ce qui s'est passé dans la Forêt soixante-dix-huit.

– Vous ne savez pas de quoi vous parlez, dit Mr Tenmase en tendant la main vers celle de Candace.

– C'est vous qui ne savez pas », répliqua-t-elle en rejetant l'offre d'un geste furieux.

Puis elle se leva, les membres agités de mille impulsions contraires.

« Que me disiez-vous tout à l'heure ? Ce que je représente pour vous, l'affection que vous me portez ?

– Candace…

– Non, siffla-t-elle en le toisant. Vous pouvez toujours bavarder des heures sur ce que nous faisons ici, sur le monde que nous allons bâtir ensemble. Si mon frère n'y est pas, ce monde-là n'aura aucune valeur. Aucune. Saintpère ! Vous êtes l'Architecte en chef. Le Grand ingénieur. Cela veut dire que vous comprenez tout, non ? Que vous contrôlez tout ? Alors pourquoi ne pas vous rendre compte que j'ai besoin de vous ? Vous vous fichez bien de moi. Vous n'êtes qu'un de ces PoDo enfermés dans leur monde imaginaire. »

À son tour, il se leva d'un bond et fit de son mieux, en dépit de leur différence de taille, pour se hausser au niveau de Candace.

« Vous êtes furieuse ? Parfait. Servez-vous de la colère. Vous vous sentez triste ? Encore mieux. Instrumentalisez le désespoir. Vous vous croyez trahie ? Faites-en un appendice de votre volonté, maîtrisez votre désillusion. Vous pensez vraiment être la première et la seule à ressentir ces émotions ? Ce château, gronda-t-il en s'emparant d'une sphoreille, ces inventions… Tout cela a été enfanté par la tristesse. Fabriqué par la colère. Usiné par la déception. Ne vous laissez pas plomber par ces absurdités, Candace. Restez dans les hauteurs. Exploitez leur potentiel.

– Ces absurdités ? De quoi parlez-vous, Mr Tenmase ? De l'innocence de mon frère ? Tout ce que je vous demande, c'est de mettre votre sphoreille. Et d'appeler le directeur Curts. C'est tout.

– Ce n'est pas si facile. Un jour, quand vous aurez compris les rapports de force qui nous animent, vous comprendrez. »

Abe revint, toujours muni de son seau, de son spray et de sa serviette.

« Tout va bien ? »

Les deux autres n'avaient pas fini de se défier silencieusement du regard. Ce fut Candace qui rompit l'exercice en secouant la tête.

« Je pars.

– Très bien. À demain. Pas de retard, cette fois-ci. »

Tandis qu'elle se dirigeait d'un pas ferme vers la porte, elle entendit Mr Tenmase dire ceci à Abe :

« Laissez-la faire. Vous pouvez préparer quelques herbefines pour notre invité de ce soir ? »

Devant le portail, le duo de chibes avait été renforcé par quelques collègues. Ils la suivirent d'un regard soupçonneux lorsqu'elle monta sur le quai. Les portes du train s'ouvrirent ; elle n'entra pas immédiatement. L'atmosphère soudain paraissait plus lourde, les lumières plus éblouissantes et l'avenir n'avait jamais semblé si brumeux. Hormis cette certitude.

Je vais te retrouver, Grand Frère. À tout prix.

Chapitre 6

Stephan Jolis, vingt-huit ans, responsable local II, prit tout son temps pour descendre du quai. Les gardes, en essaim, baissèrent la tête à son approche ; l'un d'entre eux se précipita vers le portail du château pour l'ouvrir.

« Souhaitez-vous que je vous accompagne, monsieur ? » s'enquit-il, pensant sans doute pouvoir tirer profit de ce service rendu, attitude que Jolis trouva à la fois répugnante et admirable.

Ce dernier fit franchir le seuil à sa carcasse d'un mètre quatre-vingt-seize, et ne s'arrêta pas avant d'être passé devant le jeune garde. Lorsqu'il se retourna, ce fut pour croiser son regard ardent, d'un bleu semblable au sien, reflet de la faim qui l'avait dévoré des années plus tôt.

« M'accompagner ?

– Euh, oui, m-m-monsieur, bafouilla le garçon, sans doute frais émoulu de l'école des gardes.

– Et qu'est-ce qui vous fait croire que j'ai besoin d'un guide ?

– R-rien, euh… »

Le garde baissa les yeux sur ses bottes noires, qui scintillaient dans le clair de lune.

« Ne le prenez pas mal, monsieur. Mais avec ce qui est arrivé au G-g-grand chef, que le S-s-saintpère bénisse s-son âme, toutes les précautions sont bonnes à prendre. »

Jolis fit signe au garçon d'approcher. Le visage de ce dernier s'illumina ; en quelques enjambées, il rejoignit son hôte, le dissimulant entièrement au regard des autres gardes.

« J'aurais grand plaisir à… »

Le garçon, simultanément, toussa et se mordit la langue. Un filet de sang coula de sa lèvre. Les larmes lui vinrent aux yeux.

Et s'il avait voulu crier, hypothèse raisonnable, aucun son n'aurait pu sortir de sa gorge trop étroite ni de sa bouche pétrifiée, ce que Jolis savait fort bien.

Saisissant de la main droite les testicules du garde, il se baissa avant de lui souffler ceci à l'oreille :

« Simple vérification. »

L'étreinte se fit plus douloureuse.

« Nous sommes en temps de guerre. Et tous les PoDo mâles qui se respectent ont besoin d'une paire en bon état, histoire d'assurer leur survie. Compris ? »

Dents serrées, paupières plissées, le gamin hocha la tête puis s'effondra lorsque Jolis lui rendit sa liberté.

Le futur grand politicien de l'hémisphère ferma les yeux et respira l'air de la nuit, humide, salé. Puis, traversant la pelouse, il gravit la colline, d'où lui apparut le château aux fenêtres obscures, sauf celles du bureau de Tenmase et d'une des salles à manger. Le bâtiment lui-même, dont la façade de brique était illuminée simultanément par des filaments à déclenchement automatique et des projecteurs fixés au sol, scintillait comme les mini-robes que les filles chics portaient en centre-ville. De ces filles, il en avait eu quelques-unes, mais leur absence de substance l'incommodait. On aurait dit qu'elles n'étaient faites que d'air.

En descendant de la colline, il songea qu'il pourrait être raisonnable, malgré tout, d'épouser l'une de ces créatures : docile et correspondant au type que l'hémisphère associait aux individus de son calibre. Il ne lui restait cependant que cinq jours pour en trouver une et procéder au mariage avant l'élection : c'était peut-être un peu trop voyant. Non, il se marierait après avoir gagné. Si tel devait être son destin. La fille serait grande, teint de porcelaine et tête tout aussi fragile ; il aurait moins de mal à la dissuader d'avoir des enfants, ce qui lui permettrait de…

La porte à double battant s'ouvrit tandis qu'il méditait, sans même se rendre compte qu'il foulait déjà le vestibule du château. L'attendait le domestique de Croger, son visage joufflu exprimant une contrition qui n'avait guère lieu d'être : franchement, de quoi se plaignait-il, celui-là ?

« Bonsoir, monsieur », dit-il en lançant à Jolis un regard aussi obséquieux que de coutume.

Si le responsable local II lui avait ordonné de se mettre à quatre pattes et l'avait chevauché jusqu'à épuisement de ses forces, Abe n'aurait pas dit non. C'était tellement irritant, cette servilité, cette soumission.

« Combien de fois faudra-t-il que je te le répète ? Arrête de me regarder, espèce de foutu vizo, ou je t'arrache les deux yeux.

– Je suis désolé, monsieur, répondit le domestique en baissant immédiatement la tête. Mr Tenmase vous attend dans son salon. Puis-je vous débarrasser de votre manteau ?

– C'est ça, pour que tu puisses me peloter ? »

Il épousseta les revers de son costume de maille anthracite comme si cette triste loque avait osé y poser ses petites pattes crasseuses puis grimpa le grand escalier, le cœur battant plus fort à chaque marche. Une fois parvenu devant la porte du salon, il ferma les yeux et se contraignit à retrouver son calme, se concentrant sur le but de sa visite – lequel était de trouver le meilleur moyen de poursuivre son ascension.

Il ouvrit la porte. Croger était là, dans son fauteuil préféré, en pleine lecture.

« Tu es venu du train sans escorte ? » lui demanda l'Architecte en chef sans lever les yeux de la relique en décomposition qu'il avait entre les mains.

C'était dans ce même salon, trois ans plus tôt, que Jolis avait vu un livre pour la première fois de sa vie. Il ne s'y était toujours pas fait. Il avait grandi sans se douter de leur existence dans un monde où les enluminures s'affichaient directement sur les murs, les bureaux et plus tard les tablettes en verre.

« Oui, pourquoi ?

– C'est idiot, Stephan. Je suis certain qu'un des gardes du portail t'aurait accompagné avec joie. Nous n'avons plus le droit de prendre de risques.

– L'un d'entre eux me l'a bien proposé, répondit Jolis avec un grand sourire, mais j'ai poliment refusé. »

Croger lui adressa un regard désapprobateur avant de lui faire signe de s'asseoir.

« Évite cet endroit-là », précisa-t-il en montrant une tache sombre sur l'un des coussins du canapé.

Jolis, de la paume, repéra un endroit sec et s'y installa.

« Je ne pense pas avoir envie de savoir ce qui est arrivé à ce canapé, Croger.

– Les questions sont à l'idiot ce que le silence est au sage. Un moyen de progresser à tout petits pas. »

Il se pencha sur la table basse, s'empara de l'herbière en porcelaine blanche, décorée de fleurs blanches, rouges et noires et servit à Jolis ce qui devait être, à l'odeur, un mélange de menthe de Rhitel et de majortelle sucrée.

« Quoi qu'il en soit, ce n'est rien de grave. Abe a tout nettoyé. »

Un goût de vase vint aux lèvres de Jolis.

« Ce vizo, quel abject individu. Tu me recommandes la prudence, et pourtant tu laisses quelqu'un de son espèce vivre sous ton toit, siffla-t-il en montrant la porte du salon. Il pourrait t'égorger en pleine nuit et personne n'en saurait rien jusqu'au moment où Sanford découvrirait ton cadavre.

– Abe ? répliqua Croger en se servant à son tour un herbol d'herbefine. C'est l'être le plus dévoué que je connaisse. Je le traite avec tout le respect qui lui est dû et je lui ai même confié un passe-partout, pour qu'il puisse aller et venir à sa guise lorsque je n'ai pas besoin de ses services. Abe ne présente aucun danger.

– Tu me parais bien catégorique. Tu connais cette expression populaire : l'arrogance coupe des têtes ? »

Jolis se carra contre le dossier du canapé, la soucoupe de son herbol brûlant en équilibre sur le genou.

« Et que dire de cette jeune femme que tu reçois chez toi depuis un mois ? Tu ne crois pas que quand elle rentre dans sa forêt, elle ne trempe pas dans je ne sais quel complot visant à mettre la main sur tes précieux tableaux, tes instruments et les vieux bouquins que tu n'aurais jamais dû garder, d'ailleurs ?

– Candace n'est pas une voleuse, Stephan, dit Croger en posant son herbefine sur la table basse. C'est une apprentie modèle, et un des rouages essentiels de mon grand projet. C'est cependant de sujets plus importants qu'il nous faut débattre aujourd'hui. Par quoi veux-tu commencer ? »

Question simple, dont la réponse pourtant requérait un effort colossal. Jolis but quelques gorgées d'herbefine ; le mélange de plantes lui nappa bientôt l'estomac, apaisant la tension de son corps.

« Nous avons passé des années à nous préparer. Le Chef de l'exécutif, que le Saintpère bénisse son âme, n'est plus. Je ne pensais pas que ce jour arriverait si vite. Et d'une manière aussi brutale. Mort de la main d'un vizo. Incroyable, non ? Si nous ne les forcions pas à se rendre à la Prière du jour, ils ne sauraient même pas que le soleil se lève ! Il faut tout leur montrer, ils... »

Croger l'interrompit d'une main posée sur le genou.

« C'est une tragédie, Stephan. Et une opportunité. Pour toi. Les discussions commencent demain. Tu es d'ores et déjà le candidat élu de la Coalition de l'héritage. À moins de te torpiller toi-même, tu seras d'ici la fin de la semaine le Chef de l'exécutif de l'hémisphère le plus puissant de la planète. Je ne comprends pas une seconde que cela puisse te rendre aussi morose.

– Vraiment ? répliqua Jolis en faisant trembler les tasses d'un coup de poing sur la table. C'est simple, pourtant : Williams Washington.

– Un peu de jugeote, Stephan. Nous parlons bien du même responsable local IV Williams Washington ? (Croger eut un geste éloquent de la main.) Ce n'est qu'une marionnette. Et sa Coalition de la communauté n'est qu'un ramassis d'idiots qui n'auraient jamais osé s'associer du vivant du vrai Chef de l'exécutif. Arrête de te faire du mauvais sang. »

Jolis se leva d'un bond avant d'arpenter le salon.

« Tu ne sièges pas à la Galerie, Croger. Tu n'as pas vu ses troupes s'étoffer peu à peu ces dernières années, même si cela ne s'appelait pas encore la Coalition de la communauté. Il rassemble, Croger. Des gens dont le Chef de l'exécutif Rhitel, que le Saintpère bénisse son âme, ne savait même pas qu'ils le trahissaient : ils portaient si bien le masque ! Oh, ceux-là, je suis certain que nous les verrons dans le prochain épisode de *Gloire-Éternelle.*

– Stephan, sais-tu ce que c'est qu'un insecte ?

– Non, mais je suis certain que tu vas me l'apprendre.

– C'est bien ce que je pensais. Dans les régions intermédiaires, on n'enseigne pas la biohistoire. »

Quelques années plus tôt, ces moqueries visant les lacunes de l'éducation de Jolis lui auraient fait serrer les poings, avec une rage non dissimulée. Cependant, ayant compris le rôle essentiel que Croger pouvait jouer dans sa destinée, il avait appris à maîtriser sa fureur. Il n'y avait pas d'inimitié dans ces piques, qui pourtant le blessaient encore.

« Les insectes étaient de petites créatures ailées. Empoisonnantes, encore que sur un mode mineur. Parfois elles vous bourdonnaient dans les oreilles ou vous piquaient avec les petits dards qu'elles avaient au derrière. Quand elles se manifestaient de cette manière, le mieux à faire était de les chasser d'un revers de main. Ou de les écraser.

– Washington n'est pas un insecte, Croger. C'est un être humain.

– Étonnamment, il y a moins de différence que tu ne le penses entre ces deux sortes d'êtres vivants. »

Jolis battit l'air de ses immenses mains. Il avait envie de hurler, de dépouiller les murs de leurs tableaux, de pulvériser les vitraux du château. Il se contenta de maltraiter quelques caisses en carton entreposées à l'autre bout du salon.

« Du jour où j'ai mis les pieds à la Galerie, j'ai compris qu'il me poserait un problème. Rien qu'à le voir bouger, on comprend tout de suite qu'il a de l'ambition. Et puis… (les mains sur les hanches, il leva les yeux vers le plafond, soudain hilare) ces idées absurdes qu'il s'est mis à débiter ! Tu te souviens ?

– Oui, je…

– Supprimer les passevilles pour les vizos, poursuivit Jolis, sur sa lancée. Leur ouvrir les portes des universités PoDo. Augmenter leurs salaires. Leur donner le droit de vote. Le droit de vote, par le Saintpère ! Faire baisser les taux régionaux de mortalité. Qu'est-ce que ça nous faisait rire ! Et la seule raison pour laquelle le Grand chef ne l'a pas fait exécuter – le Saintpère bénisse son âme –, c'est qu'il savait parfaitement que rien ne serait suivi d'effet. Avec l'âge, il s'était mis à croire que la mansuétude engendre la loyauté. Tout cela pour que ce Washington ait la possibilité aujourd'hui d'exposer ses idées à la Galerie pendant cinq jours de suite ? Le Saintpère sait ce qu'il peut se produire ensuite. »

Croger s'était levé à son tour et considérait son jeune allié en tordant le cou pour croiser son regard.

« C'est bon ? Tu as fini ? »

Mains tremblantes, la jugulaire saillante sur le cou, Jolis n'avait qu'une envie : frapper, frapper quelque chose jusqu'à ce que ça casse. Penser que tous leurs efforts puissent être réduits à néant par Washington, ce pleutre en costume de responsable local, lui donna même le désir fugitif de tuer son adversaire.

« Tu te souviens de notre première rencontre ? » demanda Croger, qui ne parvenait toujours pas à croiser le regard de son protégé.

Ce dernier ferma les yeux, paupières plissées. Quelle question idiote ! Comment aurait-il pu oublier ? C'était sa première visite à Rhitelville. En vingt minutes, il avait déjà eu le temps d'entrer dans un magasin de prêt-à-porter et, profitant d'un moment d'inattention du vendeur, de voler une chemisette en maille de lin beige et un pantalon assorti. Ce que portait le mannequin sur l'enluminure de la vitrine. Un jeune homme tellement… décontracté.

Jolis s'était fourré ce petit paquet sous le bras avant de se faufiler dans la rue sans que personne le voie. Il s'était changé dans les toilettes, au parc Rhitel, flanquant à la poubelle son tee-shirt et son vieux pantalon crasseux. Puis il s'était rendu à la Galerie de la règle, où des hommes aux costumes impeccablement repassés et aux chevelures parfaitement domptées évoluaient, souriants, sur les escaliers de marbre, entre les colonnes rondes. Une petite tape sur l'épaule l'avait fait s'arrêter.

« Si vous tenez vraiment à vous servir sans payer chez Ferdinand, puis-je vous suggérer d'en supprimer la preuve ? »

Celui qui avait parlé détacha du col de la chemisette l'étiquette en toile du magasin. Lorsque Jolis se retourna, ce fut pour croiser du regard un homme bien plus âgé que lui, mais tout aussi juvénile, tout aussi énergique.

« Je… », protesta-t-il, prêt à se défendre.

Le vieil homme l'interrompit d'un geste de sa main fine.

« Cela restera entre nous. Au fait, qu'est-ce donc qui vous amène dans la Galerie de la règle ? »

Il y avait chez cet homme quelque chose d'anormalement serein, de fascinant. Comme un fleuve puissant.

« Rien de précis, monsieur. Et je voudrais y remédier.

– Mon nom est Croger Tenmase », dit alors le vieil homme en tendant la main.

Jolis resta planté là, les yeux dans ceux de Tenmase, ne sachant s'il s'agissait d'un piège ou d'un bond dans le futur. Le vrai Croger Tenmase ? Pour autant, il ne céda pas à la peur. Depuis l'enfance, il prenait des risques. Condition indispensable de la victoire.

« Stephan, répondit-il en serrant la main tendue. Stephan Jolis.

– Eh bien, Stephan, j'allais me rendre à la Galerie mais j'ai le sentiment que je ferais mieux de passer un moment avec vous. Vous avez faim ?

– J'avalerais le monde. »

Et le beau visage du jeune homme s'illumina d'un grand sourire.

Le temps avait passé, et Jolis croisa de nouveau ce regard, toujours aussi énergique, toujours aussi prometteur. Quel chemin ils avaient parcouru, depuis !

« Tu m'avais dit que j'étais une épine dans le pied du système, rappela-t-il à Croger.

– Je ne savais pas comment décrire autrement ce jeune audacieux qui s'était débrouillé pour survivre dans je ne sais quel désert des régions intermédiaires pendant si longtemps qu'il ne figurait même pas dans les registres de l'État. Tu semblais affamé, et dans cette fringale, j'ai perçu la volonté de quelqu'un qui voulait à tout prix contrôler son destin. Sans cela, je n'aurais jamais pris la peine de te nourrir, de te faire élire responsable, de t'aider à surmonter tous les obstacles du pouvoir. De t'amener aux portes de l'Exécutif.

– Je crois que cela cache autre chose, mais en trois ans, je n'ai pas encore compris quoi. »

Croger frappa d'un poing singulièrement vigoureux la poitrine du jeune homme.

« Mon garçon, c'est que tu es l'électrochoc que nous attendons depuis un long moment. Tu devrais l'avoir compris, tout de même.

Tu vas torpiller le système. Avec tes idées destructrices, tu vas faire exploser la machine. »

Il secoua la tête, comme si Jolis n'avait toujours pas compris.

Du reste, il n'était pas facile pour ce dernier de suivre son mentor sur ces chemins philosophiques. Ce qui lui plaisait dans cette harangue, c'était « faire exploser la machine ». Ce qu'il voulait, c'était gagner. Le reste n'était que cosmétique.

« Quel est l'angle d'attaque, Croger ? Nous n'avons que cinq jours devant nous. »

La porte s'entrouvrit, laissant apparaître la grosse tête d'Abe.

« Puis-je vous être d'une aide quelconque, messieurs ? »

On ne se débarrassait donc jamais de celui-là ! Jolis se précipita vers lui, l'agrippa par le cou et lui cracha au visage.

« Ton maître ne t'a-t-il donc jamais appris à ne pas interrompre les PoDo ?

– Par le Saintpère, Stephan ! Lâche-le !

– Je vous en supplie », couina Abe, le larynx rétréci par la poigne du responsable local.

Jolis le repoussa dans le couloir et lui claqua la porte au nez.

« Le voilà, l'angle d'attaque, déclara Croger, qui s'était rassis dans son fauteuil et savourait son herbefine à petites gorgées.

– C'est-à-dire ? »

Jolis rajusta les pans de sa veste, lissa sa blonde chevelure et s'épongea le front avant de réintégrer le canapé.

« Stephan, je crois pouvoir affirmer sans risque de me tromper que toi et moi n'avons pas exactement la même vision du monde.

– Tu as tes… préférences.

– T'arrive-t-il de regarder autour de toi et de songer qu'avec tous les avantages dont l'humanité a pu disposer, le monde que nous vivons n'est peut-être pas le meilleur ?

– Difficile de ne pas se poser cette question, Croger.

– Tout à fait. Les utopies sont impossibles, et du reste leur avènement n'est pas désirable. Ce qu'il faut, ce qui est l'idéal, c'est un système ou une machine qui puisse s'améliorer en tant que de besoin, pour continuer d'assurer la progression de l'humanité vers plus de bonté, plus d'empathie, plus de respect. Et cela, c'est du domaine du réalisable.

– Croger, murmura Jolis, paupières plissées, je ne te suis pas.

– En moins d'un siècle, Rhitel a, avec mon aide, remodelé le monde à son image. Je veux faire de même, en quatre fois moins de temps.

– “Je”… Tu veux dire “nous” ?

– Oui, bien sûr. Nous. Le fait est que les problématiques que nous rencontrons ici – les relations interhémisphériques, les droits des Invisibles, la suprématie PoDo –, ça ne me touche pas beaucoup. Ce qui compte, c'est l'invention. Le Grand recommencement. C'est ça qui me stimule. Et pour le faire venir, ce colossal recommencement, il va falloir de grands changements. Et de grandes souffrances. Une explosion, en somme. Et c'est là que tu interviens.

– Comment ça ? s'enquit Jolis en avalant une gorgée d'herbefine tiède.

– Toi qui as manqué il y a cinq minutes assassiner mon domestique, tu vas devoir canaliser la haine que tu ressens envers les Invisibles pour en faire l'instrument de ta victoire. L'hémisphère est dans la peine, il se cherche un coupable. Il le détient en la personne de cet Invisible, le suspect numéro un. Tu vas te charger de sa traque, t'allier à Leon Curts. Le meurtre du Chef de l'exécutif sera ton tremplin. Tu vas bâtir ton programme sur l'incendie qui couve déjà dans ton cœur (et Croger posa la main sur le torse du jeune homme), dans le cœur de tous les hommes d'ordre, dans le cœur de tous les PoDo du Nordouest.

– Curts ! Je le déteste. On ne fait pas plus mollasson que ce bonhomme. C'est un flan humain.

– Stephan, pour qu'une alliance fonctionne, il faut y mettre un peu d'humilité. Toi et Leon, notre très estimé directeur des gardes, seriez bien inspirés de signer une trêve de cinq jours. Et d'éviter les attaques personnelles. Est-ce entendu ? »

Le plan était si simple que Jolis n'y avait jamais réfléchi. Il n'avait qu'à laisser faire sa nature. Réaffirmer ses propres préceptes, aiguiser sa haine et s'allier à Leon, bon gré mal gré, pour l'aider à mettre la main sur le dangereux assassin. Réconciliation feinte qui durerait aussi longtemps qu'elle lui serait utile.

« Je vois déjà ces graines germer, dit Croger. Et nous avons notre assurance sociale. Tu vois à quoi fait référence ce terme ?

– Pourquoi poser la question ? Tu sais bien que non.

– Dans le temps, avant la généralisation de la médecine préventive et les techniques de réparation biologique, celgens et autres, les maladies ravageaient notre hémisphère. Et les autres. Les personnes atteintes devaient payer pour se soigner. Payer ou dépérir. Pour parer à cela, on pouvait effectuer un versement mensuel à un organisme, pour accéder gratuitement aux soins. C'est ça, une assurance sociale.

– C'est absurde, finit par déclarer Jolis, pensif. Les sociétés d'autrefois préféraient mettre leur population en danger plutôt que de lui donner les moyens de se renforcer ? Quoi qu'il en soit… En quoi consiste notre assurance sociale ?

– Shanu, le suspect Invisible… C'est le frère de mon apprentie.

– Quoi ? Tu travailles avec la sœur de cet assassin ? Tu es fou, ou quoi ?

– Je contrôle la situation. Et je propose qu'en cas de besoin, nous puissions nous servir d'elle.

– De quelle manière ?

– Oh, sur bien des points ! Faire sortir Shanu de son trou. Aider Leon. Et autres. Rappelle-moi un de tes adages favoris… "Quand les temps changent, seuls survivent les gens utiles" ? »

Jolis se mordit le poing avec un léger rictus.

« Parfait, conclut Croger en caressant le mur pour activer l'écran, avant de rejoindre Jolis sur le canapé. Leon devrait prendre la parole d'ici quelques minutes. Voyons ce que l'avenir nous réserve. »

Chapitre 7

Le train s'immobilisa en gare de la Forêt vingt-six. Les sept filles Arc-en-ciel au complet attendaient sur le quai. Blue contemplait ses ongles, Green et Indigo se disputaient. Violet retouchait son rouge à lèvres. Yellow aidait Orange à lisser les petites mèches qui encadraient son front. En voyant Sweetmint sortir en titubant du train, Red retroussa les lèvres dans un rictus précis, ses couvre-dents étincelant sous les filaments de la gare.

« Oh, oh, Green, glousse Red en prenant son amie par les épaules, on dirait que Sourmint va te piquer ta place.

– Qu'elle essaie », articula Green après avoir émis un son hybride, mi-rire, mi-éternuement.

Sweetmint tenta bien de se faufiler entre elles, mais Yellow, qui devait faire deux têtes de moins qu'elle, lui barra le passage.

« Pas si vite, Sourmint. Tu n'as plus ebusukhoob dans ton vocabulaire ?

– Bonsoir, répondit l'apprentie, qui n'avait qu'une idée en tête, rentrer chez elle, fermer la porte et dormir tout son soûl pour mettre fin à cette journée interminable.

– Tss-tss, ce n'est pas très poli, siffla Orange. Tu te crois au-dessus de nous ? C'est ta goutte de sang PoDo, c'est ça ? »

Et de ses longs doigts, elle tira méchamment sur les cheveux de Sweetmint.

Ah non. Pas ça. Pas maintenant.

« J'ai appris, pour Sweetsmoke », dit Red en secouant la tête.

À ces mots, Sweetmint écarta brusquement Orange.

« Hein ? Comment ? »

Red plongea la main dans son sac en silicone rouge, incrusté de diamants aussi authentiques que coûteux. Elle tendit vers Sweetmint un poing qu'elle ouvrit quelques secondes pour lui montrer une sphoreille. Il était pourtant interdit aux Invisibles d'en posséder une, ni même de s'en servir.

« Un des nombreux privilèges de notre profession. Mais ça, ça te dépasse. Sourmint, la naïveté personnifiée, qui a toujours fait ce que son grand frère lui disait de faire. Sourmint, la fille qui n'a pas de vie. »

Pitié, qu'elle puisse sortir de là. Partir. Son corps cependant avait d'autres envies. Elle savait très bien que les filles Arc-en-ciel percevaient la lassitude, la peur et la confusion de sa rumoya. Et cependant, elles lui tournaient autour, de plus en plus proches.

« Le pauvre Sweetsmoke, dit Blue, tête renversée, yeux levés vers la voûte céleste. Il était tellement zuhle. Si fort, si laconique, tellement *pfffff*. Un vrai marfana. On n'en fait plus des comme lui.

– Oh, et ses lèvres, renchérit Orange, paupières baissées, mains jointes. Comme deux patates douces bien grasses, collées l'une sur l'autre ! Tous les ans, j'attendais le Peinturage pour mieux les voir. Miam-miam.

– Tu sais, poursuivit Indigo, je me suis toujours posé des questions sur lui. Sourmint, si ça se trouve, il n'aimait pas les femmes ? Il ne s'est jamais intéressé à nous. Et ça, c'est quand même le signe que quelque chose n'allait pas. Ça devait être un hamban. »

Un. Deux. Sweetmint se campa devant Indigo. Dans son ombre, la peau de la rondelette jeune femme était si noire qu'elle en paraissait bleue.

« Sweetsmoke n'avait rien à faire avec des injakas sans cervelle de votre genre. Et je le comprends. Vos jambes ont abrité plus d'hommes que le soleil. Maintenant, laissez-moi passer. »

Les sept posèrent leurs sacs, ôtèrent leurs couvre-dents, bras croisés : laquelle d'entre elles aurait le plaisir de porter le premier coup à Sweetmint ? Ce fut alors qu'une violente lueur envahit le quai. Et tandis que le train entrait silencieusement en gare, elles sursautèrent toutes, Sweetmint compris.

« C'est le moment de partir », annonça Red avec un clin d'œil.

Après avoir rompu les rangs, elles bousculèrent Sweetmint l'une après l'autre en se dirigeant vers le train. Red, qui venait la dernière, lui posa la main sur l'épaule.

« Tu ne veux pas venir ? Ça te ferait du bien. Avec une couche de peinture fraîche et des tresses bien serrées, tu pourrais même arriver à séduire des types pas trop regardants sur la qualité. »

Sweetmint baissa les yeux sur la main de Red avant de croiser son regard et de cracher sur le quai.

« Je me demande ce que ta défunte mère dirait de tout ça, Sharpleaf. Puisque c'est le nom qu'elle t'a donné, il me semble ? Le nom que tu portais avant de te peinturlurer et de faire ce que tu fais. »

Un muscle frémit dans la joue de Red. Sweetmint eut un remords, de courte durée. Un grand sourire fendait à présent le visage rouge.

« *Candace*, elle se dirait, ma fille est une battante. Comme tous les Invisibles dignes de ce nom dans notre hémisphère. Ceux qui voient le monde sous ses vraies couleurs. »

Elle se haussa sur la pointe des pieds et souffla ceci à l'oreille de Sweetmint :

« La vraie question, c'est celle-ci : qui es-tu, Candace ? »

Maintenant que les filles Arc-en-ciel étaient dans le train, elle avait la voie libre. Elle traversa Nearsee, ses petites maisons surpeuplées d'où filtraient sons et lumières. Des enfants riaient. Le long de Softstone Path, l'odeur salée des frites Rhitel s'échappait des fenêtres entrouvertes par lesquelles elle ne vit plus, pendant quelques minutes, que des familles au grand complet, soigneusement peintes, nez collé à l'écran. Elle aurait bien aimé se fuir, habiter pendant quelques heures un de ces foyers. Il y avait toujours moyen de faire comme ces gens : le PatchMart était ouvert vingt-quatre heures sur vingt-quatre. Elle n'avait qu'à bifurquer vers la Route vingt-six. Et puis non.

Elle se mit à courir. Avant d'arriver à la cabane, elle trébucha sur une racine, s'étala par terre, sur le dos. Ses larmes coulaient. Elle frappa le sol de ses poings, de toutes ses forces, et se mit à gémir.

Quand sa gorge fut à vif, quand elle n'eut plus de larmes, elle rouvrit les yeux. La nuit était devenue un océan d'étoiles. Juste au-dessus de sa tête brillaient les Trois professeurs. C'était Sweetsmoke qui, des années plus tôt, ou des siècles plus tôt, les lui avait montrés pour la première fois.

***

« Un, deux. C'est bien », déclara Rusty.

La terre dansait autour de ses pieds sautillants, juste au-dessus du sol. Le soleil virait à l'orange dans la fraîcheur du soir, inondant de lumière le champ où Rusty et Sweetsmoke s'exerçaient. Sweetmint, quatre ans à cette époque, se reposait sur les genoux confortables de Freshpine. Toutes deux regardaient les hommes se mouvoir, frapper, grogner. Les hommes, oui : car bien que Sweetsmoke n'ait que huit ans, Sweetmint n'avait jamais considéré son frère comme un jeune garçon.

« Bouge, ordonna Rusty, et le claquement de sa paume sur le crâne de Sweetsmoke fit sursauter la fillette.

– Mais je ne te vois pas, répondit Sweetsmoke, moulinant l'air de gants de boxe trop grands pour lui.

– Et alors ? le tança Rusty en frappant de nouveau. Tu crois vraiment que l'ennemi se montrera toujours à toi ? Ces poddies à l'Exécutif qui prennent toutes les décisions, tu les as déjà vus ? »

Quelque chose claqua dans l'air : c'était, Sweetmint le savait, la paume de Rusty contre la joue de Sweetsmoke.

« Tu les as déjà vus, hein ?

– Non », dit Sweetsmoke.

Il frappa du plus fort qu'il put du gant gauche, mais Rusty n'était pas là. Dans son élan, il alla trop loin et Rusty accéléra sa chute. La terre sombre adhérait par fragments à sa peau en nage, visage, torse et cuisses, le rendant visible.

« Sweetsmoke, c'est la guerre, en ce moment. Et je sais que tu le sais : sinon, pourquoi être venus chez nous ? Alors il faut se préparer. Car quand le moment viendra, il faudra être capable de tout pour protéger les tiens.

– Ça suffit, dit Freshpine. Maintenant, on dîne, et on va se coucher. »

Il en fut ainsi durant leurs premiers mois dans la Forêt vingt-six. Avant que Rusty et Sweetsmoke ne construisent la cabane qu'elle habiterait plus tard avec son frère, les quinze années suivantes. Avant que Rusty n'obtienne un passeville spécial déplacements, et inscrive Sweetsmoke à des combats de boxe qui lui faisaient visiter toute la région. Il y affrontait des garçons plus grands que lui qui le réduisirent en bouillie, jusqu'à ce que la victoire change de camp. Pendant la journée, Rusty apprenait au jeune homme à couper les arbres ; le soir, il lui montrait comment faire tomber les hommes. Rusty ne fut jamais aussi sévère avec Sweetmint, ce qui incitait cette dernière à voir deux personnes en lui : son Rusty et celui de Sweetsmoke, le premier doux et l'autre dur, les deux profondément aimants.

À cette époque, les nuits de Sweetmint étaient hantées de cauchemars. De quelle sorte, elle ne s'en souvenait jamais. Ses réveils en nage, hurlante, dans le lit improvisé de la cabane de Rusty lui donnaient des torticolis qui duraient des jours. Mais le grand frère était toujours à ses côtés, toujours vigilant. Il la prenait dans ses bras, et lui caressait les cheveux de mains désormais calleuses jusqu'à ce qu'elle retrouve son souffle et parvienne à s'assoupir.

Une nuit, le sommeil ne vint pas. Son cœur battait de plus en plus fort. Sweetsmoke, déjà grand, se redressa sur son séant et lui effleura le bout des doigts.

« Quoi ?

– Il faut que je te montre quelque chose, Petite Moi. »

Il lui caressa les doigts jusqu'à ce qu'elle lui prenne la main.

En pleine nuit, pas un bruit dans la forêt. La seule lumière était celle de la pleine lune et des étoiles. Perçant les frondaisons, elle inondait le sous-bois de ses puissants rayons.

Main dans la main, ils poursuivirent leur route jusqu'à la clairière où, la veille au soir, Rusty l'avait si rudement entraîné.

« Tiens. »

Il s'assit sur un épais tapis d'herbes et fit signe à Sweetmint de s'installer près de lui.

Puis, le bras replié derrière la tête, il s'allongea, creusant de la forme de ses membres l'herbe nimbée de clair de lune. Sweetmint posa la tête sur sa poitrine, petite créature blottie contre un corps bien plus grand.

« Non, lève la tête. »

Elle s'exécuta et aperçut alors les étoiles. Certaines étaient plus grosses que des galets, d'autres minuscules, incertaines et tremblantes, hésitant peut-être à rester dans ce monde.

« Ce sont juste des étoiles.

– C'est ce que tu crois. Tiens. »

Il se frotta le bras contre la terre, le rendant visible, et tendit la main vers la voûte céleste.

« Tu les vois, les trois, là-haut ? Celles qui font une ligne, là ? »

Il saisit à tâtons la main de sa sœur, lui déplia délicatement les doigts pour les pointer vers le ciel.

« Voilà. Un, deux, trois », chuchota-t-il.

Puis, guidant la petite main à gauche, puis à droite, il lui montra deux autres étoiles.

« Mais oui ! Je les vois !

– Parfait. Alors, les trois du milieu, ce sont des Invisibles que l'on appelle les Trois professeurs. Et les deux autres, de chaque côté, ce sont des poddies.

– Qu'est-ce que ça veut dire ? C'est des étoiles. Pas des gens », protesta-t-elle en se redressant.

La tête de Sweetsmoke était couronnée de brins d'herbe.

« Ça aussi, c'est ce que tu crois. Mais ce n'est pas le cas. Il y a très longtemps, ces Trois professeurs étaient trois Invisibles qui n'appréciaient pas la manière dont les poddies nous traitent. Ils avaient décidé d'enseigner aux Invisibles des méthodes pour devenir plus forts, plus intelligents, plus courageux. Pour vaincre les poddies.

– Mais pourquoi pour les vaincre ?

– Parce qu'ils ne nous aiment pas, Petite Moi. Je te l'assure. Quoi qu'on puisse te raconter à ce sujet, ils ne nous aiment pas, ils ne nous aimeront jamais. Et voilà ce qui est arrivé aux Trois professeurs, ajouta-t-il, visage levé vers le ciel. Comme les poddies ne voulaient pas qu'ils nous viennent en aide, ils les ont catapultés dans le ciel, tout là-haut, et ils y sont restés coincés, là où tu les vois. Et les autres ont envoyé deux poddies dans le ciel, de chaque côté, deux poddies qui tiennent un grand filet transparent pour que nos Trois professeurs ne puissent jamais revenir sur terre pour nous aider. »

Sweetmint eut un moment de réflexion.

« Ils se sentent seuls, là-haut ?

– Peut-être, dit-il en la serrant contre son cœur. Cela dit, ils peuvent encore entrer en communication avec certains d'entre nous, ici-bas, ce qui rend les choses moins difficiles pour nous. Et des professeurs, nous en connaîtrons d'autres. À une condition, Sweetmint. Il faut être dur. »

Il inspira profondément, et la tête de la petite fille se souleva avec sa poitrine. Après quoi, il expira.

« Avec moi, avec Rusty et avec Freshpine, tu peux être douce. Avec tous les autres, non. Il faut être dur. C'est la seule façon pour nous de changer le monde.

– Qui dit ça ? demanda-t-elle en se redressant sur son coude.

– Rusty. Compris ?

– Compris. »

Cette question résolue, elle se recoucha, l'oreille contre le cœur battant de Sweetsmoke.

« Grand Frère ? souffla-t-elle d'une voix ténue, déjà conquise par le sommeil.

– Oui ?

– On rentrera, un jour ?

– Où ça ? À l'orphelinat ? Non.

– Alors qu'est-ce qu'on va faire ?

– On va vivre, Petite Moi. On va vivre. »

***

C'était là, au milieu de la forêt, non loin de la petite prairie où ils avaient dormi vingt ans plus tôt qu'elle se trouvait, le corps endolori par sa chute ; la pire douleur cependant était celle de son cœur.

« Comment as-tu osé m'abandonner ? »

Elle contempla les Trois professeurs, attendant une réponse qui ne vint pas ; ils scintillaient, silencieux, au-dessus de sa tête.

Elle roula sur le côté et se remit sur pied. Il n'y aurait dans la cabane que solitude et chagrin. À sa droite, cependant, au fond des bois, brûlait un immense feu de camp à la lueur accueillante. Bien qu'elle ne puisse les voir, elle savait qui y retrouver.

Elle bifurqua dans Wrinkleseed Row. Feuilles mortes, brindilles et petits galets lui collaient à la plante des pieds. La lune, toujours compatissante, étincelait à travers les frondaisons. De tronc en tronc, la main tendue, elle prit soin de ne pas tomber.

En approchant du Baz Buthani, cependant, son estomac se noua. Ce n'était pas comme d'habitude. Elle n'entendait pas la musique des tambours zaya, des flûtes chumo, des crécelles takitshe. Elle n'entendait pas les rires, les chants, les cris habituels.

Au creux de son oreille, ne résonnaient, stridentes, que des conversations pourtant chuchotées.

Chapitre 8

Le directeur des gardes de l'hémisphère, Leon Curts, se précipita dans la salle de bains et ferma la porte à double tour. Éviter les bourdes. Surtout ce soir. Il passa la main devant le miroir, dans la vitre duquel l'heure soudain s'illumina en chiffres blancs : 19:20. *Juste à temps.*

Il ôta, mains tremblantes, sa casquette de directeur. De ses doigts minces, il effleura le sceau doré de l'hémisphère et la soutache d'or qui ornait la visière. Je ne suis qu'un homme, entonna-t-il, sans forcer la voix. Un homme qui cherche son paradis, un homme qui veut du monde faire son chez-lui. Il retourna la casquette, admira la saisie qui ornait la doublure : Della, son épouse, souriante, étreignant de ses longs bras maigres leur fille, Eva, hilare à force d'être chatouillée, ses boucles d'or flottant dans toutes les directions comme des écheveaux de soleil.

Un homme comme les autres, dont le cœur a un prix. Il détacha la saisie du fond de la casquette et poussa un soupir de soulagement : le petit carré de tissu n'avait pas bougé. Il n'y avait plus rien dans le coffre-fort de son bureau, et la réserve de la maison était tout aussi vide. Ce patch lui était plus que jamais nécessaire. Un homme, conclut-il, fredonnant, qui sait tous ses semblables pervertis.

Dram Jams Ivy et lui avaient beau venir de deux mondes que tout opposait, ils semblaient parfois ne faire qu'un. Les paroles de l'artiste le rassuraient toujours. De surcroît, à l'école, Curts avait toujours été sélectionné comme premier soliste à la chorale : il se savait donc excellent chanteur. Et n'avait-il pas rencontré Della dans un concert de Dram Jams ? Tout cela convergeant en un flot d'apparent bonheur, pas assez puissant cependant pour noyer le doute qui, tel un virus de l'ancien monde (ils proliféraient à cette époque), se propageait dans son organisme.

Il ôta sa veste en maille noire ornée d'une épaisse bande rouge, la plia avec soin et la posa sur la coiffeuse. Puis ce fut le tour de la cravate, de la chemise et du gilet de corps, qui rejoignirent le reste de l'uniforme. Ne restait plus que son maigre torse nu, peau lumineuse et blême sous les filaments de la salle de bains. Il s'empara alors du patch blanc, le débarrassa de sa mince languette et se le colla sur la poitrine, pressant du majeur et de l'index pour en accélérer l'effet.

Il ouvrit le robinet, s'aspergea les joues et le front à trois reprises. Lorsqu'il leva les yeux vers le miroir, remarquant une fois de plus les rides d'inquiétude qui vieillissaient son visage de quadragénaire, le patch commençait à agir. Ses mains cessèrent de trembler, ses poumons se gonflèrent et son visage se détendit, obéissant à l'injonction du A imprimé sur le patch. *Apaisement.* Tâche difficile pour le chef des forces du maintien de l'ordre hémisphérique, le seul homme qui ait accès à l'information entière et complète sur cette partie du monde, au cœur d'une spirale infinie de dossiers aux mille ramifications : il savait tout sur tout. Et cet homme devait son pouvoir au Chef de l'exécutif, lequel venait de périr, ce qui rendait précaire la position de Curts. Mais telle n'était pas la question du moment.

Personne n'a de temps pour moi ; pas de souci car je n'en ai pas pour toi, se remit-il à chanter, plus fort, s'emparant d'un peigne qu'il fit zigzaguer dans sa chevelure. Personne ne sort du bois, pas de souci car moi je vois ! Dit le Saintpère, dit le Saintpère. Moment que la sphoreille, toujours dans la poche de sa veste, choisit pour se mettre à vibrer bruyamment. Un geste vers le miroir fit apparaître le mot maison. Il accepta d'un tapotement l'appel en audio.

« Del ? Ça va ?

– Salut, papa.

– Oh ! C'est ma petite patate ! Comment tu vas, ma chérie ? »

Il enfila hâtivement son maillot de corps et le rentra sous sa ceinture.

« J'ai peur, papa. Aujourd'hui, avec Klara, on regardait *Les Aventures d'Angela Rhitel* et il y a eu un flash spécial et on a appris que le Chef de l'exécutif Rhitel, que le Saintpère bénisse son âme, avait été assassiné par un vizo. »

Curts s'interrompit dans le boutonnage de sa chemise, ferma les yeux et compta jusqu'à trois.

« Eva Curts. Combien de fois t'ai-je expliqué que ce mot était absolument interdit ?

– Mais Klara…

– Tu n'es pas Klara. C'est une insulte, pour les Invisibles. Et chez nous, on n'insulte pas les gens. Pense à notre chère Amahle, par exemple.

– Oui, papa, répondit-elle en sanglots. Je suis désolée.

– Je sais que tu as peur. Mais fais-moi confiance, ça va bien se passer. D'accord ? »

Silence, puis :

« D'accord, mon papapounet. Maman veut te parler. Je t'aime !

– Moi aussi, je t'aime. Bisous bisous.

– Leon.

– Del. Ça va, mon amour ?

– Ça va, chéri. Eva a peur, mais je lui ai dit qu'il ne fallait pas. J'ai eu tort ? »

Il rentra sa chemise dans son pantalon, enfila sa veste d'uniforme. On frappa à la porte.

« Un instant, Del, dit-il en coupant le son. Oui ?

– Monsieur ? articula la voix de la sous-directrice des gardes de l'hémisphère, Lucretia Mund.

– J'arrive dans une minute.

– Vous êtes attendu, monsieur.

– J'en suis bien conscient. Mais cela ne change rien au fait qu'il me faut encore une minute. »

Il entendit Lucretia s'éloigner et fermer une porte, celle de son bureau à lui.

« Del ? reprit-il en rétablissant la transmission audio.

– Je suis encore en ligne, mon amour. Mais tu dois y aller. L'hémisphère a besoin de toi. Je t'aime. Et je t'aimerai jusqu'à la fin des temps.

– Jusqu'à la fin des temps », répéta-t-il avant de raccrocher.

Il aurait tant aimé qu'elle soit là, à lui caresser le torse, à lui effleurer la nuque de ses lèvres, à lui glisser à l'oreille ses douces plaisanteries, l'expression de ses désirs effrénés. Il faut que je sois fort, se gourmanda-t-il. Pour Del, pour Eva, pour l'hémisphère.

Dernier coup d'œil dans le miroir. Il remit sa casquette et se souvint, juste avant de sortir de la salle de bains, de l'enveloppe du patch. *Ne pas la laisser traîner ! Fini, les bourdes.*

Il traversa son bureau et, une fois parvenu dans le couloir, commença à répéter le scénario dans sa tête. Que savait-il de l'affaire ? On disposait d'une note manuscrite, chose d'ailleurs curieuse en soi, apparemment rédigée par le suspect, l'Invisible Shanu, et revendiquant l'assassinat du Chef de l'exécutif. Les experts avaient recueilli sur le papier quelques traces de sang d'Invisible, appartenant effectivement à ce Shanu. Lequel avait disparu trois ans plus tôt de sa forêt, échappant depuis à la surveillance de Curts et de ses gardes, qui le pensaient soit mort, soit vivant au-delà des frontières de l'hémisphère. Erreur fatale !

Quelle était la raison de son geste ? Ce n'était après tout qu'un bûcheron sans histoire. Orphelin, il est vrai, avec une sœur plus jeune. Ses voisins de la forêt le disaient travailleur acharné, boxeur émérite, être réservé, mais dévoué à ceux qu'il considérait comme les siens.

« Deux ou trois fois, il a causé un certain désordre », avait confié aux gardes un de ces Invisibles.

Rien d'étonnant à cela. Ces gens-là étaient psychologiquement immatures, ce n'était pas de leur faute. Celui-là avait bénéficié d'une dispense spéciale, ce qui lui avait permis de contourner le système scolaire. Il n'avait cependant pas de casier judiciaire.

Lucretia Mund attendait Leon Curts au détour du couloir, devant la porte de la grande salle de réunion. Elle porta la main à son front, annulaire et pouce repliés sur la paume.

« Ah, vous voilà, monsieur.

– Me voilà, répondit-il en lui rendant son salut. Du nouveau ?

– Non, monsieur. »

Le directeur Curts lui fit signe d'entrer avant de lui emboîter le pas. Le silence se fit immédiatement dans la salle.

Un pupitre en bois sur la gauche. De l'autre côté, une vingtaine de fauteuils confortables où avaient pris place diverses personnalités politiques, des gradés de la garde de l'hémisphère, des révérends.

Des enfants Invisibles, peints aux couleurs du drapeau, blanc, rouge et noir, circulaient entre les sièges, portant sur des plateaux des jus frais, des herbefines brûlantes et de petits sandwichs bariolés. Plus à droite encore, juste en face du pupitre, se tenait Anne Franklin, accompagnée de son technicien de saisie, lequel s'employait à programmer l'épais plakit juché sur son tripode. C'était par ce truchement que serait diffusée l'intervention de Curts.

Un, deux, trois, quatre. Un, deux, trois, quatre. Un, deux, trois, quatre. Ne pouvant chanter, il comptait : et les chiffres répétés à l'infini apaisaient le chaos de son être. Cette litanie, ajoutée aux effets du patch, lui permit de retrouver le calme.

Il se dirigea vers l'estrade. Au même instant, un révérend qui, bras tendu, interpellait un de ses collègues, renversa un verre de jus transporté par l'un des petits Invisibles. Le liquide rouge foncé se déversa sur le sous-directeur adjoint des gardes, Ribussce, inondant son pantalon et ses bottes, lesquelles visiblement venaient tout juste d'être cirées.

« Espèce de sale petit vizo », hurla le sous-directeur adjoint en se redressant de toute sa hauteur, soit plus de deux mètres, avant de frapper l'enfant au ventre, l'envoyant trébucher vers l'arrière, aux pieds de Curts.

Le directeur aida l'enfant peint en noir à se relever, surpris de son calme, comme si ce gamin estimait la correction justifiée. Ribussce se précipita vers sa proie.

« Il suffit, s'interposa son supérieur en tendant la main.

– Vous êtes trop indulgent, aboya le géant, narines frémissantes. Et ça doit changer.

– Nettoyez immédiatement ces taches et asseyez-vous », répondit Curts sans détourner le regard.

Ribussce prit son temps. Dans la grande salle, tous étaient curieux de voir comment l'affrontement allait tourner. Puis le colosse sourit, comme qui mijote son plan jusqu'à cuisson complète. Il était évident pour tous qu'il attendait son heure.

« Oui, *monsieur.* »

Celui-là, il faut vraiment que je garde l'œil sur lui. Plus que jamais.

Curts monta sur l'estrade, fit défiler quelques enluminures sur les boiseries, pour la galerie, et posa la main sur son cœur pour s'assurer que le patch n'avait pas glissé. Le sédatif continuait bel et bien à se déverser sous sa peau. Rasséréné, il salua son auditoire.

« Que le Saintpère bénisse l'Hémisphère Nordouest.

– En ce jour et pour l'éternité, répondirent les autres en chœur, en lui rendant son salut.

– Venons-en immédiatement aux faits. Comme nul ne l'ignore ici, le Chef de l'exécutif Rhitel, que le Saintpère bénisse son âme, a été assassiné en début de soirée. Étouffé dans son lit, jusqu'à ce que mort s'ensuive. Notre suspect numéro un est un Invisible du nom de Shanu, dont nos services avaient perdu la trace depuis trois ans. Nous le pensions enfui dans l'Hémisphère Sudouest, mais ce n'était visiblement pas le cas. »

Les hommes présents dans la salle se tortillèrent sur leurs sièges. Ce fut cependant la seule femme présente en dehors de Lucretia Mund, la journaliste Anna Franklin, qui prit la parole.

« Veuillez m'excuser, directeur Curts, mais…

– Madame Franklin, vous pourrez poser vos questions après mon allocution.

– Bien sûr, mais si vous me le permettez, je me demande ce qui vous autorise à penser que vous parviendrez à l'arrêter, alors que vous avez perdu sa trace depuis trois ans ?

– Jusqu'à ce jour, répondit Curts, que la tentation d'éluder cette question pourtant facile avait effleuré, Shanu faisait partie d'un petit groupe d'Invisibles assidûment recherchés. À compter de ce jour, ajouta-t-il en plongeant le regard dans le plakit du technicien d'Anna, il devient notre priorité absolue. Et ce n'est pas tout : tous les habitants de l'hémisphère savent maintenant à quoi il ressemble. Il lui sera bien plus difficile de se déplacer. »

La journaliste opina.

« La loi et l'ordre ont fait de notre Hémisphère Nordouest ce qu'il est aujourd'hui. Cet Invisible a commis l'acte le plus répréhensible qui puisse s'imaginer : il est cependant de la plus haute importance de se rappeler ici que les Invisibles, lui compris, ont besoin de notre aide pour se protéger des effets de leurs vices innés. Depuis presque un siècle, nous coexistons : et je refuse solennellement que soit remise en cause par ce tragique événement l'œuvre du Chef de l'exécutif Rhitel, que le Saintpère bénisse son âme. Je veux ce soir promettre aux cent cinquante millions d'habitants de notre hémisphère, qu'ils soient Invisibles ou PoDo, que Shanu sera interpellé dans les cinq jours qui viennent, avant l'élection du Chef de l'exécutif.

– Vérité vraie ! hurla un responsable local de la région transports et techniques.

– Curts soit loué », ajouta un révérend de la région santé.

Les membres de l'auditoire échangèrent des hochements de tête. En dépit de ces tragiques événements, Curts avait conservé leur confiance : c'est-à-dire, la confiance de tous ceux qui comptaient dans l'hémisphère. Un soulagement intense s'empara de son corps, débarrassant ses épaules de la cape d'angoisse qui les avait revêtues. Il était Leon Curts, directeur des gardes de l'Hémisphère Nordouest, soit l'un des hommes les plus influents de l'hémisphère le plus puissant.

De quel poids pesait cet unique Invisible ?

« Je suis désolée, reprit Anna Franklin, attirant soudain tous les regards, mais comment Shanu l'Invisible, simple bûcheron, a-t-il pu s'introduire dans le Domaine de l'exécutif, s'y déplacer sans être remarqué par les dizaines de personnes qui y travaillent, y compris vos gardes hémisphériques *et* vos gardes d'or, pénétrer dans la chambre du Chef de l'exécutif Rhitel, le Saintpère bénisse son âme, l'étouffer et s'enfuir ? »

La transpiration perlait sous les aisselles de Curts et sur son front. Le patch avait atteint ses limites. Il but une gorgée d'eau, reposa son verre d'une main tremblante.

« D'ailleurs, poursuivit Anna Franklin, comment savez-vous qu'il s'agit bien de Shanu ? N'est-il pas devenu votre suspect uniquement parce qu'il fait partie de ces rares Invisibles dont vous avez perdu la trace ? D'après mes informations, c'est celui dont vous avez perdu la trace depuis le plus longtemps. »

Il ne put répondre à cette question. Ne put expliquer que les systèmes de surveillance s'étaient interrompus au moment du meurtre, que personne ne savait comment Shanu était entré dans la chambre. Qu'il y avait eu non seulement une défaillance dans un dispositif de sécurité réputé infaillible, mais que lui, Curts, dont le regard, disait-on, pesait en tout lieu de l'Hémisphère Nordouest, ses champs, ses usines, ses forêts, n'avait aucune idée du mode opératoire de l'Invisible.

« Nous... toussota-t-il. Nous sommes encore dans la phase préliminaire de l'enquête. Nous recueillons les éléments, les faits. Je signale cependant à votre connaissance que Tumber, directeur régional des gardes de l'hémisphère, a remis sa démission à la suite de ce drame, et que...

– Directeur Curts, notre Chef de l'exécutif, que le Saintpère bénisse son âme, a été assassiné. Nous voulons savoir comment. Nous voulons savoir pourquoi. Ce soir. Autrement, c'est la porte ouverte à toutes les attaques. La grandeur de notre hémisphère ne vient pas seulement de ses relations interhémisphériques. Elle découle également du fait que nous sommes en mesure, quand on s'en prend à nous, de répliquer avec une force et une fureur sans égale qui... »

Curts n'entendait plus Anna Franklin. Sa main tremblant de plus belle, il décida de la dissimuler dans sa poche. Devant lui, un petit océan d'yeux attentifs et de plus en plus soupçonneux. Della le regardait. Eva le regardait. Cent cinquante millions de Nordouestains le regardaient. De sa réaction découleraient les événements à venir. Autorité ou anarchie. Calme ou chaos. Discipline ou destruction. Scénarios contraires qu'il voyait, comme en une enluminure mouvante à deux images, se dérouler en parallèle sous son regard.

« Premièrement, reprit-il d'une voix forte qui se réverbéra dans la salle, je ne crois pas que vos questions soient pertinentes, madame Franklin.

– Mais...

– Il n'y a pas de mais. Deuxièmement, je vous rappelle que votre rôle est d'informer l'hémisphère, et non pas de vous improviser en membre de la Galerie de la règle. Je ne crois pas que vous disposiez de l'équipement nécessaire », ajouta-t-il en baissant les yeux vers l'entrejambe de la journaliste.

Hilarité de l'auditoire masculin, ce qui apaisa l'angoisse de Curts.

« Troisièmement, si Shanu est notre suspect numéro un, c'est que nous avons retrouvé un message de revendication rédigé sur un papier à lettres du Domaine. Ce papier portait des traces d'un sang qui correspond à celui de Shanu, conservé depuis son passage à l'orphelinat Mains jointes dans notre Répertoire hématique. Quatrièmement, l'écriture correspond en effet à celle retrouvée sur des documents signés par le suspect. Dois-je poursuivre ? Ce sont des preuves irréfutables, et je n'ai cure du fait que vous les trouviez insatisfaisantes. Je n'ai qu'un unique objectif : appréhender Shanu et le traîner devant la justice, mort ou vif. Quoi qu'il en soit, la loi et l'ordre continueront de régner et tous les habitants de l'hémisphère pourront de nouveau dormir en paix. Bien que notre Grand libérateur, le Saintpère bénisse son âme, ne soit plus de ce monde, un nouveau chef de l'exécutif le remplacera d'ici cinq jours pour guider notre bel hémisphère vers un avenir encore plus radieux. Je vous remercie. »

Les applaudissements retentirent dans la grande salle. Tous les hommes présents, sauf Ribussce, prirent le temps, avant de sortir, de serrer la main encore tremblante de Curts et l'assurèrent de leur soutien dans sa traque du « sale vizo ». Fin de l'alerte. Il distribua rires, sourires et remerciements avant de se retrouver dans une salle vide, à l'exception de Lucretia, d'Anna Franklin et du technicien de saisie.

Il aurait aimé s'en prendre à la journaliste, lui faire avouer la raison pour laquelle elle s'était livrée à ce petit numéro : il n'en avait cependant pas le temps. La tragédie faisait tomber les masques, révélait la vraie nature de ceux ou celles qui se prétendaient pourtant depuis des années vos amis. Je m'occuperai d'elle plus tard, songea-t-il.

« Monsieur, articula Lucretia en le rejoignant sur le seuil.

– Convoquez la Force publique.

– J'y vais. »

Quelques instants plus tard, il se retrouvait dans un petit ascenseur conduisant de son bureau à une pièce exiguë et sans fenêtres, logée dans les profondeurs du Domaine de l'exécutif. Les portes de la cabine s'ouvrirent sur une longue table en bois pourvue d'une dizaine de chaises. Des appliques à ampoule, reliques du passé, s'allumèrent, vacillantes, avant de s'habituer à leur retour à la vie. La pièce n'avait pas été aérée depuis un mois : l'air y était étouffant, saturé d'une telle humidité qu'on avait l'impression de sentir la terre, de l'autre côté des parois de béton.

Un second ascenseur s'ouvrit à l'autre bout de la petite salle, livrant passage à Lucretia, accompagnée de douze Invisibles. Ces hommes et ces femmes, soigneusement sélectionnés par Curts, constituaient son arme secrète. Au début, Lucretia n'y avait pas cru. Curts, cependant, ne pouvant assumer la gestion de la Force publique, avait choisi de la lui confier. Il lui avait fallu un certain temps avant de convaincre le Chef de l'exécutif Rhitel de l'utilité de Lucretia, et de sa loyauté. Les efforts avaient payé, tant pour la Force que pour sa responsable.

« J'espère que personne ne les a vus sortir du train privé, dit Curts.

– Bien sûr que non, monsieur. J'ai interrompu le système de surveillance et les ai conduits directement du train à l'ascenseur. Plus les gouttes rouges.

– Parfait, directrice adjointe. »

Un sourire contracta les lèvres de Lucretia pour mourir aussitôt, comme il se devait.

« Prenez place », ordonna Curts.

Onze chaises s'écartèrent de la table. Des peaux Invisibles s'unirent simultanément au cuir ancien. Curts et Lucretia ne s'assirent pas tout de suite, de même que le capitaine Kandolo, le chef de la Force publique, ce que Curts savait bien qu'il ne puisse le voir.

« À votre disposition, monsieur », annonça Kandolo.

Curts lança un bref regard dans sa direction. Allait-il percevoir ne serait-ce qu'un vague effluve de cette odeur qui le faisait appeler Rusty par les gens de sa forêt ? Non, pas la moindre trace. Les gouttes rouges fonctionnaient à merveille.

« Merci, capitaine. Je serai bref : nous avons peu de temps. »

Il s'efforça un bref instant de passer les visages des membres de la Force en revue : les gouttes rouges rendaient imperceptible l'empreinte thermique des corps Invisibles. Il ne restait que les sons, voix et déplacements de l'air.

« Vous savez tous pourquoi je vous ai convoqués. Ce qui s'est produit aujourd'hui résulte de notre incompétence. Les tensions politiques s'accroissent, tant dans l'hémisphère qu'au-delà de ses frontières. Par la faute d'un seul Invisible, nos concitoyens craignent pour leur vie, pour celles de leurs enfants, de Rhitelville à la région des fermes. Et tout cela, parce que nous avons été incapables de lui mettre la main dessus, en dépit de nos efforts récemment redoublés.

– Qu'attendez-vous de nous ? demanda le capitaine Kandolo.

– Retournez dans vos régions respectives, réintégrez vos couvertures. Posez des questions. Recueillez de l'information. Shanu a-t-il été vu ? Pour ceux d'entre vous qui travaillez chez des PoDo, comme domestiques ou autres, discutez de Shanu avec vos employeurs, sans toutefois éveiller les soupçons. Il n'est pas absurde de penser qu'il a pu être aidé par des PoDo. Peut-être habite-t-il en plein Rhitelville, chez quelqu'un, dans un cagibi. »

Sans doute hochèrent-ils la tête.

« Quelqu'un sait-il parmi vous si les Enfants de Slim se sont manifestés ?

– Lieutenant Imbuka », répondit Kandolo.

Curts l'avait vue, dans le temps : une petite femme corpulente, coiffée de tresses serrées qui zigzaguaient sur son crâne comme les sillons d'un champ. Une chaise recula ; des pieds se plantèrent sur le béton. Elle s'était mise au garde-à-vous.

« Rien de leur côté, directeur Curts. Ils le traquent avec autant d'ardeur que nous. Dès que j'aurai gagné leur confiance et pu rencontrer leurs hauts gradés, j'aurai accès à leur forteresse et je pourrai en savoir plus.

– Cela fait des années que nous cherchons à nous y introduire. Si vous y parvenez, lieutenant, sachez que votre descendance ne manquera jamais de rien. Est-ce compris ?

– Oui, monsieur. Merci, monsieur. »

Le directeur opina avant de se tourner vers le capitaine Kandolo.

« Par ailleurs, capitaine, la sœur de Shanu se fie-t-elle toujours à vous ?

– Plus que jamais, monsieur.

– Très bien. Je prévois de m'entretenir avec elle sous peu. Que l'ordre triomphe ! »

Chapitre 9

Lorsque Sweetmint s'avança enfin dans la clairière, le feu de camp brûlait de toutes ses glorieuses flammes, au milieu d'un cercle de troncs de boismain sur lesquels étaient installées une centaine de personnes. En lévitation sur leurs genoux, des assiettes de mets brûlants, des tasses remplies de jus entre leurs mains – elle ne les voyait pas tous, savait cependant que tous les regards étaient rivés sur elle, et que leur rumoya collective était brouillée par la crainte.

« La voilà », annonça une voix d'enfant, de l'autre côté du cercle.

Freshpine, encore couverte de sa peinture jaune du matin, vint à sa rencontre.

« Sweetmint, chuchota-t-elle en lui caressant la joue du dos de la main, tu vas bien ?

– Non, souffla l'apprentie en se frottant le bras, le regard quittant les herbols et les assiettes qui s'étaient tendus vers elle pour se poser sur Freshpine. Où est passé Rusty ?

– Je ne sais pas trop. D'après Darksap, il a pris le même train qu'eux pour rentrer mais il est reparti en ville pour récupérer je ne sais quoi. Ces derniers jours, son travail lui prend plus de temps. »

Sweetmint était sur le point de rebrousser chemin. Depuis le jour où Sweetsmoke et elle s'étaient frayé un chemin jusqu'à cette même clairière, Rusty ne l'avait jamais abandonnée : l'amarrant, la protégeant, traduisant pour elle les particularités de ce monde. Son absence ici, de même qu'au Peinturage, privait Sweetmint de ses racines. Elle n'était plus qu'une frondaison, des fragments de terre collés à ses rameaux apparents, et n'avait plus qu'une seule destination. Il ne fallait surtout pas que les autres l'entendent se fendre et assistent à sa chute.

« Viens », dit Freshpine en la prenant par la main, pour la conduire vers le feu, vers la foule silencieuse, et l'aider à s'asseoir sur un tronc.

Lui vint une forte odeur de terre humide, accompagnée par une assiette où s'empilaient maïs grillé, patates douces et oignons frits, ainsi qu'une tasse de jus de carotte. L'assiette lui était tendue par Wetmoss (nom officiel, Nandi), la mère de Darksap.

« Mambonga. »

Wetmoss, encore peinte, comme les autres membres de sa famille, opina du chef avant d'aller se rasseoir près de Darksap. Ses yeux pourvus de lentilles, illuminés par le reflet des flammes, voulaient lui transmettre un message. Mais lequel ? Elle avait beau éprouver une sensation de malaise, ces gens-là étaient les Forestains qui chantaient ses louanges depuis un mois, comme si elle avait été le Saintpère en personne.

« Eh bien ! Puisque personne n'ose rien dire, je commence. »

C'était Burningwood, celui qui l'avait accusée d'avoir mis en danger toute la forêt lors du Peinturage. Il s'était débarrassé de la peinture dorée de la cérémonie mais on le reconnaissait à sa voix unique, rugueuse comme de l'écorce. Il se leva, et avec lui son assiette, flottant dans les airs.

« Les chibes ne vont pas tarder à envahir notre forêt. À nous terroriser, dans le but de récupérer Sweetsmoke. Moi, je pense qu'il faut les aider du mieux qu'on le peut, pour qu'ils nous fichent la paix. »

Sans doute avaient-ils pu voir l'allocution du directeur des gardes, Leon Curts, bien que leurs écrans ne soient pas ouverts à tous les programmes. L'exécutif tenait à ce que les Invisibles connaissent clairement les enjeux et soient conscients de ce qu'ils avaient à perdre si Shanu n'était pas découvert ou dénoncé dans les plus brefs délais.

Le feu se fit plus intense encore. Les bûches crépitaient, crachant des jets d'étincelles dans les airs toutes les deux ou trois secondes. Il y eut des murmures mais personne ne répondit à Burningwood, qui poursuivit :

« Et voyez notre triste état ! »

Il posa son assiette à terre et s'adressa directement au cercle.

« Combien sommes-nous ici, à l'heure où je vous parle ? Quatre-vingts, peut-être ? Dans le temps, ç'auraient été tous les Forestains d'ici. On se serait raconté des histoires, on aurait chanté, mangé, on se serait réjouis du peu qu'on avait. Et aujourd'hui... Dans notre Forêt vingt-six, il y a un quart de patchés, une moitié qui voudrait être doppie, un autre quart qui se fiche de tout – et nous, qui essayons de sauvegarder un mode de vie qui nous aide à tenir depuis plus d'un siècle, bien que nous ayons perdu nos Aînés au cours du Transport. Après son avènement, et une fois qu'il a fait disparaître tous les Invisibles âgés de plus de cinq ans, Rhitel a forcé les gosses survivants à conserver ce qu'il restait de notre culture dans des passoires. Le vilongo. La musique. La connaissance de la forêt, de sa médecine. Ce n'est pas grand-chose par rapport à ce qui n'est plus. Pourtant nous avons réussi à supporter les changements de l'exécutif, les punitions de plus en plus sévères. Nous avons pu éviter des massacres, contrairement à d'autres. Et voilà qu'à cause de son frère (et sa voix se fit plus forte, tandis qu'il se tournait vers Sweetmint), nous allons être exterminés par le feu jusqu'au dernier, comme dans la Forêt soixante-dix-huit. »

Il y eut des sifflements désapprobateurs, des prières murmurées.

« Il est innocent, s'écria-t-elle en se levant d'un bond.

– Je ne m'attendais pas à une autre réaction, ricana Burningwood. Vu que tu travailles à présent pour Croger Tenmase. Non, d'ailleurs, je retire ce que j'ai dit. Dans ce contexte, tu aurais dû déjà comprendre que peu leur importe que ton frère soit innocent ou coupable. C'est eux qui décident. »

À ces mots, les Forestains frappèrent leurs sièges du plat de la main, pour exprimer leur assentiment. Les enfants s'y mirent aussi, imitant parents, grands frères ou grandes sœurs. Le feu redoubla, abandonné à lui-même. Les femmes auraient dû s'en occuper, ce qui n'était pas le cas. Sweetmint fut ébranlée de la tête aux pieds par la froide réalité de ce moment, de cette trahison par ses proches.

« Où est-il ? demanda une voix sur sa droite.

– Oui, renchérit Burningwood qui, parcourant le cercle, s'approchait à présent de Sweetmint. Où est Sweetsmoke ?

– Je... Je ne sais pas. »

La persodeur de Burningwood, bois brûlé plutôt que brûlant, comme l'indiquait son nom, lui pénétra dans les narines, voulut se frayer un chemin dans sa gorge serrée. L'homme se trouvait à présent sous son nez.

« Sweetmint, je sais que nous ne sommes pas des poddies dans leur joli château. Mais ce n'est pas une raison pour nous prendre pour des idiots. Tu veux nous faire croire que le frère auquel tu étais collée comme la sève à l'écorce ne t'a jamais donné signe de vie ? Pas une seule fois ?

– Pas une seule fois », chuchota-t-elle, ne comprenant toujours pas comment elle avait pu passer si vite à leurs yeux de l'accomplie à la complice.

Des mains épaisses s'emparèrent de ses poignets, lui pincèrent la peau.

« Ne nous mens pas », insista-t-il, d'une voix sévère qui instillait le doute en elle ; n'était-elle pas tout aussi coupable que son frère ?

Elle perçut alors la persodeur de Darksap. Une hache flottait dans les airs ; les flammes changeantes se reflétaient dans son manche de bois.

« Recule, Burningwood. »

L'autre ricana de nouveau, sans obtempérer.

« Sinon, que vas-tu faire ? Me tronçonner, comme un de tes arbres ? Comment oses-tu lever la main sur l'un de tes aînés ? Pire encore, me menacer d'une arme ? »

La rumoya de Darksap exsudait la colère et la peur, mais aussi la détermination. Burningwood sentit sans doute que le jeune homme n'hésiterait pas à lui plonger sa lame dans le corps s'il ne lâchait pas Sweetmint.

« Il suffit », prononça une autre voix derrière elle.

Rusty venait de rejoindre le cercle. Sa persodeur gagnait en intensité à chaque pas.

Merci, Saintpère, songea-t-elle.

Et Rusty la libéra de l'étreinte de Burningwood avant de contraindre Darksap à baisser sa hache.

« Elle va nous faire tous massacrer, gronda Burningwood.

– Pas du tout, dit Rusty. C'est ton hostilité qui nous fait courir ce risque. C'est le moment ou jamais de nous montrer solidaires.

Si Sweetmint savait quoi que ce soit, elle nous le dirait. Hein, Sweetmint ?

– Bien sûr, mentit-elle.

– Très bien, dit Rusty en s'adressant au cercle. Je pense qu'il est temps pour nous de rentrer à la maison. Nous ne savons pas ce qui nous attend. Reposons-nous. Demain est un autre jour, et nous avons tous besoin de conserver des forces pour affronter ce qu'il nous apportera. »

Les femmes empoignèrent leurs seaux de terre pour éteindre le feu. Des groupes se formèrent, discutant sans doute à voix basse des événements passés, présents et à venir. Avant que Sweetmint puisse sombrer dans le gouffre du désespoir, Rusty la prit par le bras et la conduisit vers la forêt.

« Où étais-tu passé ? demanda-t-elle d'une voix coupante comme le rasoir.

– Toutes mes excuses ! J'avais oublié des outils dans la Forêt du haut. Il fallait que je les récupère. Tu sais que ça peut valoir de fortes amendes, connaissant l'obsession des poddies pour la propreté. Et… ce n'est qu'en arrivant sur la grande place que j'ai entendu parler de Sweetsmoke. Alors je suis venu ici sans perdre un instant.

– Mais ce matin, au Peinturage ?

– En ce moment, l'État est obnubilé par l'accroissement de la production. À tel point qu'avec quelques autres, nous avons été saisis sur notre lieu de travail, et non pas à la Grange, ajouta-t-il en faisant halte. Je suis bien désolé de t'avoir fait faux bond, Sweetmint. Pour toi, et pour Darksap. »

Elle s'enserra le front de la paume. Elle avait honte de la colère que lui inspirait Rusty, se sentait submergée par la réalité des événements.

« Je ne sais plus quoi faire, Rusty. Il n'est pas coupable. C'est impossible. Il y a même une partie de moi qui le croyait mort. Qui le voulait mort. Car pour quelle autre raison ne reviendrait-il pas à mes côtés ?

– Il a tellement de rage en lui, Sweetmint, dit-il en lui massant doucement l'épaule. Surtout depuis son procès, après le match de boxe. Cela dit, tu as raison. Il n'aurait jamais pu commettre un tel acte. C'est impensable. Je vais faire tout ce que je peux pour lui venir en aide, mais il faut me promettre de me prévenir sans perdre une minute s'il te contacte. Et de n'en parler à personne d'autre. Ce n'est pas que je puisse faire grand-chose, mais un certain nombre de gens me doivent des faveurs. Je pourrais peut-être l'aider à passer clandestinement dans une autre région ou même un autre hémisphère, avant qu'il soit trop tard.

– Oh, tu ferais vraiment ça ? »

Il prit le visage de Sweetmint entre ses mains calleuses.

« Comment peux-tu me poser cette question ? Vous êtes tous deux mes enfants, au même titre que ceux de mon sang. Simplement, promets-moi que tu me préviendras.

– Je te le promets. »

Il voulut l'inviter à prendre une herbefine, ce qu'elle refusa, préférant se reposer. Ils se séparèrent devant la cabane de Rusty.

« Je t'aime, Sweetmint. Ne te fie à personne », lui rappela-t-il.

Elle l'avait pris dans ses bras et s'était, un instant, blottie contre lui, tête posée sur son épaule musculeuse.

Elle rentra directement chez elle, activa l'écran, fit défiler des dizaines d'icônes avant de localiser celle rouge et noire des NHN, qu'elle tapota. Les nouvelles s'affichèrent, avec, pour commencer, une rediffusion de l'allocation du directeur Curts. D'un geste de l'index, elle baissa le son, comme si cela pouvait la protéger des paroles qu'allait prononcer Curts. Cependant ces mots avaient tout du cri. « Ce soir, devant vous, je veux promettre aux cent cinquante millions que vous êtes, Invisibles et PoDo, que j'appréhenderai Shanu dans les cinq jours qui viennent, avant l'élection du Chef de l'exécutif. »

Et ces mots qui la firent sortir de son corps :

« … et le traînerai devant la justice, mort ou vif. »

Alors c'est ainsi. Elle se laissa tomber sur son lit, contempla les longues planches en coupelarge qui soutenaient le plafond. Et couchée là, à se répéter ces mots en boucle, *mort ou vif mort ou vif mort ou vif*, elle se remémora ce que lui avait dit un jour son frère. Ils étaient orphelins parce que leurs parents les avaient abandonnés. Elle avait eu beau le supplier, en larmes, il ne lui avait jamais rien expliqué de plus, hormis ceci : « Ils sont vivants et ils habitent en ville. » Révélation qui avait contraint Sweetmint à se persuader de la chose suivante : leurs parents étaient des Invisibles parvenus à s'introduire dans cette caste d'ultra-privilégiés vivant aux côtés des PoDos.

Si elle arrivait un jour à les retrouver, ne seraient-ils pas sidérés par tout ce qu'elle avait accompli ? Ne l'aideraient-ils pas à retrouver Sweetsmoke ? Oui, ils lui présenteraient leurs excuses, expliqueraient le pourquoi de leur abandon d'enfants, supplieraient qu'on leur pardonne. Elle serait magnanime. Ils s'enlaceraient tous les trois, comme une vraie famille. Après quoi, Invisibles mais fortunés, ils n'épargneraient aucun moyen pour sauver leur fils. Ces pensées soulagèrent Sweetmint, donnèrent des ailes à son esprit qui quitta son corps pour le monde des rêves, seule manière d'échapper à la toute-puissante réalité qui la retenait en otage.

Chapitre 10

Frère Blackstone et sœur Blackstone, debout sur le seuil de la Chambre future, regardaient les bébés dormir. Le clair de lune filtrait par des dizaines de lucarnes, illuminant leurs berceaux en bois. Leur présence ne se manifestait que par leurs ronflements ténus et le bruissement intermittent des petites couvertures sur lesquelles ils reposaient.

« Comment te sens-tu ? s'enquit sœur Blackstone en serrant la main de son mari.

– Bien, ma racine, mieux que bien, même, répondit-il en lui rendant son geste, avant de lui déposer un baiser sur le front.

– Et si nous allions parler aux Enfants ? »

Il baissa la tête, trouva le chemin de ses lèvres, une fois, deux fois, trois fois.

« On pourrait aussi... commença-t-il, hilare.

– Il faut d'abord finir la tâche en cours. »

Elle l'entraîna dans l'obscur souterrain, jusqu'à la matrice immense de Tintaba. Les filaments de lumière qui éclairaient ce qui était le principal lieu de rencontre de la grotte palpitaient, bleus, du sol à la très haute voûte en coupole, vingt ou trente mètres au-dessus de leurs têtes.

En dépit des événements récents, les Enfants de Slim continuaient à pousser les wagonnets d'un des trente-six souterrains à l'autre, riaient, jouaient et se préparaient de diverses manières à l'allocution du soir.

« Va, dit frère Blackstone. Je te rejoins dans une seconde.

– Soit, ma terre. »

Elle déposa un baiser sur la joue et disparut dans la foule, que la poussière grise de la grotte, qui ne cessait de tomber des parois, révélait en partie.

Frère Blackstone embrassa la grotte du regard, plein d'amour, de fierté et de force pour son peuple. Ce qui se produisait ici, à Tukhali Intaba, la Montagne creuse, plus souvent désignée sous le nom de Tintaba, était une révolution heureuse, qui se préparait en silence depuis des dizaines d'années. Elle avait pour but de renverser les oppresseurs non seulement dans le Nordouest, mais également dans les trois autres hémisphères, et ceci dans la joie. Si tous à Tintaba ne partageaient pas cette vision des choses, elle était cependant majoritaire. En ce jour, enfin, était survenu le moment tant attendu. La prophétie se réalisait. *Loué le sang.*

Les Enfants de Slim s'interrompirent dans leurs tâches et entrèrent les mains vides dans les souterrains, pour en revenir portant des chaises en bois qu'ils disposèrent en cercle autour de la scène vers laquelle se dirigeait à présent frère Blackstone. Et tandis qu'il montait sur l'estrade, les larmes striaient son visage couvert de poussière. Il passa devant cinq personnes déjà assises. Sœur Blackstone se leva, index tendu en crochet pour qu'il y insère le sien. Ensemble, ils marchèrent vers le pupitre de pierre.

« Enfants de Slim, s'exclama-t-il alors en fermant les yeux, comment allons-nous ?

– FORT ! » hurla la foule en contrebas.

Ceux qui la constituaient ne comprenaient que trop bien l'importance du moment. Ces gens, ces Réels venus de l'hémisphère ou du reste du monde, feraient tout ce qui était en leur pouvoir pour en tirer le meilleur parti possible. Des Réels et non pas des « Invisibles », car leur existence était indéniable, manifeste.

« Je vous ai demandé : "Enfants de Slim, comment allons-nous ?"

– DEBOUT !

– Mais encore ? Ne me répondez pas "C'est tout", mes sœurs, mes frères. Continuez !

– EN JOIE ! »

Il ouvrit les yeux sur des centaines de visages couverts de poussière, souriants, levés vers lui et vers sœur Blackstone. La foule le savait, frère et sœur Blackstone ne leur étaient nullement supérieurs. Ils étaient survenus au bon endroit et au bon moment, rien de plus, et ils étaient porteurs d'idées qui faisaient grandir tout le monde. Les Blackstone étaient assez larges d'esprit pour surmonter les querelles internes, assez attentifs pour protéger les autres frères et sœurs des périls externes : Curts le patcheur, entre autres, qui s'efforçait depuis longtemps, de même que son prédécesseur, de localiser la forteresse pour l'anéantir. Frère Blackstone aimait son peuple, autant pour l'amour qu'il lui portait que pour celui qu'il vouait à sœur Blackstone, ni plus, ni moins. Lorsque lui et sa femme avaient pris la tête des Enfants de Slim et qu'ils avaient voulu détruire la scène pour s'installer au même niveau que la foule, les Réels avaient protesté. Tout ce qui est ancien n'est pas à supprimer, avaient-ils dit.

« En joie, répéta frère Blackstone d'une voix de tonnerre. Le fondement de notre mouvement. Même si les poddies nous humilient, même s'ils font leur possible pour que nous nous haïssions, nous autres, Enfants de Slim, savons que la joie sincère est plus dangereuse que la haine. Loué le sang ?

– LOUÉ LE SANG !

– Loué le sang, en effet, reprit sœur Blackstone. Le sang de nos ancêtres, qui coule dans nos veines, et qui nous pousse là où nous sommes aujourd'hui, vers l'inévitable liberté. La vraie liberté, pour tous les Réels. Nous savons que nos frères et sœurs de l'Hémisphère Sudest sont particulièrement maltraités, plus encore que nous. Mais il nous faut nous intéresser au maintenant, à l'aujourd'hui. La nouvelle s'est répandue : le Chef de l'exécutif du mal a été assassiné. »

Si certains ressentaient de la joie, ils n'en firent pas montre. Les Enfants de Slim auraient préféré que le Chef de l'exécutif Rhitel puisse être jugé. Certes, il avait péri d'une manière horrible, mais pour celui qui avait semé des graines de haine partout dans l'hémisphère, la mort était encore trop douce.

« Les autorités prétendent que l'assassin est frère Sweetsmoke, poursuivit frère Blackstone. Certains d'entre vous se souviendront peut-être que j'ai voulu, autrefois, lui faire rejoindre nos rangs et qu'il a refusé, arguant que sa révolte était celle d'un homme seul. Puis il a disparu, voici trois ans. Aucun de nos frères, aucune de nos sœurs ici ou au-delà des frontières ne l'a plus jamais croisé. Et pourtant, les forces sadiques prétendent qu'il a tué Rhitel, et brandissent deux preuves, une lettre de sa main et une goutte de son sang. Même si nous réservions un autre sort à Rhitel, la prophétie s'accomplit sous nos yeux. Comme le Père Slim l'a déclaré avant sa mort, l'un d'entre nous doit périr et ressusciter pour tuer l'intuable ennemi. Celui-là, disait Slim, deviendra notre Illuminateur. Il nous conduira hors des ténèbres et dans la lumière. Frère Sweetsmoke est l'Illuminateur.

– Dans tout l'hémisphère, ajouta sœur Blackstone, nos frères et nos sœurs vont passer à l'action, de même que nos quelques alliés poddies. Pour que les choses soient claires pour nous tous, je vous répète les trois objectifs de notre plan d'action. Premièrement, empêcher l'élection du Bourreau local II Stephan Jolis, individu encore plus cruel que l'ancien Chef de l'exécutif du mal. S'il est élu, il ne survivra pas à son investiture. Deuxièmement, déstabiliser l'exécutif par des attaques visant des sites qui lui sont chers, attisant ses craintes et le poussant à prendre des décisions imprudentes, qui peuvent dans un premier temps faire du tort à notre propre peuple, mais qui entraîneront une crise de confiance parmi les poddies. Cela pour faciliter l'avènement du Retournement essentiel. Le chaos vient en aide à ceux qui savent le maîtriser. Troisièmement, trouver l'Illuminateur avant Curts le patcheur. Cela veut dire que nous n'avons que cinq jours pour le localiser, l'attirer à nous et le convaincre, par la parole ou par la force, qu'il ne doit plus agir seul. Pour porter leurs fruits, nos efforts doivent être collectifs.

– Le monde tel que nous le connaissons n'a plus que cinq jours à vivre, conclut frère Blackstone, tout sourire. L'ère des poddies appartient au passé. Mais assez glosé, assez planifié. Ce soir (il tourna soudain sur lui-même), place à la danse. Loué le sang ?

– LOUÉ LE SANG ! » répondirent les Réels.

Ils se levèrent, accrochèrent leur index à celui du voisin ou de la voisine, bras levé. Une musique produite par les bois et les vents retentit dans la grotte. Bientôt, les Enfants de Slim se mirent à danser, leur hymne, « Retourne le monde et chante », jaillissant de toutes les bouches tandis que les pieds battaient le sol, corps joints dans l'harmonie ensorcelante du bonheur. La promesse d'un monde nouveau, modelé par leurs mains lasses, espérantes, n'était plus seulement la glaise malléable des souhaits et des rêves. Après tant d'années, elle s'était durcie, transformée en une réalité tangible : une montagne créée par eux.

Chapitre 11

« Je sais que tu es là », dit Sweetmint.

Elle boucla son collier, métal tiède contre sa peau.

« Alors pourquoi me faire attendre ? »

Elle ouvrit la porte de la cabane. Darksap se tenait sur le seuil, corps poudré de la poussière légère de la terre.

« Qu'est-ce qu'il t'arrive, Darksap ? Tu es sale !

– Viens. »

Elle prit la main qu'il lui tendait, en dépit de sa confusion, de son angoisse même. Main enflée, éraflée, comme s'il venait de rentrer du travail, en dépit de l'heure matinale. Sa rumoya était sereine, exsudant un calme qui se transmettait par vagues à Sweetmint.

« Ça t'ennuie de fermer les yeux ?

– Tu m'emmènes où ?

– Je t'en prie, ferme les yeux. »

Elle ferma les yeux, et serra la main de Darksap encore plus fort dans la sienne. Il l'emmena, à en juger par la riche odeur de feuillage et le grondement de plus en plus audible du torrent, dans la forêt au-delà de sa cabane, à l'opposé de la grande place et de l'église.

Bientôt elle eut sous les pieds une terre molle, grumeleuse, qui donnait l'impression d'avoir été récemment labourée. Darksap la guida jusqu'à l'autre extrémité de ce champ (si c'était bien un champ) avant de faire halte.

« Tu peux les ouvrir, maintenant. »

Ils se trouvaient à l'une des extrémités du Champ des boismains, ainsi nommé parce qu'il jouxtait un long bosquet de ces arbres, qui s'étendait jusqu'au bord de la Phakishe, la principale rivière de la Forêt vingt-six. Quand Darksap et elle étaient plus jeunes, c'était un de leurs terrains de jeux favoris, les rares fois où elle pouvait échapper à la vigilance si stricte de Sweetsmoke. Après avoir joué, ils couraient toujours main dans la main jusqu'à la rive et sautaient dans l'eau sans compte à rebours – et sans se lâcher.

Pas d'arbre de ce nom sur cette petite portion du Champ des boismains, mais une terre noire et riche, si bien travaillée qu'elle en était douce comme le velours, et dont les sillons n'allaient visiblement pas tarder à produire des légumes de toutes sortes. Sweetmint se retourna vers Darksap, ne sachant plus que dire. Il fallait parler, pourtant.

« Dapp ?

– Oui ? répondit-il, hilare, les yeux fixés sur elle et non sur le champ.

– C'est toi ?

– Oui.

– Mais… »

Elle se baissa, effleura une pousse de maïs qui pointait hors du sol ses feuilles serrées.

« Comment as-tu fait ?

– J'ai commencé le mois dernier, quand tu as décroché ton apprentissage. Si j'ai choisi cet endroit, c'est parce qu'il est le plus ensoleillé du champ. Même avec le bosquet. J'y venais avant mes heures de travail. J'ai abattu moi-même les arbres. Et j'ai planté tes légumes préférés.

– Mais pourquoi ? Pourquoi t'être donné tant de mal… pour moi ?

– Pour ne pas te mentir, je ne savais vraiment pas quel genre de cadeau je pouvais t'offrir. Ça me torturait ! Je voulais te montrer à quel point j'étais fier de toi… Et c'est ce que j'ai fini par trouver. C'est ce qui me paraissait le plus significatif. »

Il toussota, soudain plus hésitant.

« Je… Euh, j'espère que ça te plaît, Swint. »

Elle plongea la main dans l'humus tiède, protecteur. Il s'agenouilla près d'elle, lui recouvrit la main de la sienne, l'y laissa un moment au cœur de la terre luxuriante, son torse frôlant le dos de Sweetmint, son souffle lui caressant la nuque.

« Pour toi, lui murmura-t-il à l'oreille, je pourrais faire du monde entier un jardin. Et tu mérites encore mieux. »

Elle avait fermé les yeux. Soudain elle eut l'impression de ne plus faire qu'une avec Darksap, et cette porosité l'effraya. Au fil du temps, il se révélait être tout autre que ce qu'elle imaginait. Il devenait, sous ses yeux, un acteur de sa propre vie et non plus un pion obéissant. Et ce jardin, cette terre retournée pour en tirer quelque chose de nouveau, c'était l'offrande la plus généreuse qu'on lui ait jamais faite, hormis celles de Sweetsmoke. Pourtant, elle ne pouvait y répondre, quelle qu'en soit la signification. Pas maintenant. Pas à l'heure où Sweetsmoke avait besoin de son aide.

Elle ôta sa main de la terre et se leva.

Darksap l'imita, visage empoussiéré de brun clair, plein d'espoir. Et qu'attendait-il ? Plus que cela, elle le savait bien. Des mots. Une réaction plus manifeste. L'assurance qu'elle voulait, comme ce jardin, qu'une vie nouvelle prenne forme entre eux. Il se pencha alors vers elle, suivant l'instinct de ses lèvres. Elle se détourna.

« Mambonga, Dapp, lui dit-elle, comme s'il avait été un simple vendeur de jus frais sur la grande place. Mambonga khulu. »

Elle n'avait pas quitté le potager des yeux. Au bout d'un certain temps, cependant, elle regarda de nouveau Darksap.

« On y va ?

– Oui, oui », souffla-t-il après une profonde inspiration.

Nul désespoir dans sa voix, mais un optimisme qui s'était soudain communiqué à Sweetmint. Un homme d'une moindre trempe se serait frappé la poitrine, aurait dressé la liste des obligations dans lesquelles elle se trouvait maintenant à son égard, elle qui ne lui avait rien demandé ; il aurait troqué la patience et les gestes rassurants au profit d'une lourde insistance. Dapp, jamais.

Hommes, femmes et enfants encore ensommeillés les rejoignirent sur Softstone Path, qui les conduirait vers l'église, sur la grande place. Le train des provisions était en gare. Des chibes lançaient des sacs en paille remplis de légumes aux chefs de famille qui n'avaient pas de potager, contrairement à Rusty et à Freshpine, et qui ne voulaient, ou ne pouvaient, pour des raisons financières, s'adonner aux plaisirs du Rhitel Burger. Même si Burningwood n'avait, dans sa harangue du Baz Buthani, fait preuve d'aucune bonté ni d'aucune mansuétude, on ne pouvait pas lui donner entièrement tort. Les gens de la forêt étaient moins nombreux à cuisiner pour leur foyer, d'où que provienne la matière première.

Sweetmint d'ailleurs ne se fiait plus aux rations apportées par les chibes. Elle décida de ne plus les utiliser et de se détourner de toute nourriture préparée par les poddies, à l'exception de ce qu'elle mangeait chez Mr Tenmase. Pure paranoïa ? Peut-être : mais c'était une manière de se protéger comme une autre. Et ne pouvait-elle demander à Rusty de lui donner une petite part de ses récoltes, tout en travaillant à celles que Dapp lui offrait (aussi bien qu'à lui-même, sans doute ?). Elle proposerait même à Rusty de l'aider à payer la taxe sur les récoltes, de plus en plus lourde, ce dont il se plaignait rituellement tous les ans.

Les Forestains entrèrent dans l'église dans un brouhaha de conversations, portant sans doute sur Sweetmint et son frère.

« Ça va aller ? » lui demanda Darksap, à quelques pas du portail.

L'angoisse remonta de son ventre à son cœur. Elle leva les yeux, s'efforça d'embrasser l'église du regard et n'y parvint pas. Lorsque, petite fille, elle et Sweetsmoke étaient arrivés dans la forêt, qu'ils avaient marché jusqu'à la clairière et à sa vaste assemblée, elle avait aperçu la croix de métal du temple transperçant les cieux. Le drapeau de l'Hémisphère Nordouest claquait dans la nuit.

Le lendemain, Rusty les avait emmenés à la Prière du jour. À l'orphelinat, la cérémonie se déroulait dans une petite chapelle, à l'intérieur des locaux. Celle du village était plus digne du Saintpère, avec ses fondations de pierrefaille, ses dix piliers, ses quatre étages en boismain et son toit pointu couvert de panneaux solaires. Contempler l'église lui redonnait encore confiance, comme autrefois, bien que Sweetsmoke lui ait répété un jour ce que Rusty lui avait expliqué : le Saintpère n'était pas leur père. Les poddies l'avaient inventé parce qu'ils avaient peur de la mort, sentiment qui prenait la forme d'un homme mystérieux qui punissaient tous ceux qui ne la craignaient pas autant, surtout les Invisibles. Sweetmint ne l'avait pas cru. La pensée qu'ils ne puissent être qu'un simple accident, un effet du hasard, un chaos cosmique inventé par des enfants sans surveillance, la terrifiait.

Alors certes, l'autre face de la foi se nommait peur, mais ce n'était pas si grave.

« Swint ? »

Ils étaient encore sur le seuil. Darksap leva les yeux sur elle.

Un sourire de commande sur les lèvres, elle entra dans l'église.

Les bancs étaient tous occupés. Tous les habitants de la forêt étaient venus, même ceux qui avaient succombé au patch. Tandis qu'elle se dirigeait aux côtés de Darksap vers les seules places encore libres, au premier rang, elle sentit le poids des regards : les gens du Baz Buthani, les filles Arc-en-ciel, Rusty, Burningwood.

Devant eux le révérend Achte, immense, salua de la tête tous ceux qui entraient jusqu'à la fermeture des portes. Sur ses lèvres minces, aucune trace du sourire habituel et si contagieux.

« Gloire, gloire, dit-il d'un ton dépourvu de toute émotion.

– Gloire, gloire », répondit l'assistance, dans l'expectative.

Il baissa la tête, inspira plus longuement qu'à l'ordinaire, ce qui fit frémir son torse et ses épaules, et exhala en regardant ses ouailles.

« Nous vivons des heures sombres. Non seulement notre Chef de l'exécutif Rhitel, que le Saintpère bénisse son âme, a été assassiné, mais son bourreau n'est autre qu'un homme qui a prié sous ce toit. »

Sweetmint serra la main de Darksap, qui lui répondit d'une pression amicale. Elle se mit à contempler les boiseries, derrière le révérend. Des scènes bibliques y étaient sculptées, à lire de gauche à droite : inondation engouffrant des populations maudites ; adorateurs d'idoles autour d'un feu, soudain réduits en cendres ; garçon aux traits semblables à ceux du Chef de l'exécutif Rhitel tirant à la fronde sur un ennemi Invisible.

« Nous connaissions tous Shanu. Et même s'il venait ici pour la Prière du jour, comme vous tous, poursuivit le révérend en brandissant un index tremblant vers l'assistance, son âme, de toute évidence, n'était pas que lumière. Il ne croyait pas réellement en le Saintpère, en sa communauté, en son entraide. Ses questions, ses colères, nous le faisaient bien comprendre. »

Le vieil homme se posa la main sur le cœur.

« Candace, vous êtes parmi nous, je pense ?

– Oui, révérend Achte. Juste devant vous, au premier rang. À côté de Cinque.

– Et cependant, reprit-il en se tournant vers la direction indiquée, nous avons parmi nous Candace. Une grande espérance pour la forêt. Une jeune fille qui nous a tous rendus fiers, et vous aussi, j'en suis certain, tous rendus fiers d'être des Invisibles. Elle incarne les bienfaits que vous pouvez aussi récolter pour peu que vous vous soumettiez aux puissances supérieures, celle du Saintpère et celle des Dominants. Gloire, gloire !

– Gloire, gloire, s'écrièrent Sweetmint et les siens.

– Lève-toi », dit le révérend en tendant les mains.

D'une main tiède et calleuse posée sur son bras, Darksap la fit lever ; le corps se soumit. Le révérend lui ouvrit les bras et elle alla vers lui, ne sachant qu'attendre. Ils se rejoignirent ; elle le laissa l'étreindre de ses bras fragiles, souhaitant que ce moment se prolonge à jamais, songeant, sur l'instant, que tout allait s'arranger.

« Allons, allons. »

Il s'écarta, la fit pivoter, qu'elle puisse avoir son peuple sous les yeux. D'un geste, il demanda à l'un des gardes présents de lui apporter sa tablette. Puis, y faisant apparaître sa Bible enluminée, il la présenta à Sweetmint.

« Lis ce passage, mon enfant.

– En-con-sé-quen-ce, bafouilla-t-elle d'une voix si chevrotante que les mots se brisaient, cha-cun de vous, In-vi-sibles, doit rejeter le mensonge et s'ouvrir en toute sincérité à son voisin Dominant, car nous sommes tous membres d'un même corps.

– Et maintenant, vous allez tous applaudir Candace ! »

L'assistance s'exécuta sans enthousiasme. Oui, quelque chose avait changé. Radicalement.

« Candace, reprit le révérend. Sais-tu où se trouve Shanu ?

– Non, révérend.

– Et si tu en as des nouvelles, tu nous les transmettras, n'est-ce pas, pour le bien de la forêt et des Forestains ? »

La question flottait dans les airs, de plus en plus écrasante.

« À présent, mon enfant, réfléchis bien. Tu es dans la maison du Saintpère. Il verra tout de suite si tes mots ont revêtu la robe des mensonges. »

Elle baissa la tête et gratta résolument le plancher de l'ongle de son gros orteil.

« Candace ? »

Elle se retourna vers le révérend, perçut le passage du temps dans les rides de son visage, dans son regard patient et cependant si assuré. Elle ne mentait pas de gaieté de cœur. L'idée qu'elle puisse se condamner à la damnation lui coupa le souffle ; elle fut prise de vertige. Puis elle vit en esprit Darksap dans le champ, abattant tous ces arbres pour elle, pour elle seule, et cela lui redonna force. Même si elle croyait en le Saintpère, il y avait autre chose en ce monde que l'obéissance et la soumission. C'était sûr et certain.

« Oui, révérend.

– Et vous tous ici... ajouta-t-il en se tournant vers l'assistance. Si vous avez des informations sur Shanu, saurez-vous, comme il est dit dans la Bible, Éphésiens 4:25, "rejeter le mensonge et vous ouvrir en toute sincérité à votre voisin Dominant" ? Vous souviendrez-vous que nous ne faisons qu'un corps hémisphérique, et ne reculons devant rien pour le protéger ?

– Oui, révérend, répliquèrent les ouailles, ne souhaitant plus, désir des plus manifestes dans leur ton de voix, que revenir à leurs vies simples et tranquilles de la veille.

– Gloire, gloire. Candace, tu peux te rasseoir. À présent, prions. Pour l'Hémisphère Nordouest. Pour le Chef de l'exécutif Rhitel, que le Saintpère bénisse son âme. Et, plus important encore, pour l'arrestation imminente de Shanu. »

Sweetmint quant à elle s'en abstint. D'ailleurs, elle ne pria pas du tout. Pour la première fois de sa vie, elle en était incapable. Elle se vit, au lieu de cela, déluge noyant le peuple maudit, feu réduisant en cendres les adorateurs d'idole, pierre dans la fronde revenant frapper à l'œil le PoDo qui croyait l'avoir lancée. Ces visions l'effaraient, la plongeaient dans la confusion. Il allait falloir comprendre sans tarder ce qu'elles cachaient.

Ces pensées lui revinrent alors qu'elle était couchée sur le splendide lit du train de Mr Tenmase. Après s'être servie au buffet à disposition, elle s'aventura jusqu'au dernier compartiment du wagon, pour y découvrir une chambre inondée de soleil, un lit au matelas trop mou, aux draps blancs, impeccablement repassés, aux oreillers qui donnaient l'impression de flotter dans les airs. Il y avait même, dans un coin, un petit secrétaire en bois et un fauteuil qui semblait avoir été confectionné pour elle, sur mesure.

Noyée dans ce confort et perdue dans ses pensées, elle ne se rendit pas compte que le train ralentissait. Il fallut qu'il s'arrête en pleine voie, entre deux rangées d'arbres, pour qu'elle comprenne que quelque chose se tramait. Ces trains-là ne tombent jamais en panne, n'est-ce pas ?

« Il y a quelqu'un ? »

Elle sortit de la chambre, retourna dans le *wagon-restaurant*. C'était le nom qu'avait donné au premier compartiment Mr Tenmase, après qu'elle l'avait elle-même, quelle honte, désigné sous le nom de « mangeoire ». Elle le balaya du regard, à la recherche d'un indice qui puisse apaiser la panique qu'elle sentait venir, diminuer le poids du collier sur son cou. Hors de question de mourir ici, se dit-elle, même si l'air lui semblait plus chaud, plus ténu.

« Il y a quelqu'un ? répéta-t-elle d'une voix plus forte, qui se réverbéra entre les parois de métal et de verre. Vous m'entendez ? »

Soudain, des bruits de pas. Une portière qui s'ouvrait. Elle se rua vers une des fenêtres, aperçut une troupe de chibes près de la voie, tous vêtus de leur uniforme en maille vert mousse sauf un, tout de noir vêtu, veste d'uniforme barrée d'une large bande rouge. Deux hommes verts se hissèrent sur le marchepied avant de tendre la main à l'homme en noir et rouge, qui monta à leur suite dans le train.

Elle était prise au piège. Elle s'écarta trop brusquement de la vitre, se cogna contre une chaise et perdit l'équilibre. Sa tête heurta la moquette avec un bruit sourd. La seconde d'après, l'homme en rouge et noir surgit au-dessus d'elle. Son visage était plus effrayant que ce à quoi elle s'attendait. Il y avait certes de l'inquiétude dans son regard, mais sa bouche exprimait une sévérité qui rappela à Sweetmint son apparition, la veille, sur l'écran, et les mots qu'il avait prononcés. « Mort ou vif. »

« Puis-je vous aider ? » demanda-t-il.

Elle voulut se redresser seule, retomba et, acceptant la défaite, opina du chef. Leon Curts, directeur des gardes de l'hémisphère, l'aida à se relever avec l'assistance de l'un des chibes, chacun la soutenant précautionneusement sous une épaule, et la fit asseoir dans le fauteuil le plus proche.

« De l'eau », ordonna-t-il.

Un chibe remplit un verre, que Leon Curts porta aux lèvres de Sweetmint.

« Buvez. »

La nuque déjà raidie, elle se pencha vers l'arrière, tant bien que mal, et but quelques gorgées.

« Merci, monsieur.

– Khawamu. »

Elle cligna des yeux, ébahie, essayant désespérément de mettre de l'ordre dans ses pensées. Allons, c'était en nordouestais qu'il avait prononcé ce « À votre service », pas en vilongo.

« Quand j'ai commencé à travailler, expliqua-t-il en riant, c'était dans une forêt comme celle-ci. Les gens m'ont appris quelques mots de vilongo.

– Oh.

– Vous vous demandez sûrement ce que je fais ici.

– C'est à cause de mon frère, monsieur.

– Tout juste, dit-il en s'asseyant en face d'elle. Comme vous le savez, il a commis le pire crime qui soit, pour les Invisibles comme pour les Dominants. J'ai pour mission de le retrouver avant les autres. »

Il se pencha vers elle, ajouta d'une voix plus basse :

« Le fait est que je suis ici pour son bien, Candace. Si je procède moi-même à son arrestation, il aura droit à un procès équitable et, selon toute vraisemblance, finira sa vie dans la Geôle exécutive. Si on me brûle la politesse… (il ferma les yeux et secoua la tête)… Certains PoDo ont des âmes de barbare. »

Elle vit en quelques secondes son grand frère pendu, démembré, brûlé vivant ou mis à mort par tout autre moyen pervers. De l'autre côté de la vitre se dressait la forêt, si vaste : et pourtant, il n'y avait aucune échappatoire. Aucun refuge. Sauf que Sweetsmoke en avait trouvé un. Cette pensée lui fit venir un sourire éphémère.

« Qu'attendez-vous de moi, monsieur ?

– Avez-vous eu de ses nouvelles ?

– Non, monsieur, et j'espère ne pas en avoir. Comme vous le savez, je suis apprentie chez Mr Croger Tenmase, et cela me donne beaucoup de travail. »

Il garda les yeux fixés sur elle, laissa traîner l'instant. *Un, deux, trois. Un, deux, trois. Un, deux, trois.*

« Il n'est pas impossible que vous soyez complice de ce meurtre », finit-il par dire.

Elle en resta bouche bée.

« Ne vous inquiétez pas. Je sais que ce n'est pas le cas. Vous étiez chez Mr Tenmase au moment du crime. Il se trouve que nous avons perquisitionné votre domicile, et que nous n'y avons trouvé aucun élément compromettant. Simplement, j'avance une hypothèse que les gens finiront peut-être par évoquer, au fil du temps. »

Était-ce un moyen de pression ? Impossible à dire. Curts, comme Mr Tenmase, était un être de contradictions, passant en une minute du vilongo aux menaces voilées.

« S'il entre en contact avec vous, prévenez le premier garde – je veux dire, le premier chibe, comme vous les surnommez – à proximité. D'accord ?

– D'accord, monsieur. »

Les lèvres de Curts se fendirent en un rictus qui sembla à Sweetmint artificiel, inquiétant.

« Très bien. Je sais que vous choisirez la loyauté. D'après ce que je sais de vous, c'est toujours le cas. »

Après lui avoir tapoté le genou, il se dirigea vers la portière, grande ouverte. Les deux chibes sautèrent sur la voie. Avant de les imiter, Leon Curts, directeur des gardes de l'hémisphère, s'immobilisa.

« Candace ?

– Oui, monsieur, répondit-elle, les yeux fixés sur son dos.

– Si j'étais vous, je ne reculerais devant rien pour sauver mon frère. La seule personne de mon sang que je connaisse. Croyez-moi, je sais ce que signifie le respect de ces liens… Plus que bien des gens. Pourtant, je veux que vous entendiez ceci : personne ne peut sauver votre frère. Laissez-moi le soin de maintenir la loi et l'ordre, et concentrez-vous sur votre apprentissage. En dépit des apparences, votre avenir est toujours aussi radieux, n'en doutez pas. »

Il rejoignit ses hommes, la portière se referma et le train repartit vers le château Tenmase ; ne restait plus de cette rencontre qu'une rude pulsation sous les tempes de Sweetmint.

Si Karl et Lionel la soupçonnaient de quoi que ce soit, ils n'en firent pas montre. Elle échangea avec eux les plaisanteries habituelles, anodines. Lionel leva le nez vers le soleil tandis qu'ils attendaient tous les trois l'apparition de Sanford au sommet de la colline. N'avaient-ils pas regardé l'écran, la veille au soir ? Ou leur avait-on donné l'ordre de se comporter avec la plus grande neutralité possible ?

Sanford, après être descendu de la colline, ouvrit le portail. Ses traits étaient graves, son expression coupable. Il ne lui adressa la parole qu'une fois hors de portée des oreilles des chibes.

« Ça va, Candace ?

– À ton avis ?

– Désolé, c'était une question idiote. Comment vas-tu ?

– Même réponse. »

Ils gravirent la colline en silence. Elle ne s'arrêta pas au sommet. Ce jour-là, elle n'avait envie que de bouger, de s'abandonner à la force irrésistible de l'élan et de la gravité. Avant même qu'elle puisse entamer la descente, Sanford la prit par le bras pour l'attirer à lui.

« Sanford, je ne suis pas d'humeur à m'adonner à ces petits jeux, quels qu'ils soient.

– Ne me confonds pas avec ces gens-là, Candy. Tous ces gens qui veulent la peau de ton frère, qui pensent que les Invisibles n'existent que pour nous servir. Tu le sais, non ? »

Elle plongea son regard dans celui de Sanford, dont le visage s'était contracté sous l'effet de la douleur et du profond désir d'être libéré par elle de mille fautes. Le neveu de Mr Tenmase n'avait pas tort. Jamais il n'avait tenu de discours haineux, jamais il n'avait insulté quelque Invisible que ce soit pour son seul plaisir. Qu'avait-il fait, cependant, pour leur venir en aide ?

« Que vois-tu, Candy, quand tu me regardes ? »

Elle ne répondit pas.

« Je sens ta peur, poursuivit-il alors, les yeux fermés. Ta colère. Ce dévorant sentiment d'impuissance. Comme si ce qui t'arrivait en ce moment n'avait d'autre raison d'être que sa simple éventualité.

– Comment… Comment peux-tu ainsi lire en moi ?

– Parce que je n'ai pas besoin de te voir pour te voir, Candy, répondit-il sans rouvrir les yeux. Nous n'avons pas les mêmes origines, mais sommes passés par des épreuves semblables. Je veux que tu saches que je ne fais pas partie de tes ennemis. »

La main de Sweetmint s'amollissait dans celle de Sanford, glaise malléable. Il lui fallait être plus dure que jamais, à présent, mais il y avait chez cet homme quelque chose qui arrondissait les angles, rabotait les irrégularités, et qui donnait envie de se détendre, profondément, jusqu'à ce que son monde à lui l'avale tout entière.

« Tu as cette impression, toi aussi ? chuchota-t-il.

– Laquelle ?

– Que nous sommes les deux seuls êtres vivants dans l'univers ? »

Elle la ressentait en effet, et cela la glaçait de peur. Ce don qu'il avait d'écarter toute la méchanceté du monde. Elle n'avait qu'à s'abandonner. Alors, elle vivrait la plus douce des vies, à l'abri avec Sanford dans le refuge du château Tenmase. Elle pourrait enfin se ranger à l'avis du directeur Curts : Sweetsmoke était le seul et unique responsable de ses actions, et de ce qui s'était ensuivi. Sauf qu'on n'échappe pas aux liens du sang.

« J'ai besoin de toi, Sanford, dit-elle en lui serrant la main. Vraiment besoin de toi.

– Moi aussi, souffla-t-il, lèvres entrouvertes, tout en comblant l'espace entre leurs corps.

– Je veux retrouver mes parents pour qu'ils m'aident à chercher mon frère. Et pour cela, j'ai besoin d'un passeville. »

Il tressaillit, et lui lâcha la main.

« Impossible, tu sais bien.

– Mais si, c'est possible. Je n'en ai besoin que pour vingt-quatre heures. Il suffit de…

– Je sais ce qu'il faut que je fasse, dit-il, son pâle visage virant au livide. Mais je ne peux pas le faire. Si les gardes l'apprennent, s'ils remontent jusqu'à mon oncle… Ça ira plus loin qu'une simple réprimande.

– Tu es mon seul espoir. Et ce n'est pas qu'une façon de parler. Il n'y a que toi qui peux m'aider à le retrouver. Une fois que nous l'aurons localisé, c'est différent. Mais avant cela… Alors je t'en conjure, je t'en supplie, toi qui m'aimes bien, je sais… Toi qui me vois pour celle que je suis…

– Oui, ça, je te le jure. Je te vois.

– Alors aide-moi. »

Elle lui tourna le dos, essuya ses larmes.

Ils n'avaient plus rien à se dire. Lorsque le silence se fit trop assourdissant, il reprit la parole.

« Je suis désolé, Candy. Vraiment désolé. »

Les PoDo étaient tous les mêmes, elle en était de plus en plus persuadée, en dépit des protestations de Sanford. Vaines promesses. Visages invisibles. Avec eux, une seule certitude : ils se servaient toujours avant les autres. Sans aucune exception. Elle descendit la colline en se reprochant amèrement d'avoir fait confiance à Sanford. Quelle déception ! Que ce Sanford puisse la couver du regard comme si son cœur ne battait que pour la revoir, et qu'il la laisse tomber dès qu'elle avait vraiment besoin de lui !

Au château, rien ne semblait avoir changé. Mr Tenmase l'emmena dans un sous-sol dont elle n'avait jamais soupçonné l'existence. Lorsqu'il alluma les filaments, elle aperçut une impressionnante structure blanche et rouge munie de deux ailes et d'une hélice, et juchée sur trois roues de caoutchouc.

« C'est un aéroplane, expliqua Mr Tenmase. Autrefois, on s'en servait pour transporter les gens par la voie des airs. »

Elle aurait aimé démonter la machine, en comprendre le fonctionnement de A à Z puis monter à bord et ficher le camp loin, très loin. Faute de quoi, elle s'assit par terre, les genoux serrés contre sa poitrine.

Mr Tenmase, insouciant, se dirigea vers l'aéroplane dont il effleura le flanc lustré.

« En très bon état, en dépit de ses quelques siècles. Me croiriez-vous si je vous disais que c'est une version réduite d'un modèle qui pouvait accueillir des centaines de personnes ? Après le Grand recommencement, nous en construirons de nouveau, qui fonctionneront aux biogaz compressés. Ils rempliront le ciel, voleront en tous sens. Vous avez déjà vu quelque chose voler, vous ? Non ? Moi non plus. Rien, sauf les feuilles dans le vent. Mais j'imagine si bien la chose. Oh, regarder tout cela au ciel ! Ces libres trajectoires. Et ce… »

Elle décida de ne plus l'écouter. N'entendit plus que du bruit. Il n'avait pas parlé de son frère, il n'avait rien dit de cet épouvantable « mort ou vif ». Cela ne le touchait pas, crut-elle comprendre. Dans ce merveilleux château, il échappait, de même que Sanford, et peut-être qu'Abe, à la laideur du monde. Il jouait avec le passé, le présent, le futur ; sa vraie maison, c'étaient les recoins abstraits de son esprit. Il y était toujours à l'abri, toujours en sécurité.

« Qu'en pensez-vous, Candace ? » demanda-t-il en faisant tourner l'hélice.

Le silence de son apprentie lui fit enfin baisser les yeux.

« Allons donc ! C'est la nouvelle mode chez les jeunes gens, s'asseoir par terre ? Parce que si tel est le cas, je vais débarrasser mon salon de tous ces fauteuils et autres canapés. »

Il éclata de rire.

Il rit. Pour de bon. Avec tout ce qui vient de se passer !

« J'ai du mal à me concentrer sur ce genre de choses, en ce moment, chuchota-t-elle.

– Je comprends », dit-il en donnant un coup de pied à l'une des roues.

Après quoi, il claqua des mains avec tant de force qu'elle sursauta. Le bruit se réverbéra entre les parois de béton.

« Et si on faisait une partie de tennis ?

– De tennis ?

– Oui, Candace. À quoi pensez-vous que serve le grand rectangle vert avec son long filet, loin derrière le château ? Vous avez sûrement déjà vu un match de tennis sur l'écran. Le championnat Invisible est très impressionnant, surtout cette année.

– Oui, soupira-t-elle, épuisée. J'en ai vu. Simplement, je ne pense pas que ce soit le bon moment.

– Candace, c'est toujours le moment, pour le tennis. Comme le dit Drosher : “Le sport fait se mouvoir le corps comme la gravité fait couler le fleuve. L'estuaire ne se révèle pas, mais la puissance n'est jamais retenue." »

Bien sûr. Qu'est-ce que je suis bête. Quand on est PoDo, c'est toujours le bon moment pour jouer au tennis.

Chapitre 12

Royger, le Premier juge, fit sonner la cloche, et la Crieuse fut libérée. Elle surgit d'une porte qui s'était ouverte au niveau de la Galerie, en contrebas des quatre-vingt-dix-neuf directeurs et responsables locaux assis dans les tribunes en bois. La jeune Invisible, dégoulinante d'huile de maïs noir, s'approcha du centre de la salle. Elle fit halte entre les deux pupitres derrière lesquels allaient bientôt prendre place le responsable local II Stephan Jolis et le responsable local IV Williams Washington.

C'était une expérience inédite pour cette jeune femme, Jolis le comprit à la manière dont ses yeux se mouvaient en tous sens, affolés sous leurs lentilles jaunes. Elle leva les mains puis les baissa d'un geste vif et tranchant. Alors les trompettes claironnèrent et les percussions pétaradèrent au son du « Saint appel de l'hémisphère », assommant les hommes les plus puissants du Nordouest de leur vacarme furieux.

Levez la bannière ! Même la nuit est devant nous, par le pouvoir du Saintpère, notre lumière brillera partout.

Le Premier juge Royger et ses adjoints, juchés sur leur tribune, frappaient dans leurs mains au rythme de l'hymne. Les hommes de la règle se précipitèrent dans les allées, sans se soucier de l'état de leurs costumes, et se mirent à poursuivre la Crieuse.

Des montagnes du ponant, aux forêts du levant, ce qui est notre fière quête est la soumission des bêtes.

La jeune femme courut jusqu'au bout de la salle en passant devant la tribune des juges. Ce fut un directeur de la région habillement qui fut le premier à la rattraper. Il la prit à bras-le-corps avant de la soulever ; elle parvint à lui échapper, esquivant d'autres hommes de la règle qui parvinrent quand même à la fesser au passage, à tirer sur ses nattes, spirales rigides, à lui flanquer des coups de poing dans le dos. *Splotch !* Pourtant, elle poursuivit sa course.

Faites place nette pour les gardes ! Ils protègent du mal notre hémisphère. Du berceau à la tombe, c'est dans notre sang qu'est l'avenir.

Elle longea les gradins, le long de la rambarde en bois et s'arrêta, apercevant Jolis debout dans la pénombre.

« Aidez-moi », le supplia-t-elle, le souffle court.

Même si cette sensation ne dura pas, il eut l'impression qu'elle l'avait reconnu, à en croire son regard implorant. Insupportable. Il n'avait rien à voir avec cette créature. Tous ici avaient un rôle à jouer et celui de la Crieuse était de distraire les cruels hommes de la règle.

« Mais non, toi d'abord », répondit-il avec un grand sourire.

Une dizaine de mains s'efforcèrent encore de la retenir alors qu'elle se précipitait vers une grande porte en bois, laquelle donnait sur une rue, en plein centre de Rhitelville. La porte était fermée à clef. Elle la martela de ses poings d'enfant, gémissant mille prières, jusqu'à ce que les hommes, à bout de souffle et de patience, l'en écartent. Ils la plaquèrent au sol, la pelotèrent sous toutes ses coutures. La robe noire du Premier juge Royger flottait au vent et sa perruque de courts cheveux blancs tressautait sur son crâne tandis qu'il psalmodiait en chœur, avec ses adjoints :

Nous sommes tous prêts à lutter si l'hémisphère le veut. Car il fait grand pitié, l'homme qui se battre ne peut. Pour notre cher hémisphère, par la grâce du Saintpère, avec la force de Rhitel, nous soumettons l'Invisible, nous accroissons nos rangs, nos rangs Dominants. Ceux qui s'élèvent contre nous connaîtront une triste fin. Hurlement des trompettes : Aux armes ! Aux armes ! Aux armes !

Les cris de la jeune Invisible, fendant les airs avec un désespoir qui faisait presque grimacer Jolis, vinrent ponctuer la fin de l'hymne. Alors que les dernières notes s'éteignaient, le Premier juge Royger cessa de frapper dans ses mains, empoigna son maillet et donna les trois coups. Les hommes, rassasiés, retournèrent dans les gradins en se congratulant. Puis ils se débarrassèrent des traînées d'huile et de transpiration qui les souillaient et, radieux, renfilèrent leurs vestons.

La Crieuse gisait, inerte, au centre de la salle. Deux chibes la prirent par les pieds et par les mains et la firent disparaître par la porte qui l'avait vue entrer.

Ça n'est pas trop tôt. Ces simagrées apéritives n'excitaient nullement Jolis ; cependant, elles insufflaient aux hommes présents une ferveur primitive qu'il pouvait manipuler à son avantage. Il avait pour cette cérémonie le plus grand dégoût : désordre, bassesse des instincts auxquels succombaient ces gens, y compris les juges, qui représentaient l'autorité judiciaire la plus incontestable de l'hémisphère. N'avaient-ils pas été choisis par le Chef de l'exécutif Rhitel en personne pour statuer sur des questions d'importance hémisphérique, voter ou révoquer les lois et présider aux élections – ce qu'ils s'apprêtaient à faire en ce jour ? Ils n'étaient pourtant, tout le monde le savait, qu'une simple phalange de la main de fer avec laquelle Rhitel avait mené l'hémisphère. Lorsque Jolis accéderait au pouvoir, ces cérémonies seraient abolies. Le changement n'est pas un jeu.

« Que le Saintpère bénisse l'Hémisphère Nordouest, proclama le Premier juge.

– En ce jour et à jamais, répondit joyeusement l'assistance.

– Responsable local II Stephan Jolis, responsable local IV Williams Washington, veuillez prendre place derrière vos pupitres respectifs. »

Jolis se dirigea vers le centre de la salle. Washington, lui, prit le temps, le bougre, de serrer la main de ses vingt-sept partisans en descendant des gradins. La plupart de ces vils traîtres n'avaient rejoint l'opposition qu'après la mort du Chef de l'exécutif. Washington n'avait pas participé à la traque de la Crieuse.

Washington se mouvait avec une lente assurance, comme si ses pieds jouissaient du contact du sol. Cheveux bien peignés, bruns, de la même couleur que ceux de Jolis. Peau d'albâtre vierge de toute transpiration, comme celle de Jolis. Haute et puissante stature que mettait en valeur son costume, comme pour Jolis. Ils auraient pu être frères. Des frères ennemis, cependant, en dépit de ces similarités frappantes. La Galerie n'allait pas tarder à le comprendre, sans l'ombre d'un doute.

Les hommes des deux camps applaudirent, sifflèrent, encouragèrent leurs candidats respectifs. Le silence se fit lorsque le Premier juge Royger tendit le bras.

« Nous y voilà. Deux jeunes hommes s'affrontent pour accéder à la position la plus puissante de ce monde. Vous êtes, pour la plupart, nés trop tard pour avoir connu la dernière élection. Le processus est simple : le responsable local II Stephan Jolis et le responsable local IV Williams Washington vont se livrer pendant quatre jours à des débats sur des sujets cruciaux pour notre hémisphère. Au quatrième jour, le vote aura lieu par sphoreille : les voix sollicitées seront les vôtres, ô nobles personnages, et non pas celles de l'obtuse populace. Le cinquième jour verra l'intronisation de notre nouveau Chef de l'exécutif. »

Avant que la joute ne commence, le Premier juge Rogyer fit apporter quelques rafraîchissements. Des adolescents Invisibles, portant des protège-oreilles et peints aux couleurs de l'hémisphère, apparurent avec des plateaux chargés de petits gâteaux, d'herbières et de grands verres de breuvages variés. Washington choisit un jus de betterave et alla jusqu'à tapoter l'épaule du jeune Invisible pour le remercier. Jolis feula sur le domestique qui venait à lui. Le garçon ne l'ayant pas entendu, Jolis lui donna un coup de pied au tibia. L'Invisible resta impassible, comme s'il s'y attendait, et dévisagea Jolis avec plus d'insistance qu'il n'aurait dû, avant de s'éloigner avec le plus ténu des sourires. C'est culotté, dut bien admettre le candidat de la majorité.

« Bien, bien, reprit le Premier juge Royger, alors que se déployait derrière lui une immense saisie sur toile du visage grave du Chef de l'exécutif Rhitel, au regard éternellement vigilant. Vous avez pu vous restaurer, en anticipation des efforts à venir. »

Rires des soixante-dix partisans de Jolis.

« Sans autre cérémonie, nous allons entamer le premier débat de la journée, lequel est consacré au commerce. Responsable local IV Williams Washington, le responsable local II Stephan Jolis a été assez courtois pour vous laisser choisir qui commence.

– C'est très aimable de sa part », dit Washington en se tournant vers son opposant.

Ses partisans ricanèrent avec la même autosatisfaction dédaigneuse. Oh, que Jolis aurait aimé les noyer, tous ces hommes qui croyaient tout savoir, tout connaître du monde, alors qu'ils n'étaient que des arbres pourris sur pied, que l'on abattrait afin que les graines du nouveau monde prennent racine. Ces déchets, ces…

« Stop, lui intima la voix de Croger. On garde son calme.

– J'ouvrirai le débat, dit Washington.

– Allez-y, donc.

– Mais au lieu de parler de commerce, je propose que nous nous penchions sur une question qui me semble décisive pour l'avenir de notre hémisphère.

– C'est-à-dire ? »

Royger ne cacha pas son irritation. Il n'appréciait guère les effets de manche, du moins une fois les débats engagés, et Washington lui tapait déjà sur les nerfs.

« Le sort des Invisibles.

– C'est complètement idiot, hurla un des partisans de Jolis, l'index braqué sur Washington. Pour qui se prend-il ? »

Le Premier juge Royger eut un bref conciliabule avec ses adjoints avant de se pencher vers les deux pupitres.

« Responsable local II Stephan Jolis, qu'en pensez-vous ?

– Que je suis, une fois n'est pas coutume, d'accord avec le responsable local IV Williams Washington.

– Qu'il en soit décidé ainsi. Responsable local IV Washington, commencez, je vous prie. »

Washington but une gorgée de jus de betterave et s'essuya tranquillement les lèvres à l'aide d'une serviette, comme s'il était chez lui, dans un parc ou tout autre lieu propice à la détente et à la concoction de ses théories laxistes. Cette démonstration de nonchalance donna envie à Jolis de casser le verre à jus sur le pupitre et d'enfoncer un tesson dans le cœur de son ennemi, le sang et la betterave déferlant sur sa poitrine en marée pourpre de cauchemar.

« Un bref rappel historique, pour commencer, dit Washington. Comme nous le savons tous, les Invisibles sont des hémisphériens de seconde classe qui contribuent au fonctionnement de notre communauté en occupant des postes de services, manuels ou non, et nous permettent aussi de mesurer nos degrés respectifs de bonté et de mansuétude. Ceux qui, comme moi, ont étudié les archives savent cependant que tel n'a pas toujours été le cas. Avant que le Chef de l'exécutif Rhitel, que le Saintpère bénisse son âme, parvienne au pouvoir, notre société était bien plus égalitaire. Les Invisibles et les PoDo coexistaient dans la paix, les lois étaient bien plus justes et certains Invisibles pouvaient même siéger ici, dans la Galerie de la règle. Oui, messieurs, sur les bancs mêmes que vous occupez.

– TRAÎTRE », hurla un des partisans de Jolis.

Et les autres renchérirent, psalmodiant :

« TRAÎTRE ! TRAÎTRE ! TRAÎTRE ! »

Du côté des amis de Washington, des représentants se levèrent, prêts à passer à l'action. Il les fit rasseoir d'un geste.

« Silence ! » hurla le Premier juge Royger en frappant le pupitre de son maillet.

Le fracas se réverbéra dans la Galerie. Au troisième coup, les hommes avaient retrouvé leur calme.

« Responsable local IV Washington, il vous est permis de vous exprimer comme vous le souhaitez, mais vous seriez bien inspiré de ne pas violer les règles de la Dominance en abordant certains sujets. »

Toujours aussi pleutre, le responsable local opina.

« Naturellement. Ce que je veux faire comprendre, c'est que si nous évoluions dans une société plus équitable au sein de laquelle les Invisibles étaient des acteurs et non plus des accessoires, le Chef de l'exécutif Rhitel, que le Saintpère bénisse son âme, serait encore des nôtres. Ma proposition est simple : nous n'allons pas tout leur donner tout de suite, ce serait imprudent. Il faut plutôt commencer par leur ouvrir une série de droits qui amélioreront leur quotidien : cela ne pourra qu'enrichir notre hémisphère sur les plans financier, culturel et spirituel. Cela signifie (les représentants des deux camps avaient engagé de leur côté les débats et le brouhaha enflait), *cela signifie*, reprit Washington d'une voix plus forte, que nous permettions au plus grand nombre d'entre eux, et non plus à quelques rares privilégiés, de travailler dans des secteurs qui ne sont pas liés aux productions régionales, que nous supprimions le prélèvement Invisible qui grève leurs salaires, de même que l'impôt sur les récoltes personnelles, que nous abolissions les passes de déplacement, que nous rendions mixtes les établissements d'enseignement, que…

– … que nous les laissions *fucker* nos femmes et nos filles, c'est ça, hein ? » brailla un partisan de Jolis.

Poing brandi, visage écarlate, tendons saillants sur le cou, il avait même eu recours au vikench.

Parfait, Washington. Continue comme ça. Jolis, impassible, virevoltait sur la piste de danse de son esprit.

« Shanu, poursuivit Washington, est le résultat de trois quarts de siècle d'humiliations, de dégradations et de souffrances infligées aux Invisibles par les Dominants. Nous sommes donc, dans cette affaire, les responsables de l'assassinat du Chef de l'exécutif, que le Saintpère bénisse son âme. Si nous ne procédons pas rapidement à ces réformes, il y aura d'autres meurtres. Car, n'en doutons pas, il y a d'autres Shanu dans toutes les régions de notre si cher pays. Je vous remercie. »

Le Premier juge Royger eut beau jouer du maillet, il fallut que les gardes s'approchent des représentants de la loi en brandissant leurs fouets pour que le calme revienne.

La joie dégoulinait sur Jolis comme l'eau fraîche d'un baquet. Il n'avait plus la moindre appréhension. Aux murmures qui se faisaient entendre dans son dos, il comprit que même les partisans de Washington hésiteraient à le suivre aussi loin.

« Responsable local II Jolis, annonça le Premier juge, à vous la parole. »

Jolis baissa les yeux et laissa le silence s'installer, jusqu'au malaise. On n'entendait plus que toux et bruits de succion sporadiques et trop sonores, tapotements impatients et discrets des pieds et des mains.

« Quel triste jour, commença Jolis en se tournant vers les représentants de la loi, que celui où on peut entendre le candidat à la fonction de Chef de l'exécutif s'abaisser à reprocher son propre assassinat au Chef de l'exécutif Rhitel, notre Grand sauveur, que le Saintpère bénisse son âme. Contrairement à Washington, je ne suis pas ici pour vous accabler, mais pour dialoguer. Oh, je sais, je ne suis pas aussi bon orateur que lui, dont chaque mot vaut au moins dix rhitellings, prononcé qu'il est avec cet accent si distingué des régions riches. Moi, je suis là pour vous dire les choses aussi simplement que je le peux : si vous allez dans le sens de cet individu (et sa main trancha l'air en direction de son adversaire), le monde tel que nous le connaissons sera réduit en cendres. Voulez-vous avoir pour voisin de palier des Invisibles ? Souhaitez-vous que vos précieux enfants partagent leur pupitre d'écolier avec un Invisible ? Désirez-vous qu'ils nous rejoignent ici – oh, le Saintpère nous en garde –, dans cette Galerie, et qu'ils s'y conduisent comme s'ils savaient ce qui convient à notre hémisphère ? Réfléchissez à ces éventualités, car c'est le monde que Washington nous prépare. Cet homme voudrait vous faire croire que les Invisibles sont maltraités, raison pour laquelle Shanu a assassiné le Chef de l'exécutif Rhitel, le Saintpère bénisse son âme. Il voudrait vous faire croire que nous sommes, nous, il l'a dit clairement, responsables de cet acte. Je peux vous assurer quant à moi que Shanu est un tueur fou et non une victime. C'est un cas isolé, mais si Washington est élu, son comportement deviendra la norme. Et ce n'est pas une opinion que j'émets ici, c'est un fait. Je vais vous le prouver en me penchant immédiatement à la source. »

Jolis traversa la salle de la Galerie, pénétra dans l'antichambre, y trouva le jeune Invisible qu'il avait malmené et lui fit signe de le suivre. Le garçon, qui n'avait pas ôté ses protège-oreilles, s'exécuta sans rien dire.

Le retour de Jolis fut accueilli par des murmures dans les gradins.

« Qu'est-ce que c'est que ça ? protesta Washington, mains tendues vers Jolis et le garçon tandis que ces derniers parvenaient à la hauteur de la tribune des juges. Premier juge, tout en essayant de transformer ce débat en comédie, mon adversaire commet également un acte d'une grande cruauté.

– Responsable local II Jolis, j'espère, articula Royger, que vous avez une bonne raison d'agir ainsi. »

L'inexorable Jolis martela son pupitre.

« On a beaucoup parlé des Invisibles ce matin, Premier juge. Il est peut-être temps de les écouter, pour mieux comprendre leur état d'esprit. »

L'adolescent, Jolis s'en était rendu compte, avait perdu sa souriante superbe. Son petit corps nerveux était parcouru de spasmes, ses yeux étaient rivés sur le parquet.

« Comment t'appelles-tu ? » demanda Jolis après lui avoir ôté son protège-oreilles.

Le garçon répondit d'une voix si basse que le responsable local fut le seul à l'entendre.

« Parle plus fort, dit-il en posant la main sur l'épaule tremblante de l'Invisible.

– L-l-langa, monsieur.

– C'est un plaisir de faire ta connaissance, Langa, dit Jolis en hochant la tête. Quel âge as-tu ?

– Quinze ans, monsieur.

– Quinze ans ! s'exclama Jolis en embrassant les gradins du regard. Nous nous souvenons tous de nos quinze ans ici, et des bêtises que nous avons faites à cet âge. Allons, Langa, sais-tu lire ? »

Le garçon hocha la tête après s'être éclairci la voix.

« Très bien, Langa. Peux-tu nous dire ce que cela dit ? La première phrase, reprit Jolis en lui montrant une page enluminée de la tablette qu'il avait posée sur son pupitre.

– Le… Le ch-che-che…

– Prends ton temps. Ce n'est pas un problème.

– "Le chemin qui mène le plus sûrement à la ruine est celui qui combine les faiblesses". »

Jolis tendit les mains vers les juges puis vers les hommes de la règle.

« Merci, Langa. Autre question : As-tu déjà souffert de la faim ? As-tu été privé de nourriture ?

– Non, monsieur. Dans ma forêt, la Forêt dix-huit, nous avons beaucoup à manger. Il y a même deux Rhitel Burger, répondit-il, les yeux soudain luisants de concupiscence. C'est ce que je préfère !

– Ce qui se comprend. Donc, tu n'as jamais souffert de la faim, ni été privé de nourriture. Et tu sais lire. Et quelle est ton occupation préférée ?

– La boxe, monsieur, avec mes amis. Un jour, je deviendrai boxeur professionnel, comme Mandla. Il assomme tout le monde !

répondit Langa en envoyant quelques crochets dans les airs. Et il vient de la Forêt dix-huit, lui aussi ! »

Rire de Jolis. L'enthousiasme de Langa et sa candeur magnétique suscitaient l'approbation de l'assistance, des deux côtés des gradins.

« Tu sais, j'ai vu Mandla en personne se produire au stade Rhitel. Tu es déjà allé là-bas pour l'un de ses matchs ? »

Le garçon secoua la tête.

« Les places sont chères, je sais, mais je t'en trouverai, pour toi et pour tes amis. Ça te plairait ?

– Oh ! Merci, merci, monsieur, dit le garçon, qui prit la main de Jolis en sautillant de bonheur.

– De rien, de rien, dit le responsable régional, qui s'essuya soigneusement la paume sur sa veste. Bon, j'ai encore deux questions pour toi. Te sens-tu opprimé ? »

Le garçon leva les yeux vers Jolis, les sourcils en arc de cercle se contractant sur son front peint en rouge.

« O… opprimé, monsieur ?

– Oui. Cela veut dire que tu ne peux pas faire ce que tu veux parce que les autres t'en empêchent. C'est quelque chose que tu as déjà ressenti ?

– Oui, parfois, monsieur.

– Ah ! Vous voyez ! s'écria un des partisans de Washington, au clair soulagement de ce dernier.

– Comment cela ?

– Eh bien, parfois, quand je n'ai pas fini mes devoirs, mes parents ne veulent pas que j'aille voir mes amis. Et là, je me sens… o… pprimé. »

L'assistance, juges compris, laissa libre cours à son hilarité. Jolis cependant leva les mains pour lui intimer le silence.

« Langa, c'est une expérience qui nous est familière, crois-moi. Dernière question : que penses-tu de ce qu'a commis Shanu ? L'Invisible qui a assassiné le Chef de l'exécutif Rhitel, que le Saintpère bénisse son âme. »

Langa se frotta le menton pendant une si longue minute que Jolis se demanda s'il n'avait pas eu tort de confier le sort de sa démonstration à un Invisible de quinze ans. Tous les regards convergeaient vers eux. Jolis lança un regard à Washington : il y avait soudain de l'espoir dans ses yeux, dans ses lèvres entrouvertes.

« Je crois, dit le garçon en se frottant si fort le menton que la peinture commença à partir, qu'il nous a compliqué la vie. Les chibes... Euh, je veux dire, les gardes de l'hémisphère sont venus nous chercher dans nos cabanes pour nous poser des questions. Ils nous tombent dessus quand nous allons prendre le train, même sur la route principale. »

Il leva les yeux vers le plafond de la Galerie.

« Ce n'est pas drôle. J'espère qu'ils vont arrêter Shanu, pour qu'on puisse retrouver une vie normale. »

Le muscle qui tressautait dans la jambe de Jolis – manifestation nerveuse dont il venait juste de se rendre compte – s'apaisa.

« Moi aussi, Langa. Moi aussi. Je te remercie d'avoir pris le temps de me répondre. Et pour le prochain combat de Mandla, tu peux compter sur moi : tu les auras, ces billets. »

Le garçon adressa un sourire radieux à toutes les personnes présentes dans la Galerie avant de repartir dans l'antichambre. Jamais il n'oublierait ce moment où il avait pris la parole devant les hommes les plus puissants de l'hémisphère, où il avait été entendu par eux.

Jolis quant à lui aurait aimé danser de joie, se débarrasser de tous ses vêtements et faire le tour de la Galerie comme la Crieuse en hurlant « VICTOIRE, VICTOIRE ». Au lieu de quoi il resta debout devant son pupitre, regard fixé sur Washington.

« Est-il nécessaire d'ajouter quoi que ce soit ? »

Des dizaines de paumes s'abattirent sur les rambardes de bois. Les hommes de la règle étaient de son côté ! Il ferma les yeux, se délecta un moment du brouhaha croissant, peau douce frappant le bois, imagina que ce bruit formait une main immense qui le ramassait, le soulevait jusqu'au plafond, jusqu'au ciel, pour le déposer directement dans le siège de Rhitel, au Domaine de l'exécutif. Il ne rebrousserait plus chemin, ne redeviendrait pas un pion, un candidat fuyant son passé. Le monde allait enfin lui appartenir.

« Voilà qui conclut notre débat du jour, tonna le Premier juge Royger, pour se faire entendre dans le vacarme ambiant. Merci pour ces échanges aussi vifs qu'innovants (ici, Jolis eut droit à un petit signe de tête). Je crois parler en notre nom à tous lorsque je dis que nous attendons avec impatience le débat de demain. Et maintenant, qu'on fasse entrer la Souillée. Nous avons bien mérité une récréation. »

Chapitre 13

Le court de tennis se trouvait tout au bout des terres du château, près de la falaise qui séparait la propriété de l'océan. Une grille noire de trois mètres de haut empêchait les joueurs de chuter dans l'abîme lorsqu'ils tentaient de retourner des services fulgurants.

Abe se tenait déjà sous un parasol, à l'entrée du court, lorsqu'arrivèrent Candace et Mr Tenmase. Près de lui, un chariot où étaient disposées des bouteilles d'eau en verre et des serviettes violettes. Abe tendit des raquettes aux nouveaux venus.

« Pour vous, monsieur. »

À Mr Tenmase était destinée une raquette toute noire, dont le tamis était marqué des lettres C et T en rouge.

« Et pour vous, madame Candace. »

Elle empoigna la raquette blanche à poignée rouge vif et franchit le seuil du court, s'attendant à sentir un sol brûlant sous la plante de ses pieds. Erreur : la surface verte et bleue était étrangement fraîche.

« Qu'est-ce que c'est, ce revêtement ? s'enquit-elle avec un mouvement circulaire de sa raquette.

– Un métamatériau spécial que j'ai inventé il y a bien longtemps, répondit Mr Tenmase, qui passa devant elle pour prendre sa place de l'autre côté du filet. Le refroidissement opère par irradiation passive. La chaleur est renvoyée dans l'espace, plutôt que d'être absorbée. »

Il se passa la main sur la gorge avant d'ajouter :

« Nous utilisons ce même principe pour vos colliers, afin de ne pas endommager la peau de vos cous. Bon, Candace, j'imagine que vous connaissez les règles du jeu ? »

L'esprit de la jeune femme quitta le court, remonta le temps. De Sanford au directeur des gardes Leon Curts, de Curts au révérend

Achte, d'Achte à… Darksap et à son jardin, la tiédeur de sa poitrine contre le dos de Sweetmint, son souffle qui chatouillait sa nuque, ses paroles qui se déversaient comme la plus douce des sèves dans son oreille…

« Candace ? la héla Mr Tenmase en lançant une balle orange en l'air, qu'il rattrapa aussitôt.

– Oui, désolée. Je sais que je dois renvoyer la balle à l'intérieur de ces lignes rouges, de manière que vous, vous ne puissiez pas me la retourner. Et vous en faites autant de votre côté. C'est ça ?

– C'est l'idée, oui. Et vous devez servir derrière la ligne rouge la plus éloignée, la *ligne de fond*, où vous voulez sur le côté droit. À vous de servir. »

Abe lui lança une nouvelle balle. Elle l'attrapa et la jeta en l'air. Puis, lorsqu'elle voulut la servir, sa raquette entra en contact avec un colossal néant. La balle tomba sur la surface bleue et verte où elle effectua quelques rebonds avant de rouler au loin.

« Ce n'est pas grave, dit Mr Tenmase. Réessayez. »

Gênée, elle récupéra la balle et recula derrière la ligne de fond. Elle fit rebondir la balle une fois, visualisa la ligne rouge. S'y superposa immédiatement le visage de Shanu, tel qu'elle l'avait vu sur l'écran la veille au soir. Elle leva sa raquette, prête à la catapulter de l'autre côté du filet.

« Mais qu'est-ce qu'on fiche ici ! » hurla-t-elle.

Mr Tenmase sautilla d'un pied sur l'autre, ploya les genoux et fit tournoyer sa raquette.

« C'est une question idiote. Nous jouons au tennis. »

Elle laissa tomber sa raquette. Au-delà du grillage, les vagues déferlaient. Le sourd martèlement du ressac ne faisait que souligner l'absurdité croissante de la situation.

« Ramassez-la, lui ordonna-t-il. Immédiatement.

– Pas avant que vous m'expliquiez pourquoi nous sommes ici à jouer au tennis alors que tout l'hémisphère est aux trousses de mon frère. Vous n'avez pas dit un mot sur la question, s'époumona-t-elle. Pas un seul mot ! »

Il se redressa, se dirigea vers le filet et lui fit signe de l'y rejoindre. Il ne lui avait jamais donné l'impression d'être capable de violence mais ici, une raquette à la main… Tout était possible. L'expérience lui avait enseigné qu'en matière de destruction, la créativité des hommes est aussi surprenante qu'infinie.

La main en visière sur le front, Mr Tenmase la dévisagea, puis inspira, narines palpitantes, avant d'expirer lentement.

« Je ne suis pas un monstre sans cœur qui vous conseille de passer simplement à autre chose, Candace. Une question, cependant. Votre frère vous a laissé tomber : vrai ou faux ? »

Elle resta silencieuse, craignant de dire ou de commettre quelque chose d'irréparable.

« Vrai. Plutôt que de vous cramponner au passé, il faut aller de l'avant, pour que nous puissions créer le futur, sans en devenir les otages. Combien de fois dois-je vous le répéter ? Vous avez l'étoffe d'un génie. Il ne peut y avoir de Grand recommencement sans vous, et…

– Le génie n'a aucun sens si je ne peux pas aider ceux que j'aime, Mr Tenmase. »

Le sonore déferlement des vagues sur le rivage, cycle éternel de purification par la violence et l'apaisement, combla le silence qui suivit.

« Je ne sais pas pourquoi mon frère est parti. Mais il faut que je le retrouve. Je n'ai pas le choix. Ne le comprenez-vous donc pas ?

– On a toujours le choix, dit-il en secouant la tête. Ces barrières factices vous viennent des œillères que vous vous imposez.

– Ce ne sont que des mots, Mr Tenmase, dit-elle en agitant l'index. Si vous m'aidez, je travaillerai sans être payée. Sept jours sur sept. Je… »

Elle regarda le court sur lequel elle ne projetait aucune ombre.

« Je me peindrai même en blanc, je me deviendrai votre domestique, comme Abe. Tout ce que vous voulez, si seulement vous consentez à m'aider.

– Candace, vous n'allez peut-être pas me croire, dit-il en lui tapotant le bras de sa raquette, mais je tiens à vous. Raison pour laquelle vous n'êtes pas en train de croupir dans la Geôle exécutive, comme une vulgaire délinquante. Ou que vous n'avez pas été expédiée dans la région du traitement des eaux, à métamorphoser les étrons en engrais et l'urine en eau potable. Remerciez le sort, il est plus clément pour vous qu'il y paraît : il est vrai que j'en suis le pourvoyeur secret.

– Mais…

– Si nous sommes ici à jouer au tennis, l'interrompit-il, les bras tendus, c'est que pour devenir un bon inventeur, soit quelqu'un qui voit le monde tel qu'il est et tel qu'il peut devenir, il faut absolument rester agile face au chaos. Se souvenir que le jeu est l'essence de la création. À votre avis, qu'accomplissait le Saintpère quand il a modelé tout ceci ? »

Le jeu. Candace comprenait de mieux en mieux la leçon : pour elle et pour les siens, la réalité prenait la forme d'une claque par seconde, du soir au matin et du matin au soir. Elle serra le manche de sa raquette : et pourquoi ne pas l'abattre sur ce visage blanc-rose fendu d'un grand sourire, que Mr Tenmase ressente de la douleur ne serait qu'une fois dans sa vie ? Parfois, c'est suffisant pour que le message passe. Elle préféra repartir au trot vers sa ligne de fond. Il en fit autant de son côté.

« Si vous gagnez, lui cria-t-il de derrière le filet, je vous ferai un cadeau très spécial. Quelque chose qu'aucun autre Invisible n'a jamais possédé, du moins légalement. »

Elle lança la balle dans les airs et la suivit des yeux ; la raquette, à présent digne continuation de son bras, la projeta dans les airs par un ample balancement. Le projectile atterrit tout près du filet avant de rebondir vers Mr Tenmase, trop rapidement et trop haut pour qu'il puisse la retourner. La partie se poursuivit dans cet esprit pendant une heure. Candace servait en poussant des cris de rage et Mr Tenmase ratait à peu près tous ses coups.

« Bon, bon, finit-il par annoncer. J'abandonne. »

Oui, elle se sentait mieux, même si elle ne l'aurait pas avoué pour un hémisphère. À courir à droite et à gauche, à s'accroupir, à rebondir, à suer, à s'abandonner à la colère et insulter la balle, elle avait tout oublié. Même si ça ne devait durer qu'une heure. Et quand Abe lui tendit sa serviette, elle éclata de rire. *Ah, c'est donc ça, la vie des poddies.*

« Venez, la pria Mr Tenmase. Après l'effort, le réconfort. »

Ils se dirigèrent vers la serre, à l'ouest de la propriété : une vaste structure en verre deux fois plus grande que la cabane de Candace.

Elle aperçut, avant d'entrer, les pots en argile sur les tables en bois, les petits tas de terre répartis sur le sol, le tuyau d'arrosage blanc enroulé près de la porte, que Mr Tenmase venait de lui ouvrir.

« Après vous, ma chère. »

Elle entra, scruta longuement l'intérieur de la serre, sans rien remarquer d'extraordinaire.

« C'est mon coin préféré. Et c'est là, et aux toilettes, que mes réflexions sont les plus fructueuses.

– Hum, plaisante vision.

– Peu importe, dit-il en entrant à son tour, pour se mettre à nettoyer d'un revers de main l'une de ses vieilles tables. J'essaie de faire pousser des fleurs, mais l'air est si chaud que la terre se dessèche avant que les graines ne puissent germer. Et puis le terreau est trop acide. Il me faut plus d'humidité. Je progresse, cela dit. »

Et lorsqu'il lui tendit un pot qu'il avait récupéré sous la table, elle resta bouche bée.

« Oh ! » souffla-t-elle en effleurant délicatement du bout du doigt la petite tige verte et velue et son étrange couronne. La fleur, aux fragiles pétales jaunes encerclant une tête brun sombre, la salua avec une curieuse audace : elle était si ostensible, si impuissante à dissimuler sa brillance, à se fondre dans le paysage. Candace en fut intimidée, et même un peu jalouse.

« Qu'est-ce que c'est ?

– Une espèce plus résistante, adaptée à la chaleur ambiante, et qu'on appelle tournesol. Celui-ci est le résultat de deux mois d'efforts patients. »

Il posa la plante sur la table, recula d'un pas et la contempla les mains sur les hanches avec une fierté toute paternelle.

« Les autres n'avaient pas tenu aussi longtemps. Si elle veut bien s'accrocher, je crois pouvoir l'amener à la pleine éclosion. Et je pourrais en faire fleurir d'autres. »

Candace ne pouvait plus la quitter des yeux. C'était la première fois qu'elle voyait une vraie fleur. À l'école, on lui avait bien montré quelques enluminures fabriquées à la main : ça, c'était tout autre chose. Une réalité tangible, indéniable.

« Pourquoi ? demanda-t-elle en se tournant vers Mr Tenmase.

– Pourquoi quoi ?

– Pourquoi passer des heures à faire pousser des fleurs, alors que le monde se porte bien sans elles ?

– La beauté est une fin en soi, dit-il, amusé, en croisant son regard. Elle en vaut toujours la peine. Et cela, ma chère, c'est le but réel de toute invention : créer quelque chose de beau et de rare, quoique éphémère. »

Après avoir remisé le tournesol sous la table, Mr Tenmase prit sur une étagère un petit flacon en verre qu'il posa sur la table. Le flacon, muni d'un compte-gouttes, renfermait un liquide transparent où flottaient de petites sphères rouges.

« Votre récompense.

– Ça ? »

Elle s'en était emparée pour mieux l'étudier.

« Un peu plus d'enthousiasme, Candace. Ce liquide est si puissant et si efficace que le Chef de l'exécutif Rhitel en avait interdit l'usage courant. À l'origine, il était destiné à neutraliser les persodeurs des Invisibles, ce qui les empêchait de s'identifier en cas de rébellion. Lorsque nous avons constaté qu'elle avait aussi pour effet de faire baisser vos températures corporelles à tel point que les Dominants ne pouvaient plus vous percevoir avec leurs didantilles, nous nous sommes dépêchés d'en faire un secret-défense.

– Un secret-défense ? dit-elle en faisant tourner la bouteille, où les petites sphères décrivaient de lentes spirales.

– Mais oui. Simplement, il y a eu des fuites : sûrement un garde de l'hémisphère. Et voilà qu'elles circulent sur le marché sous une dizaine de formes, lesquelles portent toutes le nom de “gouttes rouges”. Ça se vend à prix d'or.

– Pourquoi m'en faire cadeau ?

– Parce que je sais que je ne pourrai pas vous empêcher de faire ce que vous avez à faire. Et comme je ne peux pas intervenir, ce petit flacon vous sera peut-être utile, dit-il en le lui reprenant des mains. Il faut cependant le manier avec précaution. Une goutte suffit à faire baisser votre température et à neutraliser votre persodeur un bon quart d'heure. Au-delà, cette potion peut être mortelle, pour vous et pour les personnes auxquelles vous la ferez boire. »

Candace récupéra son bien pour l'examiner en pleine lumière, fascinée par la danse des billes rouges.

« Cette fois-ci, ce n'est pas une blague, comme pour les herbes bleues ?

– Loin de là. Mais promettez-moi deux choses : d'abord, n'en parlez à personne et ne la partagez surtout pas.

– Je vous le promets.

– Deuxio, il faut que tout revienne à la normale. Adieu la morosité. Quand vous êtes ici, vous n'êtes pas ailleurs, Candace. C'est notre travail qui prime. À la minute où vous sortez du train, vos problèmes sont derrière vous. Marché conclu ? »

Le cœur soudain chargé d'espoir, elle enlaça les épaules musclées de Mr Tenmase, posa un instant la tête au creux de son cou et fut surprise de constater que l'étreinte était partagée.

« Marché conclu. »

Chapitre 14

Curts était dans son bureau, couché sur la moquette, sphoreille contre le tympan. Il bataillait en esprit avec des problèmes mathématiques de plus en plus complexes et son regard papillonnait en tous sens. Tout cela pour se débarrasser de la pression qui lui martelait les tempes, et qui ne tarderait pas à revenir, il le savait. Bah, il suffirait d'un patch.

Vingt-quatre heures après le meurtre, il ne pouvait toujours pas s'enorgueillir de la moindre progression. Pas l'ombre d'un indice. Pas de Shanu à l'horizon. Le néant. Il avait rencontré les parents de l'Invisible, qu'il avait pu localiser grâce à d'anciens recoupements d'ADN. Quelle surprise, d'ailleurs, cette identification. Certes, il aurait pu la rendre publique, faire intervenir le père et la mère sur les NHN et se servir d'eux pour appâter Shanu. À quoi bon ? Ils ne savaient visiblement pas où leur fils se trouvait et n'avaient aucun désir de le revoir. Sur ce point, ils n'avaient pas changé depuis trente ans.

Les filaments aveuglants de la pelouse du Domaine de l'exécutif inondaient son bureau, striant son corps d'ombres en forme de secrétaire ou d'étagère. *Si je reste muet, de marbre, une statue, il va peut-être se produire un miracle. Un signe du Saintpère, s'il existe vraiment.*

Une personnalité plus héroïque n'aurait pas attendu ledit signe. Elle serait allée le chercher, elle l'aurait même fabriqué. Curts commençait à douter de ses capacités. Il se sentait tout petit, comme l'enfant que ses parents traitaient de mollasson, parce qu'il aimait rester couché dehors pendant des heures en résolvant des problèmes de maths dans sa tête, parce qu'il vomissait quand il voyait un Dominant frapper son domestique Invisible dans la rue, parce qu'il préférait griffonner de la poésie plutôt que boxer ses contemporains. Il avait beau n'avoir pas démérité la veille devant tous ceux qui comptaient dans l'hémisphère, il avait trouvé refuge dans son bureau.

Parce qu'il lui fallait remettre la main sur Shanu, il avait dû interrompre toutes ses autres tâches : suivre à la trace les quelques rebelles et fugitifs de l'hémisphère, réformer les programmes d'entraînement des nouveaux gardes, inspecter les écoles de formation pour insuffler le feu sacré aux nouvelles générations. Pour autant, il n'était pas débarrassé de ses problèmes les plus urgents, dont l'infiltration des Enfants de Slim, en vue d'une rafle et d'un procès. Surtout s'ils étaient en relation avec Shanu.

Sa sphoreille se mit à vibrer. Après une seconde d'hésitation, il prit l'appel.

« Oui ? J'écoute ?

– Oh, oh, Leon, susurra Stephan Jolis. Quel enthousiasme. »

Il ignora la remarque.

« Bon, allons droit au but.

– J'aime autant.

– Notre relative incompatibilité est de notoriété publique, Leon. Nous avons pourtant su entretenir des relations cordiales, par le biais de notre ami commun. Maintenant qu'il n'est plus là, nous n'avons plus guère de raison d'entretenir cette sympathie de façade.

– Je croyais que vous vouliez aller droit au but, Stephan ?

– Écoutez, Leon. Nous avons chacun nos méthodes, mais au bout du compte, nous sommes dans le même camp. Le Chef de l'exécutif Rhitel, que le Saintpère bénisse son âme, nous a quittés. Nous, nous sommes encore là, avec un hémisphère à gouverner. Ensemble. »

Les tempes de Curts se remirent à palpiter. Il se redressa pour les masser, sans succès.

« Que proposez-vous ?

– Une alliance de travail, rien de plus. Vous avez quatre jours pour rattraper le viz… pardon, l'Invisible, pour employer votre vocabulaire. C'est exactement ce dont j'ai besoin. Si possible, le quatrième jour.

– Vous avez l'air de penser que je peux vous le remettre dans une boîte avec un joli nœud.

– Ce serait l'idéal, mais je ferai avec ce que j'ai. Il nous suffit d'échanger nos informations et de nous assurer que nous en sortirons tous les deux gagnants. Quand j'aurai remporté les élections, je ne remettrai pas votre poste en cause et ne me mêlerai pas de votre... »

Le silence qui suivit renseignait Curts sur la peine que cette proposition causait à Jolis.

« ... manière singulière d'imposer la loi et l'ordre. Marché conclu ? »

Curts ne pouvait refuser aucune alliance. Surtout avec quelqu'un qui deviendrait très certainement le prochain Chef de l'exécutif de l'hémisphère, quelqu'un, à dire vrai, qui avait déjà droit de vie et de mort sur lui. Oui, il fallait faire des compromis, même si l'arrogance de Jolis, son audace et son absence de recul sur lui-même le rendaient malade.

« Stephan, vous vous souvenez de ce que vous avez dit à la commémoration de la Renaissance, il y a quelques mois ?

– Non, je ne vois pas trop. Mais si vous tenez vraiment à...

– Oh, ce n'était qu'une blague, à vrai dire. Devant ma femme, devant le Chef de l'exécutif, que le Saintpère bénisse son âme, devant mon adjointe et quelques autres, vous avez dit ceci : "À la place du dessert, mangez donc du Leon, c'est de la gelée humaine." Et vous avez ajouté : "Garanti cent pour cent sans arêtes." »

Silence dans la sphoreille.

« Ah, je ne peux pas dire que je m'en souvienne, Leon. Et que voulez-vous que j'y fasse, maintenant ?

– Me présenter vos excuses. Et me supplier. Me supplier de bien vouloir vous tenir au courant de la traque de Shanu, de vous communiquer les centaines de dossiers que je détiens, en particulier sur Washington, votre adversaire, de vous révéler les curieux détails que j'emmagasine sur votre mentor, Croger. Une masse unique d'informations qui n'est accessible qu'à moi seul, et dont je me sers pour rappeler leur vraie place à certaines personnes.

– Ah, s'esclaffa Stephan. Vous pensez vraiment que je vais, moi, m'humilier devant vous – surtout vous, Leon ? Vous êtes une telle lavette ! Remerciez les lois de la gravité. Sans elles, vous flotteriez quelque part dans l'espace, à pleurnicher sur les méchants politiciens qui font des blagues sur vous. Ouin-ouin ! Par le Saintpère ! Vous êtes… »

Curts mit fin à l'appel d'un regard concentré. Le message de Stephan arriva quasiment dans l'instant. *Les ennemis les plus farouches étaient autrefois les meilleurs amis du monde, Leon. Et inversement. Vous finirez par céder. Vous n'avez pas le choix.*

Avant qu'il puisse répondre, la porte de son bureau s'ouvrit, les filaments s'allumèrent, vacillants, et l'ancienne Épouse du chef de l'exécutif Rhitel fit son entrée. Bien qu'elle soit une Invisible, et qu'il ne puisse voir d'elle que la longue veste en maille beige aux deux rangées de quatre boutons, le chemisier et la jupe assortie qui lui descendait bien au-dessous du genou, il pouvait difficilement ne pas la reconnaître.

« Brauna ?

– C'est encore Épouse du chef de l'exécutif Rhitel, pour ta gouverne, Leon, rétorqua-t-elle en explorant le bureau du regard, le nez froncé par le mépris, ou la pitié, difficile à dire. Lève-toi. »

Il s'exécuta.

« Approche. »

Il avança exactement à l'endroit qu'elle désignait de son ongle rose pâle, obéissant comme un écolier. Elle lui flanqua alors une gifle telle qu'il n'en avait jamais reçu. Il vit tournoyer devant lui la voûte céleste et recula, trébuchant, avant qu'elle ne le retienne par le col de sa veste.

« Ce sale petit vizo qui a tué mon mari est encore en liberté. Et toi, tu es là… à quoi faire, au juste ? Siroter ton herbefine et grignoter des petits gâteaux ?

– Épouse du chef, je…

– Regarde-moi, Leon. Et écoute-moi bien. »

Le long index de l'Épouse était si proche de l'œil de Curts qu'il lui bouchait pratiquement la vue. Le bureau se reflétait dans son ongle verni.

« Tu es le spécimen de Nordouestain le plus lamentable, le plus dépourvu d'ossature que je connaisse. Je ne t'ai jamais apprécié. Mon mari non plus. Et ma fille a beau n'être qu'une gamine, elle t'exècre déjà. Dans le temps, cela dit, tu gérais bien les choses. Ce n'est plus le cas. Je vais être claire. Dans quatre jours, on pendra quelqu'un. À toi de voir si tu préfères être au pied ou au bout de la potence. »

Elle repartit aussi silencieusement qu'elle était entrée, si bien qu'il finit par se demander si cette visite n'était pas le produit de son imagination vaincue.

Il ferma les yeux de toutes ses forces, pour que s'arrête enfin le martèlement de ses tempes. Qui menaçait à présent de s'étendre à son ossature – enfin, s'il en avait une. *Non, non, non.*

« Monsieur ? »

Lucretia lui porta aux lèvres un verre d'eau glacée, tout en lui soutenant la nuque d'une main tiède pour l'aider à se détendre. Elle inclina doucement le verre. Il ne l'avait même pas entendue entrer : cette discrétion était l'un de ses nombreux atouts.

« Respirez, monsieur. Ne pensez à rien d'autre. Tout va bien se passer. »

Il avait compris dès leur première rencontre, dix ans plus tôt, qu'elle n'était certainement pas nordouestaine de pure souche, avec son teint légèrement hâlé, ses cheveux roux et ses yeux verts, même si les siens habitaient l'hémisphère depuis plus d'un siècle. Sans doute un peu de sang sudouestain, avait-il soupçonné, ce qu'elle avait confirmé après son embauche. Elle avait peur, disait-elle, que Curts s'en serve contre elle. Ce à quoi il ne se serait jamais abaissé. Le Chef de l'exécutif Rhitel, cependant, avait émis certains doutes. Curts, sans se démonter, avait persisté et l'avait emporté.

Il avait repéré Lucretia Mund à l'école de police de la région caoutchouc et silicone, persuadé d'emblée qu'elle méritait bien mieux que ce trou surnommé Mecville, en raison du taux élevé de testostérone et de vulgarité des gardes de l'hémisphère qu'il produisait. C'était là cependant qu'elle avait été formée, seule femme parmi des dizaines de mâles qui la respectaient et la craignaient : elle avait la repartie rapide, impitoyable, maniait le poignard avec une effroyable agilité, et son âpre beauté intimidait tous ceux qui osaient la contempler. Sauf Curts, ce nouveau jeune chef de la garde de l'hémisphère, à la recherche d'adjoints compétents et fiables. Et désireux de faire leurs preuves. Comme Lucretia.

Elle s'employa à défroisser la chemise de son supérieur.

« J'ai l'impression que la visite de l'Épouse du chef n'a pas été des plus cordiales ?

– En effet, dit-il en écartant les mains de l'adjointe, avant de se relever. Des nouvelles ?

– On y travaille. Dans tous les coins de l'hémisphère, nos gardes conduisent des interrogatoires. La saisie de Shanu, qui date du Peinturage d'il y a trois ans, passe toutes les heures à l'écran. »

Il rentra sa chemise dans son pantalon et se recoiffa à l'aide d'un peigne déniché dans sa poche de poitrine. Puis il s'installa sur le canapé, l'esprit encore troublé.

« Et les autres hémisphères ?

– Le Recteur en chef Yaima, dit-elle en s'asseyant sur l'autre divan, face à Curts, nous répond, je cite : "Je souhaite vivre encore de longues années, et n'entreprendrai donc rien pour attiser l'esprit de rébellion chez nos communautés Invisibles, qui sont heureuses, en bonne santé et tout à fait satisfaites de leur sort."

– Ces Nordestains, quels prétentieux ! »

Il n'avait que répulsion pour leurs arrogantes démonstrations de vertu.

« Et les Sudouestains ne lèveront pas le petit doigt, bien sûr.

– En effet. Le cabinet de l'Avocat suprême Cadorno n'a même pas répondu à notre demande. Et le Grand cogneur Laanm nous informe qu'il sera ravi de nous aider, si nous levons l'embargo sur les relations commerciales. »

Curts se prit la tête à deux mains. Mille marteaux s'acharnaient sur son crâne.

« Stephan n'acceptera jamais, il est bien trop égocentrique et stupidement isolationniste pour ça, reprit-il d'une voix étouffée. Washington le pourrait, lui, mais ses chances de l'emporter sont trop réduites. Même si je lui fournis quelques informations particulièrement compromettantes sur son adversaire. L'un dans l'autre…

– Il sera trop tard. À moins que nous ne parvenions à obtenir de Jolis qu'il en finisse avec l'embargo, si Laanm consent à nous aider. Mais Shanu se trouve-t-il vraiment chez eux ? À mon avis, il faut plutôt le chercher du côté de…

– L'Hémisphère Sudouest, je sais. Et Ribussce ? Vous savez ce qu'il fabrique ?

– Rien de bien nouveau de ce côté. D'après mes infos, il fait la tournée des clubs en terrorisant toutes les femmes Invisibles qu'il peut croiser. S'il est quelqu'un qui incarne l'abjection, c'est bien lui.

– Quoi qu'il en soit, ne le lâchez pas d'une semelle. Il faut s'en méfier, c'est un traître en puissance, une vraie menace. Surtout depuis qu'il a les faveurs de sa tante. Et s'il est une qualité qu'on ne peut pas dénier à l'ancienne Épouse, c'est celle de savoir frapper vite et fort. »

La sphoreille de Curts se mit à vibrer sur la moquette.

« Un instant », dit-il en la récupérant.

C'était Del : quand rentrait-il ? Était-il déjà en route ? Del, Eva… Il serait incapable de les affronter dans cet état. *Longue soirée de travail en vue. À la maison quand je pourrai*, écrivit-il, les yeux fixés sur l'écran lumineux. *Je t'aimerai jusqu'à la fin des temps*, répondit-elle immédiatement.

« Tout va bien ? demanda Lucretia.

– Non, répondit-il en se frottant les tempes, sentant les murs se resserrer de toutes parts. Mais ça s'arrangera quand nous lui aurons mis la main dessus. »

Il dénicha une veste d'uniforme propre dans l'un de ses placards, l'enfila et rajusta soigneusement sa casquette dans le petit miroir accroché à la porte. *Maintenant, du nerf.*

« Nouvelle stratégie, annonça-t-il en se retournant vers Lucretia. Jusqu'ici, nous avons testé la formule douce. Ça n'a rien donné.

– Et que proposez-vous, alors ?

– Ordre à tous les gardes de l'hémisphère de procéder à des arrestations d'Invisibles sans motif précis. Qu'il ne leur soit fait aucun mal, mais qu'on les détienne en garde à vue prolongée, sans boire ni manger. Ça devrait leur faire comprendre qu'ils ne connaîtront plus la paix tant que Shanu n'aura pas été arrêté.

– Une réaction non dénuée de mansuétude, monsieur. D'autres instructions ?

– Oui. Joignez le capitaine Kandolo et faites-lui comprendre que le lieutenant Imbuka doit localiser de toute urgence la forteresse des Enfants de Slim. Et que s'il n'obtient pas de résultats dans les meilleurs délais, sa forêt ne bénéficiera plus de la protection que sa position lui accorde. Nous l'anéantirons, comme la Forêt soixante-dix-huit.

– Oh, répondit-elle, paupières plissées. Vous feriez cela ?

– Pour l'heure, non. »

Le souvenir de ce que son prédécesseur avait infligé à la Forêt soixante-dix-huit et l'exemple qui s'était gravé dans les esprits de tous les Invisibles de l'hémisphère firent courir un frisson glacé le long de l'épine dorsale de Curts, éventuellement aussi inexistante que le reste de son ossature.

« Et pour finir, contactez tous les journalistes des régions, à commencer par Anna Franklin, pour leur communiquer que la tête de Shanu est mise à prix : cent mille rhitellings s'il est vivant, moitié moins s'il est mort. Même récompense pour les Dominants et les Invisibles. Que cette information soit rappelée en boucle sur tous les écrans, les nôtres et les leurs.

– Oui, monsieur, je m'en occupe immédiatement », répondit Lucretia, qui avait du mal à dissimuler son excitation.

Et cela faisait aussi partie de sa fonction, songea Curts. Remobiliser les troupes, à commencer par lui-même, bien sûr, mais aussi tous ceux qui, comme Lucretia, le considéraient comme leur chef. Leur guide. La victoire dépend de la volonté et non des circonstances, comme le lui avait enseigné Stephan Jolis.

Il se regarda de nouveau dans le miroir, puis se retourna vers Lucretia et lui posa les mains sur les épaules.

« Personne ne défiera la loi et l'ordre. Les Invisibles encore moins que les autres. Rompez, maintenant. »

Sans perdre une seconde, elle salua son chef et se prépara à sortir du bureau.

« Lucretia ?

– Oui, monsieur ?

– Ne me décevez pas.

– Jamais de la vie, monsieur. »

Il se dirigea dès qu'elle se fut éclipsée vers un autre placard, au fond de son bureau. La porte à double battant ouvrait sur une cage d'ascenseur en métal, sur laquelle apparut un écran. Après qu'il eut composé son code, l'ascenseur le conduisit dans les profondeurs de l'Exécutif, jusqu'à un train qu'il était, avec le Grand chef, le seul à pouvoir utiliser.

Les parois d'acier de l'engin étaient couvertes de poussière. Il composa sa destination sur le tableau de bord. Le train démarra. Curts ôta sa veste, ses bottes et sa casquette, qu'il disposa soigneusement sur une chaise avant de se coucher dans le lit. Quatre heures de repos et de réflexion. Quatre heures pour parcourir trente-deux kilomètres. Quatre heures pour atteindre un refuge interdit.

« Vous parviendrez à destination dans dix minutes, directeur Curts », annonça une voix, le tirant d'un sommeil sans rêves.

Il se leva d'un bond et se constitua un nouveau costume avec le contenu d'un placard contigu au lit. Tee-shirt en maille bleu marine, pantalon beige à coupe large, vieilles sandales faites main, veste à capuche entièrement couverte d'illustrations perforées. Une fois ainsi accoutré, Curts se recouvrit le visage, le cou et les mains de peinture marron clair.

« Usine paroissiale cinquante-huit, région du traitement des eaux », annonça le train en s'arrêtant à quai.

Curts prit le temps d'ôter la languette d'une barbe autocollante qu'il appliqua sur sa lèvre supérieure et son menton, pressant çà et là sur le postiche pour qu'il épouse les contours de son visage, visant au résultat le plus convaincant possible. Puis il s'ajouta patiemment, mèche par mèche, quelques centimètres de cheveux, avant d'examiner son reflet dans le miroir. Le résultat le fit sursauter. Dans la région des forêts, il aurait eu tout l'air d'un Invisible en costume. Ici, où nombre d'hémisphériens menaient une vie plus rustique, il se fondrait sans peine dans la population.

Il disparaîtrait.

Chapitre 15

Sweetmint rumina son plan tandis que le train filait vers la Forêt vingt-six. Monter en ville. Retrouver ses parents. Les convaincre de l'aider à chercher Sweetsmoke, ou les y contraindre par la force du remords. Et tout cela en quatre jours. Comment faire ? Les Forestains lui en voulaient. Le directeur de la toute-puissante garde de l'hémisphère lui avait demandé en personne de renoncer à ses recherches. Mr Tenmase, qui était bien plus avisé qu'elle, les estimait inutiles. Et l'hémisphère entier souhaitait la pendaison de son frère. *Oh Saintpère.* C'était mission impossible.

Le train entra en gare, l'arrachant à ses pensées. Bien sûr, les filles Arc-en-ciel étaient déjà là. Violet et Yellow se tenaient sur le quai, hilares. Orange, Indigo, Blue et Green arrivaient tout juste sur la grande place, bras dessus, bras dessous. Et Red… Red était assise sur un banc, la tête dans les mains, toute seule.

Sweetmint, ignorant les ricanements et les murmures qui la visaient, flèches dérisoires, remonta le quai en hâte. Un bruit cependant la fit s'immobiliser : Red, sur son banc, reniflait discrètement. Pourquoi s'y arrêter ? Red était son bourreau. Pourtant, la voir seule, tandis que les autres plaisantaient et riaient comme si de rien n'était… Ce type de solitude lui était trop familier.

« Qu'est-ce qui se passe, Red ? »

La lueur des filaments du quai traversait Sweetmint pour se refléter sur la peau scintillante de Red.

« Dégage, Sourmint. Tu pues la terre brûlée. »

D'accord, compris. Elle allait repartir vers Softstone Path quand son cœur se mit à frémir, lui rappelant ceci : chaque fois qu'elle avait prié quelqu'un de « dégager », elle aurait voulu lui crier : « Aide-moi. » Sweetmint s'assit donc sur le banc, près de

Red, et les regards méfiants des autres filles Arc-en-ciel la firent glousser.

« Qu'est-ce qui te fait rire ? J'ai dit, "Dégage". Ça n'est pas monté jusqu'à ton cerveau ?

– Ça doit être ça. D'autant qu'en ce moment, tout le monde me donne des conseils, et je fais exactement l'inverse. »

Elle leva les yeux vers le ciel et aperçut les Trois professeurs qui veillaient sur elle : signe qu'elle se trouvait au bon endroit au bon moment.

« Et je vais rester là avec toi jusqu'à ce que ton train arrive. Sauf si tu me dis ce qui ne va pas. »

Red finit par relever la tête. Maquillage noir des yeux, peinture rouge de la peau, tout coulait mêlé sur des joues d'ordinaire impeccablement fardées. Ses lèvres cependant étaient splendides ce soir-là : violet sombre poudré de minuscules pierres précieuses aussi scintillantes que des diamants, dont certaines à présent incrustaient ses paumes.

« Tu ne comprendras pas.

– Mmh, voyons. Larguée par un poddie ? »

Red hocha la tête. Son visage : un arbre sur le point de s'effondrer dans un fracas de tonnerre. Soudain, l'éruption de la morve et des larmes. Elle enlaça Sweetmint sans crier gare, sidérant cette dernière qui réagit de la seule manière envisageable.

« Allons, allons, ça va aller », chuchota-t-elle en plaquant la tête de Red contre son sein, puis en la berçant doucement.

Comme Sweetsmoke l'avait bercée, autrefois.

Des cris de joie virile se firent entendre près de la grande place. Sans doute une bande d'amis devant un match de fukhaba ou de boxe. Quelques Invisibles peints qui rentraient chez eux dans Nearsee, après un détour par la Route vingt-six, passèrent devant elles, des sacs en toile siglés Rhitel Burger à la main. Deux patchers s'approchèrent du quatuor Orange, Indigo, Blue et Green, pour mendier un transfert de rhitellings, mains poussiéreuses cramponnées sur des tablettes certainement volées : les filles les chassèrent à grands gestes.

« Il disait qu'il allait quitter sa femme pour moi. Et quand je lui ai demandé quand, pour la centième fois, il m'a répondu que la seule possibilité pour moi d'habiter chez lui, c'était comme domestique. »

Red se moucha bruyamment.

« Je dis toujours aux filles de ne pas croire un seul mot de ce qui sort de la bouche de ces idiots, de garder le contrôle pour leur faire cracher leurs rhitellings, et voilà le résultat : je suis la plus bête de toutes. »

Sweetmint caressa le luxuriant et doux nuage des cheveux de Red.

« Tu n'es pas bête, tu étais amoureuse. Et ça excuse beaucoup, même si c'était un amgolo.

– C'est toi qui le dis.

– Tu sais, chuchota Sweetmint, moi, je n'ai jamais été amoureuse.

– Et Darksap, alors ? répliqua Red en se mouchant.

– Alors quoi ?

– Il allonge les bras vers toi comme l'arbre vers le soleil.

– Peut-être, oui, répondit Sweetmint en haussant les épaules. Mais je n'ai pas de temps à consacrer à des amourettes. Et puis il me connaît trop bien. »

Red se redressa, dénicha un nouveau mouchoir et s'essuya les joues.

« Si tu veux mon avis, ceux qui t'aiment alors qu'ils te connaissent trop bien sont les seuls qui vaillent. »

Le train arrivait. Les autres filles Arc-en-ciel s'approchèrent de Red.

« J'arrive dans une seconde, leur dit-elle. Montez ! »

Elle se remaquilla les yeux, estompa les traces noires sur ses joues rouges et plongea les lèvres dans une petite boîte en métal, remplie de poussière de gemmes.

« Quelle tête j'ai, comme ça ? demanda-t-elle en levant les yeux vers Sweetmint.

– La tête de quelqu'un trop bien pour ce type. »

Red sourit, lèvres scintillantes dans la nuit.

« Je n'aurais jamais imaginé pouvoir dire ça un jour, mais tu n'as pas tort, Sou… Sweetmint.

– Tu es trop gentille, ça devient suspect, plaisanta l'intéressée, avant d'observer le retour de Red à sa splendeur coutumière. C'est que je ne comprends pas comment tu fais. Monter tous les soirs en ville, et… »

Mais bien sûr ! Elle se cala contre le dossier du banc et adressa un remerciement muet aux Trois professeurs.

« Tout va bien ? s'enquit Red.

– Sache tout d'abord que ma sympathie à ton égard n'a rien à voir avec ce que je vais te demander. D'accord ?

– D'accord. Mais dépêche-toi. Le train ne va pas m'attendre des heures.

– Je voudrais aller au Minx avec toi. Demain soir. »

Red sursauta et se mit à rire si brusquement que les six autres filles Arc-en-ciel collèrent leurs visages peints à la vitre du train pour mieux profiter du spectacle.

« Tu voudrais quoi ? Désolée de te décevoir (déclaration accompagnée d'un geste dédaigneux de la main, comme si la chose allait de soi), mais tu n'es pas vraiment équipée pour faire ce que nous faisons. »

Sweetmint se leva et posa les mains sur les épaules de Red.

« Je t'en prie. C'est pour Sweetsmoke, dit-elle d'une voix brève. Je voudrais aller au Minx pour rencontrer un de ces chibes hauts gradés dont vous parlez tout le temps, les filles, et le convaincre de me donner l'adresse de mes parents. Plus un passeville.

– Et tu feras quoi, une fois là-bas ? Tu n'es même pas capable de faire la différence entre une rue et une avenue.

– Je me débrouillerai, Red ! Par étapes. C'est comme ça que ça marche avec les inventeuses. Parfois on planifie, parfois on improvise. Je n'ai pas le choix. »

Orange apparut à la portière.

« Hé ! On va être en retard. Amène-toi. »

Red lui lança un regard assassin. Orange se recroquevilla avant de se rasseoir près d'Indigo.

« Écoute, dit-elle en dévisageant Sweetmint. Si ton frère est vraiment à l'origine de ce merdier, tu ferais mieux de ne pas t'en mêler. Je n'ai jamais vu les poddies redouter un des nôtres à ce point. Et j'ai peur, moi aussi. Ça ne nous vaudra que des ennuis.

– C'est déjà le cas. Et c'est bien ça que je veux éviter. Tu veux m'aider, oui ou non ?

– Red ! Arrive ! cria Blue en tapant sur la vitre.

– Tu sais ce qu'on fait ? » reprit Red en pointant le menton vers Sweetmint.

Laquelle hocha la tête.

« Et tu sais qu'il va falloir que je te montre comment marcher, parler, être comme nous, donc ?

– Je sais. Et tout ça, je peux.

– On rentre en début de matinée, quelques heures avant la Prière du jour. Je viendrai chez toi. Cela dit : si tu nous accompagnes vraiment demain au Minx et s'il y a le moindre problème, on ne se connaît plus. Compris ?

– S'il y a le moindre problème, c'est chacun pour soi. Compris. »

Elle aurait voulu serrer Red contre elle, à l'étouffer.

« Parfait. On se voit demain. »

Et Red fila vers le train en balançant les hanches.

« Red ? l'appela Sweetmint alors qu'elle montait sur le marchepied.

– Par le Saintpère, qu'est-ce que tu me veux, encore ?

– Merci. »

Chapitre 16

« Monsieur », dit quelqu'un en secouant Curts par l'épaule, ce qui le réveilla.

Lorsqu'il recouvra ses sens dans un monde qui tournoyait au ralenti, son regard se posa sur une femme Invisible. Un filament lumineux éclairait trop faiblement la pièce pour qu'il puisse distinguer la couleur de sa peinture. Ses didantilles la voyaient orange, couleur de sa température corporelle. Elle lui tendait une tasse d'herbefine.

« Quoi ? »

Il se redressa sur son séant, palpa sa barbe postiche et ses faux cheveux. La colle avait bien tenu.

« Quelle heure est-il ?

– Sept heures du matin, Mr Durrum. Tenez, dit-elle en lui posant le breuvage dans les mains, tout en lui maintenant les doigts sur la tasse. Buvez, je vous en prie. »

Il se trouvait encore dans sa chambre, les rideaux tirés sur la lueur aveuglante du soleil, les cloisons insonorisées lui procurant un silence absolu. La propriétaire l'aida à se redresser.

« Votre sphoreille vibre depuis un certain temps sur la table de chevet, monsieur. Je vous l'apporte ?

– S'il vous plaît », chuchota-t-il, sa gorge et ses membres se ressentant encore de sa consommation effrénée de patchs la veille au soir.

La femme la lui glissa dans la main avant de s'éclipser.

« Lucretia, croassa Curts, larynx à vif.

– Monsieur, dit-elle avec une excitation perceptible. J'essaie de vous joindre depuis un moment. Nous avons une piste.

– Accouchez, Lucretia, dit-il en se levant d'un bond, muscles tendus. On n'a pas une minute à perdre.

– Le collier de Shanu a émis un signal. Nous avons…

– Émis un signal ? Nous avons récupéré ce collier dans sa cabane et nous le détenons depuis trois ans.

– Je sais, mais nous avons un signal quand même. C'était peut-être une copie… je ne sais pas. Le signal provient des confins de la région fer et acier. D'après les données, le fugitif se trouverait dans une mine.

– Qui vous prouve que ce n'est pas un piège ?

– Le signal s'accompagne d'un battement de cœur et d'une empreinte thermique. Il se cache peut-être. Ou il est blessé. Nous sommes en chemin. J'ai d'ores et déjà demandé aux gardes présents sur place de sécuriser un périmètre de quinze kilomètres autour de la zone. Le directeur régional des gardes Melor est à pied d'œuvre. »

Curts chercha fébrilement son pantalon en maudissant le sort. Entre ici et les hauteurs de la région fer et acier, il y avait deux mille cinq cents kilomètres. Au moins trois heures de train.

« Lucretia, écoutez-moi bien. J'arrive, mais il me faut le temps. Il va falloir que vous preniez la direction des opérations. Ni Melor, ni qui que ce soit d'autre. Que Melor ne se mêle de rien. Je ne veux aucune intervention régionale. Compris ?

– Oui, monsieur. Je suis prête.

– Je sais, je sais. Veillez à ce que personne ne puisse entrer ou sortir de cette mine. Si Shanu met son nez dehors, arrêtez-le vivant. S'il reste dans son trou, attendez-moi. Et s'il vous paraît armé, faites intervenir les gardes d'or. Qu'ils le tuent. L'affaire peut encore se conclure aujourd'hui.

– Compris, monsieur… Si je puis me permettre, où êtes-vous ? »

Curts enfila une jambe du pantalon qu'il avait fini par retrouver.

« Dans le Nord. Région du diamant. À cause d'une info du capitaine Kandolo, qui n'a rien donné, malheureusement.

– C'est dommage. À bientôt, monsieur.

– À bientôt. »

Las de devoir se démener dans la pénombre, il ouvrit brusquement les rideaux. La vive lumière du jour entra à flots par l'immense fenêtre en verre verdâtre. La propriétaire avait plié et rangé le reste de ses vêtements près du lit, ce dont il lui fut reconnaissant. Bien que ne le connaissant que sous le nom de « Mr Durrum », elle et ses employés prenaient toujours grand soin de lui.

« Isisa », appela-t-il.

Et la porte s'ouvrit immédiatement sur la propriétaire, peau couverte d'un pigment orange vif dont la couleur correspondait à ce que ses didantilles avaient distingué dans l'obscurité.

« Merci pour les vêtements. Et l'herbefine.

– Bien sûr, dit-elle en s'inclinant.

– Ceci, cependant… »

Il tendit la main vers une grande saisie sur toile du Chef de l'exécutif Rhitel, les yeux fixés sur lui. La veille au soir, il l'avait décrochée et retournée contre le sol.

« La prochaine fois, si je l'enlève, ne la remettez pas en place, d'accord ?

– Oui, monsieur. Toutes mes excuses.

– Ça ira. Et maintenant, ma livraison habituelle. Trois douzaines.

– Tout de suite, Mr Durrum. »

Son précieux paquet à la main, l'estomac plein d'une herbefine qui distillait ses bienfaits dans tout son organisme, il sortit de la patcherie, dans la lumière blanche du matin. Il tira le bord de sa capuche sur son front tout en déambulant sur les pavés fendus des rues. Des femmes invisibles poussaient leurs charrettes en hurlant :

« Jus frrrrrais ! Cactus, aubergine, courge ! Gâteaux frrrrrais ! Salviatel, poivrons sucrés et rhiba ! Vous connaissez le dicton, remplissez-vous le bidon ! Jus frrrrais ! Gâteaux frrrrrais ! »

Il garda la tête basse. Des couleurs faisaient irruption aux confins de son champ visuel. Il se plaqua contre le mur le plus proche, le cœur serré. Des enfants couverts de peinture fluo jouaient à chat entre les maisons de terre et les boutiques de béton et de verre qui bordaient la rue principale. Il aurait bien pris un patch pour se calmer – impossible. Vu les enjeux du moment, il fallait garder les idées claires.

En se dirigeant vers la gare, il croisa un groupe de gardes : tous jeunes, sans casquettes, vestes d'uniforme grandes ouvertes, scrutant les alentours avec des rictus dédaigneux. Sans doute les avait-on affectés à la région du traitement des eaux pour des raisons disciplinaires, ou pour « les endurcir ». Peu importe : ces tenues débraillées étaient inexcusables. Ici, cependant, Curts n'était plus le directeur des gardes de l'hémisphère. Il n'avait aucun poids.

« Stop », lui cria un de ces jeunes gens sur son passage, métamorphosant la chair tiède de son corps en métal glacé.

Curts poursuivit sa route. Puis une main aux doigts de fer se posa sur son épaule et le força à pivoter. Il se retrouva nez à nez avec un garde trapu dont le visage semblait converger en un point unique et bestial.

« T'as pas entendu que je disais “Stop” ?

– Euh, je… croassa-t-il, la gorge râpeuse.

– T'as fait tomber ça », dit le garde en brandissant un patch qui venait sans doute de la poche de Curts.

Le garde lui saisit le poignet avant de déposer le patch sur sa paume et de lui refermer les doigts, comme il l'aurait fait avec un enfant qui avait perdu son jouet.

« Relève un peu la tête. »

Une odeur de putréfaction envahit les narines de Curts : pure illusion, car le système de filtration et de désinfection de cette région était le plus performant de l'hémisphère, pour des raisons bien compréhensibles. Et pourtant, cette puanteur lui entra dans le nez, lui descendit par la gorge et s'introduisit dans ses veines. Sans doute aurait-il dû se contenter de remercier le garde et de reprendre son chemin vers la gare. Ah, mais ces effluves infects, ce désordre, cette crasse… Quelle abomination.

Le garde, pensant n'avoir à faire qu'à un simple patcher, s'éloigna en secouant la tête.

« Vous êtes, s'écria Curts d'une voix plus forte, après s'être raclé la gorge, vous êtes toujours aussi débraillé ? »

À ces mots, le garde fit halte. Le soleil brillait sur sa nuque suante et rouge. Il fit volte-face et fonça vers Curts.

« Comment oses-tu ! Tu fais honte aux PoDo ! Toi, tu viens de gagner une journée gratuite dans la Geôle régionale. De l'exécutif. Espèce de larve ingrate, de… »

Il leva le poing, faisant écran au soleil. Curts se raidit, anticipant la collision des chairs. Un autre garde surgit, qui retint le bras de son collègue.

« Des problèmes à l'usine. On file.

– Je ne t'oublierai pas », gronda la brute en rejoignant son groupe.

Curts, déçu, reprit sa route. Une bonne partie de son être avait aspiré à sentir ce poing s'écraser sur son visage, que l'os craque sous la chair, pour être, ne serait-ce qu'une seconde, dépouillé de son titre, de son rang et de toute la pression que cela impliquait, pression-marteau qui frappait, frappait, frappait à l'enfoncer dans le sol, jusqu'à ce que la terre lui sorte des yeux. Puis il se souvint de ce qui l'attendait. Quand il entra dans la gare, il était de nouveau le directeur Curts.

Il appela son train, songea à Shanu : le fugitif ne devenait-il pas trop sûr de lui, ces jours-ci, à force d'avoir échappé aux gardes ? *Ton hubris est la meilleure arme de tes ennemis.* L'hémisphère avait soif de sang, de sang d'Invisible, et Curts n'allait pas tarder à la rassasier. Étant donné la gravité de la transgression, le Premier juge condamnerait sans doute Shanu à être pendu au milieu de la place Rhitel. Pendu à l'Orme éternel, qui y avait été planté quatre-vingts ans plus tôt, à l'avènement de Rhitel. Son corps serait précipité au bout d'une corde nouée à une solide branche et se balancerait, se balancerait comme Eva dans la nacelle que poussait son père dans le jardin, derrière la maison. Le plus beau dans tout cela, pourtant, c'était que la réputation du directeur Curts, protecteur de l'hémisphère, retrouverait son lustre, à jamais étincelante dans sa parure d'or.

Chapitre 17

« Oh », souffla Sweetmint en ouvrant la porte.

Red se tenait sur le seuil, chevelure en bataille, sans rouge à lèvres. Dépourvus de lentilles, ses yeux ressemblaient à deux boules de verre et l'arrière de son crâne, peint en rouge, conférait à son visage un vague éclat rose.

« Quoi ? rétorqua l'intéressée en lui passant sous le nez. Tu croyais que je ne viendrais pas ? »

Elle déposa son sac et un petit pot de peinture sur la table de la cuisine avant de se servir un verre d'eau qu'elle avala d'un trait.

« Par le Saintpère, dit-elle en battant deux fois de ses paupières encore rouges, son regard incrédule dardé vers Sweetmint. Quel cadre de vie ! Où sont les toiles de couleur ? Où est le canapé à armature métallique ? Bon sang, mais c'est retour aux années 2300, chez toi, à un point… Je veux dire… Tu n'as même pas de vrai lit, ajouta-t-elle en tendant le bras vers les deux matelas posés à même le sol. Je ne sais pas comment il t'a élevée, ton frère, mais c'est pire chez toi que dans les régions intermédiaires. »

Sweetmint ne s'était pas attendue à frémir de honte : c'est pourtant ce qui lui arriva. Certes, elle savait que sa cabane ne jouissait pas de tout le confort moderne. Red cependant n'en rajoutait-elle pas un peu ? Mais si tel était le cas, pourquoi ces remarques faisaient-elles lever en elle une volée d'interrogations ? Par exemple, à quoi rimait cette frugalité ? Elle qui gagnait si bien sa vie auprès de Mr Tenmase aurait peut-être pu dépenser quelques rhitellings pour son confort, non ? Sans doute était-elle moins évoluée qu'elle ne le pensait.

« Tu es venue refaire la décoration ou m'apprendre à marcher ? »

Red éclata de rire. Sa rumoya était électrique, frémissante de vie.

« Détail qui te surprendra peut-être, il y a peu de différence entre les deux. Cela dit, aujourd'hui, c'est par toi qu'on commence. Et même pour moi, la chose ne va pas être facile », dit-elle en remontant des pieds de Sweetmint à sa tête, au jugé.

Le cœur de Sweetmint fut tranché net par la hache de l'hésitation. Elle ne répondit pas. Red lui prit la main, après quelques tâtonnements, et la fit asseoir à la table de la cuisine.

« Oui, ça sera dur. Comme la vie qu'on a toujours menée, c'est clair. »

Sweetmint regarda sa visiteuse, à présent agenouillée devant elle. Dire que Red, Red en personne, était là, sous son toit, lui tenant la main, prête à l'aider ! Incroyable.

Elle expira, serra cette main dans la sienne.

« Exact.

– Bon, reprit Red, tout sourire, en ouvrant le pot de peinture. Ce matin, c'est un simple test, pour te mettre à l'aise pour le rôle que tu vas jouer ce soir.

– Le rôle ?

– Le rôle, oui. Comme Callie Enroh dans *Journaux d'une domestique.* Bon, on commence par l'allure générale. Lève-toi. »

Sweetmint s'exécuta. Red plongea un pinceau dans le pot, le fit tourner à deux ou trois reprises et commença à appliquer la peinture argentée parsemée de mille paillettes sur les clavicules de Sweetmint. L'odeur artificielle, aigre-douce et tiède de fruits depuis longtemps disparus était si forte que la jeune femme faillit tourner de l'œil. Ce n'était pas le moment.

« On ne va pas t'intégrer à l'arc-en-ciel. Tu vas être notre invitée spéciale. Glitter.

– Glitter », répéta Sweetmint.

Red fit courir le pinceau sur son cou et sa poitrine avec agilité et grâce : une rivière d'argent.

« Tu as quasiment un visage de poddie, ce qui est une bonne chose. Le chibe de haut rang auquel je vais te présenter ce soir préfère justement ce genre d'Invisible. C'est peu courant, dans les clubs, mais lui, il est comme ça. Ces cheveux raides, là… (elle sortit un autre pinceau et un petit pot de son sac et, debout sur la pointe des pieds, commença à peindre les cheveux de Sweetmint en jaune pâle), ça va le rendre fou.

– Qui est-ce ?

– Je te l'ai dit, répondit Red en travaillant avec soin, mèche par mèche. Un chibe de haut rang. Tu en connais beaucoup ? »

Sweetmint se mit à tousser.

« C'est bien ce que je pensais. »

Elle reposa le pinceau pour fouiller à nouveau dans son sac. Cette fois-ci, elle en sortit un étui à lentilles en or.

Résolue à ne plus poser de sottes questions, susceptibles d'irriter Red, Sweetmint eut quelque mal à poser sur ses cornées les lentilles vert clair. Y étant parvenue avec l'aide de Red, elle cligna des yeux.

« Quelle tête ça me fait ?

– Attends, attends, attends trois secondes, Stella Irons. Fais "Ahhh". »

Stella Irons, la chanteuse ? Le traitement de Red l'avait-il hissée à ce niveau de splendeur ? La styliste improvisée inséra des couvre-dents blancs entre les lèvres de Sweetmint.

« Referme. »

Elle paracheva son œuvre d'un double trait de rose tendre sur la bouche.

« Bien, s'écria-t-elle en battant des mains. Trouve-toi une glace et essaie de ne pas fondre en larmes devant ce que je suis parvenue à faire de… »

Ses mains dessinèrent des volutes dans les airs, à hauteur du visage de Sweetmint.

« … ça. »

Quand elle se vit dans le miroir de la salle de bains, Sweetmint sursauta.

« Non !

– Si, rétorqua Red, de la cuisine. Qu'est-ce que tu en penses ? »

Sweetmint avança les lèvres. Posa l'index sur ses joues pailletées. Leva à plusieurs reprises ses yeux verts au ciel. Tapota sa chevelure blonde, raidie par la peinture.

« Red, tu as du talent. Je suis méconnaissable.

– Ce n'est pas du talent, Sweetmint. C'est du génie. Avant de travailler au Minx, j'étais installée en centre-ville. Styliste pour poddies. Cette sale injaka, ma patronne, n'a pas apprécié que ses clientes, et leurs maris, me préfèrent à elle. Et elle m'a virée. Qu'elle aille à sa perdition ! Regarde où j'en suis. »

Sweetmint était trop occupée à se mirer pour ce faire. Était-ce bien elle, cependant, ou quelqu'un qui pouvait lui servir d'échappatoire, ne serait-ce que pour une soirée ?

Elle sentit Darksap approcher avant de l'entendre frapper à la porte.

« Un instant ! » s'écria-t-elle de la salle de bains, pétrifiée.

Trop tard. Quand elle entra dans la cuisine, il était déjà au côté de Red. Elle vit son collier flotter dans les airs, sentit sa rumoya vibrer de stupéfaction.

« Quoi ? souffla-t-il

– Salut, Dapp.

– Swint, qu'est-ce que c'est que ça ? »

Red enlaça le jeune homme.

« À ton avis ? Sweetmint essaie d'autres styles. Des objections, peut-être ? »

Au vu de la courbe que décrivit le bras de Red, Sweetmint comprit que Darksap s'en était débarrassé avec une certaine brusquerie.

« Qu'est-ce que tu fais là, Red ?

– Tu sais, répondit l'intéressée, un jour, tu comprendras qu'il y a ceux dans l'hémisphère qui attendent que les choses arrivent, et celles qui, comme nous (elle se dirigea vers Sweetmint dont elle prit la main), font arriver les choses.

– Dapp, ce n'est qu'un jeu, rectifia Sweetmint en retirant la main. Red m'a proposé une séance maquillage, et j'ai accepté. "Mais oui, pourquoi pas ?" Je vais enlever tout ça, et on se retrouve à la Prière du jour, d'accord ? »

Même si elle aurait voulu ne pas mentir à son ami d'enfance, il était préférable de ne pas envenimer les choses. Et se concentrer sur la soirée.

Le silence obstiné de Darksap alourdissait tant l'atmosphère qu'elle en sentait le poids sur sa gorge. À l'étouffer.

« D'accord, Dapp ?

– D'accord, finit-il par dire, et la lourde bulle creva. À tout à l'heure. »

Red ferma la porte derrière lui une fois qu'il eut quitté la cabane.

« Qu'est-ce qui lui prend, à ce marfana ? dit-elle en se retournant vers Sweetmint. Je veux dire, quand il t'a vu, il a failli exploser. Et pas de joie.

– Tu n'as pas été très gentille avec lui, Red.

– Pas gentille ? Eh, oh, la vie, ça n'est pas un concours de bonté. Et puis s'il est vraiment amoureux de toi, il devrait être content que tu puisses changer. Évoluer. Essayer des trucs. Vivre. »

Amoureux ? Sweetmint se contenta d'un soupir.

« Et maintenant ? On fait quoi ?

– On passe au numéro.

– Le numéro ?

– Le numéro.

– Et ça veut dire quoi, exactement ?

– Tu as déjà fait l'amour ? »

La honte ressentie lorsque Red était entrée dans la cabane refit surface, accompagnée d'autres sensations : pincement au cœur, pulsation presque silencieuse de la colère dans ses veines. *Non, Red*, aurait-elle voulu répondre, *je n'ai jamais fait l'amour. Mon frère m'avait dit que les garçons me détournaient de ce qui comptait vraiment dans la vie et que les filles avaient le même effet sur lui. Qu'en prévision d'un « éventuel jour du Jugement », il fallait que je muscle mon esprit, comme il se musclait le corps. Discours confus, aberrant. Et oui, je veux faire l'amour. J'ai des bouffées de désir, comme tout le monde. Sauf qu'en ce moment, c'est le dernier de mes soucis.*

Au lieu de quoi…

« Non, se contenta-t-elle de souffler.

– C'est bien ce que je pensais, répondit Red, la tête penchée sur le côté. Cela dit, pas grave. Je ne crois pas que ce soit nécessaire, ce soir. De plus, séduire et faire l'amour, ce n'est pas la même chose.

– Ah oui ?

– Ah oui. Et maintenant, écoute-moi bien. Je ne me répéterai pas. »

La cascade d'informations qui suivit fut si dense que Sweetmint eut l'impression d'être de retour à Forestaeum Minor. Sans les colonnes de bois soigneusement ciré et les foules d'étudiants cherchant à prouver leur supériorité. Elle était dans sa cabane, et Red lui apprenait à marcher à petits pas, les épaules et la tête droite, « comme une poddie ».

Autre sujet d'étude, les patchs.

« Tu le tiens de cette manière, expliqua Red en brandissant un spécimen usagé, et tu fais attention à ne pas le coller complètement sur ta peau. Même si les effets sont atténués, les types penseront que tu es un peu phala. Ils préfèrent. »

« Phala », défoncée. Sensation pour elle inédite, et qu'elle aurait préféré ne jamais devoir connaître.

Et puis : sourire. Séduire par le regard. S'incliner légèrement quand on parlait au client. Savoir quand on pouvait rire, chuchoter et, bien plus important, toucher. Elle eut beaucoup plus de mal qu'à l'université avec chacune de ces leçons, et Red dut la réprimander des dizaines de fois. Puis vint l'heure de la Prière du jour.

« Écoute, dit Red, je ne vais pas te mentir. Tu es très loin d'avoir le niveau. Ce que nous faisons, la manière dont nous nous y prenons… C'est une question d'instinct. Et d'expérience. Toi, ajouta-t-elle en posant l'index sur la chevelure désormais blonde de Sweetmint, tu as plus de cervelle que de cœur. Ceci dit, et comme tu as du courage, une vraie injaka, ça va peut-être marcher. »

Du courage. Un terme que personne n'avait jamais associé à sa personnalité. Puis il lui revint une des anecdotes de Mr Tenmase. Elle concernait une guerre de l'Hémisphère Nordest dont elle n'avait jamais entendu parler ; les lointains cousins PoDo qui l'habitaient avaient dû la quitter pour l'Hémisphère Sudest.

« L'autre face du courage a pour nom la bêtise ; la plupart des hommes apprennent de quel côté ils se trouvent quand il est trop tard. »

Heureusement, songea-t-elle en se précipitant dans la salle de bains pour se nettoyer le visage, les cheveux et le reste du corps, je ne suis pas un homme.

Red rangea la peinture, les lentilles, le rouge à lèvres et les couvre-dents dans un sac en paille qu'elle glissa sous le canapé.

« J'espère que tu es prête. Parce que si tel n'est pas le cas, et si ces gens se doutent de tes intentions, ce n'est même pas en prison qu'on se retrouvera, toi et moi. Ils nous tueront. Toutes les deux. Rigolo, hein ?

– Hilarant », opina Sweetmint.

Chapitre 18

Le train s'arrêta et Curts se releva d'un bond. Malgré l'adrénaline, il s'était probablement assoupi. Par la fenêtre, il ne vit qu'un désert couleur de sable, une terre parsemée de craquelures semblables à des lèvres gercées.

La portière s'ouvrit. Du seuil, il baissa les yeux. Le sol se trouvait à deux bons mètres en contrebas. Il s'agenouilla, se retourna, mains agrippées au marchepied et se retrouva bientôt suspendu à vingt ou trente centimètres au-dessus du sol. Puis il lâcha prise et atterrit sur la terre desséchée.

Quelque chose, ou quelqu'un, se mouvait de l'autre côté du wagon.

« Montrez-vous, les mains en l'air », s'écria-t-il d'une voix assez ferme, espérait-il, pour que ces gens comprennent à quel point il était imprudent de s'en prendre à lui. Pour la première fois depuis des années, il regretta de ne pas être armé.

« J'ai dit, "montrez-vous" ! Allez, vite ! »

Une femme Invisible, accompagnée d'une jeune fille aussi maigre que la terre était aride, surgit à sa droite, derrière l'essieu.

« Nous sommes là, monsieur. À votre service », dit la femme.

Son empreinte thermique et celle de l'adolescente étaient jaune-vert, détail incongru dans cette fournaise.

« Stop », dit-il en levant le bras lorsqu'elles ne furent plus qu'à un mètre de lui.

Elles baissèrent immédiatement la tête.

« Qu'est-ce que ça veut dire, "à votre service" ?

– Les autres chibes… Ils m'ont dit, si je venais avec ma fille, j'aurais plus à manger, la prochaine fois. C'est bien le train de ravitaillement, non ? »

Le nordouestais n'était pas la langue maternelle de cette femme. Son accent houleux tanguait aux rythmes mêlés du vilongo et du vikench. On aurait cru entendre les déferlantes rugir dans l'océan. Il n'était pas certain de comprendre ce qu'elle disait, tout en en ayant une vague idée, qui lui donna la nausée. Les régions intermédiaires étaient rudes, bien plus rudes par exemple que celle des forêts, si proche des lieux de pouvoir, il le savait : mais que des femmes se vendent, elles et leurs jeunes filles, pour mieux se nourrir, et que des gardes de l'hémisphère profitent de la situation d'aussi vile manière, c'était insupportable.

« Approchez d'un pas », leur ordonna-t-il.

Il s'agenouilla devant la jeune fille, pour la regarder les yeux dans les yeux.

« Comment t'appelles-tu ?

– Lerato, monsieur, répondit-elle après avoir lancé un regard à sa mère, qui lui répondit d'un hochement de tête.

– Ravi de faire ta connaissance, Lerato. »

Il se redressa avant de se tourner vers la mère.

« Ce n'est pas un train de ravitaillement. Et je ne transporte pas de nourriture, j'en suis désolé. Mais… »

Il alluma sa sphoreille, analysa le visage de la femme, obtint les informations nécessaires et transféra mille rhitellings sur le Fonds discrétionnaire pour Invisibles qu'elle détenait à la BIHN.

« Vous venez de recevoir mille rhitellings sur votre Fonds. J'espère que cela peut vous aider. »

Liyana (l'écran avait affiché son nom) baissa les yeux vers sa fille puis les releva vers Curts avant de se mettre à pleurer. Il sortit un mouchoir de sa poche et le lui tendit.

« Je vais vous demander deux ou trois choses, Liyana, reprit-il lorsqu'elle eut séché ses larmes.

– Tout ce que vous voulez, monsieur.

– Promettez-moi de ne plus jamais vous livrer aux gardes pour obtenir de la nourriture. Je retrouverai les individus qui font circuler le train de ravitaillement : jamais plus ils ne porteront l'uniforme. »

Elle hocha la tête, le visage contracté, faisant de son mieux pour ravaler ses larmes.

« Et j'ai besoin de vous pour me conduire à la mine. Vous pouvez ?

– Oui, elle n'est pas trop loin. D'ici. Vous voyez ce groupe ? De maisons ? »

Elle tendit la main vers l'horizon, au sud. Il aperçut des structures métalliques et rondes qui reflétaient les impitoyables rayons du soleil.

« C'est la Ville Acier Cinq. Chez nous. Après, il y a la mine. Mais personne n'y va. Sauf là, il y a beaucoup de gens. Ils sont arrivés dans un train. De l'autre côté. »

J'ai dû entrer de mauvaises coordonnées.

« Vous voulez bien m'emmener ?

– Suivez-moi », dit Liyana.

À peine s'était-elle mise en chemin qu'une bourrasque souleva un nuage de poussière, lequel assaillit immédiatement Curts aux yeux, au nez et à la gorge.

Il se courba, pris d'une terrible quinte de toux, les paupières gonflées de larmes, suffoquant. La femme revint vers lui, déchira d'un coup de dent sa manche d'uniforme pour lui fabriquer un masque improvisé.

« Voilà. Ça ira mieux avec. Vous n'êtes pas habitué à la poussière, comme nous.

– Merci », crachota-t-il.

La petite Lerato le prit par la main et le tira vers sa mère. Le trio put enfin se mettre en marche jusqu'à la Ville Acier Cinq, un ramassis d'habitations métalliques qui ressemblaient à des tonneaux à demi enterrés, pourvus d'une porte en bois et de deux ou trois fenêtres ouvrant dans la même direction. Curts n'avait jamais rien vu de tel. Il aurait voulu demander comment les habitants se gardaient de la chaleur. Ce n'était pas le moment de donner libre cours à de si triviales questions. Il put identifier la petite place du village, flanquée d'une bâtisse qui était sans doute l'église. Ne manquait aucun des établissements que l'on retrouvait dans toutes les agglomérations Invisibles : le PatchMart, la Boutique nord-douestaine, le Rhitel Burger. Hormis trois gardes de l'hémisphère qui saluèrent dûment Curts, ils ne rencontrèrent personne. Seule preuve que ces demeures n'étaient pas vides, les prunelles frémissantes qui épiaient Curts derrière des vitres poussiéreuses.

« Où sont les habitants ? demanda-t-il, une fois le village traversé.

– On va au travail et à l'église, après on reste à la maison, dit Liyana sans cesser de marcher. Des fois, les chibes nous laissent sortir. Mais ce n'est pas souvent. »

Quelle cruauté. Pourquoi n'en était-il pas informé ? De fait, le secteur des Habitations et de l'amélioration de l'hémisphère, qui comprenait celui des trains de ravitaillement, était supervisé par le sous-directeur adjoint des gardes de l'hémisphère Ribussce, si bien que cette horrible situation n'avait rien de surprenant. Et pourtant. Voir la férocité ainsi incarnée ne pouvait laisser Curts insensible. Quand l'affaire Shanu serait réglée, il demanderait des réformes.

Il aperçut au loin un groupe constitué de gardes de l'hémisphère et de gardes d'or. Lorsqu'ils ne furent plus qu'à quelques mètres, Liyana s'arrêta et attira sa fille à elle.

« Nous allons vous laisser. Là. Merci. Encore. Pour tout.

– Merci à vous, Liyana. Je vous promets que tout ira mieux ici. Je m'en chargerai. »

Elle le dévisagea. Son visage n'était plus qu'un tourbillon de couleurs. Ne distingua-t-il pas pourtant un vague rictus ? Pour l'heure, il ne pouvait guère lui reprocher son incrédulité. Plus tard, elle comprendrait qu'il se trouvait dans le camp du bien.

Il rejoignit les gardes, et lorsqu'ils le reconnurent, ils se mirent au garde-à-vous et firent appeler Lucretia. L'un d'entre eux lui tendit un respirit. Il dénoua le masque de fortune de Liyana, à présent beige de poussière, et enfila à sa place l'appareil vert bouteille qui filtrait les impuretés de l'air et le purifiait. La respiration enfin revenue à la normale, il franchit le cordon constitué par les gardes et se retrouva au bord de la cavité la plus immense qu'il lui ait été donné d'observer. Si vaste, qu'elle semblait posséder sa propre force gravitationnelle. Comment avait-elle été pratiquée ? Avait-il sous les yeux un cratère de bombe ? Avait-on fait trimer des milliers d'Invisibles pendant des semaines ? Ou bien était-ce un projectile venu de l'espace ?

Les parois du gouffre étaient creusées de sentiers circulaires où patrouillaient des gardes, comme autant de pois noirs et vert olive sur une des robes de la petite Eva. Lucretia remontait vers la surface, le front luisant de sueur, son uniforme noir, moulant, absorbant sans nul doute les rayons impitoyables du soleil.

Au centre du cratère se dressait une structure verte, dissimulant probablement, se dit Curts, un ascenseur ou une échelle qui s'enfonçait dans l'œsophage ténébreux de la terre.

« Monsieur, haleta Lucretia qui, parvenue à leur hauteur, s'était mise au garde-à-vous.

– Je vous écoute, dit-il en lui rendant son salut.

– Eh bien, répondit-elle en se retournant brièvement, avant de s'écarter du gouffre, redoutant sans doute sa vertigineuse attraction. C'est là qu'il est, sans aucun doute. Lorsque nous avons encerclé le chevalement, il nous a dit qu'il avait perçu notre présence. Qu'il nous flairait. Je sais que vous vouliez que nous vous attendions, mais nous lui avons alors demandé de sortir. Il a refusé. Il n'avait rien fait de mal, a-t-il prétendu. Il voulait voir sa sœur.

– Sa sœur ? C'est bien lui. C'est Candace qu'il réclame. L'apprentie de Croger Tenmase.

– Oui. Reste qu'il ne veut pas sortir. Au son de sa voix, je pense qu'il se trouve au premier niveau. Pour y parvenir, il faut pouvoir manipuler la cage. Sinon, le convaincre de sortir.

– Nous avons des étouffes ?

– Bien sûr.

– Qu'on envoie une point soixante-quinze par le puits.

– Nous pouvons nous contenter d'une point cinq, monsieur. L'effet sera suffisant.

– Très bien, reprit-il, admiratif devant tant de mansuétude. Par ailleurs, et quand nous en aurons fini avec ceci, je veux que Ribussce me transmette une liste de tous les gardes de cette région. Le niveau de corruption est insupportable. Je veux y mettre fin. Il va aussi falloir que nous en discutions, vous et moi. Comment ne vous êtes-vous pas rendu compte de la situation ? »

Le regard ébahi de Lucretia lui fit comprendre qu'elle n'en avait effectivement pas connaissance ; la honte qui succéda immédiatement à la surprise lui apprit qu'elle acceptait la responsabilité.

« Oui, monsieur. »

Puis elle entra en communication par sphoreille avec les gardes postés au centre du cratère. L'un d'entre eux sortit une boule ronde de sa poche et la brandit vers les cieux.

« Tirez », ordonna-t-elle.

Le garde lança la boule droit sur le chevalement.

À peine une seconde plus tard, ils entendirent un cri strident, suivi d'un long grincement et d'un fracas métallique. La cage apparut sous le chevalement et un jeune homme muni d'un collier sortit en trébuchant, environné d'un nuage de fumée bleue : on aurait dit l'une de ces créatures imaginaires sorties des archives animées que Curts consultait parfois.

Le garçon s'agenouilla au pied des gardes d'or qui l'encerclaient, armes pointées vers lui comme autant d'index accusateurs.

« Il n'est pas armé, dit Lucretia, après avoir pressé sur sa sphoreille.

– Qu'ils le fassent remonter », ordonna Curts.

Quatre gardes empoignèrent le garçon, chacun par un membre bleui, inerte, et remontèrent tout au long du cratère. Le soleil brillait de plus en plus fort et Curts se demanda comment la chose était humainement possible.

Lorsque les gardes et leur prisonnier furent parvenus à la surface, Curts tendit la main vers un fauteuil en métal. Lorsque le jeune homme y fut attaché par les poignets et les chevilles, il se mit à hurler de douleur. Une odeur de chair brûlée s'éleva dans les airs.

« Qu'on lui donne deux hydropatchs. »

Un garde déposa deux bulles bleu clair sur les clavicules du prisonnier. S'il perdait connaissance, ce ne serait pas sous l'effet de la déshydratation.

« Je suis innocent ! » hurla-t-il.

La poussière bleue soulignait les contours de son crâne rasé, de son nez rond et de ses pommettes saillantes.

« C'est faux, et tu le sais aussi bien que moi, dit Curts en s'agenouillant devant le fauteuil, pour regarder l'autre dans les yeux. Et si tu nous expliquais comment tu as échoué dans les régions intermédiaires ?

– Je suis né ici, gémit le garçon grimaçant, dont la peau se cloquait au contact de la chaise ardente. Je suis un Intermédiaire. Et cette mine désaffectée, c'est là qu'on se retrouve, ma copine et moi. C'est le seul endroit où on a la paix. Sauf qu'elle n'est pas venue. J'attendais au premier niveau quand j'ai senti vos gardes. C'est tout.

– Tu mens.

– Sur le Saintpère, je dis la vérité. Je ne sais pas pour qui vous me prenez, mais ce n'est pas moi. »

Curts enfila sa sphoreille et consulta la dernière saisie de Shanu, qui datait de trois ans. Impossible de trancher. Avec leurs peintures et leurs coiffures sans cesse différentes, ils se ressemblaient tellement, ces gens-là ! En général, il fallait procéder à une reconnaissance visuelle rapide. Dans le cas présent, ils avaient pu reconfigurer un collier. Le Saintpère savait donc seul de quoi ils étaient capables.

« Qu'on lui fasse une prise de sang et qu'on vérifie avec le Répertoire hématique. »

Aussitôt réclamé, aussitôt fait. La lamelle et sa tache de sang translucide se retrouvèrent aussitôt dans les mains de Lucretia, qui l'inséra dans sa tablette augmentée.

« Monsieur », put-elle annoncer quelques secondes plus tard en levant l'écran.

On pouvait y lire ceci : Siyanda, vingt-cinq ans, étudiant, Ville Acier Cinq.

Perdition ! Il était si près du but ! Malgré tout, l'Invisible devait en savoir plus qu'il ne voulait le dire. Curts plaqua les poignets du garçon sur les accoudoirs brûlants. Sa chair poudrée de bleu se mit à grésiller assez fort pour que tous entendent. Puis les hurlements de douleur submergèrent tous les autres sons.

« Qui es-tu ? demanda Curts.

– Vous avez bien vu. Siyanda. »

Le directeur prit son élan et frappa d'un crochet du droit le beau visage de Siyanda.

« Pour qui travailles-tu ?

– Je suis étudiant, souffla le garçon en secouant la tête. Ironaeum Minor.

– Tu travailles pour les Enfants de Slim ? poursuivit Curts en lui prenant la gorge à deux mains.

– Qui ça ? »

Ce fut du moins ce que Curts crut distinguer dans le pénible gargouillis qui sortit de la bouche du garçon.

Il le fit tomber du fauteuil, lui donna un coup de pied dans la tête. Botte contre crâne, le choc fut rude.

« Avoue ! » hurla-t-il.

Bang !

« Avoue ! »

Bang !

« Avoue ! »

Bang !

Quand Curts se fut lassé, la casquette à terre, la chemise trempée, beige de poussière, le visage aussi luisant que s'il sortait de la douche, Siyanda avait déjà perdu connaissance. Le directeur, en se redressant, croisa les regards de dizaines de gardes, reflétant toute une gamme d'expressions : la peur, la confusion, le plaisir de voir souffrir. Personne n'avait jamais vu le « saint », comme on le surnommait dans son dos, dans un tel état. Et surtout pas Lucretia, qui baissa alors les yeux vers sa tablette et les releva aussitôt, sidérée.

« Monsieur », s'écria-t-elle en lui montrant l'écran de verre.

Y figurait une carte de l'hémisphère, où clignotaient des dizaines de petits cercles orange.

« Qu'est-ce donc ?

– Apparemment, une centaine de signaux envoyés par le collier de Shanu. Comme celui qui venait de ce garçon. »

Curts baissa les yeux vers Siyanda, encore évanoui.

« Qu'on le détache. Et qu'on enduise ses blessures de celgen, pour la cicatrisation. »

La sphoreille de Curts se mit à vibrer. Le sous-directeur adjoint Ribussce.

« Ribussce m'appelle, dit Curts à Lucretia. Vous savez pourquoi ? »

Elle secoua la tête.

« J'écoute ? marmonna Curts en prenant la communication.

– Je me suis dit que j'allais vous apprendre la nouvelle en personne, claironna Ribussce. Pendant que vous partiez comme des abrutis à la chasse à l'Invisible, Shanu a fait sauter une aile du Domaine de l'exécutif. »

Chapitre 19

« Sweetmint, s'écria Rusty en lui prenant la main tandis qu'elle montait dans le train.

– Rusty ? »

Il avait la paume froide et moite et sa rumoya vibrait d'une crainte sans mélange.

« Il t'a enfin donné de ses nouvelles ?

– Non, je t'en aurais parlé. Pourquoi ?

– Le temps presse. Le temps presse pour nous tous.

– "Pour nous tous" ? Qu'est-ce que ça veut dire, Rusty ?

– C'est juste pour te rappeler qu'il faut me prévenir immédiatement, s'il te contacte. »

Il la serra fort contre son cœur, tremblant des pieds à la tête. Elle ne l'avait jamais vu dans un tel état, ce qui ne fit qu'ajouter à sa propre crainte. Il ne desserra son étreinte que lorsque les portes se refermèrent. Lorsqu'elle se retourna vers le quai qui s'éloignait, elle vit son collier qui continuait de tanguer dans les airs.

Qu'est-ce que c'est que ça ? Elle se laissa tomber dans un des fauteuils en velours du wagon et examina ses mains. Quelques paillettes étaient restées collées entre ses doigts. Elle ôta deux ou trois cheveux blonds de son collier : preuve, avec les paillettes, que la matinée avec Red avait eu lieu, que Glitter existait bel et bien, et que l'attendait incontestablement une soirée de tous les dangers. Il se passait trop de choses, trop vite. Si elle ne voulait pas être submergée, il fallait rester prudente.

Pendant que le train filait vers le château Tenmase dans un paysage rendu flou par la vitesse, elle songea à la Prière du jour. Darksap ne lui avait pas adressé la parole après l'avoir vue avec Red. Assis près d'elle, il était resté aussi muet que le soleil qui sombre au couchant. Il était clair cependant qu'il voulait lui parler. Était-il préférable qu'il se taise, ou l'aurait-elle tenu en plus haute estime s'il avait donné libre cours à ce qui lui tenaillait le cœur et l'esprit ? Elle ne savait que penser de ce qui la liait à Darksap, troublée par ces fenêtres qui s'ouvraient en elle, après avoir été si longtemps fermées, par cette sensation inouïe pour elle d'être désirée, aimée. Ce n'était pourtant pas le moment d'y penser.

Elle devait se concentrer sur son plan d'action. Passer tant bien que mal la journée au château. Se transformer le soir en Glitter, obtenir ce qu'elle voulait au Minx. Rencontrer ses parents et les convaincre de l'aider à retrouver Sweetsmoke. Localiser ce dernier et lui faire franchir les frontières de l'hémisphère avec le secours de Rusty. Il lui fallait au moins tout cela pour retrouver sa tranquillité d'esprit, son désir de progrès, ses espoirs.

Elle avala la moitié d'un petit gâteau rose et une tasse de bellépice brûlante. Breuvage qui n'était guère de nature à calmer ses nerfs, ce qui n'était pas grave. Quand tout cela serait réglé, elle aurait le temps de se reposer. Des jours entiers, des semaines peut-être. Un lent *clap, clap, clap* lui fit lâcher la tasse. Le bruit provenait de l'autre extrémité du wagon.

« Par le Saintpère, ironisa une voix familière qu'elle ne put cependant identifier. Tous ces petits rouages qui tournent dans ta rumoya ! C'est revigorant. »

Des pas se dirigèrent vers elle, pieds nus sur l'épaisse moquette. Elle eut une illumination.

« Abe ?

– Sawukhoob, Sweetmint, dit-il en posant une main sur son épaule. Excuse-moi, pour la bellépice. Je ne voulais pas te surprendre. »

Elle tendit la main, effleura ses bras flasques, son torse grassouillet, s'arrêta à sa bedaine. Oui, c'était bien Abe.

« Tu ne sens plus rien ? Et ta rumoya ? Je ne la perçois pas.

– C'est l'effet des gouttes rouges. Je t'expliquerai ça tout à l'heure. J'ai désactivé les micros du train, mais nous n'avons pas de temps à perdre. Tenmase n'est pas celui qu'il prétend être, Sweetmint.

– Ça, je veux bien le croire.

– C'est un sale type. La pire sorte de poddie : ceux qui font semblant de s'intéresser à nous parce que ça les sert, par calcul, par corruption de l'esprit. Pendant que nous sommes ici à discuter, il complote avec des individus tels que le responsable local II Jolis pour mettre la main sur ton frère, la dernière pièce dans la machine qui fera élire Jolis. Et quand Jolis sera élu… Ce sera la fin de tout. Nous deviendrons esclaves pour de bon. Hommes, femmes, enfants, nous serons condamnés aux travaux forcés jusqu'à la fin de nos jours. Stérilisation sélective, eugénisme, tortures normalisées, exactement comme dans l'Hémisphère Sudest. »

Elle fut incapable de retenir l'éclat de rire qui, né dans son estomac, jaillit de ses lèvres pour venir souffleter Abe.

« Dis-moi, dit-elle en reprenant son souffle, quel incroyable don de conteur ! C'est ta rumoya qui t'accorde ce talent ? »

Des deux mains, il s'empara du poignet de Sweetmint, bien déterminé à ne pas le lâcher.

« Je sais, ça peut paraître absurde. Cette histoire, comme ma personne. Essaie tout de même de me faire confiance si je t'affirme que le Abe que tu vois au château n'est qu'une couverture. Si je suis entré au service de Tenmase, c'est uniquement dans le but de collecter des informations sur ses intentions, et d'utiliser ces renseignements pour renverser l'Exécutif.

– Abe, te faire confiance ? Pourquoi ? répliqua-t-elle en se libérant de son étreinte. Et si tu mentais ? Si tu cherchais à m'attirer dans je ne sais quel piège ?

– Le temps manque pour t'expliquer, mais sache que nous sommes dans le même camp que toi. Qu'il faudrait que tu te joignes à nous. Si nous parvenons à trouver Sweetsmoke avant ces poddies… Sweetmint, cela fait des années que nous attendons ce moment. Les poddies sont plus affolés, plus affaiblis que jamais. D'ailleurs, le Domaine de l'exécutif vient tout juste de sauter. Enfin, en partie !

– De sauter ? Qu'est-ce que tu racontes ?

– À la fin de ta journée au château, je te ferai boire une herbefine vomitive. Elle te rendra malade pendant quelques heures. Tu demanderas à Tenmase de t'accorder un congé pour demain, ce qu'il acceptera s'il ne se doute de rien. Et donc, demain, après la Prière du jour, tu prendras un train qui ressemble à celui-ci, mais qui t'emmènera à l'extrême nord. Nous t'y attendrons.

– Tout ça, c'est très bien, Abe. Mais je n'ai pas besoin de vous. J'ai mon plan d'action à moi.

– Perdition ! gronda-t-il. Tu vas m'écouter ? Ce n'est pas un jeu. C'est ta seule possibilité, demain. Et nous allons la saisir. Je peux t'assurer que nous sommes les mieux à même de garantir la sécurité de Sweetsmoke. »

Elle s'accorda un moment de réflexion. Elle n'avait toujours pas compris où il voulait en venir, mais le pensait sincère.

« C'est drôle.

– C'est-à-dire, Sweetmint ?

– Rusty, ton frère m'a dit la même chose. Qu'il était le seul à pouvoir assurer notre sécurité. »

Abe mit un certain temps à répondre.

« Ne te fie pas non plus à lui, finit-il par grommeler.

– C'est la personne en laquelle j'ai le plus confiance. Le seul qui ne m'ait jamais abandonnée. Contrairement à toi. Et à Sweetsmoke.

– Je comprends. Demain, Sweetmint, prends le train du nord. Et tout deviendra clair. »

Elle avait mal au crâne, les tempes martelées par la course folle du sang dans ses veines. Abe venait de bouleverser ses plans : peut-être était-ce une bonne chose. Elle irait tout de même au Minx, obtenir ce qu'elle cherchait. Puis elle prendrait ce train, avant de se mettre en quête de ses parents. Le temps pressait, disait-il. Et les secondes s'égrenaient bruyamment, comme celles des vieilles horloges réparées par Mr Tenmase, si bruyamment que le cœur de Sweetmint se conformait à ce tic-tac monotone.

« D'accord, dit-elle. Je prendrai le train.

– Bien, bien, répondit-il avec un soupir de soulagement. Très bien.

– Mais…

– Oui ?

– Tu disais, “nous sommes dans le même camp que toi”. Qui est-ce “nous” ?

– Oh. »

Le train ralentit. Ils arrivaient au château.

« Tu verras. »

Chapitre 20

Non sans faire usage de violence physique et verbale, Jolis finit par monter dans le train, avec deux gardes pour le protéger. Une fois bien assis, il épongea la sueur qui perlait à son front. Le Premier juge Royger le réprimanderait certainement pour ce retard, mais comment aurait-il pu prévoir un tel incident ? Jolis n'était à son aise que dans le contrôle des événements : parfois, cependant, il fallait bien accepter les caprices du sort.

Tout était arrivé si vite ! Il avait improvisé un pince-fesses avec quelques hémisphériens en visite au Domaine de l'exécutif, qu'Anna Franklin devait diffuser par le biais des NHN. Certains représentants de la loi y verraient peut-être une répugnante mise en scène narcissique. Et alors ? L'ego était l'énergie de l'avenir. « Avec la bêtise », lui souffla à l'oreille un Croger imaginaire, qu'il préféra ignorer.

Comme il l'avait dit au public, il était là pour « communiquer avec le peuple, pas avec les politiciens ». Il ne lui avait pas toujours été facile de jouer ce rôle de l'homme ordinaire : désormais sorti du rang, certes, mais auquel on peut encore s'identifier. Avec le temps, il s'y était si bien plié, cependant, qu'il l'enfilait le matin avec la même facilité que ses costumes bien coupés, ses souliers impeccables. Seconde peau si convaincante qu'il en venait à oublier la première.

Il avait descendu l'escalier à la vaste courbure en distribuant sourires et signes de la main. Hommes, femmes, enfants, l'avaient serré dans leurs bras, lui avaient pris la main, en larmes parfois, n'osant croire qu'ils rencontraient celui qui pourrait bien devenir le prochain Chef de l'exécutif. Pour ces gens-là, il le savait, c'était une expérience unique : pénétrer dans la zone restreinte de la Maison, s'approcher du lieu de tous les pouvoirs. De cela, il pouvait se servir. Aux gardes qui retenaient la foule, il fit bientôt signe : que la multitude le dévore, qu'elle serve de décor à son entretien avec Anna Franklin.

La journaliste, comme convenu, lui avait demandé pourquoi il n'avait pas encore rejoint la Galerie de la règle. Ce à quoi il avait répondu :

« Les grands hommes de l'hémisphère peuvent attendre. Je suis le guide du peuple. »

Il s'interrompit pour serrer quelques mains et caresser quelques têtes.

« Il n'est plus, le temps où notre hémisphère était dirigé par des hommes que vous (à ces mots, il plongea le regard dans le plakit du technicien de saisie d'Anna) ne connaissiez que sous la forme d'enluminures sur les murs de vos maisons. Le Chef de l'exécutif Rhitel, que le Saintpère bénisse son âme, a fait tout ce qui était en son pouvoir pour relever notre splendide hémisphère de ses décombres : un hémisphère où personne ne souffre de la faim. À présent, le moment est venu pour nous d'entrer dans une ère nouvelle où… »

Le tonnerre de centaines d'applaudissements recouvrit sa voix avant qu'il puisse même finir. Il s'abandonna à la jouissance de cette approbation, le purifiant des derniers doutes qui polluaient encore son esprit. À ce vacarme soudain s'accoupla un craquement bref, assourdissant – fracas de la chute d'un arbre centenaire dans la forêt, claquement du fouet sur la chair d'un Invisible –, suivis de hurlements étouffés et d'un fort tremblement du sol. Jolis, les yeux fermés, les oreilles bouchées, ne voyait rien, n'entendait rien. Après le passage de l'onde de choc, il sentit une odeur de fumée derrière lui. Les tympans encore ébranlés, il parvint à rouvrir les yeux. Une épaisse colonne de fumée noire s'élevait, tourbillonnante, dans les airs. Les gardes déjà remis de l'explosion faisaient évacuer la foule vers le centre de la pelouse et l'escalier dérobé qui venait d'y apparaître.

Il aperçut Anna Franklin, à terre et cherchant non sans difficulté à se relever. Il se précipita vers elle, la prit par le coude.

« Tu es blessée ?

– Je devrais m'en sortir, répondit-elle avec une grimace tandis qu'il l'aidait à se remettre sur pied. Qu'est-ce qui vient de se passer ?

– Aucune idée », dit-il en se retournant vers la Maison.

La colonne de fumée ne tarda pas à se dissiper.

« Une explosion, sûrement.

– C'est encore Shanu, tu crois ?

– Je ne sais pas, dit Jolis en se caressant le menton. Mais c'est une manière très convaincante d'attirer l'attention. Curts va nous élucider tout ça.

– Curts, qui n'est même pas fichu de mettre la main sur un petit Invisible de rien ? Et tu lui fais confiance ? »

Anna s'était retournée vers la Maison, où affluaient à présent des gardes.

« S'il n'arrive pas à capturer Shanu…

– Il y arrivera. Il n'a pas le choix. »

Anna enveloppa Jolis d'un regard perplexe. Puis ses lèvres se retroussèrent en un rictus sanglant. Son chemisier blanc était maculé de vert, souvenir de la pelouse.

« Oh, de toute façon, tu es gagnant sur tous les tableaux, je pense.

– C'est ce qu'on verra. Mais c'est gentil d'être venue, Anna, dit Jolis en lui posant la main sur l'épaule. Je suis vraiment désolé.

– Pourquoi cela ? Tu n'y es pour rien. »

Cette tendresse, cette sympathie. Ça lui avait manqué, bien sûr : mais tous deux savaient bien qu'il était monté dans un train qui n'avait de place que pour un seul passager.

« Certes. Mais j'ai péché par excès de confiance. Si je ne t'avais pas demandé de venir, si je n'avais pas rassemblé toute cette foule sur la pelouse…

– Eh bien, ces gens se seraient trouvés à l'intérieur du bâtiment au moment de l'explosion, si c'est bien une explosion. Stephan, ajouta-t-elle en lui prenant la main, appelle ça comme tu veux, mais je pense que tu as sauvé la vie à des centaines de personnes. Et c'est ce que je dirai à l'écran. »

« Responsable local II Jolis, nous arrivons à la Galerie de la règle », annonça le train.

Il se rendit alors compte que sa main avait gardé la courbe que lui avait imprimée celle d'Anna, et relâcha sa tension. Il vit filer par la fenêtre les noires parois du tunnel, suivies bientôt par les filaments lumineux de la station, aussi brillants qu'un jour nouveau. Alors Jolis sentit éclore en lui quelque chose. Un sentiment, pour être précis, qui l'emplit soudain d'un espoir enivrant. Il aurait voulu se lever et tournoyer sur lui-même aussi vite que possible, comme lorsqu'il était enfant, que personne ne le regardait, en ces rares moments où il n'avait pas besoin de se conduire comme un adulte. Si quelqu'un lui avait proposé de verser ce sentiment dans un flacon et d'y coller une étiquette, il y aurait inscrit un seul mot : Joie. Sensation qu'il n'avait pas éprouvée depuis de très longues années.

Chapitre 21

Frères et sœurs,

En dépit de l'attentat du Domaine de l'exécutif, le bourreau local Il Jolis a fait son apparition à la Galerie d'un pas excessivement satisfait, car les attaques perpétrées dans l'hémisphère ne font que renforcer ses propositions électorales. Les autres représentants de la loi, y compris les juges, n'avaient rien perdu de leur morgue pompeuse ni de leurs bajoues, d'autant qu'aucun mort n'était à déplorer. Le Premier juge Royger a même remercié Jolis pour son « petit numéro publicitaire », grâce auquel nul Poddie grillé n'est heureusement apparu sur le menu du jour.

Notre répugnante distraction d'avant-séance nous a été procurée par la Crieuse que j'ai, me conformant aux instructions, poursuivie avec une hargne redoublée, afin que nul ne doute de mes convictions, puisque je siège derrière Jolis et qu'il m'a toujours considéré comme un soutien fiable. C'est le plus beau rôle de composition qui m'ait été donné de jouer : personne ne se doute de la haine que j'ai pour cet homme et ce qu'il représente. Ah, si je pouvais remporter un Rhimmel à la prochaine cérémonie… Je plaisante, bien sûr.

Aujourd'hui, frère Drams Jams Ivy, peint en blanc des pieds à la tête, a si bien régalé les hommes de son art que les larmes coulaient, pareilles à la bave d'un bébé sur leurs joues et leurs mentons rose pâle, quel embarras ! J'étais moi-même fort ému, bien sûr, mais essentiellement par le fait que notre frère Ivy ait pu infiltrer les rangs Dominants les plus élevés et qu'il jouisse désormais d'un statut très privilégié, bien qu'il soit fréquemment mis en cause par ceux qui ne comprennent pas son rôle authentiquement révolutionnaire. Cependant, par une étrange alchimie, il a cette capacité inégalée à donner de la souffrance et des faux-semblants de ce monde une traduction sublime.

Le débat du jour était consacré au commerce. C'est le bourreau local Il Jolis qui a parlé le premier. Il a proposé de modifier sur trois points cruciaux les décisions xénophobes de son tyrannique prédécesseur pour, dit-il, renforcer la sécurité dans notre hémisphère, conforter la moralisation de nos coutumes et assurer la prospérité des futurs Nordouestains. Voici un résumé de ses propositions :

Premièrement, demander à tous les dirigeants de l'hémisphère qu'ils restreignent les libertés accordées à leurs Invisibles, afin que ces derniers soient traités « comme les travailleurs manuels qu'ils sont, et non de prétendus égaux ». Quel culot !

Deuxièmement, augmenter la productivité de l'hémisphère en exigeant que l'activité de tous les Invisibles, sans exception, soit limitée au travail manuel. Les « suceurs de soleil » (c'est l'un des nombreux sobriquets injurieux qui vous désignent chez les poddies) ne pourront plus se rendre dans des écoles Invisibles ; ils ne pourront plus opter pour la nudité mais devront tous se peindre (ils auront encore droit à la couleur de leur choix [!]) Cependant, ils pourront encore s'adonner aux sports, car c'est une activité physique et les poddies adorent les voir transpirer. Monstrueuse hypocrisie !

Troisièmement, le nombre d'Invisibles qui circulent par le train sera limité ; seuls les domestiques (« puisque leur activité relève du travail manuel », a-t-il précisé) jouiront de ce privilège. Les maisons des Invisibles seront standardisées, de manière que les poddies puissent les surveiller et réguler leur alimentation, leurs loisirs et leur reproduction de manière accrue. Jolis s'est prononcé contre la poursuite des programmes de retard de croissance implémentés par le biais des Rhitel Burgers et autres, au motif suivant : « si nous parvenons à mieux contrôler leurs esprits, leur amélioration physique ne pourra que nous profiter. » Oh, me procurer un marteau et avoir enfin son crâne à portée de main.

Jolis a conclu son intervention en rappelant que le commerce avec les autres hémisphères n'avait rien d'indispensable pour ce qui le concernait. Lui ne se préoccupait que de notre hémisphère. À la fin de son discours, il semblait véritablement en feu. J'aurais aimé l'éteindre sous une averse de crachats mais comme tous les autres représentants qui siègent de mon côté, j'ai dû frapper sur la rambarde en signe de soutien. Je me suis donc figuré que son visage apparaissait dans le fil du bois et j'ai tapé de bon cœur. Cela m'a procuré une sensation étrangement plaisante. Méthode vivement recommandée !

Washington, notre candidat, toujours aussi grand, toujours aussi serein, a reproché son inexpérience à Jolis avant de défendre la nécessité de traiter avec les autres hémisphères, plutôt que de leur faire la guerre. Il a reproché à son adversaire ses « rodomontades exagérées et bruyantes », tout en soulignant le caractère brumeux de ses origines intermédiaires. « Je pourrais me moquer de la simplicité de son langage, qui est celui d'un enfant qui vient d'apprendre son alphabet, mais je préfère m'abstenir. » Ah !

L'idée maîtresse de Washington est celle-ci : c'est la haine, dont Jolis est la parfaite incarnation, qui provoque les actes d'un Shanu. « Au lieu de faire couler l'eau apaisante dont notre hémisphère a soif, [Jolis] ajoute de l'huile à l'incendie qui dévore notre terre, région après région. »

Plus concrètement, Washington souhaite rouvrir les frontières fermées depuis plus de trois quarts de siècle, y compris les trains transocéaniques. Les habitants des autres hémisphères, « les PoDo blanc rosé, brun clair, jaune-brun, de même que tous les Invisibles » seront les bienvenus dans le Nordouest ; il en découlera des interactions interculturelles conformes au projet du Retournement essentiel.

Il a même abordé la possibilité de revenir à la réintroduction de l'élevage d'animaux vivant dans le monde, « sous couvert d'un contrôle strict » et n'a pas hésité à faire allusion aux fleurs cultivées dans l'Hémisphère Sudouest. « De toutes sortes. Des rouges, des bleues, des blanches, des violettes, des orange, des jaunes. Des spécimens naturels, superbes, tels que nous n'avons pas été capables d'en produire dans notre hémisphère en plus de quatre cents ans. »

Si vous voulez mon avis, c'est cette histoire de fleurs qui a causé sa perte. Quoi qu'il en soit, Jolis s'est violemment gaussé de son idéalisme et a déclenché les rires dans la Galerie. Si vous aviez pu assister à ce spectacle ! Washington soudain s'est mis à transpirer. Sa chemise bleu clair a lentement viré au bleu foncé. Il a dénoué sa cravate orange, a ouvert son beau veston rouge : il avait l'air tellement, tellement, tellement perdu !

Et c'est avec un herbol débordant de regret que je vous le dis : tout comme hier, le bourreau local II Jolis a remporté la partie. Il fallait le voir devant la Galerie, les lèvres frémissant de contentement : il semblait avoir enfin compris, pour la première fois de sa jeune existence, qu'il n'y a pas de drogue plus enivrante que la détermination.

Si bien qu'en dépit des circonstances, je conclurai cependant ma dépêche du jour sur un sourire, car c'est entre nos mains que repose désormais le sort de notre hémisphère, et c'est nous qui délivrerons les Invisibles du désespoir. Il me reste à souhaiter que la force de mon engagement éclate à toutes les lignes, et que vous sachiez que mon cœur est en tout point transparent, même si je suis un poddie.

Que la révolution se poursuive dans la joie,
Frère Lesbod.

Chapitre 22

« Voilà, annonça Red en passant la dernière couche de rouge à lèvres rose. Même chose que ce matin. Regarde. »

Elle tendit un miroir de poche à Sweetmint, qui s'y scruta en tournant la tête à droite puis à gauche.

« Parfait. »

Avec la délicatesse qu'elle avait déployée pour peindre Sweetmint, Red s'empara d'une frite Rhitel et ouvrit grand la bouche pour l'y déposer, peu désireuse de gâcher son propre maquillage.

« Il ne peut pas en être autrement, déclara-t-elle entre deux bouchées. Tiens, sers-toi. »

Sweetmint considéra, nez plissé, les frites, le burger et le shake Rhitel que Red avait posés sur la table de la cuisine.

« Non, mambonga. C'est du poison, tout ça.

– Du poison ? Ah oui ? »

Red mordit dans le burger et avala quelques gorgées de son shake, d'un bleu qui ne devait rien à la nature.

« Jamais je n'en ai goûté de si bon. Tu sais, tu vas regretter de n'avoir rien mangé.

– C'est un risque que j'aime mieux prendre.

– Aussi entêtée que le feu est brûlant, grommela Red en poussant son déjeuner sur le côté. Bon, on récapitule le plan.

– Encore ? C'est la trentième fois ! »

Ce qui n'était pas faux. Et l'adrénaline bondissant dans ses veines ne faisait que rendre plus plausibles tous les dérapages qui pouvaient conduire la soirée au désastre.

Red se contenta de dévisager Sweetmint de ses yeux jaune fluo, soleils infimes et aveuglants. Ces dernières vingt-quatre heures, elles avaient plus ou moins sympathisé – ou, en tout cas, ne se considéraient plus avec autant d'inimitié. Sous ce regard, cependant, Sweetmint se sentait encore aussi négligeable qu'un grain de poussière.

Qu'aurait-elle pu accomplir, Red, si elle en avait eu l'opportunité ? se demanda fugitivement Sweetmint. Dans un autre monde, elle aurait pu devenir une Cheffe de l'exécutif, de première qualité qui plus est. Les jeunes femmes de tout l'hémisphère, la voyant paraître à l'écran, auraient pu se rêver à sa place. Ou tout au moins s'apprécier à leur juste valeur, quelle que soit la vie qu'elles avaient choisie. Cette brève méditation prit fin. Sweetmint était de retour dans la cabane, et Red attendait.

« Je suis ta cousine, je travaille d'habitude chez Ladette, et je fais un tour au Minx parce que je voudrais changer de travail. Je dois séduire par les yeux, les lèvres, le déhanchement, tout en faisant comprendre que je ne suis pas une femme facile. Il faut que je paraisse soumise sans sembler pour autant impuissante ni prête à tout, acculée. Et par-dessus tout, je ne dois jamais céder à la panique, même si le chibe que je vais rencontrer ce soir…

– … veut faire l'amour avec toi, conclut Red en empoignant Sweetmint par les épaules. Oui : même si ce chibe important et tout-puissant veut faire l'amour avec toi, pas de panique. Souviens-toi : tu es la seule maîtresse à bord, même s'ils sont certains du contraire. »

Sweetmint regarda les matelas sur le parquet de la salle à manger. L'idée que Sweetsmoke puisse revenir passer la nuit dans cette cabane qu'il avait construite avec Rusty, avec des arbres qu'ils avaient abattus ensemble, lui donna la force dont elle avait besoin.

« Je ferai tout pour que ça marche, chuchota-t-elle.

– Très bien, dit Red en lui tendant un petit sac en silicone. C'est pour toi. Mets-y ce dont tu auras besoin pour la nuit. Tout ce qui peut servir au bon déroulement des opérations.

– Merci. »

Elle glissa dans le sac du rouge à lèvres, des lentilles et des couvre-dents, la boussole de Rusty, son talisman, et un petit supplément. Une arme secrète, en quelque sorte. *Au cas où.*

« Sweetmint, j'ai prévenu les autres filles que tu nous accompagnerais ce soir. Cela dit, ne t'étonne pas si elles sont un peu rétives. »

Cet adjectif, Sweetmint s'en rendit vite compte sur la grande place, relevait du pur euphémisme.

Lorsqu'elles l'aperçurent, Orange, Violet et Blue s'approchèrent à quelques mètres et rirent, pendant une bonne minute. Elles furent bientôt rejointes par Indigo, Yellow et Green.

« Red, tu te fiches de nous, s'écria Orange, les yeux au ciel. Qu'est-ce que c'est que ce... machin ?

– Ouais, même moi, ajouta Blue en agitant la main avec mépris sous le nez de Sweetmint, j'en suis sidérée. J'ai l'impression d'être devant ce genre d'arbres immenses qui sont en fait complètement pourris de l'intérieur. Soit il faut les abattre tout de suite, soit il faut les fuir. Loin, très loin.

– C'est Sourmint, ça ? renchérit Green en s'approchant à son tour. La noble et puissante injaka qui nous regarde de haut, nous et notre profession, depuis la nuit des temps ? Par le Saintpère, je rêve !

– Bon, bon, dit Red. On se calme. Vous savez très bien de quoi il retourne. Sweetmint a envie de savoir l'effet que ça fait d'être une fille Arc-en-ciel le temps d'une soirée. Pour se changer les idées, vu l'histoire de Sweetsmoke et tout le reste. Alors vous arrêtez tout de suite, avec vos moqueries. Ce soir, elle est de la bande, sous le nom de Glitter. »

Les six filles s'exécutèrent, non sans rester glaciales. Conformément aux engagements de Red, Sweetmint vit apparaître son nouveau nom sur l'écran de verre du quai. Glitter, Destinations autorisées : Minx. Voyageant sans passeville, elle avait craint d'être contrôlée à bord du train. Visiblement, Red avait pu faire le nécessaire.

Le trajet était court. Il ne fallait que dix minutes pour atteindre un quartier de Rhitelville qui, selon Red, n'était « pas vraiment le centre-ville, là où habitent tous ces poddies ultra-snobs, mais ça n'est pas loin. C'est quasiment la Première ceinture, et juste après, tu as la Seconde ceinture, moins dense, plus de verdure, et des villas plutôt que des immeubles. Il paraît que c'est là que Drams Jams Ivy a sa maison. Après quoi, de l'autre côté du fleuve, à l'ouest, c'est Sambrick Village. »

Elle tendit la main dans cette direction, même si le train circulait encore dans un tunnel mal éclairé.

« Et, à l'est, sur la rive de l'autre fleuve, il y a Capital Gardens. Les villas sont encore plus grandes que dans la Seconde ceinture. Ça, c'est un quartier pour le directeur des gardes Curts, ce genre de type.

– Comment sais-tu tout ça ? Sur les cartes que je connais, on voit les neuf régions de l'hémisphère et notre forêt est indiquée. Mais pour Rhitelville, à part ses limites et ses principaux monuments…

– Oui, rien n'est montré. Je sais. Moi, non seulement j'ai vu des cartes plus détaillées, mais j'ai visité ces endroits non indiqués. Parmi les hommes qu'on fréquente au Minx, il y en a qui apprécient les… rendez-vous à domicile. Uniquement quand leurs épouses et leurs enfants ne sont pas là.

– C'est curieux, dit Sweetmint en secouant la tête.

– Quoi donc ?

– Ces gens qui sont des obsédés de la propreté, et qui nous l'enseignent à coups de poing depuis notre plus tendre enfance… "Maison nette, âme claire", "Visage lavé, notre sainteté" et toutes ces rengaines. En fait, ils sont tellement…

– … sales dans leur tête ? s'esclaffa Red. Et encore, tu n'as rien vu, injaka. Cela dit, crois-moi, tu te rattraperas ce soir. »

Le train ralentit et les filles vérifièrent dans le reflet des vitres obscures que tout était en ordre : peintures du visage et des cheveux, couvre-dents et lentilles. Puis ce fut la gare et, comme dans son enfance, à l'orphelinat, lorsqu'elle regardait la nuit par la fenêtre, croyant que le ciel était tombé, Sweetmint vit des filaments bleus briller dans toutes les directions et ne sut, pendant quelques instants, si elle volait ou si elle se noyait.

Chapitre 23

Les portes du train s'ouvrirent sur le quai de la station souterraine de Sky Manor au moment même où celles de l'ascenseur se refermaient.

« Attendez-moi ! » hurla Jolis en sautant du train.

Une main apparut entre les battants de bois, les forçant à s'écarter.

« Oh, s'étonna un homme de haute taille en costume marron, tout en rajustant ses lunettes. Mais c'est le responsable local II Jolis ! Comment allez-vous ? »

Jolis se faufila dans la cabine et regarda fixement les portes se fermer avant de s'adresser à son sauveur.

« Je me porterai à merveille quand vous m'appellerez par mon prénom, Miller. Ça fait deux ans que j'habite ici, j'ai été reçu chez vous et Maisy, et vous me parlez encore comme à un étranger ? Qu'est-ce qui vous prend ? »

Miller toussota, remonta de nouveau ses lunettes et finit par produire un sourire guère convaincant. Jolis en était certain : cet homme le craignait. Constat qui aurait pu l'attrister, car il est vrai que certains caractères, en particulier ceux qu'imprègne une résolution farouche, sont incompatibles avec l'amitié. Jolis s'en fichait. Les hommes ne naissent pas égaux en droits. Et l'amitié est sans doute le pire des obstacles à la concentration.

« Je suis désolé, dit Miller, le regard fuyant. Simplement, je… je ne sais pas. »

Puis, avec un sourire toujours aussi forcé :

« Ce n'est pas tous les jours qu'on peut discuter avec le futur Chef de l'exécutif.

– Certes, répondit le responsable local en haussant les épaules. Pourtant, Miller, je suis certain qu'on continuera à se fréquenter.

Vous avez accru votre production forestière, ces dernières années, non ? »

L'autre opina au moment où l'ascenseur atteignait le cinquième étage. Jolis lui infligea une telle bourrade que le malheureux dut se retenir à l'embrasure de la cabine pour ne pas tomber sur le palier.

« Eh bien, ça mérite une promotion, ça ! C'est l'une des premières mesures que je prendrai une fois élu. Ça vous dit ? »

Miller se tourna vers Jolis, découvrant en un sourire enfin sincère une denture impeccable. Il prit Jolis par la main et la lui secoua si longuement que le futur élu en eut mal au poignet.

« Oh, merci, Chef de l'exécutif ! Par le Saintpère, quand j'annoncerai ça à Maisy ! Ça fait un moment que j'en ai envie, mais vous savez ce que c'est. Il faut attendre son tour.

– Oui, je sais. Et votre tour est arrivé, Miller. Que puis-je faire d'autre pour vous ? »

Miller soudain perdit le sourire, juste avant d'articuler « Rien ». Jolis s'avança vers lui, comme pour le pousser hors de la cabine.

« Qu'est-ce qui ne va pas, Miller ? Vous pouvez tout me dire. »

L'homme au costume marron se gratta le sourcil, lança un regard par-dessus son épaule puis se retourna vers Jolis, tête baissée.

« C'est... ce vizo, Chef de l'exécutif, murmura-t-il. Maisy et les enfants en sont malades. Et je frise moi-même la nausée. Ce qui s'est passé ce matin au Domaine de l'exécutif, et tout le reste. Je veux dire, nous habitons dans l'immeuble le plus haut du centre de Rhitelville... C'est peut-être nous qu'il va faire sauter, la prochaine fois ? »

La peur. Jolis n'avait qu'une envie, gifler de toutes ses forces ce visage blanc rosé aux traits ciselés. Celui qui se laisse dominer par ses peurs ne mérite pas le nom d'homme. Cette colère cependant se transforma rapidement en une irrépressible envie de se rouler par terre de rire, à en vomir son déjeuner. Il suffisait donc d'un Invisible pour que tous les PoDo, d'ouest en est, de la région des forêts à celle des fermes, fassent dans leur pantalon ? Oh, mais Shanu était le sauveur de Jolis. Qu'il aille jusqu'au bout de sa mission, c'était nécessaire. Après quoi, il pouvait bien se volatiliser, en douce fumée qu'il était.

« Le directeur des gardes de l'hémisphère Leon Curts s'en occupe, Miller. Et je vous prie de me croire quand je vous garantis qu'on tuera tous les vizos, jusqu'au dernier s'il le faut, pour attraper celui-là et le mettre à mort. Passez le bonjour à Maisy.

– Bonsoir, Chef de l'exécutif. Et merci, vraiment. »

Jolis sortit au dernier étage. Comme tous les soirs, il prit son temps pour parcourir les quelques mètres du couloir à la moquette verte et contempler les cinq enluminures qui ornaient les murs. Elles représentaient une forêt, traversée par un simple sentier, illuminée par les rayons du soleil, au-dessus des montagnes. Le pentaptyque avait pour titre *Fuite de l'Invisible.* Celui qui en avait saisi les images prétendait qu'un Invisible courait sur chacun des cinq pans : libre aux passants d'y croire ou non. Jolis épousait cette vision. Il ne le savait que trop : tous, dans cet hémisphère, fuyaient quelque chose – eux-mêmes, en général.

Il leva la main devant la dernière porte du couloir. Elle s'ouvrit en coulissant avec un chuintement limpide qui lui donnait toujours du plaisir. Quand il avait emménagé, il avait passé une heure à actionner la porte juste pour entendre ce son. Les gens, se disait-il, accordent si peu d'importance aux bruits qui accompagnent leur changement de statut. Le claquement sec d'une hache, la rumeur lointaine d'un fleuve, le grésillement du feu et puis, pour certains, ce chuintement. Ou le silence.

Vingt minutes. Il se déchaussa en deux coups de pied sur les dalles grises, introduisit ses chaussures et ses vêtements dans un vide-linge qui conduisait à une station de nettoyage express. Une heure plus tard, il récupérerait par le même dispositif un costume impeccable. Ah, certes, il lui avait fallu du temps pour s'habituer à tout cela. C'était pourtant plus facile qu'il ne l'avait pensé. En général, l'accès soudain au grand luxe corrompt les individus. Jolis, lui, en avait conçu une amertume dans la bouche que rien ne pouvait effacer – un goût âcre qui, sans grand secret, renforçait sa dureté, sa détermination.

Il entra dans l'espace principal de l'appartement, lança un regard à gauche – tout allait bien dans la zone salon, les coussins bariolés étaient tous à leur place, l'arbre pétrifié se tenait convenablement voûté sur son piédestal – puis à droite, dans la cuisine, dont les comptoirs de marbre noir et lustré l'appelaient à l'action : « Grand cuisinier Stephan, servez-vous de nous ! » Il était cependant trop tard pour manger : Jolis n'était pas homme à se contenter d'un apéritif. La cuisine était son plus grand plaisir, à ses yeux l'art le plus noble. S'il n'avait pas choisi la politique, il aurait ouvert un restaurant dans le centre-ville, se serait mis en quête des ingrédients les plus délicieux des neuf régions et se serait livré aux expériences culinaires les plus merveilleuses et les plus inouïes. Ah, peut-être y parviendrait-il ? Ces jours-ci, la politique et les affaires ne faisaient plus qu'un.

Son estomac se mit à gargouiller. Il fallait se préparer, maintenant. Lui trottait encore dans la tête l'histoire que Croger lui avait racontée quelques heures plus tôt, en guise d'avertissement. Jolis s'était rendu au château pour y célébrer la deuxième défaite de Washington à la Galerie. S'il fallait en croire Croger, il s'agissait de rappeler à Jolis les sacrifices auxquels on doit consentir dans la conquête du pouvoir, et les mauvais coups que peuvent vous infliger vos adversaires.

Soixante-dix ans plus tôt, le Chef de l'exécutif Sambrick, prédécesseur du Chef de l'exécutif Rhitel, avait eu l'intention de soutenir un autre candidat, le responsable local XII George Elmor, bien plus progressiste, bien plus équitable que Rhitel. Lorsque ce dernier l'avait appris, il n'avait pas hésité, paraît-il, à étouffer son mentor et ami Sambrick et s'était emparé du pouvoir après avoir également supprimé Elmor et sa femme. L'histoire précisait que l'enfant des Elmor avait disparu sans qu'on sache ce qu'il était devenu.

Jolis avait remercié son vieux camarade pour cette tranche d'histoire revue et corrigée, laquelle, honnêtement, n'avait en rien émoussé ses ambitions. Au contraire : elle les avait renforcées. Personne ne le savait, pas même Croger, mais il avait déjà tué pour grimper les échelons. Et, songea-t-il en respirant l'air fastueusement frais de son appartement, je recommencerais, si nécessaire.

À la perdition ! En se rendant dans la salle de bains, il tapota le mur à plusieurs reprises. La douce voix de Stella Irons se répandit dans l'appartement. *Merci oh merci oh merci*, chantait-elle, sur un accompagnement où le fer percutait l'acier. Le bourdonnement de la basse donnait de la consistance à la chanson, qu'une mélodie au piano traversait, aérienne, soulignant la voix de Stella, bien trop mûre pour une jeune fille de dix-huit ans. *Merci pour ce moment, oh oui, je peux le dire, c'est vrai. Merci pour les océans immenses, pour les couleurs, pour les nuances. Merci pour le monde, comme il me fait du bien. Merci pour ta chaleur, les feuilles remercient l'arbre, le lien.*

Les paroles manquaient franchement d'intérêt. Ce qui fascinait Jolis, c'était l'histoire de Stella. Petite Invisible revêtue de poussière, travaillant à la mine, régalant sa famille et ses amis de chants d'espoir : puis un jour, un contremaître l'entend, enregistre sa voix pour la faire écouter à sa femme, qui le supplie alors de transmettre l'enregistrement à son frère à elle, un chasseur professionnel de talents capables d'émouvoir les foules. Ce dernier transforme la gamine de la région fer et acier en révélation hémisphérique. Et sa voix, Jolis le percevait, vibrait de cette reconnaissance qu'elle célébrait, mais aussi d'une tristesse aussi infinie que la terre est ronde. Ah non ! Pas de temps à perdre avec la mélancolie. Pas aujourd'hui.

Nu comme au jour de sa naissance, il se précipita dans la capsule de verre au centre de la salle de bains. Des jets d'eau savonneuse jaillirent d'une dizaine de trous, suivis d'eau claire puis d'air chaud. Propre et purifié en trente secondes. *Quel miracle.* En termes d'hygiène, le Nordouest était inégalé.

Ongles coupés. Cheveux peignés. Dents brossées. Sourcils épilés. Il enfila un peignoir bleu marine, prit un sniffpatch dans le distributeur situé au-dessus de la coiffeuse et se le colla sous l'aisselle. Une fois ses veines irriguées, il retourna d'un pas dansant dans l'espace à vivre et ouvrit la grande fenêtre pour sortir sur le balcon.

Arme-moi, suppliait Stella. *Arme-moi de la force de ton amour.*

D'un geste, il fit descendre sur le balcon une vaste bulle de verrebrume en version noire : ainsi, personne ne pouvait observer ses mouvements. Et tandis qu'il se baissait pour inspecter son jardinet de plantes aromatiques, un visage de femme apparut dans la vitre obscurcie, sous la rambarde. *Juste au bon moment.* De l'index, il tapa sur le verre, qu'elle puisse utiliser l'ascenseur. Une minute plus tard, on frappait à la porte. Il se tourna vers le seuil. Nouvelle commande : et la porte de l'appartement s'ouvrit. *Ce chuintement !*

Apparut alors sur le seuil une véritable œuvre d'art. L'une des plus incroyables qu'il ait jamais vues. Ses seins étaient couverts de galaxies lointaines. Des fleuves vibrants coulaient de son ventre aux poils verts de sa vulve, frondaisons épaisses de deux arbres qui plongeaient jusqu'au bas de ses cuisses pour s'enraciner, bruns et noueux, à ses chevilles.

Jolis n'était plus le prochain Chef de l'exécutif sur la liste. Il était redevenu un homme, un homme qui avait faim et plus encore.

À en crever.

Chapitre 24

Les portes du train s'ouvrirent et les filles descendirent sur le quai. *Par le Saintpère.*

Devant l'ascenseur en verre, se tenaient les deux plus grands Invisibles que Candace ait jamais eus sous les yeux. L'un avait la peau couverte de peinture dorée, des pieds à la tête. Deux longues tresses encadraient son visage, du front à la nuque. L'autre était son jumeau en version argentée. Et ces deux hommes portaient des costumes noirs, comme n'importe quel PoDo. Vision inquiétante, et d'une certaine manière ridicule, si ce n'est que la musculature de ces colosses fit comprendre à la jeune femme qu'ils pouvaient briser facilement des os, et ne s'en étaient probablement pas privés par le passé.

Pourtant, quand ils aperçurent Red, leurs visages massifs se fendirent en de tendres sourires.

« Red ! s'écria l'homme doré en se penchant pour la serrer dans ses bras.

– Sanele ! Où étais-tu passé ? Je ne t'ai pas vu de la semaine. On a dû faire avec ces jeunes marfanas qui puent et qui ne savent pas s'y prendre avec les dames. »

Elle lui pinça le bras et il serra le poing, comme si elle l'avait poignardé.

« Aïe ! Vas-y doucement, avec les marfanas. Anele, ici présent (il désigna l'homme argenté du pouce) s'est amoché la jambe en voulant danser comme un gamin. Alors, ces derniers jours, il a dû manquer. Et comme je suis à la fois son uba et son uma, si tu te souviens, je me suis occupé de lui. »

Anele, qu'Orange, Indigo et Green contemplaient avec concupiscence, leva ses yeux argentés au ciel.

« Ah, ce marfana, s'esclaffa-t-il. Red, mais tu sais, ça : il raconte tellement de bêtises qu'il en pue du bec.

– Je ne sais pas trop, répliqua Red, les mains sur les hanches, tout contre Sanele. Pour moi, sa bouche sent plutôt bon. »

Et toutes les filles Arc-en-ciel poussèrent des « Oh » et des « Ah ». Candace en conclut que Sanele aimait bien Red, ou l'inverse, ou les deux. Ces échanges joyeux la détendirent, jusqu'à ce que Sanele se tourne vers elle.

« Et elle ? Qui c'est ?

– Mais où sont mes bonnes manières ! Elle, répondit Red en extirpant Candace de la bande, c'est ma cousine, Glitter. D'habitude, elle travaille chez Ladette, mais elle se demande si elle ne va pas aller au Minx.

– Ça m'arrive d'aller chez Ladette, s'étonna Anele en scrutant Candace, mais je ne t'ai jamais vue là-bas. Pourtant, tu n'es pas du genre qu'on oublie.

– Bien sûr que tu ne l'as jamais vue, dit Red, hilare. Qu'est-ce que tu crois, gros jisolo ! Ma cousine travaille dans un salon privé, au dernier étage (elle brandit l'index vers les cieux). Avec des poddies qui déboursent plus de rhitellings que toi et moi n'en avons jamais vu de notre vie, pour passer ne serait-ce qu'une heure avec la seule et l'unique Glitter. »

Le cœur de Candace battait si fort qu'elle était certaine que les autres l'entendaient tambouriner dans ses oreilles. Elle fit de son mieux pour se calmer, de peur que sa rumoya ne la trahisse. Anele, la pensant sans doute de l'espèce émotive, haussa les épaules, ce qui mit son veston à rude épreuve.

« Je comprends. En général, je me cantonne à l'étage du milieu, avec les jolies femmes (clin d'œil à Indigo) qui tolèrent la présence d'un humble marfana dans mon genre. »

Merci, Saintpère. Merci, les Trois professeurs. Merci, merci, merci.

« Humble, façon de parler, conclut Sanele en tendant une main chargée de bagues vers les portes de l'ascenseur, qui s'ouvrirent. Allez, tout le monde à bord ! Vous êtes tous là ? Bon, on commence par où ?

– Rez-de-chaussée pour Glitter et pour moi, répondit Red. Je veux lui faire visiter la maison. Les filles, on se retrouve au dernier étage, d'accord ? »

Toutes hochèrent la tête.

Quelques secondes plus tard, les portes se rouvrirent. Voyant que Candace ne bougeait pas, Red la poussa sur le seuil. Il y avait trop de choses à voir. Les filaments, rouges, bleus et jaune sombre, scintillant de tous les côtés, se réfléchissant sur le sol dallé de noir et rendaient la concentration difficile. Quant à la musique ! La basse était si lourde qu'elle faisait frémir le cœur de Candace. S'y mêlaient des sons étranges et rythmiques : bris de verre, cliquetis métalliques, craquements du bois, et pas la moindre voix humaine. *Qui sont ces gens ?* Des femmes Invisibles, crâne à demi rasé, cheveux raidis ou longues tresses, semblant pour certaines trempées dans du métal liquide, comme Sanele et Anele, et pour d'autres enduites d'une peinture noire et lustrée qui ressemblait à de l'huile de graines de courge brûlées. Toutes blotties contre des poddies mâles qui dansaient et se déhanchaient au son de l'envoûtante basse.

« Ça te plaît, hein ?

– Quoi ? »

Candace était si fascinée par le spectacle qu'elle en avait oublié la présence de Red.

Red posa doucement le pied sur celui de Candace, qui tambourinait sur les dalles, et la gratifia d'un coup de fesses.

« C'est la première fois que j'entends ce genre de musique, s'écria Candace d'une voix forte, pour se faire entendre, quelque peu embarrassée par les manifestations incontrôlables et giratoires de ses membres. Et que je vois ce genre de spectacle. C'est…

– Beaucoup d'un seul coup, je sais, lui souffla Red à l'oreille. Mais pas pour Glitter. Ça ? »

Elle tendit vers les danseurs ses mains rouges comme le sang des PoDo.

« Ça, c'est le monde de Glitter. »

Elle a raison. Et ce soir, Candace n'existe pas. Je suis Glitter. Je suis Glitter. Je suis Glitter. Trois mots à se répéter comme une prière, à fredonner comme un hymne.

Avant même qu'elle comprenne ce qui lui arrivait, Red lui avait fait traverser la foule en nage pour la conduire au bar. Des hommes PoDo aux visages rosés étaient juchés sur des tabourets, face à l'immense miroir derrière le comptoir qui, bordé de filaments bleu clair, leur donnait un teint d'océan. Des femmes Invisibles prenaient des poses variées : debout à leurs côtés, discutant, ou assises, rieuses, sur leurs genoux.

Candace et Red se trouvèrent un recoin moins bondé. Red la poussa vers un tabouret avant de s'en trouver un libre.

« Ici, c'est l'étage léger. Les poddies viennent y danser et se coller des patchs faciles, ceux qui vous rendent euphorique, gentil. Comme là. »

Elle montra à Candace les distributeurs multicolores suspendus par dizaines au grand miroir. Une femme plus âgée, dont le corps, chevelure en spirale comprise, était entièrement recouvert de gemmes jaunes, se tenait devant les distributeurs. Et lorsqu'elle ne discutait pas avec les femmes ni ne flirtait avec les hommes, elle allait leur chercher des patchs.

« C'est là que la plupart de ces hommes commencent la soirée, expliqua Red, à moins que ce ne soient des patcheurs lourds. Ceux-là (elle désigna du menton l'ascenseur) montent directement au premier, ou plus haut. C'est là qu'on trouve la grosse marchandise. »

Candace avait l'esprit ailleurs, flottant dans un lieu inconnu. Un monde nouveau où les gens ne se mouvaient que par pur plaisir, au gré des occasions. Elle se prit à désirer ce type d'évasion, d'abandon. Tout lâcher, céder à tous les désirs que Sweetsmoke lui avait interdits et qu'elle s'était elle-même refusés.

« Aïe !

– Concentre-toi ! » aboya Red, qui venait de lui pincer la cuisse, avec les ongles.

Glitter repoussa la main de Red et se frotta la peau, pour calmer la douleur, tenace.

« OK, Red, désolée. Alors ? Qu'est-ce qu'on attend, maintenant ? Où est le fameux chibe qui pouvait m'aider ?

– Oh ! À ton avis, quand Drams Jams Ivy donne un concert, il ne s'échauffe pas la voix ? Et quand Mandla monte sur le ring, il ne fait pas travailler ses petits muscles si sexy ? Et si. Alors du calme, Glitter. Il faut que tu t'exerces un petit moment. Compris ?

– Pas vraiment.

– Bon, tu vois ce poddie, là-bas, tout seul ? »

Red tendit la main. Glitter pencha la tête pour le voir : teint blanc rosé, visage et mains émergeant, osseux, d'un pull en maille bleue, et reflétant si bien les filaments azur du bar qu'ils semblaient être couverts d'une mince couche de peinture.

« Oui, vu.

– Très bien. Ce que je veux, c'est que tu ailles lui parler. Fais en sorte de lui plaire. Habitue-toi à la clientèle. Voilà.

– Mais qu'est-ce que je peux lui dire ? »

La basse semblait de plus en plus lourde, la musique de plus en plus forte, les lumières de plus en plus vives, explosives.

« Je… J'ai peur.

– Quoi ? siffla Red en fronçant le nez. Non, Glitter n'a peur de rien. De toute façon, tu n'as rien à dire. En tout cas, pas au début. Rappelle-toi ce que je t'ai dit. Va là-bas. Et fais honneur à ton prof. »

Glitter longea le bar, jambes tremblantes, et se planta devant le PoDo, sans trop savoir comment entamer la conversation. Red lui faisant signe de danser, elle remua les épaules, gênée. Elle avait l'impression d'être raide comme un tronc d'arbre. L'homme, qui n'en avait cure, se retourna immédiatement vers elle. Il avait un patch blanc à la gorge.

« Mmmh, bonsoir, toi, dit-il avec un sourire si distendu que ses lèvres semblèrent se perdre derrière son visage. Tu me sembles positivement délicieuse. »

Une immense nausée déferla dans l'estomac de Glitter et remonta jusqu'à sa gorge. Elle la ravala avec une grimace, qu'il dut prendre pour un sourire, car il s'avança vers elle, ses lèvres si proches qu'elle flaira l'odeur de son dîner, pommes de terre vapeur à l'ail.

Il ferma les yeux et se gonfla les poumons du parfum de Glitter avant d'exhaler par étapes.

« Oh, les choses que j'aimerais te faire. »

Ses lèvres, bleu froid reflétant les filaments, frôlèrent l'oreille de Glitter.

« Pourtant, tu n'es pas mon genre. Je les aime petites, avec plein de cheveux, mais (une main moite rampa des omoplates de Glitter à ses fesses) je me contenterai de ça. »

Quelle drôle de sensation. Elle s'était simplement montrée à lui, et cet homme qui travaillait peut-être dans un grand immeuble du centre de Rhitelville, avec une femme, des enfants et assez de rhitellings sur son compte en banque pour acheter comptant la Forêt vingt-six, cet homme était devenu le serviteur de son corps. Peau, chair et os, comme toutes les autres femmes de l'hémisphère, sauf que, et cette pensée la faisait à présent sourire : *ma peau, ma chair, mes os sont Invisibles. Je suis l'interdit : et dans ces lieux, l'interdit règne en maître.*

La femme aux gemmes jaunes s'approcha de lui. Il abandonna provisoirement Glitter pour commander un nouveau patch. Le temps qu'il se retourne vers sa conquête, elle était déjà repartie à l'autre bout du bar, près de Red, hilare, tandis qu'il tournait la tête en tous sens pour la retrouver. Elles entrèrent sur la piste de danse, leurs deux corps, l'un si grand, couvert de paillettes, l'autre petit et rouge, se nouant l'un à l'autre, peaux douces se frôlant pendant que la musique se frayait un chemin le long de leurs membres. Lorsqu'elles furent en nage, poisseuses, Red fit signe à Glitter de la suivre à l'écart du vacarme.

« Bien joué, Glitter ! Tu l'as poussé jusqu'au bord du désir et tu l'as quitté au bon moment. Tu aurais pu tout lui demander, la seconde d'avant, tu sais ? Il se serait exécuté. De l'argent, des bijoux, tout ce que tu voulais. Ça fait quelle impression ? »

La puissance. En ces hommes, qu'ils dansent ou qu'ils soient assis au bar, elle reconnaissait tous les PoDo qu'elle avait fréquentés. Le révérend Achte, les professeurs à l'école, à l'université, Mr Tenmase et même Sanford. Tous si certains de leur rang, de leurs privilèges. Et voir leurs semblables, membres de la prétendue Population dominante, baver devant des femmes qu'ils considéraient comme inférieures démontrait à l'envi que tout le monde, elle comprise, avait au moins deux visages. Celui ou celle qu'on est le jour, celui ou celle qu'on devient à la nuit tombée : le changement de lumière faisait tomber les masques. Les PoDo n'avaient rien de propre, comprit-elle. Simplement, ils étaient maîtres dans l'art de dissimuler leur saleté.

« L'impression d'apprendre à toute vitesse.

– C'est que c'est le cas, ricana Red. Avec la meilleure prof du monde. Tu vois à quel point ce sont des gosses, ces poddies ? Tout ce qu'ils cherchent, c'est le pibele de leur uma sous une autre forme, pour le téter. Dire que ce sont eux qui gouvernent notre hémisphère ! Et c'est bien pour ça qu'ils sont dangereux.

– Je ne savais pas que tu pensais ce genre de choses, Red. Que tu pouvais tenir ce genre de propos.

– Ah oui, injaka ? Ça a l'air de te surprendre, le fait que je ne me résume pas à ce que j'ai entre les cuisses. On causera politique quand on aura fichu le camp d'ici, si tu y tiens. Il est temps de monter. »

Elles se dirigeaient vers le fond du bar quand une main se posa sur celle de Glitter.

« Qui me… »

Elle se retourna, et reconnut Sanford, qui l'avait prise par le poignet.

« Qu'est-ce que tu fais là, Candy ? »

Avant qu'elle puisse lui répondre, Red s'était interposée entre eux, paume plaquée contre le torse de Sanford.

« On regarde sans toucher, beau gosse. Et je ne sais pas de quelle Candy tu parles. Elle s'appelle Glitter. »

Sanford essaya en vain de croiser le regard de Glitter par-dessus la fille rouge. Elle détourna les yeux. Par le Saintpère, que faisait-il au Minx ? Parlerait-il de cette rencontre à Mr Tenmase ? Quelle explication pourrait-elle donner ? C'était si curieux de le voir ici. La seule bulle dans laquelle ils aient jamais cohabité, le château Tenmase, n'y résisterait pas. Désormais, il leur serait plus difficile d'entretenir une relation, de projeter leurs désirs l'un sur l'autre, acteurs privés de décor.

« Candace », articula-t-il.

Une autre Invisible, peinte en marron, en beige, en rose et en blanc comme un immense gâteau, le prit par le bras pour le ramener sur la piste de danse.

« Candace, regarde-moi, insista-t-il. Je ne sais pas ce que tu fais ici, mais tu ne devrais pas rester au Minx. »

Il tendit la main vers elle. Red, espiègle, s'en saisit, introduisit ses doigts entre ceux du jeune homme et lui fit baisser le bras. Nullement démonté, il ne quittait toujours pas Glitter du regard.

« Tu n'as rien à faire ici.

– Mais je m'appelle Glitter, mon chéri, finit-elle par répondre en levant la tête. Je ne connais pas de Candace. »

Puis elle prit Red par le bras et poursuivit son chemin.

« Qui était-ce, ce type ? demanda Red, amusée.

– Bah. Quelqu'un qui croyait m'avoir reconnue. »

Chapitre 25

Jolis passa l'index sur le mur le plus proche pour baisser le son de la musique. Et ce ne fut que lorsqu'il hocha la tête que la jeune femme sur le seuil osa entrer. Son visage était peint en noir : étoile blanche sur l'œil gauche, cerclée de constellations mineures. Ses cheveux formaient sur son crâne des spirales semblables à des champignons. Oui, elle était sans conteste une des femmes les plus envoûtantes qu'il ait jamais croisées, mais son regard affolé, ses gestes hésitants et timides nuisaient à son charme.

Lorsqu'elle fut enfin à portée de main, il lui souleva le menton et plongea son regard dans le sien.

« Est-ce la première fois ? » chuchota-t-il.

Elle ne put soutenir son regard et faillit s'étouffer en déglutissant.

« Comment t'appelles-tu ? demanda-t-il d'une voix douce, aimable.

– S-s-starlight, monsieur.

– Évite le monsieur. Donne-moi plutôt ton vrai nom. »

Elle répondit après quelque hésitation.

« Jabulile. »

Ce qui le fit rire, jusqu'à ce qu'elle détourne légèrement la tête, apeurée.

« Dans ce cas, pourquoi es-tu si lugubre ? »

Elle cessa de trembler et son regard couleur de lune croisa enfin celui de Jolis.

« Vous parlez vilongo ?

– Un tout petit peu. »

Il s'interrompit pour lui laisser le temps de se détendre.

« Ils t'ont expliqué comment j'aimais la chose ? »

Elle hocha la tête.

Il lui indiqua du geste la chambre d'amis, près de la cuisine : s'y trouvait une petite salle de bains. Une minute plus tard, il entendit le bruit de ses pas sur le carrelage de la cuisine.

« Par ici », annonça-t-il, de sa propre chambre.

Quand elle entra, il perçut une odeur de sel et de sirop, qui la rendait encore plus désirable. C'était son odeur naturelle, que la peinture avait dissimulée.

« Je suis là, dit-elle.

– Tu es là. Approche, dit-il en tapotant l'espace vide de son lit. Tu veux quelque chose pour te détendre ? Un patch, peut-être ? »

Elle s'était allongée à son côté, creusant à peine les draps de son frêle corps.

« Non, merci.

– Tu as passé une bonne soirée ?

– Ça allait. »

Il repéra son bras, l'effleura de son index.

« Pas plus que ça ? Ah, il faut que tu m'en dises plus.

– C'est que je ne suis pratiquement allée qu'au Minx et...

– Pardon, l'interrompit-il. Tu travailles au Minx ?

– Non, non. J'y suis allée avec des amis. »

La tension qui lui avait hérissé la peau s'apaisa. Il avait dit et répété à l'agence de ne jamais lui envoyer qui que ce soit du Minx ou de n'importe quel autre club. Pour des raisons de sécurité, bien sûr. Il y avait trop de variables en jeu, trop de probabilité de croiser des fantômes de son passé. Ces moments particuliers étaient dévolus à des plaisirs charnels de courte durée, même s'il lui fallait pour cela sacrifier un bonheur sentimental inscrit dans la durée. La vie n'était-elle pas une suite de sacrifices ? Il savait cela depuis l'enfance. Et quand on parvenait au but, quand on avait accompli ce qu'on était censé accomplir, ces sacrifices n'avaient plus grande importance.

Submergé par ses pensées, il n'entendit pas ce qu'elle venait de dire.

« Pardon ?

– Je disais que je trouvais ça bizarre. Minx, je veux dire.

– Bizarre, c'est-à-dire ?

– Tendu. Les filles disaient que certains de leurs clients étaient sur les nerfs, à cause de Shanu, l'Invisible. Elles disaient aussi que c'était le moyen de gagner plus d'argent, parce qu'elles rassuraient les poddies ou je ne sais quoi. Vous voyez ?

– Très bien. L'hémisphère repose sur des gens comme ça. Des gens agiles, qui s'adaptent à toutes les circonstances. Mais pour en revenir à toi ? Tu commences tout juste dans la profession, c'est très bien, mais de quoi rêves-tu ? »

La question arracha à l'Invisible un petit rire strident.

« Qu'est-ce que ça a de drôle ?

– Vous voyez bien ce que je fais, dit-elle, la chaleur rayonnant de tout son corps. Comment pourrais-je rêver ?

– Tout ce qu'on entreprend peut servir de marchepied. Comme les pierres de gué qui permettent de traverser les rivières.

– Vous y connaissez quoi, vous, aux pierres, aux rivières ? Dans cet immeuble ? Dans ces beaux draps ? dit-elle en les soulevant d'une main. Vous qui avez le monde à vos pieds. »

Et, se dressant sur son séant, elle lui prit la main pour la porter devant son visage.

« Elle est toute douce. Vous, vous n'avez jamais dû porter grand-chose. »

Jolis retourna sa paume, en contempla longuement les contours moelleux.

« N'en sois pas si sûre. Cela dit, ma question était sincère. Si tu pouvais choisir librement ton métier, que ferais-tu ? »

Elle se recoucha sur le côté. Le creux dans les draps était plus profond.

« La réponse est facile. Je serais peintre. Ce que vous avez vu sur ma peau, tout à l'heure… C'est moi qui l'ai fait. Je peins depuis que je suis toute petite. Je suis née dans la région caoutchouc et silicone. Enfant, je faisais tourner des brindilles dans la vase des marais pour y dessiner tout ce qui me passait par la tête et nous distraire, moi et mes petites sœurs. Des arbres, des gens, des êtres imaginaires.

– Magnifique. Je peux peut-être t'aider à gagner un peu d'argent en vendant tes peintures. J'ai des amis qui apprécient les arts matériels. Qui aimeraient peut-être avoir des fresques chez eux. Tu sais, il y a des gens qui organisent des soirées et qui veulent exhiber leurs domestiques Invisibles en les peignant d'une certaine manière. Tu pourrais carrément monter une affaire avec ce genre de service à domicile.

– Qu'est-ce qui vous pousse à vouloir m'aider ?

– Drôle de question.

– Les hommes comme vous n'aident jamais les femmes comme moi sans contrepartie.

– Des hommes comme moi, tu n'en as jamais rencontré, Jabulile. »

Elle posa sa main parfumée, sel et sirop, sur la joue de Jolis. Puis elle pressa ses lèvres sur celles du responsable régional avant de lui souffler à l'oreille :

« Vous êtes bizarre, vous. »

Il ne restait rien de l'être effarouché qui s'était avancé, tremblant, dans l'appartement. La témérité qui s'était emparée de ses doigts, de ses lèvres, de toute sa peau le fit bander comme jamais : quelle colossale érection !

« Bizarre, répéta-t-il, haletant, en tirant sur l'un des épais chignons de la jeune femme. Comment ça ? »

Elle prit l'un des testicules de Jolis dans sa main et le malaxa avec vigueur, ce qui fit gémir le responsable local.

« La plupart des hommes comme vous aiment les Invisibles peintes de la tête aux pieds, siffla-t-elle, les dents serrées. Vous, ça n'est pas ça. Mon patron m'a dit qu'il fallait que j'arrive peinte, et que je me nettoie sous la douche avant de vous rejoindre. Pourquoi ? »

Il posa la main sur la poitrine de Jabulile, la fit s'étendre sur le dos. Les battements de leurs cœurs se mirent à l'unisson, rapides, tandis que Jolis effleurait les clavicules de la jeune femme, puis ses seins, ses côtes, son ventre. Il empoigna ses cuisses, les souleva, baisa leur chair tendre ; ses lèvres remontèrent jusqu'à la vulve.

« Parce que, dit-il en trouvant son regard Invisible, je te veux comme tu es. »

Lorsqu'il posa son épaisse langue sur le clitoris de Jabulile, elle sursauta. Sa respiration, lente et lourde, lui fit comprendre qu'elle prenait du plaisir, ce qui lui donna envie de conclure immédiatement. Avec lui, elle pouvait être libre ; quant à lui, coulant vers les profondeurs, ne parvenait-il pas, ne serait-ce que pour une minute, à retrouver celui qu'il était vraiment ?

Les coups de langue, de lèvres, de mains, les baisers les avaient mis en nage. Les draps étaient trempés. Elle posa enfin la tête sur la poitrine de Jolis.

« Tout ça, haleta-t-elle, je l'aurais fait pour rien.

– Et moi, j'aurais payé le double. »

Le clair de lune était assez brillant pour franchir les murs de verrebrume de la chambre. Jolis déposa un baiser sur le crâne de la fille dont les chignons serrés s'étaient défaits, chevelure étalée sur l'oreiller.

« Comment vous appelez-vous ? demanda-t-elle en le prenant dans ses bras, respirant contre son torse, question illuminée par un sourire qu'il n'avait pas besoin de voir pour le savoir présent.

– Andrew.

– Andrew ? Eh bien, dit-elle en l'étreignant plus fort, je vous appellerai Mr L'Invisible, moi. Parce que vous êtes le seul poddie qui semble nous voir.

– J'aime bien l'idée.

– Moi aussi. »

Elle se redressa, lui passa la main dans les cheveux.

« Vous voulez que je parte tout de suite ? Ou vous préférez qu'on reste couchés un moment ? »

D'habitude, il préférait qu'elles partent rapidement. Il trouvait son plaisir dans le caractère éphémère de la chose. Elle, cependant, avait réveillé en lui une sensation qui lui manquait depuis longtemps.

« On peut rester un moment ici. »

La fatigue le fit couler dans le sommeil et le recracha sur une scène. Il dansait, devant des milliers de personnes. Il n'était pas seul : l'accompagnait une petite femme couverte de poussière blanche. C'était Stella Irons, mais elle ressemblait plutôt à Jabulile. Elle se précipitait vers lui, prenait son élan. Son corps crayeux flottait dans les airs. Campé sur la scène, il tendait les bras pour la rattraper. Lorsque leurs corps se touchaient, cependant, Jolis éclatait en des milliards d'atomes, si petits que nul n'aurait pu le reconstruire, pas même un million de personnes en un million d'années. La foule se levait ; un tonnerre assourdissant d'applaudissements accompagnait leur psalmodie : « Mr L'Invisible ! Mr L'Invisible ! Mr L'Invisible ! »

Il gisait là, brisé, irréparable, lorsque l'odeur si particulière du bois de nofeu, herbeuse, épicée, avec une pointe de fumée, lui pénétra les narines, le réveillant. Il ouvrit les yeux : Jabulile, à califourchon sur sa poitrine, brandissait juste au-dessus de sa gorge le couteau à manche de nofeu qu'il avait lui-même sculpté.

« Que la révolte se poursuive dans la joie ! » cria-t-elle.

Il s'empara juste à temps de ses poignets, la fit rouler sur le côté, lui arracha le couteau qu'il lança de l'autre côté de la chambre. Puis il l'étrangla, de toutes ses forces, tout en faisant taire la souffrance éphémère, mais bien réelle, de la trahison. Qui l'avait envoyée ? Il n'en savait rien : mais quelle honte d'avoir ainsi baissé la garde ! D'avoir été si proche de tout perdre, au moment où il était certain de tout gagner. Que cette fille lui serve de leçon : il ne fallait faire confiance à personne.

Les quelques secondes où elle se débattit semblèrent des siècles à Jolis. Quand elle ne bougea plus, il la prit tendrement dans ses bras, comme pour la bercer. Il traversa l'appartement et jeta le petit corps dans le vide-linge par lequel il avait évacué son costume du jour, se forçant à oublier le moment qu'ils venaient de passer ensemble, la sensation de liberté qu'elle lui avait donnée. Ça n'en valait pas la peine. Vraiment pas la peine. Et personne n'allait pleurer sa mort.

C'était comme ça dans l'hémisphère.

Chapitre 26

Red conduisit Glitter près du bar, au pied d'un escalier en colimaçon enchâssé dans une cage de verre. Le vacarme soudain se fit lointain. Les marches s'illuminaient de couleur différente à chaque fois qu'on y posait le pied.

« C'est insonorisé, ici, expliqua Red, qui l'avait précédée dans l'escalier. C'est l'un des seuls endroits du Minx où on peut parler sans être écoutées.

– Écoutées ?

– Allons allons, s'esclaffa Red en la regardant de haut. Tu crois que l'État ne sait pas ce qui se passe ici ? À ton avis, qui y a-t-il, derrière le Minx ? Enfin, ces temps-ci, on a de la chance, avec le chibe en chef qui donne dans les patchs. Avant lui, il y avait des descentes de gardes tout le temps, juste pour embêter le monde. C'est ce que dit Nofoto, la femme en jaune derrière le bar. »

Et elle les avait vus, les chibes en uniforme, se trémoussant sur la piste de danse, la peau sans doute couverte de patchs sous la maille vert olive. Quelle hypocrisie ! L'hémisphère faisait figurer la bible du Chef de l'exécutif Rhitel sur son drapeau et, dans le même temps, encourageait l'ouverture d'établissements tels le Minx, où le péché régnait. Et qu'avait dit Red sur le directeur des gardes ? Curts se patchait ? Personne n'était conforme à son image. Toutes les apparences étaient trompeuses. Le plus effrayant, cependant, c'était l'impunité des PoDo. Quand rien de ce que l'on commet ne peut être condamné, comment se construire une conscience ?

L'escalier débouchait sur une porte ouverte. Le palier était étroit : Red se plaqua contre l'embrasure pour que Glitter puisse avoir un premier aperçu.

Des dizaines de tables, nappes blanches, où étaient installés des hommes PoDo et des femmes Invisibles. Des bougies à la lumière desquelles vacillaient mille couleurs. Les hommes avalaient des breuvages aux couleurs étranges, ors aux lueurs sourdes, rouges palpitants, substances épaisses et brunes, qui coulaient de leurs lèvres et venaient éclabousser les serviettes fichées dans leurs cols. Sur toutes les tables s'empilaient des mets aux teintes éclatantes dont ils se gavaient avec une terrible ardeur, les joues maculées, au point d'étouffer.

Red contemplait bouche bée cette scène d'une gloutonnerie à la fois remarquable et répugnante.

« C'est un restaurant ? s'enquit Glitter.

– On peut dire ça. Ici, les poddies utilisent des patches qui exaltent leurs papilles. La nourriture prend une saveur inouïe, bien plus forte que ce qu'on ressent, toi et moi, quand on mange. Ici, les femmes se contentent de leur tenir compagnie pendant le dîner. Le temps que les hommes finissent de manger, ils ont le ventre tellement plein qu'ils s'endorment. C'est mieux pour elles.

– L'endroit est interdit aux femmes poddies ?

– Ça se voit, non ? »

Red leva les yeux au ciel, comme si Glitter avait posé la question la plus sotte du monde.

« Franchement, le Minx, ce n'est pas un endroit pour les femmes. D'ailleurs notre bel hémisphère non plus, Glitter. Dans quelque région que ce soit. Ici les hommes viennent pour réaliser leurs fantasmes. D'avoir des femmes poddies, ça leur gâcherait la chose. En plus, elles sont trop fragiles. Même si, entre nous soit dit, elles peuvent être de vrais monstres. Je connais des filles qui sont allées rendre des services à domicile à ces femmes : il paraît que comparées à elles, les hommes sont des anges.

– Attends… Des femmes poddies… qui font venir des femmes Invisibles… pour des services à domicile ?

– Que tu es naïve. Bien sûr, des femmes avec des femmes. Et des hommes avec des hommes. Et tout ça en douce. Les révérends ont beau protester, c'est aussi normal que les feuilles qui poussent au printemps. Enfin, si un homme tient à sortir avec une poddie, il peut toujours aller au Siren Manor. Là-bas, ce sont toutes des Souillées.

– Des… »

Glitter ne finit pas sa phrase : trop tard, Red à présent pouvait mesurer l'étendue de son ignorance. Inutile de la dissimuler. Autrefois, elle aurait souffert le martyre de se savoir aussi inculte. Elle comprenait à présent que ce n'était pas si grave, qu'admettre ses lacunes était une force.

« Qu'est-ce que c'est, ces Souillées ?

– L'un des secrets les moins bien gardés de l'hémisphère. Lévitique 21:13-14. Lorsqu'une poddie divorce, on la considère comme gâtée, “souillée”. Elle ne peut pas se remarier et se trouve au ban de la société. La plupart de ces femmes finissent dans des clubs comme le Siren Manor, ou partent, parfois dans d'autres régions, pour se constituer une clientèle privée. Elles se font des réseaux entiers. Franchement, elles ne sont pas si malheureuses. »

Un PoDo qui se trouvait au centre du champ de vision de Glitter avala une bouchée. Les sucs lui coulaient sur le menton ; extatique, il ferma les yeux. N'était-ce pas l'état dans lequel l'orgasme mettait les hommes ? Ses jambes tremblaient, il battait des bras. La femme assise en face de lui avait l'air de s'ennuyer. Elle se ranima quelque peu lorsqu'il rouvrit les yeux. Elle sourit, lui effleura la main, l'encouragea à boire, à manger. Le monde était son banquet.

« On ne va pas s'attarder, annonça Red en levant la tête vers la cage d'escalier. Je voulais juste que tu voies ça. »

Au deuxième étage, pas de teintes ou de mets étranges, ni d'abandons effrénés au bonheur, mais de fins panneaux lumineux qui dispensaient sur tous les murs une lumière tamisée, blanc-jaune, et des volutes de fumée provenant sans doute du plafond et ajoutant à l'obscurité des lieux.

La salle était pourvue d'un bar, au même endroit qu'au rez-de-chaussée. Une femme peinte en noir, peau véritable dévoilée par les lézardes du pigment, évoluait derrière le comptoir, prenant les patchs aux distributeurs et les tendant aux Invisibles qui pouvaient ensuite rejoindre les hommes, couchés dans des lits surmontés de baldaquins blancs. Il y en avait une bonne dizaine le long de chaque mur.

« Visiblement, on ne mange rien, à cet étage », déclara Glitter.

Certains baldaquins, ouverts, montraient les hommes en chemise, col ouvert, perdus dans des amas d'oreillers sous la tendre lumière jaune des panneaux. Au pied des lits, sur les dalles de verre, leurs chaussures étaient rangées comme à la maison.

« Bien vu, Glitter. Petite futée. On croirait entendre ma sarcastique amie Candace. »

Amie ? Eh bien voilà, elles étaient amies.

« Maintenant, ajouta Red avec un clin d'œil, à toi de briller de tous tes feux. Tu t'es bien débrouillée au rez-de-chaussée. Il faut que tu t'habitues à un contact plus intime.

– Non, oublie cette étape. On va tout de suite au dernier étage. Je suis prête.

– Vraiment ?

– Vraiment. »

Elles attendirent l'ascenseur situé de l'autre côté de la salle. Des travailleuses évoluaient, légères, du bar aux lits, des lits au bar, suivant les désirs des hommes. Que devenaient-elles, une fois sorties de cet étrange établissement ? se demanda Glitter : mères, filles, sœurs pleines de leurs propres rêves, de leurs désirs, de leurs aspirations. Oh, pourvu que ce qu'elles faisaient ici en vaille la peine. Elle le savait, pourtant : les sacrifices ne se monnaient pas.

« Pourquoi l'ascenseur, Red ?

– Parce que je doute que tu apprécies le troisième étage.

– Qu'est-ce qu'il y a ?

– C'est... intense. Des femmes dans des cages. Ligotées à des roues par les chevilles et les poignets. Ou mains et tête emprisonnées dans des piloris, pendant que les hommes leur font des choses.

– Des choses ?

– Oui. Ils cognent. Ils crachent. Ils fouettent. Ils s'amusent. »

Glitter serra le poing à l'idée de ces femmes torturées pendant que les PoDo gémissaient de plaisir.

« Ce sont elles les mieux payées du Minx, non ?

– Je sais que c'est difficile à croire, mais ces femmes-là y trouvent aussi leur compte. »

Les portes de l'ascenseur s'ouvrirent sur Sanele, tout sourire.

« Tout se passe bien, mesdames ?

– Maintenant que tu es là… »

Red frotta doucement son impressionnant biceps.

« Ne me tente pas. Je suis en service.

– Ça, je sais, dit-elle, tournée vers lui, battant des cils. Mais nous aussi, alors ça tombe bien. Au dernier étage, s'il te plaît.

– Pas de problème. Et toi… Glitter ? Alors, cette première soirée au Minx ?

– Parfaite, dit l'intéressée tandis que les portes se refermaient. Merci. »

Deux étages plus haut, Red, sur la pointe des pieds, posa un baiser sur la joue dorée de Sanele et sortit de l'ascenseur, Glitter sur ses talons, se déhanchant comme si elle avait fait le métier des filles Arc-en-Ciel toute sa vie.

« Visiblement, je n'ai plus besoin de te stimuler.

– Comme tu dis. »

Ce fut tout d'abord le fumet qui la saisit à la gorge : mélange de feuilles mortes sous la pluie, de sueur et d'urine. Puis ses yeux se firent à l'obscurité de la salle. Le long des murs, petites tables et chaises, sous des appliques dispensant une lueur bleu foncé. Un bar, offrant divers breuvages dans des bouteilles en verre. Sans doute des graines et des légumes fermentés, se dit Glitter, lorsque leur odeur âcre vint chatouiller ses narines.

Des hommes assis dans de vieux fauteuils en cuir, tenant d'une main leur verre, et de l'autre, entre l'index et le pouce, des bâtonnets bruns dont l'extrémité dégageait de la fumée. Ils dégageaient une effroyable assurance. Derrière chaque petite table, une porte s'ouvrait, bouche béante, sur un couloir ténébreux : Glitter eut l'impression soudain d'être prisonnière d'un cauchemar la plongeant dans quelque gare souterraine. Elle se retourna, espérant voir Sanele dans la cage d'ascenseur. Il avait disparu depuis longtemps.

« Du calme ! » lui ordonna Red.

Et, baissant les yeux, Glitter vit les doigts de son amie se refermer sur son poignet tremblant.

« Ce n'est franchement pas le moment de paniquer, souffla Red en tendant la main vers une des tables, dans la partie droite de la salle. Tu vois ce type, là-bas ? »

Glitter ne distingua qu'une silhouette. L'homme, assis, était seul, contrairement aux autres.

« C'est lui que tu viens voir. »

Non. Elle n'avait qu'une envie, fuir. Il y avait quelque chose dans la façon dont cet homme se tenait, dans ses gestes lents – portant le bâton fumant ou le verre à ses lèvres –, dans la manière dont les femmes le contournaient, inapprochable roc, qui lui donna la chair de poule. Sans même avoir vu son visage, elle fut emplie d'une certitude absolue. Si, la minute d'avant, elle s'était sentie puissante, si elle ne rêvait toujours que de sauver son frère, la lâcheté, invitée aussi familière qu'indésirable, venait de la rejoindre en toute discrétion. Candace soudain se rendit compte qu'elle serrait dans sa paume la boussole de Rusty, et priait pour se retrouver par miracle de retour dans la Forêt vingt-six.

Red la prit par le bras et lui fit traverser les dalles bleu nuit jusqu'à la table de l'homme.

« Ravie de vous revoir, sous-directeur adjoint des gardes de l'hémisphère Ribussce ! Comment allez-vous ? »

L'homme leva les yeux et Glitter put enfin voir son visage rasé de près, ses traits ciselés dans le plus grand respect de la symétrie et de l'austérité : un parfait monolithe. Elle remarqua aussi le désir irrépressible qu'avaient ses pectoraux et ses biceps de faire exploser sa veste d'uniforme. Une pensée dominait son esprit : *ce type te brisera le cou en une seconde.*

« Elle est pour moi, celle-là ?

– Oui », répondit Red, qui faisait de son mieux, songea Glitter, pour avoir l'air enthousiaste.

Elle aussi, elle a peur ?

« Vous aimez ?

– Mets-toi de dos. »

Glitter s'exécuta, encouragée par Red. L'homme lui claqua brutalement la fesse droite et elle en pleura de douleur. Il empoigna la chair et la secoua à plusieurs reprises avant de récidiver avec la fesse gauche. Cette fois-ci, Glitter, préparée, se contenta d'un bref soupir, dents serrées.

« De face, maintenant. »

Elle obéit.

« Tu fais plus poddie que vizo, toi, marmonna-t-il, tête inclinée sur le côté.

– Mais oui, renchérit Red. On se dit toujours que si elle n'était pas Invisible, elle habiterait sûrement Rhitelville ou je ne sais où dans une splendide… »

Il leva la main. Red s'interrompit.

« Laisse-nous. »

Ce qu'elle fit, après avoir serré la main de son amie. Ce fut alors que Glitter regretta, de toutes ses forces, de n'avoir pas pris de patch aux étages inférieurs, histoire de désarmer la terreur qui la submergeait à présent.

« Viens », lui ordonna Ribussce en se levant.

Par le Saintpère. Ce type mesurait au moins trente centimètres de plus qu'elle. Son uniforme noir, orné de trois bandes rouges sur le côté gauche, lui rappela celui du directeur des gardes de l'hémisphère Curts, confirmant s'il en était besoin son statut. Quand bien même aurait-il été chétif, tout lui était permis. Y compris tuer Glitter.

Le sous-directeur adjoint des gardes de l'hémisphère Ribussce se dirigea vers le couloir, son uniforme noir se confondant avec les ténèbres. Et lorsqu'il fit halte et articula : « Que je n'aie pas besoin de le répéter », elle eut l'impression d'entendre un monstre fait d'air et de son plutôt qu'un homme.

Se tenant d'une main au mur pour ne pas trébucher, elle le suivit jusqu'à une porte qu'il ouvrit, révélant une chambre plongée dans une lumière rouge et vaporeuse. Elle lança un regard par-dessus son épaule et ne vit que ténèbres.

« Entre et ferme la porte. »

De nouveau, elle s'exécuta. Avant même de se retourner, elle entendit le lit, seul meuble de la chambre, gémir sous le poids du corps de Ribussce. Au mur pendait une immense saisie sur toile du Chef de l'exécutif Rhitel. Oh, ces yeux qui vous surveillaient sans cesse. Ils ornaient toutes les salles de classe, tous les magasins, si bien qu'elle n'était pas surprise de les retrouver ici. Détail étrange, cette saisie ne figurait dans aucune église : mais sans doute était-ce parce que sa présence, tout comme celle du Saintpère, devait être ressentie plutôt que vue.

« Tu sais ce que c'est ? lui demanda-t-il en portant à ses lèvres le bâtonnet, dont il inhala la fumée.

– Non.

– Non qui ?

– Non, monsieur.

– Ça s'appelle le tabacum. Interdit dans notre hémisphère, question d'environnement. On peut s'en procurer chez les Sudouestains, quand on connaît les bonnes personnes. »

Il tira une deuxième bouffée, plus intense. Pendant que les épaisses volutes dérivaient vers Glitter, Ribussce inséra le bâtonnet dans la bouche de la jeune femme, lui écartant les lèvres des deux doigts.

« Suce, sans avaler. »

Elle tira sur le bâtonnet et la fumée, dense, s'accumula dans sa cavité buccale. Elle l'inhala par erreur et se mit à tousser si violemment que sa gorge lui fit mal.

Il la regarda en souriant, posa le bâtonnet sur la moquette blanche et l'écrasa sous son talon.

« Déshabille-moi. »

Le tabacum avait donné à Glitter la nausée et quelques vertiges. Elle s'accroupit sur le lit, derrière le chibe, et, non sans difficulté, le dépouilla de sa veste noire. Il ne fut pas plus facile d'ôter à ce roc fait homme sa chemise blanche et son maillot de corps.

« À genoux devant moi, maintenant. »

C'est un cauchemar. Un cauchemar. Un cauchemar.

Pourtant, elle descendit du lit et, docile, se mit à genoux.

« Le pantalon. »

Elle défit la ceinture, rassembla ses forces défaillantes pour tirer le pantalon sous les fesses du grand chibe, puis le long de ses cuisses. Les yeux rivés sur la moquette, la tête basse, elle se demandait que faire, tout en sentant ses intestins adopter d'impossibles convolutions.

Il faut le séduire. Souviens-toi des leçons de Red. Le convaincre de te procurer un passeville, sans éveiller ses soupçons. Sauver Sweetsmoke. Sauver Sweetsmoke. Sauver Sweetsmoke, même s'il faut te sacrifier. Même s'il faut…

Le genou du chibe lui écrasa le menton. La chambre se mit à tourner autour d'elle, de ses yeux révulsés. Le monstre l'avait enfourchée. Ses mains se refermaient sur sa gorge et il serrait, serrait sans relâche.

« Ne me fais plus jamais attendre, petite. Ou ce sera la dernière soirée que… »

Vacarme soudain dans le couloir. Des cris de femmes, des bruits de pas de plus en plus sonores. Le monde s'obscurcissait, mais Glitter, les yeux fixés sur la porte, la vit s'ouvrir, Sanford apparaître sur le seuil puis se ruer violemment sur le monstre. Et s'il ne le renversa pas, du moins put-il le déséquilibrer et libérer Glitter.

Le sous-directeur adjoint des gardes de l'hémisphère Ribussce se redressa de toute sa hauteur, vêtu de son seul caleçon. Dans d'autres circonstances, ce spectacle, vu par exemple sur l'écran de sa cabane, aurait amusé Glitter. Lorsqu'il saisit Sanford à la gorge pour le soulever, elle comprit que leurs vies étaient en jeu – la sienne aussi bien que celle de Sanford, qui continuait de se débattre.

« Stop, dit-elle d'une voix calme et cependant enrouée, tout en caressant le biceps du monstre. Lâchez-le. Il a sûrement pris un patch de trop et vous confond avec quelqu'un d'autre. »

Pendant quelques secondes, le regard fou, les lèvres agitées de spasmes, Ribussce considéra sa proie avant de la laisser retomber à terre et de lui flanquer trois coups de pied.

Sanford se mit à tousser. La moquette s'étoila de sang.

« Tu t'es égaré, bambin ? C'est ça ? gronda le sous-directeur adjoint des gardes de l'hémisphère Ribussce. Ou tu t'intéresses à ma petite vizo ? »

Glitter s'agenouilla près de Sanford et se pencha à son oreille.

« Ne t'inquiète pas, lui souffla-t-elle. Je maîtrise la situation. »

Puis, d'une voix plus forte :

« Allez, debout. Fichez le camp et allez retrouver la personne que vous cherchez. Ce n'est pas moi. »

La main, le genou, le pied. Sanford se releva péniblement, paumes plaquées sur le ventre. Son regard fila de Glitter à Ribussce.

« Toutes mes excuses, monsieur. Je… Je l'ai prise pour quelqu'un d'autre. Pardonnez-moi cette intrusion.

– Tu as de la chance, je suis de bon poil, gronda le sous-directeur adjoint des gardes de l'hémisphère Ribussce. Je te laisse la vie sauve.

– Merci, monsieur », répondit Sanford.

Qui battit en retraite et ferma la porte.

« On reprend. »

Elle s'agenouilla de nouveau au pied du lit, les yeux fixés sur la moquette, l'esprit en ordre de bataille, cherchant encore le moyen d'en sortir, et ne voyant dans sa détresse que le sac en silicone. Le sac que lui avait donné Red.

Ah ! Dans ce sac, n'y avait-il pas… Le cadeau de Mr Tenmase, le flacon plein d'un liquide transparent où flottaient des gouttes rouges, l'arme secrète ? Ça pouvait servir, non ? Il fallait essayer. Elle n'avait pas flanché, jusqu'ici *et pour l'instant*. Elle ne pouvait pas reculer sans avoir rien obtenu.

« Mon slip.

– Attendez, monsieur. »

Elle se leva et l'enfourcha.

« Qu'est-ce que tu fiches ?

– Chut, susurra-t-elle en posant l'index sur les lèvres fines de Ribussce, rouges dans la lueur de la chambre. Pourquoi tant de hâte ? Il faut savourer le moment, tel un mets délectable. »

Elle avait imité du mieux qu'elle pouvait le ton cajoleur de Red parlant à Sanele, se souvenait de la leçon de séduction apprise le matin même.

« Tu as raison, expira-t-il en renversant la tête. La nuit sera longue. »

Elle, balançant les hanches, sentait le sexe du chibe se durcir. Elle posa les mains sur son torse.

« Pince-les », dit-il lorsqu'elle referma ses doigts pailletés sur les tétons.

Cuisses malaxant, insistantes, celles de Ribussce, elle sentit son pénis vibrer lorsqu'elle tordit les tétons bruns avec vigueur. Le moment était venu.

« Vous savez, Red me dit que vous êtes un garde de l'hémisphère très gradé. Que vous êtes presque aussi important que le directeur Curts. »

Il se redressa sur son séant si brutalement qu'elle faillit tomber du lit.

« Pas d'insulte, dit-il avec un rire méprisant. Curts est sur une mauvaise pente, même s'il ne le sait pas encore. Tu as entendu parler de Shanu, le vizo ?

– Bien sûr ! »

Elle lui tordit de nouveau les tétons avant de lui plaquer la main sur la gorge pour le faire se recoucher. Si le plan qu'elle venait de concocter lui donnait du pouvoir, ceci, même s'il était pénible de se l'avouer, l'emplissait de plaisir.

« À sa place, dit le colosse, qui avait du mal à articuler car Glitter appuyait de plus en plus fort, je l'aurais déjà mis à mort. Ce qu'il faut, c'est arrêter ses parents (elle leva pendant quelques secondes la main) ou sa sœur, et menacer de les couper en morceaux. Ou bien passer à l'acte, justement, à l'écran, pour que tout le monde puisse voir. Je te garantis qu'il rampera hors de son trou comme le ver de terre qu'il est. »

Elle se pencha sur l'oreille de Ribussce et la mordit avec vigueur, percevant bientôt le goût métallique du sang.

« Oh, si vous étiez le directeur, bien sûr qu'il finirait par sortir… Vous dites qu'il a des parents ?

– Oui, ils habitent dans la Seconde ceinture », opina-t-il en suçant sa lèvre inférieure.

Alors c'est vrai. Nos parents sont des Invisibles connus, fortunés, et ils mènent une vie de rêve sans nous.

« Assez parlé, reprit Ribussce. Attrape mon pantalon et récupère le patch vert et violet marqué "SP". »

Pas de panique. Pense à ton entraînement.

Elle s'exécuta.

« "SP", ça veut dire quoi ? demanda-t-elle en retirant la languette du patch.

– Sédation profonde. Passe-le-moi.

– Je m'en occupe. Détendez-vous. »

Il se redressa en levant son énorme main, prêt à la gifler.

« Passe-le-moi. »

Au souvenir du genou du colosse écrasant son menton, elle fut traversée par une vague de douleur. Red lui avait bien recommandé de se patcher elle-même, pour atténuer les effets du produit. Pas moyen cependant de résister. Elle tendit le patch à Ribussce.

Il la prit par les cheveux, lui renversa la tête et lui colla le patch sur la gorge. La douleur abandonna aussitôt Glitter, emportant avec elle les peurs, les soucis.

À leur place, une tranquillité jamais ressentie. Chaque cellule de son corps semblait s'être apaisée, la ramenant dans ces profondeurs qu'elle appréciait tant. Elle y flottait, libre et sans soucis. Puis elle se rappela Sweetsmoke, entendit la voix du directeur des gardes de l'hémisphère, « mort ou vif » et vit son frère se balançant, pendu, à une branche d'arbre dont son poids mettait la solidité à l'épreuve.

Convoquant les ancêtres inconnus qui survivaient dans sa rumoya, elle les pria de la retenir, de l'aider à combattre le désir irrépressible de céder au patch, de s'évader. *Je vous en supplie.* Les ténèbres s'étendaient, le vertige s'accroissait. Puis cette sensation : les griffes. Son esprit se redéploya en elle, immense, accroissant sa vigilance, son agilité, sa force.

« J'aimerais bien voir leur maison, dit-elle d'une voix tremblante.

– La maison de qui ?

– Des parents de l'Invisible. »

Il ne s'était pas relevé, ne l'avait pas frappée : visiblement, ce désir l'intriguait.

« Et pourquoi une pute dans ton genre voudrait voir cette maison ? »

L'insulte la fit frémir.

« C'est, dit-elle d'une voix qu'elle voulait enfantine, que je ne m'amuse pas beaucoup dans la vie. C'est toujours la même routine. Forêt, église, Minx. Forêt, église, Minx. Alors pouvoir voir la maison des parents de l'assassin et faire une saisie, parce que c'est quand même historique, ça me ferait teeeeellement plaisir. Et si Glitter a du plaisir… (elle caressa l'intérieur des cuisses puissantes de Ribussce, lui donnant un spasme de contentement), vous en aurez aussi.

– Je ne peux pas. C'est impossible, dit-il en soulevant la tête pour la regarder.

– Qui décide ? Le directeur des gardes de l'hémisphère Curts ? »

La main de Glitter se rapprocha tranquillement de l'entrejambe de Ribussce.

« Comparé à vous, il est si maigrichon, si faible. Chez nous, on le trouve comique. Pas vous. Vous, on vous craint.

– Encore heureux, siffla-t-il. Curts n'est rien. La honte de notre race. »

Et le pouls du colosse, elle le sentait, s'accélérait à la seule mention du nom de Curts.

Elle le chevaucha avant de le gifler de toutes ses forces, à faire trembler les murs.

« Alors faites-la-moi visiter, directeur. Personne n'en saura rien, sauf nous deux. Et notre prochaine nuit sera encore plus belle que celle qui commence. »

Le temps qu'il reprenne son souffle – une seconde –, elle se demanda si elle n'était pas allée trop loin, si la fin n'était pas proche. Elle se ressentait encore un peu des effets du patch et devait lutter contre la fatigue qui menaçait de la submerger.

Le pénis de Ribussce s'était de nouveau durci.

« Bon, dit-il. Mais pas avant demain. Et tu fileras directement ici, que je te fouette jusqu'à l'aube. Ce soir, ce n'est que la mise en bouche.

– Bien sûr, directeur. Demain, je file directement ici… comme une bonne pute. Et vous pourrez me mettre en lambeaux.

– Glitter, hein, c'est ça ? »

Il passa la main devant le mur, impatient d'en finir avec ces préliminaires.

« Programmez Candace. C'est ma véritable identité. »

Risque considérable, bien que nécessaire. Du reste, cet homme ne se souviendrait pas de son nom. Il n'était pas bête, mais trop confiant, ce qui était pire. Confiant au point de ne pouvoir imaginer un monde dans lequel une femme, surtout une femme comme elle, pouvait se jouer de lui.

Deux doigts caressant le mur, plus une information qu'inséra subrepticement Glitter, et l'affaire était réglée. Il la prit par les épaules ; elle le repoussa et tomba à genoux. Puis elle revint à califourchon sur lui, le petit flacon de Mr Tenmase à la main.

« Ouvrez la bouche et penchez la tête en arrière.

– Qu'est-ce que c'est que ça ? dit-il, le regard filtrant.

– Ça va grandement améliorer la soirée, faites-moi confiance. Vous aimez votre tabacum et vos graines fermentées ? Attendez d'avoir goûté à ça, *directeur.* »

Au tour de Ribussce d'obtempérer. Elle fit tomber entre ses lèvres une, deux, trois, quatre gouttes. Mr Tenmase l'avait prévenue : le danger commençait dès la première. Mais pouvait-elle prendre le moindre risque, surtout avec un individu aussi effroyable, aussi cruel ? Aussitôt, la température de Ribussce baissa et sa respiration se fit plus profonde.

« Glitter, vas-y. Donne-moi ce que je mérite », dit-il d'une voix qui s'amenuisait.

Elle plaqua l'oreille sur son sternum et soupira, car il respirait encore. Elle avait pour lui une haine ardente : pour autant, elle n'était pas une meurtrière, quand bien même elle aurait pu, en le tuant, sauver des millions d'Invisibles. Un jour, peut-être, elle en serait capable. Pas encore aujourd'hui.

Elle entendit alors, dans un coin de la chambre, de lents applaudissements. Elle leva les yeux, ne vit rien, ne sentit aucune persodeur, ne perçut aucune rumoya.

« Qui est là ? »

Quelqu'un qui avait dû ne rien manquer de la scène.

« Abe ? »

Pas de réponse. Elle ne savait pas combien de temps le sous-directeur adjoint Ribussce resterait neutralisé, ne pouvait prendre le risque d'identifier l'indiscret. À reculons, sans quitter des yeux le coin de la chambre, elle sortit sans un bruit. Le couloir obscur la recracha dans la salle bleu-noir. Red et les autres filles Arc-en-ciel se tenaient devant le bar.

« J'étais prise, dit Red, mais on m'a dit que tu avais eu une visite inattendue. Le poddie du rez-de-chaussée.

– Problème réglé.

– Très bien. Et tu as eu ce que tu voulais ?

– Oui.

– Et pourtant, reprit Red en lui prenant le visage à deux mains, tu tiens encore debout. Je savais bien que ce vilain gros monstre ne pouvait rien contre ma Glitter. Dis-moi… (Son regard se durcit.) Ce que tu as fait là-dedans, c'est pour Sweetsmoke. Compris ?

– Je sais.

– Bon. Maintenant, on rentre. »

Elles s'entassèrent dans l'ascenseur et plaisantèrent avec Anele jusqu'au quai de la station. De retour dans la forêt, elles échangèrent toutes des au revoir. Glitter prit Red dans ses bras et la remercia du fond du cœur avant de rentrer chez elle, hébétée. Une fois sous la douche derrière la cabane, elle sentit l'eau chaude lui marteler le dos, regarda la peinture et les paillettes tourbillonner sous l'œil radieux de la lune et disparaître dans la bonde, lentement. Espérant, priant de n'avoir plus jamais besoin de redevenir celle-là.

Chapitre 27

« Qui es-tu ? » se demanda Curts à voix basse. La lumière du jour filtrait tout juste entre les lattes de bois de la baie vitrée de son bureau. Il s'était couché non loin, un oreiller sur le visage. Il avait passé des heures à se poser cette question, jusqu'à ce que la nuit se fasse petit jour.

À l'école des gardes, il entretenait déjà des doutes similaires. Ses supérieurs avaient compris qu'il avait une manière particulière de traiter les Invisibles dans les forêts qu'il patrouillait. Il préférait l'amabilité calculée aux attaques sans raison, avait gagné leur confiance en apprenant leur langue et en les considérant comme des individus plutôt que des problèmes. Méthodes qui faisaient enrager ses condisciples et des supérieurs moins tolérants. Il n'avait pas l'étoffe d'un garde de l'hémisphère, disaient-ils. Il aurait dû devenir révérend, médecin ou professeur. Métiers pour des hommes aux idées et aux mains tendres.

Pourtant, ce fut lui qu'on alla chercher pour une affaire « particulière », aux yeux de ses supérieurs. Il fallait retrouver un Invisible d'un certain âge, disparu dans la nature. Les autorités le croyaient enfui dans une autre région, mais personne dans sa forêt n'aurait su dire laquelle. Les supérieurs et les collègues de Curts avaient eu beau user des pires tortures, l'affaire était restée au point mort. Curts cependant avait discuté avec les parents et les voisins de cet homme et même s'il n'avait encore aucune piste, il avait pu se faire une idée de celui qu'il recherchait.

Violant les procédures, Curts avait vécu la vie de cet homme pendant des jours, aussi curieux que cela puisse paraître, dormant sur son matelas poussiéreux, s'alimentant à sa manière. Peu à peu, il avait pu reconstituer le chemin suivi par le fugitif, qui menait à la région caoutchouc et silicone. Curts avait commencé à en inspecter le moindre recoin et, comme il s'y attendait, avait retrouvé l'homme, dans une planque creusée sous la cuisine d'un habitant. Il avait supplié pour que ce dernier et sa famille puissent être épargnés, avait eu gain de cause, mais quant au fuyard... La nouvelle de son sanglant découpage, membre par membre, s'était répandue aussi vite que la confiture de courge sucrée sur une tranche de pain frais. C'était cette aptitude à sympathiser avec les Invisibles pour mieux les traquer, armé de sa seule intuition et d'une disposition affable, qui avait valu à Curts non seulement le surnom d'« aimable faucheur », prononcé avec plus de moquerie que d'admiration, mais aussi la carrière qui l'avait hissé dans les hauteurs où il se trouvait à présent.

Et où se trouvait-il, au juste ? Au premier étage de sa maison, couché dans son bureau, à passer en revue tout ce qu'il savait de Shanu, et à échouer, lamentablement, et au su de tous. La mission de la veille avait constitué pour lui et pour les gardes de l'hémisphère une humiliation sans bornes. En essayant d'y voir clair dans cette affaire de collier, ils avaient découvert une entreprise complexe de détournement de signal, englobant l'ensemble de l'hémisphère. Qui, derrière ce coup d'éclat ? Impossible de le savoir. Shanu, les Enfants de Slim, un des trois autres hémisphères ou qui que ce soit qui veuille profiter de ce qui pouvait être considéré comme l'impuissance du Nordouest. Ou plutôt comme l'impuissance de Curts.

Aucun hémisphère n'avait osé les défier jusqu'ici, aucune opposition locale n'avait jamais survécu à son premier battement de cœur. La chute du Nordouest serait une catastrophe épique, comme celles des empires romains ou russes, sur lesquelles il avait lu quelques livres. *Qu'il aille à sa perdition, cet Invisible !*

Il avait bien tenté de s'inviter dans la tête de Shanu : il n'y avait trouvé qu'un jeune homme en colère déterminé à semer la destruction le plus largement possible. Et peut-être se trouvait-il déjà à des milliers de kilomètres de l'hémisphère. Curts pour autant n'allait pas baisser les bras. Impossible. Les enjeux étaient bien trop considérables. Et puis, il lui restait encore un peu de temps.

Sa sphoreille se mit à vibrer. Se redressant, il passa la main devant le mur le plus proche. C'était le SDAGH Ribussce.

« Oui ?

– Mes respects du matin, monsieur. Vous me demandez comment je me porte ? À merveille. Après une nuit un peu folle au Minx. Vous connaissez ces petites vizos, elles nous font des gâteries dont nos femmes ne sont pas capables. Celle-ci, assise sur moi, m'a giflé, étranglé…

– Ribussce, je me fiche de ce que vous faites de votre temps libre, dit Curts en se prenant la tête à deux mains. La raison de votre appel, vite. J'ai du travail.

– C'est marrant, moi aussi. Sauf que j'ai un peu de mal à imaginer le vôtre. Vu qu'en ce moment, je suis au Domaine de l'exécutif à traquer le vizo, et que vous êtes chez vous à vous tripoter la nouille. »

Curts écarta les lattes de bois pour voir qui montait la garde devant son domicile. Que des visages connus, ceux de sa garde personnelle. Se pouvait-il que l'un d'eux fournisse des infos à Ribussce ?

« Vous m'espionnez ?

– Oh, le Saintpère m'en garde, monsieur. Mais c'est une bonne chose que vous soyez chez vous. Mettez-vous à l'aise et allumez l'écran. À bientôt ! »

Le SDAGH raccrocha.

Et Curts régla l'écran sur les NHN. Anna Franklin était campée devant le Domaine de l'exécutif, sur la pelouse sud, à l'endroit même où elle se trouvait la veille avec Jolis.

« À la demande de l'ancienne Épouse du chef Rhitel, nous avons sondé quelques millions de Nordouestains pour connaître leur opinion sur la traque de Shanu, l'Invisible. Voici les résultats. Soixante-treize pour cent ! C'est le pourcentage stupéfiant de nos concitoyens qui expriment leur manque de confiance à l'encontre du directeur des gardes de l'hémisphère Leon Curts. Je citerai quelques commentaires anonymes : "Si Curts n'est pas fichu de trouver cet Invisible, qu'on le débarque", "Comment un BIIIIP de rien peut-il ridiculiser à ce point l'hémisphère le plus puissant de la planète ?" "Que ce soit Curts ou le BIIIIP, je m'en fous : je veux quelqu'un au bout d'une corde". Vient de nous rejoindre (derrière Anna Franklin, des gardes traversaient en tous sens la pelouse) le sous-directeur adjoint des gardes de l'hémisphère Ribussce, auquel je vais poser quelques questions sur ce sondage et la traque du suspect Shanu. »

Ribussce apparut à l'écran, tout sourire, muscles et uniforme immaculé.

« Salaud, gronda Curts.

– Sous-directeur adjoint des gardes de l'hémisphère Ribussce, reprit Anna Franklin. Pour nos spectateurs, pouvez-vous faire un point sur la situation ? L'hémisphère a peur.

– C'est très simple », dit le colosse, une lueur dans le regard, comme si le chaos lui donnait un orgasme.

Curts se redressa sur son séant, membres flasques, yeux rivés sur l'écran.

« Notre directeur n'est pas à la hauteur. Nous en sommes pleinement conscients au plus haut niveau. Même le Chef de l'exécutif Rhitel, que le Saintpère bénisse son âme. Et maintenant, vous êtes tous au courant. Vous comprenez, les Invisibles, ce sont de grands enfants. Des bébés, même. Quand on les laisse faire n'importe quoi, ils pensent que c'est normal. Ce dont ils ont besoin, en fait (il se frappa la paume de son poing d'acier), c'est d'une main de fer. Qui les discipline. Et qui les punit durement. Rien de surprenant à ce que des millions de nos concitoyens soient contre Curts. Moi aussi, je suis contre lui. Ma chère tante, l'Épouse du chef Rhitel, est aussi contre lui. Le fait que l'assassin de son mari soit encore en liberté lui déchire le cœur. Un jour, c'est épouvantable. Deux jours, c'est innommable. Alors trois jours ? Qu'est-ce qui peut expliquer le fait que Curts n'arrive pas à arrêter ce misérable BIIIIP, hormis le fait qu'il ne veuille pas ? »

Curts ferma l'écran et resta un moment au milieu de son bureau, à contempler les lattes du plancher. *Traître.* Il fallait qu'il aille en discuter à Croger. Lui était revenue en tête une vieille rumeur : si elle se révélait exacte, ce serait la fin de ses ennuis. Le Grand inventeur avait rompu les liens avec l'État depuis des années, sauf avec Stephan. Il allait devoir faire une autre exception. Et s'il s'y refusait… Eh bien, Curts avait copieusement alimenté son dossier ces douze derniers mois et n'hésiterait pas à s'en servir.

Il récupéra sa sphoreille et appela Lucretia.

« Monsieur ! Je vous le promets, je n'avais aucune idée de ce que Ribussce mijotait. Il essaie de nous faire sauter tous les deux, cette espèce de pervers et…

– Je sais, mais il fallait s'y attendre. Que cela ne nous détourne pas de l'essentiel. Il nous reste deux jours. Quelles sont les nouvelles ?

– Nous avons accru la pression sur les Invisibles dans toutes les régions de l'hémisphère. Pas encore de résultat. Beaucoup d'affolement et quelques morts à déplorer.

– Faites en sorte que ces décès ne soient pas ébruités. Et convoquez la Force publique. J'arrive. Dans l'intervalle, faites comme si Ribussce n'avait rien dit. Une fois que cette affaire sera réglée, et si nous sommes encore de ce monde, il sera mis en face de ses responsabilités.

– À dans quelques minutes, monsieur. »

Une succession de sons immédiatement reconnaissables se fit entendre : Eva, en pleurs. Puis Della cherchant à la consoler. Curts se précipita au rez-de-chaussée pour trouver sa femme et sa fille dans les bras l'une de l'autre, blotties sur le canapé, larmes ruisselant à l'unisson sur leurs joues.

Le voyant, Eva échappa à l'étreinte de sa mère pour s'arrimer aux jambes de son père.

« Je veux pas que tu meures, papa ! Je veux pas que tu meures ! ulula-t-elle, joues maculées de pleurs et de morve. Ne t'en va pas, papa ! Je t'en supplie, ne t'en va pas, papa ! »

Il s'agenouilla pour la serrer de toutes ses forces contre lui.

« Oh, ma petite patate ! Je ne vais pas mourir, promis. Ce monsieur sur l'écran, il était là pour raconter des blagues. Ça n'était pas pour de vrai.

– Leon, l'interrompit Della en essuyant ses larmes, tu ne t'en sortiras pas avec ce genre de mensonge. Maintenant, il faut que tu trouves cet homme. Pas seulement pour nous, mais aussi pour tous ceux qui… Tous ceux qui aimeraient te voir au bout d'une corde.

– Ça va s'arranger, Del. Je m'en charge. Je vais…

– Tu vas quoi ? Faire des promesses ? »

Elle s'était levée et arpentait furieusement le salon.

« Tous les jours, Leon, ce ne sont que des mensonges que tu fais. À nous. À l'hémisphère. Et à toi-même. Où est-il, Leon ? Et où es-tu ?

– Il ne faut pas que tu partes au travail, Del ?

– Au travail ? Leon, je suis Arboriste de second rang. Les arbres de la région se passeront de moi pour quelques jours. Et vu l'incendie qui menace, ça n'est vraiment pas un problème.

– Et tes recherches ? Je croyais que tu étais à deux doigts de pouvoir éradiquer tous les phytoparasites de la Forêt quatre ? »

Quand bien même la diversion était sincère, elle ne la gratifia pas d'une réponse.

Eva était repartie à l'assaut de son père avec une vigueur renouvelée. Il la repoussa tendrement.

« Il faut que j'y aille. »

Il se redressa et fouilla ses poches de mains tremblantes avec une angoisse croissante car il n'y retrouvait plus rien.

« C'est ça que tu cherches ? » siffla Della en ôtant quelque chose de son soutien-gorge.

La poignée de patchs, lancée en l'air, retomba en confettis blancs – comme ceux qu'ils avaient fait pleuvoir à l'anniversaire d'Eva.

« Tu pensais que je ne le savais pas ? Oh, je sais que la pression est terrible, mais je croyais que tu en avais fini avec ces saletés. Mon mari est un incapable. Doublé d'un patcheur. Un patcheur !

– C'est quoi, maman, un patcheur ? » demanda Eva.

Curts se baissa pour récupérer quelques patchs qu'il glissa dans sa poche.

« Je dois vous laisser, dit-il d'un ton qu'il voulait serein. Qu'Amahle ramasse le reste et qu'elle vous prépare à déjeuner. Il faut que vous ménagiez vos forces, vous deux.

– Amahle est partie.

– Comment ça, partie ?

– Je l'ai congédiée. Impossible de garder une Invisible chez nous, alors que tu en pourchasses un. Les voisins jasaient, Leon. »

Amahle, qui faisait partie de la famille. Qui était une sœur pour Della, une tante pour Eva, une sainte aux yeux de Curts.

« Tu continues à la payer ?

– Leon, bien sûr. J'ai un cœur, tout de même. »

Il passa la main dans les boucles d'Eva, blondes comme les blés, puis se tourna vers sa femme.

« Del, y a-t-il un moment où je t'ai laissée tomber ?

– Jamais, souffla-t-elle.

– Essaie de t'en souvenir. »

Eva se précipita vers sa mère. Il descendit au sous-sol, où il disposait d'une station privée. Chaque pas était une lutte contre le désir impérieux de remonter l'escalier, d'embrasser sa fille, d'enlacer sa femme et de lui avouer sa crainte la plus secrète – n'était-il pas le pire des pères, des époux, des gardes de l'hémisphère ? Retour impossible cependant, s'il voulait qu'elles gardent la vie sauve, et s'il voulait ne pas succomber lui-même à la honte. Il allait protéger Della et Eva, leur faire honneur. Et il allait prendre ses dispositions pour montrer à l'hémisphère qu'il était tout sauf un mou.

Chapitre 28

Trente minutes de sommeil. Ce fut tout ce que Sweetmint put s'octroyer avant de se rendre à la Prière du jour. *Comment font les autres ?* Le sang battait à ses tempes. En temps normal, lorsqu'elle devait se rendre au château Tenmase, la migraine était un luxe qu'elle ne pouvait pas s'accorder. Encore moins s'il lui fallait s'embarquer à l'aventure, le Saintpère et Abe seuls savaient où. La veille, ce dernier lui avait fait boire un breuvage vomitif, comme convenu. Avant de rentrer à la forêt pour y retrouver Red et se rendre au Minx, elle avait demandé sa journée à Mr Tenmase, qui la lui avait accordée, bien sûr. Tant pis pour le mal de tête : il faudrait l'ignorer.

Elle se prépara une herbefine de finaiguille qu'elle avala, en dépit de l'amertume, avant de le regretter. Ses veines se dilatèrent et ses tempes cessèrent de la faire souffrir. Un grand tremblement la saisit des pieds au sommet de la tête, un vrai raz-de-marée. L'herbefine faisait son effet. À présent, elle se sentait nerveuse. Bah : mieux valait être réveillée et sur ses gardes qu'exténuée, et soumise à la torture de dix marteaux pulvérisant des cailloux sous son crâne.

« Ça sent fort, dit Darksap, sur le seuil de la cabane.

– C'est que ça l'est. Entre !

– Ah, dit-il, un sourire dans la voix. Tu es là. »

Elle était heureuse de l'entendre heureux. Après la soirée au Minx, elle avait besoin de présences familières.

« Oui, je suis là. »

Le bruit de ses pas se rapprocha et sa persodeur, épaisse, sucrée, se fit plus intense. Son collier flottait dans les airs, plus bas que celui de Sweetmint. Sans prévenir, il lui prit la main et l'enlaça, jusqu'à ce que leurs poitrines se touchent, cœurs battant au même rythme.

« Attends ! »

Il s'écarta un bref instant et donna deux légers coups au mur le plus proche. Une douce mélodie de piano s'insinua timidement dans la cabane. Darksap reprit Sweetmint dans ses bras ; l'effet de surprise passé, elle consentit à poser la tête au creux de son épaule tandis qu'ils évoluaient, légers, sur le plancher, comme si les pieds de Sweetmint avaient appris déjà cette danse, sans Darksap.

« Je te présente mes excuses, chuchota-t-il.

– Pourquoi ? répondit-elle sur le même ton, prenant soin de ne pas gâcher la douceur du moment.

– Je me suis conduit comme un idiot, hier. Quand je t'ai vue avec Red, avec toute cette peinture... Ça m'a vraiment déstabilisé, je crois. Et j'ai...

– Tu as quoi ? reprit-elle, sans s'écarter de lui. Ne t'en fais pas. Tu peux tout me dire. »

Il soupira, tout contre la courbe moite de sa nuque.

« J'avais peur que tu ailles dans les clubs. Que tu te mettes à faire la même chose que les filles Arc-en-ciel. Mais qui suis-je pour juger. »

Elle leva la tête et, du bout des doigts, trouva le menton de Darksap, le redressa légèrement.

« Dapp, ça fait partie du combat. Du combat que je mène contre tout l'hémisphère pour retrouver mon frère. »

Il lui prit la main, glissa les doigts entre les siens.

« Je sais. J'aimerais tant t'aider ! Tout ce que je peux te promettre, c'est que je ne m'inclus pas dans l'hémisphère en question. Tu peux compter sur moi. Toujours. »

Ils restèrent enlacés, respirant doucement tandis que la mélodie lentement s'éteignait. Cet organe intime de Sweetmint auquel elle ne pouvait donner de nom, naguère si dur, si inflexible, avait commencé à s'ouvrir, pour Darksap, à s'amollir, à tendre vers lui, avec une énergie croissante, sur le point de la submerger. Jamais elle n'avait eu tant envie de céder, jamais elle n'avait senti cette capitulation aussi nécessaire. Pourtant, il faudrait encore un peu de patience à Darksap, quelques jours, tout au plus.

« On y va ? lui demanda-t-elle, même si ce n'était pas une question pour elle.

– On y va. »

Ils partirent dans la forêt moite que la lumière du jour tachetait à travers les frondaisons : ce bout de chemin qu'ils avaient parcouru des centaines de fois ensemble leur semblait soudain nouveau, et même excitant. Ils n'échangèrent pas un mot, marchant plus lentement que d'habitude pour prolonger l'instant. Ils s'engagèrent dans Softstone Path et, après qu'ils furent passés devant un certain nombre de cabanes, la main de Sweetmint trouva celle de Darksap et s'y arrima : branches de deux arbres voisins absorbant ensemble la lumière du jour et, de leurs frondaisons ainsi jointes, protégeant les autres. Elle l'entendit respirer plus vivement, sentit ses membres se raidir puis, sans qu'il ait prononcé un mot, se détendre, comme si tout cela était la chose la plus naturelle du monde.

La plupart des bancs de l'église étaient occupés : colliers flottants ou peaux coloriées. Darksap s'installa près de sa mère. Sweetmint s'assit vers le fond. Sans même y penser, elle n'était pas loin des filles Arc-en-ciel, toutes repeintes de frais, comme s'il ne s'était rien produit la veille au soir.

Elles se tournèrent vers elle, hilares, mais ce n'était plus avec la méchanceté de la veille. Le murmure rieur qui jaillissait de leurs lèvres était avisé, sympathique, conspirateur. Red avait dû leur donner une idée des faits et gestes de Glitter. Elles semblaient désormais la considérer avec respect. « Sommes-nous donc amies ? » se demanda Sweetmint, une fois de plus. Il faudrait voir, plus tard.

Elle balaya l'assemblée du regard, perçut le malaise dans les airs. Des dizaines de chibes étaient alignées contre les murs de l'église, main sur les manches des fouets recourbés qui pendaient à leur ceinture, regards perçants, alertes. Pieds écartés, prêts à bondir.

La porte se referma en claquant et le révérend Achte surgit de derrière son lutrin, tête baissée, exhibant son crâne à demi-chauve.

« Bienvenue, mes enfants, chuchota-t-il si bas que les chibes, songea Sweetmint, ne l'entendaient pas ; ces mots étaient destinés aux Forestains.

– Bonjour, révérend, répondirent ces derniers avec leur ferveur habituelle.

– Allez dans l'obéissance de tout ce que vous commande le Saintpère, commença le révérend, sans lever la tête. Afin de mener dans la prospérité une vie aux jours nombreux dans l'hémisphère qui est le vôtre. »

Il consentit enfin à regarder ses ouailles dans les yeux, son visage ridé paraissant plus rose que blanc.

« Deutéronome 5:33. »

Il brandit vers le plafond sa tablette de verre, sur l'écran de laquelle apparaissait une bible écarlate.

« "Ne vous contentez pas d'écouter la parole, ajouta-t-il d'une voix plus forte, car c'est vous tromper vous-même. Accomplissez ce qu'elle vous dit." Jacques 1:22. »

Son frêle poignet tremblait et son visage s'était empourpré.

Il s'écarta soudain du lutrin et, sans lâcher sa tablette, se précipita dans l'allée pour s'arrêter devant la rangée de bancs qu'occupait Sweetmint. Son visage, de la couleur de la bible du Chef de l'exécutif Rhitel, se tordit en un rictus où la démence, songea la jeune femme, le disputait à la douleur. Lorsqu'il rouvrit la bouche, ce fut pour les gratifier, elle et Blue, d'une pluie de postillons.

« "Qui se conforme à la discipline montre aux autres le chemin de la vie !" vociféra-t-il. "Mais qui ignore le châtiment, surtout les Invisibles, mène ses compagnons à leur perte !" Proverbes 10:17. Debout ! »

Sans doute cet ordre s'adressait-il à Sweetmint, mais pourquoi ? Ses pieds étaient collés au sol, ses fesses au banc en bois ; son esprit, cependant, faisait éclore mille questions, telle une éruption de minuscules champignons sur l'écorce d'un arbre. *Est-il si vigoureux, d'habitude ? Si c'est à moi qu'il parle, est-ce parce que je suis en retard ? Je pensais qu'il ne portait pas de didantilles ?*

Elle lança un regard aux filles Arc-en-ciel, aussi abasourdies qu'elle.

« Toi ! Oui, toi, Candace ! Debout ! » hurla le révérend.

Elle obéit, comme la veille au soir, au Minx, et le suivit jusqu'au lutrin. Cependant, le révérend Achte n'avait rien à voir avec ces lamentables PoDo en manque d'affection féminine. Cet homme, leur protecteur de la forêt, ce vieillard qui n'était guère plus qu'un tas translucide d'os et de peau, plus fragile sous le pied de Sweetmint qu'une brindille – cet homme soudain lui glaçait le sang.

« Viens là », dit-il en lui indiquant, à gauche du lutrin, un espace où elle pouvait être vue de toute la congrégation.

Elle aperçut, sur les quelques visages peints, des yeux écarquillés, des bouches couvertes par les mains, des traits figés dans un détachement stoïque. En revanche, c'était l'excitation qui faisait frémir les babines retroussées des chibes, lesquels caressaient avec ardeur leurs fouets, suppliant qu'on les laisse en faire usage.

« Ne vous ai-je pas toujours protégés du mal, tout au long de vos vies ? tonna le révérend Achte en martelant le lutrin de son poing. Ne me suis-je pas assuré que vous ne puissiez jamais vivre un moment comme celui-ci, où les gardes de l'hémisphère font irruption dans votre forêt ? Vous tous, vous n'avez aucune idée de ce qu'on murmure dans les autres forêts, dans les autres régions, de la faute qu'on me fait porter ! »

En regardant par-dessus son épaule, elle vit le révérend secouer la tête avec une moue de profond dégoût.

« Oui, c'est sur moi que retombe le blâme. Tout ce qu'on vous demandait, c'était de faire votre devoir, de défendre notre bel hémisphère quand le besoin s'en faisait sentir. Et pourtant, poursuivit-il en faisant parcourir un vaste arc de cercle à son index osseux, devant la congrégation, vous restez tous muets. Alors qu'un des vôtres, originaire de cette forêt, a commis le péché le plus effroyable. Eh bien… (Silence.) Le temps du malheur est venu. »

Achte se retourna vers le chibe le plus proche, un gamin qui ne devait pas avoir plus de quinze ans, et hocha la tête. Le jeune garde vint prendre place derrière Sweetmint.

« Baisse-toi », ordonna Achte à cette dernière.

Elle se courba, les mains plaquées sur ses genoux tremblants.

Elle avait le sentiment d'être au milieu de l'océan nordouestain, un boulet à la cheville ; elle ne voyait plus la lumière du jour au-delà de la surface bleutée de la mer ; alentour, ce n'était plus que ténèbres. Dans les moments difficiles, et hormis Shanu, c'était Rusty qui la prenait par la main, qui la ramenait à la surface, en lieu sûr. À l'instant même, non seulement elle ne percevait nulle part sa rumoya dans l'église, mais elle était certaine, saisie d'un désespoir mortel qui la dépouillait de tout courage, qu'il l'avait abandonnée une nouvelle fois.

« Que ce qui va se produire à l'instant vous inspire », articula le révérend Achte.

Le premier coup de fouet du jeune chibe claqua, rapide, violent, sur les épaules de Sweetmint. Le bruit ressemblait à celui de la hache de Sweetsmoke attaquant l'écorce granitique d'un arbre. Le hurlement de la jeune femme, lui, n'avait aucun équivalent.

« Où est Shanu ? demanda le révérend.

– Je ne sais pas, révérend, dit-elle, les yeux toujours rivés sur le plancher de l'église. Je vous le jure. »

Le fouet chanta un hymne en traversant les airs ; il parla la langue cruelle du feu à la peau de Sweetmint. Un cri s'éleva, déchirant, dans l'église ; à genoux, à présent, elle se boucha les oreilles pour ne pas l'entendre. Ce ne fut que lorsque le révérend la frappa si brutalement à la bouche que ses dents s'entrechoquèrent qu'elle comprit enfin d'où venait ce hurlement à vous retourner l'estomac. D'elle, de sa bouche.

« Laissez-la tranquille », gronda Darksap.

Elle entendit son ami se lever du banc et se précipiter vers elle, avant que les chibes l'entravent d'un fouet roulé autour du cou et le frappent pour qu'il s'agenouille ; d'autres retenaient sa mère, qui s'était ruée à sa rescousse.

« Arrête de brailler ! » ordonna le révérend Achte.

Les mains au sol, le corps raidi par la surprise infligée par un deuxième coup de fouet à lui fendre la peau, elle aurait été bien incapable de relever la tête, quand bien même elle l'avait voulu. Ce n'était pas nécessaire : le vieil homme s'était baissé pour lui postillonner à l'oreille.

« Où est-il ? chuinta-t-il. Dis-nous où il est, et tu auras la paix.

– Je… »

Deux chibes, plus âgés que son bourreau, la firent se relever. *Si tu veux t'en sortir, il faut aller jusqu'au bout.* Adage que Sweetsmoke lui avait souvent répété. Et qui lui avait servi d'encouragement un nombre incalculable de fois. Des mots, pourtant, rien que des mots. Peut-être. Sans doute.

L'un des chibes la prit par les cheveux pour lui renverser la tête si brutalement qu'elle vit des étoiles exploser sur la voûte de l'église. Darksap avait toujours le fouet au cou, de même que sa mère. Et c'était de sa faute à elle, Sweetmint.

« Je ne l'ai pas vu depuis trois ans, dit-elle, les dents serrées. Il m'a abandonnée ! Vous ne saviez pas ? Il... m'a... abandonnée ! »

Elle aurait voulu ne pas pleurer, mais lorsque le fouet s'abattit pour la troisième fois, elle ne put retenir ses larmes. L'assistance poussa un cri d'épouvante. Un chibe fit tomber Sweetmint d'un coup de pied. Elle resta étendue là, tas de feuilles mortes, motte de terre, monceau de galets, recroquevillée, déchue, brisée. Vivante, cependant. Elle ne voyait plus autour d'elle que bottes noires, luisantes, immaculées.

Comment peut-on avoir aussi mal ? La souffrance de son dos ensanglanté s'était introduite dans tout son corps, comme une vague qui ne dédaigne aucune crevasse. Plus douloureuse encore était la certitude que rien de tout cela ne se serait produit si Sweetsmoke était resté. Si elle avait pu le convaincre de rester.

« Et il en sera ainsi tous les jours jusqu'à ce que Shanu soit interpellé, dit le révérend Achte d'une voix neutre, objective, sans plus aucune trémulation ni colère biblique. Cela pourra arriver à n'importe lequel d'entre vous. Vous y passerez peut-être tous. "Lorsque justice est faite, les justes se réjouissent, les méchants prennent peur." Proverbes 12:15. Gloire, gloire.

– Gloire, gloire », hurlèrent les Forestains, comme si leur vie en dépendait.

Elle resta étendue près du lutrin pendant que les chibes faisaient évacuer l'église.

Non sans difficulté, elle parvint à se retourner sur le ventre, puis à se relever. Titubant comme une patcheuse, elle se dirigea vers le portail en se retenant aux bancs, aux murs. Lorsqu'elle sortit, la lumière du jour lui sauta au visage. Elle ne broncha pas.

Les femmes qui vendaient et achetaient des légumes et des jus, rapides, furtives, les enfants qui jouaient, hésitants, sur la place, les hommes alentour, sur leurs gardes : tous se figèrent pour la regarder sortir. Pieds traçant leurs sillons dans la terre, colliers frémissants. Même les chibes firent halte, qui s'étaient mis à pousser, à beugler, à menacer de fouetter la foule au hasard.

Darksap et sa mère Wetmoss s'étaient blottis près du portail, à l'extérieur de l'église, toussant sans parvenir à retrouver le souffle. Le vent soufflait en bourrasque sur la place, soulevant des nuages de poussière qui poudraient leurs cheveux et leurs peaux, montrant leurs cous écorchés.

« Oh, gémit Sweetmint, pardon.

– Non, déclara Darksap en secouant la tête. C'est moi qui te demande pardon. J'aurais bien voulu les en empêcher. Mais ça, alors, ajouta-t-il en riant, effleurant ses écorchures, ce n'est vraiment rien. S'il le fallait, j'en reprendrais cent fois. »

Elle avança vers lui, lui prit le visage à deux mains et lui baisa les lèvres. Et tandis qu'il plaquait les paumes sur les joues de Sweetmint, elle sentit en retour la caresse de sa bouche. Les Forestains ne se mirent pas à danser, la planète ne s'arrêta pas de tourner, et Drams Jams Ivy n'apparut pas, guitare à la main, pour leur chanter la sérénade. Non, rien de tout cela. Sweetmint sentit simplement la terre s'entrouvrir, la graine s'y poser et déployer aussitôt ses solides racines. Ils ne se séparèrent qu'à regret, chacun gardant les mains sur les épaules de l'autre, n'ayant pas rassasié encore leur soif de caresses.

« À bientôt ? demanda-t-il, d'une voix de soleil.

– À bientôt », fit-elle en écho, avant de lui baiser la main, se prenant à penser que le bonheur l'attendrait de l'autre côté de la douleur.

La tête haute, elle traversa à petits pas la foule silencieuse dont elle sentit les regards la suivre jusqu'à la gare. L'écran du quai indiquait Château Tenmase en lettres blanches, comme tous les jours, avec la précision dont Abe lui avait parlé, quatre minutes. Qui que soient ses complices, ils étaient efficaces.

« Tiens », dit une voix derrière elle.

Elle reconnut, à son odeur de sapin vert, Freshpine, la femme de Rusty. Pourquoi ne l'avait-elle pas aidée plus tôt ? avait-elle failli se demander. Elle connaissait cependant la réponse. Freshpine avait des enfants dont la sécurité passait avant tout. Rusty, elle en était certaine, aurait passé outre ce dilemme.

« Je peux t'appliquer de la pommade sur le dos ? Ça guérira en quelques minutes. »

Sweetmint hocha la tête, sentit bientôt sur ses épaules la brûlure du baume, puis son réconfort.

« Mambonga », dit-elle, sans bouger.

Le train arrivait.

« Je te demande pardon, Sweetmint, chuchota Freshpine. J'aurais voulu intervenir, mais… »

Sweetmint enfin se retourna. Le collier de Freshpine tremblait dans les airs. Elle la prit dans ses bras.

« Ce n'est pas grave, tu sais. Vraiment pas grave. Où est Rusty, au fait ?

– Il a des affaires à régler, répondit Freshpine, reniflant, en larmes – Sweetmint en avait la poitrine inondée. Tu sais qu'il faut qu'il aille de temps en temps en ville, pour rencontrer les poddies qui gèrent les exploitations forestières. Impossible de dire non, d'après lui. Enfin moi, tu sais, je ne pose pas trop de questions.

– Compris. Il essaie toujours de séparer le travail et la vie privée. »

Le train allait bientôt entrer en gare.

« Je vais y aller, dit-elle en s'écartant de Freshpine, sans lui lâcher les mains. Mambonga, encore, pour la pommade. Ça commence déjà à faire de l'effet. »

Le train ressemblait tellement à celui du château, à l'extérieur comme dans le wagon, qu'elle eut du mal à croire qu'il l'emmènerait ailleurs. Les épaules encore douloureuses, elle ne s'assit pas immédiatement, se retenant d'une main sur un fauteuil tendu de velours. Lorsque le train repartit vers le sud, vers le château Tenmase et non le nord annoncé par Abe, elle se crut victime d'une mauvaise plaisanterie. *C'est quand même se donner beaucoup de mal pour une simple blague, non ?*

Peut-être n'appréciait-il pas la manière dont elle le considérait. Il les avait abandonnés, elle et les Forestains, pour aller travailler pour Mr Tenmase, ce qui faisait de lui le pire des traîtres, même s'il était loin d'être le seul. Peut-être que…

Le wagon soudain se déporta sur la gauche, la projetant contre la vitre, puis s'arrêta. Les portes ne s'ouvrirent pas. Et comme s'il venait de changer d'avis, le train repartit dans la direction d'où il était venu. Lorsqu'elle se releva, elle constata cependant, avec soulagement, qu'il avait bifurqué vers une autre voie, la conduisant en un lieu inconnu.

Chapitre 29

Il descendit à un arrêt situé dans les dépendances secrètes du Domaine de l'exécutif. De là, après avoir parcouru un dédale de couloirs mal éclairés, il emprunta un ascenseur qui le ramena dans la petite salle sans fenêtres et sans air où il avait retrouvé trois jours plus tôt Lucretia et la Force publique.

« Monsieur », le saluèrent-ils en se levant.

Sans doute étaient-ils également au garde-à-vous. Une chaise parmi les onze n'avait pas bougé.

« Rasseyez-vous, ordonna Curts. Soit il manque quelqu'un, soit l'un de vous pense que je ne mérite pas qu'on se lève à mon arrivée.

– C'est la lieutenante Imbuka, monsieur », expliqua le capitaine Kandolo.

Imbuka était cette femme rondelette aux tresses sévères, à laquelle Curts avait promis une vie d'abondance, une fois sa mission d'infiltration exécutée.

« Les Enfants de Slim l'ont démasquée, je le crains. Cela fait des jours qu'elle ne nous a pas donné de ses nouvelles, et son collier n'émet plus de signal. Cela dit, elle avait eu le temps de nous avertir que les Enfants n'étaient pas entrés en contact avec Shanu. Ils ne sont plus notre priorité numéro un.

– Pourtant, sauf à me tromper, ce sont eux qui ont concocté cette affaire de collier dans la mine. Sauf à me tromper, ce sont eux qui ont fait sauter une pièce entière du Domaine de l'exécutif, le bâtiment le mieux gardé de tout l'hémisphère. Et je vous rappelle qu'après toutes ces années, nous ne savons toujours pas dans quel trou ils se cachent. Et après cela, vous venez me dire, capitaine, que les Enfants ne sont pas notre priorité numéro un ? »

Question qui resta sans réponse. Les participants à la réunion préférant réfléchir avant d'ajouter à la tension, laquelle était devenue rapidement palpable.

« Notre priorité, monsieur, finit par répondre Kandolo d'une voix d'où toute trémulation était bannie, c'est de poursuivre la stratégie élaborée lors de notre dernière réunion. Nous servir de tous nos opérateurs pour arracher des informations à tous les individus susceptibles de nous conduire à Shanu. »

Curts se dirigea vers l'espace qui séparait la chaise du capitaine de la table, épaules droites, torse bombé. Il se baissa vers l'endroit où se trouvait, sans doute, le visage de l'Invisible pour y plonger le regard.

« Et jusqu'ici, qu'avez-vous pu obtenir ?

– R...

– RIEN ! rugit Curts en donnant un coup de poing non pas au solide torse du capitaine, comme il l'aurait ardemment souhaité, mais à la table de réunion. RIEN ! »

Il frappa de nouveau la table.

« RIEN ! »

Boum.

« ET TOUJOURS RIEN ! »

Puis il resta planté devant le capitaine, visage cramoisi, ruisselant de sueur, haletant comme un soufflet jusqu'à ce qu'il retrouve sa respiration.

« Quelques détails, poursuivit-il avec un calme feint en tirant sur sa veste d'uniforme et en rajustant sa casquette. Peut-être cela vous a-t-il échappé, mais je vous signale à tous que vos secteurs ont perdu leur immunité. Les gardes de l'hémisphère traitent vos amis et vos familles de la manière dont ils traitent tous les autres Invisibles : en suspects. Et si vous trouvez ces méthodes brutales, attendez de voir la suite. Plus de trains de ravitaillement. Des maisons rasées. Des lieux de rencontre anéantis. Pourquoi ? Parce qu'il nous faut des résultats. Ma vie et celle des miens en dépendent. De même les vôtres et celles de vos proches. Si je saute, Ribussce fera exécuter sans aucun scrupule tous les Invisibles de statut privilégié ayant accès à l'information. C'est-à-dire vous tous. »

Il se tut, le temps que ses paroles pénètrent l'atmosphère torpide de la pièce et s'insinuent dans les veines de ses interlocuteurs.

« Cela dit, reprit-il en brandissant l'index, j'ai une solution. Qui nous permettra de gagner du temps et de faire monter la température, même si l'expression n'est pas bien choisie. »

Lucretia se massa la clavicule, regarda autour d'elle puis dévisagea son supérieur hiérarchique.

« Que suggérez vous, monsieur ? »

Il caressa le mur de sa paume, faisant apparaître une projection enluminée de l'hémisphère, où chaque région se distinguait par sa couleur.

« À votre avis, quelle est la région la moins utile du Nordouest ? Pour moi, c'est la région habillement, annonça-t-il en tendant la main vers une petite zone marron au sud-ouest de la carte. C'est la plus petite en surface et en population, et ses Invisibles y ont la vie facile. Pas d'agriculture, pas d'implication énergétique ou hydrographique majeure.

– Et donc ? s'enquit Lucretia, non sans malaise.

– Vous ne comprenez toujours pas ? ironisa Curts en martelant la zone maudite de son index. C'est une région inutile peuplée d'individus inutiles. Nous allons la détruire par le feu. Pas plus tard que ce soir. »

Les chaises grincèrent. Des toussotements se firent entendre, des doigts pianotèrent sur la table.

« Monsieur, dit Lucretia en lui prenant le bras. Cela implique l'évacuation d'au moins cinq cent mille Invisibles.

– Non », dit Curts en éteignant la projection d'un geste de la main.

Silence. Et prompte élucidation par les uns et les autres de ce « non ».

« Monsieur, c'est un massacre que vous envisagez, chuchota le capitaine Kandolo. Le sergent Sipho, ici présent, est natif de cette région.

– Sergent Sipho, vous avez la permission de faire évacuer les membres de votre famille. Et personne d'autre, vous m'entendez ?

– Merci, monsieur.

– Monsieur… reprit le capitaine Kandolo.

– L'ordre que je vous donne, capitaine, est une solution. Le massacre de la Forêt soixante-dix-huit était un symbole. Les symboles n'ont ni yeux, ni dents, ni peau. Ils n'ont que des significations.

– Mais c'est contraire à notre morale, dit Lucretia, affolée. On ne peut pas faire ça, monsieur.

– Lucretia, on ne s'en vantera pas. C'est toute la beauté de ma proposition. Les NHN ne montreront que des tentes en feu. Elles feront l'impasse sur les incendiaires, sur les cadavres criblés de balles de ceux qui voulaient fuir. L'hémisphère pensera qu'il s'agit d'une catastrophe naturelle, tout en sachant la chose impossible. Les Invisibles auront peur et les PoDo se demanderont seulement où se procurer désormais leurs pantalons en maille et leurs tee-shirts à perforations. Nous, ça nous donnera plus de temps pour retrouver Shanu. D'ailleurs, ce genre de catastrophe pourrait bien le faire sortir de son trou avant les élections. Impossible de nous fier à Jolis, ce clown comploteur. Ce n'est pas lui qui nous sauvera si nous échouons. Cela dit (et le visage de Curts se fendit d'un grand sourire), je viens tout juste de transmettre à Washington une information particulièrement compromettante sur son adversaire. De quoi accroître ses chances, ce qui joue en notre faveur.

– Et si cette manœuvre visant la région habillement échoue à faire réapparaître Shanu ? s'enquit le capitaine Kandolo.

– Rien n'aura plus d'importance, capitaine. Nous serons tous morts, aussi morts que les Invisibles de la RH. Directrice adjointe des gardes, exécution.

– Non », répondit-elle.

Curts ferma les yeux et gloussa doucement. L'air lui sortait par saccades du nez.

« Lucretia, et si vous réfléchissiez une seconde avant de répondre ? À ceci, par exemple : n'est-ce pas grâce à votre très haute fonction que votre père, en dépit de son teint légèrement cuivré – dont vous avez hérité –, est devenu directeur adjoint de la production dans la région C&S. Et que votre mère, autrefois gérante d'un Rhitel Burger, est à présent une authentique femme du monde : à elle, les somptueuses soirées à la Maison régionale, les plantes nobles en ce lieu qu'elle affectionne tant et où elle retrouve Mrs Breckenwood… N'est-ce pas d'ailleurs un salon d'herbes illicite, où l'on vend des diamants et autres gemmes du marché secret ? Tss-tss. Ça mérite peut-être une enquête, finalement. Comme vous le savez, Lucretia, n'importe qui peut se retrouver derrière les barreaux de la Geôle exécutive. Ou gestionnaire d'une mine comme celle où nous nous sommes rendus hier. À avaler de la poussière jusqu'à ce que vos bronches en soient intégralement nappées. Quant à votre sœur Patera qui, bien que divorcée, n'a jamais été considérée comme Souillée, je…

– Compris, marmonna Lucretia, tête basse. Je m'en occupe. »

Le directeur Curts embrassa la petite salle du regard. Le silence était tel qu'il aurait pu la penser déserte.

« D'autres objections ?

– Non, monsieur, répondirent les membres de la Force publique les uns après les autres.

– Bien. Que l'ordre triomphe. Lucretia, n'emmenez que vos hommes les plus efficaces et les plus discrets. Et Ribussce. C'est exactement l'homme de la situation.

– Oui, monsieur », dit-elle, le visage ruisselant de larmes.

Chapitre 30

Sweetmint ouvrit une des fenêtres du wagon, ferma les yeux et s'abandonna aux courants d'air pendant une durée indéterminée. Vingt minutes, une heure ? Elle n'aurait su dire. Puis le train ralentit et s'arrêta au pied d'un vaste éboulement rocheux.

Par le Saintpère.

Un grondement mécanique et grésillant retentit l'espace de quelques secondes. Puis le convoi plongea dans une immense cavité. Sweetmint, prise de nausées, se retrouva plaquée contre le dossier du fauteuil et ses blessures du matin la firent hurler de douleur. Ce ne fut que lorsque le train s'arrêta en douceur, sans un son, qu'elle comprit qu'il n'avait pas déraillé. Ses pieds, sans doute, touchaient encore le sol : mais dans cette nuit absolue, elle avait perdu tout repère physique, ne sentait plus les contours de son corps.

La porte coulissa. Ses jambes la conduisirent sur le seuil, comme si l'obscurité les avait guidées. Dès qu'elle fut descendue, pieds touchant la pierre dure et froide, la porte se referma et le train repartit dans l'autre sens.

À l'autre bout du quai, si l'on pouvait lui donner ce nom, elle distingua une lueur ténue : lumière du jour filtrant dans la grotte, ou filament ? Impossible à dire. Elle avança à tâtons, la main sur le mur qu'elle épousait du corps. La lumière se fit plus vive. Bientôt, elle en comprit la source : c'était une ampoule grosse comme un poing d'enfant, du type de celles dont les gens se servaient autrefois, selon Mr Tenmase. Elle éclairait une porte en acier rouillé dépourvue de poignée.

Que faire ? Elle frappa, deux fois, à une minute d'intervalle. Une voix répondit, à la fois proche et lointaine.

« Qui est-ce ?

– Candace. C'est Abe qui m'envoie. »

Silence. Puis :

« Tu es venue seule ?

– Oui.

– Aghe othile ast ngetu, bengit. »

Du vilongo, oui, mais avec un drôle d'accent. « Si tu n'es pas seule, dis-le. » Pourvu que la voix soit celle d'un ou d'une Invisible. Pourvu que tout ceci ne soit pas un terrible piège.

« Je vous le jure, je suis seule », répondit-elle en nordouestais.

Le seul fait d'être montée dans ce train pouvait lui valoir la prison, ou même la mort. Inutile d'aggraver son cas en parlant une langue interdite.

« Le train est déjà reparti. »

Cliquètements métalliques en bas, au milieu et en haut de la porte. Soudain le souterrain fut submergé de lumière. Elle ferma les yeux. Quand elle les rouvrit, elle aperçut une petite salle taillée dans la pierre. Les persodeurs, les rumoyas palpitantes étaient trop nombreuses pour qu'elle puisse les identifier.

« Bienvenue à Tintaba, Sweetmint.

– Abe ?

– Viens, dit-il. On n'était pas sûrs que tu puisses y arriver. On a eu tort. Loué le sang.

– Loué le sang », répétèrent d'autres voix dans la salle, qu'elle ne put dénombrer.

La porte se referma dès qu'elle fut entrée.

« Suis-nous. »

C'était la première voix, celle qu'elle avait entendue derrière la porte. Une voix de femme, clairement. La chambre, qui pouvait contenir une demi-douzaine de personnes, était assez bien éclairée pour qu'on puisse admirer les strates colorées de la pierre : mais impossible de repérer qui que ce soit. Ni collier ni peinture, pas même le nimbe de la poussière, pas d'outils ni d'armes en main.

Une seconde porte les conduisit vers un étroit couloir éclairé par un long filament orange. Elle emboîta le pas au reste de la troupe et cette porte, tout comme la première, se referma derrière elle.

Les questions se bousculaient dans son esprit : il fallait pourtant laisser place à la patience.

Qu'il était long, ce couloir. Et le filament n'y éclairait que de la pierre. De la pierre, encore de la pierre, toujours de la pierre. Sans doute se trouvaient-ils au cœur d'une montagne.

Dans sa perplexité, elle percuta un dos moelleux. Le petit groupe avait fait halte sans qu'elle s'en rende compte.

« Fais-nous confiance, dit la femme au curieux accent, en tête de cortège. Tu auras bientôt toutes les réponses à tes interrogations. »

Une troisième porte fut ouverte. Et lorsque Sweetmint à son tour put en franchir le seuil, elle resta bouche bée.

« Par le S… »

Une grotte gigantesque dont la voûte culminait à trente mètres. Des filaments d'un bleu chaleureux éclairant en cercles la cavité, du sol au sommet. Une trentaine de portes donnant sur des souterrains semblables à celui qu'elle venait d'emprunter.

De ces tunnels sortaient des wagonnets poussés par des hommes et des femmes aux corps poussiéreux, coiffés de casques noirs. Des bâtisseurs, des mineurs ? Et que transportaient-ils ?

D'autres Invisibles transvasaient des rouleaux de tissu d'un tunnel à l'autre, échangeant signes de tête et conversations à voix basse. La grotte semblait étouffer les sons, comme un immense oreiller.

Impossible pour Sweetmint de suivre plus précisément du regard les centaines de personnes qui allaient et venaient, vaquant avec ardeur à leurs occupations. Un joyeux éclat de rire cingla les airs ; le regard de Sweetmint se posa aussitôt sur une estrade ronde au milieu de la grotte, énorme bloc taillé dans une pierre noire et lustrée qui lui était inconnue. Dans la chaude lueur bleue, une petite fille y était juchée, la peau comme recouverte de poussières d'étoiles.

L'enfant dansait autour du pupitre de pierre érigé sur l'estrade, sur lequel était gravé un symbole : deux doigts accrochés l'un à l'autre. Un homme s'en approcha, la prit dans ses bras et la fit sauter en l'air avant de la rattraper, une fois, deux fois. C'était Abe. Les rires résonnaient sous l'immense voûte.

« Sœur Sweetmint ! Rejoins-nous. »

Elle se dirigea vers l'estrade, monta les quelques marches et se présenta devant Abe.

« Je te présente fille Blackstone, dit-il en faisant sauter la petite dans ses bras. Ma fille. Fille Blackstone, je te présente ma vieille amie, sœur Sweetmint. Elle vient de la même zone que moi.

– La Forêt vingt-six ? » demanda l'enfant.

Abe déposa des baisers sur ses petites joues rondes.

« Tout juste, mon bourgeon. Quelle mémoire !

– C'est ta fille ? demanda Sweetmint.

– Mais oui. Et j'ai aussi une épouse. Avec laquelle tu viens de faire connaissance.

– Une épouse ? Abe, tu travailles chez Mr Tenmase depuis… des années, non ? Comment fais-tu pour avoir en même temps une femme, et une fille ? Elle doit bien avoir cinq ans, cette petite ?

– Quatre ans, la corrigea Abe en riant. Et je travaille pour Mr Tenmase depuis cinq ans, c'est juste. Quant à cet endroit, je le fréquente depuis bien plus longtemps. C'est ici que j'ai rencontré ma femme, celle qui nous a guidés dans les souterrains, tout à l'heure. Sœur Blackstone. Elle vient de l'Hémisphère Sudouest. »

De l'Hémipshère Sudouest ? Comment est-ce possible ?

Abe rit derechef, ce qui était déstabilisant. Depuis qu'il avait quitté leur forêt, elle l'avait vu plus souvent le dos courbé, balai à la main, que le rire aux lèvres, jouant avec une enfant. Était-ce vraiment ce même Abe qui allait cueillir les plantes que Mr Tenmase lui demandait, qui récupérait les balles de tennis expédiées dans toute la propriété et dont le regard était si souvent fixé sur la moquette qu'il semblait y chercher un objet introuvable, la rumoya aussi plate qu'un vieux clou. À présent, elle brillait de mille feux, de mille fiertés.

« Nous avons toute la journée devant nous. Je répondrai à toutes les questions, dans la mesure du possible. Enfin, ça dépend.

– Ça dépend de quoi ?

– De toi. Et je te demande un peu de patience. Nous sommes quasiment prêts. »

Des Invisibles affluèrent des tunnels. Chacun portait une chaise en bois. Ils les disposèrent autour de l'estrade en cercles de plus en plus vastes, comme les anneaux de croissance d'un arbre.

« Sweetmint, tu vois cette chaise, là-bas, près du tunnel ?

– Oui, Abe ?

– C'est la tienne. Tu veux bien aller la chercher et la poser près du pupitre ?

– Pourquoi ? »

Il posa la petite fille à terre et lui chuchota quelque chose à l'oreille. L'enfant descendit de l'estrade et se fondit dans la foule des Invisibles.

« Parce que nous sommes tous responsables de la place que nous occupons ici, sœur Sweetmint. Tu trouveras également un petit seau d'eau près des marches. En remontant, n'oublie pas de te rincer, pour ôter la poussière. »

Elle descendit les marches à son tour, alla chercher la chaise en prenant soin de ne bousculer personne, la posa sur l'estrade noire et luisante, plongea la main dans le seau d'eau tiède et se rinça la peau. Faire sa toilette devant tant d'inconnus à présent installés sur les chaises en rond lui donnait une curieuse sensation. Cela valait pourtant mieux que d'être exhibée comme un morceau de viande fraîche aux PoDo du Minx. Lorsqu'elle leva les yeux, elle crut comprendre que certains regards étaient tournés vers elle.

La qualité de l'air la troublait également. Il faisait doux et sec dans cette grotte ; l'eau avait séché en quelques secondes sur sa peau. Était-ce par la grâce d'un système de ventilation sophistiqué, alliant inventivité et efficacité ? Inventivité *Invisible*. Efficacité *Invisible*. Et tout cela loin du regard fouineur et oppressant des PoDo. *Comment était-ce possible ?*

D'autres personnes les rejoignirent sur scène, posant leur chaise derrière la sienne pour former quelques rangées de deux. Des plateaux recouverts de mets et des pichets de jus divers affluèrent des tunnels, portés à bout de bras. Des assiettes et des herbols furent distribués, des légumes grillés et des jus servis sans hâte aucune aux centaines de personnes présentes. Les serveurs se mouvaient avec aisance, échangeant des plaisanteries avec ceux qu'ils servaient.

Lorsque tous dans la salle eurent de quoi boire et manger vint le tour de Sweetmint et des quelques personnes présentes sur l'estrade. Dans son assiette : du maïs, des pommes de terre, des carottes, des champignons. Dans son herbol : du jus de betterave, à ras bord. De tout en abondance.

Son estomac se réveilla, orageux, les fumets délicieux lui rappelant, sans doute, qu'il n'avait rien reçu depuis plus de vingt-quatre heures et le déjeuner au château Tenmase. *Ce Rhitel Burger que Red voulait partager avec moi n'était peut-être pas une mauvaise idée.* Lorsqu'elle porta un bout de pomme de terre légèrement carbonisée à ses lèvres, cependant, Abe lui souffla :

« Attends encore un peu, sœur Sweetmint.

– Oh, pardon ! »

Une persodeur d'écorce brûlée flottait dans les airs. Familière, certes, mais impossible de l'identifier.

« Ne t'inquiète pas. Dans deux ou trois minutes, tu pourras commencer. »

L'assiette d'Abe flotta un moment dans les airs avant de se poser sur sa chaise. Puis il se dirigea vers le pupitre.

« Enfants de Slim, proclama-t-il d'une voix radieuse, faisant taire le brouhaha des conversations. Comment allons-nous ?

– FORT ! répondit en chœur l'assistance, comme si les mots ne venaient que d'une bouche, et de voix aussi joyeuses, aussi fières que celle d'Abe.

– J'ai dit : "Enfants de Slim, comment allons-nous ?"

– JUSTE !

– Fort, oui. Juste, bien sûr. Mais quoi encore ?

– DANS LA JOIE !

– Loué le sang, et que la rébellion se poursuive dans la joie. Aujourd'hui n'est pas un jour comme les autres. Nous mettons au monde une nouvelle sœur, ensemble, dans cette grotte, comme nous en avons coutume. Mais avant d'entamer la cérémonie, je voudrais que vous considériez chacun ce qui vous entoure. Allez, regardez en haut, en bas, à gauche, à droite. Pensez à l'endroit où vous êtes, au sol que vos pieds foulent, au miracle de la voûte au-dessus de nos têtes. Ce que tu as sous les yeux, ajouta-t-il en se tournant vers Sweetmint, c'est l'intérieur de la Tukhali Intaba, la Montagne creuse, qu'on appelle aussi Tintaba. Immuable et résolue dans son destin. Et bien que certains dans la foule nous soient venus de contrées lointaines, je suis sûr qu'aucun n'a jamais vu de montagne en diamants, en rubis. Moi non plus. Car ce qui dure est fait de pierre ordinaire, de pierre de tous les jours. Nous, ajouta-t-il en frappant dans ses mains, nous sommes cette pierre. »

Sweetmint se rendit compte qu'elle l'écoutait bouche bée. Jamais elle n'avait entendu Abe aussi éloquent, aussi convaincant.

« En ce qui concerne nos dernières actions en date, ajouta-t-il, sa voix se réverbérant d'un bout à l'autre de la grotte, je veux ici rendre hommage à frère Firerock, qui a dû affronter Curts le patcheur dans la région fer et acier. »

Une assiette et un herbol firent le tour de la grotte, tandis que la foule applaudissait.

« C'est à sœur Blackstone que l'on doit l'ingénieuse idée des colliers émettant de faux signaux. C'est la diversion qui nous a permis de mener à bien l'attentat de la Maison exécutive. Nous avons un peu plus de temps maintenant pour retrouver l'Illuminateur. Je veux également remercier sœur Strongsalt. En se faisant passer pour une travailleuse, elle a pu attenter à la vie du Bourreau local II Jolis, pour tenter d'écraser l'ignominie dans l'œuf. Elle n'y est pas parvenue, mais a fort heureusement survécu à cette confrontation. C'est une cause de réjouissance. »

Et la foule offrit également l'expression de son admiration à sœur Strongsalt.

« Reste que nous avons eu beau fouiller l'hémisphère dans tous ses recoins, nous n'avons toujours pas pu mettre la main sur l'Illuminateur. Nos frères et sœurs des autres hémisphères le cherchent également. Un pas cependant a été franchi aujourd'hui en la personne de cette jeune femme assise parmi nous, sœur Sweetmint, qui est la sœur de l'Illuminateur. »

Qui ?

Bien qu'elle ne puisse les voir, des centaines d'yeux étaient rivés sur elle, comme autant de tendrons de mousse sur l'écorce d'un arbre. Elle en sentait la chaleureuse intensité, comme l'assiette qu'elle avait sur les genoux.

« Tu sens cette joie ? demanda Abe. Il le faut, sœur Sweetmint. Chacun ici est tellement content que tu aies fait le déplacement. La seule question que nous nous posons (elle sentit son sang battre plus fort à ses oreilles), c'est de savoir si tu te joindras à nous. »

Elle embrassa du regard toutes les chaises devant elle, puis se tourna vers le pupitre.

« Excuse-moi, dit-elle d'une voix si tremblante qu'elle dut s'y reprendre à deux fois, après s'être raclé la gorge. Excuse-moi, Abe, mais qu'est-ce que ça signifie, tout ça ? »

Abe, sur lequel un mince filet de poussière s'était posé, oignant sa peau comme une huile biblique, croisa les mains.

« Bien sûr. Il me faudrait des heures pour tout t'expliquer, et ce temps viendra. Pour le moment, je dois me contenter d'être bref, ne serait-ce que pour nos frères et sœurs qui sont venus porter témoignage, mais qui vont aussi contribuer par leur énergie à te faire naître, nouvelle sœur. Et si ça ne t'ennuie pas, appelle-moi frère Blackstone. Ici, nous n'utilisons pas les noms officiels. »

Il tendit sa main mouchetée de poussière vers l'assistance.

« Nous sommes les Enfants de Slim. Un groupe de résistants créé il y a plus de soixante-dix ans, après le Transport, à l'époque où le Grand ennemi Rhitel s'est emparé du pouvoir et a commencé à nous persécuter. J'ai pris le nom de frère Blackstone il y a dix ans, lorsque les premiers frère et sœur Blackstone sont morts. Notre mission est de mettre fin dans tous les hémisphères à l'oppression des Réels par leurs Dominants respectifs. Cette grotte n'accueille qu'une petite partie de notre famille. Loué le sang ?

– LOUÉ LE SANG ! répondit l'assistance.

– Nous sommes des professeurs, poursuivit sœur Blackstone, qui avait rejoint son époux derrière le pupitre. Des domestiques, des ouvriers du bâtiment, des bûcherons, des forgerons, des coiffeurs, et aussi certains athlètes, certaines personnalités du monde du spectacle que tu peux voir à l'écran. Les nôtres ont infligé des coups terribles à nos bourreaux, même si personne n'en parle. Ceux qui nous gouvernent préfèrent vous faire croire, et surtout à vous, frères et sœurs, qu'ils contrôlent tout et tout le monde. D'ailleurs, ils en sont eux-mêmes persuadés, ce qui les rend vulnérables.

– Sweetmint, reprit Abe, ou plutôt frère Blackstone, à ton avis, que transportent les wagonnets que tu as vus en arrivant ici ? »

L'intéressée était si concentrée sur ce qu'elle venait d'apprendre, si occupée à en comprendre la possibilité et les implications, qu'il lui fallut un moment pour répondre à cette question.

« Euh, je ne sais pas. De la nourriture ?
– Eh oui, dit frère Blackstone en riant. De la nourriture. Des armes. Des armes que nous avons volées dans la région transports et techniques. »

Quelques applaudissements, émanant des délégués de cette région.

« Ce sont sans doute des représentants de nos brillants *acquéreurs*, que nous surnommons affectueusement les Contrebandits. À Tintaba, nous organisons également des formations spécialisées. Une autre partie de notre activité consiste en la préparation de notre avenir – les bébés, nés ici ou confiés à nos soins. Autre mission, la production alimentaire – grâce à laquelle tu as sur les genoux un délicieux ragoût. »

Cris de joie, provenant d'une nouvelle rangée de chaises.

« Oui, loué soit le sang pour ceux qui préparent nos repas, les "Assassins de la faim", comme nous les appelons. Avec l'aide de quelques alliés poddies, nous avons également pu, il y a des années, nous brancher clandestinement sur les réseaux de diffusion des écrans du Nordouest et nous en avons extrait des millénaires d'histoire cachée. L'histoire, sœur Sweetmint. L'histoire qui nous apprend notamment les circonstances de notre apparition. Slim ? Oh, Père Slim, ce n'était que le début. Notre grand géniteur, né d'une simple travailleuse en un lieu qui s'appelait alors Manhattan. Ce n'est pas loin du centre de Rhitelville.
– Man-hat-tan », chuchota Sweetmint, pour elle-même.

Drôle de nom. Inventé, peut-être ?

Frère Blackstone ferma les yeux et leva la tête vers la voûte de la grotte, les filaments teintant de bleu sa peau couverte de poussière.

« Il apparut dans un éclair de lumière blanche et, dès sa naissance, fut arraché à la Grande Mère, Makeda, pour subir des expériences et finir au rebut, comme des milliers d'autres. Nous sommes ses enfants. Et nous n'oublierons jamais. Loué le sang ?
– LOUÉ LE SANG ! » répondirent les Enfants de Slim.

Non, c'était trop d'informations d'un seul coup pour qu'elle puisse tout comprendre. Ce que se figura sans doute sœur Blackstone.

« Sœur Sweetmint, dit-elle en effet, on t'expliquera tout en détail plus tard. Si nous t'avons fait venir ici, c'est parce qu'il nous faut absolument retrouver frère Sweetsmoke, l'Illuminateur, qui nous fera passer des ténèbres à la luminescence. Frère Blackstone a voulu le recruter, autrefois, avant sa disparition, mais il n'a pas voulu nous rejoindre. »

Un frisson parcourut Sweetmint, de la nuque au bas du dos.

« Ceux de ta forêt et de l'hémisphère le condamnent, mais nous le révérons. Il agit, quand la majorité ne fait qu'acquiescer.

– À présent, reprit frère Blackstone, il nous faut joindre nos efforts aux siens et profiter de cet élan. L'autre jour, tu sais, frère Burningwood a repéré une espionne, une certaine Imbuka. Impossible de savoir pour qui elle travaillait. Il s'est occupé d'elle. »

Frère Burningwood. Ah, c'était donc sa persodeur qu'elle avait flairée. Cetewayo, celui qui l'avait accusée d'avoir mis en danger la forêt en tirant la langue aux enfants poddies, le jour du Peinturage. Celui qui l'avait si durement questionnée sur Sweetsmoke au Baz Buthani qu'il avait bien failli tâter de la hache de Darksap. Pendant tout ce temps, il n'avait cessé d'œuvrer pour les Enfants de Slim.

« À l'heure où je te parle et dans toutes les régions, poursuivit frère Blackstone, les Réels sont traqués par les poddies, battus, jetés en prison, assassinés. Et quand je dis les poddies : il y a les chibes, mais aussi des civils. Nous ne le tolérerons pas. Nous allons prendre les choses en main. Si le bourreau local II Jolis est élu (un sourire fendit le visage poudré), il ne survivra pas à son discours d'investiture. Nous le ferons disparaître dans un petit éclair et un grand boum. Loué le sang ?

– LOUÉ LE SANG ! » répondit le peuple.

Cette avalanche de détails, la mention des colliers, les tentatives d'assassinat : tout cela avait plongé Sweetmint dans l'affolement.

« Je… Je ne sais pas où il est. Je ne peux pas vous aider. »

Son regard se posa sur son assiette, qu'elle avait renversée par terre sans même s'en rendre compte.

« Excusez-moi.

– Nous savons que tu l'ignores. Si tu nous rejoins, il faudra nous promettre de nous tenir au courant du moindre contact avec lui. Et jurer de t'engager dans la lutte contre les poddies, à nos côtés. »

J'ai déjà entendu ça dans la bouche de son frère, Rusty. Pourquoi ce dernier ne se trouvait-il pas parmi eux ? Rejoindre les Enfants de Slim, n'était-ce pas trahir celui qui l'avait toujours protégée ? Et pourquoi appelaient-ils les Invisibles les Réels ?

« En échange, poursuivit frère Blackstone, tu auras accès à toutes les connaissances que nous avons amassées, tu obtiendras des réponses à des questions que tu n'avais jamais posées. Par exemple : pourquoi les Réels vivent moins longtemps que les poddies. Quelles sont les conditions de vie de nos frères et sœurs dans les autres hémisphères. Comment ton train a pu traverser une montagne. Une telle manne de savoirs, sœur Sweetmint. Surtout, c'est une famille qui s'offre à toi. Une famille qui t'acceptera pour celle que tu es, comme tu es. Une famille qui vivra et mourra pour toi. Qui ne t'abandonnera jamais. Jamais. »

Il s'interrompit quelques instants et ces dernières phrases résonnèrent en elle.

« Acceptes-tu ? »

Rusty était comme un père, mais pourquoi s'était-il par deux fois éclipsé au moment où elle avait le plus besoin de lui ? Quant à Sweetsmoke, il l'avait forcée à considérer la famille comme un lien si étroit qu'il n'était plus qu'un point sans chair. Mr Tenmase, Sanford : ceux-là mettaient toujours des obstacles, des épreuves sur le chemin d'une vérité qui, avec eux, était plus un privilège qu'un droit. C'était si peu généreux, si peu ouvert, au regard de l'offre des Enfants de Slim, qui n'exigeaient qu'une loyauté réciproque. Les gens qu'elle avait sous les yeux n'étaient ni des points ni des cercles fermés, mais des anneaux – des anneaux de croissance. Ils étaient immenses, ils étaient en expansion. Ils ne jouaient pas. Ils voulaient grandir. Il y avait une autre raison pourtant, qui la touchait au plus profond de son être : ils n'avaient peur de rien. Ils étaient prêts à tout.

Elle ferma les yeux, respira l'air frais de la grotte avant de relever la tête, tournée non pas vers frère et sœur Blackstone, mais vers le peuple.

« J'accepte. »

Les uns après les autres, ils posèrent leur assiette au pied de la chaise, se levèrent et, tenant la main de leur voisin par l'index, levèrent les bras vers la grande voûte. Puis elle entendit leurs pieds frapper le sol, en rythme, de plus en plus fort. Comme la basse au rez-de-chaussée du Minx, ce martèlement lui pénétra le cœur. Au lieu de danser, elle passa l'index sous celui de sœur Blackstone et lui souleva le bras, pour naître dans une nouvelle famille, dans les plis de la pierre ordinaire.

« Bienvenue à la maison, sœur Sweetmint, murmura frère Blackstone. Bienvenue chez toi ! »

Chapitre 31

Jolis serrait les mains de ses partisans à l'entrée de la Galerie de la règle. Le poste ne lui échapperait plus : clef d'un nouveau monde créé à son image, sur le point d'éclore.

Il ne suivit pourtant pas le dernier arrivé dans la salle.

« Vous arrivez, monsieur ? lui demanda un des gardes.

– Une seconde. N'hésitez pas à fermer la porte. »

Il attendit un instant en haut de l'escalier de marbre. Anna Franklin fit son apparition, suivie de son technicien de saisie.

« Je te demande pardon, dit-elle en se hâtant d'installer son matériel. Nous avons eu une interview non programmée avec le SDAGH Ribussce.

– Désolé d'avoir loupé ça. Qu'est-ce que ça a donné ?

– Curts est foutu s'il ne met pas la main sur Shanu.

– On verra bien, s'esclaffa Jolis. Bon, on commence ? Je n'ai que quelques minutes avant d'aller flanquer à Washington un autre de mes crochets du droit façon Mandla. »

Elle lui fit signe de redescendre l'escalier.

« Notre premier rendez-vous, au stade. Mandla contre...

– Bheku, compléta-t-il avec un grand sourire. Inoubliable. Le match. Et ce qui s'est passé après. »

La mâchoire d'Anna se crispa puis se détendit, et le reste de son visage suivit.

« Ce n'est pas un hasard si je ne propose jamais d'interview surprise à Washington.

– Je sais, Anna. Tu m'as toujours soutenu. »

Le technicien leva la main et replia lentement les doigts.

« Trois, deux, un...

– Excellente après-midi, chers Nordouestains, commença Anna. Par bonheur, je suis en mesure de vous proposer un second entretien aujourd'hui, cette fois-ci avec le responsable local II Stephan Jolis. Responsable local II Jolis, je sais que dans quelques minutes, il vous faudra débattre pour l'avant-dernière fois avec le responsable local IV Washington. Ne perdons donc pas de temps. Comment vous sentez-vous ? »

Il fixa intensément l'épais plakit du technicien. Puis, comme si l'on avait pressé sur un interrupteur logé dans son dos, son visage se fendit en un sourire digne d'une publicité pour Instafresco.

« Merveilleusement bien, sans vous mentir. Je sais que les Nordouestains sont tous impatients de savoir qui sera leur nouveau chef de l'exécutif et je crois pouvoir leur dire qu'ils l'ont à l'instant même sous les yeux. Washington est un danger public, qui veut ramener notre hémisphère soixante-dix ans en arrière et qui, de plus, éprouve de la sympathie pour des individus tels que l'Invisible Shanu, pseudo-justicier et véritable assassin.

– Je ne suis pas mécontente que vous abordiez ce sujet, responsable local II Jolis. Vous avez entièrement raison : si l'hémisphère attend avec inquiétude les résultats de l'élection, il est surtout préoccupé par les méfaits de ce Shanu, et se demande si le directeur des gardes Curts sera en mesure de l'appréhender. Selon un sondage qui date de ce matin, soixante-treize pour cent de nos concitoyens ne lui font plus confiance. Certains même vont jusqu'à suggérer qu'il faudrait le pendre. Qu'en pensez-vous ?

– Eh bien, répondit le jeune responsable local en se passant la main dans les cheveux, la pensée que cet Invisible puisse continuer d'échapper au directeur des gardes Curts (Curts que je considère comme un ami, je le dis au passage) ne m'a jamais effleuré. D'une manière ou d'une autre, notre grand hémisphère obtiendra réparation pour l'assassinat du Chef de l'exécutif Rhitel, que le Saintpère bénisse son âme. Et ce sera le directeur Curts qu'il faudra en remercier.

– Nous saurons patienter. Merci de nous avoir accordé un peu de votre temps, responsable local II Jolis.

– Tout le plaisir était pour moi, Mrs Franklin. Que le Saintpère bénisse l'Hémisphère Nordouest et nous accorde à tous sécurité, prospérité et droiture. »

Anna fit signe au technicien d'interrompre la saisie.

« Stephan, ne m'oublie pas, une fois que tu auras l'investiture. »

Il posa le bras sur ses maigres épaules.

« Fais-moi confiance. Le jour où je serai élu, tu auras tout ce que tu veux. Des rhitellings à flots, la direction des NHN, une maison encore plus grande…

– Toi en prime ? »

Elle le regarda droit dans les yeux.

« Procédons par étapes, dit-il en la faisant pivoter de manière à l'avoir devant lui. En attendant, si je peux te demander une faveur…

– Laquelle ?

– Arrête de taper sur Leon. Il a tout l'hémisphère sur le dos, et il vaudrait mieux le soutenir, plutôt que de tendre le micro à des bouches d'égout fières de leur privilège telles que Ribussce.

– Stephan, il faut bien que quelqu'un paie pour l'absence de résultats. Les gens sont morts d'inquiétude. »

Il s'écarta d'Anna pour remonter l'escalier.

« Je sais, je sais. Mais les peurs ne grandissent que lorsqu'on les nourrit. Dans quelques jours, les gens pourront de nouveau respirer. Nous fêterons cela dans tout l'hémisphère. Et dans deux ou trois mois, tout le monde aura déjà oublié ces moments pénibles. »

Les portes de la Galerie s'ouvrirent après qu'il eut frappé.

« Encore une de vos interviews, responsable local II Jolis ? ironisa le Premier juge Royger, de son banc.

– Que voulez-vous ? Le plakit m'adore, répondit Jolis en contournant son pupitre. Ce n'est pas de ma faute s'il se fend dès qu'il aperçoit Washington. »

Blague d'écolier, qui fit pourtant rire la plupart des hommes de la règle. Oui : Jolis se sentait merveilleusement bien. Lorsqu'il se retourna vers son adversaire, espérant surprendre une lueur de gêne dans ses yeux, il le trouva tout sourire. Plus tard, il se souviendrait de la manière dont Washington l'avait regardé en cet instant : comme un arbre qui vient de recevoir le dernier coup de hache mais n'a pas pris conscience de sa chute, imminente, inévitable.

Chapitre 32

Frères et sœurs,

Il vous sera peut-être difficile de croire le récit qui va suivre, mais je puis attester la véracité de chacun de mes mots. Comprenez que je me retiens de toutes mes forces à l'instant pour ne pas danser de bonheur, de peur de me casser le petit orteil comme la dernière fois que j'ai essayé de… Peu importe.

Le bourreau local II Jolis a fait son entrée dans la Galerie avec son élégance coutumière : blagues, clins d'œil, joute orale avec le Premier juge Royger sur l'interview qu'il venait encore de donner. Le responsable local IV Washington reste en général de marbre pendant ces démonstrations vulgaires de machisme et de pseudo-domination ; ce fut le cas aujourd'hui, mais il y avait autre chose dans la manière dont il restait sagement derrière son pupitre. Ses épaules semblaient un peu plus droites, son sourire un peu plus franc, la lueur dans ses yeux un peu plus vive. C'est alors que j'ai compris, ô frères et sœurs de Slim, oui, que j'ai compris qu'il se préparait quelque chose.

Et je n'avais pas tort.

L'invité d'honneur de la journée n'était autre que le révérend Achte, cet hypocrite en soutane qui prétend être le véhicule du Saintpère alors que nous savons tous qu'il n'est pas plus capable de transmettre la parole sacrée qu'un herbol fendu de garder l'eau qu'on y verse. Ce zélateur décati du Grand ennemi Rhitel a discouru sur la responsabilité qu'ont les poddies de vivre et de commander, non pas seulement pour eux-mêmes mais pour ceux qui suivront. « L'hémisphère, a-t-il proclamé, n'est pas que la somme de son passé et de son présent. Il faut y ajouter l'avenir. »

Je dois reconnaître, bien qu'avec réticence, qu'il n'a pas dit que des sottises. « Être choisi ne suffit pas. C'est ce qu'on fait de ce choix qui compte. » Sans qu'il le sache, ces mots pouvaient s'adresser à notre révolte joyeuse ; j'en ai conçu fierté et satisfaction, surtout après avoir regardé Jolis, que ce discours semblait mettre à la torture.

Le sujet de ce troisième débat était l'éducation. Et, de fait, nous allions recevoir une véritable leçon sur l'effarante hypocrisie de ce « bel » hémisphère. Cependant, personne ne s'attendait à ce qui allait se produire.

Washington s'est approché des bancs des juges et leur a demandé l'autorisation de partager une information avec la Galerie. Nous nous sommes tous penchés vers l'avant. Jolis, ce gouffre d'inquiétude, semblait nerveux. À son front et sur son cou perlait la sueur, comme la rosée sur les herbes le matin. Toutes mes excuses, sœur Blackstone, mais je me sens d'humeur poétique, cet après-midi.

Washington a pris tout son temps pour revenir du banc des juges jusqu'au sien, comme s'il flânait sur la plage. Tous les regards s'étaient posés sur lui lorsqu'il a caressé le mur et s'est campé devant l'écran enluminé.

C'est alors qu'il s'est retourné pour nous déclarer ceci :

« Messieurs, veuillez croire que je n'avais aucune envie d'en arriver là. Mais étant donné les enjeux, et parce que nous avons besoin de nous assurer que nos guides sont ceux qu'ils prétendent être, je n'ai pas le choix. »

Tap-tap-tap. Oh, frères et sœurs. Une lueur bleue est apparue dans les boiseries, au-dessus de nos têtes. *Tap* encore, et nous avons vu apparaître une enluminure *historique*. C'était Jolis, dans une chambre, visage concentré, ruisselant de sueur, yeux semblables à des diamants noirs. Il était nu, le corps tendu : devant lui, une Invisible serrait un oreiller dans ses bras avec une telle force et hurlait si bruyamment de plaisir que nous n'avions pas besoin de son empreinte thermique pour percevoir sa présence. Cet homme dont toute la carrière et tout le programme électoral ont pour socle la haine des Invisibles était en train de faire l'amour avec deux d'entre elles. En effet, une seconde partenaire caressait d'un martinet en corde les épaules luisantes de Jolis ! Le héros de l'hémisphère était exposé à tous les regards. Transparent. Ou percé à jour.

Le Premier juge Royger a demandé des explications à Jolis. C'est alors que les cris ont fusé : « Bouhou ! », « Baiseur de vizo ! », « Dos de méduse ! » (ce dernier terme, comme vous l'ignorez peut-être, désigne chez les poddies un homme qui manque d'ossature morale). En quelques secondes, les représentants des deux côtés de la Galerie avaient déversé sur sa tête toutes les insultes possibles et imaginables, mots-poignards qui l'ont tant et si bien transpercé qu'il n'osait plus lever la tête. Il se savait perdu, même s'il ne s'était rendu coupable que d'une incartade familière à une bonne moitié de ses collègues hommes de la règle.

Je sais que je ne dois pas poser de questions, et je ne voudrais pas gâcher cette journée en cherchant des réponses qui ne me sont pas destinées. Cependant, tout en dictant cette missive, je ne puis m'empêcher de me demander si vous êtes, ô chers frères et sœurs de Slim, à l'origine de ce coup du sort. Jolis, sans aucun doute, a des ennemis dans tout l'hémisphère, mais cette délivrance fortuite du mal a un parfum de Slim. Peu importe, réjouissons-nous, car nous avons mis l'homme à mort sans verser une goutte de son sang : le plus merveilleux des assassinats.

Que la révolution se poursuive dans la joie,
Frère Lesbod.

Chapitre 33

Le parc Tenmase sombra dans l'obscurité pendant que Curts traversait la grande pelouse. Pourtant, lorsqu'il fut parvenu au sommet de la colline, il constata qu'il y avait encore de la lumière à quelques-unes des fenêtres du château. Des torches brûlaient devant la façade en brique et les deux tours, surmontées de leurs drapeaux nordouestains, étaient nimbées de lumière blanche.

Gauche, droite, gauche, droite, gauche, droite. Il fit halte devant les grandes portes, s'empara de l'énorme anneau de bronze et le laissa retomber trois fois sur le battant. On aurait cru entendre l'horloge de l'église de l'hémisphère, en centre-ville. *Diiiiing, doooong, diiiiing.* Il s'attendit à voir paraître à la porte Abraham, le domestique Invisible. Il se trompait. *Diiiiing, doooong, diiiiing.* Une fenêtre s'ouvrit au-dessus de sa tête. Il vit surgir celle de Croger, avec sa tignasse de gosse, longs cheveux noirs, pareils à de frêles ronces, pendant vers lui.

« Leon ?

– Croger, dit Curts d'un ton qu'il voulait amical, comme s'il se rendait toutes les semaines dans ce château, si vaste, si solitaire. Puis-je entrer ?

– Bien sûr. Une seconde. »

Les doubles portes s'ouvrirent à leur tour. Le directeur Curts lança un regard dans l'entrebâillement.

« Toutes mes excuses pour cette intrusion tardive, Croger.

– Je t'en prie, dit l'intéressé en s'écartant pour laisser passer son hôte. Je suis ravi de te revoir, Leon. Cela faisait bien longtemps.

– Certes. "Mais qu'est donc le temps si ce n'est le décompte du rien ?" »

Il entra, attendit que Croger ferme la porte après lui.

« Tu n'as pas oublié ton Saller, dit le vieil homme en montant l'escalier tendu de moquette bleue. C'est bien. Suis-moi. »

Le petit salon n'avait pas changé depuis la dernière visite de Curts. Des antiquités disposées avec soin sur des guéridons, des étagères ou dans des vitrines. Des vaporisateurs. Une télévision, des mitaines : tous objets que Curts connaissait par les programmes d'archives et qui correspondaient à la conception de l'ordre selon le Grand ingénieur. Le bureau était couvert de papiers froissés et de vieux outils, reliques plus modestes du passé, tel ce tube en plastique et métal servant à mesurer la température d'une personne. Plus important pour Curts, le vieux fauteuil de cuir, son préféré, flanqué de son canapé trop dur et de sa table basse.

La nostalgie effleura de ses doigts las sa nuque, l'incitant à baisser la garde, à oublier sa fonction, à remonter dans le temps par quelque porte dérobée pour retrouver une version plus jeune de lui-même. Une version pour laquelle l'ordre, ou du moins l'idée de l'ordre, était un repère souverain. Et dont la place dans le monde, l'existence matérielle, n'était ni remise en cause, ni menacée. Il se contenta pourtant d'inspirer, les épaules droites face à son aîné.

« Je t'en prie, assieds-toi, dit Croger. Tu m'excuseras, mais Abe n'est pas là aujourd'hui. Nous ferons nous-même le service. Une herbefine ?

– Non, sans façon, répondit Curts en s'immergeant dans le fauteuil pendant que Croger s'installait sur le canapé. Je m'impose déjà bien assez. Si je puis te poser la question, ajouta-t-il en inspectant le salon du regard, où est Abraham ?

– C'est son jour de congé, je n'en ai donc aucune idée précise. Pourquoi ? Est-il recherché ?

– Non, non. Mais j'ai besoin de ton aide, Croger. J'imagine que tu as regardé les nouvelles à l'écran, et que tu sais à quel point la situation s'est… s'est aggravée, concernant Shanu, l'Invisible.

– Tu sais, répondit Croger en hochant la tête, que je n'interviens pas dans les affaires de l'État, Leon. De surcroît, je ne puis pas faire grand-chose pour toi. Le célèbre inventeur, je le crains, n'a plus aucun tour dans son sac.

– Le fait est que… »

Curts ôta sa casquette et se mit à caresser le sceau doré de l'hémisphère.

« J'ai brûlé la plupart de mes cartouches. Si je ne le retrouve pas, je finirai au bout d'une corde et… »

Il retourna la casquette, regarda la saisie représentant Della et Eva fixée sur la doublure.

« … et quel sort sera réservé à ma famille ?

– Je comprends ton embarras, Leon, dit Croger après avoir avalé quelques gorgées de son herbefine. Reste que je ne peux pas intervenir. Quant au sort… (Il haussa les épaules.) Qui peut dire quel sera le nôtre ? C'est en des temps comme ceux-ci que je me soumets à l'inconnu. »

Curts l'enveloppa du regard. Quelle sérénité ! Comme si ce jour était pareil à tous les autres, comme si des mondes n'étaient pas en feu, de l'autre côté des murs du château.

« Croger, dit-il en se penchant vers le vieil homme. Si je suis venu, c'est à cause de la rumeur qui dit que tu avais, dans le temps, inventé un moyen de suivre quelqu'un à la trace qui n'a rien à voir avec les colliers. Un dispositif qui permet de repérer les Invisibles absolument n'importe où.

– Oui, et ?

– J'en ai besoin. »

L'Architecte en chef croisa le regard du directeur des gardes et la sérénité déserta son visage par lambeaux, miettes tombant d'une bouche. Il rejeta soudain la tête en arrière et éclata de rire, un rire qui secouait tout son être comme une cloche en branle. En toute autre occasion, le rire de Croger Tenmase aurait été communicatif, comme jadis, lorsqu'il recevait le Chef de l'exécutif Rhitel et les hommes de la règle au Domaine de l'exécutif, ou organisait des soirées historiques en ce château même. Mais ce soir-là… Ce soir-là, le rire de Tenmase fit naître un curieux désir de meurtre dans le cœur de Curts.

« Je te demande pardon, Leon. Je sais que ce n'est pas le moment de rire, mais cette rumeur est grotesque. Tu sais aussi bien que moi que le dispositif de surveillance de cet hémisphère n'est pas sans défaut, ce dont le Chef de l'exécutif Rhitel ne s'est jamais formalisé. Il est vrai que j'ai recommandé autrefois d'injecter dans le sang des Invisibles, dès la naissance, une substance qui aurait permis de les suivre à la trace. Le Chef de l'exécutif a jugé que les colliers suffisaient et que si l'un d'entre eux sortait du rang… Eh bien, nous savons tous ce qui s'est produit dans la Forêt soixante-dix-huit. Sans compter les nombreux incidents dont les NHN n'ont jamais dit mot. »

Le directeur Curts se carra dans son fauteuil favori. Il faut dire qu'il avait une arme secrète, un avantage qui lui avait permis de piloter des dizaines de scénarios complexes : il reconnaissait immédiatement l'odeur du mensonge. Et Croger venait indéniablement d'en émettre un, ce qui signifiait qu'il n'était plus vraiment de ses amis. Or Curts était également maître dans l'art de s'occuper de ses ennemis. On l'avait surnommé le « saint » et aussi, en d'autres temps, l'« aimable faucheur ». À ses propres yeux, il était *l'homme au cœur d'une spirale infinie de dossiers aux mille ramifications.*

« Nous avons toujours entretenu des rapports amicaux, Croger, je crois ?

– Il me semble, répondit l'inventeur avec un sourire.

– Et pourtant, tu me forces la main, alors que tu devrais mieux que quiconque connaître les privilèges que me confère mon poste. Et le fait que je puisse déterrer ce que d'aucuns préféreraient ne jamais voir sortir de terre, le planter dans mon petit jardin et attendre que l'arbre porte ses fruits.

– Je crains de ne pas comprendre ce que tu veux dire, marmonna Croger, perplexe.

– D'accord, reprit Curts qui, jambes croisées, se laissa aller au fond de son fauteuil avec une nonchalance qui le surprit lui-même. Nous connaissons tous deux la manière dont le Chef de l'exécutif Rhitel, que le Saintpère bénisse son âme, est arrivé au pouvoir. Et nous savons également que son adversaire, le responsable local XII George Elmor, avait un fils. Ce que j'ai découvert l'an dernier, après une vilaine crise de curiosité aiguë, c'est qu'après l'assassinat d'Elmor et de sa femme, leur domestique Invisible avait emmené l'enfant dans la région habillement et l'avait confié à un jeune couple rencontré par hasard dans un parc. Il leur avait également laissé un message. »

Le Grand ingénieur changea de position sur le canapé et porta l'herbol à ses lèvres avant de se raviser.

« Un message écrit sur du papier ?

– Exactement, dit Curts, remarquant sans déplaisir la gêne de son aîné. Le domestique Invisible fut intercepté à son retour dans la région des forêts et mis à mort, après avoir avoué toute l'histoire à mon prédécesseur. Malgré tout, le Chef de l'exécutif Rhitel, que le Saintpère bénisse son âme, estima qu'il n'était pas nécessaire de pousser l'enquête plus loin. Il y avait des problèmes plus urgents à régler.

– Et qu'est-il arrivé aux parents adoptifs ? À l'enfant ? »

Seules les lèvres se mouvaient encore dans le visage de Croger, d'une rigidité de statue.

L'assurance revint décuplée à Curts : il se sentait même prêt à crever le toit du château.

« Je me suis posé la même question l'an dernier, et j'ai eu le temps de faire quelques recherches. L'homme et la femme étaient morts tous les deux mais un de leurs parents m'a raconté que leur fils avait, dès l'enfance, manifesté un talent certain pour fabriquer des machines. Il était si doué que le responsable régional des manufactures l'avait pris sous son aile pour favoriser son développement. À dix-huit ans, le jeune homme, ayant eu communication par sa mère adoptive du message de l'Invisible qui l'avait sauvé, avait disparu. On ne l'avait jamais revu.

– Il est probablement mort, dit Croger, les yeux fixés sur le fond de son herbol. Le monde ne sourit guère aux jeunes gens inventifs. »

Voix morose, posture soudain voûtée, comme si la lumière intérieure qui filtrait d'ordinaire par le moindre de ses orifices, le moindre de ses pores, avait été sèchement mouchée. C'était la preuve dont Curts avait besoin.

« Croger. »

Il décroisa les jambes, se pencha vers le vieil homme et lui posa la main sur le bras.

« Nous savons, toi et moi, que ce jeune homme est encore vivant. Nous savons qu'il s'est allié au Chef de l'exécutif Rhitel, que le Saintpère bénisse son âme, à compter de la dix-huitième année du règne de ce dernier et qu'il a exercé une influence considérable, inventeur de techniques nouvelles qui permettaient une soumission accrue des Invisibles et faisaient de cet hémisphère une force mondiale redoutée par les trois autres. Et tout cela en attendant le moment de sauter sur sa proie, comme un animal de l'ancien monde.

– Allons, dit Croger d'une petite voix, l'œil encore rivé sur son herbol, qu'est-ce que tu racontes, Leon ?

– Je n'avais pas compris autrefois pourquoi tu avais demandé à Rhitel qu'il te fasse don de ce château abandonné, jadis résidence du responsable local XII Elmor et de sa famille. »

Son ton était devenu affable, teinté même d'une nuance de tristesse. La sensation de triomphe qui avait menacé quelques minutes plus tôt de faire exploser sa peau s'était dissipée, le laissant exsangue. Il savait à quel point il était douloureux de se voir frapper lorsqu'on est à terre, mais il lui fallait frapper encore, conclure. Pour son propre salut, mais aussi pour celui de Della, pour celui d'Eva.

« Imagine donc quelle a été ma surprise quand j'ai commencé à assembler les pièces du puzzle, l'an dernier. J'espérais n'aboutir à rien, mais mes intuitions ne me trompent jamais. J'ai retrouvé ton empreinte sanguine dans le Répertoire hématique de l'hémisphère, encore une de tes inventions : elle ne correspond à personne, comme si tu étais né par génération spontanée. Il faut dire qu'il n'était pas venu à l'idée des gardes de prélever le sang d'Elmor. S'ils avaient eu cette présence d'esprit, nous savons, toi et moi, quel lien aurait été établi avec le tien. Et même si je n'ai aucune preuve de ton implication dans le meurtre du Chef de l'exécutif, nous savons, toi et moi, qu'elle est incontestable. Et parfaitement compréhensible. Qui n'aurait pas fait de même, dans ta situation ? »

Il se tut quelques instants.

« Je suis navré de te replonger dans tout cela mais, comme je te l'ai expliqué, j'ai besoin de ton pisteur d'Invisibles. »

Croger, avec soin, chassa l'une après l'autre les longues mèches brunes de son visage, avant de se verser un deuxième herbol, dont il but une gorgée. Puis il eut une réaction si inquiétante que Curts sursauta.

« Quelle importance ? » dit-il en souriant.

Quelle… importance ? Le salon disparut. Curts était resté dans son fauteuil, soudain miniaturisé. Devant lui, tout autour de lui, le monde n'était que ténèbres. Il distingua pourtant des doigts tendus vers lui. Des doigts qu'il ne connaissait que trop bien. Le premier, épais, phalanges velues : son père. Le deuxième, long et pâle, vernis violet : sa mère. Le troisième, ongle rongé jusqu'à la chair sanguinolente et bordé d'une fine ligne de crasse : Christopher, le garçon qui l'avait harcelé pendant dix ans. Un quatrième si petit qu'il ne pouvait être que celui d'Eva. Et le cinquième : Della, impossible de se tromper. Tous étaient attachés à des corps invisibles dont les bouches psalmodiaient la liste de ses faiblesses secrètes avant de s'esclaffer en chœur.

Il fut recraché dans le salon de Croger. Celui-ci faisait honneur à son surnom d'Architecte en chef : serein, placide, et fort d'un sens de l'anticipation qui ne pouvait que déconcerter.

« Croger, murmura Curts, lorsque tu as renoncé au poste de Directeur du progrès, tu as non seulement perdu tous les privilèges qui lui étaient liés et tes accès aux informations secrètes, mais également ton pouvoir. Si je révèle aux hommes de la règle et aux juges ce que je viens de te dire, ils me croiront, même s'il y a des failles, des lacunes. Et tu mourras avant la fin de la semaine. Cependant… »

Il croisa les jambes, faussement impérial.

« … pourquoi en arriver là ? Donne-moi ton pisteur, et j'oublierai tout. Je serai jusqu'à la fin des temps la tombe de tes secrets. »

Les lèvres de Croger s'incurvèrent, hissant ses pommettes jusqu'à ses yeux.

« C'est fascinant, Leon, la manière dont la peur révèle la véritable nature des individus. Et les aveugle.

– Épargne-moi les bouts-rimés et les charades. Soit tu me donnes ce pisteur, soit tu devras quitter ton splendide manoir pour un cachot étouffant. Si tu penses que je suis du genre à…

– Leon, tu cherches au mauvais endroit. »

Croger s'interrompit et l'esprit de Curts se mit à tanguer follement.

« Je suis atteint de la même curiosité chronique que toi. Lors d'une de mes crises, j'en suis venu, après mes investigations, à une conclusion qui, pour improbable qu'elle est, est cependant parfaitement logique.

– C'est-à-dire ?

– C'est-à-dire que Shanu se trouve sous nos yeux, dans la Galerie de la règle, qu'il y parade déguisé en chevalier héroïque qui veut réintroduire les fleurs dans l'hémisphère et libérer les Invisibles de leurs chaînes transparentes.

– Quoi ?

– Réfléchis, Leon. Réfléchis. »

Curts tout en s'humectant les lèvres passa en revue les hypothèses, réimagina les impossibilités. Ou plutôt non, les improbabilités.

« Washington ?

– Non seulement elles avaient été supprimées pendant le Transport, mais le décret de Rhitel mettant fin aux relations mixtes a sonné le glas de ces aberrations biologiques qu'étaient, pourrait-on dire, les personnes de sang mêlé, Invisible et Dominant. Souviens-toi : elles pouvaient changer à volonté l'aspect de leur peau. Invisible un instant, visible la seconde d'après, comme un interrupteur électrique du vieux monde. »

Washington. Cela tombait en effet sous le sens. Williams Washington avait pour le Chef de l'exécutif et tout ce qu'il représentait une haine souveraine. Étant donné son statut d'homme de la règle et son influence considérable, il avait pu sensibiliser à ses idées certains membres de la garde de l'hémisphère et les manipuler pour s'introduire dans la chambre à coucher de Rhitel et le mettre à mort. Les systèmes de sécurité du Domaine de l'exécutif avaient pu être neutralisés par ces gardes ou les Enfants de Slim. Ou bien il avait convoqué deux de ces gardes en charge de la sécurité de la chambre, se servir des gouttes rouges et se rendre invisible pour circuler à sa guise dans les lieux, avant de réapparaître en un autre point de l'immense Domaine. Quand vous voulez commettre un crime de cette importance et ne pas éveiller les soupçons, le dédoublement est un dispositif des plus commode. Rien d'étonnant à ce que Curts ne puisse mettre la main sur un assassin Invisible, si ce dernier était… visible.

« Tu saisis, à présent ? susurra Croger en le prenant par le bras. Hein, tu comprends la logique de la chose ? Consulte le Répertoire hématique de l'hémisphère : il n'y a rien au nom de Washington. Il dissimule ses origines, se donne des airs de grand moraliste, et ne fait par contre aucun mystère de sa véritable allégeance aux Invisibles. Et… »

On frappa à la porte, de coups effrénés qui s'abattaient avec la violence d'une hache dans un tronc. Les deux hommes allèrent à la fenêtre et Curts s'y pencha même, sans voir personne. La porte du salon s'ouvrit brusquement et un Stephan Jolis chancelant apparut sur le seuil, hirsute, débraillé. Il n'avait même pas noué ses lacets. Ce fut autre chose pourtant qui fit saliver le directeur Curts. Stephan s'était collé un patch de chaque côté du cou : marron et rose à droite, vert et violet à gauche. Mélanger « extase sans borne » et « sédation profonde », quelle idée épouvantable ! Il était bien placé pour le savoir, en ayant fait un jour l'expérience.

« On dirait kvous faites la fête, bredouilla le responsable local II. S'per… Xactement ceukjvoulaisvoir… »

Chapitre 34

La poussière de la grotte poudrait la peau de sœur Sweetmint et celle des Enfants alentour, les transformant en êtres scintillants, extraordinaires. La main d'une femme souriante sur son épaule, la paume d'une petite fille sur son ventre, les doigts d'un garçonnet entremêlés aux siens : l'excitation, les cris de joie tourbillonnant dans les airs la plongeaient dans l'enchantement. Oui, elle se sentait de retour à la maison et ces gens étaient ses frères et sœurs.

« Les Enfants, dit sœur Blackstone en s'approchant d'elle, reprenez vos occupations du jour. »

Sœur Sweetmint s'arracha à son rêve éveillé.

« Tu es prête ?

– Je ne crois pas, sœur Blackstone.

– Ah ! dit cette dernière avec un geste du menton. Première leçon ? Tu es capable de bien plus que tu ne le crois. Suis-moi. »

Elle entraîna sœur Sweetmint dans un tunnel qui s'ouvrait sur le flanc ouest de la grotte et menait à une chambre vide aux parois de pierre brute et au sol poli.

« À quoi ça sert ? » demanda sœur Sweetmint.

Sœur Blackstone pressa sur un roc d'apparence anodine : trois des parois coulissèrent. Sous leurs yeux, soudain, un spectacle auquel sœur Sweetmint ne comprit rien. Des armes en métal doré étaient démontées, nettoyées et huilées, puis confiées à d'autres Invisibles qui les remontaient et les rangeaient dans des casiers en bois. D'autres armes plus petites, qui auraient tenu dans sa paume, étaient disposées sur une table, où se trouvaient également des sphères de tailles et de couleurs variées. Sœur Sweetmint en prit une dans sa main. Soudain le ballet des armes se figea.

« Attention », la prévint sœur Blackstone.

On n'entendait plus un souffle.

« Qu'est-ce que c'est ? s'enquit sœur Sweetmint en faisant tourner le petit globe.

– Un explosif particulièrement efficace. Nous l'avons testé en version réduite au Domaine de l'exécutif. Celle que tu tiens entre le pouce et l'index pourrait anéantir la moitié de ta forêt. »

Sœur Sweetmint, les muscles raidis, la reposa avec précaution sur la table.

« Comment avez-vous pu obtenir tout cela ?

– Certaines de ces armes sont volées, mais la plupart proviennent de nos ateliers. Ce sont soit des copies d'armes PoDo, soit des inventions maison. Nous avons un terrain d'expérimentation dans un des tunnels nord de Tintaba, où les parois sont particulièrement épaisses, et un champ de tir situé dans un des tunnels est, pour les entraînements. Viens, on continue. »

Sœur Blackstone lui fit rebrousser chemin puis bifurquer vers un tunnel parallèle. Celui-ci débouchait sur une salle circulaire remplie de véritables livres. Muette de stupeur, sœur Sweetmint en fit plusieurs fois le tour. Au fond de la salle, une énorme machine avalait des feuilles de papier vierges – oui, de papier ! – avant de recracher des pages encrées de mots.

« Notre bibliothèque et notre presse à imprimer, déclara fièrement sœur Blackstone.

– Mais… À quoi bon ? »

Sœur Blackstone sortit un livre de son rayonnage et souffla sur la tranche avant de le tendre à sœur Sweetmint.

« Ce livre, *L'Autobiographie de Malcolm X*, a presque six cents ans, tu sais. »

Sœur Sweetmint l'ouvrit et le feuilleta avant de le porter à ses narines, pour flairer le parfum synthétique du vieux monde.

« C'est la première fois que tu as un véritable livre en main, je pense ?

– Non.

– Ah, c'est vrai. Mr Tenmase lui aussi est un amateur de choses interdites.

– Sœur Blackstone, comme je disais, reprit sœur Sweetmint en s'arrachant à la contemplation du livre… À quoi bon ?

– Rien de ce dont nous faisons l'expérience ici n'est nouveau, sœur Sweetmint. Absolument rien. Le monde est cyclique, de même la vie. Ce qui arrive à présent s'est produit autrefois ; ce qui arrivera a toujours un précédent. Nous savons que les véritables livres ont disparu parce qu'ils nuisaient à l'environnement ; il est vrai que les pages enluminées sont plus faciles d'accès et prennent moins de place. Et elles peuvent être surveillées, ce qui est une raison supplémentaire de les utiliser, plutôt que les livres. Ce texte que tu as dans les mains, de même que quelques millions d'autres ont été interdits bien avant la prise du pouvoir par Rhitel : ils contiennent des vérités que l'État veut pouvoir continuer de cacher. Des méthodes de lutte qui mettraient notre bel hémisphère à mal en douze mois.

– Et pourquoi en fabriquer d'autres ?

– Pour ceux qui viennent ici lire, se former. Nous aimerions les diffuser dans tout l'hémisphère, mais le risque est trop grand. Quand les gens arrivent à Tintaba, on leur conseille de lire tout ce qu'ils peuvent. À leur rythme, bien sûr. Parfois, quand ça va trop vite, ils prennent peur. »

Sweetmint comprenait ce sentiment. Dans cette salle remplie d'une masse inouïe d'informations, d'histoire et de solutions à leurs problèmes du moment, elle était elle aussi prise de tremblements. À l'idée de ce que signifiait le processus de désapprendre et de tout réapprendre depuis le début. À l'idée de ce qu'elle découvrirait sur elle-même, sur son peuple, sur son monde. À l'idée d'un choix devenu nécessaire entre courage et lâcheté : personne, elle comprise, n'aime à se savoir pleutre.

Elle poursuivit son tour de la bibliothèque, feuilleta *Le Guide de la survie Invisible*, *Nous sommes les animaux nouveaux*, des recueils de poèmes, d'autres volumes qui contenaient de nombreuses images dessinées à la main.

« Qu'est-ce que c'est ? »

Le véritable livre qu'elle montra à sœur Blackstone ressemblait à l'enluminure de la bible du Chef de l'exécutif Rhitel que le révérend Achte utilisait à la Prière du jour.

« Oh, ça, répondit sœur Blackstone en le lui prenant des mains pour le remettre sur son étagère, on en parlera un autre jour. J'ai encore beaucoup à te montrer. »

L'étape suivante fut, au nord-est de la grotte, une autre salle aux murs en pierre polie, où des chaises avaient été disposées en rangs.

« Assieds-toi et regarde », dit sœur Blackstone.

Sur le mur apparut une saisie animée : un homme au teint d'écorce sombre, moustachu, bras dessus, bras dessous avec d'autres personnes des deux sexes, tous habillés, comme des PoDo.

« Mais ils sont…

– Tu crois que les non-Réels ont tous le teint rose ? Dans ton hémisphère et au Sudest, c'est le cas. Mais chez moi, dans le Sudouest, ils sont couleur de sable humide. Et dans le Nordest, brun clair, je dirais, avec des traits spécifiques et des méthodes répressives bien à eux. Les personnes que tu vois là, dit-elle en tendant son index nimbé de poussière vers la saisie animée, défilaient pour la liberté, pour se débarrasser de leurs oppresseurs, lesquels étaient certains de constituer la "Population dominante".

– Je ne comprends pas, dit sœur Sweetmint, le cerveau martelé par les poings de son ignorance. Ces gens sont visibles. Pourquoi seraient-ils opprimés par d'autres visibles ?

– Sœur Sweetmint, les humains excellent à trouver des manières de se différencier et de soumettre. Surtout lorsque la ressemblance avec l'autre est grande. »

La saisie à présent montrait un champ de bataille désert, hérissée de longs coutelas aux manches en bois : une prairie d'herbes argentées. Au loin, des colonnes de fumée.

« Près de chaque lame, il y a un soldat Réel, mort. Bataillons que les non-Réels ont utilisés dans des guerres contre d'autres non-Réels, ou contre les Réels. La saisie date de 2149. Cette guerre a dévasté ce que l'on appelait alors le "Quadrant sud" de l'"Afrique", nom qu'a porté l'Hémisphère Sudouest pendant plus d'un millénaire. Plus encore qu'ici, c'est dans le Sudouest que notre peuple endure les tortures les plus effroyables. D'ailleurs, une fois que nous aurons remporté la victoire dans ton hémisphère, nous partirons là-bas.

– Mais pourquoi, murmura sœur Sweetmint, écartelée par un chagrin inouï, pourquoi me montrer tout cela ?

– Parce qu'il faut que tu saches que nous ne sommes pas seuls, que ce monde est bien plus vaste que tu l'imagines, et que nous ne sommes que des figurants sur l'immense scène de l'histoire. Nous agissons comme nous le pouvons, quand nous le pouvons, pour bâtir un avenir meilleur. Ce changement sismique vers une société nouvelle, nous l'appelons le Retournement essentiel. Et c'est à cela que nous travaillons ici. Un nous qui t'inclut, désormais.

– Et que ferez-vous des poddies ?

– Nous ne les traiterons pas comme ils nous ont traités. Nous ne les réduirons pas en esclavage, nous ne leur ferons subir aucune torture. Mais ils n'auront plus le droit de satisfaire leurs bas instincts. Nous donnerons à tous les Réels la possibilité de choisir leur lieu de résidence, leurs moyens de subsistance. Nous créerons de nouvelles industries conformes à leurs désirs, nous les libérerons de la tyrannie du rhitelling, de toutes ces servitudes visibles ou cachées. Cela prendra du temps : il faudra que chacun puisse améliorer la perception qu'il a de lui-même et de son peuple, notre peuple. Alors, nous pourrons prospérer. C'est en grande partie lié à l'alimentation, tu sais ?

– Vraiment ?

– L'alimentation que fournissent les Dominants ralentit notre croissance, limite notre espérance de vie et rend nos femmes moins fertiles, afin que nous ne devenions pas trop nombreux. »

Par le Saintpère. Mr Tenmase avait raison de me déconseiller les Rhitel Burgers. Sweetsmoke avait raison de se méfier des trains de ravitaillement. Elle se sentit soudain étouffer, la poitrine prise dans un étau brûlant qui s'attaqua ensuite à son visage, ruisselant de sueur. Elle ferma les yeux et se remplit les poumons en attendant que la nausée se dissipe.

« Respire, sœur Sweetmint, dit sœur Blackstone en lui posant la main sur l'épaule. C'est une réaction absolument normale. Respire, ça ira mieux. »

Sœur Sweetmint finit par retrouver son souffle.

« Si nous progressons de cette manière, comment réagiront les poddies ?

– Oh, sans doute par la colère, comme l'enfant qu'on arrache au sein de sa mère. Il y aura du sang, des morts, des batailles, ici, dans la région du traitement des eaux, dans celle des fermes, dans celle des transports et techniques, partout. Et quand nous aurons remporté la victoire, quand ils auront appris à ne plus dépendre que d'eux-mêmes, ils viendront nous supplier de cohabiter. La paix enfin pourra être conclue dans ton hémisphère, comme dans le mien.

– Tu dis que tout se répète suivant un cycle. Combien de temps serons-nous en paix ? »

La nouvelle mentor de sœur Sweetmint ne répondit pas. Sa rumoya s'altéra légèrement, le doute menaçant d'éteindre les flammes de sa belle assurance.

« Ah, je ne sais pas, murmura-t-elle. Tu as raison, sœur. La paix ne se goûte que parce qu'elle a une fin. La manière dont on vit dans mon hémisphère aura une fin. Le monde que nous créerons aura une fin. Il viendra peut-être un temps où nous autres Enfants de Slim, qui nous pensons si nobles, opprimerons les autres au nom de cette noblesse. Ce qui ne veut pas dire, ajouta-t-elle en levant les yeux vers le plafond, que nous devons renoncer à mieux nous conduire, à mieux agir, aujourd'hui et demain, dans l'espoir qu'avec les siècles, les millénaires, nous puissions devenir moins brutaux, moins égoïstes. Si, du jour au lendemain, sont nés les Invisibles, il se peut qu'apparaissent un jour des humains… plus humains que ceux qui les ont précédés. »

Jamais Sweetmint ne s'était sentie plus insignifiante, plus petite qu'en cet instant, en bien des points. Et jamais elle n'avait éprouvé cet élan plus grand qu'elle, qui la transportait et donnait à son existence un sens, une raison d'être dépassant largement ses objectifs du passé. Elle avait encore peur de manquer de courage, de persistance, peur aussi des rudes coups de poing de l'ignorance.

« J'ai tellement de choses à apprendre », murmura-t-elle d'une voix ténue.

Sœur Blackstone la prit par la taille et l'entraîna dans le souterrain.

« Ça tombe bien, sœur. Très bien. J'ai tellement de choses à t'enseigner. »

Chapitre 35

« Retenons-le avant qu'il se casse la figure », s'exclama Croger.

Curts et l'Architecte en chef s'emparèrent chacun par un bras de Stephan et le traînèrent jusqu'au canapé, sur lequel il s'affala sans tarder.

Croger tendit l'index vers le cou de son protégé.

« Ôte-lui ses patchs. Je vais lui coller deux SR. »

Deux SR ? Il suffisait d'un « Sortie rapide » pour vous faire régurgiter votre cervelle. Avec deux, Stephan risquait de se vider par les deux orifices.

« Apporte-moi la corbeille qui est près de mon bureau », ordonna Croger.

Le responsable local II dodelinait de la tête, lèvre inférieure tremblante.

« C'estffffini. Jvai… Jvais rtournerazéro… Danltrou… Ltrouhou… »

Croger s'approcha du canapé, un patch dans chaque main, languette ôtée, et les plaqua sur le cou de Stephan, interrompant son absurde logorrhée. Puis l'Architecte en chef massa les épaules de son protégé qui vomissait dans la corbeille en or.

« Voilà », dit Croger.

Jolis se carra contre le dossier du canapé, grimaçant de douleur. Puis, comme une fenêtre autonettoyante se débarrasse de sa crasse, il fut purgé de ses poisons. Finies, les suées. Son teint avait déjà retrouvé sa fraîcheur et son regard lorsqu'il rouvrit les yeux, toute sa vivacité.

Il se redressa sur son séant, tira sur les pans de son veston et se recoiffa d'une main ferme.

« Ah, Croger, dit-il avec un grand sourire en s'emparant du bras de son mentor. Vous m'avez redonné vie, cher ami. Et Leon ! Quelle belle surprise. Que faites-vous ici ?

– Oh, on ne s'était pas vus depuis longtemps, Croger et moi. Je voulais lui rendre visite. »

Le directeur donna un dernier coup de chiffon à ses bottes, que le vomi n'avait pas épargnées, et retourna s'asseoir dans son fauteuil. Son regard se posa sur les patchs dont ils avaient délivré Stephan, y compris celui qu'ils avaient trouvé sur sa nuque. Noir, marqué d'un O blanc. O comme « Oubli ».

« On dirait bien que nous sommes tous les deux perdants, grommela Stephan, arrachant Curts à ses pensées. Après la séance d'aujourd'hui, tout ce que nous avions élaboré est à terre, Croger. Quelle bande d'hypocrites ! Qu'est-ce que ça peut leur faire, si je baise de temps en temps avec des Invisibles ? Que celui qui n'a jamais goûté aux plaisirs interdits me jette la pierre. Ces messieurs vont au Minx tous les soirs pour y engraisser les putes vizos à coup de rhitellings ! Et je suis mis au ban, pour qu'ils puissent dormir tranquilles, en se prenant pour les plus vertueux des hémisphériens. »

Il s'était levé d'un bond, arpentait le petit salon.

« Et vous, Leon ! s'exclama-t-il en tendant le bras vers le directeur. Quand je vois la manière dont l'hémisphère vous traite, vous dont toute la personne est dédiée à son service ! Oh, vous et moi, on n'est pas toujours d'accord. Mais vous avez maintenu l'ordre à votre manière pendant des années. J'ai eu vent du sondage… Quel traître, quel prétentieux, ce Ribussce. Dans quel hémisphère vivons-nous, où les PoDo sont moins bien traités que les Invisibles, et ce par leurs frères PoDo ! »

Curts écoutait Stephan sans broncher, songeur : le responsable local II jouait-il la comédie ? Au fil des ans, Curts l'avait vu perfectionner ses talents d'acteur à un niveau jamais atteint par d'autres politiciens. Non seulement Jolis trouvait toujours les mots justes au bon moment, mais excellait-il à faire monter la pression, doté qu'il était d'une perception presque surnaturelle des humeurs de la foule. Curts s'était souvent moqué de l'intelligence de Jolis, de son narcissisme effréné. Pourtant le responsable local était, comme son ennemi, passé maître dans l'art de l'adaptation. Jolis malgré tout se croyait plus dur que le diamant, et Curts se réjouissait de son humiliation publique, dont il était en partie responsable.

« Pouce, dit Croger. Assez gémi, Stephan. On dirait Ramina dans *Hemispheric Housewives*. Vous n'êtes finis ni l'un ni l'autre.

– Il est au courant ? demanda Curts en tendant le menton vers Stephan.

– Au courant de quoi ? s'enquit ce dernier.

– Notre ami Croger prétend que Washington est Shanu. »

Stephan s'arrêta près du canapé et tourna la tête vers Croger, mâchoire crispée, constata Curts.

« Ah non, dit Stephan d'une voix lente. C'est la première fois que j'entends dire ça. Et pourquoi ne m'en avoir jamais parlé, Croger ?

– Parce que ce n'est qu'une hypothèse, répondit l'Architecte en chef, particulièrement improbable qui plus est. J'en ai parlé à Leon pour qu'il puisse mener l'enquête. Et je ne t'en ai rien dit parce que ça t'aurait distrait.

– Enfin, dit le responsable local II en fermant les yeux, comme s'il était pris de migraine. Un Invisible qui devient un PoDo ? C'est du jamais vu.

– C'est du déjà-vu, rectifia Curts. Mais c'est effectivement rare. Je n'en ai pas rencontré moi-même, mais il y a quelques cas qui datent d'avant la Renaissance. Et cela expliquerait la raison pour laquelle nous n'arrivons pas à lui mettre la main dessus. Il profite de notre conception – pardon, de ma conception de la loi et de l'ordre (à ces mots une vague de colère mêlée de honte monta en lui) – pour sortir des limites de cette loi, et ne plus adhérer à l'ordre naturel des choses. De quoi vous donner l'envie de vous passer du tribunal et de faire justice vous-même.

– Tout de même ! Washington !

– Réfléchis, intervint Croger. Pense à la radicalité de ses idées concernant les Invisibles, qu'il veut mettre au premier plan. Ou concernant le rétablissement des relations avec les autres hémisphères. Plus le fait qu'il ne figure pas dans le Répertoire hématique... Ce qui se comprend, s'il est Shanu. Je veux dire... »

Il passa la main devant le mur le plus proche, fit apparaître la dernière saisie connue de Shanu, vieille de trois ans.

« D'ailleurs, il ressemble à Shanu !

– Ah, ah, s'esclaffa Stephan. Moi aussi, figure-toi. Certaines personnes pensent même que Washington est mon frère. Et c'est bien malheureux.

– Vous, siffla Curts en réprimant le ricanement qui grondait dans sa gorge. Vous détestez les Invisibles à un tel point que si vous en étiez un, vous vous suicideriez sur-le-champ.

– Sans hésitation, mon ami. Bon, que fait-on, pour Washington ?

– Toi ? Rien, dit Croger. C'est Leon qui va enquêter. Dans l'intervalle, vous pourriez peut-être signer une trêve, tous les deux ?

– Quelle trêve ? demanda Curts.

– Premièrement, tu t'engages à partager avec nous toutes les informations compromettantes que tu accumules dans ton dossier Washington.

– Un dossier ? s'exclama Jolis en se retournant brusquement vers le directeur des gardes. Vous avez constitué un dossier sur mon adversaire sans m'en parler ?

– Pourquoi pas ? répliqua Curts en le transperçant d'un regard enflammé. Jusqu'ici, je misais sur la victoire de Washington.

– Si le Chef de l'exécutif était encore de ce monde et s'il vous entendait, il vous arracherait les deux yeux, la langue et… »

Curts se releva d'un bond et se rua sur le responsable local, pressant de tout son torse maigre contre le puissant poitrail de Jolis.

« Eh bien ! Il n'est plus là, et maintenant que vous avez tout perdu, vous allez réintégrer le cloaque d'où vous avez rampé comme l'immonde…

– Immonde ? répéta Stephan en rejetant la tête en arrière. S'il y a quelqu'un qui répond à la définition de ce mot, c'est vous, Leon. Vous qui vous plaignez encore d'une innocente plaisanterie vieille de six mois et qui exigez des excuses, comme un gosse dans une cour d'école.

– Ah ! Donc vous n'avez pas oublié ! Vil rustre menteur qui pose au politicien d'élite ! Ce qui vous semble innocent ne l'est pas pour des centaines de gens. Ah, mais il est vrai que vous, Stephan Jolis, vous êtes en acier trempé. Dur comme le diamant, viril et indestructible. Et pourtant, regardez-vous. Les lauriers pourtant largement à votre portée sont tombés en poussière sous vos yeux, ha ha ! »

Stephan leva le poing et Curts, sans frémir, en fit autant. Croger, aussi agile qu'il était petit de taille, s'interposa.

« Imbéciles ! Vous êtes prêts à vous entretuer, alors que Washington est là, dehors, à rire de toi (il planta l'index dans le sternum de Stephan) et de toi (le même traitement fut infligé à Curts). Allons-nous nous entendre pour empêcher cet Invisible d'accéder aux plus hautes responsabilités de notre hémisphère, ou dois-je me contenter d'aller préparer une autre herbefine que je savourerai en vous regardant échanger des coups, comme au stade Rhitel ? »

Sous le regard impérieux de l'Architecte en chef, Stephan baissa les bras, bientôt imité par Curts.

« Leon, si tu fournis à Stephan une ou deux informations assez solides, elles suffiront à convaincre les hommes de la règle. Ils ne s'acharnent sur Stephan que parce qu'ils sont persuadés de la nécessité de la chose. Quant à toi, Stephan, si tu bats Washington aux élections, il faut t'engager à ce qu'aucun mal ne soit fait à Leon ni à sa famille, même s'il est incapable de prouver que Washington est Shanu, et qu'il n'a toujours pas réussi à attraper l'assassin du Chef de l'exécutif. »

Le Grand ingénieur n'avait pas tort. Washington détestait Curts et tous ceux qui avaient joui des faveurs du Chef de l'exécutif Rhitel. Une fois élu, il passerait avec joie la corde au cou de Curts et le ferait se balancer sous l'Orme éternel. L'exécution serait diffusée dans tout l'hémisphère pour consolider sa règle, laquelle exigeait notamment que les doigts de la main de l'ancien Chef de l'exécutif soient tranchés l'un après l'autre. Della et Eva auraient la vie sauve, car Washington n'était pas un monstre. Cependant Della serait contrainte de rejoindre la communauté des Souillées, faisant d'Eva, sa fillette aux boucles d'or, une orpheline. Hors de question.

« Et ces informations, Leon ? Vous les avez ? » demanda Stephan.

Curts ferma les yeux pour se retrouver au cœur de sa spirale infinie de dossiers aux mille ramifications.

« Oui. C'est une bricole que le Chef de l'exécutif Rhitel, que le Saintpère bénisse son âme, gardait sous le coude sans trop savoir qu'en faire. Cela dit, je ne sais pas si c'est suffisant.

– Ça, dit Stephan, c'est à moi de voir. Bon : marché conclu ?

– Et si vous ne gagnez pas les élections ?

– Impossible. Washington a joué sa meilleure carte. C'est à mon tour. »

Curts contempla un instant la main de Jolis, l'estomac tremblant d'intuitions subites et de désirs inassouvis. Puis il serra le poing et le propulsa droit sur le nez du responsable local II. *Crac !* Le sang, sirupeux et luisant, se mit à couler sur ses lèvres et son menton.

Le directeur resta un instant immobile, poing en l'air, la manche de son uniforme bientôt gorgée de sang.

« Pour la plaisanterie innocente d'il y a six mois », dit-il en baissant enfin le bras.

Il n'y eut pas de cris. Il n'y eut pas de mains empoignant des revers de veste, de trépignements, de souffles lourds. Dans le plus grand des silences, Stephan porta ses doigts à son nez, d'où le sang coulait encore à flots. Puis, pour la seconde fois, il tendit la main, à présent gantée d'écarlate.

« Marché conclu », dit Curts en la serrant.

L'écran du salon s'alluma tout seul. Les trois hommes se retournèrent et l'épouvante déforma bientôt leurs traits.

Chapitre 36

Tout s'était déroulé comme prévu. Lorsque Candace quitta Tintaba, tremblante d'excitation, elle rentra à la Forêt vingt-six. Après une brève attente sur le quai, elle monta dans un train public. Son passeville n'avait pas expiré. À cette heure de la journée, c'étaient les travailleurs de nuit qui voyageaient. Les agents d'entretien qui ne pouvaient intervenir que lorsque les PoDo avaient déserté les bureaux, les ouvriers du bâtiment qui doublaient les équipes du jour, pour accélérer le rythme de construction, les domestiques qui n'habitaient pas chez leurs employeurs, et s'adaptaient tout de même à leurs exigences.

Elle les connaissait tous par leur nom. Ils préférèrent cependant garder leurs distances, feignant même d'ignorer sa présence, mais la dévorant des yeux à la dérobée, leur rumoya exsudant une colère lasse. Pire à leurs yeux qu'une étrangère, elle incarnait la source de leurs malheurs. Et cela lui faisait mal.

Une souffrance qui serait de courte durée. Désormais, elle avait les Enfants de Slim à ses côtés, la main de sœur Blackstone sur les épaules pour la guider. Lorsqu'elle sortit du train, à la station de Progress Park, la pensée de cette nouvelle famille suffit à lui donner le sourire. Elle s'arrêta quelques instants au bas de l'escalier de sortie, tandis que les autres voyageurs défilaient devant elle sans lui accorder un regard. Elle passa la main devant un grand écran de verre. Un voyant rouge apparut, palpitant comme un cœur : c'était la station. Puis un autre, bleu, clignotant : c'était la maison de ses parents. Le trajet s'afficha, ruban blanc qui traversait Progress Park, la conduisait sur Honor Avenue, laquelle longeait la zone ouest de ce vaste espace vert avant d'arriver à destination, à savoir le Clos des éminences. Elle le mémorisa avant de monter l'escalier.

Elle s'était attendue à voir des foules de PoDo : cependant les allées du parc étaient désertes. Elle glissa la main vers le petit sac en toile qu'elle avait noué à son bras, palpa son contenu : la boussole que Rusty lui avait offerte avant son premier entretien avec Mr Tenmase, en des temps qui lui semblaient maintenant très anciens. La boussole dont l'aiguille était toujours dirigée vers la Forêt vingt-six. *Si tu veux t'en sortir, il faut aller jusqu'au bout.*

Puis son regard tomba sur une statue qui représentait le Chef de l'exécutif tenant un garçon et une fille par la main, bras levés en signe de victoire, comme s'ils venaient de remporter quelque combat. Et cela la ramena dix ans en arrière à une soirée durant laquelle Sweetsmoke, âgé alors de dix-huit ans, était rentré d'un match de boxe au stade Rhitel. Il était entré dans la cabane sans dire un mot, peint en rouge, la couleur qu'il choisissait toujours pour les compétitions. Chose étrange, y compris pour Sweetmint qui n'avait alors que quatorze ans, le visage et la peinture de son frère étaient presque intacts. Pas d'éraflures sur le corps, pas de paupières gonflées, pas de lèvres fendues.

« Tu t'es battu ? lui demanda-t-elle en lui prenant son sac des mains.

– Oui.

– Tu as gagné ?

– Oui.

– Alors, pourquoi cet air morose ? Et cette peinture impeccable ? »

Il se dirigea vers l'évier, se servit un verre d'eau et s'assit sur leur canapé.

« Je n'étais pas censé gagner. »

Elle le rejoignit, sourcils froncés.

« Qu'est-ce que tu veux dire ?

– Tu sais que je combattais contre un poddie, ce soir.

– Oui, bien sûr. »

Elle se renseignait toujours en détail sur ses matchs.

« L'association a pensé que ça pouvait augmenter les recettes. Ils ne m'ont pas dit qui c'était, en revanche. C'est-à-dire, un vague parent du Chef de l'exécutif, un gamin de la région trains et techniques, qui voulait se faire un nom en battant le numéro un des Invisibles chez les moins de vingt et un ans.

– Où est le problème ? Il a perdu, voilà tout.

– Le responsable de l'association m'a demandé de me coucher, Petite Moi. En plein centre de Rhitelville, sous les yeux du Chef de l'exécutif en personne, il était hors de question que je puisse battre ce poddie. Mais quand je suis monté sur le ring et que j'ai vu à quel point il s'était mal préparé, une petite lumière s'est allumée dans ma tête. Je ne pouvais pas faire ça. Je ne pouvais vraiment pas me coucher. J'ai cogné, vraiment dur, au point qu'il n'a pas pu m'envoyer un seul crochet. Rusty ne m'a pas adressé la parole de tout le retour. »

Lorsque Rusty leur rendit visite, plus tard dans la soirée, il prit une chaise dans la cuisine et la posa dans le salon, en face du canapé.

« Je ne suis pas en colère », dit-il, une fois assis.

Il était peint du même rouge que Sweetsmoke.

« Et je n'ai aucun regret, répondit ce dernier.

– Très bien. Je savais bien que tu n'obéirais pas et, pour être franc, j'aurais trouvé lamentable que tu acceptes. Mais j'aurais compris. Le responsable de l'association n'est pas content, bien sûr. Et si tu n'es ni mis à mort, ni envoyé au fond d'une mine dans la région F&A ou dans je ne sais quelle usine en sous-sol dans la région TE, c'est parce que ce genre de punition ne ferait que valider l'incident de ce soir. »

Sweetsmoke se redressa et secoua la tête.

« Mais il va y avoir des conséquences, je pense ? Je ne vais pas m'en tirer comme ça. C'est trop grave.

– Oui, dit Rusty en hochant la tête. Tu as livré ton dernier combat ce soir. L'association te condamne à une interdiction à vie. »

Il inspira longuement, à plusieurs reprises.

« Le prétexte est le suivant : tu avais un patch sous la joue, qui t'a fait remporter le match. »

Sweetsmoke se carra contre le dossier du canapé et éclata de rire. Littéralement : Sweetmint ne l'avait jamais vu rire ainsi à gorge déployée, le corps parcouru de spasmes, courbé en deux, puis à genoux, par terre, frappant le plancher de la paume, sans pouvoir s'arrêter. Il riait encore quand Rusty prit congé. Elle ne put que s'agenouiller près de lui, la main sur son dos, sans bouger, jusqu'à ce que son rire s'éteigne et qu'il se couche, immobile, bientôt saisi par le sommeil. Il passa la nuit là.

L'incident l'avait radicalisé. C'était comme si le feu qui avait toujours brûlé en lui, et qui le poussait à protester au Baz Buthani, à perturber la Prière du jour, à répondre de travers à tout le monde, sauf à elle, Rusty et Freshpine, s'était replié dans son cœur. Il n'échangeait plus qu'avec ces trois-là. S'il ne boxait plus, il ne cessait d'accroître ses performances de bûcheron. Il avait encore grandi, encore forci, avait gagné aussi en amertume, comme l'écorce de cet arbre qu'ils mangeaient parfois. Il souriait encore à Sweetmint, la prenait dans ses bras quand elle en avait besoin, lui laissant un espace de tendresse, pourvu qu'il puisse traiter le reste du monde sans pitié.

C'est peut-être lui en effet, songea-t-elle pour la première fois, qui a tué le Chef de l'exécutif. Même si tel était le cas, cela ne changeait rien. Pour elle, du moins. Son frère était toujours son frère. Personne ne se résume au pire de ses crimes.

Elle contourna la statue et poursuivit son chemin d'un pas plus rapide, droit devant elle, avant de s'engager dans une vaste allée bordée d'arbres. Une fois parvenue au carrefour, elle s'apprêtait à prendre la voie de gauche lorsque son sang se mit à battre à ses tempes. Elle entendit un coup de sifflet à sa droite, s'immobilisa. Un autre retentit devant elle. Puis un troisième à gauche. Et un quatrième, tout proche, juste derrière elle.

Avant qu'elle puisse comprendre ce qui se passait, une femme, une poddie, surgit des buissons à deux ou trois mètres d'elle. Candace se retourna : une autre femme approchait de la gauche, un homme de la droite, un autre encore, tout de noir vêtu, juste derrière elle.

« On a en une ! dit la première femme en battant des mains.

– Oh mais oui, en effet, dit le premier homme.

– Par le Saintpère, et c'est un gros morceau, dit la seconde femme avec un plaisir non dissimulé. C'est donc vrai : on est tous bien nourris dans ce bel hémisphère, y compris les Invisibles.

– Plus c'est gros, mieux c'est, dit le second homme. Et non peinte ? Pour qui elle se prend, celle-là ?

– J'ai un passeville, leur dit Sweetlint quand ils l'eurent encerclée en échangeant des rires gourmands d'avant banquet. Je me rendais simplement à mon travail.

– On s'en fiche de ton passeville, sale vizo, dit la première femme, très grande et dont les longs cheveux noirs encadraient un étroit visage suintant de haine. Toi et les tiens, vous voulez notre peau, et tu crois que tu peux flâner dans nos parcs comme si de rien n'était ?

– Je…

– Regardez-la, dit l'homme en noir. Elle n'a pas un centimètre carré de peinture sur elle. Elle attire vraiment les coups, cette vizo. Mais on pourrait peut-être faire joujou avec elle, avant de taper ? Hein, histoire de voir si elle apprécie le goût de nos peaux ? »

La première poddie trébucha et sa poitrine soudain entra en contact avec l'allée. Candace se retourna vivement : la seconde femme avait fait un bond en arrière, comme si quelqu'un l'avait tirée par sa longue chevelure brune. Sa tête percuta les pavés.

« Hein ? »

Le premier homme leva les poings et se mit à boxer dans le vide. Le second homme, les yeux écarquillés, rebroussa chemin, jusqu'à ce que son corps entre en collision avec une présence qui lui fit mordre la poussière.

Le premier homme se démenait toujours dans le vide.

« Montre-toi, espèce de lâche ! »

Son menton soudain se souleva et ses pieds quittèrent le sol. Un… Deux… Trois… Ses yeux se révulsèrent dans ses orbites.

« File », prononça une voix.

Sweetmint courut vers Honor Avenue, les pieds claquant sur les pavés gris comme l'eau sur le béton, les gémissements des PoDo se perdant dans le lointain. Une fois sur le trottoir, elle se retourna : il n'y avait plus personne derrière elle.

Sa poitrine était en feu. *Qui est venu me sauver ?* Elle n'avait perçu ni persodeur ni rumoya. Ce devait être un Enfant de Slim chargé de veiller sur elle. Elle s'accorda une seconde pour retrouver son souffle puis remonta l'avenue vers le nord. Tête baissée, pieds agiles, elle ne voyait plus que ce trottoir pavé et la grille de fonte noire du parc, qu'elle bordait. Elle aurait dû entendre et sentir les PoDo avant de les voir. Le parc, les filaments lumineux, le vide : tout cela avait détourné son attention.

En levant les yeux, elle aperçut un immeuble qui l'interrompit dans sa course. Haut de cinq ou six étages, c'était le plus haut qu'elle ait jamais vu. Tout de verre revêtu, il possédait cependant une structure en bois, dont elle perçut l'odeur, de même que celle de la colle utilisée pour constituer des strates de bois si solidaires qu'elles étaient plus résistantes que l'acier. Sweetsmoke et Rusty avaient peut-être abattu quelques-uns des arbres utilisés par les charpentiers.

Vu de la rue, chaque étage semblait occupé par deux grands appartements pourvus de balcons en suspension, ce qui permettait à leurs habitants de regarder de haut les piétons comme Candace. Et quelle merveille que ces baies vitrées qui occupaient toute la hauteur des logements ! Si la plupart des occupants avaient opté pour le verrebrume, préservant ainsi leur intimité derrière des vitres bleu vaporeux, rouge fumée ou jaune trouble, la baie du troisième étage était transparente.

Elle donnait sur une pièce qui devait être le salon. Deux enfants PoDo, un garçon et une fille, étaient assis sur un canapé. Des lueurs dansaient sur leurs petits visages, provenant sans doute, se dit-elle, d'un grand écran. Les enfants se gavaient de pop-corn bleu, ne s'interrompant que pour éclater de rire ou se ruer dans la cuisine. Une femme aux cheveux bruns mi-longs impeccablement coupés, lèvres peintes en rouge, yeux brûlants d'une tendre étincelle, fit s'écarter les enfants et s'installa entre eux. Un homme qui aurait pu être son frère jumeau s'assit près de la petite fille, du côté de la fenêtre, et plongea la main dans le bol à pop-corn avant de fourrer quelques boules bleues entre ses lèvres souriantes.

Puis, tournant la tête vers la cuisine, il appela quelqu'un. Une demi-seconde plus tard, une Invisible, peinte en blanc de ses cheveux nattés à ses orteils nus, fit son entrée, portant quatre verres d'un liquide rouge orangé posés sur un plateau. Les parents ne lui accordèrent pas un regard. Le petit garçon prit son verre à deux mains et la fillette, avec une maladresse tout enfantine, renversa le sien sur la moquette. Le père fit un signe de la main et l'Invisible s'éclipsa, pour revenir aussitôt avec un flacon de nettoyant. *Sûrement le Tachanti dont Drams Jams Ivy chante les mérites en permanence.*

L'Invisible se mit à genoux et frotta, frotta tant qu'elle put, en évita les longues jambes des parents et les pieds impatients des enfants, qui atterrissaient perpétuellement sur son dos – et une fois au moins sur sa tête. Lorsqu'elle fut parvenue au bout de la moquette, juste en face de la baie vitrée, elle lança un regard dans la rue et remarqua sans doute le petit sac en toile de Candace et son collier qui flottaient dans les airs. Leurs yeux se croisèrent. L'Invisible se leva, une serviette à la main, la tête baissée vers Candace, leva le pouce et l'index et les fit gigoter. Candace lui répondit par le même signe. La femme se tourna vers le canapé familial, adressa un signe de la tête à ses occupants et retourna à l'endroit qu'elle occupait loin du regard de ces gens. Candace avait lu de la douleur dans l'expression de son visage, mêlée à une dignité gravée par le temps dans sa physionomie. Au moins avait-elle pu conserver cela.

Ce fut alors qu'elle les entendit. Deux chibes surgirent du parc, à quelques mètres devant elle. La repérant, ils se mirent à courir vers elle. Elle se retourna, mesura du regard Honor Avenue, si longue qu'elle n'apercevait déjà plus le croisement à la hauteur duquel elle l'avait prise. Fuir ne pouvait qu'aggraver les choses. Elle ne broncha pas.

Les deux chibes arrivèrent à sa hauteur : un homme dont tous les traits du visage, lèvres, nez, oreilles, étaient longs et pointus et, à sa grande surprise, une femme. Quelques mèches de cheveux noirs s'échappaient de la casquette de cette dernière ; ses joues rondes et ses lèvres charnues trahissaient probablement quelque ancêtre non nordouestain dont les caractéristiques refusaient de s'éteindre.

« Qu'est-ce que vous faites là ? demanda la femme, bouche tordue par un rictus qui rendait sa question presque inaudible.

– Je vais au travail », répondit Candace, d'une voix aussi ferme que le béton sous ses pieds.

L'homme s'approcha si près d'elle qu'il lui fut difficile de ne pas percevoir l'odeur d'oignon cru qu'il dégageait, d'autant que ses lèvres se fendirent sur un grand rire.

« Au travail ? Le Minx et les autres clubs, c'est dans cette direction, dit-il en tendant la main par-dessus l'épaule de Candace. À une station de train. Quelle sorte de travail ça peut bien être, par ici ?

– Et sans peinture, en plus, dit la femme en tournant autour de Candace, le regard inquisiteur. T'es une ennemie de notre bel hémisphère ?

– Non. »

Une main de fer se plaqua sur sa nuque, lui faisant verser des larmes involontaires.

« Non, *madame*, gronda l'homme.

– Non, madame », répéta Candace tandis que la douleur se propageait le long de sa colonne vertébrale.

La femme la frappa au ventre du plat de la main ; Candace s'affala sur le trottoir de béton, bras croisés contre l'abdomen, en réprimant de toutes ses forces son envie de vomir.

« Elles sont tellement insolentes, commenta l'homme. À se balader sur Honor Avenue comme si ce n'était pas un des leurs qui avait tué celui qui leur permettait de respirer le bon air du Nordouest.

– Oh, quand le directeur l'aura retrouvé, celui-là… C'est quoi, son nom, déjà ?

– Shanu, dit l'homme en arrosant de ses postillons le visage de Candace. Si ça se trouve, elle le connaît. »

Il lui tapota le dos du bout de sa botte, également pointue.

« Tu le connais, petite ?

– Dès qu'ils lui mettront la main dessus, poursuivit la femme, dont la voix frémissait d'une excitation probablement érotique, et qu'ils lui couperont la tête… ou qu'ils lui tailleront une fermeture éclair au couteau, là, dans le ventre… ou qu'ils le noieront dans le parc, en direct sur les NHN, pour que tout le monde voie… Là, ils comprendront. »

Silence. Puis :

« Bon, on l'amène au poste ? »

Candace réussit à se remettre sur le dos, les mains toujours plaquées au ventre.

« Ribussce… Le sous-directeur adjoint des gardes Ribussce m'a donné un passeville, parvint-elle à dire, avant d'être prise d'une quinte de toux si violente qu'elle eut peur d'en venir à cracher un morceau de son cœur.

– Ribussce ? répéta la chibe en se tournant vers son collègue.

– Elle ment, dit ce dernier. Qu'est-ce qu'elle peut avoir comme rapport avec Ribussce ?

– Il… râla Candace en voulant réprimer sa toux. Il connaît les gens pour lesquels je travaille. Il m'a donné ce passeville spécial. C'est tellement dangereux, par ici. Regardez… Vous verrez bien. »

L'homme, à genoux, sortit d'une de ses poches une tablette de verre.

« Si elle nous ment, elle finira par regretter le passage par la Geôle exécutive, vu ce qui l'attend après. »

Il tendit la tablette au-dessus du visage de Candace. *Biiip.* Il consulta l'écran puis le tourna vers sa collègue.

« Clos de l'éminence, dit la femme, visiblement surprise.

– Oui, ben… Ça correspond. Qui sait ? » marmonna l'homme.

Il se redressa avant d'épousseter son uniforme, faisant pleuvoir les particules sur Candace.

« Qu'on ne te revoie plus dans les parages, compris ?

– Compris, monsieur. »

Une botte passa, flottante, dans son champ de vision lorsque la chibe l'enjamba. Couchée sur le béton tiède d'Honor Avenue, Candace avait l'impression écrasante qu'un boulet immense avait été lâché au-dessus de sa tête et qu'elle, « l'Invisible modèle », comme l'avait appelée jadis le révérend Achte, avait été choisie pour en absorber toute la force destructrice. Il aurait été bien plus facile et sans doute bien plus sage de rester ici, d'accepter son sort en ce monde : une chose, pas même une personne, que l'on pouvait piétiner à sa guise. Oh, Sweetmint. *À quoi bon pleurnicher sur tes malheurs ? Debout.*

Et comme le matin même à la Prière du jour, elle se redressa, tant bien que mal, et se remit sur pied. Tout en fredonnant un hymne pour se donner du courage – *Je vois les montagnes, je vois les étoiles/La nature, ô merveille, tisse sa toile* –, elle parvint devant le portail doré du Clos de l'éminence, que gardaient deux chibes. Ils la firent entrer après avoir consulté son passeville, lui montrèrent la maison qu'elle cherchait sur un plan et lui prièrent de donner le bonjour aux Rawden.

Les Rawden ?

Chapitre 37

Un correspondant régional des NHN, envoyé permanent de la région habillement, apparut à l'écran. Au loin, derrière lui, les incendies faisaient rage.

« Nous n'avons pour l'instant pas d'information sur les causes de ces incidents, dit-il, curieusement flegmatique. Reste que tous les villages de tentes de la région, du nord au sud, sont à l'heure actuelle en flammes. Il semble suivant les premières estimations que trois cent mille Invisibles aient perdu la vie. Il n'y a pas de victimes parmi la Population dominante. Sur place, avec nous, se trouve la directrice adjointe des gardes de l'hémisphère Mund. »

Une Lucretia impassible rejoignit le journaliste à l'écran.

« Directrice adjointe des gardes de l'hémisphère Mund, pouvez-vous nous faire part des informations dont vous disposez à cette heure ? »

Les yeux-poignards de Lucretia transpercèrent le plakit ; Curts eut l'impression qu'elle le regardait. La colère de la jeune femme se répandait dans l'écran, traquant ce qui restait du cœur de son chef.

« Après avoir échangé avec quelques gardes stationnés dans divers villages de tente de la région, nous en avons conclu que ces incendies avaient été déclenchés par de petites troupes d'Invisibles, lesquelles ont toutes été neutralisées. Ces incendiaires ont agi sous les ordres de Shanu, dans le but de faire croire à une vengeance des PoDo et de souffler sur les braises de la dissension.

– Donc, reprit le journaliste, Shanu n'est pas seulement coupable d'avoir assassiné notre Chef de l'exécutif Rhitel, que le Saintpère bénisse son âme, il est aussi responsable d'une extermination visant son propre peuple ?

– C'est exact. Toutes ces fosses communes remplies de corps transparents, mais dont l'odeur de chair carbonisée sature l'atmosphère de la région habillement, tous ces morts, c'est de votre fait à vous, poursuivit-elle d'une voix monocorde, le regard fixé droit devant elle. Oui, *vous.* »

Croger éteignit l'écran et se tourna vers Curts.

« Leon, tu en sais plus sur ces incendies ?

– Je découvre ce drame, Croger, répondit le directeur en se palpant le torse. J'ai dû oublier ma sphoreille dans le train. Enfin : comme le dit Lucretia, ce sont les agissements de Shanu. Et il va bien falloir que quelqu'un paie pour tout cela. »

L'Architecte en chef le dévisagea plus longtemps que Curts ne s'y attendait. Quant à Stephan, qui d'ordinaire n'avait pas la langue dans sa poche, il resta muet. Des centaines de milliers d'Invisibles avaient péri, non par accident, non par la main du Saintpère, mais par la faute d'un seul homme. Et pour l'hémisphère entier, cet homme s'appelait Shanu. S'il avait la moindre conscience, ce massacre le ferait sortir de son trou. Curts cependant ne l'attendait plus. La réunion impromptue avec Stephan et Croger lui avait fourni une pléthore de pistes. À présent que la région habillement était en feu, il aurait tout loisir de les explorer.

Curts n'avait pas quitté du regard le mur sur lequel l'écran était apparu : les prunelles immobiles de Lucretia y étaient encore visibles, comme si elles s'y étaient incrustées par quelque étrange phénomène scientifique. L'adrénaline galopant dans ses veines, il se remémora le conseil que lui avait donné Rhitel le jour où il avait été nommé directeur des gardes de l'hémisphère. *Méfie-toi de ce dans quoi tu t'embarques, car tu devras changer pour l'accomplir.*

Restait ce fait : des centaines de milliers d'Invisibles étaient morts et l'histoire ne retiendrait pas leurs noms. Le massacre, en lui-même, servirait à détourner l'attention des échecs de Curts, puis il s'inscrirait dans les mémoires sans autre précision. Et c'était cela, l'important.

Chapitre 38

Le Clos de l'éminence était encore plus calme que Progress Park et Honor Avenue.

Alors que la plupart des gens de la forêt aimaient à vivre les uns près des autres, les PoDo de ce quartier s'efforçaient visiblement d'habiter le plus loin possible de leurs voisins. Candace se demanda, en parvenant à un carrefour au centre duquel se dressait une statue de la famille du Chef de l'exécutif – Rhitel en personne, l'Épouse du chef et la Fille du chef, tous de pierre, tous assis – si les gens d'ici avaient le sentiment de vivre dans une communauté ou s'ils se contentaient de coexister. Elle aussi, elle appréciait de ne pas habiter trop près de la grande place. En cas de besoin, cependant, elle savait pouvoir toujours obtenir de l'aide. Enfin, autrefois du moins, se reprit-elle.

Où était le Baz Buthani de ces gens ? Il n'y avait pas de champ dans le Clos, pas de femmes vendant des légumes au coin de la place, sur des pavés multicolores. Comment se nourrissaient-ils ? Comme le lui avait justement fait remarquer Mr Tenmase quelques jours plus tôt, il n'y avait pas de Rhitel Burger dans ces zones-là : elle n'en avait pas vu un seul depuis sa sortie de la station. Ici, ce n'étaient que trottoirs éclairés par des filaments, maisons à un étage trônant au bout de leur immense pelouse dont pas un brin d'herbe ne dépassait, arbres parfaitement taillés. Et ces maisons, toutes en pierre, semblaient proclamer : *On est là pour un bon moment.*

Il y avait plus déconcertant encore : elle entendait distinctement un bruit de ressac sous ses pieds. Hormis Heroic River à l'ouest et Rhitel River à l'est, il n'y avait pas de mer à proximité : elle aurait flairé l'odeur du sel, des minéraux. Et cependant, les vagues déferlaient sans cesse dans ses oreilles. Il s'agissait sans doute, se dit-elle, d'un son artificiel diffusé sous terre et grâce auquel les PoDo se consolaient de vivre si loin de la vraie nature, contrairement à Sweetmint et aux Forestains.

Elle arriva enfin devant le domicile de ses parents, semblable à ceux des autres, hormis son toit aux extensions et aux angles multiples, comme celui de l'église dans la Forêt vingt-six. Église où elle n'aurait jamais mis les pieds si ses parents ne l'avaient pas abandonnée. Longue marche de l'orphelinat jusqu'à la forêt qu'elle n'aurait jamais faite, douleur des pieds d'enfant encore sensible, des années plus tard, dans ses jambes d'adulte, qu'elle n'aurait jamais eue *si*. Souffrance plus viscérale encore d'avoir été rejetée par ceux-là même censés tenir le plus à vous, qu'elle n'aurait jamais ressenti *si*. Tout ce qui aurait pu être évité, lourd, trop lourd, *si*.

Quel effet ça m'aurait fait de grandir ici ?

La réalité la prit soudain à la gorge. Elle était une Invisible, née de parents Invisibles. Ceux-là vivaient ici, certes, mais ce n'était pas chez elle. Elle se mordit les lèvres, la bouche si sèche qu'elle n'avait pas de quoi les humecter, et s'engagea sur l'allée pavée de blanc qui conduisait de la rue à la porte d'entrée.

Il y avait, elle l'entendit, elle le sentit, deux personnes dans la maison. L'un dégageait une odeur amère, comme celle des graines du bar du Minx. L'autre était légère, douce, et lui rappela une boisson qu'elle aimait bien, eau, sirop d'arbre, menthe écrasée et courge.

Elle palpa la boussole de Rusty, dans le petit sac attaché à son bras, et frappa sur le battant de verre, couleur jaune de brume, une programmation qui le rendait presque opaque. Les voix à l'intérieur se turent un instant avant de reprendre. Elle frappa de nouveau, un peu plus fort. *Toc toc toc.* Un bruit de pas, qui s'arrêta devant la porte, derrière laquelle elle vit apparaître une silhouette floue. Ses parents, donc, étaient peints. Ou était-ce un ami PoDo qui leur rendait visite ?

« Qui est-ce ? demanda une voix masculine.

– Je voudrais parler à Mr Rawden.

– D'accord, mais qui êtes-vous ?

– Je m'appelle Candace. Je connais Mr Rawden. »

Silence.

« Nous, nous ne connaissons personne de ce nom. Encore moins une Invisible. Partez, s'il vous plaît, sinon je fais venir les gardes. »

Tu croyais vraiment qu'ils allaient te faire entrer ?

Elle inspira profondément, la main serrée sur le ventre, là où le chibe l'avait frappée.

« Je suis venue pour Shanu, dit-elle en se forçant à respirer sans prendre garde à la douleur. Mr Rawden sait de quoi je veux parler. Je suis la sœur de Shanu. »

Elle attendit que l'homme réponde. S'il prévenait les gardes, se dit-elle, elle rendrait les armes. Sweetsmoke ne pourrait pas lui en vouloir, au vu de ses efforts. Non, vraiment, elle avait tout tenté, du Minx à Tintaba. Si le voyage s'arrêtait ici…

Un verrou fut actionné. La porte s'ouvrit vers l'intérieur avec un léger clic. Sur le seuil, se tenait non pas un Invisible peint, mais un PoDo : grand, torse large, et des yeux bruns dont le regard se mit à rebondir sur toutes les parties du corps de Candace. Pendant quelques secondes, elle pensa qu'il s'agissait d'un ami des Rawden. Ou alors, elle s'était trompée de porte, pourquoi pas ? Puis elle remarqua la forme nette de la mâchoire de l'homme, reconnut le bois dont était faite celle de Sweetsmoke. Et sa rumoya comprit.

Comment est-ce possible ?

« C'est vraiment toi ? »

Les yeux de l'homme continuaient à virevolter autour d'elle, comme s'ils ne savaient où se poser.

« Si vous vous demandez si je suis qui je prétends être, la réponse est oui. C'est vraiment moi. Mais vous, qui êtes-vous ? »

Il tendit la main pour la toucher. Elle recula. Il baissa le bras, hocha la tête.

« Entre vite. Avant qu'on te remarque. »

Elle franchit le seuil pour se retrouver dans ce que Mr Tenmase appelait un *vestibule*. Deux escaliers en bois, moquettés d'écarlate, s'incurvaient de chaque côté de cette entrée comme deux parenthèses. Derrière elle, la porte se referma en cliquetant ; au même moment et devant elle, une femme apparut dans l'embrasure d'un couloir et s'arrêta net.

« An-drew ? » articula-t-elle, accentuant la coupure entre les deux syllabes.

Elle avait une chevelure châtain à reflets blonds, aux boucles plus serrées que la plupart des femmes PoDo. Yeux couleur de cuivre, petit nez bulbeux. Si les yeux n'avaient rien de familier, ce nez était la copie conforme de celui que Candace voyait dans le miroir les rares fois où elle devait se peindre.

Personne n'eut besoin de lui expliquer qui était cette femme.

Y avait-elle pensé avant ce jour ? Des milliers de fois. Couchée sur son matelas, regard fixé sur le plafond de la cabane. À la Prière du jour, en regardant les mères qui souriaient à leurs enfants ou les grondaient parce qu'ils n'écoutaient pas. Autour du feu, au Baz Buthani, tandis que les flammes grésillaient dans les airs, crachant des étincelles sans danger. Elle avait essayé d'imaginer ses parents dans tous ces endroits. Cherché à sentir leur odeur, le son de leur voix, l'effet que lui feraient leurs paumes posées sur sa nuque, lorsqu'ils la serreraient contre leurs cœurs. À présent, elle les avait sous les yeux. Ils n'étaient plus les fruits de son imagination. Et ils n'avaient rien à voir avec la réalité qu'elle s'était bâtie. Et comment pouvaient-ils être des PoDo ?

« Qu'est-ce que cette chose fait chez nous ? demanda la femme.

– Audrey, répondit l'homme en riant, ce n'est pas une chose, voyons. »

En quelques pas, il se retrouva sur la ligne qui séparait les deux femmes et tendit la main vers Candace.

« C'est notre enfant. Elle s'appelle Candace. Elle est venue à cause de Wash. »

La femme pencha la tête sur le côté, cligna des yeux à plusieurs reprises, comme pour en chasser une poussière.

« Notre fille ? Andrew, es-tu tombé sur la tête ? Nous n'avons pas de fille. Quant au garçon, nous en avons déjà assez fait lorsque le directeur des gardes de l'hémisphère Curts est venu frapper à notre porte. Je ne pense pas qu'il soit nécessaire que cette chose continue à souiller notre parquet.

– Continuez à m'appeler "chose", gronda Candace en se dirigeant vers la femme, et c'est votre bouche qui va venir souiller le parquet, espèce de poddie.

– J'appelle immédiatement les gardes », dit Audrey en passant la main sur le mur le plus proche.

Andrew se précipita vers elle et lui prit le bras sans brutalité.

« Arrête, Audrey, s'il te plaît. On va essayer de voir ce qu'elle veut. »

Inspire par le nez, recrache l'air par la bouche. Une fois… deux fois.

« Je n'en ai pas pour longtemps, dit Candace. Je veux simplement savoir ce que vous avez dit au directeur des gardes de l'hémisphère Curts et si vous savez quoi que ce soit qui puisse me mettre sur la piste de mon frère.

– Nous ne lui avons raconté qu'une partie de l'histoire, soupira Andrew, les yeux au plafond. Simplement, qu'on ne vous avait plus revus après vous avoir déposés tous les deux à l'orphelinat Mains jointes. Nous habitions à cette époque en centre-ville, et…

– Ça suffit ! hurla Audrey d'une voix qui se réverbérait dans le vestibule, tout en frappant le parquet du talon de sa pantoufle. Pour l'amour du Saintpère, Andrew, ne réveille pas ces vieux souvenirs !

– Ça a toujours été plus facile pour toi, dit Andrew, auquel sa femme avait tourné le dos. Ce sont tes enfants, pourtant. Ton fils et ta fille. Si nous avions réagi différemment, si nous avions pu trouver un endroit plus sûr… Par le Saintpère… »

Sa voix se fit presque inaudible.

« Candace, pardonne-nous. Je ne sais pas comment… Mais pardonne-nous, je t'en supplie.

– Vous pardonner quoi ?

– Ah, siffla Audrey en faisant volte-face, la main tendue vers Andrew. Vas-y. Tu tiens donc tellement à t'absoudre de tes péchés ? Vas-y. Ne lui cache rien. Explique-lui comment j'ai donné naissance au petit garçon le plus mignon, le plus gentil qu'une mère puisse souhaiter. Un petit garçon qui ne pleurait jamais, et dont le rire plongeait toute une assemblée dans la joie. Un petit garçon qui, à trois ans, s'est mis à… *clignoter*.

– À clignoter ? répéta Candace.

– Tu m'as bien entendue. À clignoter. Quand il a eu trois ans, il s'est mis à disparaître. Sous nos yeux. On ne le voyait plus, on pouvait seulement le toucher. Il n'était pas malade, il n'était pas blessé. Simplement, il était aussi transparent que vous autres. Et puis il réapparaissait. Et c'était toujours le même beau petit garçon, avec son bon grand rire, mais… »

Elle ferma les yeux, grimaça comme si elle l'entendait.

« … je ne l'ai plus jamais entendu de la même oreille. »

Clignoter. Elle n'avait jamais entendu parler d'un tel prodige : un enfant né PoDo qui devenait invisible ! On était soit l'un, soit l'autre. Il n'y avait pas de solution intermédiaire. C'était impossible.

Andrew s'assit au bas de l'escalier de gauche, la tête dans les mains.

« Nous ne savons pas ce qui causait ce phénomène. Pour nous, il était tout bonnement impossible, et puis Audrey a compris que…

– C'est de ma faute, dit cette dernière en s'appuyant d'une main à la rampe de l'autre escalier. Le grand-père de ma mère était un vizo. Il a épousé une femme normale – ce n'était pas interdit, à son époque. Je n'en avais pas parlé à Andrew. Pour moi, ça ne devait poser aucun problème. Le père de ma mère était tout à fait normal, lui. De même ma mère. De même moi. Et puis… (Elle se cramponna à la rampe.) Après trois générations, le fait est que notre sang était encore contaminé.

– Nous avons pensé alors que le clignotement ne durerait pas, et nous avons décidé d'avoir un autre enfant, dit Andrew. Mais…

– Mais je suis née Invisible, compléta Candace. Et Shanu a continué à clignoter.

– Non, dit Audrey, les larmes ruisselant sur ses joues, noircies par sa peinture d'œil. Shanu ne clignotait plus. À présent, il était… comme toi. Lui, ajouta-t-elle en tendant la main vers son mari, il voulait vous garder tous les deux. En dépit de la règle. S'installer très loin d'ici, là où les gardes de l'hémisphère ne pourraient jamais vous retrouver. Et on aurait vécu heureux, tous les quatre. Moi, je ne voulais pas. Toi et ton frère… Vous n'êtes pas mes enfants. »

Ces mots restèrent suspendus un instant dans les airs.

« Je n'ai même pas pris la peine de te trouver un nom. Et tu vois comment nous vivons, maintenant ? Jamais nous n'aurions pu avoir une si belle maison, avec tout ce dont nous avons toujours rêvé, si nous vous avions laissés gâcher notre vie.

– Tout ce dont nous avons rêvé ? murmura Andrew. Non. »

Il tourna vers sa fille un regard embué.

Sweetmint entendit le fleuve couler, l'ultime craquement de l'arbre qui va tomber, les rires des fils dans les bras de leurs mères, les pères qui fredonnaient une chanson en hissant leurs gamines sur leurs épaules… et ses pas, ses petits pas de petite fille, petits pas, petits pas sur la très longue route de Mains jointes à la Forêt vingt-six ; elle sentit le porridge de Freshpine tout chaud dans son ventre, la main calleuse de Rusty lui ébouriffer les cheveux, le plancher qui gémissait tandis qu'il apprenait à Shanu les rudiments de la boxe : jeu de jambes, esquive, crochet du droit. Elle se souvint du goût acide que dégage le rejet par le monde, l'aigreur si particulière de l'abandon par ses propres parents, la joie pourtant d'avoir toujours eu Sweetsmoke près d'elle. Toujours. Et un jour jamais plus.

Son esprit l'avait trahie. Il lui avait fait croire qu'en travaillant avec Mr Tenmase, elle deviendrait une héroïne de l'hémisphère, une inventeuse Invisible de renom, première du genre, hissée soudain sur un piédestal. Là, s'était-elle dit, quand ses parents la verraient, ils comprendraient leur monumentale erreur, ils feraient de leur mieux pour se réconcilier. À genoux, les bras grands ouverts, la suppliant d'approcher, de les enlacer, de leur octroyer la possibilité de reconstruire leur relation à partir de zéro. Eh bien : rien de cela. Elle redevint dans cette maison l'enfant qui avait erré par les champs et les forêts avec son frère, l'esprit chamboulé par une unique question : y avait-il un seul endroit sur terre où elle puisse se sentir chez elle ?

Elle se redressa, croisa le regard d'Andrew.

« Vous disiez tout à l'heure que vous aviez vécu en centre-ville ? Puis-je savoir à quelle adresse ?

– Candace, je ne sais pas ce que tu cherches, mais tu devrais y renoncer. Il est encore temps. Jamais une fille Invisible ne fera le poids face à un hémisphère plein de haine.

– Ça tombe bien, je ne suis pas une fille. Donnez-moi l'adresse. Je vous le promets, vous ne me reverrez jamais. »

Il secoua la tête. Audrey s'éclipsa quelques secondes avant de revenir avec une tablette à la main. Candace se hâta d'apprendre par cœur l'adresse indiquée. Cette femme était aussi grande qu'elle. *Si j'étais née PoDo, aurais-je moi aussi ces cheveux aux reflets blonds ?* Elle n'avait pas hérité des boucles d'Audrey : elle et Shanu avaient les cheveux raides, comme l'homme, Andrew. Que lui avaient-ils transmis d'autre ? Même si les Rawden étaient PoDo, leurs essences et celles de leurs ancêtres alimentaient sa rumoya, s'y manifestaient de mille et impénétrables façons. Et puis soudain : ça n'eut plus aucune importance. Le Grand recommencement cher à Mr Tenmase ? Le Retournement essentiel qui obsédait sœur Blackstone ? Elle le vivait en cet instant dans sa chair.

Elle fit volte-face et repartit dans la nuit. Elle était à mi-chemin de l'avenue lorsqu'elle entendit la porte s'ouvrir, puis des pas dans son dos.

« Je t'en supplie, dit Andrew en la prenant par le bras pour la contraindre à se retourner. Depuis qu'on vous a abandonnés, je n'arrête pas de penser à toi, à Wash. Je vous vois dans mes rêves. Je vous vois aussi le jour. J'ai même l'impression de vous entendre parler.

– Wash, répéta-t-elle en un souffle sonore. C'est comme ça que vous l'appeliez ? »

Il baissa la tête. Ses larmes s'écrasaient sur les pavés. Puis il se mit à rire.

« Non, on avait choisi Andrew Junior. C'est Mains jointes qui a dû le rebaptiser Shanu. Audrey et moi, on lui avait trouvé ce petit nom, Wash.

– Ça venait d'où ?

– De *Mr Washington*, un programme qu'il adorait. Sur un bébé qui devenait maître de l'hémisphère. Quand ça passait à l'écran, son visage s'éclairait. Ses yeux brillaient, il lui venait ce sourire qui faisait fondre la planète entière. Un jour, on s'est mis à l'appeler Wash, voilà tout. Enfin… Si on peut dire.

– Pourquoi, "si on peut dire" ? »

Quelque chose d'une lutte se fit jour dans le regard d'Andrew. Il déglutit avec peine.

« Ne répète à personne ce que je vais te confier, Candace. Personne, tu m'entends ?

– Que voulez-vous dire ? »

Il inspira profondément, expira avec bruit.

« Tu sais qui est Williams Washington ?

– Bien sûr. J'ai beau être Invisible, je ne suis pas complètement idiote.

– Oh, mais je… Peu importe. Audrey et moi sommes persuadés que Washington est ton frère. Tu n'as qu'à regarder ses enluminures. La ressemblance est incroyable. Et ce nom… Ça ne peut pas être une simple coïncidence. On dirait qu'il a une double personnalité : le jour, il est politicien ; la nuit, c'est un Invisible qui assassine les chefs de l'exécutif. »

Le responsable local IV Washington ? Son visage, qu'elle n'avait vu qu'une ou deux fois à l'écran, lui revint en mémoire. Traits puissants, ciselés, cheveux du même brun que l'homme qu'elle avait sous les yeux. Grand, rasé de près, torse et bras musclés, bien développés, comme un boxeur, ou… un bûcheron. Et ceci allié au fait qu'elle n'avait pas vu son frère depuis des années, et que même avant cela, elle ne l'avait vu que barbu et le crâne rasé depuis l'adolescence, rendait cette hypothèse plausible. De plus, Sweetsmoke se peignait si rarement qu'il n'avait jamais été réellement visible aux yeux de sa sœur. Au point qu'elle n'était pas certaine de pouvoir le reconnaître si, habillé, pourvu d'une peau et d'yeux visibles, il s'était assis près d'elle. L'impression aurait été trop étrange : comme tous les Invisibles, elle se fiait à une combinaison de persodeur, de rumoya et d'empreinte vocale bien plus qu'à ses yeux pour identifier ses interlocuteurs.

Elle s'essaya au flottement de la méditation, comme autrefois, pour récupérer tout ce qu'elle savait sur le responsable local IV Washington. Elle ne trouva pas grand-chose. Les écrans des Invisibles ne montraient que ce que les PoDo voulaient qu'ils voient. Le scénario qui prévalait était le suivant : le responsable local II Jolis était un type bien et le responsable local IV Washington était un sale individu. Et pourquoi cela ? Parce qu'il ne voulait pas du statu quo. Et s'il ne voulait pas du statu quo, c'est donc qu'il pouvait être considéré comme un allié par Candace et par les siens, non ? Et s'il était un allié… *Alors, oui, ça n'est pas absurde.* Les Enfants de Slim surnommaient Shanu l'Illuminateur, « celui qui nous fera passer des ténèbres à la luminescence ». Et qui pouvait mieux y parvenir que le prochain Chef de l'exécutif de l'Hémisphère Nordouest ?

« Pourquoi n'en avez-vous pas parlé au directeur des gardes de l'hémisphère Curts quand il est venu chez vous ?

– Audrey a bien essayé, répondit Andrew, mais j'ai pu l'en empêcher. Après tout ce qui s'est passé, c'était le moins que je puisse faire. Curts n'en a rien su. »

Une lueur de fierté passa dans son regard.

« Mon fils, Chef de l'exécutif de notre hémisphère, dit-il en secouant la tête.

– Sauf que ce n'est pas votre fils. Et votre femme avait raison : je ne suis pas votre fille. »

Elle allait poursuivre son chemin lorsqu'il lui reprit le bras, la contraignit à lui faire face.

« Quand j'ai vu cette enluminure d'il y a trois ans circuler sur tous les écrans… Oh, je sais que tout ça, c'est de notre faute. Audrey a tort, et elle en est consciente. »

Il tendit le bras vers son palais en miniature.

« Nous sommes vides. Nos vies n'ont aucun sens. Mais si tu nous pardonnes, Candace, nous serons peut-être capables de les réparer. Ensemble. »

Elle voulut croire un instant que cet homme qui pleurait, tremblant, devant ses yeux, n'était pas mauvais. Comment gagnait-il sa vie ? Comment traitait-il les Invisibles : en domestiques transparents, en vraies personnes ? Avait-il déjà fréquenté le Minx ou d'autres clubs ? Le terme de vizo avait-il jamais grésillé sur sa langue ? Peu importe : elle ne lui devait rien.

« Vous pardonner ? dit-elle en se libérant de son étreinte. Mais je ne sais même pas qui vous êtes, monsieur. »

La tête haute, les épaules droites, elle descendit la rue aux pavés couleur de l'arc-en-ciel, franchit les grilles du Clos de l'éminence, remonta Honor Avenue, traversa Progress Park et, après avoir attendu quelques minutes, monta dans un train qui l'emmena directement à la Forêt vingt-six.

Chez elle.

Le temps qu'elle arrive à la cabane, elle avait déjà élaboré un plan d'action : se rendre à l'ancienne adresse des Rawden dans le centre de Rhitelville et y chercher les traces de son frère. Puis, lorsqu'elle fut parvenue à sa porte, elle remarqua, au clair de lune, d'étranges signes creusant la terre. Elle s'agenouilla, intriguée, et comprit qu'il s'agissait d'un message.

Message qui commençait par : *Petite Moi.* Bien que le scribe se soit servi d'une simple brindille, les *e* voûtés comme des *u*, les *r* à angle droit, les *t* barrés d'un trait un plus haut qu'il n'aurait dû l'être, les transformant en croix, étaient si familiers qu'elle les aurait reconnus n'importe où. *Retrouvons-nous ici demain soir, à l'heure où sortent les Trois professeurs.*

Chapitre 39

Ce fut une nuit sans rêves. Elle n'échappa à aucun assaillant sans visage. N'escalada aucune montagne qui croissait à chaque pas. Ne tomba dans aucun gouffre sans fond. Ne s'écrasa sur aucun océan en béton. Sweetmint enfin se sentait bien. Drôlement bien.

La lumière du matin s'insinua par la fenêtre et finit par caresser son visage. Elle tendit les poings, souleva le menton pour lui faire bon accueil, puis se retourna vers le matelas vide, le matelas de Sweetsmoke. Y coucherait-il ? Elle l'espérait tant ! La dernière fois qu'elle l'avait vu, il n'était pas resté dormir.

Ce souvenir la fit se redresser, la recracha sur la scène de la soirée fatidique. Elle était rentrée à la Forêt vingt-six après une journée à étudier la géométrie, la physique et l'algèbre sur les bancs de Forestaeum Minor et avait compris avant même d'arriver à la maison que quelque chose n'allait pas, et ceci pour la raison suivante : pas de bonne odeur de cuisine filtrant du seuil.

Elle était entrée. Sweetwmoke était là, arpentant le salon devant son matelas ; elle avait entendu le bruit de ses grands pieds sur les planches. Et ce qu'il murmurait :

« C'est revenu. C'est revenu. C'est revenu.

– De quoi tu parles ? »

Il s'était arrêté de faire les cent pas. Sans rien dire, il avait ouvert leur malle en acier. Un couteau et un marteau avaient flotté dans les airs avant de disparaître dans le sac en toile verte de Sweetsmoke. Il était parti dans la cuisine. Il avait fourré quelques provisions dans ce même sac.

« Il faut que tu transfères sur mon compte à peu près tout ce que tu as sur le tien. »

C'était la première fois que Sweetsmoke lui demandait de l'argent. Ils n'en avaient pas beaucoup : ce qu'il gagnait en travaillant avec Rusty, comme bûcheron, suffisait à les nourrir. Ils achetaient leurs légumes aux vendeuses de la grande place, car il refusait de consommer ce qui venait des trains de ravitaillement et trouvait grotesque l'impôt sur les récoltes. Sweetmint avait donc pu se constituer quelques économies avec sa bourse universitaire. Ils n'allaient jamais au Rhitel Burger et, même si elle s'autorisait parfois à lécher les vitrines de la Boutique du Nordouest, elle n'y avait jamais rien acheté. Raison numéro un, elle n'avait pas les moyens. Raison numéro deux, Sweetsmoke ne lui aurait jamais donné la permission. Raison numéro trois, elle ne se voyait pas porter des bijoux ou des sacs qui ne soient pas en paille ou en simple toile.

« Sweetsmoke. »

Elle avait franchi le seuil, l'avait vu soulever son matelas, en sortir une chemise, un pantalon, qu'il avait fourrés dans le sac vert, de plus en plus lourd.

« Sweetsmoke. Ça vient d'où, ça ?

– Sweetmint, c'est pour rire. Ne t'inquiète pas.

– Pour rire ? Tu me fais peur. »

Elle l'avait agrippé par l'avant-bras, l'avait fait se retourner, avait fini par lui saisir les mains, si calleuses.

« Qu'est-ce qui se passe ?

– Rien, avait-il dit en évitant son regard. Tu ne pourrais pas comprendre, Petite Moi. S'il te plaît, transfère-moi tout ce que tu peux. Garde-toi juste de quoi t'acheter à manger. Il va falloir que je parte pendant un moment. Ça ne va pas durer, je te promets.

– Tu dois partir ? Mais où ? Pour… Pourquoi ? Tu es recherché ? Tu sais, tu peux me le dire. Je t'en supplie… Dis-moi ce qu'il se passe.

– Le transfert, Candace. »

Son ton était si résolu qu'elle perdit pied.

« C'est urgent. »

Elle s'approcha du mur et, en quelques gestes, lui envoya cinquante rhitellings, tout en priant le Saintpère : *Si je lui obéis, il va peut-être tout expliquer ?* Car rien n'avait plus de sens. C'était bien pire qu'un cauchemar : de la réalité, on ne s'éveille pas.

« Merci, dit-il d'une voix plus douce. Maintenant, Petite Moi, il faut que je parte. Ça va aller, tu sais. J'en suis sûr. ».

Avant qu'il puisse repartir vers la cuisine, elle l'avait pris par la main. Elle n'avait jamais eu besoin de le voir pour savoir où il se trouvait, lorsqu'ils étaient dans la même pièce. Le balancement de son bras, la direction de son regard, le positionnement de son pied : elle sentait tout. Ils étaient deux aimants de charge contraire, à jamais solidaires. Jusqu'à ce jour.

« Grand Frère… tu ne peux pas m'abandonner. »

Le chagrin avait coupé la phrase en deux. Elle sentait monter les larmes.

« Je ne sais pas ce qui t'est arrivé, mais je sais que tu as besoin de moi. Et moi, j'ai besoin de toi. Je n'ai que toi au monde. Je ne comprends pas… »

Sa voix se brisa un peu plus.

« Je t'en supplie, dit-elle en essayant, les pieds écartés, les jambes fermes, de le faire sortir de la cuisine… Je ne comprends pas ce qui t'arrive, mais on va lutter ensemble. Comme on a toujours fait. »

Il trembla de tout son corps pendant quelques secondes. Puis, plus calme, il replia vers sa poitrine la main que Candace n'avait toujours pas lâchée. La jeune fille résista. Il se défit de son étreinte en lui tordant les poignets. Elle se jeta sur son sac en toile et ils s'engagèrent dans une lutte féroce pour sa possession, avant que Sweetsmoke ne hurle : « Ça suffit ! » et le lui arrache des mains.

« Écoute bien. Quand j'aurai fait ce que j'ai à faire, je reviendrai. Compris ? Tu te souviens de ce que j'ai toujours dit : un jour, je changerai le monde ? Eh bien, ce jour est venu. Et personne ne peut se mettre sur ma route.

– Sweetsmoke, murmura-t-elle, j'avais toujours pensé qu'on le changerait ensemble.

– On le changera ensemble, en temps et heure. Je reviendrai. En attendant, tiens bon, Petite Moi. Et souviens-toi de ce que je t'ai appris : Si tu veux t'en sortir, il faut aller jusqu'au bout. Et quoi qu'il advienne, ne pars pas à ma recherche. Je ne veux pas qu'il t'arrive malheur. »

Elle éclata de rire, en dépit des larmes qui coulaient à flots.

« Parce que ce qui m'arrive en ce moment, ce n'est pas un grand malheur ? »

Il prit le visage de Sweetmint entre ses mains, de ses pouces épais écrasa ses larmes, comme il l'avait fait des milliers de fois.

« Tu es plus forte que tu ne le crois. »

Il lui prit la main, la porta à ses lèvres avant de l'embrasser. Puis il traversa la cuisine et s'en fut dans la nuit, vers l'inconnu. Et sans Sweetmint.

Le présent se rappela à elle, assise sur son matelas et ressassant ce souvenir douloureux. La blessure était moins vive, cependant : demain soir, elle reverrait son frère. Et à revivre ce moment, elle avait sans doute compris quelque chose. Ce qui était « revenu » à son frère, c'était le clignotement dont Andrew et Audrey lui avaient parlé. Transparent un instant, visible la minute d'après. Une anomalie du sang, songea-t-elle, un problème technique comme il y en existait dans les machines, comme le lui avait enseigné Mr Tenmase.

Plus elle y pensait, plus l'hypothèse lui semblait solide. Elle en avait des exemples dans sa propre forêt. Parfois la poussière d'un arbre se propageait par le vent à une autre espèce : quelques mois plus tard poussait un rejeton qui partageait les caractéristiques des deux arbres. En surveillant sa croissance, elle avait constaté ceci : soit le jeune arbre prospérait, combinant les qualités de ses parents. Soit, il mourait sur pied, trop faible pour survivre en forêt. Si son frère était l'un de ces hybrides, il était certainement, *et comme elle*, plus fort qu'Andrew et Audrey combinés.

Oh ! Rusty ! Elle était rentrée trop tard la veille au soir et n'avait pas eu le temps de passer le voir. Ce matin, s'il était chez lui, elle irait lui apprendre la belle nouvelle. Abe attendrait sa venue au château Tenmase : promesse jumelle aux jumeaux enfin tenue. Elle rangea le matelas, avala un verre d'eau et sortit à la rencontre d'un monde qui ne lui avait jamais semblé plus lumineux.

Lorsqu'elle arriva chez Rusty, ce dernier était déjà devant sa cabane, à vérifier ses outils.

« Sawukhoob, Sweetmint. Chunjani ? lui demanda-t-il comme si tout allait pour le mieux, ce qui la fit aussitôt se rembrunir.

– Tu me demandes comment je vais ? Rusty, rétorqua-t-elle d'une voix aussi tranchante que sa hache, où étais-tu passé ? »

Les outils flottèrent jusqu'à la petite table sous l'auvent, flanquée de deux fauteuils à bascule. Il s'installa sur celui de gauche, qui se mit à se balancer sous son poids, attendant qu'elle le rejoigne. C'était le rite préparatoire à l'une de ses « Conférences de Rusty », comme il les appelait.

« Je te demande pardon, Sweetmint, lui dit-il une fois qu'elle se fut assise sur le fauteuil de droite. Je sais que je n'ai pas été très présent, mais… Mes services étaient requis en ville.

– Rusty, tes réunions entre forestiers peuvent toujours attendre. On avait besoin de toi ici aussi, dit Sweetmint en se balançant, contenant à grand-peine sa colère. Hier, je…

– Freshpine m'a raconté. Je ferais payer cela au révérend Achte, je te le promets. Je croyais… Je me croyais capable de nous protéger, Sweetmint. Je pensais que tout ce que j'avais entrepris pouvait nous épargner ce qui nous est tombé dessus, la peur, l'angoisse, la douleur… Je me suis trompé. Et j'ai l'impression… »

Le fauteuil cessa de se balancer.

« … que je me trompe depuis très longtemps. Que vouloir être deux personnes dans un seul corps, ça ne peut déboucher que sur une catastrophe. »

Deux personnes dans un seul corps ? Rusty clignotait-il, comme Sweetsmoke ? Non, impossible. Sweetmint s'en serait rendu compte. Ou bien cela visait-il Abe, son frère de l'autre bout du spectre ? Non, ils ne s'étaient pas adressé la parole en cinq ans, depuis qu'Abe travaillait au château. Paroles aussi mystérieuses, donc, que les absences répétées de Rusty. Cependant, il y avait un tel remords dans sa voix que la colère et la sensation d'abandon de Sweetmint finirent par disparaître. Il était redevenu son père d'adoption, celui qui l'avait accueillie dès leur arrivée à la Forêt vingt-six et ne l'avait jamais quittée depuis, et ne la quitterait jamais, quoi qu'il advienne.

« Ne t'en fais pas, Rusty. Tu nous as toujours protégés. Surtout moi. Tu avais sûrement une excellente raison de ne pas être là hier. »

Dans le silence qui suivit, le fauteuil de Rusty se remit à grincer doucement.

« Mambonga, murmura-t-il.
– J'ai quelque chose à t'annoncer, s'exclama-t-elle, incapable de se contenir plus longtemps. Quelque chose d'incroyable.
– Oui ?
– Sweetsmoke… Il est de retour.
– Hein ? Pas si fort !
– Oh, muxolo, chuchota-t-elle. Désolée. Hier soir, quand je suis rentrée, il m'avait laissé un message. Ce soir, il viendra chez nous, à l'heure où apparaissent les Trois professeurs. Je ne veux pas qu'il se sente envahi, alors si tu pouvais passer un peu plus tard ? »

Elle avait du mal à dissimuler sa joie.

« Ou alors, on viendra tous les deux chez toi. Je suis sûre qu'il a envie de te revoir. »

Rusty se carra au fond du fauteuil dont les patins, semblables à des lames, restèrent un long moment dirigés vers le ciel. Il conserva si longtemps le silence que Sweetmint commença à penser qu'elle avait eu tort de lui parler. Puis la chaise bascula de nouveau vers l'avant. Il se leva.

« C'est une très bonne nouvelle, Sweetmint. La meilleure possible. Qu'il reste le temps que je puisse le voir, d'accord ? Comme tu le dis, c'est peut-être un peu beaucoup pour lui, mais ça lui fera quand même du bien de revoir quelques visages familiers. Je vous laisserai bien sûr du temps, que vous puissiez renouer. Je viendrai un peu plus tard. Qu'en dis-tu ? »

Elle se leva à son tour avant de se jeter au cou de Rusty, dont les longues dreadlocks lui chatouillèrent les joues.

« Que ça m'a l'air parfait. Vraiment parfait. Je suis tellement impatiente.
– Oh, moi aussi, dit-il, avec un léger rire. Moi aussi. »

Après quoi, ils se rendirent à la Prière du jour avec les enfants et Freshpine, et s'installèrent tous les cinq dans la rangée du milieu. Darksap était juste devant Sweetmint. Elle lui déposa un baiser sur la joue. Le retour de Sweetsmoke devait être un secret bien gardé. Elle n'en parlerait que le lendemain à Darksap. Il comprendrait sûrement.

Comme il l'avait annoncé la veille, le révérend Achte sélectionna une autre victime, un adolescent dont la mère peignait les ongles des femmes PoDo et dont le père était plombier. Il le frappa devant l'assemblée en récitant des versets de sa bible du Chef de l'exécutif Rhitel. Dès le premier coup, le père, le corps peint en jaune, se jeta sur le révérend. Les chibes se saisirent de lui et lui cognèrent le crâne contre le plancher avec une telle violence qu'ils durent briser et l'os, et le bois. Rusty voulut se lever mais Freshpine le saisit par la taille pour l'en empêcher.

Ça ne durera qu'un temps, songea Sweetmint en montant dans le train du château. Le directeur des gardes de l'hémisphère Leon Curts ne remettrait jamais la main sur Sweetsmoke, parce que Rusty allait l'aider à prendre la fuite. Et puis, s'il était celui qu'Andrew et Audrey croyaient… Les élections allaient bientôt avoir lieu : si le plus dangereux des deux candidats l'emportait, frère Blackstone et les Enfants de Slim honoreraient leur promesse. Si son frère était élu, il leur conférerait enfin la liberté. L'espoir, cet ami volage, tendit la main à Sweetmint. Naguère, elle l'aurait dévisagé avant de le congédier d'un « Non, merci » et de garder la tête basse. Ce jour-là, elle prit la main tendue et la serra avec un sourire.

Il fallait simplement survivre à la journée.

Chapitre 40

Curts posa une goutte de sang sur la lamelle et l'inséra dans une fente de sa tablette. La réponse du Répertoire hématique lui parvint dans la seconde. Grâce à sa visite à Croger, Shanu était enfin rentré dans son champ de vision. Il décida alors qu'il réglerait lui-même son compte à ce prétentieux imposteur. Seul, et à sa manière, pas à celle de l'exécutif. Il ne pouvait se fier à personne. Absolument personne. Avant qu'il puisse tirer toutes les conclusions de la découverte irréfutable qu'il venait de faire et décider d'un plan d'action, on frappa à la porte de son bureau.

Il supprima le message du Répertoire et glissa la tablette dans sa poche.

« Entrez.

– Monsieur », articula Lucretia en apparaissant sur le seuil, au garde-à-vous.

Il la salua en retour et lui fit signe de s'asseoir dans l'un des deux fauteuils disposés devant son secrétaire.

« Je resterai debout, merci.

– Très bien. Nous n'avons pas pu échanger hier soir, mais je vous ai vu à l'écran. Beau travail, directrice adjointe. »

Elle resta devant Curts, aussi impassible que la veille, le regard passant à travers lui.

« En quoi puis-je vous être utile, Lucretia ?

– Comment pouvez-vous rester assis dans votre bureau ?

– Pardon ?

– Comment pouvez-vous rester assis dans votre bureau, tonna-t-elle, l'index brandi, comme si nous ne venions pas d'exterminer des centaines de milliers d'innocents ? Des gens ordinaires, pas des criminels. Comme si vous, Curts, ne les aviez pas condamnés à mort dans le seul but de manipuler l'hémisphère. Et cela afin que vous soit accordé un répit pour retrouver quelqu'un qui vous échappera toujours, dans le but unique de sauver votre tête et celle des vôtres. »

Il se leva, effleura son bureau du doigt en le contournant et vint se planter juste devant son adjointe.

« Que pèsent ces quelques centaines de milliers au vu des cent cinquante millions d'habitants de l'hémisphère ?

– Leon, ce n'est pas un de ces problèmes mathématiques que vous résolvez pour passer le temps. Ce sont des gens. Ou plutôt c'étaient. Des gens avec un passé, un présent, mais plus d'avenir. Par votre faute.

– Pourquoi prenez-vous cela tant à cœur, Lucretia ? »

Et Curts lui soupira au visage.

« Vous pensez vraiment que nous valons mieux que nos ancêtres, qui n'agissaient que dans le but d'assurer leur survie ? Eh bien non, Lucretia, désolé de vous l'apprendre.

– Comment pouvez-vous dire ça ? Il y a le bien, et il y a le mal. Autrefois, vous en étiez conscient. Aujourd'hui…

– Vous n'êtes plus une enfant, Lucretia. C'est nous qui décidons de ces qualificatifs. La nature ne connaît pas la morale. Dans la moelle douce et grasse de nos os, rien ne différencie le bien du mal. Ce ne sont que des considérations artificielles. Tant dans notre hémisphère que dans les trois autres. *Bon sang, ouvrez les yeux.* »

Soudain le masque de Lucretia Mund tomba. Ses paupières se plissèrent, sa lèvre inférieure s'affaissa, sa poitrine frémit.

« Vous n'êtes pas l'homme que j'avais décidé de suivre. L'homme qui avait voué sa vie à la loi et à l'ordre. À la morale. »

Les mains au ciel, il éclata de rire.

« Enfin, vous ne comprenez toujours pas, après tout ce qui s'est passé ? L'ordre, la loi, la morale, c'est nous qui les définissons. Et ça n'est pas près de changer, croyez-moi. Par conséquent, ce sont Shanu et ses complices qui ont incendié tous les villages de tente de la région habillement. C'est donc Shanu qui doit répondre de la mort de centaines de milliers de ses congénères. C'est donc Shanu qui sera jugé pour ces massacres et pour le meurtre du Chef de l'exécutif Rhitel, que le Saintpère bénisse son âme. »

Elle secoua la tête, le teint couleur de cendre, comme si elle était sur le point de vomir.

« Je ne vous obéirai plus.

– Oh que si, gronda-t-il en se frappant la paume du poing. Si vous vous rebellez, vous deviendrez mon ennemie. Et si vous devenez mon ennemie… »

La sphoreille de Curts se mit à vibrer sur le bureau, interrompant sa tirade. Il ne l'inséra pas dans son oreille, préférant caresser le mur le plus proche. L'appel provenait du capitaine Kandolo. Curts l'activa pour que Lucretia puisse tout entendre.

« Capitaine Kandolo ?

– Monsieur ! Une bonne nouvelle. »

Lucretia le dévisagea d'un regard dont le tranchant était atténué par la curiosité. Ses traits se détendirent.

« Allez-y.

– C'est Shanu. Il a laissé un message à sa sœur. Il viendra ce soir dans sa cabane, au lever des Trois professeurs.

– Les Trois professeurs ?

– La Ceinture de Rhitel, monsieur. La constell…

– Ah, marmonna Curts, avec un embarras passager. La constellation, bien sûr. Je ne me souvenais plus du nom que vous autres lui donnez. C'est une excellente nouvelle, en effet, capitaine. La meilleure qui puisse être, insista-t-il, feignant l'excitation. Qu'avez-vous dit à sa sœur ?

– Que je leur laisserai un peu de temps pour leurs retrouvailles. Elle passera ensuite chez moi, avec lui, que je le revoie. Bien sûr, il ne faut pas le mettre sur ses gardes. Qu'il ne puisse pas se douter de notre présence avant notre intervention.

– Bien sûr, dit Curts. La directrice adjointe des gardes de l'hémisphère Mund et moi-même nous rendrons à la Forêt vingt-six avec une dizaine de gardes. Il ne pourra pas nous échapper. Dès que les Trois professeurs seront visibles, nous encerclerons la cabane de sa sœur, nous nous emparerons de lui et l'emmènerons immédiatement dans la Geôle exécutive, où il restera jusqu'à son procès. Ça vous va ?

– C'est parfait, monsieur.

– Vous avez fait du bon travail, capitaine. »

Il y avait encore en Curts une petite voix qui l'aurait bien poussé à demander pardon pour avoir malmené les habitants de la Forêt vingt-six et fait si cruel usage du révérend Achte, mais quand les temps sont durs, il faut agir sans pitié. Non, il n'avait aucun remords.

« Quand l'opération aura été menée à bien, poursuivit-il néanmoins, nous rappellerons les gardes et le révérend Achte ne procédera plus à aucune punition publique.

– Merci, monsieur. Si je puis me permettre de vous demander une faveur ?

– Oui, mais vite.

– Que sa sœur, Candace, soit épargnée au cours de cette intervention. Elle n'a rien fait de mal.

– Je ferai de mon mieux, mais ne puis rien vous promettre. »

Curts mit fin à l'appel et se tourna vers Lucretia, laquelle gardait la tête basse.

« Des résultats, Lucretia. Il n'y a rien d'autre qui vaille. Quand nous en aurons fini avec cet individu, je vous promets que les choses reviendront à la normale. Nous répandrons le bien dans l'hémisphère avec une telle abondance que les pertes que nous déplorons aujourd'hui n'auront pas été vaines. »

La directrice adjointe ne broncha pas.

« M'aiderez-vous à achever cette mission ?

– Oui, murmura-t-elle en finissant par croiser son regard. Mais seulement parce qu'en dépit de tout ce que j'ai vu, je continue d'espérer que vous pourrez retrouver en vous ce Curts qui n'ignorait pas le sens du mot bonté.

– Très bien. Rassemblez vos meilleurs gardes d'or, Lucretia, faites-leur part du plan d'action et prenez soin de garder Ribussce à l'écart de tout cela. À présent, je dois partir m'assurer que tout va bien se passer, et prévoir un plan de secours, dans l'hypothèse où Shanu ne se montre pas.

– Où allez-vous ?

– D'abord chez moi, après quoi je reviendrai ici. Je vous y retrouverai. Nous avons un premier arrêt à effectuer avant de partir pour la Forêt vingt-six. »

Et désireux de ne plus perdre une seconde, il s'éclipsa par l'ascenseur du placard et rentra chez lui à bord de son train privé.

En remontant du sous-sol de sa maison, il se rendit compte qu'il n'avait pas utilisé un seul patch depuis plus de vingt-quatre heures, et qu'il n'en éprouvait aucune envie. Cela lui donna soudain l'impression de voler en gardant les pieds sur terre.

Eva était assise devant l'écran, joues poudrées de poussière orange, riant comme une petite folle.

« Salut, Petite patate. »

Elle sortit de sa transe, le dévisagea un moment d'un œil perplexe avant de se ruer vers lui en hurlant :

« PAPA !

– Où est maman ?

– Là-haut, dit-elle en désignant le plafond d'un index orangé.

– Parfait. Je reviens dans une minute. »

Il aurait préféré s'asseoir près d'elle dans le canapé, certes : mais sa femme avait besoin, il le savait, de sa tendre présence. Quand tout serait fini, ils partiraient en voyage, parcourraient l'hémisphère, à la recherche d'un endroit nouveau, stimulant. Il ne savait pas vraiment où, mais il trouverait.

Del était, comme sa fille, absorbée dans sa tâche du moment. Il s'était approché du seuil de leur chambre ; elle ne s'était retournée que lorsqu'il avait toussoté. Elle avait dans la main une longue chaussette noire. Une enluminure murale montrait Eva en direct sur le canapé, au rez-de-chaussée.

« Tu as fait une lessive ? Incroyable ! Je ne pensais pas voir ce jour arriver… »

Elle se pencha de nouveau sur le tas de vêtements posé sur leur lit, chercha avec une concentration excessive la jumelle de la chaussette noire qu'elle finit par trouver. La paire, reconstituée, fut roulée en boule et envoyée sur la montagne de sous-vêtements érigée près des oreillers.

« Tu ne me demandes pas pourquoi je suis rentré à la maison ? »

Le silence de Della l'effrayait, bien qu'il puisse le comprendre. Quand les soucis s'accumulent, les nerfs finissent par craquer. S'installe alors parfois une hébétude protectrice. Il entra cependant dans la chambre, lui enserra là le torse et posa les mains sur les siennes, occupées à apparier deux autres chaussettes. Soudain lâchées, elles tombèrent sur le lit pendant qu'il embrassait sa femme dans le cou.

« Leon.

– Oui ?

– Ça n'est franchement pas le moment.

– Je ne suis pas d'accord. »

Il pivota, voulut l'entraîner dans son mouvement. Le corps raidi, elle semblait avoir les pieds collés à la moquette blanche de leur chambre à coucher.

« Tu ne veux pas savoir ce que je fais ici, au lieu d'être au Domaine de l'exécutif ? »

Elle inspira, voulut se remplir les poumons d'air ; il la serrait trop étroitement. Elle finit par se libérer et se retourna vers lui.

« Cette humeur badine, alors que nous ne sommes entourés que de catastrophes, me fait soupçonner un patch. Si c'est le cas, sors tout de suite de cette chambre.

– C'est faux, dit-il en levant les mains. Je te le promets. J'en ai fini avec ce poison. Mon amour, j'ai une bonne nouvelle. La nouvelle que nous attendions, en fait. »

Elle ne le quitta pas du regard, le visage semblable à une toile vierge de toute enluminure.

« Nous l'avons repéré, dit Curts en joignant les mains. Ce soir, il passe voir sa sœur. Nous lui sauterons dessus. Tout devrait être fini d'ici quelques heures.

– Tu en es sûr ?

– Vraiment sûr. L'information est très fiable. Je ne veux pas crier victoire avant l'heure, mais il fallait que je te le dise en personne. Et je voulais voir Eva. »

Les mains de Della trouvèrent enfin son visage et son regard croisa le sien – pour quelle raison, il ne le savait pas vraiment. Elle sourit.

« Ce sont de bonnes nouvelles en effet, mon chéri. Tout va revenir à la normale. Et Amahle va même pouvoir revenir.

– Exactement. »

Il ôta sa casquette, se baissa vers elle et l'embrassa sur les lèvres avec tant de vigueur que leurs dents s'entrechoquèrent, ce qui les fit rire. Elle leva les bras et Curts, doucement, fit passer son chemisier blanc par-dessus sa tête avant de lui dévorer la poitrine de baisers tout en baissant la fermeture éclair de sa jupe, laquelle glissa sur la moquette.

Elle se tenait devant lui, radieuse, n'ayant plus sur le dos que sa culotte et son soutien-gorge. Elle prit son temps pour déboutonner sa chemise, la lui ôter, s'attaquer ensuite à son maillot de corps, s'agenouiller, lui enlever son pantalon. Curts en quelques secondes revit toute leur histoire : l'amour qu'ils se portaient n'était surpassé que par celui qu'ils avaient pour leur fille.

« Viens. »

Il prit la main de sa femme, la fit se relever et la conduisit vers le lit. Lentement, comme si le temps s'était arrêté et que le monde et son cortège de préoccupations et de soucis étaient passés au second plan, il la dépouilla de ses sous-vêtements, lui ôta ensuite sa culotte. Sobre, silencieux, Curts s'effaça en Della, et Della en Curts, tous deux incarnant cette téméraire certitude de l'esprit humain : un moment de bonté peut effacer toutes les injustices passées.

Chapitre 41

Le château Tenmase n'avait pratiquement pas changé depuis sa visite précédente, deux jours plus tôt. Les chibes, plus nombreux il est vrai, ne l'importunèrent pas. Sanford vint la chercher devant le portail. Il voulut de nouveau lui présenter ses excuses pour n'avoir pas pu lui procurer de passeville, puis lui parla de la soirée au Minx. Au sommet de la colline, elle l'interrompit, effleurant de sa longue et fine main la joue du jeune homme.

« Je suis contente que nous nous en soyons tirés, toi et moi, c'est tout. N'en parlons plus jamais, si ça ne t'ennuie pas.

– Est-ce que Ribussce… »

Il se tut, sans pour autant détourner les yeux.

« Il s'en est pris à toi ?

– Qu'est-ce que je viens de te demander, Sanford ? N'en parlons plus. »

Elle s'engageait sur le chemin qui descendait vers le château lorsqu'il la rattrapa par le bras.

« Non, impossible. Il faut que tu m'aides à t'aider, Candace. Tout ira bien mieux après. Je te le promets.

– T'aider à m'aider ? »

Elle se défit de son étreinte et se frotta la main, comme si sa peau brûlait.

« Qu'est-ce qui te fait croire que j'ai besoin de ton aide, Sanford ? Que mes faits et gestes puissent te concerner en quoi que ce soit ?

– Mais je m'intéresse à toi, Candace ! Je sais qu'au-delà de la prodigieuse apprentie, de l'inventeuse de génie, il y a…

– Sanford.

– … il y a quelque chose en toi qui pense que tu n'aurais jamais dû atterrir ici. Que tu ne mérites pas le château. Je connais ce sentiment. Quand tu grandis dans la solitude, une solitude si absolue que…

– Sanford.

– Et pourtant, nous sommes ici, ensemble, et rien ne peut nous arrêter, hormis nous-mêmes, et c'est pour cela que je pense quand même vraiment que tu as besoin de…

– Sanford, ça suffit ! »

Sa bouche s'arrondit, sa voix s'éteignit. Puis il la dévisagea, visiblement stupéfait :

« Pourquoi ?

– Sanford, je te remercie de toutes tes attentions, mais le fait est que je ne partage pas tes sentiments. J'ai pu penser que c'était le cas ou du moins que j'en étais capable, mais il se trouve que non. »

Il leva les yeux vers le ciel puis revint à Candace.

« Je comprends, dit-il d'une voix douce. Grandir comme nous dans un orphelinat, ça te rend presque incapable d'accepter l'amour. On n'arrive plus à croire que les gens qui prétendent nous protéger ne vont pas nous laisser tomber un jour. Mais, Candy, ajouta-t-il en voulant lui prendre la main, qu'elle garda obstinément plaquée contre sa cuisse, ici, c'est autre chose. Ça existe pour de bon. J'existe pour de bon. »

Elle était certaine du contraire, en dépit de toutes les déclarations de Sanford. Depuis sa première visite au château, ils avaient construit à deux, lui acteur, elle spectatrice conviée sur scène, un monde artificiel qu'elle-même, dans le *vrai* vrai monde, n'avait pas le privilège d'habiter. Sanford, lui, continuait de croire, de toutes les fibres de son être, qu'ils pouvaient préférer la fiction aux faits, le rêve à la réalité, ce qui lui semblait soudain navrant.

« Tu ne comprends donc pas, Sanford ? Les traumatismes de notre enfance ne suffisent pas à nous lier, toi et moi. Et même si c'était vrai, je ferais tout pour en sortir. Désormais, je suis tout entière tournée vers l'avenir, et c'est là que je veux vivre.

– Nous pouvons y vivre tous les deux, gémit-il, au désespoir. Rappelle-toi : moi, je te vois, je vous vois tous, alors que les autres en sont incapables.

– C'est ce que tu crois, mais ce n'est pas le cas. Pas vraiment. Tu es orphelin, comme moi. Tu as vécu des choses épouvantables.

Mais le fait que tu sois visible t'interdit au fond de comprendre ce que c'est d'être comme moi, de subir plus de regards qui te traversent que de regards qui réalisent ta présence. »

Cela le réduisit enfin au silence. Il regarda le château en contrebas. La conversation, bien que nécessaire, avait épuisé Candace, tout en lui donnant des forces : elle ne capitulerait jamais plus pour faire plaisir aux autres, elle ne s'effacerait jamais plus.

Sanford inhala une immense bouffée d'air salin qu'il exhala lentement.

« Amis, quand même ? dit-il en lui tendant la main.

– Amis », répondit-elle avec un sourire de soulagement.

À leur arrivée au château, Abe les accueillit, peint de blanc. Oh, cette voix, ces courbettes : après l'avoir vu la veille à Tintaba en frère Blackstone, c'était si frustrant ! Mais vivre au quotidien chez les Dominants n'était qu'une immense comédie.

« À plus tard », lui glissa Sanford.

Lorsqu'il fut parti, elle se pencha à l'oreille d'Abe.

« Il vient, lui souffla-t-elle.

– Sweetsmoke ? dit-il en lançant un regard derrière lui.

– Oui, au lever… »

Mr Tenmase fit son apparition en haut de l'escalier.

« Bonjour, Candace.

– Bonjour, Mr Tenmase. »

Il lui fallait insuffler quelque jovialité dans sa voix. Frère et sœur Blackstone l'avaient trop éclairée. Elle considérait de nouveau son mentor avec la saine inquiétude des premiers jours.

« Abe, dit Mr Tenmase en descendant dans le vestibule, il n'y aura ni petit-déjeuner ni herbefine ce matin. »

Et sur ces mots, il franchit le seuil.

« Où allons-nous ? lui demanda Candace après l'avoir rattrapé.

– À l'observatoire, dit-il sans s'arrêter.

– Pourquoi ?

– À quoi servent les observatoires, Candace ?

– Mr Tenmase, je ne suis pas idiote. Je veux simplement savoir pourquoi y aller ce matin. Je pensais que nous allions continuer à étudier les techniques d'hier pour contribuer à la construction de demain. Le Grand recommencement, tout ça.

– Les mains se tendent vers l'avenir comme les branches de l'arbre vers le soleil : course contre le temps qui ne sera jamais gagnée », dit le vieil homme en riant.

Le silence de Candace était éloquent.

Bientôt ils furent au pied de la tour. Elle leva la tête pour embrasser du regard les murs de pierrefaille nue, la coupole blanche de ce bâtiment dans lequel elle n'était jamais entrée.

« Vous ferez attention dans l'escalier », dit Mr Tenmase en ouvrant la porte gris-vert aux gonds qui grinçaient.

Elle gravit marche à marche l'escalier en colimaçon après l'avoir jaugé. Parvenue au sommet, elle fut prise d'un tel vertige qu'elle dut s'adosser au mur.

« Tout doux, Candace.

– Ça va aller. »

Elle retrouva son équilibre, se campa, pieds écartés, sur le sol en béton.

Il faisait sombre sous la coupole, éclairée par la seule et lointaine lueur de l'entrée. Candace distingua pourtant un télescope fixé au sol, assez massif pour l'affoler. C'était la première fois qu'elle en voyait un. À Forestaeum Minor, elle avait dû se contenter des enluminures schématiques que les professeurs montraient aux étudiants.

« Fermez les yeux, dit Mr Tenmase.

– Pourquoi ? »

Il appuya sur un bouton, déclenchant l'ouverture partielle des panneaux métalliques de la coupole. Une explosion de blancheur pulvérisa provisoirement la pièce.

« Excusez-moi », dit Mr Tenmase.

Elle se plaqua contre le mur tandis qu'il grimpait sur un escabeau pour se hisser à la hauteur du télescope.

« Ah, vous voilà, dit-il après avoir réglé son orientation.

– Quoi donc ?

– Venez voir, Candace. »

Elle n'avait pas besoin d'escabeau pour atteindre l'objectif. Tête penchée, elle put admirer une sphère orange sombre, Mars dans le ciel bleu. Elle avait déjà vu la planète rouge, mais cette observation en plein jour avait quelque chose d'excitant. Les cratères blancs, la barre noire ceignant le centre de la planète, comme une brûlure, la bande orange plus clair du tiers inférieur. Preuve d'une volonté supérieure guidant l'univers. D'un plan général ordonnant toute chose, peut-être.

« L'Orbe de fer, quel spectacle, hein ? On murmure qu'il s'y trouve une colonie d'Invisibles.

– Sur Mars ? »

Elle garda l'œil sur l'objectif, imaginant des gens, son peuple, vivant là-bas, libres et prospères.

« Vraiment ?

– Oui, la rumeur dit qu'ils ont quitté leurs habitations en masse lorsque le Chef de l'exécutif Rhitel est arrivé au pouvoir et a mis en œuvre le…

– … le Transport ? »

Le mot fit tressaillir Mr Tenmase.

« Tout à fait. Certains Invisibles, paraît-il, échappèrent à la nouvelle répartition, se procurèrent une navette, à l'époque où l'on en trouvait encore, la firent décoller et ne revinrent jamais. J'en ai parlé un jour au Chef de l'exécutif, qui s'est contenté de me répondre : "Bon débarras". »

Frère et sœur Blackstone connaissaient-ils cette anecdote ? *Sans aucun doute.* Elle leur en parlerait une fois de retour à Tintaba. C'était peut-être sur Mars que Sweetsmoke était allé, et il avait trouvé le moyen de redescendre de ce point infime et rouge dans le ciel, songea-t-elle, ce qui lui rappela que…

« Mr Tenmase, dit-elle en s'écartant du télescope, j'ai une question.

– Étrange coïncidence ! J'en ai plusieurs pour vous. À vous l'honneur.

– Est-ce qu'on vous a déjà parlé de quelqu'un qui… clignote ? C'est-à-dire, qui, à un moment, est un PoDo, puis qui devient transparent, ou l'inverse ? »

Il ferma les yeux, dodelina lentement de la tête avant de les rouvrir.

« Non, Candace, mais cela peut sans doute exister. Les anomalies génétiques sont légion dans la nature. Il faut bien commencer d'une manière ou d'une autre. »

L'hypothèse de Candace s'en trouva renforcée. Sweetsmoke était bel et bien un être spécial, un élu. Son impatience redoubla : elle avait tellement envie de le revoir, de lui demander à quoi servait cette double nature, quelles sensations elle lui donnait, s'il avait jamais rencontré, au cours de ses voyages, quelqu'un comme lui. Et…

« Quelle langue parlons-nous, Candace ?

– Qu'est-ce que vous voulez dire ? »

Il l'avait, comme souvent, par jeu, prise au dépourvu.

« Ce que je vous ai demandé, et pas autre chose. Quelle langue parlons-nous ?

– Le nordouestais.

– Et nous le parlons depuis toujours ?

– Bien sûr que non, dit-elle, irritée par la naïveté de cette question. Les langues évoluent avec le temps.

– C'est exact. Sauf que dans ce cas précis, le nordouestais ressemble exactement à ce qui se parlait dans cette partie du monde et quelques autres il y a cinq cents ans. Avant le vikench, avant le vilongo. La seule différence, c'est que ça ne s'appelait pas le nordouestais. »

Ah, ça, c'était plus intéressant.

« Et comment l'appelait-on ?

– Peu importe. Autre question : vous êtes-vous déjà demandé pourquoi certaines régions et forêts vous sont interdites ? »

Elle n'y avait jamais réfléchi, à sa grande honte. Hormis le château Tenmase et les quelques virées illégales de la semaine passée, elle n'avait quitté la Forêt vingt-six que pour se rendre à Forestaeum Minor, quelques heures par jour. D'ailleurs, elle n'avait pour l'essentiel jamais été effleurée par l'envie de quitter sa forêt. Elle secoua la tête.

« Eh bien, c'est tout à fait concerté, dit Mr Tenmase qui s'écarta du télescope et vint s'adosser contre la paroi de la coupole. Toutes ces règles ont leurs raisons. Pourquoi vous, et la plupart des Invisibles, vivez dans des forêts, loin des PoDo. Pourquoi si peu d'Invisibles peuvent être considérés comme des héros de l'hémisphère, hormis Drams Jams Ivy, Stella Irons, Slick River ou Mandla. Pourquoi chaque localité Invisible s'est vu attribuer un révérend et que la Prière du jour y est obligatoire, quand rien n'est imposé aux PoDo. Pourquoi le ravitaillement par train est toujours légèrement inférieur à vos besoins. Pourquoi...

– Mr Tenmase, l'interrompit-elle, la bouche sèche d'effroi. Vous allez bien ?

– Pourquoi vous autres n'avez pas de véritables notions d'histoire. Pourquoi les Invisibles sont en moyenne plus petits que les PoDo. Pourquoi les Invisibles se peignent. »

Il se détacha lentement du mur incurvé et marcha sur elle, la forçant à reculer.

« Pourquoi vous ne recevez pas le même programme d'actualités que nous. Pourquoi le monde est séparé en quatre hémisphères. Pourquoi... »

Sa chevelure noire retombait en mèches moites sur son front. Les veines saillaient sous la peau de son cou et ses yeux lui sortaient des orbites. Il continua sur sa lancée, incapable d'interrompre la litanie des questions que Candace ne s'était jamais posées car elle avait avant cette semaine fatidique et comme la plupart des gens autour d'elle accepté le monde tel qu'il était.

« Vous me faites peur, chuchota-t-elle d'une voix presque imperceptible, tremblant de tout son corps. Mr Tenmase, je vous en supplie. Arrêtez ! »

Certes, elle était plus grande que lui, mais il était physiquement plus puissant. Son visage, en sueur, avait viré à l'écarlate. Jamais elle ne l'avait vu transpirer avant ce jour. *Il a dû se patcher, ce n'est pas possible autrement.*

Lorsqu'il l'eut acculée contre le mur, il s'arrêta enfin.

« Pourquoi n'y a-t-il plus de saisons, Candace ? Il y a des siècles, quand on marchait en forêt, on entendait la plus belle des musiques. Des gazouillis, des bourdonnements, des froissements, des sifflements. Les vrais sons de la nature. Un orchestre sauvage. »

Gazouillis, bourdonnements, froissements, sifflements ? Et qui les provoquait ? Et que signifie ce mot, saison ?

Elle leva ses poings tremblants devant son visage, comme Rusty l'avait appris à Sweetsmoke, et Sweetsmoke à elle-même. Hors de question d'avoir fait tout ce chemin pour qu'un homme se permette de l'éliminer de la surface de la terre, comme un grain de poussière sur sa manche.

« Il y a une raison pour laquelle vous ne vous êtes jamais posé ces questions, Candace. Et quand bien même vous vous les seriez posées, vous n'auriez pas trouvé les réponses. Pour cette même raison. »

Il retraversa la petite salle, s'accroupit au pied du mur.

« Le plus dangereux des hommes est celui qui perd espoir, Candace. Et croyez-moi, je vous en conjure, quand je vous affirme que les hommes de notre hémisphère sont plus dénués d'espérance qu'ils ne l'ont jamais été, raison pour laquelle il faut que vous partiez le plus loin possible de la région des forêts. Dès aujourd'hui.

– De quoi… De quoi parlez-vous ? »

Un voile de tristesse assombrit le visage de Mr Tenmase.

« Il aurait dû se produire aujourd'hui quelque chose qui n'a pas eu lieu. Et je crains que vous ne soyez encore plus en danger qu'avant, ma chère. »

Comment pouvait-elle quitter la forêt, avec la venue de Sweetsmoke ? Elle n'avait aucune idée de ce qui se passait dans la tête de Mr Tenmase. Se doutait-il des faits et gestes de son apprentie ? Avant qu'elle puisse lui poser la moindre question, il se releva, s'épongea le front d'un revers de manche, se recoiffa du plat de la main, rentra sa chemise en maille blanche dans son pantalon et sourit.

« Tennis ? »

Chapitre 42

Quand il entra dans la Galerie de la règle, Jolis fut accueilli par un océan de visages sidérés. Il leur laissa le temps de le regarder tel qu'il se présentait, tête haute, épaules droites, bien campé sur ses deux pieds. En quelques secondes, les fronts plissés, les bouches bées et les têtes tournées se recroquevillèrent, grimaces écœurées, regards mauvais.

Je plains l'homme ordinaire.

Il se dirigea vers son pupitre et croisa le regard perplexe de Washington. Le Premier juge Royger interrompit sa conversation, sourcils haussés.

« Eh bien ? articula le responsable local II Jolis, soulignant ces deux syllabes d'un rire gourmand. Vous pensiez tous que j'allais ne pas venir ? »

Murmures dans l'assistance.

« Ç'aurait été le reflet d'une âme noble de vous en abstenir, en effet, dit Washington. Mais cet adjectif n'a jamais été associé de près ou de loin à votre nom, responsable local II Jolis. »

Amusant.

« Effectivement, dit le Premier juge Royger en baissant les sourcils, nul ne vous aurait reproché de ne pas venir, responsable local II Jolis. Je me réjouis cependant que vous n'abandonniez pas le combat. Comme il s'agit de notre dernière journée de débats, nous nous passerons des festivités d'usage et des invités de marque. Notre sujet d'aujourd'hui est la culture. Vaste domaine, bien sûr, et je prierai donc à présent nos candidats de bien vouloir nous faire part en conséquence de leurs positions et leurs arguments. »

Il dévisagea les candidats tour à tour.

« Dans les limites de la courtoisie, bien sûr. »

Washington, vêtu d'un costume à fines rayures jaunes et vertes, agrémenté d'une cravate d'un magenta criard bien peu respectueux, baissa les yeux vers son pupitre avec un grand sourire. Cette pathétique enluminure sans substance se voyait déjà au pinacle : pensait-il vraiment que Jolis, qui avait tant sacrifié pour parvenir à la candidature, allait baisser aussi facilement les bras ?

Le sang courait, rageur, dans les veines du jeune responsable local. Son pénis se durcit quelques secondes, avant que Jolis ne se rappelle à l'ordre : il fallait se concentrer, réserver ce précieux flux au seul cerveau. Il devait être élu. Il n'y avait pas d'autre solution.

« Premier juge Royger, commença-t-il. Si je puis me permettre. »

Le vieil homme soupira : ces journées de débat avaient mis ses maigres forces à rude épreuve.

« Oui, responsable local II Jolis ?

– Je sais que le sujet du jour est la culture, et j'en dirai un mot. Je voudrais cependant commencer en montrant quelque chose à la Galerie.

– Responsable local, la Galerie est lasse de ces manœuvres. Veuillez vous en tenir au sujet. C'est à vous de commencer.

– Premier juge Royger, je vous en prie, répondit Stephan d'une voix ferme. Le responsable local IV Washington a pu bénéficier de ce privilège hier. Par souci d'équité, vous devez me l'accorder. Qu'est-ce que la justice, si ce n'est l'égalité des chances ?

– Bon, mais faites vite », dit le vieil homme en branlant du chef et de la perruque blanche.

Chapitre 43

Frères et sœurs,

Il se dit qu'il y a bien longtemps, avant l'invention et la mise en œuvre des stabilisateurs de plaques tectoniques, notre planète était, de temps à autre, dévastée par des mouvements aussi violents que catastrophiques de ces plaques, causant des millions de morts, des dégâts en tous genres et d'irrémédiables glissements de terrain. C'est un mouvement de cet ordre qui s'est produit aujourd'hui à la Galerie de la règle. Une véritable et colossale onde de choc.

De même que Washington la veille, le bourreau local II Jolis a demandé la permission de montrer « quelque chose » à la Galerie. Il a, avant cela, confirmé l'authenticité des saisies qui le compromettaient et promis de mettre fin à ces rendez-vous nocturnes, pour le bien de l'hémisphère. « Les zones inférieures de l'homme ont leur volonté propre », a-t-il déclaré, ou quelque chose d'approchant.

Puis, passant la main devant le mur, il a offert à la Galerie une nouvelle enluminure. Les cris ont aussitôt fusé : impossible ! Trahison ! Ladite enluminure représentait le responsable local IV Washington en compagnie de l'Avocat suprême Cadorno, ennemi juré du Chef de l'exécutif Rhitel et dirigeant de l'Hémisphère Sudouest. Pour enfoncer le couteau dans la plaie, Jolis a précisé que Cadorno était de ceux « qui laissent les Invisibles la bride sur le cou, comme s'ils étaient des Dominants. D'ailleurs là-bas les deux populations ne sont pas séparées, tout le monde est "Sudouestain" », prononçant ce dernier mot avec un dégoût marqué et mimant, moqueur, des guillemets dans les airs. La rage des hommes de la règle a atteint son paroxysme lorsque Jolis a précisé que cette rencontre interdite avait eu lieu dans l'Hémisphère Sudouest.

Washington, tête baissée, des gouttes de sueur lui dégoulinant du nez, a empoigné son pupitre à deux mains. L'homme était clairement terrassé. Les partisans de Jolis, et même ceux de son propre camp, semblaient prêts à quitter leurs bancs pour venir étrangler le responsable local IV Washington. Je vous le dis, nous autres PoDo sommes attirés par le chaos comme les abeilles par le sucre.

Et Jolis, faisant honneur à sa personnalité, ne s'est pas arrêté en si bon chemin. Jouissant de son triomphe, il a projeté une autre enluminure : Washington avec le Grand recteur Yaima, dans un champ de maïs du Nordest. Et une autre encore : Washington en compagnie du Grand cogneur Laanm, se baignant dans une baie d'un de leurs océans sudestains, environnée de ravissantes montagnes vertes.

Un coup d'État, a tonné Jolis. Un complot de longue date, même si, naturellement, il n'a pas accusé Washington d'avoir assassiné le Chef de l'exécutif du mal, car « il faut le courage d'un homme pour tuer ». D'une voix que la douleur nappait, son adversaire a supplié qu'on le laisse s'expliquer. Il ne niait aucune de ces rencontres, a-t-il commencé. Aussitôt la foule sans visage l'a interrompu, hurlant : « QU'ON LE PENDE ! QU'ON LE PENDE ! QU'ON LE PENDE ! »

Washington a crié de toutes ses forces pour se faire entendre :

« Je n'ai agi que pour le bien de notre hémisphère ! Pour relancer le commerce. Pour ouvrir notre économie, lui permettre de s'épanouir pleinement, et nous avec. » Il avait prévu, a-t-il ajouté, d'envoyer un rapport au Chef de l'exécutif Rhitel, une fois ces négociations menées à leur terme.

Le Premier juge Royger a donné trois coups de maillet en signe de conclusion des débats et a prié les hommes de la règle de se préparer au vote de demain. Jolis, dont la victoire est quasiment assurée, leur a déclaré ceci : « Avant la fin de cette journée, le directeur des gardes de l'hémisphère Curts sera en mesure de traîner devant la justice l'assassin Invisible de notre Chef de l'exécutif. Et je serai présent lors de cette arrestation ! »

Frères et sœurs, je sais que je ne suis pas informé de tous vos plans, mais je prie pour que vous vous soyez préparés à cette éventualité. Dès demain, notre hémisphère sera livré à un individu rusé, calculateur et, ce qui est pire encore, plein d'imagination. Ce visionnaire dépravé bien décidé à entrer dans l'histoire ne vise que le pouvoir absolu et la fin de tout respect.

Je crains les temps qui viennent.

Que la révolution se poursuive dans la joie,
Frère Lesbod.

Chapitre 44

« Croger », proféra Curts sur le seuil du salon du Grand ingénieur.

Lequel ne bougea pas du canapé. Des mèches hirsutes encadraient son visage, qui reposait sur sa paume droite.

« À quoi dois-je le plaisir de ta venue, Leon ? » demanda-t-il d'une voix étouffée par l'écran de ses doigts.

Curts inspecta la pièce du regard. S'étant assuré qu'ils étaient seuls, il alla s'asseoir dans son fauteuil préféré.

« Où est passé ton domestique ?

– Bonne question. Il est parti. Où, je n'en sais trop rien. Mais il a jugé utile de me faire ce cadeau d'adieu. »

Il leva la tête et souleva une de ses mèches pour montrer à Curts une bosse rouge, encore en train d'enfler, qui déformait son front. Sa lèvre inférieure était bordée de sang séché.

« Abraham a levé la main sur toi ? Je préviens les gardes, qu'on puisse l'appréhender avant qu'il soit trop loin. »

Le directeur des gardes plongea la main dans sa poche, à la recherche de sa sphoreille. Croger l'en dissuada du geste.

« Inutile, Leon. Il ne reviendra pas, j'en suis sûr et certain. »

Le vieil homme se leva avec peine du canapé pour se diriger vers son bureau. Il en revint avec un ustensile de silicone blanche, pourvu en son extrémité d'une petite sphère où se reflétait le salon, minuscule et difforme.

« Je n'ai jamais vu de celgen blanc, dit Curts.

– C'est un ancien modèle, dit Croger en palpant le manche de son pouce, avant d'appliquer la sphère sur sa blessure. Mais il marche aussi bien que le modèle de l'administration, tout en noir. D'ailleurs, c'est la seule différence : la couleur. Incroyable, non ? C'est le Chef de l'exécutif Rhitel, toujours soucieux d'esthétique, qui a demandé cette modification. Quel comédien.

– J'ai cru comprendre que Jolis avait marqué des points, aujourd'hui ? » reprit Curts en chassant quelques grains de poussière de son pantalon.

Le Grand inventeur, qui semblait avoir considérablement vieilli depuis leur dernière rencontre, vingt-quatre heures plus tôt, reposa le celgen. Son front était désormais aussi lisse qu'avant l'énigmatique altercation qui l'avait opposé à son domestique.

« C'est grâce à toi, dit-il en secouant le genou du directeur. S'il ne t'avait pas eu comme allié, il aurait pu perdre la vie.

– Tout est bien qui finit bien, comme on dit.

– À la fin des temps, s'esclaffa Croger, il ne restera à l'homme qu'un tas de terre et une poignée de clichés.

– Peut-être bien, opina Curts. Sauf que... »

Il dévisagea Croger, inspira profondément, garda le torse bombé quelques secondes avant d'expirer.

« Il y a une question qui me ronge les entrailles depuis un bon moment, et je n'arrive pas à m'en débarrasser. »

Croger remplit deux herbols d'une décoction à base d'herbes jaunes et en tendit un à Curts.

« Ce sont les seules questions qui valent la peine. Et quelle est-elle donc, si je peux me permettre de te le demander ? »

L'herbol était tiède. Curts le posa sur la table basse sans même boire une gorgée.

« Tu ne voudras pas le reconnaître, bien sûr, et je ne le saisis pas dans son intégralité, mais nous savons tous les deux que tu as joué un rôle conséquent dans tout ce qui vient de se passer. Ma question est donc la suivante : dans ce cas-là, comment fais-tu pour t'en tirer sans une égratignure ?

– Je ne dirais pas sans égratignure », dit l'Architecte en chef en renversant la tête, bouche incurvée, jusqu'à ce que la douleur lui arrache une grimace.

Il reprit le celgen qu'il appliqua à sa lèvre inférieure. Il suffit d'une minute pour lui rendre son intégrité.

« Leon, je ne t'ai jamais rien caché. »

Croger prenait toujours Curts pour un naïf, visiblement, ce qui mettait ce dernier hors de lui. Il lui fallait pourtant rester calme. S'il cédait à la colère, il perdait tout l'élan déjà acquis.

« Je ne dirais pas cela, objecta-t-il. Par exemple, ce système de pistage dont je t'ai parlé hier… Ce n'était vraiment pas qu'une rumeur.

– Qu'est-ce qui te permet de dire cela ?

– Une intuition, si tu veux. C'est un peu difficile pour moi de croire que tu peux créer ce machin, répondit Curts en désignant le celgen, ou la sphoreille que j'ai dans ma poche, les trains qui franchissent des centaines de kilomètres en quelques minutes, les patchs qui droguent sans tuer et des tonnes d'autres inventions qui permettent à notre bel hémisphère de fonctionner, mais que tu n'as pas trouvé le moyen de pister les Invisibles autrement que par le bout de métal qu'ils ont au cou.

– C'est drôle. Abe m'a tenu exactement le même raisonnement. D'où la bosse de tout à l'heure. Il croyait dur comme fer, comme toi, que j'avais une méthode pour suivre les gens comme lui, et il voulait que je retrouve votre fameux Shanu. Pour ne pas te mentir, cette trahison me blesse, après toutes ces années près de lui. Cela dit, soupira Croger en regardant le plafond, les esprits sont échauffés. Et comme Shrift nous l'enseigne, “Seule la corde tendue produit de la musique”. »

Curts se pencha vers lui, les mains crispées sur les bras du fauteuil.

« Tu me prends pour un crétin, Croger ?

– Je prends les gens pour ce qu'ils sont, Leon. Ni plus ni moins.

– Moi aussi, Croger. Moi aussi, dit Curts en agitant la main sous le nez du vieil homme. Te voilà assis dans ton château, à croire que tu diriges un orchestre d'imbéciles. Le fait est que je t'ai volé ta baguette et que tu es seul en scène, avec un unique spectateur. »

De la bouche de Croger jaillit un rire suraigu, vif comme une gifle.

« Quel poète tu fais, Leon. Ces images ! Avec tout ce que tu crois savoir, tu es pourtant loin du compte. La musique dont tu m'attribues la composition date de bien avant nous, et elle retentira encore longtemps après que nous aurons disparu. Aucun de nous ne peut la faire taire, quand bien même nous le voudrions. Ceci dit, nous pouvons la dompter pendant quelques années, s'exclama-t-il, le regard brûlant. Quand tu auras compris cela, tu seras enfin libre de tout ce qui t'empoisonne, de tout ce qui veut te faire comprendre que tu n'es pas à la hauteur. »

Les acrobaties verbales, ça suffisait, maintenant. Curts avait remporté la partie et le vieil homme le savait. Le directeur enfila sa sphoreille.

« Montez. C'est le petit salon au premier.

– Pourquoi n'as-tu pas arrêté Washington ? demanda Croger. Tu as donc décidé de laisser filer Shanu ? »

Curts, lassé de ces échanges, se contenta d'attendre l'arrivée des quatre gardes. Croger soupira sans piper mot, et les suivit sur la pelouse.

La nuit s'étendait dans les cieux, qui conservaient encore à l'ouest un éclat violacé. Lorsque Croger fut monté à bord du train qui les attendait à la gare du château, Curts le rejoignit et ferma la portière, laissant son escorte devant le portail.

« Directrice adjointe des gardes de l'hémisphère Mund, dit Croger en reconnaissant Lucretia, installée au fond du wagon.

– Directeur du progrès Tenmase, répondit-elle.

– Oh, j'ai renoncé à ce titre depuis des années, dit-il en s'inclinant. Merci quand même. »

Curts passa la main devant la cloison avant de taper deux fois de l'index. Une musique à cordes de l'ancien monde, ample et symphonique, emplit le convoi.

« Déshabille-toi, dit-il avec un grand sourire à Croger.

– Pardon ?

– Capitaine, aidez-le. »

Le capitaine Kandolo, dont la présence ne se manifestait que par le bruit de ses pas, attrapa Croger par les bras et les lui tordit dans le dos avant de le dépouiller de sa chemise, de son pantalon et de ses sous-vêtements, ne lui laissant que ses lunettes à monture d'acier, derrière lesquelles son regard s'était mis à danser d'affolement. Ah, quelque chose commençait à se briser chez le Grand ingénieur. Ce n'était qu'un homme, après tout, auquel il faudrait apprendre qui était réellement le directeur Curts.

« Leon, je suis entre tes mains. Est-ce bien nécessaire, tout cela ? Je veux dire, qu'est-ce que…

– Capitaine, l'interrompit Curts, l'uniforme spécial. Pour notre invité de marque. »

Un placard s'ouvrit à l'autre bout du wagon. En sortit un manteau en maille de métal qui flotta vers les deux hommes avant d'atterrir à leurs pieds avec un fracas retentissant.

« Enfile ceci, ordonna Curts à Croger.

– Non. C'est moyenâgeux, et parfaitement inutile.

– Capitaine ? »

Le capitaine Kandolo souleva le manteau non sans pousser un grognement, le dressa droit devant lui, comme un drap puis, au prix d'un ultime effort, en recouvrit Croger dont il fit passer la tête par le col du vêtement avant de rabattre le capuchon sur son crâne. L'Architecte en chef, qui s'était toujours pris pour l'homme le plus intelligent que la terre ait jamais porté, s'effondra à quatre pattes, incapable de bouger la tête.

« Regarde-moi, Croger », lui ordonna Curts, mais l'autre ne le pouvait pas.

Le capitaine Kandolo lui empoigna le crâne d'une main, le menton de l'autre et lui releva brusquement la tête.

« Croger, je veux que tu te souviennes jusqu'à la fin de tes jours de l'impression que cela donne à quelqu'un de lever les yeux, plutôt que de les baisser, susurra Curts. Et puis ce poids sur tes épaules. Cette impuissance souveraine. »

Il resta encore un moment à toiser Croger, qui ne cillait plus. Puis il adressa à Lucretia un signe de la tête et se dirigea vers la portière. Avant de sortir du train, il passa la main sur la cloison et tapa deux fois. Alors la musique cessa. Aux cordes suaves et sereines de l'orchestre succéda le souffle lourd et saccadé d'un homme, et rien de plus.

Chapitre 45

Sweetmint passa rapidement la cabane en revue. Pas un gramme de saleté sur le plancher, pas un grain de poussière sur les matelas, le canapé et la malle. Sa vaisselle – quelques assiettes, des couteaux, des fourchettes, des cuillers, des saladiers et des herbols – était soigneusement rangée à droite de l'évier. Vitres propres, tant à l'autre bout du salon qu'au-dessus dudit évier et du canapé.

« Pas trop mal », se félicita-t-elle.

Il était temps de se mettre au travail.

En trois caresses et deux tapes au mur, elle eut choisi une chaîne qui diffusait les musiciens officiels de l'hémisphère. Stella Irons chantait à l'instant une complainte dédiée au Chef de l'exécutif Rhitel. Sweetmint fut tentée d'éteindre, tout en sachant que la chanson ne durerait guère.

Toc toc.

Ayant déjà flairé la persodeur de Darksap, elle n'espérait pas Sweetsmoke. Quand elle ouvrit la porte, son cœur fit tout de même un bond dans sa poitrine.

« Salut, dit-elle en souriant.

– Salut », répondit-il, tout aussi réjoui.

Ils restèrent un moment immobiles, ne sachant trop que faire. Puis il se pencha, elle en fit de même : et ils s'embrassèrent. Une première fois, pour l'un comme pour l'autre, mais aussi, pour elle en tout cas, quelque chose qui semblait ne jamais devoir ou pouvoir perdre cette nouveauté.

« Ça pourrait devenir une habitude, dit-il, toujours sur le seuil, en lui prenant la main. Tu cuisines ?

– Oui. »

Elle aurait tant aimé le faire entrer, qu'il prenne place sur le canapé, qu'elle lui raconte sa journée et la visite imminente de son frère, s'arrêtant toutes les minutes pour trouver sa joue gauche du bout de ses lèvres, puis la droite, puis son front, puis son menton. Impossible, hélas. Du moins pour l'heure. Pour autant, elle voulait le ménager.

« Tu sais, je ne me sens pas très bien ce soir.

– Oh ! dit-il en lui posant la main sur le front, puis sur le cou. Tu n'as pas l'air d'avoir de fièvre. Je peux faire quelque chose ?

– Non, rien, dit-elle en posant une main sur la sienne. Je veux seulement préparer à manger et me reposer.

– D'accord. »

Les lèvres de Darksap trouvèrent de nouveau celles de Sweetmint et s'y posèrent un moment, peau douce sur peau douce.

« Ah, j'ai quelque chose pour toi, quand même. Ça pourrait te faire du bien. Tu veux que je te le dise ? »

Elle aurait dû commencer ses préparatifs : une minute, pourtant, ce n'est rien.

« D'accord. Dis-moi.

– Mintsap.

– Mintsap ?

– Mintsap.

– Qu'est-ce que c'est ?

– Le nom que je te propose pour notre potager. Mais seulement si tu le trouves bien. »

La main de Darksap se fit moite.

« Qu'est-ce que tu en dis ? Bien sûr, si tu penses que c'est trop, je…

– Je pense, l'interrompit-elle, qu'on ne pourrait pas faire mieux, Dapp. Vraiment, le jardin Mintsap ! Là où les bonnes choses vont pour s'épanouir.

– Si tu vas mieux demain matin, dit-il, joyeux, j'y serai, avant la Prière du jour, pour m'occuper des légumes. On s'y retrouve ?

– On s'y retrouve. »

Il la serra contre lui, sans faire mine de vouloir la lâcher. Sa rumoya palpitait d'une joie qui n'avait d'égale que celle de Sweetmint. Ce fut alors qu'il l'embrassa de nouveau et repartit, avant que le plein épanouissement de leurs sentiments rende la chose impossible.

Bon. Maintenant, on se concentre. De retour dans la cuisine, elle examina les légumes que lui avait donnés Freshpine. Elle fouilla dans le tiroir, à la recherche de l'économe, qu'elle dénicha et dont elle se servit pour les éplucher. Sweetsmoke, en grand cuisinier, l'aurait certainement réprimandée. « C'est dans la peau qu'est toute la richesse », aimait-il à dire. Certes : mais ça ralentissait la cuisson, et elle ne savait pas vraiment de combien de temps elle disposait.

Elle sortit son unique casserole, rangée sous l'évier, la remplit d'eau et la posa sur la cuisinière à deux feux, dont elle se servait rarement. Après quoi, elle alluma les biogaz et sala l'eau.

Du tiroir, elle sortit avec précaution son seul couteau à découper, enveloppé dans un morceau de tissu blanc. C'était le grand amour de Sweetsmoke, ce couteau. Il le maniait en riant, lui embrassait le manche et défendait à sa sœur d'y toucher, sauf en cas de nécessité absolue. « C'est qu'il est plus aiguisé que toutes les scies et toutes les haches que les poddies fabriquent dans la région fer et acier, tu comprends ? » Et c'était exact. Elle avait souvent vu son frère s'installer derrière la cabane et passer des heures à aiguiser le couteau sur un bloc de schiste posé sur une souche d'arbre, passant et repassant la lame sur la pierre, musique hypnotique.

Lame qu'elle plongea dans la chair ferme de la courge, fendant la peau sans difficulté. Puis elle s'occupa des carottes, des pommes de terre et des betteraves. Tout cela finit dans la casserole, avec les haricots. Stella Irons en avait fini avec le Chef de l'exécutif. Sweetmint n'avait jamais entendu ce nouveau titre, dont elle ne tarda pas à capter le rythme. Elle se mit à fredonner. La vie était dure, bien sûr, mais parfois aussi vraiment douce. Super douce.

Tandis que les légumes cuisaient, elle écrasa quelques gousses d'ail et hacha deux oignons qu'elle fit revenir avec de l'huile de graines de citrouille dans une poêle, sur le second feu. La musique et les effluves de cuisine redonnaient à la cabane son ambiance du temps de Sweetsmoke, attirant Sweetmint vers le passé. Elle résista : retour au présent. Pourquoi courons-nous, si ce n'est pour être ici et dans l'instant ?

Elle disposa quelques grains de poivre au fond d'un mortier en boismain blanc que lui avait offert Rusty et les écrasa avec le pilon assorti. Lorsque son ragoût fut prêt, elle prépara deux assiettes et répandit la fine poudre sur les légumes brûlants. Puis elle remplit deux verres d'un jus mélangé que lui avait offert Freshpine et recula d'un pas pour contempler la table. Les mains sur les hanches, elle n'éprouvait que fierté.

Oh ! Elle ouvrit la malle, en sortit un disque en bois de fendredur qu'elle examina près de la fenêtre. Son frère, jadis, y avait gravé leur portrait commun. Lorsqu'il le lui avait offert, quatre ans plus tôt, elle avait immédiatement senti qu'il s'agissait là de leur représentation la plus fidèle, quand bien même la ressemblance physique n'était guère frappante. Ce qui était inscrit dans le bois, c'était leur être partagé. Personne mieux que Sweetsmoke ne voyait Sweetmint. Personne mieux que Sweetmint ne voyait Sweetsmoke. Elle posa le portrait au centre de la table. Avec ça, oui, avec ça, c'était parfait.

Les Trois professeurs devaient s'être levés depuis un certain temps. Elle posa la main sur la poignée de la porte. Avant même qu'elle puisse l'ouvrir pour inspecter le ciel, une main douce se posa sur sa bouche, une poitrine nue, peau tiède, se plaqua sur son dos.

« Ne crie pas. »

Une voix d'homme.

Elle obtempéra, tout en ouvrant la mâchoire inférieure du mieux qu'elle le pouvait, avant de la refermer, féroce, sur l'index de l'assaillant. Il ne hurla pas. Il ne jura pas. Elle sentit immédiatement son cou craquer. Il l'avait empoignée par les cheveux et tirait à les lui arracher.

« C'est moi », gronda-t-il, le torse tiède toujours collé au dos de Sweetmint.

Un cœur battait entre eux, *boum boum boum*, si fort qu'elle n'aurait su dire auquel des deux il appartenait.

Moi qui ? Certainement pas Sweetsmoke.

« Lâche-moi !

– Commence par te calmer.

– Mais tu ne sens rien, dit-elle en lui griffant les mains. Et pourquoi tes paumes sont si douces ? Où t'es-tu caché, tout ce temps ? Pourquoi est-ce que je ne perçois pas ta rumoya ? Qui es-tu ? »

Il lui rendit enfin sa liberté, si brusquement qu'elle faillit se fracasser le crâne contre l'évier. Elle se massa la nuque d'une main avant de se retourner pour flairer l'air. Toujours rien. La voix, il est vrai, ressemblait à celle de Sweetsmoke. Mais le reste ? Ce n'était qu'un amas de détails étranges et contradictoires.

Il passa la main devant le mur et fit apparaître un écran qu'il tapa deux fois pour éteindre la musique.

« Ça n'a aucune importance, tout ça. Et je suis bien moi, Petite Moi. »

Ces deux mots.

« C'est vraiment toi ?

– Qui veux-tu que ce soit d'autre ? »

Elle lui passa les bras autour du cou, moins ferme, moins puissant que dans son souvenir. Elle posa la tête contre son torse, écouta son cœur qui battait à présent moins follement, et s'accorda une seconde de tranquillité tout contre lui. Il était pourtant difficile de ne pas remarquer que Sweetsmoke était resté les bras collés au corps, au lieu de l'enlacer.

Puis, comme s'il avait, en esprit, atteint la limite d'un temps octroyé, il lui prit les bras, raide comme un arbre, se défit de leur étreinte et recula.

« Ça suffit.

– Ça suffit ? Sweetsmoke, répondit-elle en riant, ça fait des années ! Assieds-toi. Je t'ai préparé quelque chose. Freshpine m'a donné des légumes, du jus. Tout ça est sur la table, pour toi.

– Je t'ai regardée faire la cuisine. Si tu n'avais pas mis la musique si fort, tu m'aurais entendu. Et Darksap… Franchement, conclut-il d'une voix encore plus détachée, je suis déçu par ton absence de concentration.

– Mettons-nous à table, mangeons. Tu me raconteras où tu étais passé et je te dirai tout ce que j'ai fait ces derniers temps.

– Je n'ai pas envie de le savoir. Je ne vais pas rester longtemps. Je voulais juste te voir une dernière fois. »

Non. Non, non, non, non. Ça n'était pas du tout comme ça que ça devait se passer. Son frère était bien là, mais ce n'était plus son frère. Trois ans, c'est long, bien sûr, mais pas tant que ça. *Que lui est-il arrivé ?*

« Je suis allée voir Andrew et Audrey, marmonna-t-elle, déconcertée. Ils m'ont parlé de ce clignotement. C'est vraiment à cause de ça que tu es parti ? Ça t'arrive toujours ?

– Ça n'a aucune importance, tout ça, répéta-t-il.

– Sweetsmoke, murmura-t-elle en avançant vers lui, est-ce vrai que tu es Williams Washington, le candidat ? Andrew m'a raconté cette histoire de surnom et… »

Elle s'interrompit. Ce silence, cette immobilité absolue !

« Ça non plus, Petite Moi, ça ne te regarde pas. Si je suis ici, c'est que le monde tel que tu l'as connu, ta forêt, ta région, ton hémisphère vont complètement changer. Et personne ne pourra revenir en arrière. Je suis venu vérifier que tu étais prête. Et au vu de ce que tu m'as montré, je crains que ce ne soit pas le cas. »

Elle était en proie à un terrible engourdissement. Qui la paralysait entièrement. Elle avait posé la main sur le dossier d'une chaise, avec le sentiment d'être frappée au front par une lourde paume et s'était soudain retrouvée assise sur cette même chaise sans s'en rendre compte. En alerte la seconde d'avant, et soudain incroyablement absente au monde.

« J'ai tant fait pour essayer de te retrouver, Sweetsmoke. De te sauver, dit-elle, les yeux rivés sur ses mains, paumes à plat sur la table. J'ai demandé de l'aide à mon employeur, Mr Tenmase. Je suis allée au Minx. »

Le souvenir de Ribussce la fit frémir : les mains du colosse sur les siennes, son haleine, la puanteur humide, putréfiée du tabacum et des grains fermentés, qui lui avaient retourné l'estomac.

« Je suis allée dans la Seconde ceinture de Rhitelville, j'ai failli me faire molester par une bande de poddies. »

Elle leva les yeux vers son frère. Il n'avait plus de rumoya, plus de persodeur.

« Tout cela, je l'ai fait pour toi. Et toi, maintenant, après toutes ces années, tu es là… »

Sa voix se finit presque inaudible.

« Et tu n'es pas là. »

Silence. Le seul indice de sa présence était le bruit de sa respiration : longue inspiration, suivi d'une expiration aussi distendue.

« Ça n'est pas très malin, tout ça, Petite Moi. Enfin, ça montre quand même que tu as des forces. Tu vas en avoir besoin, avec ce qui se prépare.

– J'ai besoin de toi », chuchota-t-elle, retrouvant les émotions de la petite fille qui trébuchait dans le noir, avec son frère.

Avec son frère : c'était ça, l'important.

« J'ai enfin le pouvoir, dit-il en faisant les cent pas dans le salon. Le vrai pouvoir. Et je vais m'en servir pour changer le monde. Les premiers temps, ce sera très dur. Mais ça vaudra le coup. »

Il parlait comme si elle n'était pas là. Il avait été évidé, comme un tronc d'arbre. Il lui avait toujours conseillé de ne pas céder aux despotes. Et il en était devenu un.

« Sweetsmoke, je t'en prie, mangeons. Je te promets de ne plus te poser de questions. Tu n'as pas besoin de t'expliquer. Tout ce que je veux, c'est partager ce repas avec toi, même si ce doit être le dernier. Même si nous le prenons sans parler. Ça a été si…

– Chut.

– Quoi ?

– Tu n'entends pas ? »

Elle tendit l'oreille, ne perçut que le bruissement des feuillages dans la brise nocturne.

« Non, rien. Et toi ?

– Tes sens se sont émoussés, dit-il avec une irritation manifeste. C'est la gare. Un train vient de s'y arrêter. Des hommes en grand nombre descendent du quai.

– Et alors ? C'est ce qui se passe en général dans les gares. Les gens circulent.

– Oui, mais ces hommes-là se dirigent vers ici.

– Vers ici ? »

Elle se leva, courut ouvrir la porte, attentive. Des bruits de pas lointains. Brindilles craquant sous les bottes. À chaque seconde plus proches.

« Qui est-ce ? Qu'est-ce qu'ils nous veulent ?

– C'est moi qu'ils cherchent. Sois forte, Petite Moi. Et ne te fie à personne. »

De son bras, il effleura l'épaule de Sweetmint avant de s'enfoncer dans la nuit. Elle resta sur le seuil, à fouiller la forêt obscure du regard, se demandant si elle ne venait pas de rêver sa venue.

Une fois rentrée dans la cabane, elle regarda les deux assiettes dont les effluves s'étaient répandus dans toutes les pièces, et se vit en saisir une, la soulever au-dessus de sa tête, tel Mandla brandissant son trophée de championnat en métal doré, avant de la projeter de toutes ses forces sur la table.

Elle n'en ferait rien. Elle ne pleurerait pas. Elle ne hurlerait pas. Elle s'assit, privée soudain de sensations. Évidée, elle aussi.

Les bruits de pas et de brindilles fendues se firent plus audibles. L'odeur des hommes, lourde de sueur et d'excitation, se fit plus présente. Puis ils furent à sa porte, et frappèrent si fort que la cabane trembla.

« Nous savons qu'il est chez toi, Candace », proféra une voix.

Celle de l'homme qui, quelques jours plus tôt, avait condamné Shanu à mort et qui, dans un train désert, s'était adressé à Sweetmint dans la langue interdite de son peuple. Le directeur des gardes de l'hémisphère Curts.

« Sortez les mains en l'air. Histoire de régler les choses sans bavures. Et sans faire de mal à personne. »

Sans faire de mal à personne ? C'était si bête qu'elle faillit sortir de sa transe. Elle en avait même le sourire aux lèvres. Il n'y avait pas un jour de sa vie où elle n'avait pas eu mal.

« Entrez donc, dit-elle.

– Si l'un de vous s'en prend à nous, nous serons forcés de tirer, dit le directeur des gardes de l'hémisphère.

– Je ne tenterai rien. »

La poignée pivota, la porte s'ouvrit sur deux chibes vêtus d'uniformes qu'elle n'avait jamais vus, taillés dans un épais tissu rouge et noir. Ils portaient également des casques à visière noirs et des armes en acier doré, qu'ils pointèrent dans sa direction.

« Il n'y a que la fille dans la cabane, dit l'un des deux chibes.

– Elle est armée ? demanda le directeur des gardes de l'hémisphère Curts, à quelques mètres derrière les hommes.

– Non », répondit l'autre garde.

Sans baisser les armes, ils s'écartèrent pour laisser passer le directeur des gardes de l'hémisphère Leon Curts. Ses yeux caves, ses pommettes saillantes lui donnaient l'air plus las que lors de sa visite dans le train. Il entra dans la cabane, ôta sa casquette et balaya plusieurs fois du regard le salon. À droite, à gauche, à droite, à gauche, feuille morte sur le point de se détacher de sa branche.

« Il n'est pas là, dit Sweetmint.

– Où est-il, alors ? siffla-t-il, le regard dur comme la pierre.

– Je ne sais pas. »

Il fit entrer deux autres hommes, vêtus et armés comme les premiers. En deux minutes, ils eurent perquisitionné la cabane, sans rien trouver.

« Dites aux autres de continuer à patrouiller la forêt, dit Curts. Il ne peut pas être bien loin. »

Puis il regarda les assiettes, les verres de jus, Sweetmint.

« Il te suffit de nous dire où il est pour que tout ça s'arrête, Candace. Tout va revenir à la normale, je te le promets.

– Vous ne comprenez donc pas, dit-elle, les yeux baissés sur l'assiette. On ne reviendra pas en arrière. Il n'y a plus rien de normal.

– Vous n'avez pas touché aux assiettes, dit-il en s'asseyant près d'elle, mais je sais qu'il est passé ici. Et que ça n'a peut-être pas été les retrouvailles que tu espérais. »

Il se tut, attendit en vain qu'elle reprenne la parole.

« Il t'a abandonnée, Candace. Toi qui n'avais déjà plus de parents. Toi qui avais perdu une fois déjà ton grand frère. Il a fallu que tu travailles dur pour t'en sortir, et tu n'as pas hésité, en dépit des obstacles. C'est un miracle. Un umjzeh. Fais ce que tu dois faire, Candace. Pas seulement pour l'hémisphère, mais aussi pour ta forêt. Et pour toi.

– Monsieur, impossible de lui remettre la main dessus, dit un cinquième chibe en rejoignant son chef. Et nous venons de croiser Anna Franklin et le responsable local II Jolis. Ils sont là, dehors, ils vous attendent. »

Le directeur avait beau avoir les deux mains sur la table, ses jambes ne cessaient de trembler, faisant danser les assiettes, les verres et le médaillon en bois.

« Qu'est-ce que je peux leur dire, monsieur ? demanda le chibe.
– Sortez tous, ordonna Curts. Et fermez la porte. »

Les gardes d'or s'exécutèrent sur-le-champ. Il n'y avait plus dans la cabane que Curts et Sweetmint. Elle n'avait pas peur, même s'il pouvait à présent lui arriver tout et n'importe quoi. Jusqu'à quelle extrémité irait le directeur ? Des menaces ? Des coups ? Non, il allait repartir bredouille, voilà tout.

Sous le regard de Sweetmint, comme anesthésiée, il s'empara du médaillon et frotta de ses doigts fins et maigres les deux visages de bois, plongé dans un abîme de réflexion.

« J'aurais préféré que ça se passe autrement, finit-il par dire. Tu méritais mieux. L'Invisible qui peut s'en sortir, qui sert d'exemple aux autres. Là, c'est trop tard. »

Sur ce point, on est bien d'accord.

Elle se leva. *Advienne que pourra.* Il la prit par le bras et lui fit franchir le seuil de la cabane. Anna Franklin les attendait dehors ; son technicien de saisie brandit devant Sweetmint son plakit, surmonté d'un filament aveuglant. La journaliste était plus menue que Sweetmint ne l'avait imaginé, mais aussi tranchante, aussi opiniâtre qu'à l'écran. À côté d'elle, ce politicien aux joues glabres que les Enfants de Slim appelaient le bourreau local II Jolis, un rictus déplaisant sur les lèvres. Dix ou douze chibes aux armes d'or s'étaient plantés un peu plus loin, bosquet féroce.

« Stephan », dit le directeur des gardes de l'hémisphère Curts.

Sweetmint le sentit se raidir. Son cœur s'emballa. Il devait y avoir chez ce Jolis quelque chose qui excitait Curts, mais quoi ? Difficile à dire.

Le responsable local prit Curts par sa main libre.

« Leon. J'ai annoncé à tous dans la Galerie de la règle que justice serait faite. Lorsqu'Anna m'a dit où elle se rendait, j'ai sauté dans le premier train. Je ne pouvais vraiment pas manquer une telle occasion. Être témoin direct d'un tel fait d'armes ! J'espère que ça ne t'ennuie pas.

– Pas le moins du monde. Cela dit, Stephan, tu ne devrais pas te déplacer sans garde rapprochée, dit Curts en se détendant. Tu es maintenant la personne la plus recherchée de l'hémisphère.

– Ça ne se reproduira pas, directeur », répondit Jolis, espiègle.

En dépit de ces sourires et de ces amabilités, Sweetmint percevait clairement le danger que représentait Jolis. Il ferait tout ce qui était en son pouvoir pour accroître à un point inouï la sujétion des Invisibles. Et si Sweetsmoke, sous l'apparence de Washington, ne remportait pas les élections, les Enfants de Slim se chargeraient de ce mauvais gagnant. *Qu'il sourie tant qu'il veut aujourd'hui, ça ne durera pas.*

Le directeur des gardes de l'hémisphère Curts lui serra le bras encore plus fort, les yeux rivés sur le plakit.

« On est en direct ?

– Tout à fait, confirma Anna Franklin.

– Mes chers Nordouestains, déclara le directeur des gardes de l'hémisphère Curts, j'ai l'honneur de vous annoncer qu'après une traque difficile où toutes les pistes ont été explorées, justice va être rendue. Je ne prétendrai pas devant vous avoir réussi à capturer Shanu, l'Invisible : nous n'y sommes pas parvenus. D'après nos informations, il a pu fuir dans un autre hémisphère avec lequel nous avons engagé une démarche d'extradition. En revanche, j'ai littéralement pu mettre la main (il poussa Sweetmint vers le plakit) sur Candace, sa jeune sœur et complice. »

Quoi ?

« Cette jeune femme, poursuivit le directeur des gardes de l'hémisphère Curts, a non seulement avoué qu'elle avait elle-même ourdi le complot visant à assassiner le Chef de l'exécutif Rhitel, que le Saintpère bénisse son âme, mais qu'elle avait également réussi à gagner la confiance de l'ancien Directeur du progrès Croger Tenmase en devenant son apprentie, cela lui permettant de brouiller les pistes menant à son frère. J'ai peine à vous l'apprendre, chers Nordouestains, ajouta-t-il, les yeux fixés sur ses bottes, mais elle est même parvenue à convaincre le Grand inventeur de l'aider. Désormais ennemi déclaré de notre bel hémisphère, il est détenu à la Geôle exécutive. »

Anna Franklin secoua la tête avec une expression de dégoût. Pendant quelques secondes, le responsable local II Jolis perdit le sourire. À quoi bon lutter contre tous ceux-là ? songea Sweetmint. C'était une voix solitaire que la sienne, une voix d'Invisible qui plus est. Face à des millions de Nordouestains, qui avaient soif de sang

Invisible pour se purifier du monde qu'ils avaient créé. Elle s'en rendait bien compte maintenant : mais à quoi bon avoir retrouvé la vue dans un monde qui voulait rester aveugle ?

Le responsable local II Jolis, de nouveau radieux, empoigna Sweetmint par son bras libre, le contact de sa paume contre son biceps lui donnant au passage un curieux sentiment d'intimité. Puis il se tourna vers le plakit.

« Notre hémisphère a tant souffert. Le temps de la guérison est venu. Directeur des gardes de l'hémisphère Curts, annonça Jolis en se penchant vers celui-ci, je crois en vous depuis les premiers jours. Vous, qui avez toujours été le loyal défenseur de la loi et de l'ordre, de l'honnêteté et de l'intégrité, venez de démontrer que nous pouvons surmonter toutes les tragédies, et que régneront toujours sur notre hémisphère la sécurité, la prospérité et la morale. Merci de nous avoir redonné notre équilibre. »

Le mensonge ne survit pas dans la solitude. Il doit être nourri, soigné, telle une jeune pousse d'arbre. Ces deux hommes, qui comprenaient en profondeur le fonctionnement du monde, ne donnaient pas forme à la réalité : ils en créaient une nouvelle sous les yeux de Sweetmint. Mot après mot. Elle fut surprise d'éprouver, dans un recoin de son esprit, une certaine jalousie à leur égard : quelle ingéniosité, quelle incroyable inventivité.

« Merci, responsable local II Jolis, reprit le directeur des gardes de l'hémisphère Curts en croisant le regard du candidat avant de se tourner vers le plakit. Et merci à vous, mes chers Nordouestains. Notre mission cependant n'est pas finie. Nous allons traîner cette femme devant la justice. Dès ce soir. Que l'ordre triomphe. »

Tous repartirent vers la forêt. Le directeur Curts et le candidat escortèrent Sweetmint sur le chemin humide et sombre, l'éloignant à chaque seconde davantage de sa maison, de toutes les opportunités lumineuses dont elle vibrait quelques heures plus tôt. Elle se retourna un instant dans la direction de Mintsap Garden et...

Des bruits de pas, lourds, sonores, un hurlement, le tranchant d'une lame dans la peau et la chair, les sons de la douleur, puis... *Bang ! Bang ! Bang !* Un éclair dans la nuit, comme une aube brutale et pour finir un corps qui s'affale à terre.

Les chibes serrèrent les rangs autour du trio qu'elle constituait avec ses deux geôliers.

« Affaire réglée ? demanda le directeur des gardes de l'hémisphère Curts.

– Oui, monsieur, répondit un chibe, quelques mètres devant eux, tandis que son compagnon se tenait le bras en hurlant. Mais ce salaud de vizo a eu le temps de planter Milford.

– Un peu de celgen, et ça ira. Allez, on continue. »

Lorsqu'ils arrivèrent à la hauteur du corps étendu sur le sol, elle échappa aux mains des gardes et se jeta sur Darksap. Il avait deux trous à la poitrine, un autre au front. Elle essaya de comprendre l'impossible. Darksap n'avait pas lâché sa hache ensanglantée. Elle resta un moment couchée sur lui, ne pouvant ni respirer, ni pleurer, ni hurler. *Comment faire ?* Peut-être qu'en restant immobile, elle ferait s'arrêter le temps, qu'il remonterait, remonterait avant sa naissance, avant celle de l'humanité. N'importe quand avant ce jour, avant ceci. Elle sentait encore les lèvres de Darksap contre les siennes, elle entendait son rire lui bondir dans l'oreille, elle sentait son odeur, sucrée, boisée, percevait l'envie qu'il avait d'elle, elle tout entière, elle pour lui, pour lui tout entier. Un désir qu'elle avait, après tout ce qui s'était passé, fini par épouser, parce que Darksap la voyait comme elle voulait se voir elle-même. Parce qu'il lui avait appris qu'on pouvait se contenter d'être. Parce qu'il l'aimait. *Pourquoi ?*

Et tout s'accéléra. Les vociférations des hommes. Les membres de la famille de Darksap hurlant son nom tandis que les chibes les faisaient reculer. Les deux chibes qui s'emparaient d'elle et la traînaient par les bras. Ses pieds qui creusaient des sillons dans la terre tendre. Sa gorge qui n'émettait aucun son, ses yeux qui ne cillaient pas.

Lorsqu'il y eut quelque distance entre elle et cette odeur de feu, de soufre et de chair récemment brûlée, elle en perçut une autre : c'était Rusty, près du chemin. Oh ! Pourvu qu'il ne connaisse pas le même sort que Darksap. Puis le directeur des gardes de l'hémisphère Curts, qui avançait à la même hauteur que les deux chibes qui la tenaient, s'arrêta quelques secondes et prononça cette phrase :

« Bon travail, capitaine Kandolo. »

Elle s'effondra sur le chemin. D'une manière ou d'une autre, donc, Rusty, ce soir, avait prêté main-forte à ce Curts pour son arrestation. Ce qui signifiait qu'il avait également trahi Sweetsmoke, celui qu'il avait si longtemps considéré comme son fils et qu'il avait juré de protéger envers et contre tout. Ce fut cela en fin de compte qui fit exploser la douleur en Sweetmint.

« Rusty ! » gémit-elle tandis que les chibes étaient impuissants à plaquer au sol son corps en convulsion.

Elle n'aurait pas crié plus fort si on lui avait arraché le cœur et sa souffrance était si grande qu'elle ne reconnut même pas sa propre voix.

« Rusty ! » hurla-t-elle de nouveau.

Frehspine, ses enfants et d'autres, qui habitaient le long de Softstone Path, approchèrent du chemin, sacrifiant la sécurité au désir de savoir. Leurs odeurs lui remplirent les narines tandis qu'une sensation sans nom lui brûlait les entrailles.

« Rusty !

– Entravez-la ! » tonna le directeur Curts.

Le filament du plakit de saisie du technicien d'Anna Franklin illumina son corps que quatre chibes, mis à rude épreuve par ses soubresauts, emportèrent comme un sac de pommes de terre sur la grande place.

Elle cria, cria, cria jusqu'à ce que sa gorge se déchire, le visage ravagé par les larmes et la sueur. La foule s'était rassemblée sur la place, venue par les deux routes principales, se bousculant pour voir ce qui, par le Saintpère, pouvait bien causer un tel fracas. Et tandis que les chibes transportaient son corps à présent inerte sur le quai puis dans le train qui les attendait, elle continua de chuchoter, sans voix, la même question.

« Rusty, Rusty, Rusty, comment as-tu pu ? »

Chapitre 46

Les gardes l'avaient fait asseoir au milieu du train. La jeune fille, cependant, demanda à pouvoir s'installer au fond du wagon. Il était impossible de s'en évader, si bien que Curts accepta et la regarda marcher en se retenant à tous les sièges, comme si elle ne tenait plus debout.

Dans un quart d'heure, ils seraient arrivés à la Galerie de la règle. Il avait bien envie de fermer les yeux, de poser la tête sur le dossier rembourré, peut-être même de s'autoriser un somme de quelques minutes. La vibration de sa sphoreille l'en empêcha. Del lui avait envoyé un message de félicitations. Elle avait toujours su qu'il y arriverait.

Il avait sauvé sa peau. Il avait sauvé la peau de sa famille. Quant à son âme, si tant est qu'il en ait jamais eu une, c'était une autre histoire. Il avait fait un choix sur lequel il ne pouvait revenir. Il avait sacrifié une jeune fille innocente pour garder la vie, et exercer sa vengeance. Contrairement à ce qu'il avait affirmé devant Anna Franklin, personne ne remettrait jamais la main sur Shanu, auquel il allait, seul, régler son compte. L'hémisphère n'avait besoin que d'être distrait et rassasié. Avec le temps, les gens oublieraient, comme toujours, choisissant en connaissance de cause d'ignorer les pans de l'histoire qu'ils jugeaient inutiles, ennuyeux ou inquiétants. Il sentit cependant un poids sombre s'abattre sur son cœur, fit de son mieux pour déterminer la somme d'un homme par-delà ses faits et gestes, n'y parvint pas.

« Monsieur ? l'alerta un garde.

– Oui ? dit-il, menton levé, en croisant le regard du jeune homme.

– Je vous disais, nous sommes presque arrivés, monsieur. Nous attendons vos ordres. »

Le directeur tendit le cou vers l'arrière du wagon pour s'assurer de la présence de Candace. Elle contemplait l'obscurité, de l'autre côté de la vitre et sa tête maculée de terre apparaissait jaune orangé au filtre des didantilles de Curts. Ce calme le troublait un peu, même s'il valait mieux que les hurlements à vous glacer le sang qu'elle avait poussés de la forêt au train. Il avait le frisson, rien qu'à se remémorer leur stridence – on aurait dit qu'on lui arrachait un fœtus du ventre. Il n'aurait jamais dû saluer le capitaine Kandolo.

« Sécurisez les alentours de la Galerie, répondit-il au garde. Je la ferai entrer par le couloir Sambrick. Deux gardes devant et deux derrière. Compris ?

– Oui, monsieur. »

Le train s'arrêta à la station Galerie, fermée au public, et qu'empruntaient les hommes de la règle désireux d'éviter leurs administrés. La jeune fille fut extraite du fond du wagon et conduite devant Curts. Puis ils s'engagèrent dans le couloir Sambrick, deux gardes devant eux, deux gardes derrière. Ce long passage consistait en une enfilade de couloirs secrets où toutes les portes étaient fermées à clef. Celui ou celle qui s'y aventurait sans autorisation était pris au piège.

La jeune fille ne leur compliqua pas la tâche. Pas un bruit, pas un regard, pas une tentative de ralentir la marche. Pendant le bref trajet jusqu'à l'antichambre, elle resta voûtée comme l'un de ces crochets de boucher d'autrefois dont les gardes avaient tant prisé l'usage avant que Curts les interdise.

« Laissez-nous seuls », ordonna le directeur aux gardes sur le seuil de la petite salle.

Les lieux n'étaient éclairés que par deux filaments blancs et ténus, l'un au-dessus de la porte et l'autre sur le mur opposé.

Le jeune garde du train lança un regard à ses collègues, puis à son supérieur, avant de secouer la tête.

« Je ne pense pas que ce soit une bonne idée, monsieur. Si elle essaie de s'enfuir ou, pire, de… »

Il s'interrompit en croisant le regard impassible du directeur et s'éclipsa en compagnie du reste de la troupe. Le martèlement de leurs lourdes bottes se fit entendre encore un long moment dans le couloir. Curts était de nouveau seul avec Candace.

Il ne savait pas vraiment que lui dire. Il eut envie de commencer par des mots d'espoir. Ç'aurait été cruel, pourtant. Il voulait justifier ses actions aux yeux de Candace. À ses propres yeux aussi. Ce qui serait sans doute plus blessant que bénéfique. Cette situation exigeait un courage qu'il n'avait pas. Il est plus facile de massacrer des foules sans visage que d'assassiner quelqu'un qui vous regarde dans les yeux.

C'est la faute de ton frère. C'est à cause de lui que tu te retrouves ici.

« Vous croyez au Saintpère, directeur des gardes de l'hémisphère Curts ? lui demanda-t-elle, debout devant la porte de la Galerie, dos tourné.

– Pourquoi ?

– C'est juste pour savoir. »

La question prit Curts au dépourvu. Il se rendit compte qu'il ne se l'était pas posée depuis des années. En tout cas, pas de manière approfondie. Après les événements, il valait mieux ne croire en rien. Le néant infini valait mieux que l'existence d'une entité ou d'un individu qui le jugerait sur ses faits et gestes passés et à venir.

« Je ne sais pas, dit-il d'une petite voix.

– Mon non plus. Ou alors plus vraiment… Dans ce cas-là, qu'est-ce qui nous arrive après la mort ?

– Ça non plus, je ne sais pas.

– Vous n'avez pas l'air très renseigné, pour quelqu'un qui vient juste de me tuer.

– Je… »

Elle le toisa. Elle n'avait rien à perdre, et c'était cela le plus effrayant pour Curts.

« Vous avez des enfants, directeur des gardes de l'hémisphère Curts ?

– Oui, une fille.

– Après cette soirée, vous verrez mon visage sous le sien. Cette scène se rejouera dans votre esprit comme ces mélodies dont vous n'arrivez pas à vous débarrasser. »

Elle s'approcha de lui, à le toucher. Un doux parfum chatouilla les narines de Curts.

« Je vous vois errer dans ce monde à la recherche d'une raison d'être. Trépignant comme un enfant, parce que vous ne l'avez pas trouvée. La violence déguisée en loi, le mal en religion, l'obscénité en ordre. Oui, j'y ai mis du temps, mais je le vois clairement, à présent.

– Je… Je suis désolé, Candace. »

Il crut alors la voir sourire, ce qui le fit trembler.

« Moi aussi. Car, parfois, les péchés de nos proches deviennent les nôtres, et nous n'en comprenons les conséquences que bien trop tard. »

Elle lui tourna le dos.

« Je suis prête. »

Il la rejoignit devant la porte, inspira profondément avant de l'ouvrir. L'antichambre fut inondée de lumière, assaillie par le brouhaha de la Galerie.

Curts baissa le bras et considéra Candace. Elle regardait droit devant elle, impassible. Elle franchit le seuil. Il lui emboîta le pas. Le Premier juge Royger et les douze magistrats qui l'assistaient avaient pris place dans leur tribune surélevée. En contrebas, la foule, organisme changeant, inhumain, formé de centaines de têtes, de mains, de jambes.

Que font tous ces civils ici ?

Il avait été décidé qu'Anna Franklin et son technicien de saisie, qui s'étaient installés à gauche, sous la tribune des juges, diffuseraient le procès en direct par le biais des NHN à toutes les populations, sans restriction. La présence du public n'avait jamais été évoquée. Curts n'avait rien approuvé de tel.

La jeune fille s'avança jusqu'au centre de la Galerie et s'arrêta devant un pupitre en bois. Les cris de l'auditoire les submergèrent tous deux.

Il leva les yeux vers les quatre-vingt-dix-neuf responsables locaux et directeurs installés dans les gradins. Ils hurlaient avec la même violence que la foule, tendons saillant sur leurs cous étirés, visages rouges comme autant de soleils couchants, lèvres bordées d'une écume furieuse. Curts regarda de nouveau Candace : elle se tenait devant eux, imperturbable. Et, cette fois-ci, les épaules aussi droites que les colonnes à l'entrée de la Galerie, le menton levé.

« Il suffit ! vociféra le Premier juge Royger en abattant trois fois son maillet de juge pour faire taire cette horde en furie. À la demande on ne peut plus expresse du responsable local II Jolis, et dans un esprit de transparence et de réconciliation hémisphérique, je vous ai accordé la possibilité (à ces mots, le Premier juge brandit son maillet vers les civils, tous vêtus comme pour une promenade décontractée dans Rhitel Park) d'être témoins du bon fonctionnement de notre justice. Pour autant, je ne vous ai pas autorisés à vous conduire en émeutiers. Nous sommes ici ce soir pour juger dans le respect de la loi cette jeune femme (il baissa les yeux vers Candace) qui est accusée de complicité dans le meurtre de notre Chef de l'exécutif Rhitel, que le Saintpère bénisse son âme, par l'Invisible Shanu, dont elle est la sœur. Comme nous le savons tous, le directeur des gardes de l'hémisphère Curts a pu dans la soirée recueillir ses aveux, mais il me paraît juste que la plus haute cour de l'hémisphère puisse s'emparer de cette affaire, de sorte que cette jeune femme jouisse, ainsi que n'importe quel citoyen de l'Hémisphère Nordouest, d'un procès équitable, lequel aboutira à une condamnation qui le sera tout autant. »

Curts, pendant quelques secondes, s'autorisa à croire ces bonnes paroles. La mort de la jeune fille n'était pas chose certaine. Elle allait être jugée en toute objectivité, comme n'importe quel justiciable Dominant, homme ou femme. Puis il parcourut les gradins du regard, et soupira. Comme dans tous les domaines de ce bel hémisphère, l'illusion régnait en maîtresse.

« Commençons, dit le Premier juge. Candace, mon intention est de vous donner la possibilité de vous exprimer, que nous puissions mieux comprendre les accusations qui sont portées contre vous par l'hémisphère, et les circonstances qui vous ont amenée à comparaître devant nous ce soir. Est-ce clair pour vous ?

– Oui.

– Oui, *Premier juge.*

– Oui, Premier juge, répéta-t-elle.

– Bien. Pour commencer, plaidez-vous coupable ou non coupable en réponse à l'accusation qui vous est faite d'avoir sollicité un apprentissage auprès de Croger Tenmase dans le seul but de faire obstacle à la traque de votre frère par le directeur des gardes de l'hémisphère Curts ? »

Pas un bruit dans la Galerie. Curts, se rendant compte qu'il retenait son souffle, se figura que tous dans la salle en faisaient autant.

« Coupable », proclama Candace d'une voix claire et sonore.

Cris de stupéfaction dans toute l'assemblée.

« Plaidez-vous coupable ou non coupable en réponse à l'accusation qui vous est faite d'avoir aidé votre frère à s'évader hors de l'hémisphère ? poursuivit le Premier juge en hochant la tête.

– Coupable. »

Curts, l'œil rivé sur les gradins, vit le désir de mort reprendre ses droits dans la foule, une fois la surprise passée.

« Et pour finir, conclut le Premier juge, plaidez-vous coupable ou non coupable en réponse à l'accusation qui vous est faite de complicité dans l'assassinat du Chef de l'exécutif Rhitel, que le Saintpère bénisse son âme ? »

Pourquoi s'enferre-t-elle ainsi ? On dirait qu'elle a envie de mourir. Jamais Curts ne s'était haï à ce point. Quelques larmes perlèrent à ses paupières, qu'il essuya discrètement, afin que nul ne puisse l'accuser de sympathiser avec l'accusée. Bientôt, Shanu, ce sous-homme sans cœur, paierait l'addition. Que Curts en personne lui présenterait.

Une toux retentit, brisant le silence de mort.

Le regard de Candace se détacha des juges pour se poser vers les gradins. Elle se retourna lentement vers la foule postée dans la partie gauche de la Galerie. Et cela suffit à mettre ces dignes hémisphériens en fureur. Il fallut une réaction rapide des gardes pour les empêcher de mettre Candace en pièces. Sans cesser de les toiser, elle répondit enfin :

« Cou… pable. »

Une avalanche d'hommes suants sous leurs costumes de maille dévala les gradins pour se jeter sur elle. Au bord de ce raz-de-marée, Curts surprit Jolis qui contemplait la scène, serein, et cela réveilla en lui un profond désir d'en découdre.

« QU'ON L'ÉCARTÈLE ! hurla un homme.

– QU'ELLE CRÈVE, LA VIZO ! gronda une femme.

– QU'ON LUI COUPE LA TÊTE ! » piailla un enfant.

Les gardes, qui s'efforçaient de maintenir l'ordre, armés de leurs seuls fouets en corde et de l'autorité que leur conférait l'hémisphère, n'allaient plus pouvoir résister longtemps. Curts ne bougea pas. Quelqu'un, Lucretia, peut-être, fit descendre les gardes d'or au centre de la Galerie et ce ne fut qu'à la vue de leurs armes sophistiquées, ornées d'or et d'acier, que la foule se calma. Ces gens, comme la plupart des Nordouestains, n'avaient jamais vu de véritables armes de leur vie.

Le Premier juge Royger remit ses lunettes sans monture après s'être épongé le front.

« Ne croyez pas, messieurs et mesdames, que ces armes ne soient qu'un élément du décor. C'est la dernière fois que je vous rappellerai à l'ordre. Vous… Et vous aussi, tonna le juge en tournant la tête vers les gradins des hommes de la règle. »

Ces derniers se rassirent, et la foule recula vers le fond de la Galerie, contenue par un cordon de gardes d'or.

« Merci. Candace, comme vous avez déjà rendu service à l'hémisphère en facilitant, par votre honnêteté, la tenue de ce procès, je vous accorde à présent la possibilité de vous expliquer et de faire acte de repentance, après quoi je vous ferai part du verdict. Nous vous écoutons. »

Candace baissa la tête et contempla le pupitre pendant quelques secondes. Le silence plongea de nouveau la Galerie dans l'expectative. Puis la jeune fille leva les yeux, après un bref soupir, et parla d'une voix calme.

« Comme vous le savez sans doute tous à présent, je suis originaire de la Forêt vingt-six, au nord de l'endroit où nous sommes réunis ce soir. C'est mon seul foyer, et même si je n'ai jamais visité aucune autre forêt de notre région, je sais qu'il n'y en a aucune d'aussi belle. »

Un léger sourire flotta sur ses lèvres avant de s'éclipser.

« Pendant un certain temps, j'ai pensé, comme vous, je crois, que les vies que nous y menons n'avaient rien d'enviable. Peut-être avez-vous pitié de nous, peut-être nous méprisez-vous, peut-être ne pensez-vous à nous que lorsque c'est absolument nécessaire. Vous ne nous considérez pas comme des individus, ne voyez que des domestiques, des terrassiers, des agents d'entretien et autres travailleurs manuels. Autrefois, cela me mettait en rage, cette manière de nous traiter, comme si nous étions aussi transparents que nos peaux. Aujourd'hui, je suis un peu plus sage.

« Je sais par exemple que bien qu'étant sans famille, j'ai été élevée par toute une communauté. Que mon frère, celui que vous ne considérez plus que comme un assassin, sans voir son humanité, était plus courageux, en dépit de ses problèmes, que vous ne le serez jamais. Comme le prétend le directeur des gardes de l'hémisphère Curts, j'ai bel et bien voulu aider mon frère. J'en ai parlé à Mr Tenmase et à son neveu, c'est vrai, mais comme vous (son regard se posa sur Curts, qui détourna le sien), ils m'ont répondu qu'il fallait que je reste à ma place. Pourtant, je me suis obstinée. Je suis allée au Minx, l'un des lieux les moins hypocrites de l'hémisphère. C'est un club où les hommes Dominants, comme ceux qui sont assis sur ces gradins, peuvent se livrer avec des femmes Invisibles à des actes qu'ils n'oseraient pas proposer à leurs propres femmes. Ironiquement, ce sont les femmes Invisibles qui détiennent le pouvoir, au Minx. Et c'est au Minx que j'ai empoisonné un homme, un garde de l'hémisphère de haut rang, pour m'introduire dans le Clos de l'éminence. »

Des mains innombrables se plaquèrent sur des bouches. D'autres sur des oreilles enfantines. Lorsque Curts leva les yeux vers les gradins des hommes de la règle, il les vit tous assis à l'extrême bord de leurs bancs, les mains crispées sur la rambarde, visages sans expression, ouverts. Ces hommes, comme le public des civils, comme le Premier juge Royger et ses assistants, comme Curts lui-même, faisaient enfin ce qu'il ne leur était pas arrivé depuis que Candace s'était avancée vers le centre de la Galerie. Ils écoutaient.

« Il y en a peut-être parmi vous qui habitent là-bas ? J'y suis allée, donc, et j'ai rencontré deux personnes dont j'espérais qu'elles me permettraient de retrouver mon frère, mais elles ne m'ont pas été d'une grande aide. Mon frère, comme le directeur des gardes de l'hémisphère Curts vous l'a dit, n'est plus ici. »

Elle leva les yeux vers le plafond, couvert de plaques en acajou brun sombre ; un immense drapeau de l'hémisphère y était sculpté.

« Et je sais maintenant que bien avant de quitter notre cabane, il n'était déjà plus là. Qu'ai-je appris de tout cela ? Je ne cesse de dire que j'ai appris, mais en quoi consiste ce savoir ? »

Elle baissa la tête vers la tribune des juges et balaya la Galerie d'un long regard, qui n'épargna personne.

« J'ai appris que si j'étais coupable d'une chose, c'était de croire qu'en me conduisant comme il le fallait, en suivant les règles écrites par les hommes qui siègent ici, j'aurais la vie sauve. Mais la sécurité n'est qu'une illusion dans ce monde. Et la liberté ne se gagne qu'au prix du risque. Les vrais coupables, ici, dit-elle d'une voix soudain plus forte, c'est vous. Vous, qui êtes convaincus que le monde n'existe que pour satisfaire vos désirs. Vous qui croyez détenir le pouvoir. Vous et vos petites affaires derrière les portes, que vous croyez cacher à tout le monde, bien que vos transgressions s'affichent sur vos visages, qu'elles soient inscrites dans la façon dont vous marchez, la façon dont vous parlez, dont vous riez, dont vous pleurez, dont vous mentez, encore et toujours, mentez, mentez. C'est drôle, ajouta-t-elle avec un petit rire, vous nous appelez les Invisibles parce que notre peau est transparente, mais nous, nous nous voyons aussi clairement que le matin le plus étincelant, raison pour laquelle je n'essaierai pas de vous convaincre de notre humanité. Comprenez-moi bien : ceci n'est pas une requête, c'est un avertissement. Un jour, qui ne saurait tarder, vous verrez à quel point vous êtes maudits. Que le Saintpère bénisse l'Hémisphère Nordouest, car aucun de vous n'y est plus en sécurité. C'est fini. Et vous ne le serez plus jamais. »

Curts n'entendait plus que le sang battre dans ses oreilles. Il vacilla vers l'avant et bouscula Candace en voulant se rattraper au pupitre.

Le Premier juge Royger s'éclaircit la voix. Son visage d'ordinaire jovial, modelé par des années de services rendus à l'hémisphère, semblait soudain hâve et ses lèvres étaient aussi fines et rectilignes que l'horizon du monde. Regard pétrifié. C'était comme si la terre avait cessé de tourner sur elle-même, plongeant l'ordre céleste dans le chaos.

« Que quelqu'un, finit-il par articuler, contacte Drams Jams Ivy pour lui annoncer qu'il est au chômage. Cette jeune femme est la meilleure comédienne que les Invisibles nous aient jamais donnée. »

La foule fut saisie d'une telle hilarité que le sol trembla. Les enfants firent comme leurs parents, se trémoussant en ouvrant grand leurs bouches minuscules pour émettre des rires aigus. Les hommes se prirent le ventre à deux mains en trépignant de joie. Certains, peut-être, ne riaient pas : ils étaient si bien cachés que Curts ne les vit pas. Était-il le seul à ne pas rire ?

Le Premier juge Royger finit par retrouver son sérieux et se vida le nez, qu'il avait long, dans un mouchoir écarlate.

« Au nom de la plus haute cour de notre bel hémisphère, je vous condamne, Candace de la Forêt vingt-six, à la mort par pendaison. »

Et tandis que tous dans la Galerie applaudissaient et criaient de joie à l'annonce du verdict, Curts se tourna vers la jeune fille, pensant la trouver brisée enfin, et suppliant qu'on l'épargne. Son visage, cependant, exprimait quelque chose de bien plus singulier, dont il ne pourrait jamais plus faire l'expérience.

Le soulagement.

Chapitre 47

Frère Blackstone regardait sa femme finir sa longueur de piscine : une balle déchirant les flots. Une lueur bleue nimbait toute la pièce. Quand elle sortit, il était déjà sur le bord, une serviette à la main.

« Merci, lui dit-elle en s'essuyant le visage.

– Rappelle-moi le déroulement des opérations.

– Encore ?

– Encore. »

Elle s'assit sur le banc de pierre polie, près du bassin, et il s'installa près d'elle.

« Sept Enfants dans la nature, pour commencer. Tous déjà en fonction là-bas, couvertures utiles. Des domestiques du Domaine de l'exécutif répartis dans la foule, des jardiniers sur le bord de la pelouse, un ouvrier qui s'est dit que son contremaître avait besoin de lui. Les domestiques auront des armes balistiques de main fixées sous leurs plateaux, les jardiniers cacheront les leurs dans leurs brouettes et l'ouvrier aura stocké quelques sphères explosives dans sa ceinture d'outils. Si le bourreau local II Jolis est élu et qu'il se montre au balcon, celui de nos Enfants qui a l'angle d'attaque le plus favorable tirera. Par ailleurs, cinq autres Enfants menés par frère Burningwood se chargeront du train et de la mission de sauvetage de sœur Sweetmint.

– Mais si ce que j'ai entendu dire par Tenmase à Curts et à Jolis est vrai ?

– Si Washington est vraiment Shanu, comme le pense Tenmase, tout ira bien pour lui. Jolis hors de combat, c'est à lui que reviendra le poste de Chef de l'exécutif. Avec lui au pouvoir et s'il travaille main dans la main avec nous, le Retournement essentiel ne saurait tarder. Et s'il n'est pas Shanu, nous poursuivrons notre quête jusqu'à ce que nous trouvions l'Illuminateur. »

Frère Blackstone inspira profondément, avant d'embrasser du regard le bassin d'eau limpide dans son lit de rochers. Avec sa femme si déterminée, si ambitieuse, à ses côtés, ç'aurait été, en tout autre temps, un paradis. Pourtant, il n'arrivait pas à se défaire du mauvais pressentiment qui lui dévorait le cœur.

Sœur Blackstone prit le visage de son époux entre ses mains.

« Tu te fais trop de mauvais sang. Souviens-toi : notre révolution est joyeuse. Tu es un homme fort et juste, heureux, aussi, la plupart du temps. Je t'en prie, n'hésite pas – pas maintenant, à l'heure où nous avons tant besoin de toi. Moi la première.

– D'accord, d'accord, dit-il en l'embrassant. Il nous faut agir vite et bien. Sœur Sweetmint… Elle est…

– Elle est mise à l'épreuve, c'est tout. Et d'après ce que tu dis toi-même, notre petite sœur a toujours surmonté les obstacles qui se présentaient à elle. »

Chapitre 48

« Candace. »

Elle se réveilla en sursaut, son corps adoptant en une seconde la forme de l'équerre. Elle passa en revue les quatre murs de verrebrume qui la retenaient prisonnière. Le sol était de verre également et la pièce inondée de lumière blanche, ce qui lui donnait le sentiment d'être enfermée dans une vitrine, comme les bijoux de la Boutique du nordouest. Épiée par plakit, peut-être ? Elle n'aurait su le dire.

Quels étaient ses derniers souvenirs de l'après-procès ? Elle était sortie de la Galerie escortée par des chibes, au nombre desquels figurait le directeur Curts, avait parcouru en sens inverse le dédale de couloirs jusqu'à la station Galerie et avait été installée dans le train qui les attendait à quai. Un chibe lui avait recouvert la tête d'un sac en toile noire et lui avait annoncé, suffisant, qu'elle allait être incarcérée dans la Geôle exécutive. Oui, elle avait déjà entendu parler de ces hermétiques cachots de perdition, dans les sous-sols du Domaine de l'exécutif. Personne n'en sortait jamais, disaient à voix basse ses voisins de la forêt. La Geôle exécutive était surnommée « Destination finale » par certains.

Si le directeur des gardes de l'hémisphère Curts avait quoi que ce soit à lui dire, il le garda pour lui. Elle l'avait vu qui ne quittait plus le bout de ses bottes luisantes du regard, elle avait flairé son odeur on ne peut plus identifiable : la peur et la honte. *Qu'il en soit empuanti jusqu'à son dernier souffle !* Les circonstances, cependant, l'avaient rendue plus réaliste. Le directeur Curts, comme tous les autres PoDo, s'abandonnerait à un oubli collectif qui le sauverait de lui-même. Mais pas des Enfants de Slim.

« Candace », répéta la voix.

La cellule était si petite qu'il était difficile de distinguer l'origine de ce son. Elle avait d'abord pensé à une voix dans sa tête, une voix intérieure la tirant du sommeil le plus profond, le plus agréable dont elle ait pu jouir depuis une éternité. Cette nouvelle manifestation lui fit comprendre que la voix était bien réelle. Les chibes avaient-ils décidé de la torturer, pour rire, avant son exécution ?

« Candace, c'est moi. »

Cette fois-ci, elle put identifier son interlocuteur.

« Qu'est-ce que vous faites là, Mr Tenmase ? demanda-t-elle en se levant.

– Je vous avais prévenue. Il fallait partir. Vous ne m'avez pas écouté. Pourquoi ?

– On peut nous entendre, vous pensez ?

– Vous me prenez pour un débutant ? C'est moi qui ai conçu cette prison.

– Oui, bien sûr. Et alors ?

– Et alors, j'ai pu intervenir dans le système de communication pour que nous puissions nous parler. Et faire tourner sur leurs écrans une saisie où nous dormons. Cela dit, nous avons peu de temps. Les gardes vont venir nous réveiller. »

À quoi bon ? La fin était proche. Pour elle, en tout cas. Peut-être pas pour lui. Elle aurait bien aimé savoir pourquoi il avait atterri dans la Geôle exécutive, même si ça n'avait pas grande importance.

« Je suis désolé de vous savoir ici, dit-il. Mais je vais vous tirer de là, ne vous en faites pas.

– Je ne m'en fais pas.

– Parfait. J'ai un certain nombre de choses à vous dire. Ça ne changera plus grand-chose, maintenant, mais ça vous permettra peut-être de ne pas avoir trop de remords, sachant que vous n'étiez depuis le début pas maîtresse des événements… Vous vous souvenez du moment où je vous ai parlé de l'invention qui couronnerait ma carrière ? »

Elle n'avait pas oublié. C'était quelques jours plus tôt, avant qu'ils ne démontent le téléphone en plastique. Quelques jours qui semblaient des années.

« Vous m'avez même dit que j'allais vous aider. Qu'ensemble, nous pourrions déclencher le Grand recommencement. Et… »

Elle s'interrompit, soudain traversée par une vague intuition.

« Qu'avez-vous fait, Mr Tenmase ?

– Ce que j'avais à faire. Et peut-être d'autres choses qui n'étaient pas nécessaires. Je reconnais qu'il est difficile de savoir par où commencer. Et le temps nous manque.

– Commencez par le début », suggéra-t-elle en se rasseyant.

Mr Tenmase lui parla des crimes commis par le Chef de l'exécutif Rhitel en vue d'obtenir ce poste. Il avait étouffé son prédécesseur. Assassiné son principal rival, le responsable local XII George Elmor, et la femme de ce dernier. Leur enfant néanmoins avait été épargné.

« Ce garçon accomplit un long voyage pour devenir le partenaire des exactions du Chef de l'exécutif Rhitel, attendant patiemment le jour où il pourrait…

– … quoi donc ? insista Candace, pour faire vaincre à Mr Tenmase son hésitation.

– … où il pourrait le tuer. Et ce moment vint enfin lorsque le jeune garçon, à présent un vieil homme, rencontra votre frère, Shanu.

– Shanu ?

– Oui, répondit Mr Tenmase d'une voix lointaine et creuse. Il rencontra votre frère, même s'il ne savait pas à cette époque que c'était votre frère.

– Où s'étaient-ils rencontrés ?

– Aucune importance. Ce que vous devez savoir, Candace, c'est que cet homme croyait qu'avec l'aide de Shanu, il pourrait changer le monde une bonne fois pour toutes. Et c'est alors que, pour la beauté du geste, il requit l'assistance de son neveu dans l'exécution du meurtre. Le neveu étouffa le Chef de l'exécutif dans son sommeil et Shanu fut accusé du meurtre.

– Pourquoi ? Pourquoi trahir mon frère ?

– Parce que l'hémisphère avait besoin d'un monstre à haïr. D'un rebelle qui échappait aux autorités depuis des années. Ceci encouragerait l'émergence d'un nouveau chef à la Rhitel en la personne de Jolis. C'est crucial pour notre affaire.

– Et vous, dit-elle, sans surprise, et néanmoins déçue de son propre aveuglement, vous êtes le fils du responsable local XII Elmor. »

Elle aurait dû s'en rendre compte dès le premier moment. Red, par exemple, plus au fait des réalités de leur hémisphère, se serait montrée plus lucide. En dépit de sa réticence initiale, Candace était trop confiante, trop optimiste, trop déterminée à fuir son passé, regard braqué sur l'avenir.

« Exact.

– Et comment Sanford a-t-il pu assassiner le Chef de l'exécutif, en dépit des gardes ?

– Très simplement, je vous assure. En piratant le système de surveillance du Domaine de l'exécutif. En empruntant un uniforme de garde d'or et les autorisations afférentes. En utilisant une technologie de déplacement des particules pour traverser les murs sans être repéré. Plus une ou deux manipulations pour faire disparaître toute trace de notre trajet en train vers une station secrète du Domaine. C'est étonnant, vous savez, ce qu'on peut faire quand les gens en face sont persuadés que personne n'osera jamais rien tenter. »

Sanford était un assassin. Ou plutôt : l'assassin numéro un, ce titre que la foule tenait tant à conférer à Shanu. Et il n'avait pas été suspecté une seconde. C'était un acteur, comme elle l'avait toujours pensé, un acteur qui lui avait joué la comédie, qui l'avait jouée au monde entier.

« Et pourquoi moi, Mr Tenmase ? Pourquoi m'avoir sélectionnée pour devenir votre apprentie ?

– Je voulais me servir de vous, vous brandir sous le nez de votre frère, en guise de test, pour être certain qu'il irait jusqu'où il devait aller, quel que soit le prix à payer pour les siens. Il ne savait pas que Sanford et moi assassinerions Rhitel et le désignerions comme coupable ; il s'est servi de cette crise pour devenir celui qu'il avait toujours voulu être. »

Elle avait si peu de temps, et tant de questions, en dépit de son insondable chagrin, de sa détresse d'avoir été trahie.

« Shanu et Jolis sont alliés ? »

Silence.

« Mr Tenmase ?

– On peut dire ça, finit par répondre le vieil homme.

– Ils sont adversaires, pourtant, Jolis et Washington ?

– Que voulez-vous dire ?

– Oh, ce n'est plus la peine de jouer à ces jeux. Je sais que Washington est mon frère. Et même s'il perd les élections, il aura gagné. Parce qu'il vous a tous trompés. Il vous fait honte chaque fois que quelqu'un lui serre la main. Ou l'écoute attentivement. Ou s'abaisse pour se faire apprécier de lui. Apprécier d'un Invisible.

– Candace, je…

– Et pourtant, poursuivit-elle, son éphémère élan de fierté se transformant en rage incontrôlable, c'est moi en fin de compte qui perds tout. Darksap, qui m'aimait, est mort. Kandolo, qui m'aimait – du moins je le croyais – est l'allié du directeur des gardes de l'hémisphère Curts. Sanford… ne m'a jamais aimée. Et vous… Je me fiais à vous. Je vous admirais. Je voulais être vous. Et vous m'avez manipulée depuis le début. Et dire que j'ai pensé, naïve que je suis, que je pouvais remporter la victoire contre vous tous.

– Si j'avais pu procéder d'une autre manière, je n'aurais pas hésité, mais…

– Vous savez, le coupa-t-elle, vous êtes pourri jusqu'à la moelle, exactement comme tous les vôtres. Je ne peux même pas vous en vouloir : exploiter les autres, c'est inscrit dans vos gènes. C'est la seule et unique explication de vos faits et gestes passés, futurs et à venir, je n'en doute pas. Exploiter, encore et toujours.

– Peut-être. »

Il se tut quelques secondes.

« Candace, que savez-vous au juste du Transport ?

– Ce qu'on m'en a appris. Quand le Chef de l'exécutif Rhitel est arrivé au pouvoir, nos anciens ont été déplacés dans une zone secrète de l'hémisphère et nous ne les avons jamais revus. C'est un mensonge, à mon avis. Méticuleusement confectionné par vos soins. Vous, le Grand menteur. Le Faussaire en chef. Le Directeur des fraudes. »

Elle l'entendit inspirer longuement. Elle avait peut-être réussi à le blesser. À lui faire mal, qu'il comprenne enfin – il était grand temps – le sens de ce mot, quand on est celui qui subit et non celui qui inflige. Parce que ce n'est vraiment pas la même chose.

« J'ai grandi dans la région de l'habillement, murmura-t-il d'une voix pensive. Et j'ai vu, enfant, des Invisibles, dont les plus jeunes avaient tout juste cinq ans, que l'on forçait à défiler dans les rues avant de les faire monter dans des trains. La rumeur disait que cela se produisait dans tout l'hémisphère, qu'il y avait constamment des soulèvements. Ce n'est que bien plus tard que Rhitel m'a, dans l'intimité, confié la vraie nature du Transport. C'était un génocide, pur et simple. Corps transparents jetés à la mer, flottant sur les vagues jusqu'à ce qu'ils coulent, gonflés d'eau. Tentative d'anéantissement de toute une culture, de toute une langue, de toute une histoire. Peine de mort pour tous les PoDo qui participaient à la résistance. Au nom du progrès, on commet des crimes abjects. Moi, ajouta-t-il, la voix tremblante, j'ai voulu agir autrement. Exercer le contrôle et la domination par des moyens moins brutaux. Et donner aux Invisibles une vie qui pouvait tout de même les rendre heureux, en dépit de ses nombreuses entraves. Regardez votre forêt : les gens y sont tellement heureux.

– Heureux parce qu'ignorants, siffla-t-elle. S'ils savaient ce qu'est en fait cet hémisphère, s'ils savaient à quel point vous autres êtes manipulateurs et malveillants, je parie qu'ils aimeraient mieux mourir. Ou plutôt, j'en suis sûre.

– Les gens peuvent s'attacher à vivre dans des circonstances extraordinaires, Candace. Et ce que je voulais faire avec le Grand recommencement, c'était éteindre l'hémisphère et le rallumer, créant un immense chaos d'où émergerait un monde meilleur, pour nous tous.

– Alors pourquoi ne pas avoir éteint l'hémisphère, comme vous dites, dès votre première rencontre avec Rhitel ? Vous l'auriez tué, et vous seriez passé à la suite.

– Non. »

Sans doute devait-il secouer la tête avec condescendance.

« Ça n'aurait pas marché. Il fallait gagner sa confiance, travailler avec lui, changer le décor. Que les effusions de sang se fassent bien plus rares.

– Les habitants de la Forêt soixante-dix-huit ne sont pas de cet avis.

– Candace, si je n'avais pas été là, les massacres de cette importance auraient continué à faire partie de notre quotidien. Ce n'est plus le cas, en dépit de ce qui s'est passé dans la région de l'habillement, il y a deux jours. Aujourd'hui, les apparences peuvent vous faire douter : mais je vous promets que le monde de demain vaudra le coup. Inot Droffow ne dit-elle pas : "Le futur répète à jamais le passé, de plus en plus éloigné de la source, mais sans jamais rompre le flot." Ce qui s'est produit ne sera pas oublié. Et vous, Candace, vous serez là non seulement pour assister à notre seconde genèse, mais pour contribuer à sa création. »

Elle ferma les yeux puis se massa le front de ses poings serrés, pour apaiser le tumulte de son esprit. Ces explications, ces justifications : glaise, glaise dans les mains des hommes comme lui, modelée selon leur bon vouloir.

« Ne vous êtes-vous jamais demandé à quoi rimaient tous ces efforts ? lui demanda-t-elle.

– C'est-à-dire ?

– C'est que je suis épuisée, Mr Tenmase. Complètement vidée. Et si tout ça s'est déjà produit avec quelqu'un d'autre, de la même façon, et si cela se reproduit avec une troisième personne, de la même façon… »

Elle inspira tout l'air que pouvaient contenir ses poumons, puis expira.

« À quoi bon essayer ? »

Nouveau silence. Elle était prête à se coucher pour retrouver le sommeil, se reposer avant la suite, quelle qu'elle puisse être, lorsque Mr Tenmase murmura ceci :

« À cause de l'amour. »

Elle rouvrit grand les yeux.

« De l'amour ?

– De l'amour. Nous sommes tous aimés, et nous naissons tous avec l'amour en nous, ne serait-ce que parce que quelqu'un a choisi de nous mettre au monde. Lorsque nous apprenons à quel point le monde peut nous nuire et nous détruire, il est trop tard. Nous avons déjà une raison de vivre. C'est par amour que nous essayons, avons essayé, essaierons encore. Il en a toujours été ainsi et cela durera jusqu'à la fin des temps, même si le résultat nous semble prévisible.

– Et que savez-vous de l'amour, vous ? dit-elle en levant la main vers la porte. Vous n'avez ni femme, ni enfant, ni famille. »

Le silence de Mr Tenmase lui donna à penser que le dispositif qu'il avait imaginé pour rendre cette conversation possible ne fonctionnait plus.

« Parfois, son absence vous enseigne mieux les choses que sa présence », finit-il pourtant par répondre.

Sans doute la cellule de Candace était insonorisée, car elle n'entendit aucun bruit de pas. Une silhouette sombre apparut derrière le verrebrume de la porte quelques secondes avant qu'elle ne coulisse. Le responsable local II Jolis se tenait sur le seuil. Au mouvement dansant de ses pieds, à ceux plus amples de ses bras, dignes d'un amuseur public, elle comprit qu'il venait de remporter les élections.

« Bonjour, dit-il, comme si de rien n'était.

– Bonjour », le singea-t-elle.

Le sort qui attendait le nouvel élu lorsqu'il monterait sur l'estrade de son intronisation plongea Candace dans un bonheur d'une profondeur océanique.

« Vous avez bien dormi ?

– Oui, même si ça peut paraître étonnant. »

Il entra dans la cellule, dont la porte se referma derrière lui.

« Puis-je m'asseoir ? »

Elle s'installa sur le banc. Il la rejoignit.

« Maintenant, il faut dire Chef de l'exécutif Jolis », dit-il en parcourant la cellule du regard.

Il s'abîma dans la contemplation du plafond de verre et sourit.

« Il va falloir un certain temps pour s'y habituer. »

Elle l'avait déjà vu la veille au soir, dans un grand flou. Elle se rendait compte à présent qu'il était aussi grand, aussi large d'épaules qu'à l'écran. Elle avait le nez plein de son parfum artificiel, sciure et acier, relevant sans doute d'un effort pour paraître plus simple et plus viril. Elle perçut cependant autre chose par-dessous, un effluve plus naturel que relâchaient ses pores, une légère odeur de fumée.

Le Chef de l'exécutif se tourna vers elle et elle fut surprise de l'ardeur de son regard, bleu comme la zone la plus brûlante de la flamme.

« Si je suis venu, c'est que j'ai été sidéré par votre discours d'hier soir. Au lieu de baisser la tête, vous l'avez tenue très haute, vous avez pu dire à tout l'hémisphère ce que vous pensiez, ce que vous ressentiez, et cela sans la moindre peur. C'était… inspirant.

– Ravie de vous être utile, dit-elle d'une voix neutre, les yeux fixés sur le mur.

– Oui, Candace, vous avez été utile. Bien plus que vous ne pourrez jamais l'imaginer. »

Il lui prit le menton et la força à le regarder.

« Je suis certain que Shanu, où qu'il soit à présent, est fier de sa sœur. »

Entendre le nom de son frère dans la bouche de cet homme la fit frémir. Après quoi son insatiable ennemie, la curiosité, la trahit de nouveau.

« Est-il vrai que vous connaissez mon frère ?

– Oui, dit-il en soutenant son regard. Et en dépit des apparences, nous avons le même but : changer le monde, une bonne fois pour toutes.

– Comment pourriez-vous avoir le même but que lui ? Vous détestez les Invisibles.

– Moi, vous détester ? »

Ses sourcils se froncèrent. Il secoua la tête.

« Non, je ne vous déteste pas. Shanu pensait qu'il pourrait vous libérer, vous autres, mais quand il a compris la manière dont fonctionnait réellement cet hémisphère, il s'est rendu compte que tous ses habitants, y compris les Dominants, étaient prisonniers de cellules qu'ils avaient eux-mêmes construites, que tout le monde devait être libéré. Et ce dont les Nordouestains ont le plus besoin, c'est d'un homme qui les mène d'une main de fer et d'acier. L'hémisphère de demain sera un monde où les âmes dures survivent, où les âmes tendres s'effacent. Réfléchissez-y, rien ne pourra plus nous arrêter. Vous y auriez eu votre place, ajouta-t-il en hochant la tête.

– Alors pourquoi dois-je mourir ?

– Ce bel hémisphère a besoin d'un sacrifice pour progresser. Les Dominants veulent du sang. Les Invisibles veulent un martyr. Malheureusement, votre destin est de satisfaire ces deux désirs, car le temps de la paix n'est pas venu. Pas encore. C'est par la guerre qu'on arrive à la paix.

– Un sacrifice, murmura-t-elle, paupières closes. Pourquoi vous attendez-vous toujours tous à ce que ce soit quelqu'un comme moi qui se sacrifie pour vous ? »

Il se leva, lui faisant aussitôt rouvrir les yeux, et la toisa un instant.

« "Mets-moi comme un sceau sur ton cœur, comme un sceau sur ton bras, car l'amour est fort comme la mort, la jalousie est inflexible comme le séjour des morts, ses ardeurs sont des ardeurs de feu, une flamme de l'Éternel." Cantique des cantiques 8:6. Mais tu savais déjà cela. »

Le Chef de l'exécutif posa la main sur la porte, qui s'ouvrit en coulissant. Sans se retourner, il ajouta :

« Profite du spectacle, Petite Moi. »

Puis il franchit le seuil et la porte se referma derrière lui en chuintant.

Elle resta un instant pétrifiée. Puis, lorsque ces mots atteignirent son cerveau, elle se leva d'un bond et se mit à marteler la porte de verre de ses poings.

« Sweetsmoke ! Sweetsmoke, ne pars pas ! Sweetsmoke, reviens ! »

Et elle frappa, frappa de toutes ses forces pour faire venir les gardes. Puis :

« Mr Tenmase, hurla-t-elle en se retournant contre la porte. Mr Tenmase ! »

Oh, pourvu qu'il l'entende !

« Mr Tenmase, c'est lui, Shanu ! C'est Shanu ! Je vous en supplie, il faut tout faire pour l'arrêter ! »

Chapitre 49

I

Curts, ahanant, parvint au sommet de la colline. À sa gauche, à sa droite, d'épais bosquets dissimulaient le lieu qu'il avait choisi. Il se coucha. Ses vêtements, du même brun que la terre sous lui, et les troncs d'arbre aux alentours, le rendaient indétectable. Ventre rentré, il fixa le viseur à longue portée sur son arme et enfonça son trépied dans le sol mou. L'œil collé à l'objectif, il observa un long moment la scène qui se déroulait au Domaine exécutif : la foule nombreuse et réjouie sur la pelouse, les deux escaliers blancs s'incurvant jusqu'au balcon, où l'on avait installé un pupitre en bois, les révérends, les responsables locaux et les directeurs de la Coalition de l'héritage se regroupant en attendant l'arrivée du héros du moment, les gardes, impuissants, aux aguets.

Nul besoin d'apaiser les battements de son cœur, de respirer lentement, en profondeur. Après que Curts avait frappé Stephan au visage dans le salon du château Tenmase, il avait pu tester le sang qui souillait sa manchette. Dès qu'il avait reçu le résultat, il avait su que l'affaire ne pouvait finir que de cette manière. Que Stephan soit celui qu'il recherchait depuis des années, les exposant, lui, l'hémisphère, le monde entier, au ridicule, ne le surprit pas. Ça tenait debout. Vérité terrifiante : tant qu'il serait vivant, cet individu resterait une menace pour l'hémisphère.

Le Chef de l'exécutif Jolis fit son apparition et sa montée des marches plongea la foule extasiée dans une transe encore plus effrénée. En haut de l'escalier, il fit halte, le visage illuminé par les rayons du soleil. Il leva les poings et les hurlements se firent assourdissants.

« Que le Saintpère bénisse ton âme », chuchota Curts.

Jolis baissa les bras.

Curts appuya sur la détente.

Le ciel n'applaudit qu'une fois. C'était amplement suffisant.

II

Les sept Enfants, corps peints de fines rayures rouges, blanches et noires, couleurs de l'hémisphère, rejoignirent leurs positions. Quatre serveurs, après avoir apporté leurs dernières commandes, jus, herbefines et petits gâteaux, se faufilèrent au fond du balcon, derrière une rangée de partisans de l'Ennemi en chef. L'ouvrier, ceinture marron à la taille, rejoignit les confins de la foule et se mit à inspecter un dispositif d'arrosage automatique. Les jardiniers poussèrent leur brouette le long d'une allée, à l'extrémité de la pelouse sud.

Lorsque le Chef de l'exécutif du mal apparut, son visage souriant incarnant à la perfection son ignominie, les autres frères et sœurs étaient déjà prêts à s'introduire dans les étages inférieurs du Domaine de l'exécutif, pour préparer le repli des troupes et accomplir leur mission de sauvetage. En guise de signal : le coup de feu.

La foule accueillit son sauveur avec des hurlements de joie. Cet homme en qui elle voyait l'avenir de l'hémisphère, la perpétuation de son confort. Un miroir qui dissimulait les défauts, gommait toute la laideur.

À chaque marche montée par lui, les louanges se faisaient plus sonores, les gorges se déchiraient, les visages dégoulinaient. Joie orgasmique, obscène, perverse.

Debout sur le balcon, enfin, il baissa les yeux vers ses partisans puis les leva vers le soleil. Lorsqu'il leva les bras au ciel, chacun des sept Enfants se saisit de son arme.

Et le tonnerre frappa avant qu'aucun d'entre eux n'ait pu en faire usage.

III

Un écran s'alluma sur le mur de verre à sa droite. Y était diffusée une saisie en direct de la cérémonie du Domaine de l'exécutif. Le

Chef de l'exécutif Jolis montait marche à marche l'escalier blanc, adressant des signes de la main à la foule qui l'applaudissait et l'encourageait de ses cris, jouissant de l'instant. Lorsqu'il fut parvenu sur le balcon, il leva les poings vers le ciel. Elle avait vu si souvent son frère dans cette posture, derrière la cabane, au milieu de la forêt, fêtant avec elle une de ses victoires sur le ring, ou lui montrant la façon dont il célébrerait son titre de plus grand boxeur de l'hémisphère. Elle trembla de tout son corps à ce souvenir de jours plus simples. Une vague d'inimaginable chagrin montait en elle, de plus en plus haute. Vertigineusement haute.

Elle n'avait jamais entendu une foule produire un tel vacarme. Son frère baissa les bras et tous se turent. Bientôt le silence fut absolu. Et le vent même, semblant comprendre à quel point cette journée, cette heure, cette minute, cette seconde importaient, s'arrêta de souffler.

C'est alors que le monde se fendit en deux, comme s'il était d'argile.

Un jet de sang jaillit de son cou. Ses yeux s'exorbitèrent, incrédules. Son corps se mit à clignoter. Visible, invisible, visible, invisible, visible. La dernière chose qu'elle vit de son frère : une mer écarlate, par intermittence.

Chapitre 50

Elle s'effondra, voulut crier : aucun son ne sortait de sa gorge. Les Blackstone avaient tenu promesse.

La porte coulissa. Elle s'attendait à voir paraître un chibe, ou Mr Tenmase. Le nouveau venu était un ou une Invisible, sans peinture, sans persodeur, rumoya masquée. Une arme d'or flottait dans les airs.

« Sweetmint, dit une voix.

– Rusty ?

– Viens, il faut te sortir d'ici. Vite. »

Il l'aida à se relever. Puis elle le repoussa.

« Ce que tu as fait, Rusty…

– Sweetmint, on n'a pas le temps. Je te demande pardon. Je croyais pouvoir nous protéger, toi, notre forêt, Sweetsmoke. J'ai échoué. Mais j'ai fait ce que j'ai pu pour veiller sur toi, quand même.

– Veiller sur moi ?

– Au Minx. Dans Progress Park.

– C'était toi ?

– Grâce à la boussole que je t'avais donnée. Je te suivais à la trace. Allez, viens. »

Ils traversèrent un petit couloir baigné de lumière. De l'autre côté, une porte coulissante. Une cellule, sans doute celle de Mr Tenmase. Elle ne s'inquiétait pas pour lui. N'était-il pas l'architecte de cette prison ? Elle ne l'imaginait pas une seconde y attendre patiemment la mort.

Ils passèrent devant d'autres cellules. Le couloir était jonché de chibes sans connaissance. Ils furent rejoints dans leur progression par une nuée d'armes flottantes, qu'accompagnaient de discrets bruits de pas. Puis apparut une PoDo, revêtue d'un uniforme similaire à celui du directeur des gardes de l'hémisphère Curts. Chevelure couleur de feu, regard couleur de feuille. Sweetmint l'avait déjà croisée, mais où ?

« Candace, s'écria la femme en la prenant dans ses bras, je suis tellement soulagée de vous voir saine et sauve ! Je suis la sous-directrice des gardes de l'hémisphère Mund. Kandolo, moi-même et quelques autres sommes venus vous mettre à l'abri du danger. Il faut faire vite, cependant. »

Elles sortirent ainsi enlacées de la prison pour s'engager dans un dédale de couloirs, jusqu'à ce que Candace fasse halte.

« Comment savoir si vous êtes digne de confiance ?

– Elle ne l'est pas », répondit une voix.

Cinq armes à feu s'étaient matérialisées sous leurs yeux.

« C'est moi, sœur Sweetmint, poursuivit la voix. Frère Burningwood. »

Les Invisibles qui escortaient Sweetmint mirent les nouveaux venus en joue. Les Enfants de Slim réagirent de la même manière.

« Ne tirez pas ! » hurlèrent simultanément la sous-directrice des gardes de l'hémisphère Mund et frère Burningwood.

Suivit un silence assourdissant, rythmé par les halètements et les battements de cœur.

« Les Enfants de Slim ? murmura la sous-directrice des gardes de l'hémisphère Mund.

– Bien vu », répondit frère Burningwood, toujours sur le qui-vive.

Sweetmint le savait peu patient.

« Elle vient avec nous, ajouta-t-il.

– Tout cela est absurde, gronda Rusty. Ribussce et ses chibes sont sur nos talons. Filons. »

Et tandis qu'ils se remettaient tous en route, Candace se dirigea vers frère Burningwood.

« Sweetmint », dit Rusty en la retenant par le bras.

Elle baissa les yeux vers lui, se remémora ses somptueuses dreadlocks ornées de perles en bois, les nombreuses fois qu'elle avait pleuré dans ses bras après le départ de Sweetsmoke, les nombreuses larmes qu'avait bues le creux de son épaule. Peut-être restait-il quelque chose de ce Rusty dans celui qu'elle avait devant elle ? Elle ne le reconnaissait pourtant plus, ne se sentirait plus jamais en sécurité avec lui. La crainte de la trahison s'était inscrite dans ses gènes. Où qu'elle aille, quoi qu'elle fasse, elle ne pourrait plus s'en défaire.

« Sweetmint, répéta-t-il, suppliant. Je t'en prie. »

Lorsqu'elle lui tourna le dos, personne, pas même la sous-directrice des gardes de l'hémisphère Mund, n'eut le cœur de la retenir.

Frère Burningwood conduisit les Enfants jusqu'à une station des profondeurs. Un train les y attendait. Une fois à bord, Candace fit de son mieux pour retrouver son souffle, incapable pour l'heure de distinguer les quelques Enfants qui l'escortaient.

« Tout s'est déroulé comme prévu, déclara une femme, à l'autre extrémité du wagon. Exactement comme frère et sœur Blackstone l'avaient imaginé.

– Oui, quasiment », répondit frère Burningwood.

Le train se mit en branle et il baissa enfin son arme.

« Cela dit... J'ai l'impression que le Chef de l'exécutif du mal a clignoté avant de... ? »

Candace resta près de la portière, debout.

« Où m'emmenez-vous ?

– À Tintaba, répondit-il. Pour la suite, nous attendons les instructions des Blackstone. Sœur, le Retournement essentiel est déjà en marche. »

Elle remonta vers l'arrière du train, bouscula sans le vouloir quelques frères et sœurs qui s'y trouvaient. Puis elle se laissa tomber dans l'un des sièges du dernier rang, blottie contre la vitre.

Et tandis que le train filait dans le ténébreux néant du tunnel, elle eut la seule réaction dont elle était capable. La seule réaction qui, pour l'heure du moins, lui permettrait de retrouver en elle-même le refuge sacré où tout était possible, où le chagrin n'était plus qu'un mot.

Elle lâcha prise.

Remerciements

Oh, qu'il a été long, le chemin. Vraiment, vraiment long. Ça n'a pas été chose facile que d'écrire *Tous les invisibles* : je n'y suis parvenu qu'avec l'aide d'un grand nombre de personnes et de ces forces qui nous guident, bien que dépassant notre entendement.

Je voudrais commencer par remercier mon éditrice, Pilar Garcia-Brown. Pilar, je n'étais vraiment pas sûr d'y arriver. Il y a eu des moments où l'entreprise me paraissait si complexe que j'en perdais mes moyens. J'avais l'impression de pratiquer l'escalade avec les deux chevilles dans le plâtre. Mais tu étais là en permanence, avec ton fin regard, tes encouragements, ta profonde compréhension, ton enthousiasme sans faille. Et, comme pour *Buck & moi*, non seulement tu m'as aidé à progresser dans ma pratique d'écriture, mais tu m'as permis de mieux comprendre mon fonctionnement intime. Sans toi, il n'y aurait pas de *Tous les invisibles.* J'aurais été incapable de bien raconter cette histoire. Merci d'avoir été dans cette aventure de création une partenaire incroyable, un soutien de tous les instants. Merci à toi d'être qui tu es.

Tina Pohlman, mon premier agent. Oh, Tina. Je t'aime tant. Merci de m'avoir toujours encouragé, merci de n'avoir jamais négligé aucune facette de notre relation. Dès notre première rencontre, j'ai eu l'impression de discuter avec quelqu'un d'une extrême sensibilité à la littérature, à la vie. C'est parce que tu as cru en moi et que tu n'as négligé aucun effort pour promouvoir mon travail que j'ai pu franchir toutes ces étapes. Sur le papier, nous ne travaillons plus ensemble, je sais bien, mais notre collaboration est loin d'être finie.

Maman, ma fan numéro un. Tu m'as appris à manger à la cuiller et à bien viser aux toilettes, mais tes leçons (et tu n'as pas fini de me les prodiguer) ont un impact bien plus profond. « Je ne serais pas au monde sans toi », c'est facile à dire, et c'est, bien sûr, indéniable. Mais ça ne s'arrête pas là. Tu es une de mes meilleures amies, de celles à qui je peux tout confier, et tu es la personne que j'aime le plus sur cette Terre verte et bleue. Je me souviens que lorsque j'étais enfant, tu disais souvent « Je t'aime gros comme ça » en écartant les bras le plus possible. À l'époque, je ne comprenais vraiment pas ce que ça voulait dire. Ce qui n'est plus le cas aujourd'hui, parce que même loin de toi, je sens tes bras qui s'écartent, et j'espère que tu vois les miens en faire autant. Merci, maman, de m'avoir donné la vie de bien des façons.

Papa. Tu m'as transmis tant de choses, tant de valeurs qui m'aident à progresser. Concentration, goût du travail, et ce principe essentiel du « Il faut faire ce qu'on a à faire », aussi rude que soit la tâche. Dès l'enfance, je t'ai vu te lever aux aurores sans jamais te plaindre, préparer ton Thermos de thé et ton déjeuner, et « faire ce qu'il y avait à faire » pour que tes fils puissent avoir une vie meilleure que la tienne, une vie où tout était possible, bien plus que tu ne l'avais toi-même imaginé. Merci de nous avoir laissés suivre nos voies. Merci d'avoir été cette main sur nos épaules, qui nous aidait à garder l'équilibre après qu'on avait ôté les petites roues des vélos. Baba hamishe doostet daram. Hamishe. Kheily mamnoon baraye hamechiz.

Mes frères, Darius, David, Khalik, Andy. Les prototypes. La crème des gangs. David m'a dit un jour qu'il était persuadé que nous avions déjà vécu sur terre, tous les cinq, et que nous avions décidé d'y revenir ensemble en toute connaissance de cause. Je ne sais pas si je dois y croire, mais je dois dire que ça sonne juste. Au fil du temps, nous continuons tous les cinq à nous tenir les coudes sur bien des points. Alors que *famille* n'est souvent qu'un vain mot, nous savons, nous, que l'amour est action. Merci, les frères, pour celui que vous me portez et que vous vous portez, merci d'agir sans relâche pour que nous fassions de notre mieux pour continuer de grandir ensemble, quoi qu'il advienne.

Merci à tous mes oncles et tantes, à mes cousins, y compris les tout petits, Theo et Zari. Merci à mes ancêtres – et tout particulièrement à Clarine et à William, qui ont arpenté la terre avant moi, qui survivent en moi. Vous êtes avec moi où que j'aille. Dans les mots que j'écris, dans le souffle qui sort de mes lèvres. Quand je me regarde dans la glace, je vous reconnais dans mes yeux, mon nez, mes lèvres et aussi dans mon âme. Vous m'aidez à tenir quand je flanche, et j'espère que vous êtes fiers de moi. Je vous aime tant.

Q, mi hermano. Ya tú sabes. Merde, on n'a pas flanché, frère. On est encore là, après tout ce temps. Deux cœurs qui battent à l'unisson, deux cœurs haut dans le ciel, à l'assaut du soleil. Tu m'as déjà enseigné tant de choses – sur l'amitié, sur la fragilité, sur l'altruisme. Mais aussi sur ce que signifie ce geste de presser la vie, d'en extirper tout le jus, d'en avoir plein les mains, sucs et pulpe. Mon admiration, ma vénération envers toi ne cessent de croître. Des aventures, des tempêtes, on en a tant eu ensemble, des nuages qu'il fallait traverser pour faire l'expérience si légère du vol en très haute altitude. Mais je sais que ce n'est que le début. Te amo.

Et j'ai tant d'écrivains à remercier. Une vraie litanie, et je sais que je vais certainement en oublier. Trois noms me viennent tout d'abord à l'esprit : Irvin Weatherby, Robert Jones Jr et Danté Stewart. Vous, frères, vous savez ce qu'il en est, j'en suis conscient. Mais s'il faut que je vous le redise : j'ai le bonheur de vous compter parmi mes meilleurs amis… et il se trouve que vous écrivez. Votre soutien, vos conseils, votre affection n'ont pas d'équivalents. Danté me parle souvent de son parcours : de footballeur de première division universitaire, avec toute son équipe, à écrivain, seul face à la page blanche. Ce qui le rend particulièrement précieux pour ceux qu'il appelle ses nouveaux coéquipiers. Une impression que je partage. Vous trois, vous êtes toujours là pour me soutenir. Quelle chance de vous connaître ! De vous voir écrire, créer, bien sûr, mais aussi de m'éclairer de vos lumières et de pouvoir vous compter au nombre de vos frères. Je vous aime.

Regina Porter, merci pour les encouragements, les conseils, l'amitié. J'ai toujours un immense plaisir à rompre le pain avec toi. Que nous soyons contemporains par l'écriture me ravit.

Jason Mott. Vieux, tu le sais, mais je te le répète : tu assures. Vraiment. Depuis le début, tu es un fidèle soutien, un homme-ressource, un ami sincère. Tu m'as aidé à comprendre ce qu'était un écrivain holistique : ne jamais renoncer à l'authenticité, tenir bon sur les sommets comme dans les gouffres. Frère, c'est un bonheur que de partager l'espace avec toi (N. I. P., tu te souviens ?). Je t'aime aussi.

Anna DeRoy. Anna, Anna, Anna. Quelle joie que de travailler avec toi, souveraine artisane. Tu me tends sans cesse une oreille généreuse, m'expliques sans coup férir les comment, les pourquoi et les quoi, et c'est un si beau cadeau. Hollywood, c'est un drôle de monde, plein de bibelots scintillants, d'individus mirobolants à la parole mielleuse : je ne m'en serais pas si bien tiré sans toi. Notre partenariat continue de s'épanouir au fil des ans et je suis tellement heureux de travailler avec quelqu'un d'aussi gentil, drôle, intelligent, opiniâtre. Merci pour tout ce que tu as fait… et de ce que tu vas faire. Et merci à l'équipe de WME, Lara Bahr, notamment, et à tes nombreuses assistantes, dont Sarah Campbell.

PJ Mark ! Faire partie de ta troupe, c'est le rêve, la dream team. Vraiment. Avant de signer avec toi, j'ai enquêté auprès de quelques amis qui étaient aussi tes clients, pour sonder tes défauts. Résultat : zéro. Pourtant, mes amis ne manquent pas de jugeote. C'est dire à quel point le monde t'estime… Ton énergie, ton honnêteté, la confiance que tu accordes à mon travail, à ma personne : de tout cela je te suis infiniment reconnaissant. Ce plaisir fou de travailler avec toi !

Emma Chapnick, ma première lectrice. Merci mille fois de ta générosité, Emma. Il y a eu un moment dans l'écriture de *Tous les invisibles* où j'avais besoin de le faire lire par quelqu'un qui n'était pas du premier cercle : et j'ai immédiatement pensé à toi. Pas seulement parce que tu connais parfaitement les littératures de genre, mais aussi parce que tu abordes tout ce qui est écrit avec sensibilité, profondeur, lucidité. Merci de tes critiques, de ton soutien, de ton amitié. On se revoit au The West !

À ceux de Bellport et de Patchogue – merci ! Après la publication de *Buck & moi*, j'avais été tellement surpris de constater à quel point vous aviez été nombreux à me lire, et à me faire des retours positifs. Les professeurs, les amis, les parents des amis… Ça m'a profondément et sérieusement ému. J'espère continuer à vous faire honneur. Merci à quelques-uns des amis de la première heure : Geetanjali Toronto, Nick Sagginario, Lawrence Gross et Chris Arnold.

Les amis et la famille de la Rhode Island Writers Colony : merci pour le compagnonnage, l'amour, la confiance. De Warren au monde !

Frères de la ligue des Gentlemen of Quality : vous aussi, vous m'avez tant surpris ! Quel encouragement dans la manière dont vous vous êtes rués sur mes lectures, dont vous avez fait la publicité de mes écrits ! C'est un privilège que d'avoir gardé le contact avec la plupart d'entre vous, d'avoir pu continuer à m'épanouir avec vous après nos années ensemble à la NYU. Reconnaissance toute particulière envers Kadeem, JJ et Dre. Que de l'amour ! VGQ !

Et que serais-je sans les bookstagrammers ? Ces lecteurs infatigables, ces amoureux de la littérature qui s'emparent d'Instagram pour partager leurs expériences de lecture, le plus souvent avec sincérité, créativité et enthousiasme ? Je voudrais tous les remercier les uns après les autres : ils m'ont aidé, *Buck & moi* et moi, m'ont soutenu à la sortie du roman, bien sûr, mais encore bien après. C'est une communauté dont je suis tombé amoureux, ce à quoi je ne m'attendais vraiment pas. Toutes vos voix, si distinctes, parfois si contradictoires, et cette capacité que vous avez à rendre les livres stylés, et par extension leurs auteurs… C'est un des sommets de ma carrière que d'avoir pu tisser des liens avec vous tous.

Je voudrais remercier tout particulièrement Reggie Bailey. Reggie, tu as été l'un des premiers, bookstagrammers ou pas, à percevoir et à comprendre ce que je cherchais à démontrer en tant qu'auteur. Toi, tu as compris que ça allait au-delà des mots, et tu ne peux pas savoir à quel point ça m'a touché. On me voyait, on me comprenait. Ton amitié m'est précieuse, à commencer par ces conversations au téléphone qui durent des heures, et qu'on interrompt en se disant qu'on a à peine effleuré la question… Tu es vraiment à part, frère. Avec un vrai regard, complètement original, qui peut changer la vie des gens. Qui a changé la vie des gens. C'est un honneur d'avoir tant de talent sous les yeux.

Remerciements aussi à quelques bons amis écrivains qui m'ont soutenu de mille façons depuis la genèse de *Buck & moi* : Nafissa Thompson-Spires, Danielle Prescod, Cleyvis Natera, Candice

Carty-Williams, Marianne Tatepo, Suli Breaks, Dawnie Walton, Brit Bennett, Naima Coster, Zakiya Dalila Harris, Yahdon Israel, Randy Winston, Jared Jackson, Terah Shelton Harris, Nana Kwame Adjei-Brenyah, Nadia Owusu, J Ezra McCoy et Mark Cecil.

Merci à Jenna Bush Hager et à toute l'équipe NBCUniversal. Grâce à vous, *Buck & moi* a pu atteindre les foules ! Et vous êtes d'incroyables partenaires. J'ai hâte de voir la suite !

Autres personnes extraordinaires que j'ai eu la joie de connaître ou de croiser : Julia Wendt, Julio Saenz (mon frère !), Delaney Poon et la bande de chez Poons & Scanlons (Nancy, que la terre te soit légère. Je n'oublierai pas de sitôt tes sourires et ton rire, ta générosité si contagieuse), Gow Mosby, Antonio J. Bell, Nick Scoulios, Adam Vinson, Benjamin Franklin, Lauren Davis, Victoria Guiazul de Oliveira Ferreira, Jeb Pierce, Shanique Marie, Jda Gayle, Jennifer Ocampo, Adriana Arroyave et Yann Gael.

À toute ma famille de Jamaïque : je vous remercie, je vous aime ! À tout moment, vous me tenez chaud, et la puissance des racines qui s'élèvent de la plante de mes pieds au reste de mon corps m'arrime au monde : c'est mon équilibre, mon refuge. Cave Valley, je t'aime. St. Ann, je t'aime. Mon île, je t'aime.

Kheily, kheily mamnoon à mes frères et sœurs du Collective for Black Iranians. Priscillia Konkou-Hoveyda, quand tu es venue me trouver, j'ai eu l'impression qu'un nouveau monde s'ouvrait sous mes yeux. Un nouveau chez-moi, où je retrouvais un bout de mon cœur, où je me sentais compris, et où j'ai rencontré une sacrée bande, y compris mon frère Alex Eskandarkhah. Dadash, te rencontrer, c'était comme me voir dans un miroir : un reflet physique, oui, bien sûr, mais surtout spirituel. Quel honneur d'agir à tes côtés. De t'avoir comme frère.

À toute ma famille en Iran, proche et lointaine : je vous aime. J'attends avec patience l'heure où mes pieds se poseront sur cette terre-là, où nous pourrons nous prendre les uns les autres dans les bras, et réfléchir tous ensemble à la vie et à tout le reste. Tant que ça n'aura pas eu lieu, il y aura un abîme dans mon cœur – y gisent le temps perdu, les histoires que nous n'aurons pas vécues. Mais je suis certain que ce gouffre un jour se comblera.

Grand grand merci à l'équipe de HMH/Mariner Books pour son aide au lancement de *Buck & moi*. Je n'oublie pas tout ce que vous avez fait pour moi. Je vous serai éternellement reconnaissant d'avoir publié mon premier roman.

À mes nouveaux éditeurs chez Dutton : merci à tous et à chacun de votre engagement, de votre enthousiasme. Je sais que *Tous les invisibles* est un sacré tournant, et je suis tellement content de le prendre chez vous. Quelques-uns parmi ceux qui ont pavé le chemin de ce deuxième roman : John Parsley, Christine Ball, Lauren Morrow, Nicole Jarvis, Emily Canders, Amanda Walker, Stephanie Cooper, Ella Kurki (Ella, tu es la reine !), Jason Booher, Leah Marsh, Rob Sternitzky, David Hough (je t'aime, David, et je suis si heureux de retravailler avec toi) et Sabila Kahn.

Et puisqu'on parle d'éditeurs : il faut que je dise un mot de Maÿlis de Lajugie et de toute son équipe chez Buchet-Chastel. Publier *Buck & moi* en français a été une expérience absolument unique. J'ai pu venir en France non pas une mais carrément deux fois en douze mois, et j'y ai passé des moments merveilleux : ça, c'est un vrai cadeau. Et c'est particulièrement grâce à Maÿlis. Je te remercie pour tout : tu as tant fait pour expliquer mon travail, ma personnalité, tu as toujours pris soin d'aplanir les difficultés (en t'improvisant par exemple interprète à Toulouse !). Et puis tu es si authentique, si carrée, si cool ! *Merci beaucoup*. Il est temps qu'on remette ça !

Merci à Sally Wofford-Girand, qui n'a jamais cessé de faire la promo de *Buck & moi*, de le faire lire ici et dans le reste du monde. Sally, tu es une star.

Charles Bock. J'ai parlé plus haut de mon amie Emma Chapnik, ma première lectrice. Je devrais dire la première lectrice du livre dans son intégralité car c'est toi, Charles, qui a été, en dehors du premier cercle, le premier à y jeter un œil. C'est ton retour sur le prologue et le premier chapitre qui m'a aidé à mieux définir le ton de ce qui allait suivre. Merci de m'avoir permis de prendre du recul, et d'avoir insufflé à ces pages l'énergie dont elles avaient besoin.

Merci à tous les journalistes, auteurs et autres acteurs des médias de m'avoir donné ainsi qu'à mes livres un peu d'espace dans un monde aussi saturé, aussi sollicité. Je sais à quel point votre rôle est difficile et j'apprécie tout ce que vous pouvez faire, et la détermination que vous y mettez.

Les libraires ! Magiciens qui faites battre le cœur du monde des mots. À l'œuvre, sans cesse et parfois sans qu'on vous en sache gré, pour vous assurer que ceux qui entrent dans vos librairies y dénichent les bons livres aux bons moments. Merci, merci, merci pour tout ce que vous faites, en dépit des difficultés parfois rencontrées. Autrefois, je rêvais d'avoir un livre bien en vue dans vos vitrines : eh bien, grâce à vous, c'est devenu une réalité. Et ça n'est pas près de cesser. Je ne l'oublierai jamais.

Avant de partir, je voudrais saluer Chinua Achebe et les travaux d'Adam Hochschild (en particulier *Les Fantômes du roi Léopold*, que je ne peux recommander assez chaudement) : ils m'ont aidé à mieux comprendre les facettes des personnages et l'histoire que je voulais raconter, du premier jet aux suivants. Les *Writing Tools* de Roy Peter Clark m'ont fourni les armes nécessaires pour donner un supplément de vie à ces mêmes personnages, à leurs échanges et au décor futuriste du roman.

Enfin, après cette interminable litanie de louanges et de remerciements, je voudrais te remercier, chère lectrice ou cher lecteur. Te remercier du temps que tu me consacres, de penser que mes mots le méritent, de les transmettre dans certains cas, de les serrer contre ton cœur et de les chérir dans d'autres. Rien de tout cela ne fonctionnerait sans toi. Je t'aime, je te salue et, ce qui est peut-être encore plus important : je te vois, je te reconnais.

À la prochaine, les amis. Et mambonga de m'avoir suivi dans la traversée de ce bel hémisphère.

Cet ouvrage a été mis en pages par Nord Compo
reproduit et achevé d'imprimer
en avril 2025
dans les ateliers de Normandie Roto Impression s.a.s.
61250 Lonrai
N° d'imprimeur : 2501213

Imprimé en France

Dépôt légal : mai 2025